Jasmyn

DIE MEISSNER-SAGE

Met die oorspronklike publikasie van hierdie drie romans oor die wel en wee van vier geslagte Meissners, het Ena Murray opnuut haar status as koningin van die Afrikaanse liefdesverhaal gestand gedoen.

In *Die Meissner-kliniek* ontmoet die leser die stigter van die eksklusiewe privaat kliniek, dokter Albert Meissner – ook bekend as Godfather – en die gedugte span dokters wat vir hom werk. So lojaal is hulle teenoor hom, en so toegewyd tot hul taak, dat hulle onder die res van die medici in die land bekend staan as die Mafia! Maar op 'n dag word die vrede en kliniese orde in die kliniek omvergewerp wanneer 'n nuwe trolliejoggie daar begin werk, 'n meisiekind wat lyk asof sy nog op skool hoort met haar jeans en tekkies en twee boksterte. Min weet die ander dokters dat sy eintlik 'n gekwalifiseerde pediater is, én die ware kleindogter van dokter Albert Meissner!

Dokter Julene

Julene Meissner verlaat die veilige hawe van die Meissner-kliniek om haar by haar biologiese pa in Switserland aan te sluit. Nóg hy nóg sy vrou van veertig jaar het egter van dié dogter se bestaan geweet . . . Julene besef gou dat sy nie Switserland haar nuwe tuiste wil maak nie, en aanvaar oorhaastig 'n tydelike pos as persoonlike geneesheer van 'n verwende Turkse meisie wat haar rug in 'n ski-ongeluk beseer het. Julene het gehoop om sodoende nie net 'n inkomste te verdien nie, maar ook vir die eerste keer in haar lewe die wêreld buite Suid-Afrika te verken. Maar sy is min voorbereid op die eksotiese sjarme en oorrompelende magnetisme van Istanboel – en veral een inwoner van dié Turkse stad . . .

Die ongebore uur

Inge Buchner, agterkleindogter van dr. Albert Meissner, het een doel voor oë: om te sorg dat daar eendag weer 'n dokter met die van Meissner aan die hoof van die kliniek staan. Dis dié dat sy in haar tweede jaar medies besluit om Suid-Afrika te verlaat en haar studie in Duitsland voort te sit – aan die Universiteit van Hamburg, dáár waar die Meissners oorspronklik vandaan kom . . .

Ena Murray

Omnibus 37

Die Meissner-kliniek
Dokter Julene
Die ongebore uur

Jasmyn

EERSTE UITGAWE VAN:
Die Meissner-kliniek: Tafelberg-Uitgewers, 1990
Dokter Julene: Tafelberg-Uitgewers, 1991
Die ongebore uur: Tafelberg-Uitgewers, 1992

Tweede uitgawe in 2013 deur Jasmyn,
'n druknaam van NB-Uitgewers,
'n afdeling van Media24 Boeke (Edms) Beperk,
Heerengracht 40, Kaapstad 8001
© H.A. Mostert 2013
Alle regte voorbehou
Omslagfoto deur Gallo Images
Geset in 12 op 15 pt Sabon
Gedruk en gebind deur
Paarl Media, Jan van Riebeeck-rylaan 15,
Paarl, Suid-Afrika

Eerste uitgawe 2002

ISBN 978-0-624-05781-9
ISBN 978-0-624-05737-6 (epub)
ISBN 978-0-624-06359-9 (mobi)

Inhoud

Die Meissner-kliniek

1

"Ek wens jy wil liewer afsien hiervan, Elke. Ag, my kind, maak dit werklik soveel saak waar jy gaan praktiseer? Jy is nou so goed gekwalifiseer, elke kliniek sal jou met oop arms ontvang. Jy kan en sal 'n goeie dokter wees – enige plek op aarde. Hoekom moet dit nou juis die Meissner-kliniek wees?"

Voordat sy nog die laaste vraag gestel het, ken die moeder egter die antwoord so goed soos haar dogter. Haar dogter het jare lank gestudeer en in 'n spesifieke rigting gespesialiseer om een einddoel te bereik: die Meissner-kliniek. Om volwaardig lid te word van die Meissner-mafia, soos die res van die mediese wêreld spottend na die span dokters van die kliniek verwys.

Sielsbekommerd kyk die ouer vrou na haar dogter; haar dogter met die egte Meissner-koppigheid. Sy is vas van voorneme om haar lidmaatskap van die Meissner-mafia te ontvang, buig of bars. Sy het pas afgestudeer in die pediatrie en sy is oortuig dat sy die volste reg het om nou haar plek langs die beroemde en bekwame dokters in die kliniek in te neem. Net . . .

"Mamma, ek is jammer." Haar dogter val haar somber gedagtegang met verskonende stem en oë in die rede. "Dit was met een doel voor oë dat ek al die jare so hard gewerk het, en Mamma het dit tog geweet. Ek het moeite gedoen om met ompaaie uit te vind in watter rigting die kliniek 'n tekort aan personeel het, en ek was baie gelukkig dat dit in die rigting was waarin ek belanggestel het."

Haar ma sug gelate. "Al het hulle ook in watter rigting

11

personeel gekort, sou jy daarin gaan spesialiseer het, want jy is behep met die Meissner-kliniek. Ek het nog altyd gehoop dat jy intussen tot nugterheid sou kom, Elke. Ek bedoel dit nie as 'n verwyt nie – ek is trots op jou en op wat jy bereik het – maar as dit alles net om die Meissner-kliniek gegaan het, weet ek nie of al die opoffering die moeite werd was nie. Miskien was dit dalk selfs tevergeefs, want ek het 'n gevoel jy is die een dokter wat nie in die Meissner-kliniek 'n plek gaan vind nie." Dis nou haar beurt om haar dogter verskonend aan te kyk. "Ek is jammer, my kind. Ek wil nie 'n demper op jou toekomsdrome plaas nie, maar ek wil ook nie sien dat jy jou aan onnodige seerkry gaan blootstel nie. Jou oupa het jou pa se naam uit die geslagsregister van die Meissners geskrap. Jou pa en sy nageslag bestaan nie meer vir Albert Meissner nie. Hy gaan jou nie aanvaar nie, Elke!"

"Mamma . . ." Elke neem vinnig langs haar ma plaas, kyk haar dringend aan. "Wil Mamma werklik vir my sê dat Oupa ná byna dertig jaar nog so bitter is dat hy sy eie kleindogter die deur sal wys? Sy kleindogter wat 'n volwaardige kinderarts is? As ek vandag voor hom kan gaan staan en vir hom sê: 'Oupa, my pa het jou teleurgestel, maar hier is ek nou, jou eie kleindogter, en ek het in jou voetspore gevolg.' Ek kan nie glo dat hy my summier die deur sal wys nie! Ek is immers 'n Meissner, vlees van sy vlees en bloed van sy bloed. Trouens, ek is sy naaste bloedverwant, nader as al die ander wat in die kliniek werk."

Haar ma knik, 'n bitter trek om haar mondhoeke. "Ja, my kind, maar in daardie bloed waarna jy verwys, is meer as fanatieke familietrots. In daardie bloedstroom loop 'n dik stroom verbittering en onvergewensgesindheid. Nee, hy voel nog net so sterk oor wat destyds gebeur het asof dit gister was."

Elke frons skerp. "Hoe weet Mamma?"

Sy is verplig om te bieg. "Ek het, toe jy verder wou gaan studeer, my trots in my sak gesteek en vir jou oupa geskryf en gevra of hy jou nie finansieel kan help nie." Sy sien die skok in haar dogter se oë en skud haar kop. "Jy wou so bitter graag gaan spesialiseer en ons het nie die geld gehad nie! Moenie vir my kwaad wees nie, asseblief!"

Elke laat haar ooglede 'n oomblik sak. Arme Mamma! Om vandag as 'n volwaardige spesialis voor Albert Meissner te kan gaan staan, het baie opoffering geverg, en nie net van haarself nie. Ook van haar ma . . .

"Wat . . . het hy geantwoord?" vra sy gedemp.

"Hy het nie geantwoord nie." Hul oë ontmoet. "Hy het hom nie eens verwerdig om te antwoord nie."

Skielik lê die trane in Elke se blou oë. "Nou verstaan ek eers regtig . . ."

"Wat verstaan jy?"

"Hoekom Mamma toe met daardie ou man gaan trou het. Dit was om geld in die hande te kry om vir my studie te kan betaal! O, Mamma!" Sy sien die erkenning in haar ma se oë en haar hart krimp saam van liefde en hartseer en skaamte. "Jy het dit net vir my gedoen! Ek . . . ek is sonder woorde . . ."

Maar albei onthou daar was daardie tyd baie woorde. Woorde van woede en teleurstelling wat uit die jong mond gespat het. "Wat wil Ma met so 'n ou man maak?" is brutaal gevra. "Sy een voet is klaar in die graf!" Haar ma se flou verskoning dat sy bang is vir die eensaamheid, het die dogter summier verwerp. "Watter geselskap kan so 'n ou man vir Ma wees? En moenie vir my kom vertel Ma is lief vir hom nie. Dis twak!"

Sy het stil geantwoord: "Daar is meer dinge as liefde op die aarde, Elke. Liefde is die grootste, sal altyd wees. Maar tussen my en Joachim lê daar ook mooi dinge – dinge soos kameraadskap, respek, waardering. Ons het mekaar nie lief soos wat twee mense wat gaan trou mekaar behoort lief te hê nie, maar daar is baie ander maniere van liefhê. Die gevoel wat uit respek en waardering gebore word, is in hierdie jare van ons lewens veel meer werd."

"Mamma is nie in dieselfde ouderdomsgroep as hy nie! Hy is minstens dertig jaar ouer as Ma . . ."

"Vyf-en-twintig," het sy gekorrigeer. "Ek is jammer jy voel so daaroor, Elke, want ek gaan met hom trou. Jy sal dit net moet aanvaar." Sy het haar dogter met versluierde oë aangekyk. "As jy enige ander rede behalwe ouderdomsverskil kan opper hoekom ek nie met Joachim du Plessis moet trou nie, sal ek luister. Anders . . ."

"Mamma, jy weet mos ek kan nie. Oom Joachim is 'n gawe man, 'n heer. Dis ten minste gerusstellend. Maar . . . Ag, Ma, los dit, asseblief! Jy is nog pragtig, nog jonk . . . Miskien kom daar iemand op die toneel en dan is jy gebind aan 'n ou man wat reeds halfpad dood is!" Sy het haar ma vraend aangekyk. "Dit laat my dink . . . Was daar nooit iemand in al hierdie jare met wie Mamma die pad kon saamstap nie?"

Haar ma het net stil geglimlag. "Ek was te besig vir sulke dinge!"

En Elke het geweet dis die waarheid. Te besig om 'n dogter met 'n droom te finansier om tyd te hê vir haarself en haar eie behoeftes. Dierbare, wonderlike, onselfsugtige Mamma!

Hóé onselfsugtig besef sy vandag eers. "Ek het reg, nè, Mamma? Dis ter wille van my dat jy met oom Joachim gaan trou het."

Die moeder sug, erken: "Ja, my kind. Ons was baie eerlik met mekaar. Ek het geld nodig gehad om jou te help en Joachim het iemand nodig gehad om hom te versorg op die laaste skof. Maar ek was nooit spyt dat ek met hom getrou het nie, Elke. Hy was altyd 'n heer en ek is dankbaar dat ek aan sy sy kon wees tot op die end. In die paar jaar wat ek sy vrou was, het daar 'n baie mooi verhouding tussen ons ontwikkel. Ek kon werklik opregte trane oor hom ween toe hy dood is. Ek het 'n dierbare, wonderlike vriend verloor. Hy het sy deel van die ooreenkoms nagekom. Hy het jou studie betaal en genoeg vir my nagelaat sodat ek rustig verder kan lewe," glimlag sy. "Al wat ek nog graag wil hê en vra, is dat jy nou jou plekkie in die son vind, my kind."

"En dis nie in die Meissner-kliniek nie?"

"Nee. Ek dink nie so nie."

Dis lank stil. Elke se stem is pleitend toe sy die stilte verbreek: "Mamma, hierdie droom is al soveel jare deel van my. Ek kan dit nie nou sommer net prysgee nie! Asseblief, verstaan dit! Maar baie dankie, Mamma. Baie dankie vir . . . alles . . . en dit sluit die volle span van my leeftyd in. Daar is baie wat ek nie raakgesien het nie, baie waarvan ek nie eens weet nie. Maar daar is ook baie wat ek wel raakgesien het. En vandag weet ek van die heel grootste opoffering. Ek kan maar net sê: Albert Meissner self sou nie 'n beter vrou vir sy seun en 'n beter moeder vir sy kleinkind kon kies nie."

Albei pare se oë blink. "Maar dit was oor my dat hy sy seun uit die huis gejaag het."

"Nee. Dis nie heeltemal korrek nie, Mamma. Hy het Pappa weggejaag en as sy seun onteien omdat Pappa nie 'n dokter wou word nie."

"Dit was net die helfte van die rede, Elke. Ek het jou in daardie stadium reeds verwag. Miskien sou hy jou pa later teruggeneem het of miskien sou jou pa later maar besluit het om tog in sy pa se voetspore te volg. Maar toe het hy met 'n vrou en 'n kind gesit en . . . die brûe was agter hom verbrand; die hekke finaal gesluit. Dit was vir my 'n baie groot skok toe jy my die dag sê jy wil net een ding word, en dis 'n dokter. Ek sou liewer dat jy 'n ruimtevaarder word, enigiets, net nie 'n dokter nie."

"Maar Mamma het nooit in my pad gestaan nie. Inteendeel, jy het jou alles gegee sodat ek my ideaal kon verwesenlik."

"Ja, my kind. Want ek wou nie dieselfde fout begaan as Albert Meissner nie. Hy wou jou pa met mag en mening dwing om 'n dokter te word terwyl hy in sy hart 'n kunstenaar was. Ek wou jou nie dwing om iets anders te word terwyl ek weet jy is in murg en been 'n dokter nie, al het ek geweet jy gaan eendag voor 'n toe deur te staan kom."

"En ons het vandag daardie eendag bereik?"

"Ek dink so."

Tog is daar nie volle oortuiging in haar stem nie. Want die ander kant is ook moontlik – en Marlene weet nie of sy miskien vir die alternatief banger is nie. Dit kan ook gebeur dat Albert Meissner sy kleindogter gaan aanvaar en dan gaan sy, die moeder, haar verloor. Want dit is wat Albert Meissner en sy kliniek met al die dokters doen. As jy eers verbonde is aan die Meissner-kliniek, is jy net een ding: 'n toegewyde dokter. Jy leef en slaap en eet kliniek. Albert Meissner, ook bekend as Godfather, sorg daarvoor. Geen wonder dat hy die bynaam gekry en die res as die Meissner-mafia bekend begin staan het nie. Albert Meissner regeer die kliniek en die wêreld wat hy daarbinne en daaromheen geskep het, soos 'n jaloerse, besitlike diktator. Dit is sy selfgeskepte aardse koninkryk waar hy die enigste en opperste gesag is. Dié wat nie doen soos hy sê nie, het geen toekoms daar nie. Dié wat die geringste menslike feilbaarheid openbaar, word die deur gewys. Dié wat nie bereid is om onder sy heerskappy te staan nie, verdwyn net uit die Meissner-kliniek. 'n Harde man met genadelose standaarde, maar een van die briljantste medici wat hierdie land nog opgelewer het. En dis in dié wêreld waarin haar dogter, haar enigste, nou tot elke prys wil instap en haar regmatige plek opeis.

Daarom kan die moeder, hoewel innig jammer vir haar kind, ook dankbaar wees dat die ongenaakbare aartspatriarg ook nie maklik vergewe en vergeet nie . . . indien ooit. Sy enigste seun het hy nooit vergewe nie.

"Mamma, ek kan nie sommer nou net omdraai en wegstap nie. Ek moet ten minste probeer."

Die ouer vrou knik. "Wat beplan jy? Hoe wil jy te werk gaan?"

"Ek . . . ek het gedink ek moet hom sommer net trompop

loop. Ek bedoel, voor hom gaan staan, sê wie ek is en dat ek 'n kinderspesialis is . . . en dan maar kyk wat gebeur."

Die moeder laat haar ooglede sak, diepe jammerte vir haar slim en geleerde kind in haar hart. Want sy kort ervaring . . . ervaring van haar oupa Meissner. Die enigste Meissner wat sy ooit geken het, was haar pa, en dié was nooit in hart en siel 'n Meissner nie. Hy het na sy moeder geaard – saggeaard, kunssinnig. Nou dink Elke sy sal met daardie paar tower-woorde 'n leeftyd se verydeling en teleurstelling en bitterheid wegvee uit 'n hart waarop 'n harde kors deur die jare gegroei en verdik het. Haar arme kind.

"Ek gaan reguit na sy huis toe ry en my saak stel. As Oupa my die deur wys, sal ek maar weer dink." Sy kyk haar ma fronsend aan. "Daar is nie eintlik iets anders wat ek kan doen nie, is daar? Mamma sê self hy wou nooit Pappa se telefoon-oproepe beantwoord nie en hy het nie eens op Mamma se brief geantwoord nie. Om te bel of te skryf gaan my nêrens bring nie. Maar as ek voor hom staan, kan hy my nie igno-reer nie. Hy sal my moet raaksien en na my moet luister."

"Wanneer wou jy gaan?" vra die moeder oorwonne en bêre die sug in haar hart onhoorbaar weg.

"Hoe gouer hoe beter. Ek het 'n toekoms om te beplan. Hoekom nie vanmiddag nie? Ja, hoekom nie vanmiddag al gaan nie?" Sy verwag nie 'n antwoord op haar vraag nie en die moeder swyg. "Sal . . . sal Mamma saamgaan?"

"Goed. Maar ek gaan nie saam in nie. Ek dink nie my teen-woordigheid sal jou saak bevorder nie." Maar ek sal daar wees om jou stukkies bymekaar te maak en terug te bring wanneer jy daar uitkom, my kind, voeg sy stilswyend by.

Soos alles aangaande Albert Meissner indrukwekkend is, is sy landgoed ook geen uitsondering nie. Die ou herehuis met sy sierlike gewels en sy blommende malvas in koperbe-slaande vate op die ruim stoep en die koel skaduwees van die akkerbome, sien die moeder nou vir die tweede keer in haar lewe en die dogter vir die eerste keer. Nie die opstal of die kliniek wat op dieselfde landgoed staan, is van die hoofpad af sigbaar nie.

Elke se oë is groot van bewondering: "Dis . . . pragtig, Mamma! Ek weet Mamma het dit aan my beskryf, maar 'n mens moet dit self sien om dit na reg te waardeer. Dis soos uit 'n storieboek of uit 'n rolprent!" Sy sug in ekstase. En dis haar plek van oorsprong! Sy ry teen 'n slakkegang nader, wil meer tyd hê om alles in te drink en vra skielik: "Waar kom Oupa aan sy geld? Alles – die landgoed en die kliniek – moes 'n fortuin gekos het!"

Haar ma se stem is droog en sy is duidelik nie so beïndruk met die uiterlike vertoon wat voor hulle uitstrek nie. "Jou oupa het sy fortuin uit aandele gemaak. Die regte beleggings op die regte tyd. Daar is gesê dat hy 'n ewe briljante ekonoom as medikus sou gewees het. Albert Meissner het 'n geniale brein. Dit moet selfs sy grootste vyand toegee."

Elke blik haar ma vinnig aan, maar laat haar laaste sin sonder kommentaar verbygaan. Daar is ook baie bitterheid aan haar ma se kant. Dit is nie net Albert Meissner wat nie maklik vergeet en vergewe nie.

Sy bly 'n oomblik onseker agter die stuur sit. 'n Mens kom nie sonder 'n afspraak hierheen nie, dit besef sy. Maar sy sou tog vergeefs probeer het om 'n afspraak te maak. Dus . . . Sy druk die deur oop en klim doelgerig uit.

"Sterkte, my kind. Elke, onthou net een ding: Jy het niks waaroor jy jou hoef te skaam nie. Moenie kruip nie." Marlene se stem is gedemp.

Elke kyk haar ma met sagte oë aan, maar haar stem is vasberade: "Ek dink nie dis iets wat 'n Meissner sommer doen nie, Mamma. Ek is nie van plan om te pleit of te kruip nie."

Haar ma was verniet bekommerd. Elke kom nie verder as die voordeur nie. Toe die deur op die gehamer van die deurklopper oopgaan, kyk sy teen 'n rankerige, bleek vrou vas. As sy net 'n swart rok met 'n wit kantvoorskoot aangehad

18

het, sou sy gelyk het asof sy saam met die opstal uit die Van der Stel-era dateer, flits dit deur Elke se gedagtes.

"Ja?"

Dit klink nie verwelkomend nie. Elke sluk, hou haar stemtoon beleef: "Ek sou graag vir dokter Meissner 'n oomblik wou spreek, asseblief."

"Jy het nie 'n afspraak nie."

Elke antwoord met 'n stem wat onwillekeurig ietwat verkil: "Nee, maar ek is seker hy sal my wil sien."

"Wie is jy?"

Dit word al moeiliker om haar stemtoon onder beheer te hou. "Is dokter Meissner beskikbaar?" is haar weervraag.

"Waaroor wil jy hom spreek?"

Wie is die onbeskofte ou mens? wonder Elke en voel hoe haar bloed al vinniger begin pols. "Dit het te doen met die kliniek," antwoord sy onwillig. Sy gaan beslis nie haar persoonlike besonderhede aan hierdie ou heks uitblaker nie!

"Soek jy werk?"

Dit kan Elke nie skeel as haar irritasie nou deurskemer nie. "Soort van . . ."

"Dan moet jy na die kliniek gaan. Hulle sal jou daar help. Dokter Meissner word nie meer met sulke dinge belas nie."

Die deur begin toeswaai en Elke sê nou openlik woedend: "Wag 'n bietjie! Ek éis om dokter Meissner te sien!"

Die kil oë deurboor haar behoorlik. "Hy is in die bed ná 'n hartaanval en geen besoekers word toegelaat nie. Ook as hy gesond is, ontvang hy niemand sonder afspraak nie. Tot siens, juffrou!" Die deur klap beslis toe.

Marlene volg haar dogter se gestalte toe sy aanstap voordeur toe, en haar moederhart wil breek van liefde, trots en jammerte. Sy moet glimlag terwyl sy die patroontjie, wat met sulke vasberade treë wegstap, agternakyk. Elke lyk allesbehalwe na 'n volwaardige gekwalifiseerde spesialis! Sy sal Albert Meissner nie juis kan verkwalik as hy Elke nie glo wanneer sy haar saak aan hom stel nie. As haar dogter maar háár

19

lengte en houding gehad het, maar toe erf sy haar ouma aan vaderskant se tekort aan lengte en haar byna petite liggaamsbou. Elke lyk soos 'n fyn Dresden-poppie wat met hoepelrok en kantsambreeltjie op 'n kaggelrak hoort. Maar daar eindig die ooreenkoms ook met 'n Dresden-poppie. Die glimps van koper in die geel hare wat weerbarstig op die skouers krul en die flits in die blou oë vertel jou dat sy al die parmantigheid besit wat eie is aan klein mensies. Die parmantigheid wat hulle van kleins af aanleer om hulself te handhaaf teen die langer en indrukwekkender lede van hul spesie. Haar nommer twee-skoentjies trippel nou die trap op en met ingehoue asem wag Marlene saam met haar dogter dat die deur moet oopgaan. Dis vir Marlene duidelik dat daar 'n argument by die voordeur ontstaan en sy weet nie of sy bly of ontsteld daaroor moet wees nie. Sy is nie verbaas toe die deur in haar dogter se gesig toegaan voordat dié nog 'n voet oor die drumpel kon sit nie. Selfs op hierdie afstand kan sy sien dat dit iemand meer formidabel as Elke sal wees wat by daardie hekserige poortwagter van Albert Meissner sal verbykom.

"So 'n ou feeks! Praat met my asof ek sommer enige . . . enige hierjy is!"

"Het jy haar nie gesê jy is 'n Meissner nie?"

"Nee. Hoekom sal ek? Dit het niks met haar te doen nie."

"Miskien is dit die kodewoord wat toegang tot die Meissner-woning sal verleen." Ten spyte daarvan dat sy simpatie het met haar dogter se teleurstelling, kan sy ook nie help om te glimlag nie. Nou lyk Elke nog minder na wat sy werklik is. Die blou oë blits, die wange is rooi van verontwaardiging en daardie moedswillige sproete op die wipneus het al weer baldadig onder die laag poeier uitgekruip. Regtig! As sy self nie geweet het Elke is 'n volleerde dokter en al nege-en-twintig nie, sou sy sweer sy is pas uit matriek! Sy ruk haar mondhoeke reg en vra: "Wat sê die ou mens?"

Elke praat haar na, stywe nekkie en kop in die lug: " 'Wie is jy? Soek jy werk?' Verbeel jou! Wie sou sý wees? Sou Oupa weer ná Ouma se dood getrou het? Regtig, dan moet hy al begin kinds word. G'n mens kan smaak vir háár hê nie!"

"Ek weet nie. Ek weet niks van jou oupa af ná jou pa se dood nie. Miskien is hy weer getroud. Of miskien is dit sy privaat sekretaresse. Hoekom sê sy kan jy hom nie sien nie?"

"Hy lê glo met 'n hartaanval en geen besoekers word toegelaat nie."

Marlene se glimlag het heeltemal verdwyn. "Is dit ernstig?"

"Sy het my nie tyd gegee om te vra nie. Ek weet nie. Ek weet nie eens of dit ooit die waarheid is nie." Elke frons bekommerd. As haar oupa nóú iets moet oorkom, miskien moet sterf voordat sy met hom kon gepraat het . . . "Mamma, ek moet uitvind hoe ernstig dit is. As dit die waarheid is . . . Oupa kan nie nou sterf nie . . ." Haar ma knik. Ja, dit sal 'n harde slag vir haar kind wees. "Ek gaan kliniek toe ry. Hulle sal my daar kan sê hoe ernstig sy toestand is as hy regtig 'n hartaanval gehad het."

Dis stil tussen hulle op pad kliniek toe, elkeen bly met haar eie gedagtes besig.

Vir die moeder is dit haas onmoontlik om iets so mensliks soos 'n hartaanval met Albert Meissner te assosieer. Sy onthou hom soos sy hom daardie dag die eerste en die enigste keer ontmoet het. Sy het eindelik toegelaat dat Fritz haar ompraat om sy ouers te gaan ontmoet. Sy onthou die indrukwekkende persoonlikheid, die bonkige gestalte en die deurvorsende oë toe sy aan hom voorgestel is. Hy was so heeltemal die teenoorgestelde van Fritz. Laasgenoemde was ook lank en sterk, maar met 'n fyner liggaamsbou. Sy pa het soos Tafelberg langs hom vertoon. Die klein, fyn vroutjie langs hom kon sy haar kwalik voorstel as die rysige man se vrou. Tog het sy Fritz in haar geëien. Dis van haar dat Fritz die sagtheid om die mondhoeke, die teerheid in die oë en die fyn kunstenaarshande geërf het.

21

Die groot dokter het dadelik belangstelling in haar verloor toe hy hoor sy volg 'n kursus in beeldende kuns. Vir sulke tydverkwisting het hy nie tyd nie, het dit duidelik deurgekom. Terwyl hy sy seun weggelei het om mediese sake met hom te gesels, was dit Fritz se moeder wat die verskrikte jongmeisie in die teenoorgestelde rigting gelei en haar belangstellend na haar kursus uitgevra het, later met groot beskeidenheid 'n paar van haar eie etse gewys het.

"Maar dis goed! Dis baie goed, mevrou!" het Marlene uitgeroep.

Die ouer dame het geglimlag, maar om haar mondhoeke het 'n hartseertrekkie geskuil. "Ek is bly jy hou daarvan. Ek doen dit maar net as . . . as ek 'n bietjie eensaam voel. Albert is die meeste van die tyd by die kliniek. Ek mis Fritz geweldig vandat hy op universiteit is. Hoe gaan dit met hom daar, Marlene?" Die sagte oë het haar vas aangekyk en sy kon nie jok nie.

"Mevrou, u moet hom maar liewer self vra."

"Hy is nie gelukkig met sy kursus nie."

"Nee."

"Ek weet. Hy wil nie 'n dokter word nie. Ek wens ek kon hom help, maar . . . dis eintlik heeltemal ondenkbaar dat Albert se seun nie in sy voetspore sal volg nie. Fritz sal moet besluit. Miskien moet jy hom help, Marlene."

"Ek?"

"Julle is lief vir mekaar. Ek kan dit sien. Julle twee moet goed oor die toekoms besin. Dis baie jare wat voorlê en 'n mens kom by 'n punt waar jy nie meer kan omdraai nie. Dis nie maklik om die vrou van 'n Meissner-dokter te wees nie." Steeds met die sagte gloed in die oë het sy voortgegaan: "My man se hele wêreld draai net om die kliniek. Daar bestaan kwalik 'n ander wêreld of 'n ander lewe vir hom . . . Ek weet nie of Fritz dit sal kan volhou nie."

"Hoekom . . . hoekom praat u nie self met hom hieroor nie, mevrou?" het sy gewaag om te vra.

"Ek durf my seun nie teen wat sy vader van hom verwag,

beïnvloed nie. Dit sal baie dislojaal van my wees. Maar ek is lief vir my kind. Ek wil hom gelukkig sien. Dis moeilik . . . baie moeilik."

Toe hulle daardie middag terugry kampus toe, kon Marlene nie stilbly nie. "Fritz, besef jy jou ma kon 'n kunstenares geword het as sy haar ten volle wou toespits op haar skilderwerk? Daardie etse van haar is fantasties vir een wat geen opleiding ontvang het nie."

"Ek weet. Ek het dit al die jare vermoed, maar Pa het dit nog altyd afgemaak as 'n prentjiemakery. Vir hom is daar niks anders op hierdie aarde belangrik behalwe die mediese wetenskap en die Meissner-kliniek nie."

"Ek dink sy is dierbaar, en al verdwyn sy byna totaal as mens in jou pa se teenwoordigheid, sal ek honderd maal liewer met haar oor die weg kom as met hom. Ek is jammer, Fritz, maar jou pa maak my bang. Hy is te oorweldigend."

Maar Fritz het verstaan. "Verstaan jy nou hoekom ek net nie die moed bymekaar kan skraap om hom te sê ek wil nie 'n dokter word nie? Ek is van my babadae af met die idee gevoer, Marlene. Van kleins af is ek vertel dat ek eendag die hoof van die Meissner-kliniek sal wees, dat my voete sy spore deur die sale en gange en teaters sal volg. Hy sal 'n hartaanval kry as ek hom moet vertel sy drome en ideale gaan nie bewaarheid word nie."

Maar dit was nie Albert Meissner wat die hartaanval gekry het nie. Dit was sy klein vroutjie. Fritz is ontbied en in die paar oomblikke wat hy en sy moeder alleen was, het sy dringend met hom gepraat.

"Ek het eenkeer 'n gedig deur Graham Loveridge gelees. Hy noem dit 'Realization'. Op die end daarvan sê hy:
So many years wasted trying
to be something I couldn't be;
so many years wasted worrying
before this thought came to me:
I must live my life for me!

"Fritz, dis jóú lewe. Doen daarmee wat jy wil. Sorg net dat jy, wanneer jy op die end daarvan kom, nie jou kop in skaamte hoef te laat sak nie. Maar dis joune, aan jou gegee, vir jou gebruik. Jy kan jou drome verwesenlik; jy kan jou ideale bereik."

Hy het sy kop geknik, die moederhand styf vasgehou. "Ek wil van ballet my beroep maak, Ma." Hy het die verbasing in haar oë gesien en vir haar geglimlag. Albei het die dag onthou toe die jong seun na sy ma gekom en gesê het hy wil balletklasse loop. Sy het haar toestemming gegee en sonder dat dit ooit geopper is, het albei geweet dit sou 'n geheim tussen moeder en seun bly. Albert Meissner moes nooit daarvan uitvind nie. "Ek loop nou nog deeltyds klas, Ma. Ek voel dis wat ek wil doen." Sy stem was pleitend.

Die moeder het geknik, gerusstellend oor sy hand gestreel. "Dan gaan doen jy dit, my seun."

Maar hy moes eers by sy pa verbykom . . .

"Jy wil gaan dáns?" Daar was soveel onuitspreeklike verstomming in die vraag dat Fritz nie dadelik kon antwoord nie. Toe het die volle besef van wat sy seun hom aan die vertel was, getref. "Jy wil vir die res van jou lewe op jou toontjies gaan rondtrippel en stywe houtpoppe in die lug rondgooi? Jý? Mý seun?"

"Pa . . ."

"Dis jou ma se invloed hierdie! En daardie nooi wat jy hier aangebring het! Beeldende kunste!" Albert Meissner het hardop gesnork. Veragting en minagting het uit hom gestraal. "Jy is Fritz Meissner: Die toekomstige hoof en eienaar van die Meissner-kliniek! Dis wat jy gaan wees en niks anders nie! Jy gaan 'n skalpel hanteer, nie halfkaal vroumense in die lug ronddra nie! Jy gaan in die kliniek se gange rondhardloop om lewens te red, nie soos 'n verwyfde ding op verhoë rondtrippel nie! Jy gaan nie weer daardie Marlene-vroumens sien nie en ek wil . . ."

"Dis my lewe, Pa . . . en ek gaan daarmee maak wat ek wil,

nie wat Pa sê nie. En ek gaan nie van Marlene afstand doen nie. Ek gaan met haar trou. Sy verwag reeds my kind." Sy pa het soos 'n kolos van graniet voor Fritz gestaan. "Pa . . . Ek is jammer, Pa! Verstaan tog . . ."

"Stil!" 'n Vinger het na die deur gewys. "Trap! Jy is nie meer 'n Meissner nie! Ek het nie meer 'n seun nie! Jou naam word vandag uit die geslagsregister van die Meissners geskrap. Trap!"

Marlene sluit haar oë teen die geweld van die emosies wat hierdie herinneringe bring. Moeilike jare het gevolg. Fritz het 'n paar keer probeer om telefonies met sy pa te praat, maar tevergeefs. Albert Meissner het net geweier om na die telefoon te kom. Sy moeder is 'n rukkie later oorlede en hy het na die begrafnis gegaan. Weer het Albert Meissner sorg gedra dat daar geen toenadering was nie. Intussen moes hy vir homself en 'n verwagtende vrou sorg. Alle finansiële hulp was afgesny. Marlene moes haar kursus staak en het met illustrasies vir tydskrifte en uitgewers die pot op 'n manier aan die kook gehou, maar dit het bars gegaan. Al troos wat daar was, was hul liefde vir mekaar, hul dogtertjie wat later gebore is en die feit dat Fritz tog besonder vinnig opgang begin maak het en reeds redelik bekend was in die balletwêreld. Maar geld was maar weinig.

Marlene sug nou saggies by haarself en die herinneringe wek 'n weemoedige verlange na daardie swaarkryjare. Dit was eintlik wonderlike jare. Dit was nie alles net swaarkry nie. Daar was genoeg lekkerkry tussendeur geweef, wat dit alles die moeite werd gemaak het.

En toe gebeur die tragedie. Fritz gly tydens 'n balletopvoering op die verhoog en val met sy kop teen 'n pilaar wat deel van die dekor was. Bloeding op die brein, weke se bewusteloosheid en uiteindelik die dood. 'n Jong, belowende ster aan die ballethorison het verskyn, geskyn . . . en net so vinnig weer verdwyn. Moeder en dogter het agtergebly om alleen verder die mas op te kom.

Net deur bitter harde werk en deursettingsvermoë het Marlene Meissner vir haarself 'n plek in die kunswêreld oopgebeur. Sy het al gewilder geword as illustreerder en dit het finansieel begin makliker gaan. Maar daar moes steeds opgeoffer, afgeknyp en baie spaarsamig met geld gewerk word, want haar dogter het van jongs af 'n droom gehad: sy wou dokter word. Niks anders nie.

Gelukkig was Elke 'n baie intelligente kind en het goed gepresteer en met behulp van beurse en met wat haar ma kon vermag – hoe, sou net sy alleen weet – kon Elke haar studie voltooi. Maar dit was nie genoeg vir die klein, fyn Meissner nie. Sy moes spesialiseer sodat haar oupa haar net nie die deur kan wys wanneer sy die dag voor hom gaan staan en haar regmatige plek in die Meissner-kliniek opeis nie.

Ten einde raad is trots en verbittering in die sak gesteek en 'n smeekbrief aan Albert Meissner geskryf – waarop hy hom nie eens verwerdig het om te antwoord nie. Die enigste alternatief was om Joachim du Plessis se huweliksaanbod te aanvaar. Elke het as kinderarts gekwalifiseer soos sy wou en Joachim is oorlede en hier sit ma en dogter nou weer voor dooiemansdeur.

Marlene bring haar gedagtes terug na die hede toe haar dogter die motor voor die bekende en byna wêreldberoemde kliniek tot stilstand bring.

Hulle sit dit in stilte en beskou. 'n Mens sal eerder dink dis 'n luukse en baie eksklusiewe privaat hotel wat hier tussen die malse natuurskoon van die Boland nestel. Net soos by die eienaar se privaat woning lê ook hier nie 'n klip uit sy plek nie. Albert Meissner is 'n perfeksionis en alles wat syne is, is so na aan perfeksie as wat dit op hierdie aarde moontlik is. En hy verwag ook perfeksie van die personeel wat tussen hierdie mure werk.

Marlene kyk haar kind bekommerd aan. Ag, sal die liewe Here tog nie gee dat Elke liewer nou omdraai en vergeet van hierdie plek nie! Maar haar opregte gebed gaan nie beantwoord word nie, vertel die blink oë haar. Daar straal 'n trots en besitlikheid uit die blou oë wat die moeder amper skok. Haar kind is totaal begogel!

"Ek gaan hier inkom. Ek gaan hier inkom, Mamma! Dis waar ek hoort!" Sy sluk om haar emosies onder beheer te kry. "En geen witgesig ou heks of koppige ou man gaan my hier uithou nie!" Haar blik dwaal liefkosend oor alles, haar stem is laag: "Ek het van hierdie plek gedroom. Vandat ek die eerste keer gehoor het Albert Meissner is my oupa, het hierdie plek deel van my geword. En vandat ek dit die eerste keer gesien het, was dit vir my asof dit reeds aan my behoort." Sy kyk nou glimlaggend na haar ma. "Onthou Mamma nog daardie dag? Dit was 'n laatherfsmiddag toe ek jou eindelik kon oorreed om my die Meissner-kliniek te kom wys."

"Ja, ek onthou." En ek was nog nooit spyter oor iets wat ek gedoen het nie, dink sy stil.

"Die prentjie het daardie dag in my wese ingesink. Dit was altyd by my. Veral wanneer dit bars gegaan het. Ook in my eksamentyd het ek hierdie prentjie voor my opgeroep en vir myself gesê: Jy kan! Jy is 'n Meissner en jy gaan eendag in die Meissner-kliniek werk. Jy kan! En dan, op 'n wonderlike wyse, het die regte antwoorde by my opgekom!"

Marlene maak die deur oop. Niks wat sy verder kan sê, sal haar kind van haar plan laat afsien nie. Sy kan maar liewer kopgee. "Kom ons gaan drink 'n koppie tee in die restaurant. Ek is nou dors."

Dis 'n ruim restaurant wat hulle oomblikke later binnestap. Hoewel dit onder private bestuur is, voldoen dit getrou aan die hoë standaarde wat hier gestel word. Dis nie bloot net 'n restaurant nie. Dis ook 'n soort wagkamer vir familie en vriende wat siekes kom besoek. Dis ook 'n gesellige rusplek waar 'n koppie tee gedrink kan word terwyl personeel oor die een of ander geval besin. Dit is dus nie snaaks om heelwat witgeklede persone by die tafeltjies te sien nie. Daar is verpleegsters in hul smetlose wit uniforms – Albert Meiss-

27

ner is nog van die ou soort wat glo 'n verpleegster dra wit en niks anders nie – en dokters met hul doktersjasse aan. En dan is daar besoekers met bekommerde oë oor 'n geliefde wat êrens in hierdie gebou veg om te bly lewe.

Elke soek 'n hoektafel vir hulle uit sodat sy almal en alles goed kan waarneem. 'n Besonder aantreklike meisie in 'n wit doktersjas oorkant haar en 'n man, ook in 'n doktersjas, trek Elke se aandag.

"Kyk daardie meisie daar oorkant, Mamma. Sy trek dadelik die oog, nè? Dis nou hoe 'n dokter moet lyk."

Die ma glimlag. Haar kort gestalte en haar dogtertjiegesig het Elke al bitter swaar laat kry en bly 'n steen des aanstoots. Dwarsdeur haar universiteitsjare het haar medestudente haar "Baba" genoem, natuurlik tot groot ergernis van die wipneus. En dit het al dikwels gebeur dat mense wat hulle ontmoet, net nie wil glo dat sy werklik 'n volwaardige dokter is nie. "Ag nooit! Julle terg nou! Sy lyk soos 'n eerstejaartjie," is al onomwonde gesê, sodat Elke eendag boosaardig laat hoor het: "Ek sal van nou af met al my grade en sertifikate om my nek rondloop!"

Marlene kyk in die rigting waarheen Elke beduie en stem saam. "Ja. Sy vertoon baie goed." Die kelnerin huiwer langs hul tafel en sy glimlag vriendelik na haar op. "Twee koppies tee, asseblief. Ag, net 'n oomblik, asseblief. Wie is daardie dame, die een in die doktersjas?"

"O, dis dokter Julene Meissner. Godfather se kleindogter."

"Godfather?" vra Marlene verbaas.

"Ja. U weet, dokter Albert Meissner aan wie die plek behoort. Sy kleindogter."

Ma en dogter se oë ontmoet verskrik. Hulle het seker verkeerd gehoor.

"Jy sê sy is Albert Meissner se . . . se kleindogter? Sy eie bloedkleindogter?" vra Elke ongelowig.

Die kelnerin kyk haar effens verbaas aan. "Ja. Sy is glo sy enigste kleinkind. Hy het mos net een seun gehad, en dié

28

het glo 'n danser geword of so iets. Maar toe kom sy dogter darem terug om by haar oupa oor te neem." Sy kyk vlugtig na die oorkantste tafel en laat haar stem sak. "Sy is nie baie gewild nie. Vreeslik bewus daarvan dat sy Godfather se kleinkind is en natuurlik ook sy enigste erfgenaam. Sy maak al klaar asof die plek aan haar behoort. Net twee koppies tee? Niks te ete nie? Ons het lekker . . ."

"Nee. Nee, dankie." Ma en dogter se oë haak in ongeloof vas.

"Ma . . .?" Marlene antwoord nie en Elke vra amper fluisterend: "Het Ma gehoor wat die meisie sê? Dat . . . dat daardie vrou . . ."

"Ek het gehoor, my kind. Ek het gehoor, ja . . . maar my brein wil dit nie registreer nie."

2

Stilte.

Toe Marlene weer verslae na haar dogter kyk, sien sy die blou oë strak op die ander meisie gerig en sê waarskuwend: "Moenie so openlik staar nie, Elke! Die vrou sal iets agterkom!"

"Wat daarvan? Sy is 'n indringer, 'n bedriegster van die eerste water! Ek is lus en stap sommer nou na haar en stel haar voor al hierdie mense summier aan die kaak! Ek . . ."

"Beheer jou, kind!" Marlene voel haar ingewande bewe van ontsteltenis. Sy ken haar dogter goed genoeg om te weet sy is kapabel en doen presies wat sy dreig. Sy gryp haar dogter se hand oor die tafel met bewende vingers. "Wag eers, Elke! Hier is 'n misverstand. Wie sê die kelnerin het die storie ooit reg? Wat sal sy in elk geval weet van die lewensgeskiedenis van enige van die dokters hier? Sy werk net in die restaurant . . ."

"Ma, daar is kwalik 'n plek waar meer geskinder word as in 'n hospitaal. Vra vir my, ek weet. Die bostelegraaf sal in hierdie kliniek ook oortyd werk. Van die kombuis en waskamer tot in die restaurant; in die sale en kamers en operasieteaters weet almal alles van almal af. Sy werk in die restaurant, ja, maar sy kon ons met groot oortuiging vertel dat Julene Meissner nie baie gewild is nie en dat sy maak asof sy reeds die baas van die kliniek is. Hier is nie 'n misverstand nie, Mamma. Hier is 'n yslike bedrogspul aan die gang!"

"Nietemin, my kind, ons moet eers meer uitvind voordat . . . voordat jy sommer optree," keer Marlene desperaat. Haar brein sing.

"Wat wil Mamma meer uitvind?" wil Elke opstandig weet. Marlene kyk desperaat om haar rond asof sy êrens vandaan hulp verwag. Maar in plaas van teen moontlike hulp vas te kyk, kyk sy in 'n paar koel blou oë vas voordat die dokter en haar gesel opstaan en die restaurant verlaat. Twee paar oë volg hulle magteloos.

Die man betaal die rekening en sy sien die ouerige man agter die geldlaai praat glimlaggend 'n paar woorde met hom, maar gee net 'n stywerige kopknik in die blonde dokter se rigting voordat hulle uitstap.

"Daardie man agter die toonbank . . . Hy lyk al ouerig. Miskien is hy al lank hier. Hy sal ons dalk meer kan vertel," sê Marlene en kyk vraend na haar dogter.

"En hoe gaan Ma die saak aanvoor? 'Meneer, hier staan Albert Meissner se enigste en ware kleindogter voor jou. Ek behoort te weet, want ek is haar ma. Kan jy my sê hoe dit gebeur het dat die vrou wat nou net hier uit is, daarop aanspraak maak dat sy Albert Meissner se kleinkind is?'"

Skok en senuwees laat Marlene se humeur ook vlamvat. "Moenie verspot wees nie!"

"Ek is nie . . ."

"Ja, jy is, én kinderagtig daarby! Ek verbied jou om . . ."

"Ma, ek wás al mondig!"

"Moet jou dan nie gedra soos 'n kind van sewentien nie!"
Dis selde dat Marlene haar humeur verloor. Maar Elke onthou die enkele kere wat dit wel gebeur het, en sy kapituleer.
"Wat gaan ons doen? Ons kan nie die saak sommer net so laat nie, Mamma! Behalwe dat dit 'n skreiende skande en wederregtelik is, is dit ook onvergeeflike bedrog teenoor 'n ou man. Laat hom wees wat hy wil, en laat hy ook hoe verkeerd teenoor Pappa opgetree het, maar hy bly my oupa en daardie vroumens is besig om hom gruwelik te bedrieg!"
"Ja, ek weet, my kind, en ek besef ons kan die saak nie daar laat nie. Maar ons moet eers meer uitvind. En ons moet veral eers kalm word. Ons moet seker wees van al ons feite voordat . . ."
"Ons ís seker van al ons feite, Ma!" wys Elke haar tereg. "Ek het alles wat nodig is, swart op wit, om te bewys ek is oupa Meissner se ware en enigste kleindogter en nie daardie . . . daardie bedriegster nie."
"Ons ken óns kant, Elke, maar nie die ander kant nie. Ons moet meer van die ander kant uitvind." Sy kyk weer in die rigting van die toonbank. Die man het nou met 'n koppie koffie of tee by die hoektafel gaan sit terwyl een van die kelners agter die geldlaai oorgeneem het. "Ek het 'n gevoel daardie man sal ons iets meer kan vertel."
"Wel, ons moet êrens begin; hoekom nie by hom nie? Ons knoop sommer in die verbygaan 'n praatjie met hom aan oor . . . oor die oulike restaurant wat hy hier het, die flinke diens . . . so iets."
Op hierdie vae voorstel moet Marlene maar reageer en toe sy by die tafel verbykom, knik sy vriendelik en glimlag. "Dankie, meneer. Ek wil u gelukwens met u restaurant."
Hy glimlag breed terug, lig hom effens. "Dankie, mevrou. Vriendelik van u."
"Ek moet sê, ek het nie so iets hier verwag nie. Ek het gedink dis maar 'n ou klein kafeetjie wat net die allernodigste aanhou."

31

Sy gesig straal. "O nee, mevrou. Ook die restaurant moet by die Meissner-tradisie hou. Net die beste! Daar kom selfs saans mense uit die stad om hier te kom eet," vertel hy trots.

"Werklik? Dan moet u kos puik wees," laat Marlene bewonderend hoor.

"En ek hou net die beste Bolandse wyne hier aan," voeg hy by. "Ons is gelisensieerd ook!"

"Nou werklik! Ek en my dogter moet 'n slag hier kom eet. Dié ou Meissner darem. Hy glo net aan die beste, sê u? Interessante man, nè?"

"Dít kan u weer sê! Ek het al jare lank met hom te doen. Jy kan maar sê ek het saam met die kliniek gegroei en saam met Godfather oud geword!" lag hy.

"Dis werklik interessant!" Marlene kyk haar dogter vlugtig aan. "Ek sou graag meer wou hoor. Die kliniek gryp 'n mens se verbeelding aan. Kan ons 'n oomblik sit, of het u nie tyd nie?"

"Sekerlik! Sekerlik! Dis nie nou so besig nie. Sal u iets saam met my geniet?" vra hy galant toe hulle teenoor hom inskuif.

"Nee, baie dankie. Ons het pas tee gehad. U sê u ken dokter Meissner goed?"

"O ja! Van my kinderdae af. Ek ken die hele geskiedenis van die plek. Albert Meissner het hierdie plek opgebou tot wat dit vandag is. 'n Ou korrelkop en so beduiweld soos die dag lank is, maar as hy nie so was nie, sou die Meissner-kliniek nie vandag so beroemd gewees het nie. Lê hier ook van u mense, mevrou . . .?"

"O, ag ekskuus. Ons het ons nog nie voorgestel nie. Ek is Marlene du Plessis en dis my dogter, Elke."

"Peet Louw."

"En jy sê, Peet – ek kan seker maar so sê, nè? – dokter Meissner is 'n kwaai oubaas?"

"Ja. Hy regeer hierdie plek met 'n ysterhand, hoewel die ou nou heelwat minder aktief is, ná sy onlangse hartaanval."

"Was dit ernstig?" wil Elke vinnig weet.

"Nee. Maar dit was die eerste waarskuwing dat hy nou moet stadig. Hy is ook nie meer 'n kind nie. Die kliniek is sedertdien grootliks onder beheer van dokter Horst Buchner en sy kleindogter."

"Sy kleindogter . . .?" Onder die tafel vind ma en dogter mekaar se hande. "Ek verstaan hy het net hierdie een kleinkind . . . 'n kleindogter?"

Peet Louw knik en glimlag. "Ja. Dis nou 'n pil wat Godfather maar moes sluk . . . om net een kleinkind te hê en dit nogal van die vroulike geslag! Maar hy het amper glad nie een gehad nie."

"Ag nee. Hoe so?"

"Ja, dis nou weer 'n ander storie. Die ou man het mos net een seun gehad en die . . ."

Verslae sit en luister ma en dogter hoe hul eie lewensverhaal vir hulle vertel word, amper tot in detail. Die verhaal van Albert Meissner en sy seun en die vete tussen hulle is blykbaar algemene kennis in die Meissner-kliniek.

"En jy sê toe daag die kleindogter sommer op 'n dag hier op? Wanneer was dit?"

"O, omtrent twee jaar gelede. Die feit dat die kleindogter darem toe dokter geword het, het Godfather maar laat besluit om die verlede te vergeet en haar te aanvaar. Sy is natuurlik ook sy enigste erfgenaam."

'n Kort stilte. Elke waag dit om te vra: "Is hy . . . die dokter Meissner . . . baie erg oor hierdie kleindogter?"

"Ag, jy weet, juffie, met ons Godfather kan 'n mens nooit weet nie. Hy is nie 'n man wat met sy gevoel op sy mou rondloop nie. Maar op die oog af lyk dit of die twee mekaar gevind het. Ja," en Peet skud sy kop, "Albert Meissner is meer gevrees as bemind by die personeel en tog het ek hom al dikwels jammer gekry, veral ná sy vrou se dood."

"Hoekom?"

"Hy het dikwels hier ingekom, veral saans, en dan het hy

by daardie hoektafeltjie gaan sit – dié een waarby julle gesit het – en dan een koppie koffie na die ander gedrink sonder om met iemand te praat, sy oë net voor hom op die tafel gerig. Daardie tye het die groot Albert Meissner vir my soos 'n eensame, patetiese man gelyk en ek kon nie help om hom jammer te kry nie. Ek is seker hy het aan sy seun gedink . . . die seun wat hy gehad het. Daarom was ek baie bly om sy onthalwe toe die kleindogter op die toneel verskyn en dat sy in haar oupa se voetspore gevolg het – al moet ek sê, 'n mens sou wens dat sy 'n bietjie van 'n ander soort geaardheid gehad het."

Elke kyk hom vas aan en vra reguit: "Hou u nie van haar nie?"

Peet lyk effens skuldig oor sy geskinder. "Nie juis dat ek nie van haar hou nie, maar sy is nie iemand aan wie 'n mens maklik vat kry nie, as julle verstaan wat ek bedoel. Jy kry mos mense met wie jy sommer dadelik oor die weg kom wanneer julle ontmoet, en dan kry jy weer mense wat vir jou 'n vreemdeling bly, al het jy jare lank met hulle te doen. Nou, Julene Meissner is een van laasgenoemdes. Jy weet nooit hoe jy dit met haar het nie. Daar is altyd 'n soort afsydigheid oor haar, selfs as sy glimlag. So asof sy jou pal op 'n afstand hou."

Marlene knik. Sy het dieselfde indruk van haar gekry.

"Hoe 'n soort dokter is sy? Goed genoeg om in Albert Meissner se stoel te gaan sit?" vis Elke onbeskaamd.

"Nee, dit weet ek nou nie. Ek het nog nie klagtes oor haar as dokter gehoor nie. Die personeel is nie baie mal oor haar as mens nie. Sy is natuurlik baie streng en vol draadwerk – nes haar oupa. Maar synde 'n Meissner sal sy sekerlik bekwaam wees. Ou Albert sal daarvoor sorg. Hy dril die dokters van die kliniek daagliks en as jy droogmaak, word jy eenvoudig in die pad gesteek. Hy het tot sy eie broer hier weggejaag."

"Haai, regtig?"

"Ja. Ek kan nie meer alles onthou nie, maar dit het iets

te doen gehad met 'n ander vroumens met wie die broer 'n verhouding gehad het en nalatigheid in die operasiesaal. Hy was 'n narkotiseur en hy het blykbaar nie sy volle aandag by sy werk gehad nie en toe Godfather weer sien, sterf die pasiënt onder sy hande op die operasietafel. Die herrie was los. Daar was 'n groot debakel en uiteindelik is sy broer sak en pak sommer in die nag hier weg en hy het nooit weer sy gesig hier gewys nie. Ek het eendag gehoor iemand sê hy is Switserland toe en werk glo daar in 'n kliniek. Feit bly, as Godfather met jou klaar is, is hy met jou klaar. As hy eenmaal vir jou vaarwel gesê het, is dit koebaai vir altyd. Ja, Elsie? Wat is dit?"

"Meneer, Pieter se ma het gebel en gesê hy kan nie meer die trollie vir meneer doen nie. Hy het ander werk gekry."

"Ag toggie," sug Peet moedeloos. "Ek sal maar netnou gaan kyk watter kelnerin ek kan afknyp om die trollie te doen. Ek kom nou."

"Trollie? Wat is dit?" probeer Marlene die gesprek aan die gang hou.

Hy glimlag. "Dis so 'n ekstra diensie wat ek aan die pasiënte lewer. Hier kom baie mense van ver af wat nie besoekers kry wat vir hulle dingetjies kan gaan koop en bring nie, soos 'n tandeborsel of 'n koekie seep. Nou het ek 'n trollie waarop sulke goed is – waslappe, tandeborsels, gesigseep, poeier, 'n bietjie lekkers, 'n paar dose sjokolade, sulke goed – en dan stuur ek die trollie deur die kliniek. Ek gebruik gewoonlik studente wat vir sakgeld werk, maar dis maar 'n wisselvallige besigheid soos julle pas gehoor het. Sal julle my verskoon, asseblief? Laat ek gaan kyk wat ek aan die probleem kan doen."

Ma en dogter se oë ontmoet toe hy weg is.

"Ons het heelwat te hore gekom."

"Ja. Maar dit bring my niks nader aan die vraag wat my te doen staan nie. Ek voel nog steeds lus om summier met die hele sak patats vorendag te kom."

"Nee, my kind. Nee, ons moet omsigtig te werk gaan, veral ter wille van jou oupa. Hy het reeds 'n hartaanval gehad en ons weet nie hoedanig hy al daarvan herstel het nie. Ek wil nie 'n mens se dood op my gewete hê nie."

Elke frons, knik. "Ek het nie so ver gedink nie. Dit sal seker vir hom 'n geweldige skok wees as hy van die bedrog moet uitvind, veral as hy miskien nog al sy drome om hierdie vals kleindogter gebou het. Dit kan gevaarlik wees vir sy gesondheid. Maar hoe kan ons te werk gaan, Mamma? Ek sien ook regtig nie kans om net terug te staan sodat iemand anders voortgaan om mý rol hier in die kliniek te speel nie!"

"Nee, natuurlik nie, maar ons sal die saak eers baie goed moet oordink. Kom ons ry maar eers."

Dis twee rustelose vroue wat daardie aand doenig is in die kombuis. Hoekom hulle ook moeite doen om iets voor te berei, weet hulle self nie. Nie een voel tog na eet nie. Teen slapenstyd is albei suf gedink en nog niks nader aan 'n oplossing nie.

"Ek sien steeds geen ander manier as om Oupa en daardie vroumens openlik te konfronteer met my bewyse nie. Dalk moet ek na 'n prokureur gaan en alle besonderhede aan Oupa laat pos. En dan maar kyk wat gebeur."

Marlene frons. Tot 'n paar uur gelede sou sy verkies het dat haar kind van hierdie Meissner-manie, soos sy by haarself daarna verwys, sal afsien en totaal van Albert Meissner en sy kliniek vergeet. Maar noudat hulle daar was en gehoor het wat hulle gehoor het, het die prentjie skielik verander. Toe haar oë op die imposante kliniek val, het Marlene besef dat dit inderdaad haar dogter se erfenis is. Elke is immers Albert Meissner se enigste nasaat. Maar nou het iemand anders, 'n indringer en bedrieër, haar dogter voorgespring en sy is van plan om koel en kalm met wat Elke se regmatige erfenis is, weg te loop. Dit is eens te veel. Om haar voor te doen as Albert Meissner se enigste kleinkind, is verregaande. Dieselfde determinasie wat in haar dogter is, het ook in die moeder begin groei. Nee a, wat darem te erg is, is te erg!

"Nee, Elke. Nie een van hierdie planne van jou gaan werk nie. In die eerste plek hou dit steeds gevaar vir jou oupa se gesondheid in. En in die tweede plek ken ons nie jou oupa nie. Ons weet nie hoe hy sal reageer as hierdie ding op die lappe moet kom nie."

Elke kyk haar ma verontwaardig aan. "Maar hy sal die waarheid móét aanvaar as al die bewyse voor hom lê, Ma! Hy sal nie 'n keuse hê nie!"

"Ja, Elke, maar hy is nog steeds nie verplig om jóú dan te aanvaar nie. Het jy al daaraan gedink? Vir die tweede keer sal sy wêreld aan skerwe lê. Jou pa het dit reeds een keer opgebreek. Nou het hy sy hart miskien op hierdie meisie gesit en skielik kom jy en ontwrig weer eens sy lewe. Dit gaan 'n vreeslike debakel veroorsaak, my kind. Besef jy dat 'n mens dit kwalik vir die publiek sal kan wegsteek? Elke koerant sal dit uitbasuin. Hulle gaan die hele ou geskiedenis ook weer oprakel. Ek het 'n vermoede jou oupa gaan jou nie dankbaar wees nie. Ek dink hy sal, nadat hy die onomstootlike feite aanvaar het, só kwaad wees dat hy nie net die vals kleindogter nie, maar ook die egte kleindogter die deur sal wys. Hy is blykbaar 'n onvoorspelbare mens. Wat gaan dit jou help om alles op die lappe te bring en hy reageer so? Jy sal niks wen nie, my kind. Inteendeel."

Elke lyk na aan trane van moedeloosheid. "Maar wat gaan ons dan dóén, Mamma?" roep sy uit.

"As ons net nader aan die situasie kan kom . . . Ek bedoel, in die binnekring kan indring. Miskien kan 'n mens iets daar optel."

"Maar hoe gaan ek dit regkry? Ek kan kwalik daar instap en sê ek is dokter Elke Meissner en ek wil daar werk, asseblief. Hulle sal tog onmiddellik wil weet van watter Meissners ek is. Wat antwoord ek dan? Of moet ek ook bedrog pleeg en my naam op my sertifikate vervals?"

"Moet tog nie laf wees nie!" roep Marlene vererg uit.

"Ek weet!" Elke spring op. "Ma, ek het dit! Ek het dit!" Marlene lyk verward. "Wat het jy?"

"Die oplossing! Hoe om daar in te kom! Ek, Mamma, gaan vir Peet sy trolliediens in die hospitaal doen!"

"Wát?"

Elke lag sommer hardop van opgewondenheid en verligting. "Ja! Só sal ek in die sale en gange kom en miskien iets te hore kry . . . Ma, dis die enigste manier!"

Marlene skud haar kop verdwaas. 'n Volwaardige kinderarts wat jare lank gestudeer het wat nou trollies met waslappe en seep en lekkers rondstoot. "Ag, jy is seker verspot! Dis te belaglik vir woorde!"

"Wat anders dan? Kom, sê my? Watter plan is daar?" Stilte. "Ma, wat is so vreeslik aan my voorstel? Ek gee nie om om 'n trollie rond te stoot nie, nie as ek iets daardeur gaan bereik nie. Ma het reg. Ek moet nader aan die betrokkenes kom. Ek moet die vroumens, en haar gesante wat haar miskien help, goed deurkyk en ek moet my oupa ook leer ken. Dit kan ek nie van buite af regkry nie. Ek moet in die kliniek kom en ek gáán, al is dit met 'n lekkergoedtrollie!" sê sy vasberade.

Marlene se wind is uit haar seile. Elke is sowaar ernstig! "Maar my kind, hulle sal dwarsdeur jou sien. Jy sal agterdog wek . . ."

"O? Hoekom? Ek word dan heeldag aangesien vir 'n tiener?" Sy swaai met die hand. "Gee my vyf minute. Bly sit Ma net daar waar jy nou sit. Moenie roer nie. Ek is nou terug."

Sy trippel die kombuis uit en Marlene skud haar kop. Soms vind sy dit self moeilik om te glo Elke is al afgestudeer! Vier minute later rek haar oë. 'n Jong dogter staan voor haar. Die gesiggie is sonder enige teken van grimering en die sproete staan vrolik op die wipneus uit. Die hare is agteroor gekam met 'n middelpaadjie en twee geel strikke hou die twee boksterte uit mekaar.

"Waar kom jy aan daardie strikke?" vra Marlene verdwaas.

"In die bêrelaai gekry. Ou linte wat in 'n rangskikking was. Dis al wat ek kon kry. Hoe lyk ek vir Ma?"

Sy draai in die rondte. Die stywe jeans span om die agterstewetjie en eindig in 'n paar wit sokkies en tekkies. Toe sy terugdraai, begin Marlene teen wil en dank lag. "O, my kind, jy lyk . . . presies tien!"

"Ag, nee, kom nou, Mamma! Dis darem nie só erg nie!"

"Goed dan. Sewentien – maar nie 'n dag ouer nie!" Marlene skud haar kop, haar oë teer van liefde. "Elke, dit voel vir my ek moet jou ook vra om jou sertifikate te gaan haal en vir my te kom wys. Jy 'n kinderarts? Gaan speel!"

Elke lag hartlik. "Ek verseker u, mevrou, ek het my papiere!" Dan gaan sy langs haar ma sit en slaan 'n arm om haar skouers. "Mamma sal my help, nè?"

"Natuurlik, my kind. Mamma het nog altyd, het ek nie?"

"Ja. Dankie, Mamma . . . vir alles. Ek is lief vir jou."

Marlene sluk swaar en sê laggend om die emosie in haar te verberg: "Haal tog net eers daardie linte uit jou hare. Jy lyk te potsierlik vir woorde!"

Elke trek die twee boksterte laggend los. "Ek sal môre vir my rekkies gaan koop. Maar nou eers . . . Wat gaan ons vir oom Peet sê? Sommer net dat ek 'n los joppie soek?"

Marlene frons. "Ja, dis 'n probleem. Oom Peet lyk my ook maar lief vir praat. Sal ons dit kan waag om hom in ons vertroue te neem?"

"Nooit! Dis te gevaarlik. Dié ou lyk my lief vir skinder. Onder geen omstandighede mag iets uitlek voordat ons weet presies wat aan die gang is nie."

"Ja. Dit sal die verstandigste wees. Elke . . ." Marlene kyk haar dogter skuldig aan. "Vergewe my dat ek so iets kan dink, maar . . . sedert 'n paar uur gelede ry die duiwel my bloots. Die mees fantastiese en onmoontlike moontlikhede het al deur my kop gegaan."

"Wat bedoel Ma?"

"Ek bedoel . . . sê nou maar . . . sê nou maar net daardie ander meisie is werklik 'n kleindogter van jou oupa?"

"Ma? Wat praat Ma nou? Is Ma dan nou die kluts heeltemal kwyt? Ék is my oupa se kleindogter, maggies! Ma behoort te weet! Ma het vir my in die wêreld gebring, genugtig!"

"Ja, my kind, natuurlik. Maar . . . jy is dalk nie jou pa se enigste kind nie . . ."

"Ma!" Elke se bene swik onder haar en sy gaan sit weer. Haar oë is soos twee albasters en die sproete op haar neus is nog opvallender in haar bleek gesig.

"Ek bedoel . . . sy kan dalk 'n wilde saad wees wat jou pa in sy jong dae gesaai het . . . Ag, my kind, ek is jammer . . ."

"Ma praat nou twak," kom dit onomwonde. "Julle twee was op universiteit vas gekys. Hoe kon hy dan 'n ander meisie . . .?"

"Jou pa was reeds drie jaar op universiteit toe ons mekaar ontmoet het," wys haar ma uit en wens dat sy liewer stilgebly en haar duistere vermoedens vir haarself gehou het.

Elke se gesig straal haar teleurstelling en ontevredenheid baie duidelik uit. "Ma praat nie sulke goed van my pa nie," laat sy lojaal hoor. "Ek was baie lief vir hom."

"Ek ook, my skat, maar 'n mens is 'n mens en . . . O, goed, ek is jammer. Dis maar net die duiwel wat hier op my skouer kom sit en leuens in my oor fluister. Maar dit is 'n moontlikheid," hou sy koppig vol. "Daarom dat dit goed is dat ons dinge eers deurkyk en agter die waarheid kom voordat ons na jou oupa toe gaan. Ons moet eers uitvind wie hierdie meisie werklik is en hoe sy sover kon kom om haarself as Albert Meissner se kleindogter te presenteer. Ek is net bang ons kom by jou oupa aan met ons storie en hy lag ons uit."

"Hoekom sal hy ons uitlag?" wil Elke bot weet. Ten spyte van haar heftige teenkanting, bly haar ma se teorie haar pla.

"Omdat hy al die tyd ten volle bewus was van die feit dat Julene Meissner 'n buite-egtelike kind van sy enigste seun is

40

en dat ons hom nie gaan skok wanneer ons hom konfronteer nie. Natuurlik sal hy nie aan die wêreld verkondig dat sy Fritz se dogter buite die huwelik is nie. Hy sal haar net as sy kleindogter aan die wêreld voorstel; verdere persoonlike besonderhede gaan niemand aan nie. En die wêreld aanvaar vanselfsprekend dis die kind wat uit Fritz se huwelik gebore is." Sy skud haar kop en sê weer skuldig: "Ek doen jou pa se nagedagtenis seker nou 'n groot onreg aan. In my hart weet ek dis nie waar nie. Maar ek is so verward op die oomblik, Elke! 'n Mens weet regtig nie wát om te dink nie!"

"Ek verstaan, Mamma. Ek weet self nie wat om van hierdie situasie te dink nie, maar ek gaan uitvind hoe die vurk in die hef steek. Maar om terug te kom tot oom Peet . . . Ek het 'n plan. Ek gaan hom vra om my die trolliediens te laat doen, omdat ek beoog om verpleegster te word, maar nog nie so seker van my saak is nie. Daarom wil ek eers die wêreld van die verpleegster goed deurkyk voordat ek finaal besluit." Sy frons toe sy haar ma se skerp blik ontmoet. "Ek dink dis 'n puik plan. Ma het netnou gesê ek lyk nie 'n dag ouer as 'n matriekmeisie nie."

"Nee, jy sal maklik vir 'n matriekleerling deurgaan. Waaroor ek bekommerd is, is dat ek vandag eers ontdek hoe maklik en seepglad die dogter wat ek so reg probeer grootmaak het, leuens kan fabriseer."

Elke lag, lyk tog effens skuldig. "Ma, dis 'n noodgeval!"

"Almiskie!"

Dan meng hul lag en Elke sê: "Almiskie se voet! Dis almiskie of ek gaan toelaat dat iemand anders wegloop met wat myne is en ek moet droëbek staan en toekyk."

"Elke! Jou taal!"

Die blou oë dartel. "Ag, Ma, dis soos die tieners van vandag praat! Dit help nie ek lyk soos een en ek klink soos Metusalag nie!"

Marlene sug en gooi haar hande in die lug. "Dis een van die groot nadele in die lewe om 'n slim kind te hê. Hulle het vir alles 'n antwoord gereed. Maar jy gaan nie begin lelik praat nie!"

"Haai, nee, Ma! Ma't my mos nie so grootgemaak nie!"

Maar toe hulle die volgende oggend weer voor die Meissner-kliniek stilhou, voel nie een meer in 'n luimige bui nie. Marlene voel onrustig en Elke voel verspot. As een van haar klasmaats haar nou moet sien . . . Sy kan al hoor hoe brul hulle soos hulle lag. Veral daardie Jan Swanepoel. Hy was altyd die voorste terggees. Dis hy wat haar die simpel bynaam van Baba gegee het. Al haar gedreig met koelbloedige moord het geen hond haaraf gemaak nie en Baba Meissner het sy gebly tot hulle die dag hul finale eksamen afgelê en uitmekaar gespat het.

Sy onthou ook dit was hy wat met gereelde tussenpose by haar verneem het of sy regtig nie familie van dié Meissner is nie. Tot vervelens toe en tot groot ergernis het sy hom oor en oor verseker sy is niks van Albert Meissner nie.

"Jy moet wees. Dié van is nie so volop in die land nie," het hy altyd teruggekap.

Met blitsende oë en wippende sproete – wat snaakse dinge aan die jongmanshart gedoen het – het sy hom probeer fnuik: "Ek het jou reeds gesê ek stam uit dié Meissner wat 'n oujongkêrel was."

Sy het nie geweet hy móés eenvoudig weer daardie sproete sien dans nie. "Nou maar, eg of oneg, jy is familie!"

"Moenie simpel wees nie, Jan Swanepoel! Daar was 'n rede hoekom hy 'n oujongkêrel was."

"O? Wat?"

"Hy was impotent."

Sy is hartlik uitgelag. "Oho, nè? En hoe kon hy dan sy wilde hawertjies saai? Jy beter gaan leer, my meisie. Ons skryf môre toets oor geslagsvoortplanting en jy, kom ek agter, ken nie die ABC daarvan nie."

Sy het hom uit die hoogte aangekyk. "Simpel! Dit was maklik. Ek was 'n proefbuisbaba!"

"O, regtig, nè? Dan moet jy nou eers in jou tienerjare wees, want dis min of meer toe die eerste proefbuisbaba die lig gesien het. Jy weet niks . . ."

"Ag, wat weet jý, Jan Swanepoel? Kunsmatige inseminasie is al deur die ou Romeine toegepas."

"Op diere, ja."

"En wat is die mens anders as 'n dierlike spesie? En jý is natuurlik een van die beste voorbeelde daarvan!"

Elke skud haar kop en glimlag nou. Arme Jan! En tog was hy een van die uitblinkers in hul groep. Daarom dat hy so geweldig in Albert Meissner belanggestel het. Hy het ook 'n droom gehad . . . dat hy eendag miskien, net miskien, in die Meissner-kliniek sal kan beland, want hy het 'n grenslose heldeverering vir Albert Meissner gehad. Arme ou Jan, hy kan maar daardie droom op sy magie skryf en met sy hempie afvee, soos wat sy dalk met haar droom ook sal moet doen. Haar blik lig na die naam in versierde letters bo die hoofingang.

"Elke, wil jy nog voortgaan?" vra haar ma weer en sy ruk haar gedagtes onder beheer.

"Natuurlik. Kom."

Peet Louw groet hulle vriendelik toe hy hulle herken. Dan verstyf sy glimlag effens toe hy Elke goed bekyk. Ai, vandag se kinders tog! Gister het sy so gaaf gelyk en kyk hoe lyk sy vandag. Die kinders van vandag trek darem ook heel anders aan as in sy jong dae. Toe was die meisies altyd vol frilletjies en valletjies en strikke, kompleet soos versiersuikerpoppies. 'n Mens wou net vat en lek aan die goedjies. Maar deesdae . . . Hier kom soms meisies in aan wie hy nie eens met 'n tang sal vat nie, wat nog te sê probeer lek. Maar hierdie dogter is ten minste skoon. Die blonde hare met die effense rooi skynsel staan nou wel half snaaks in twee poniesterte by haar ore verby, maar dis blinkskoon. So ook die gesiggie. Sy is ten minste nie beplak soos party van die tieners wat soms kompleet soos bloukopkoggelmanders lyk nie.

43

"Dis gaaf om julle weer te sien. Hoe gaan dit?"

"Baie goed, dankie, Peet," glimlag Marlene. "Is jy baie besig of kan ek jou 'n oomblik spreek, asseblief?"

Hulle neem weer by die tafeltjie van die vorige dag plaas en sonder meer stel Elke haar saak self.

Peet Louw lyk verlig en dankbaar. "Dogter, jy help my uit 'n penarie, anders moet ek elke keer 'n kelnerin afstaan vir die trollie en ek het juis 'n tekort aan personeel." Hy lyk verskonend. "Ek is jammer, maar ek sal jou nie veel kan betaal nie."

Elke is so dankbaar dat dit op die punt van haar tong is om te sê sy sal dit verniet doen. Net betyds onthou sy sy is veronderstel om 'n tiener te wees en tieners het altyd geld nodig.

"Dis alles reg, oom. Ek is maar te bly om 'n ietsie te verdien en veral om die geleentheid te kry om te kyk wat alles hier aangaan."

"Gaaf dan, dogter. Wanneer kan jy begin?"

"Sommer vandag nog, oom. Ek is mos nou hier en ek het niks anders om te doen nie."

Nie lank daarna nie is die nuwe trolliejoggie van die Meissner-kliniek gereed en sy wuif haar ma vrolik tot siens. Marlene kyk haar agterna en skielik is daar 'n knop in haar keel. Om darem te dink hoeveel sweet en opoffering dit gekos het om haar kind geleerdheid te gee en hoeveel jare se harde studie agter daardie skraal ruggie lê . . . en om haar nou so te sien wegstap om waslappe en lekkers en tandepasta te gaan verkoop. Dis meer as wat 'n moederhart kan verduur.

'n Simpatieke stem klink langs haar op. Peet Louw het die skielike blink in die ma se oë gesien. "Ja, Marlene, hulle word vinnig groot. As hulle eers klaar is met skool, dan is hulle uit jou hande. Het sy vanjaar klaargemaak?"

Marlene ruk haar reg, aarsel en antwoord versigtig, want openlik lieg, dit wil sy darem ook nie: "Ja. Sy het vanjaar klaar gestudeer. Die gode weet wat vorentoe wag."

Hy knik begrypend. Hy is self die pa van twee dogters " 'n Mens hoop en bid maar alles sal uiteindelik goed uitwerk."

"Ja. Dis al wat 'n mens kan doen – hoop en bid dat alles sal uitwerk." Sy kyk hom vraend aan. "Jy het gesê jy sit op die oomblik met 'n tekort aan personeel?"

"Ja. As ek net een het wat die administrasie van my skouers kan afneem. Dit hou my so besig."

"Maar miskien kan ek jou help. Ek is op die oomblik ledig. Nie dat ek dink ek is 'n vreeslike boekhoudster nie, maar as dit nie te ingewikkeld is nie . . ."

Hy straal behoorlik. Hy het nog altyd 'n broertjie dood gehad aan administrasie. "Ek sal jou ewig dankbaar wees. As ons net eers die spul fakture gesorteer kan kry . . ." Hy kyk haar skuins aan. "Maar sal jou man nie dalk . . .?"

"Ek is 'n weduwee en my tyd is my eie. Kom, kom wys my daardie fakture van jou."

Sy glimlag meewarig teenoor haarself toe hulle die restaurant binnestap. Of Albert Meissner hiervan gaan hou of nie, maar sy skoondogter én sy kleindogter het pas hul deel in die Meissner-kliniek begin doen, al is dit nou ook waslappe verkoop en fakture sorteer. Feit is, hulle werk by die Meissner-kliniek. Sy lag amper hardop. Hulle is deel van die Meissner-mafia – uiteindelik!

3

Die twee dames agter die ontvangstoonbank van die kliniek kyk die patroontjie voor hulle verbaas aan. Dan herken hulle die trollie en glimlag.

"Hallo! Ons het 'n nuwe trolliejoggie!"

Die twee glimlag vlugtig vir mekaar. Kan die kind nie iets met daardie twee boksterte aanvang nie? Dit lyk of hulle jou in die oog kan steek. Die eienares van die boksterte se oë blink vrolik. Sy het die glimlag onderskep en weet presies waaroor dit gaan.

"Ja. Oom Peet het gesê ek moet hier by julle kom hoor waar ek mag gaan en waar nie."

"Ja. Jy mag al die sale aandoen en ook die privaat kamers, behalwe waar daar staan *Geen besoekers*. En dan is die kinderafdeling ook verbode."

Dis 'n groot teleurstelling. "Hoekom?"

"Omdat, juffroutjie, kinders nie geld het om iets mee te koop nie. En al sou hulle hê, sal hulle die lekkergoed binne 'n minuut van daardie trollie af hê en hulle is veronderstel om siek te wees en die regte kos te eet om weer gesond te word. Die kinderafdeling is taboe."

"Is dit al?" vra Elke onderdanig.

"Jy mag nie in 'n kamer of saal ingaan as jy sien hulle is besig met 'n pasiënt nie. Jy moet sorg dat jy nie onder die personeel of dokters se voete beland nie."

"Ja," waarsku die ander ook, "bly liewer heel uit sig van dokter Julene as jy kan. Sy was glad nie ingenome met hierdie trolliediens nie. Dis maar dokter Horst wat die trolliediens deurgevoer gekry het."

"Wie's hy?" vra Elke nuuskierig.

"Dokter Horst Buchner is die hoofchirurg en saam met dokter Julene Meissner in beheer van die kliniek. Al die dokters word hier op hul voorname genoem, maar onthou, die titel kom altyd vooraan!"

"Nou wie is dié dokter Julene nou eintlik?" vra Elke, en hoop maar hulle vind haar nuuskierigheid doodgewoon.

"Dokter Julene is natuurlik dokter Albert se enigste kleinkind."

Natuurlik se voet! wil Elke sê, maar bedwing haar en kom in beweging. "Nou goed. Sien julle weer later."

Sy swenk af na die eerste afdeling en die bekende hospitaalgeure prikkel haar neus. Ergernis wil sommer weer in haar opstoot. Vir wat moet sy hier rondloop met 'n trollie vol onbenullighede terwyl sy 'n baie positiewe diens kan lewer? Daardie vroumens . . .

"Daardie vroumens" kom skielik om 'n hoek gestap en nou sien Elke ook hoe lyk die ander baas van die kliniek, want sy is weer vergesel van die lang man wat saam met haar in die restaurant was. Elke soek na 'n opening waar sy haarself en die trollie op 'n manier uit hul pad kan kry, gedagtig aan die waarskuwing wat sy so-ewe ontvang het. Maar die twee is reeds op haar en sy word onvermydelik raakgesien. 'n Frons vorm onmiddellik op die mooi, lang vrou se voorkop en sy bekyk die nuwe trolliejoggie van kop tot toon.

Nes ek die een of ander aansteeklike geval is! dink Elke ergerlik. Dan skiet haar blik na die man wat 'n sagte laggie uiter en sy kyk in 'n paar vonkelende oë vas.

"Genugtig, waar kom Peet hieraan?" wil hy van niemand in die besonder weet nie, en die geamuseerdheid verdiep in sy oë toe hy die stormagtige blou oë sien. Verontwaardiging spreek alte duidelik uit die joggie se hele houding, en heel ongehoord vir Horst Buchner, steek hy 'n hand uit en trek aan een van die boksterte. Hy ontvang 'n tweede vernietigende kyk uit 'n ander paar oë. Hulle sê duidelik: Gedra jou! Watse familiariteit is dit?

"Ek dink nog steeds hierdie trolliestorie is oorbodig en ontwrigtend vir die dissipline van die hospitaal."

En wat jý dink, is al wat van belang is, dink Elke en laat ook sommer hoor: "Maar dis noodsaaklike goed hierdie vir enigiemand in 'n hospitaal. Kyk . . . hier is waslappe, tandeborsels, seep . . ."

"Dis goed wat 'n mens saambring as jy opgeneem word! En waar kom jy daaraan . . .?"

"Maar dit kan opraak," hou Elke parmantig vol en ignoreer die man se geamuseerde verbasing. Dat sy dit kan waag om dokter Julene teen te praat . . . én in die rede te val . . .

"Tandeborsels en waslappe raak nie sommer op nie en waar kom jy daaraan . . .?"

"Natuurlik raak dit op! En wat dan van die lekkers en twak . . .?"

"Tabak!" Die geleerde dame buk en laat 'n arendsblik oor die tweede ry gly. Sowaar! Daar is pyptabak ook op die trollie! Haar stem is ysig toe sy haar regop ruk. "Niemand word toegelaat om in hierdie kliniek pyp te rook nie! Verstaan jy dit? Wie het hierdie goed op die kind se trollie gesit? Peet weet . . ."

"Ek het." Die sproete dans parmantig. Wat op háár trollie is, is háár saak. "As hulle sigarette kan rook, kan hulle mos maar pyp ook rook. Wat is die verskil?"

"Volgens my geen. As ek my sin kan kry, sal hier glad nie gerook word nie. Maar geen pyprook word toegelaat nie. Daar sit ek my voet neer."

"Hoekom?"

Die man tree nou vinnig tussenbeide, sy gesig op 'n ernstige plooi getrek, maar in sy oë dans nog 'n duiweltjie rond. Hy wonder of Julene ooit besef hierdie kind het iets reggekry wat geen ondergeskikte personeellid al reggekry het nie, en dis om met haar te redeneer. Vir die susters en matrone is wat dokter Julene sê ja en amen. Jy bevraagteken haar nie – nie as jy verstandig is nie. Maar hierdie parmant met die boksterte en sproete weet natuurlik nie van beter nie, en hy sal moet red wat daar nog te redde is of die Meissner-kliniek is sy trolliediens kwyt.

Hy tree weer teen sy aard op en verduidelik omslagtig: "Want pype stink en daar is pypolie en sulke gemors. Ons laat sigarette in die spesiale rookareas toe, maar moenie weer pyptabak hier inbring nie."

Die blou oë draai hul volle gloed op hom en die onskuld van 'n kind wat nog die wêreld moet leer ken, lê in haar oë. "Wat van roltwak?"

Hy is onkant gevang. "Roltwak? Wat is dit?"

"Daardie wat hulle kou en . . . O nee, dit sal seker ook nie toegelaat word nie, want as hulle klaar gepruim het, spoeg hulle weer die wêreld vol . . ."

Openlike afkeer lê op dokter Julene se gesig. Sy beweeg om

die trollie en sê beslis: "Kom, Horst. Die kind maak my naar."

Hy kom ook in beweging, maar huiwer toe hy die breë glimlag en dartelende oë gewaar. "Meisietjie, moenie jou geluk te ver beproef nie. Jy gaan verloor."

"Sê wie?"

Met 'n laaste waarskuwende, streng blik op haar is hy verplig om sy kollega te volg, maar by die hoek betrap hy homself dat hy weer vlugtig terugkyk. Die klein snip staan hulle nog steeds met 'n oorwinningsglimlag en agternakyk. Dis duidelik dat sy oortuig is sy het die beste uit hierdie relletjie gekom . . . en hy is nie so seker dat sy verkeerd is nie.

In die kraamafdeling word sy hartlik verwelkom. Dis terwyl sy goed sake doen – veral die sjokoladehoekie sak vinnig – dat sy opmerk dat een van die pasiënte se binneaarvoeding nie drup nie.

"Tannie, hierdie dingetjie van jou loop nie. Dis veronderstel om egalig te drup, maar hier gaan niks aan nie. Wag, laat ek . . ." Sy wil net haar hande uitsteek om die saak reg te stel, toe 'n ontstelde stem haar tot stilstand bring.

"Los daar! Wat dóén jy?"

Die suster is langs haar, rooi in die gesig, en agter haar staan die twee dokters op hul saalrondtes.

Elke besef haar flater. Sy is nie veronderstel om iets van binneaarapparate te weet nie. Sy sluk, bewus van die streng oë op haar. Hierdie keer is daar nie 'n geamuseerde vonkel in dokter Horst se oë nie.

"Ek . . . ek het gesien die ding drup nie . . . en ek het gedink dit moet seker drup en . . . ek wou dit net 'n plukkie gee . . ."

"Het jy in jou lewe al . . .! Vat jou trollie en maak dat jy hier wegkom! Horst, ek gaan hierdie trolliestorie stopsit!"

Horst Buchner se gesig is geslote, sy stem streng en baie formeel: "Ons sal dit later bespreek, Julene." Sy oë pen Elke vas wat nou half verskrik lyk. "Wag buite in die gang." Dan aan die suster: "Hoekom sien 'n kind dat hierdie ding nie werk nie en nie jy nie, suster?"

49

Elke maak haar uit die voete. Sy voel jammer vir die suster. Horst Buchner se stem het soos 'n sweep geklap en Elke weet intuïtief sy sal liewer met dokter Julene deurmekaar wil wees as met dokter Horst. Dokter Julene se gekyf maak haar nie bang nie, maar daar is 'n gesagstoon in dokter Horst se stem wat jou laat verstaan dat hy elke dag Albert Meissner se septer kan oorneem. Nalatigheid is die een ding waarvoor hy nie te vinde is nie.

Bekommerd staan Elke langs haar trollie in die gang en wag. Dit lyk vir haar sy gaan skaars een volle dag op trolliediens wees . . .

"Wat is jou naam?" vra hy skielik agter haar en sy swaai haar om.

"Elke."

"Nou, Elke, ek wil hê jy moet nou baie mooi luister en goed verstaan wat ek sê."

Sy rek haar oë onskuldig, hoewel sy in haar hart sê: Genugtig, lyk ek dan vertraag? Maar sy is ook dankbaar dat sy Julene-skaduwee hom hierdie keer toegelaat het om sonder haar te verskyn.

"Ja, dokter?"

"Jy raak aan niks, aan net mooi niks in hierdie kliniek nie. Jy raak net aan jou trollie."

Sy sluk. "En as ek sien iets is verkeerd soos . . . soos netnou?" wil sy darem weet.

"As jy iets sien wat vir jou verkeerd lyk, dan roep jy 'n suster, maar jy hou jou hande af van alle apparaat. Is dit duidelik?"

"Ja, dokter. Goed, dokter. Ek . . . is jammer, dokter. Ek . . . wou net help. Die ding hét nie gedrup nie, rêrig nie!"

Dis 'n innerlike lekkerte om te sien hoe hy val vir haar toneelspel. Sy weet sy lyk nou nes 'n kind wat dit baie goed bedoel het en toe 'n klap gekry het! Sy sien sy gesig versag.

"Nee, dit het nie gedrup nie. Maar jy was onverantwoordelik om dit te wou regstel. Jy sien, Elke, dis menselewens wat hier op die spel is. Ons kan mos nie kanse waag met mense se lewens nie, nè?"

"Nee, dokter! Nooit nie, dokter!" Haar mond hang behoorlik oop van ontsteltenis by hierdie gedagte.

Hy klop haar liggies op haar skouer en glimlag meteens. "Nou toe. Gaan voort met jou trollie, maar onthou net wat ek gesê het."

"Ja, dokter. Dankie, dokter. Dokter . . ."

"Ja, wat is dit? Ek is besig met saalrondtes."

"O, ek is jammer, dokter."

"Toe nou maar. Praat net gou. Wat wou jy weet?"

"Nee, ek wou maar net vra . . . hierdie ander dokter . . . die vroumensdokter . . ." Die vraag kom uit soos wat net 'n onskuldige kind spontaan sou vra: "Is sy maar altyd so 'n gifangel?"

Dokter Horst staar haar eers aan, kry dan sy gesigsuitdrukking reg en sê streng: "Elke, dis nog iets wat jy ook moet onthou. Jy moet jou mond toe hou. Jy praat te veel. Ek sal jou aanraai om liewer te probeer om aan dokter Julene se regte kant te kom."

"Het sy dan so iets . . . 'n regte kant, bedoel ek? Want dan het niemand in hierdie plek dit al ontdek nie."

"Wat praat jy?" vra hy geskok.

"Ek bedoel maar net niemand in hierdie plek hou van haar nie. Oom Peet sê hy hoor mos die verpleegsters praat. Hy sê hulle sê sy is net 'n dokter met haar verstand maar nie met haar hart nie. Hulle sê . . ."

"Stil tog, kind! Jy praat al weer te veel! En dan skinder jy ook nog!"

"Ek skinder nie! Ek praat die waarheid! Ek kan mos nie help as hulle so . . ."

"Stil, Elke!" Hy kyk vlugtig oor sy skouer, dan half moedeloos, half geamuseerd na haar. "Asseblief, gaan aan met jou trollie. Ek en jy sal later verder praat. Toe, loop nou!"

Elke waag dit eers om die lekkerte hier binne in 'n breë

glimlag na buite te laat uitstort toe haar rug op hom gekeer is. So ja, nou voel sy beter!

Dis regtig ongelukkig dat Elke weer op 'n situasie afkom wat haar instinktief laat optree. Maar sy is 'n dokter, en dis blote refleksbewegings wat haar later die oggend na die bed laat haas om die stikkende man te hulp te snel.

Toe die twee hoofde van die kliniek eindelik terugstap ná hul saalrondtes, hoor hulle skielik 'n stem.

"Spoeg, oompie, spoeg. Nee! Hier is die bakkie, nie op my nie! Ja, spoeg lekker dat die nare goed kan uitkom! Ja. Dis reg! Dis beter, nè? Nee! Nee! Nie water nie. Oompie kan nie nou al water drink nie. Jy gaan naar word. Kyk, ek vee oompie mooi skoon af en maak jou lippe nat met 'n wattetjie en . . ."

Soos een man beweeg die twee dokters na die deur, stamp die trollie weg in die verbygaan.

"Wat de duiwel! Gee pad hier!"

Elke word sonder meer weggestamp en dokter Julene buk oor die pasiënt. Elke kyk vas in twee ysige oë voordat hulle ook afsak na die bed.

"Het u naar geword, meneer Verwey? Hoekom het u nie die klokkie gedruk nie?"

"Ek wou, maar kon dit nie in die hande kry nie. Maar toe kom die verpleegstertjie in en help my. Ag, dankie tog! Ek dog ek verstik my morsdood."

Die "verpleegstertjie" besluit dis tyd om haar uit die voete te maak. Sy blits by die deur uit, net toe die arme suster wat haastig op die rooi lig in die kantoor reageer, wil binnekom. 'n Botsing is onvermydelik en daar klink twee ontstelde gilletjies in die gang op, gevolg deur 'n dowwe slag.

Dokter Julene se kop ruk omhoog. "Wat gaan in hierdie plek aan vandag? Het dit in 'n malhuis ontaard?"

Toe dokter Horst in die deur verskyn, is die suster besig om steierend orent te kom en hy sien net die punt van 'n bokstert om die hoek verdwyn. Hy ondersteun die verdwaasde suster wat verskrik vra: "Wat . . . wat het my getref?"

"Ek begin self wonder," is die droë antwoord.

Dan is daar nie meer tyd om te wonder nie. Dokter Julene is op die oorlogspad.

"Hierdie pasiënt was besig om te stik, suster! Waar was jy?" Die woordjie "gifangel" wil al 'n weerklank in iemand se geheue kry. Dis 'n onredelike vraag. Geen kliniek kan immers voltyds vir elke pasiënt 'n opgeleide verpleegster aan diens langs die bed hê nie.

"Besig met my verslag, dokter. Die . . . die klokkie het nie gelui nie."

"Nee, want dit was nie binne sy bereik nie."

Die pasiënt kom haar tot hulp. "Ek het dit self weggestamp toe ek begin stik het, dok-"

Maar daar word nie geluister nie. "Hier is 'n laksheid wat ek onmiddellik gaan stopsit. Moenie . . . móénie dat ek weer op so iets afkom nie. Verstaan jy my?"

"Ja, dokter."

Hulle sê as ellende jou eers beet het, kom dit altyd in drieë. Elke moes dit onthou het toe sy op die end van haar rondte by die ingang na die kinderafdeling verbykom. Of miskien het sy gedink sy het reeds nommer drie raakgeloop en gefnuik. In die een mansaal moes sy eenvoudig haar hart verhard, maar dit het swaar gegaan.

"Ag, asseblief tog, my groot dogter, verkoop aan oom Pieta daardie tabak! Net die een pakkie!"

"Ek mag nie, oupatjie. Hulle het gesê julle mag nie hier pyp rook nie. Dit stink en waar spoeg julle die pypolie?" verduidelik sy geduldig.

"Maar ek beloof jou, hartjie, ek sal die pypolie insluk. Toe nou, dogtertjie . . ."

"Nee, oupatjie, ek mag nie. Ek sal in die moeilikheid kom."

"Maar hulle hoef mos nie te weet nie. Ek sal dit wegsteek. Kyk, hier lê my ou pyp. Ek het dit ingesmokkel. Nou net die tabak . . . Ag, kindjie, ek kom doer uit Namakwaland se wêreld. Ek het oud geword saam met my pyp. My senuwees is klaar. As ek net twee trekke kan trek, sal ek weer moed kry. Ag, kindjie . . ."

Elke voel sy kan saam met die ou oom huil. "Ai, oupatjie, hulle sal mos weet oupatjie rook pyp. Hulle sal dit mos ruik."

"Nee, kindjie, ek stap al so 'n bietjie rond. Ek sal hier buite om die hoekie gaan staan en my trekkies trek. Toe nou, asseblief! Ek sal jou dubbel betaal. Geld is nie 'n kwessie nie."

Maar eindelik kon Elke haar wegskeur en vinnig padgee terwyl sy soos 'n wreedaard voel.

Dis toe dat sy 'n kind baie droewig hoor huil. Weer is dit blote refleksseine van haar brein af wat haar voete tot stilstand bring. Sy registreer nie eens die letters bo-aan die twee groot deure wat toegang tot die afdeling verleen nie. Die trollie word net so gelos en sy is klaar binne. Haar voete dra haar vanself na die huilende kind. 'n Ontevrede stem vanuit 'n ander kamer bereik haar ore: "Ek wens hulle wil besoektye aan die kinderafdeling totaal en al stopsit. Die ouers moet hul kinders hier aflaai en eers weer te sien kry die dag wanneer hulle ontslaan word. Hoor nou net hoe skree klein Frik. Hy wil nou opsluit saam met sy ma huis toe. Dit ontstig net die kinders. Dis al."

"Wel, Frikkie moet nou maar huil. Daar is nie nou tyd om kinders te troos nie. Ons moet baba Meintjies gereed kry. As dokter Julene en dokter Horst nou hier instap en hy is nog nie gereed nie . . ."

Elke sluip die kamer binne en haar hart gaan uit na die seuntjie wat met bang oë in die hoë hospitaalbed sit en snik. Sy maer, bleek gesiggie vertel haar dat hy 'n baie siek seuntjie moet wees en sy blik vinnig na die besonderhede op sy kaart aan die voetenent van die bed. Haar hart trek saam, want klein Frikkie se prognose is baie swak. Sy neem vinnig op die kant van die bed plaas, sit haar arms om hom en trek hom styf teen haar vas.

"As ek vir jou 'n vissie gee, sal jy dan ophou met huil?"

"'n . . . Vissie? In 'n bak? Wat swem?"

"O, ons kan altyd speel ons gaan hom in 'n bak sit en hy gaan daarin rondswem. Dis 'n lekkergoedvissie, maar as jy hom eet, gaan hy mos na hierdie bak toe," en sy kielie hom op die maag, "en dan swem en swem en swem hy al in die rondte daar!" en sy maak sirkels met haar wysvinger.

Skielik skater hy van die lag. "Jy kielie my!"

"Is nie! Dis die vissie wat so swem!" Sy staan vinnig op, wys met haar vingers sjuut en maak haar oë groot en rond. "Ek gaan haal dit gou!"

'n Rukkie later sit hy op haar skoot, trane vergete, besig om die malvavissie te eet terwyl sy hom die storie van die stout vissie vertel: ". . . en daar vang die seun hom in die net en pardoems! gooi hy hom in 'n blik. En daar is die stout vissie gevang en . . ."

"Jy kan maar ophou. Hy slaap vas."

Sy kyk vinnig op. Hy staan in die deur, kom nader. Sy het geen verweer nie. Sy is al weer betrap.

"Werklik, Elke, jy het net so min ore aan jou kop soos daardie stout vissie."

"Maar hy was hartseer en die verpleegsters het nie tyd vir hom gehad nie en . . ."

Hy sug. "Ja, toe maar. Ek weet dit alles. Maar jy moet nou maak dat jy hier wegkom voordat hulle jou betrap."

"Ek is klaar betrap. Jý het my betrap."

Hy frons skerp. Dié kind is beslis nie onnosel nie. Eintlik gans te opmerksaam. Hy omseil 'n antwoord en buig oor Elke en die slapende kind. "Kom ek help jou dat ons hom versigtig neersit sodat hy nie wakker word nie." Hy neem die halfgeëte lekker uit die taai handjie en sit dit op die kassie langs die bed neer, kyk dan terug in die blou oë wat so naby syne is. "Gelukkig sal klein Frikkie niks oorkom van 'n halwe lekker nie, maar dit kon ewe goed gevaarlik vir hom gewees het. Jy bedoel dit goed, ek weet, maar dit kon gevaarlik vir hom gewees het . . ."

"Maar ek . . ." Sy klap haar lippe vinnig toe. Sy kan mos nie vertel dat sy eers klein Frikkie se hele kaart deurgelees het voordat sy besluit het om hom met 'n lekkertjie te troos nie. Wat op daardie pasiëntkaart staan, is veronderstel om vir haar Grieks te wees. Sy eindig dan maar lamlendig: "Maar ek het hom so jammer gekry. Ek . . . is jammer."

"Nou toe nou maar," hoor hy homself vir die hoeveelste keer sê. Regtig, sy lyk al weer soos 'n kind wat onverdiend 'n afjak gekry het! Maar as dit Julene was wat vir die hoeveelste keer op haar afgekom het terwyl sy met ongeoorloofde dinge besig was, sou sy beslis aan haar boksterte by die deur uitgegooi gewees het. "Ek maak oor 'n rukkie 'n draai by die restaurant. Wag daar tot ons gesels het. Daar is een ding wat jy regtig moet verstaan, Elke. Daar is redes vir die reëls van hierdie kliniek en . . ." vervolg hy kwaai toe haar mond weer parmantig wil oopgaan, "ék het dit saam met dokter Julene opgestel. Dis nie net dokter Julene se reëls nie. Dis myne ook. Toe. Weg is jy!"

Sy wip by die deur uit en hy kyk die netjiese agterstewetjie agterna wat so blitsig om die hoek verdwyn. Tieners is 'n spesie op hul eie . . . Hoe op aarde hou hul organe dit so saamgepers in sulke stywe broeke? Dan moet hy glimlag. Nie dat dit enigsins hierdie parmant se beweeglikheid strem nie. Toe hy in die gang uitkom, sien hy nog net die punt van 'n bokstert om die hoek verdwyn. Dit laat hom dink . . . Hy sal haar ook daarop moet wys dat 'n mens nie in 'n hospitaal hardloop nie . . .

Agter sy rug kyk die twee susters half ontsteld na die half-geëte lekkergoedvis op die bedkassie. "Waar op aarde kom dít vandaan?"

"Natuurlik die ma. Prop die kinders mos vol lekkers ty-dens besoekure en dan verwag die dokters ons moet dit reg-kry dat hulle hul kos eet. Gou! Steek dit weg in die laai. Hier kom dokter Horst."

Die dokter kom langs die bed tot stilstand en beduie met

die hand. "Laat hom slaap. Ek kan hom later weer besoek." Hy draai terug by die deur. "Susters, soms kan 'n lekker 'n hartseer seuntjie meer goed as kwaad doen. Moenie sy halfgeëte vissie weggooi nie. Hy kan dit maar opeet wanneer hy wakker word."

Die twee verpleegsters gaap hom aan. "Maar, dokter, dis amper etenstyd!" protesteer een spontaan.

"Ek weet, suster," en sy blik sak af na die klein liggaampie. "Maar waarheen hy op pad is, is daar nie lekkergoedvissies nie. Laat hy maar hierdie enetjie eet."

"Slaan my dood!" laat die een suster hoor toe hy in die gang verdwyn. "Dokter Julene kry die stuipe as sy moet hoor dokter Horst gee verlof dat 'n kind lekkers voor ete mag kry."

Die ander frons en haal Frikkie se vissie weer uit die laai, sit dit so dat hy dit kan sien wanneer hy wakker word. "Maar dis soos hy gesê het, suster Scholtz. Waarheen ou Frikman op pad is, is nie lekkergoedvisse te kry nie. Ek stem saam. Hy kan dit maar eet."

Suster Scholtz draai weg. "Die kinderafdeling vang my soms. Ek wil vra dat hulle my 'n slag na 'n ander afdeling oorplaas."

Suster Marais knik begrypend. Op die lang duur raak dit te veel vir elkeen wat lank in die kinderafdeling van 'n hospitaal werk. Want dood bly steeds iets wat moeilik geassosieer kan word met 'n kind. Elke keer dat 'n klein liggaampie uitgestoot word na die lykshuis, wil jy protesteer: Maar hy het dan nog nie gelewe nie! Hy het dan nog nie 'n kans gehad nie! Sy sug en volg die ander vrou na die deur. "Ja. Ek het al baie gewens, as ek mense so hoor kla en kerm oor onbenullighede, dat hulle net 'n maand lank in 'n kinderafdeling van die een of ander hospitaal of kliniek kan werk. Dan sal hulle uitvind hulle het nog nooit 'n rede gehad om te kla nie."

Net buite die kinderafdeling loop die twee dokters mekaar raak. Horst sien haar nie dadelik nie, sy oë peinsend op die vloer van die gang gerig, 'n klein glimlaggie om sy mondhoeke. Dokter Julene kom tot stilstand en beskou hom krities.

Die dag toe sy die Meissner-kliniek die eerste keer binnegestap het, toe sy as volwaardige dokter ontvang is, en nog as Albert Meissner se enigste kleinkind op die koop toe, het sy gedink daar is nou niks meer wat sy van die lewe verlang nie. En toe ontmoet sy Horst Buchner . . .

Sy kon in die twee jaar sedert daardie nag nog nie vasstel of haar skielike verskyning hom regtig nie kon skeel nie. Feit is, hy was dokter Albert se regterhand toe sy so asof uit die niet opgedaag het. Dit is algemeen aanvaar dat hy die leisels eendag by die ou dokter sal oorneem, nie omdat daar enige familiebande is nie, maar bloot omdat hy aan dokter Albert se byna bomenslike standaarde as dokter voldoen. Oor Horst Buchner se bekwaamheid is daar geen twyfel nie, en almal het vanselfsprekend aanvaar dat hy die nuwe hoof van die Meissner-kliniek sal wees wanneer dokter Albert die dag die tuig neerlê.

En toe verskyn dokter Albert se enigste kleinkind op die toneel en alles verander plotseling. Dokter Albert, jare al gewoond aan die gedagte dat hy geen nageslag het wat die moeite werd is om te onthou nie, word skielik op 'n dag gekonfronteer met 'n pragtige, lang meisie met sterk Meissner-gelaatstrekke. Om alles te kroon, lê sy haar bewyse voor hom neer dat sy ook 'n waardige opvolger vir hom in die kliniek kan wees.

Dokter Albert het skielik met 'n probleem gesit. Horst Buchner het so te sê al die versekering van die Godfather gekry dat hy sy opvolger sal wees. Maar nou sit hy met 'n kleindogter wat geregtig is op daardie eer. Sy is vlees van sy vlees en bloed van sy bloed en 'n droom wat jare gelede gesterf het, het weer herlewe: dat 'n Meissner, sy eie nageslag, aan die hoof van die kliniek sal staan wanneer hy die dag nie meer daar is nie.

Die situasie is aan Horst Buchner verduidelik en selfs dokter Albert kon nie deur 'n enkele woord of oogknip agterkom hoe hy werklik oor hierdie nuwe verwikkeling voel nie. Toe die voorstel aan hom gedoen is dat hy en Julene gesamentlik aan die hoof van die kliniek sal staan, het hy hom sonder meer daarby neergelê. Tog het hy, en sy kleindogter, dikwels gewonder wat Horst Buchner regtig in sy hart voel.

Hy is nou byna by haar en die glimlaggie is nog steeds om sy lippe. Julene se oë vernou effens. In die twee jaar wat hulle nou al so intiem saamwerk, het Horst steeds 'n onbekende faktor vir haar gebly. As medikus het sy hom goed leer ken. Sy briljantheid in die operasieteater, sy besondere vermoë vir die regte diagnose, sy bekwaamheid oor die algemeen, het sy leer ken en waardeer. Maar as mens . . . Sy weet die kliniek is onder die indruk dat daar 'n verhouding tussen hulle bestaan, 'n indruk wat sy subtiel aanpor, hoewel sy weet dat sy selfs met behulp van verbeeldingsvlugte en wensdenkery dit nie naastenby 'n verhouding kan noem nie. Weliswaar is sy nie bewus van 'n ánder meisie in Horst Buchner se lewe nie, maar sy moet in alle eerlikheid teenoor haarself erken dat sy haar ook nie so kan noem nie. Horst Buchner stel blykbaar nie belang in 'n huwelik nie. Sy hele bestaan draai skynbaar om die kliniek en sy werk hier. Selfs die kere dat hulle saam uit was, het die gesprekke oor mediese sake gegaan. Hoe sy hom ook al in 'n hoek probeer keer het om iets meer as net professionele belangstelling van sy kant te ontlok, hy het so glibberig soos 'n paling gebly.

Ná twee jaar het sy nou die punt bereik dat sy haar vir hom begin vererg. Dit sal tog ideaal wees as daar 'n verbintenis tussen hulle twee kan wees. Sy as Albert Meissner se enigste nasaat, sal tog immers ook sy enigste erfgenaam wees. En dit sê baie. Horst het wel aandele in die kliniek, maar dokter Albert besit vyf-en-sewentig persent daarvan. En sy kleindogter sal dit eendag erf. Dit kan Horst Buchner net loon om met daardie erfgenaam te trou. Ook, weet Julene, is dit die laaste groot begeerte in dokter Albert se hart. Hy het onlangs weer in daardie rigting gepraat, haar daarop gewys dat dit 'n verlies vir die kliniek sal wees as Horst Buchner moet bedank. Hy moet só verbind word tot die kliniek dat daar nie die vaagste moontlikheid bestaan dat hy ooit sal wil weggaan nie.

Dis nie pertinent gestel nie, maar die onderliggende bevel was tog daar: Jy moet sorg dat jy Horst Buchner vastrek.

Maar hoe?

Sy glimlag nou breed toe hy amper in haar vasloop en laat skalks hoor, 'n stemtoon wat die hospitaalpersoneel beslis nooit te hore kry nie: "Ons is baie diep ingedagte en daardie glimlag lyk asof iemand skielik 'n groot geskenk ontvang het."

Hy skud sy kop en die glimlaggie verdiep. "Ek sal dit nie 'n geskenk noem nie, maar . . ."

"Maar wat?"

"E . . . nee, niks."

Sy probeer die glimlag behou maar 'n ligte fronsie keep tussen haar wenkbroue. Daar klap hy weer toe! "Gaan ons netnou 'n bietjie tennis speel?"

"Nee. Ek kan nie. Ek het 'n ander afspraak."

"O?" Sy wag dat hy moet verduidelik, maar hy is blykbaar nie van plan nie. Haar frons word dieper. "Hoekom kom eet jy nie vanaand by ons nie? Jy weet Oupa sien jou altyd graag."

"Dankie, Julene, maar nie vanaand nie. Sê groete vir hom. Hou hy hom nog rustig?"

Die ergernis in haar wil oorkook. Hy kan ten minste sê hoekom hy haar uitnodiging nie kan aanvaar nie! "Ja, soort van. Jy ken hom mos. Hy is op die oomblik besig om al wat nuwe hospitaalapparaat is, te bestudeer. Daar is glo 'n nuwigheid by 'n longmasjien wat hom baie interesseer."

"Goed vir hom en goed vir die kliniek. Die nalees hou hom ten minste stil en as die kliniek later as gevolg daarvan gaan baat, nog beter." Hy soek uitkoms by die elektriese horlosie teen die muur. "Wel, ek dink dis voorlopig al. Ek hoop ons het 'n rustige nag. Dit het verlede nag 'n bietjie dol gegaan. Ek is van plan om vanaand vroeg te gaan inkruip. Tot siens, Julene."

Hy stap weg en sy kyk hom agterna. As hy dan van plan is om vroeg te gaan slaap, het hy ten minste nie 'n afspraak met 'n ander vrou nie. Dit troos darem. Sy draai om en stap in die teenoorgestelde rigting om vir haar 'n tennismaat te gaan soek. Horst swenk weg in 'n rigting wat heeltemal weglei van die woonstelkwartiere vir ongetroude dokters. Enkele oomblikke later stap hy die restaurant binne om sy afspraak met 'n sekere sproetgesig parmant na te kom.

4

"En hoe het dit toe gegaan?" wil Marlene van haar dogter weet toe sy haar verskyning met haar trollie maak.

"Ma moet nog vra! My kop was 'n paar keer amper afgebyt." Sy vertel wat gebeur het.

"Maar jy moet jou hande van die pasiënte afhou, Elke! Netnou kom hulle iets oor en dan sê . . ."

"Ma! Asseblief! Ek weet wat ek doen. Ek is 'n dokter, onthou?"

Haar ma glimlag en skud haar kop. "Ja, my kind, maar as ek so na jou kyk, vind selfs ek dit moeilik om dit te onthou. Ek sou ook dink jy moet liewer van die pasiënte af wegbly."

Elke kyk haar ma ontstoke aan. "Ma is net so erg soos daardie kamtige Julene!" Sy stoot haar trollie vererg na waar Peet Louw staan. "Hallo, oom Peet! Ek het darem sake gedoen. Nou nie veel nie. Laat ek sien . . . Drie waslappe, twee tandeborsels, een vir gewone tande en een vir valstande en . . ." Sy tel haar lysie af en Marlene skud weer haar kop. Dat haar geleerde kind teen die end van die dag van tandeborsels en waslappe verslag moet doen!

Sy spits haar ore toe Elke se stem ongeërg opklink: "O ja, oom Peet. Geen pyptabak op die trollie nie. Die arme ooms mag nie pyp rook nie. 'n Sonde, nè?"

Natuurlik stem hy saam. "Dis meer as sonde, kind. Dis mishandeling."

"Ek voel ook so. Hulle kan 'n plan maak, 'n pyprook-kamer of so iets inrig waar oom Pieta in vrede sy pypie kan gaan sit en rook."

"Nie 'n slegte idee nie. 'n Mens kan daaraan dink," sê 'n stem skielik agter haar en sy swaai om, kyk teen sy klein glimlaggie vas.

Peet groet die dokter vriendelik en wil weet: "Het my nuwe trolliejoggie haar darem goed van haar taak gekwyt, dokter?"

Sy antwoord is ernstig: "Baie goed, dankie, Peet. Sy is baie . . . behulpsaam. Oorgretig is eintlik die woord."

Hy kyk na die vrou aan Elke se sy en Elke is verplig om haar ma voor te stel, en sy is nou dankbaar dat haar ma met Joachim du Plessis getroud was. "Dis my ma, mevrou Du Plessis."

Hy frons liggies ná die bekendstelling. "Is u ook verbonde aan die kliniek?"

Marlene glimlag. "Soort van. Ek werk hier."

"O? In watter afdeling? Ek kan nie sê dat ek u al voorheen hier gesien het nie."

"Nee. Ek help hier in die restaurant vir Peet met die boek-houding."

Elke kyk verbaas na haar ma, maar dié glimlag net terug.

"O, ek sien. Kan ek 'n koppie koffie kry, asseblief? En sal jy dit asseblief vir my bring, Elke?"

Elke is verplig om te gehoorsaam, maar sy laat sommer dadelik hoor toe sy die koffie voor hom neersit. "Ek is nie lus vir 'n gepreek nie. Ek het vandag genoeg daarvan gehad."

Dis omdat sy bang is dat hy dalk vrae kan stel waarop sy moeilik sal kan antwoord, dat sy besluit om 'n parmantige houding in te neem. Die feit dat die hoof van die Meissner-kliniek nie op só 'n trant aangespreek word nie, laat haar koud. Hy was nogal gaaf op sy manier en sy sal nie graag openlik vir hom wil jok nie. Daarom is haar enigste verweer parmantigheid.

Die vriendelikheid het uit sy oë verdwyn. "Kinders word deesdae alles op skool geleer behalwe goeie maniere. Wanneer gaan jy terug?"

"Terug waarnatoe?"

"Skool toe. Wanneer begin die skole weer?"

"Ek . . ." Sy kyk hulpsoekend na haar ma, sê dan bot: "Ek gaan nie terug nie." Dis mos die waarheid!

"Hoekom nie? Het jy gedruip? Watter graad was jy?"

Tot haar verligting voeg Marlene haar by hulle en sy vra bekommerd: "Is hier 'n probleem? Iets met die koffie verkeerd?"

"Nee, dankie. Daar is nie fout met die koffie nie. Ek wou maar net weet . . ."

"Hy wil weet wanneer ek teruggaan skool toe . . . en of ek gedruip het." Haar blik sak af na die man. "Nie veertien wilde perde sal my weer in 'n klaskamer kry nie. Ek hét matriek."

Sy stem is kil. "Dis die moeilikheid met die kinders van vandag. Julle dink as julle matriek het, het julle die wêreld se wysheid in pag." Hy kyk na die verdwaasde Marlene. "U moet u dogter tot ander insigte bring, mevrou. Geleerdheid is vandag baie belangrik . . ."

"Ja, en dan raak jy soos dokter Julene . . . só slim en volleerd dat jy nie meer mens is nie," kap Elke terug.

Marlene trek haar asem in. Nou gaan Elke darem te ver.

Die noordpoolwind waai in sy stem. "Dokter Julene beteken iets vir die samelewing en haar medemens. Die vraag is of jý eendag iets gaan beteken. Of wil jy die res van jou lewe trolliejoggie bly?"

Die blou oë spat vuur. Sy het haar met hom misgis. Hy is

niks gaaf nie. Hy is net so 'n snob soos daardie kollega van hom. "My pa het altyd gesê dit maak nie saak watter soort werk jy in die lewe doen nie, al vee jy ook strate, solank jy dit net doen na jou beste vermoë en met jou hart en siel en met vreugde. Hy het gesê as ek 'n straatveër wil word, moet ek dit word. Dis geen skande nie. Ek moet net sorg dat ek 'n goeie straatveër is."

"Jy het 'n besonderse pa. Ek sou hom graag wou ontmoet."

"Jy kan nie. Hy is dood."

O." Hy kyk na Marlene wat radeloos soek na iets om te sê. "Des te meer, mevrou, moet u sorg dat u dogter verder studeer . . ."

"Dokter, nee, daar is 'n misverstand. Eintlik . . ."

Elke val haar vinnig in die rede, oortuig dat haar ma op die punt is om die dokter te vertel watter geleerde kind sy nou eintlik het: "Eintlik, dokter Horst, is ek 'n baie slim kind. Ek het nie een keer in my lewe gedop nie."

Dit bring geen woord van lof voort nie. Inteendeel.

"As jy dan só 'n slim kind is, behoort jy verder te gaan studeer . . ."

"Maar sy . . ."

Weer moet Elke haar ma vinnig in die rede val: "Maar ek weet nie of dit goed is om só erg geleerd te wees nie. Ek . . ."

Dis sy wat nou in die rede geval word: "Stil! Jy val nie weer jou ma in die rede nie! Ja, mevrou?"

"Nee, ek wou eintlik net sê . . ." Sy kyk magteloos na Elke.

Dié kyk haar met waarskuwende oë aan. As haar ma darem nóú haar mond verbypraat . . .

"Verskoon my as ek so reguit vra, maar is daar 'n finansiële probleem?"

"O, nee. Nee, dis nie dit nie. Dis . . ." Die blik keer bestraffend terug na Elke.

"Dis Elke wat nie verder wil leer nie," maak die dokter sy

eie gevolgtrekking. "Maar sy is 'n onmondige kind. Dwing haar eenvoudig. Sy sal u later dankbaar wees. Waarin stel jy belang?" word die vraag op Elke afgeskiet.

Sy vererg haar bloediglik, juis omdat sy so benoud is. Wat bodder die man so met haar? Pleks hy hom gaan besig hou met sy kollega en kyk of hy van haar 'n mens kan maak – 'n eerlike mens, die bedriegster!

"Waarin ek belangstel? O . . . e . . . kêrels en partytjies en video's . . ."

"Ag, Elke, hou op met twak praat!" sê haar ma onthuts.

"Sy praat nou die grootste onsin, dokter. Sy is 'n besadigde, konsensieuse kind. Sy het nog nie eens 'n vaste kêrel gehad nie en sy is darem al . . ."

"Sewentien," moet Elke weer red. "En wat weet Ma hoeveel kêrels ek al gehad het?"

"Jy het nog nooit met een by die huis opgedaag nie en jy het self gesê geen vaste verhoudings voordat . . ."

"Ag, Ma, dit was sommer praatjies. En in elk geval, dis lekkerder om in die bondel te vry. Dis baie interessanter." Sy giggel skielik kompleet soos 'n verspotte bakvissie. Die dokter se gesig lyk elke minuut al meer afkeurend en sy begin die speletjie geniet. Wie nie vrae vra nie, hoor nie leuens nie, sê hulle.

"Ek het bedoel in watter vakrigting stel jy belang? In die onderwys of . . ."

"Medies," laat haar ma lakonies hoor.

"Medies? Jy wil 'n verpleegster word?" vra hy verbaas.

Elke vererg haar opnuut. Natuurlik! Hy dink klaarblyklik sy het nie genoeg verstand om 'n dokter te word soos hy en sy kollega nie. Maar dit gee haar darem 'n ontsnaproete.

"Ja. Miskien."

"Wat miskien?" en hy besef nie hy begin nou ook al soos die "jeug van vandag" praat nie.

Marlene gryp ook die uitweg aan. "Ja. Dis hoekom sy hierdie werkie as trolliejoggie geneem het. Sy wil eers kyk of sy daarvan sal hou om verpleegster te word. Eers die wêreld van die verpleegster so van 'n afstand af bestudeer, verstaan u?" lag sy verlig.

Hy moet met 'n stywe kopknikkie toegee. "Ja, dis nogal 'n manier om sekerheid te kry of jy regtig daarvoor kans sien." Hy frons liggies terwyl sy oë haar bestudeer, so asof hy twyfel of sy ooit vir so 'n edel beroep sal deug. "Maar een van die belangrikste vereistes vir 'n goeie verpleegster is dat sy haar aan dissipline sal onderwerp."

"Natuurlik, dokter," stem Marlene sussend saam en vra bekommerd: "Ek . . . ek hoop nie Elke was stout vandag nie? Sy is so 'n spontane kind . . ."

Elke lig haar oë ten hemele. Regtig, ma's kan darem ook vreeslike goed wees. Maak nie saak hoe volleerd jy is en hoe oud jy is nie, in 'n ma se oë bly jy 'n kind. Stout wees . . .

"Nou nie juis stout nie, mevrou. Net, soos ek gesê het, 'n bietjie oorgretig en té spontaan, veral met haar mond. Daar was teenkanting teen die trolliediens en indien daar enige probleme daaruit voortspruit, kan dit maklik stopgesit word. En ek voel dit lewer 'n noodsaaklike diens aan die pasiënte, veral vir dié wat van ver af hier is en nie gereelde besoekers kry wat vir hulle die noodsaaklikhede kan koop en bring nie," word omslagtig verduidelik. "Daarom is dit so noodsaaklik dat u dogter haar streng by die reëls sal hou en een daarvan is om so onopsigtelik moontlik te werk te gaan, met die minste steurnis vir die roetine van die kliniek."

"Genade! Hoe op dees aarde moet ek so 'n groot trollie onopsigtelik kry?" Die blou oë kyk hom stormagtig aan. "Dis net dokter Julene wat daaroor kla. Maar sy kla in elk geval oor alles, klink dit my . . ."

"Sal jy asseblief dokter Julene uit ons gesprekke hou?" Sy stem klap soos 'n sweep. "As jy nie gaan leer om daardie mond van jou te beteuel nie, sal Peet iemand anders vir die trolliediens kry. Ek gaan nie toelaat dat die pasiënte 'n noodsaaklike diens verbeur deur jou parmantigheid nie." Hy stoot sy halfgedrinkte koppie koffie terug en staan op. "Daar is nog iets. Nog 'n reël. Daar word nooit in die gange gehardloop nie."

Sy kyk hom verontwaardig aan, geensins beïndruk deur sy meerderwaardige ontevredenheid nie. "Ek het nie in die gange gehardloop nie ..."

"Jy is op volle spoed uit die kinderafdeling ..."

"Op jóú bevel!"

"Jy praat onsin!"

"Jy het gesê ek moet maak dat ek wegkom, nè? Nou, hoe maak 'n mens dat jy wegkom sonder om jou agterent te roer?"

Dis stil. Peet en Marlene hou asem op. Die feit dat dié "kind" die gerespekteerde dokter sommer jy en jou, laat koue rillings langs Peet se ruggraat afloop. Marlene staan en wag dat Elke die klap moet kry wat 'n mens vir sulke parmantigheid gee, maar dan ontlaai die atmosfeer toe die dokter skielik saggies begin lag, tot almal se grootste verbasing, Elke inkluis.

"In 'n hospitaal leer jy om vinnig te beweeg sonder om te hardloop. Dis 'n soort stap wat jy aanleer wat jou blitsig laat beweeg sonder dat jy werklik hardloop," verduidelik hy.

Elke keer net betyds die kopknik. Natuurlik ken sy dáárdie soort hardloop-stap, maar sy kon dit nog nooit heeltemal regkry nie. Miskien omdat sy klein en kort is en haar bene nie lang hale kan gee nie. Sy het maar deur haar hele mediese opleiding haar trippelgang gehandhaaf, natuurlik tot groot vermaak van haar medestudente. Daardie Jan Swanepoel het altyd die groep tot halt geroep wanneer sy uitasem agter hulle aangetrippel het. "Halt, mense! Ons baba bly agter. Kan ons nie vir ons 'n drasak aanskaf en haar daarin sit en om die beurt saamdra nie?"

"Of 'n stootwaentjie," het 'n ander voorgestel. "Dan gee ons haar net 'n stampie aan die bopunt van die gang!"

Dokter Horst sien nou weer die afgehaalde gesiggie en die

67

neergeslane ooglede voor hom en vind dat hy vir die hoeveel-
ste keer vandag dieselfde trooswoorde gebruik: "Toe maar,
dis nie so erg nie. Onthou dit net in die toekoms. Al is dit
ook hóé dringend, jy hardloop nie." Hy sug saggies. Genug-
tig, hy is nie lus vir sulke klas van lesings ná 'n harde dag se
werk nie! Hy glimlag teenoor Marlene. "Tot siens, mevrou.
Moenie so bekommerd lyk nie. U dogter gaan dalk eendag 'n
oulike verpleegster word. Ons sal intussen so 'n bietjie slyp
aan haar."

Marlene kyk haar dogter bekommerd aan toe die dokter
uit is. "Elke, hierdie ding gaan nie uitwerk nie."

Elke sug en sak by die tafeltjie neer. "Nee, Ma, ek dink ook
nie so nie. In die eerste plek kan ek nie help om spontaan te
reageer wanneer ek sien iets is verkeerd of 'n pasiënt het hulp
nodig nie. Dit gebeur net vanself. En tweedens weet ek nie of
hierdie trolliestorie my enigsins gaan help om iets meer uit te
vind nie. Maar ek weet ook nie wat anders om te doen nie.
Weet Ma?"

Marlene skud haar kop ook moedeloos terwyl sy gaan sit.
"Nee. Ek het so te sê my dienste vir Peet aangebied om ook
maar hier rond te wees vir ingeval ek iets optel, maar ek weet
ook nie hoe ek iets meer oor jou oupa se ander kleindogter
sal wys word terwyl ek my neus in Peet se fakture het nie."

"Sy is nie Oupa se ander kleindogter nie!" protesteer Elke
weer spontaan.

Haar ma se oë is ernstig toe sy antwoord: "Sy kan dalk
wees, my kind. Kleindogter of nie, maar êrens in haar loop 'n
dik stroom Meissner-bloed."

"Waar kom Ma daaraan?"

"Sy het vandag weer hier ingekom, kom vrugtesap koop.
Oom Peet was 'n oomblik lank uit en ek was agter die toon-
bank. Ek het haar die eerste keer van naby gesien. Sy het
sterk Meissner-gelaatstrekke. Jy kan dit nie mis nie." Elke
kyk haar stom aan en sy vervolg: "Jy sou dit nie opgemerk het
nie, want jy het net jou pa geken en hy het meer na jou ouma

getrek. Jy het nog nooit jou oupa van aangesig tot aangesig gesien nie, maar ék het, en daar is beslis 'n sterk ooreenkoms. Ek sal alles wat ek het, wed dat sy wel 'n Meissner is."

Elke se stem is somber. "Mamma se teorie dat Pappa moontlik 'n kind verwek het voordat julle getroud is, is dus moontlik."

Marlene skud haar kop. "Ja, maar iets vertel my dis nie so nie. Jou pa was 'n eerlike, oop mens. Ek weet hy sou my vertel het as daar so iets was."

"Maar miskien het hy nie daarvan geweet nie, Mamma. Dit kan ook wees."

"Ja, maar tog . . . As hy voor my só 'n intieme verhouding met 'n meisie gehad het, sou hy my vertel het. Jy het 'n baie wonderlike pa gehad, Elke, en ons was baie, baie na aan mekaar. Ons moet hierdie moontlikheid in gedagte hou, maar ek voel êrens is hier 'n ander slenter."

"Ma bedoel al is sy 'n Meissner, is daar nog êrens 'n bedrieëry aan die gang?"

"Ja, maar hoe om dit uit te vind?"

"Ek sê nog ek moet haar trompop konfronteer."

"Nee, my kind, wag. Hier is baie op die spel en dis nie net jóú lewe wat geraak word nie. Baie ander is nou betrokke by die saak as dinge die dag in die ope kom. Ons moet eenvoudig eers ons huiswerk doen."

"Maar niemand hier kan ons meer vertel as wat ons reeds weet of vermoed nie, Mamma! Dis net Oupa self wat lig op die saak sal kan werp, en vir hom mag ons nie nou nader nic. Ma wil nie hê ek moet reguit met die 'kleindogter' gaan praat nie. Waar op aarde gaan ons dan iets uitvind?"

"Ons wag maar nog 'n rukkie, Elke. Met tyd kom raad. Daar is op die oomblik tog nie dringende haas nie."

"Hoe weet Mamma? As Oupa môre sterf . . ."

"Ek weet, my kind, maar hy sál miskien môre sterf as hy skielik aan so 'n groot skok blootgestel word en dan dra ek en jy skuld daaraan."

69

Noodgedwonge moet Elke haar maar by haar ma se wyse woorde neerlê en die volgende oggend maar weer met haar trollie en boksterte by die kliniek se hoofingang in verdwyn. Soos sy aanstap, sê sy die reëls vir haarself op: Onthou nou! Jy mag nie hardloop nie! Jy mag nie aan 'n pasiënt raak nie! Jy mag nie aan 'n apparaat raak nie! Jy mag nie by die kinderafdeling ingaan nie! Jy mag nie lekkers vir kinders gee nie! Hou jou onopsigtelik! Die reël dat sy nie pyptabak op die trollie mag hê nie, herhaal sy nie, want daar is nie vanoggend pyptabak op die trollie nie. Die feit dat sy vanoggend 'n ekstra vroulike kurwe vertoon, hinder haar gewete glad nie. Sy het nie pyptabak op die trollie nie en sy verkoop nie pyptabak nie. Maar as daardie oupatjie vanoggend weer trane in sy oë kry soos hy soebat, gaan hy 'n presentjie van die trolliejoggie kry. Sy het klaar die geld vir die sakkie tabak in Peet se geldlaai gegooi.

Sy het dan ook kwalik haar verskyning in die saal se deur gemaak of hy kom aangesukkel na haar toe, en haar hart ruk toe sy sien hy kom met 'n geldnoot voor haar tot stilstand.

"Asseblief, kindjie, ek sal jou betaal vir net een stopsel!" Hy sien die onsekerheid op haar gesig en sy hand reik na sy kamerjas se sak. "Dubbeld!"

"Nee, oupatjie, nee wag." Sy laat sak haar asem. "Stap so 'n bietjie uit. Net hier om die hoek staan 'n watertenk. Ek sal agter die watertenk vir oupatjie iets neersit en dit kos niks nie. Gee my net kans om hier klaar te maak en dan sal ek dit daar gaan neersit. Maar onthou! Oupa weet nie waar dit vandaan kom nie!"

Toe sy klaar sake gedoen het in die saal, glip sy vinnig by die stoepdeur uit, maar toe sy by die tenk kom, sien sy oom Pieta het haar voorgespring. Hy staan haar opgewonde en inwag, pyp gereed in die hand.

Elke kyk vinnig om haar rond, maar gelukkig is daar geen sterfling in sig nie. Sy is nie bewus daarvan dat dit nie net oom Pieta se blink oë is wat die beweging van haar hand dophou toe dit voor by haar hemp in verdwyn nie. Vanaf die oorkantste ry vensters, 'n vloer bokant die grondverdieping, sien nog 'n paar oë hoe 'n verbode geel pakkie te voorskyn kom en hoe oom Pieta dit amper uit haar hand gryp. Die persoon sien ook hoe aan oom Pieta beduie word waar die pakkie tabak weggesteek moet word nadat hy klaar gerook het.

"Hier lê 'n klip. Skuif nou die pakkie so diep moontlik agter die tenk in en dan sit oupatjie die klip daarop. G'n mens sal raai daaronder lê iets nie."

Die dampe staan soos oom Pieta trek en daar is nie 'n dankbaarder mens in hierdie kliniek nie. "Jy red my lewe, kindjie."

Elke glimlag met deernis. Arme ou man. Hulle kan nie veel vir hom meer doen nie. So het sy pasiëntkaart haar reeds vertel. Sodra hy sterk genoeg is, moet hy maar teruggaan na sy geliefde Namakwaland en daar die onvermydelike loop van alle aardse bestaan afwag. Hoekom dan nou sy ou pypie ook van hom wegvat? Wat maak dit werklik saak as die pyprook nadelig is? Die groter kwaad lê veel dieper en hy sal daaraan doodgaan, nie omdat hy pyp rook nie. Dus . . .

"Oupatjie moet darem nie sulke kwaai dampe die lug in blaas nie. Netnou sien iemand die rook en dink die plek is aan die brand. Oupa . . ."

Dis egter reeds te laat. Iemand het reeds genoeg gesien en stap reg op die dampe af. Elke hoor die voetstappe agter haar en sy tree weer instinktief op. Die pyp word uit oom Pieta se hand gegryp en toe sy haar omswaai, hande agter die rug, kom dokter Horst net om die tenk gestap.

"Wat maak julle twee hier?" Sy stem is egalig en klink geïnteresseerd, maar sy oë is baie skerp.

"O . . . e . . . ons gesels sommer 'n bietjie."

Oom Pieta besef hy sal sy kant ook moet bring. "Staan sommer so 'n bietjie in die buitelug rond, dokter weet? Vars, skoon lug . . . en so aan."

"Dis nie so vars en skoon nie. Ek ruik rook."

"O, dit kom seker van die kombuis af . . ."

"Wat het jy daar agter jou rug?"

"Agter my rug?" Tot haar ontsteltenis begin daar trane in haar oë vorm. Sjoe, deksels, maar oom Pieta het darem die pyp warm getrek. Dis of sy 'n kool vuur in haar hand vasdruk.

Sy kyk op in die rigting van waar hy hulle dopgehou het en dan terug na hom. Parmantigheid is weer haar enigste verweer terwyl sy noodgedwonge die pyp te voorskyn moet bring: "Het jy nie beter dinge om te doen as om op mense te spioeneer nie?"

Hy verwerdig hom nie om hom teen die beskuldiging te verdedig nie en frons skerp terwyl hy haar hand in syne neem en oom Pieta sy steeds vuurwarm pyp terugontvang. "Genugtig, kind, het jy dan nie verstand nie? Kyk hoe het jy jou handpalm verbrand!"

Dis regtig seer en sy moet sluk, maar bly parmantig. "Los uit my hand. Dis myne! Ek neem aan jy gaan ons nou by die ander baas verklik." Sy probeer uitdagend lyk. "Nou toe, hardloop, voor die pad vol dubbeltjies word. Maar een ding sê ek vir jou en daardie kollega van jou: Julle het geen reg om oom Pieta te verbied om hier buite die gebou te rook nie. Die binnekant van die kliniek is julle s'n en daar kan julle baasspeel, maar hier buitekant . . . hierdie . . ." en sy beduie wild met die hand wat los is, "hierdie hemelruim om ons is die liewe Heer s'n en daarvan is julle nie baas nie."

"Elke, bly stil! Jy praat 'n mens gek! Rook jou pyp, oom Pieta, en kom jy dat ek jou hand kan gaan dokter."

"Jy gaan ons nie verklik nie?" Sy kyk hom met ongelowige oë aan en oom Pieta tree ook nader.

"Sy het regtig nie die tabak aan my verkoop nie, dokter."

"Nee, ek het nie. Ek het geen reël oortree nie."

"Hoe werk jy dit uit?"

"Ek het dit vir hom present gegee. Nêrens in die reëls staan ek mag nie soms vir iemand 'n presentjie gee nie."

Hy kyk stip in die onskuldige oë af. "Jy is 'n slim kind, soos jy self so beskeie gesê het. Maar jy moet pasop, dogtertjie. Slim vang sy baas. Kom."

Sy volg gedweë, staan gelate en toekyk hoe hy haar handpalm dokter, dankbaar dat hy haar nie by sy medehoof gaan rapporteer het nie. Hy is regtig nie te onaardig nie. Wonder tog hoe ernstig die verhouding tussen hom en daardie vroumens is . . .

Toe hy opkyk van haar hand, betrap hy die ernstige, deurdringende blik op hom en lyk effens verbaas. "Wat is dit? Wat hinder jou nog?"

Sy ruk haar gedagtes onder beheer. Griet, amper het sy hom trompop gevra hoe ernstig die vryery tussen hom en dokter Julene nou regtig is . . . Sy gryp na 'n veiliger onderwerp.

"Oom Pieta . . . Hy is reeds aan die sterf, is hy nie? Moenie dit wat hy nog oorhet van hom wegneem nie, asseblief. Laat sy ou vriend van jare die laaste entjie pad maar saam met hom stap."

Sy besef nie dat sy glad nie nou getrou aan die aard van 'n tiener bly nie, maar eerder praat soos iemand wat al insig in die dieper dinge van die lewe gekry het. Die verbasing in sy oë maak plek vir 'n vreemde, sagte lig.

"Ek belowe oom Pieta kan van nou af sy ou pypie rook, maar nie in die saal nie, om verstaanbare redes. Hy kan op 'n stoel op die stoep gaan sit en rook, nie soos 'n skelm agter die tenk nie. Tevrede?"

Sy glimlag breed en dankbaar in sy oë terug en hy moet glimlag vir die sproete wat so vrolik op die neuspunt wip dat 'n mens amper kan bang wees hulle gaan afval. "Maar wat meer is, jou slim meisiekind, ek gaan toesien dat hier 'n rookkamer in hierdie kliniek kom waar al die oupatjies rustig met hul pype kan kom sit en hul senuwees kalmeer. Maak dit jou gelukkig?"

Haar glimlag kan hom behoorlik insluk en sy gee sy hand wat hare nog vashou, 'n drukkie en kom nie eens agter dis seer nie. En, so spontaan soos dit maar altyd uitborrel, sê sy dankbaar: "Ag, jy is eintlik 'n ou skattebol. Hoekom . . .?"

"Hoekom?"

Sy wou eintlik vra hoekom hy met so 'n ou suurknol soos dokter Julene deurmekaar moet wees, maar verander blitsig haar sin: "Hoekom was ek so lelik om jou van spioenasie te beskuldig?"

Hy lag saggies, los haar hand en pluk aan die een bokstert. "Ja, dit was baie lelik van jou. Maar goed. Ons vergeet nou daarvan. Net, regtig, Elke, jy sal moet leer om eers te dink voor jy doen. Ek kan jou nie pal uit die warm water hou nie. Nou toe. Neem hierdie buisie salf saam en smeer gereeld daarvan aan die palm."

Dokter Horst begin egter in die dae wat volg wonder of dié slim kind tog nie reg was in haar beskuldiging dat hy op haar spioeneer nie. Hy betrap homself dat sy oë rondsoek elke keer as hy om 'n hoek kom of 'n gang afstap of 'n afdeling betree. Maar of sy dit doelbewus begin oefen het om onopsigtelik te wees en of dit net toevallig is, weet hy nie, maar hy kry min van die trolliejoggie te sien. Enkele kere sien hy net die punt van 'n bokstert om 'n hoek gaan of 'n stukkie van 'n agterstewetjie in 'n saal verdwyn en dan neig sy bene al in daardie rigting hoewel hy in die teenoorgestelde rigting op pad was. Hy kan dan onmoontlik vir sy kollega aan sy sy sê hy wil net eers weer 'n slag die trolliejoggie onder oë kry. Natuurlik net om te sien of alles nog goed gaan. Hy is oortuig daarvan sy het al weer 'n paar van die reëls oortree, maar aangesien sy nie betrap is nie, het hy geen grondige rede om haar doelbewus op te soek nie.

Natuurlik was daar 'n relletjie toe dokter Julene haar medehoof se veranderende houding oor die rookgewoontes van die pasiënte ontdek. Maar dokter Horst het sy skietgoed gereed gehad.

Eerstens het hy, terwyl hy seker was sy kollega is op die tennisbaan, sy hoof gaan besoek.

Dokter Albert was bly om hom te sien. Sy oë het die jongman stip betrag. "Hoekom sien ons so min van jou deesdae, Horst?" was sy reguit vraag.

Die antwoord was ontwykend. "Bly maar besig, dokter Albert. Hoe gaan dit met die hart?"

Die ou man was ontstig. Julene beweer die verhouding vorder, maar hy twyfel of dit heeltemal waar is. Dis al vir hom asof die potensiële bruidegom ontwykend is. Hy sou Horst sommer op die man af wou vra, maar selfs hy moet toegee dat Horst Buchner nie 'n man is wat jy sommer trompop loop nie. Solank daar die vaagste moontlikheid bestaan dat hy dalk voet in die wind kan slaan, sal daar versigtig met hom te werk gegaan moet word.

"Ek is weer perdfris. Hoe gaan dit by die kliniek? Alles reg daar? Enigiets of enigiemand nuut daar?"

Net vlugtig swaai 'n sekere patroontjie voor sy geestesoog verby en dan kom die egalige antwoord: "Nee. Alles in orde. Niks nuuts nie. Daar is egter 'n kwessie wat ek graag met u wil bespreek, dokter Albert."

"Praat maar."

Die volgende oggend toe hulle die saal binnestap, vind die twee dokters oom Pieta nie in die bed nie.

"Waar is meneer Van der Merwe?"

"Ek dink hy sit buite op die stoep en rook, dokter."

"Sit en róók?"

Die suster se houding is onderdanig, maar nie haar oë nie. Vlugtig gaan haar blik na die ander dokter. "Ja. Dokter Horst het verlof gegee dat hy sy pyp op die stoep mag rook."

Ongelowige oë swaai na hom op, maar hy ontmoet haar blik kalm. "Ja. Ek het." Daar is skielik 'n vonkeling in sy oë. "Ons kan hom verbied om in die kliniek te rook, maar ons kan dit kwalik doen buite die gebou."

Haar stem is styf. "Dis nog steeds op die kliniek se grond."

"Ja, Julene. Die grond en die gebou behoort aan die Meissners, maar die oop hemelruim behoort aan die liewe Heer, en daarvan kan geen mens kaart en transport kry nie. Dis almal s'n."

Sy kyk hom aan asof sy dink hy het die kluts kwytgeraak, maar laat dan net kortaf hoor: "Ons praat later hieroor. Gaan roep meneer Van der Merwe, suster."

Toe hulle egter later op pad kinderafdeling toe is, kom dokter Julene in die gang tot stilstand en probeer nie haar ontevredenheid wegsteek nie.

"Ek voel regtig nie baie gelukkig oor hierdie pyprokery wat jy skielik toelaat nie. Ek is veronderstel om in beleidsake geken te word."

"Ek is heeltemal bewus van die feit dat jy medeseggenskap in die kliniek het, Julene."

Sy kyk hom skerp aan. Hy het duidelik weer toegeklap. "In daardie geval . . ."

"Ek het egter geweet ons sal nie oor hierdie saak konsensus bereik nie en het toe die nodige voorsorg getref."

"Wat bedoel jy?"

"Ek wil nie hê jy moet die indruk kry ek het agter jou rug te werk gegaan nie, want dit was nie die idee nie. Maar ek vind dit belaglik dat ons vir grootmense wat, let wel, betaal om hier te wees, wil voorskryf of hulle mag rook of nie."

"Dis 'n vieslike gewoonte!"

"Ek stem saam, maar daar is ook baie ander onaanvaarbare gewoontes. Ek vind dit belaglik en vernederend vir 'n waardige oubaas soos oom Pieta om soos 'n skelm skoolseun agter die watertenk te moet gaan staan en rook. Daarom het ek hom verlof gegee om buite op die stoep sy pyp te rook en daarom het ek dokter Albert se verlof gekry dat hier 'n rookkamer ingerig word vir veral die pyprokende pasiënte."

"Jy het . . . wát? 'n Rookkamer . . . in 'n kliniek?"

"Ja, Julene. Jy het reg gehoor . . . en ek het dokter Albert se toestemming gekry daarvoor. Hy het nog steeds die finale sê hier. Verskoon my, ek gaan gou by klein Thalita Joubert inloer."

Dis miskien die troebel atmosfeer wat veroorsaak dat dokter Julene min geduld het. Nie dat sy ooit van geduld oorloop nie. Sy is 'n konsensieuse dokter wat haar werk ken en dit doen, maar – soos die verpleegpersoneel dit stel – sy werk met haar verstand en sonder hart. Klein Jannie se rugmurgsappe moet vandag getrek word. Dis vir grootmense 'n verskrikking, wat nog te sê vir 'n seuntjie van ses. Toe hy die wit doktersjasse gewaar en die naald sien, weet hy wat gaan volg en hy bars in 'n histeriese vreesbui uit. Sy angswekkende gille klief deur die lug en dis 'n klein mensie, waansinnig van vrees, wat suster Marais vergeefs probeer kalmeer. Sy weet so goed soos die dokter dat die lumbaalpunksie gedoen móét word, maar aan die ander kant lyk dit of twee grootmense besig is om 'n klein seuntjie te martel.

Ook dokter Horst se aandag word getrek deur die beangste geskreeu en hy sien die verskrikte ogies van die ander pasiëntjies. Dit klink voorwaar of iemand se kop lewend afgesny word. Hy beweeg soos blits met daardie hardloop-stap waarvan hy Elke vertel het en verskyn in die deur toe dokter Julene se ongeduldige stem opklink.

"Kry hom vasgehou, suster! Ek het nie die hele dag tyd nie!"

"Net 'n oomblik." Hy staan langs hulle. "Ek dink jy moet dit vir eers laat, dokter."

Tot suster Marais en dokter Julene se grootste verbasing neem hy die gillende kind by eersgenoemde en druk hom styf teen hom vas. "Toe nou maar, ou grootman. Jy gaan nie seerkry nie."

"Dokter! Dit moet gedoen word! Wat gaan met jou . . .?"

"Ek weet dit moet gedoen word, dokter." Vir die eerste keer hoor dokter Julene 'n klank in sy stem wat haar aan kille woede laat dink. Die uitdrukking in sy oë vertel haar dat haar vermoede juis is. "Maar nie nou nie! Hy moet eers kalmeer,

77

anders gaan jy 'n permanente vrees in hierdie kind kweek en daar sal nog dikwels in die toekoms met hom gewerk moet word. Dit kan nie elke keer gaan soos dit nou gaan nie."

Dokter Julene pers haar lippe op mekaar. Wie dink Horst Buchner is hy? Om vir haar te staan en preek asof sy 'n junior verpleegster is! Haar eie oë spat vuur en haar stemtoon vertel hom dat sy self nou woedend is. "Goed dan, dokter. Laat my maar roep wanneer jy die pasiënt gekalmeer gekry het. Ek het nog baie om te doen."

Sy stap die kamer uit en suster Marais verberg haar verbasing agter neergeslane ooglede. Dis die eerste keer dat die twee dokters openlik rusie maak terwyl hulle aan diens is.

"Suster, laat Elke onmiddellik na die kinderafdeling ontbied."

"Ekskuus, dokter?"

"Die trolliejoggie." Toe die suster hom net staan en aanstaar, totaal in die war, vervolg hy ongeduldig: "Die meisiekind wat die trollie hier rondstoot! Laat haar oor die interkom ontbied – dadelik!"

"Ja, dokter." Suster Marais gehoorsaam hoewel sy steeds nie seker is of sy die man reg verstaan het nie. Die verwarring aan die ander kant is ewe groot.

"Wie sê jy moet ek roep?"

"Die meisiekind wat die trollie hier rondstoot," herhaal suster Marais. Ja, dis tog wat hy gesê het.

"Wat is die naam?"

"Elke of so iets. Roep maar net die trolliejoggie. Sy moet dadelik hierheen kom, het dokter Horst gesê. Dadelik!"

Dis nie net sy wat wonder of dié plek skielik mal geword het nie toe die stem oor die interkom dwarsdeur die hele kliniek opklink: "Trolliejoggie! Trolliejoggie! Dadelik na die kinderafdeling, asseblief! Trolliejoggie! Trolliejoggie!"

Elke se oë rek en sy kyk om haar rond asof sy na die plek soek waar die stem vandaan kom. Sy kan sweer dis die interkom wat haar roep! Die suster kyk haar vinnig aan vanaf die

78

oorkantste hoek van die mansaal. "Hulle roep jou. Wat het jy nou weer aangevang?"

Elke se oë rek groter. "Niks! Op aarde niks!" sê sy vinnig. Sy was in dae nie naby die kinderafdeling nie. Dit het bitter gegaan om daar weg te bly, maar sy het dit tog reggekry. En nou word sy daarheen geroep . . .

"Trolliejoggie! Trolliejoggie! Na die kinderafdeling, asseblief. Dadelik!"

'n Ou oom laat hoor: "Gaan maar eers, kindjie. Ek kan maar later kyk watter soort skeerseep jy het."

Glad nie teen so 'n veilige spoed nie, vaar sy en die trollie die gang af. Want daar kom dit weer: "Trolliejoggie! Trolliejoggie! Onmiddellik na die kinderafdeling!"

5

Haar voete dra haar in die rigting van waar die droewige gehuil opklink. Toe sy in die deur tot stilstand kom, sien sy dokter Horst met 'n seuntjie in die arms. Hy doen sy sussende bes, maar die kleinman wil niks weet nie.

Daar is openlike verligting in sy oë toe hy haar gewaar, maar sy stem is kwaai: "Waar bly jy so lank?"

"Ek het dadelik gekom . . ." stotter sy en beweeg nader. "Hoekom huil hy so?" wil sy weet.

"Hy is bang. Dink jy jy sal hom gekalmeer kry?"

"Natuurlik. Gee hier."

Haar arms gaan uit, maar hy hou terug. "Hy is te swaar vir jou. Ek sit hom op die bed . . ."

"Gee hier! Ek het nie kougom vir spiere nie! Toe nou, boetie! A, ou grootman, kyk, ek het vir jou kom kuier."

Die kleintjie gewaar dadelik die verskil. Die vrou wat voor hom staan, het nie 'n wit jas aan nie en sy het nie 'n lang naald in die hand nie. Sy lyk amper soos Mamma wanneer sy in die tuin werk met haar blou broek aan. Die handjies steek na haar uit.

"Ek wil na my ma toe gaan!"

"O, jong, maar jy is swaar! O, aarde, maar jy is al 'n grootman. Kom ons sit liewer op die bed, netnou lê ons albei op die vloer." Sy neem, natuurlik teen dokter Julene se reëls in, op die bed plaas met die seuntjie op haar skoot. "Aardetjie, jong, hoe oud is jy dan al? Vier? Vyf?"

"Ses."

"Ses jaar oud al! Soveel?" en sy hou ses vingers op.

"Ek is môre-môre ses. Ek verjaar dan," kom dit gretig.

"Haai, regtig?"

Dokter Horst laat sy oog oor die pasiëntkaart dwaal. "Hy is reg. Hy verjaar regtig oormôre."

"O, maar dan kan ons partytjie hou! O, dit gaan lekker wees! Ons nooi van die ander kinders en ons kan vir jou presentjies bring . . ."

"Stadig, Elke. Jy praat al weer te vinnig en te baie."

Sy kyk hom pleitend aan. "Maar kan ons nie maar nie? 'n Mens is net een maal ses en . . ." Haar blik praat klankloos verder: en dit is dalk sy laaste verjaardag . . .

Dokter Horst frons ontevrede. Hy kry die nare gevoel hy word al weer by 'n saak betrek waarteen hy later vure sal moet doodslaan. "Dit hang af wat so 'n partytjie gaan behels," antwoord hy versigtig.

"Maar natuurlik lekkers en koeldrank en koek en presente . . ."

"Elke, dis siek kinders hierdie!"

Die kennetjie stoot uit en sy druk die lyfie teen haar vas, en onder haar ken kyk die kinderogies geïnteresseerd toe, die trane vergete. 'n Partytjie . . .

"Maar steeds kinders. 'n Mens kan mos die getal kontroleer sodat dit nie te erg daaraan toegaan nie."

Voordat hy nog kan protesteer, weet hy hy het klaar verloor. "En die presente? Waar moet dit vandaan kom?"

"Ek sal dit koop en opmaak. Nie dat jy iets daarvan sal oorkom om ook 'n rand of twee by te dra nie. Dis immers jóú pasiënt wat gelukkig gehou moet word."

Hy kry weer die glimlaggie om die mondhoeke. "Is dit soos dit werk? Jy maak die planne en ek betaal daarvoor?"

Sy gee 'n giggeltjie. "Niks op hierdie aarde is verniet nie, dokter Horst. Ek beskou dit maar net as betaling vir my dienste vandag. Kyk net hier. Hier sit die grootman traanloos en stroopsoet. Ek het gedoen wat jy gevra het. Hy is kalm."

"Ja, deur 'n kind om te koop en vir my af te pers." Maar sy oë lag in hare terug.

"O, wel, as 'n mens nie sterk is nie, moet jy slim wees."

"En jy is slim, juffroutjie. Dit gee ek jou toe. Nou goed, kry wat nodig is en ek sal regmaak. Binne perke, hoor? Veral die eetgoed. Ek wil nie met 'n hele kinderafdeling vol gastro sit nie." Hy begin vroetel onder sy wit jas. "Of miskien moet ek jou sommer nou 'n paar rand gee, dan is dit klaar. Ek sal eers net moet kyk hoeveel ek by my het. Hmm." Hy hou 'n paar note na haar uit.

"Dis genoeg. Ek sal bysit as dit nodig is."

"Jy kan nie . . ."

"Ek kan. Ek vaar nogal goed."

"Met waslappe en seep?"

"Nee, dokter Wil-als-weet, met *tips!*" Sy lag hartlik. "Veral in die mansafdelings. Die ooms is nogal ruimhartig. Die tannies is 'n bietjie toehand."

Hy skud sy kop. "Kry jy regtig fooitjies?"

"Natuurlik! Onthou, ek lewer uitstekende diens met 'n glimlag. Hulle het my nou Sonstraaltjie begin noem, en vir die pasiënte wat rook, is ek sommer die hele son self!"

Hy lag sag, druk die geld in haar hand. "Neem hierdie en sê hoeveel nog kortkom. Gebruik jou fooitjiegeld vir jouself, Sonstraaltjie. En dankie vir jou hulp vandag. Dink jy jy sal weer behulpsaam kan wees wanneer ek oor sowat 'n uur 'n lumbaalpunksie op hom kom doen?"

"Ja. Goed. Maar voordat jy hier inkom, trek tog net daardie wit jas van jou uit. Die kinders dink julle is spoke met jul wit gewade."

Hy kyk haar vraend aan. "Dink jy regtig dit beïnvloed die kinders?"

"Natuurlik. Die wit jas assosieer hulle met seerkry. Selfs hierdie melkwit verpleegsters is verkeerd. Die oomblik as die kinders 'n wit ding sien, is hulle klaar op hul senuwees. Daar is klinieke in Amerika waar die personeel in die kinderafdeling bont rokke dra. Alle dokters dra informele drag."

"Regtig?" Sy oë is skielik baie skerp en Elke besef te laat haar glips. "Waar kom jy aan al hierdie kennis van jou?"

"O . . . e . . . iewers gelees," antwoord sy vaag.

"Dis dokter Albert se idee dat medici wit moet dra. Ek weet daar is baie klinieke wat van die wit uniform afstand gedoen het."

"Maar hoekom praat jy nie met Oupa hieroor nie? Vertel hom hierdie wit gewade is uit die oude doos."

"Oupa?"

Sy sluk, kyk onskuldig terug. "Ja. Oupa Albert. 'n Mens noem mos alle ou ooms bokant sestig oupatjie. Jy moet net sê wanneer ek jou ook so moet begin noem!"

Hy grinnik skielik en lyk jare jonger – beslis baie ver van die oupa-stadium af. "As jy darem die loesing van jou lewe wil hê, moet jy vir my begin 'oupa'. Daardie man op jou skoot is aan die slaap. Lyk my jy het 'n spesiale soort doepa om mense aan die slaap te kry."

Sy lê die kleintjie versigtig neer, laat hoor: "Ja. Ek wens net dit wou op dokter Julene ook werk."

Hy maak keel skoon. "Verbode onderwerp daardie, jong dame. Kom. Maak dat jy wegkom voordat sy jou hier betrap . . . en onthou hoe ek jou geleer het hoe om jou te roer sonder om te hardloop."

"Ek sal my bes doen, dokter," laat sy sedig hoor, gryp haar trollie en laat spaander met swaaiende agterstewe sodat hy maar net sy kop weer skud, maar met 'n vonkel in die oog.

Toe sy 'n uur later weer haar opwagting in Jannie se kamer maak, tref sy die dokter op die kant van die bed aan, besig om skynbaar net so hard soos die seuntjie met sy motorkarretjies te speel, en sy merk dadelik op daar is geen teken van die lang wit doktersjas nie. Weer moet hy hom op die trolliejoggie se oorredingsvermoë verlaat om die seuntjie sover te kry dat hy die lumbaalpunksie op hom kan doen. Maar met Sonstraaltjie, soos die dokter sê haar naam is, se stokkielekker hard tussen die tandjies vasgebyt, sy handjies styf in hare vasgevat en haar sussende stem wat vertel van alles wat sy vir die partytjie gaan koop, kom hulle wonderbaarlik met die minimum trane deur die beproewing. Dis 'n dankbare dokter Horst wat die palm van sy hand 'n oomblik teen haar wang lê.

"Dankie, meisiekind."

Tot haar ontsteltenis voel sy hoe die bloed skielik na haar wange stroom en sy beweeg vinnig deur se kant toe, vra, om die aandag van haar af te trek: "Het jy al verlof gekry vir ons partytjie oormôre?"

"Verlof? Van wie?"

"Jy vra nog!"

Hy glimlag en tot haar verbasing knip hy vir haar oog soos 'n stout seun. "Daar is meer as een manier om 'n kat dood te slaan, juffroutjie. Die medehoof van die kliniek doen hierdie naweek diens. Aangesien ek egter volgende naweek dringende sake het, gaan ek haar vra of ons kan ruil."

"Jou ou doring!"

"Doring? Dit klink nie vleiend nie. Ek hou meer van skattebol."

Sy lag hom openlik uit. "Dokter, jy raak nou net so parmantig en voor op die wa soos die trolliejoggie!"

Hy grinnik. "Jy is baie aansteeklik."

Vir 'n kort oomblik glimlag hulle teenoor mekaar en dan draai sy vinnig om, waai tot siens en verdwyn. Dis regtig eintlik 'n sonde dat hy eendag met dokter Julene moet trou.

Dit het eintlik nie so maklik gegaan om naweke geruil te kry soos wat hy wou voorgee nie. Julene was, om dit sagkens te stel, nie in 'n inskiklike bui ná die oggend se episode nie.

"Ek het Jannie se lumbaalpunksie klaar gedoen," het hy 'n aanknopingspunt gesoek. As hy 'n dankie verwag het, sou hy lank wag. Julene was nie in 'n dankbare bui nie. Hy het net 'n skuins kyk ontvang en teen sy sin moes hy verder: "Ek is jammer as jy die saak so opneem, Julene. Daar was niks persoonliks teen jou gemik nie. Die beswil van die pasiënt is tog altyd hoofsaak."

Sy het haar arms gevou en hom vas in die oë gekyk. "Niks persoonliks nie, nee. Maar teen my as dokter. Jy dink nie ek is 'n goeie dokter nie, nè?"

Hy moes moeite doen om sy stemtoom egalig te hou. Dit word al moeiliker om hierdie kleindogter van dokter Albert tegemoet te kom. "Daar is niks met jou verkeerd as dokter nie, Julene, maar . . ."

"Maar wat?"

"Maar as mens wel."

Sy het haar asem ingetrek en haar ooglede het verstyf. "Mag ek weet wat presies jy daarmee bedoel?"

"Ja. Jy het jou opleiding, jy het die kennis om 'n dokter te wees. Maar 'n goeie dokter moet ook 'n mens wees. Hy moet ook deernis en begrip hê."

Sy het in 'n mate haar selfbeheersing verloor. "Wil jy beweer ek gee nie vir my pasiënte om nie?"

"Nee. Nee, ek weet jy gee om. Ek weet jy gee baie om. Jy wil baie graag mense gesond maak . . . en in die proses sal jy selfs hulle verdomde nekke afbreek as dit jou sal help om dit reg te kry."

"Horst!"

Die skok en verbystering het naak op haar gesig gelê en hy het amper vir homself geskrik. Goeie genugtig, waar het hy geleer om sommer te sê wat hy dink? Of moet hy liewer vra by wie?

"Jammer, Julene, ek druk dit nou 'n bietjie kras uit, maar feit bly, 'n dokter moenie net met sy verstand en al die kennis wat hy versamel het, sy pasiënte benader nie, maar ook met die hart. Jannie is immers ook 'n mens. 'n Siek seuntjie, ja, maar ook 'n bang seuntjie. Die lumbaalpunksie moes gedoen word, ja. Maar nie terwyl hy besete van vrees vasgedruk word asof . . . asof hy maar net 'n dier is nie."

Sy het bleek en ontsteld vertoon, haar oë weggedraai en gesluk. "Soos jy dit stel . . . dit klink baie kras."

"Daar is soms dinge wat maar liewer reguit gesê moet word. Maar dit nou daar gelaat. Ek wil nie post mortem hou nie. Ek wou eintlik 'n guns vra."

Sy het steeds sy oë ontwyk. "Sê maar."

"Ek wou vra of ons nie naweke kan ruil nie. Ek sou graag volgende naweek wou vry wees en nie hierdie naweek nie."

"Hoekom?"

"Dis privaat," het hy ongemaklik geantwoord.

Sy het vinnig opgekyk en dit het gelyk asof sy op meer besonderhede wou aandring, maar toe net gesê: "Ek het eintlik al reëlings vir volgende naweek getref. Daar is 'n drama in die stad waarvoor ek kaartjies het."

"Die een oor jeugbendes? Dit speel hierdie naweek ook. As ek vir jou kaartjies vir hierdie naweek kan kry . . ."

Haar lippe het op mekaar gepers. Die bedoeling was eintlik dat sy hom wou vra om haar daarheen te vergesel. Maar hy het blykbaar ander planne. Sy voel skielik ontsettend moeg en kapituleer meteens: "Goed dan. Ons kan maar ruil as jy vir my twee plekke vir hierdie naweek kan kry."

"Dankie, Julene."

"Plesier. Ek gaan nou huis toe. Tot siens."

Toe dit tyd is dat hy ook van diens kan gaan, stap hy eers restaurant toe. Dis so droewig om in 'n leë woonstel aan te kom en vir jouself 'n koppie koffie te maak.

Die trolliejoggie en haar ma is blykbaar ook net klaar met hul dagtaak toe hy binnestap.

Hy knik vriendelik vir die moeder. "Op pad huis toe?"

"Ja. Eintlik nie huis toe nie, winkels toe. Elke moet goed vir 'n partytjie in die kinderafdeling gaan koop."

"Ja. Ek weet. Het julle vervoer?"

"Ja, dankie. Ek het my motortjie."

Peet kyk glimlaggend toe terwyl Elke hard besig is om haar kleingeld te tel.

" 'n Hele sak vol geld vandag!" basuin die trolliejoggie haar geluk uit. "Dit gaan goed, oom Peet!"

Hy skud sy kop glimlaggend. "Ek dink jy toor die ou mans. Jou voorgangers het nooit so goed geld gemaak nie!"

"Is dit alles fooitjies, my kind?" vra haar ma verbaas en ook bekommerd, kyk vlugtig in die dokter se rigting. "Is dit toelaatbaar, dokter?"

"Dat 'n sonstraaltjie bedank word vir die warmte wat sy versprei – en ek praat nie eens van die warmgetrekte pype nie! Natuurlik, mevrou. As die pasiënte voel sy verdien 'n fooitjie, is daar geen rede hoegenaamd dat sy dit moet weier nie." Hy kyk goedig na die wipneus. "Eintlik is die trollie harde werk. Wat gaan jy met jou fooitjies maak? Lekkers en koeldrank koop?"

"Nee. Ek gaan nog bysit en twee nagrokke koop vir oumatjie Lalie in die chirurgiese saal."

Sy oë word ernstig. "Hoekom?"

"Haar ou nagkleertjies is al vreslik dun geslyt. Een is al by die mou van die elmboog gestop. Jy kan natuurlik iets bydra as jy wil."

"Elke! Dis bedel!" sê haar ma geskok.

"Issie! Dis kollekteer vir 'n goeie saak."

Hy glimlag maar sy oë bly ernstig. "Natuurlik sal ek bydra, maar net op een voorwaarde."

"Ja?"

"Ek wil eers 'n koppie koffie drink en dan gaan ek saam inkopies doen."

"Dis twéé voorwaardes," betig sy.

"Dis twee nagrokke," verweer hy.

Elke kapituleer. "Goed. Ek sal gou koffie gaan haal, maar jy moet gou drink. Ons moet die winkels nog oop vang."

"Ek wil nie kafeekoffie hê nie. U maak nie miskien regte, egte boerekoffie nie, mevrou?"

Marlene lag. "Ek maak, dokter! Jy is baie welkom. Ry net agter ons aan."

Op pad huis toe waarsku Elke: "Ma moenie so oorvriendelik met dié man wees nie. Ons weet nie watter rol hy dalk in hierdie bedrogspul speel nie."

Marlene frons kwaai. "Hoor 'n bietjie! Ek is bloot net vriendelik. Dis jý wat sommer pront geld by hom bedel!"

"Hoekom nie? Hy kan selfs tien nagrokke koop uit dankbaarheid dat hy dokter Julene se strop tot dusver ontduik het. Hy gaan bars as sy dit eers stewig om sy nek het."

"Dan is dit 'n uitgemaakte saak dat hulle gaan trou?" vra die ma en laat spytig hoor: "Dis 'n jammerte. Hy lyk so 'n gawe man."

"Hy is . . . maar ek sou graag wil weet hoeveel hy presies van dokter Julene af weet. Ma kan hom gerus oor koffie pols. Dit sal snaaks lyk as ék uitvra. Wat meer is, hy weet ek het g'n ooghare vir die vroumens nie."

"Maar hoe dink jy kan hy betrokke wees by die bedrieëry?"

"Ek weet nie, maar dis moontlik. Aangesien hy en dokter Julene so dik is . . . O, Mamma, ek weet nie meer wat om te dink nie en ek voel ons vorder geen tree nie!" Die motor kom tot stilstand voor die huis en dokter Horst trek agter hulle in. "Ek kan ook nie begryp hoekom hy skielik wil saamgaan om nagrokke en lekkers en koeldrank te koop nie. As dokter Julene dit moet uitvind, kry sy sweerlik 'n oorval!"

Maar dokter Horst wys glad nie dat hy dit enigsins vreemd vind om saam met die trolliejoggie van die kliniek inkopies te gaan doen nie. Of dat hy hom enigsins kwel oor wie hom dalk mag sien of dat dokter Julene hiervan te hore sal kom nie. Nadat hy sy egte, regte boerekoffie gedrink het, jaag hy haar aan en omseil só die subtiele vrae wat gestel word. Al wat ma en dogter meer van hom te wete kom, is dat hy al drie jaar verbonde is aan die Meissner-kliniek en voordat Julene Meissner se naam nog by die gesprek betrek kan word, is die koppie leeg en staan hy op.

"Is jy gereed? Ons sal ons nou moet roer. Ons ry sommer met my motor. Ek neem aan u het seker nie lus om dié tyd van die dag nog by winkels rond te dwaal nie, mevrou? Is daar iets wat ons vir u kan saambring?"

"Nee . . . of, ja, wag, tog. Ek sal bly wees. Elke, kan jy vir my kyk of jy 'n skaaplewer in die hande kan kry. Ek wil vanaand vir ons lewerkoekies maak."

"Het u gesê lewerkoekies?"

"Ja. Eet jy dit?"

"Ek het dit laas as kind geëet."

Met 'n verskonende kyk na Elke kan sy nie anders as om hom te nooi nie, en met 'n tevrede glimlag volg hy Elke by die deur uit. Dit gaan voorspoedig met die inkopies en nadat alles vir die partytjie gekoop is, sê Elke: "Nou nog net die nagrokke. Ek sal gou maak. Ek is nou terug."

"Hoekom kan ek nie saamgaan nie?"

"Maar . . . gee jy nie om om in die damesafdeling gesien te word nie?"

"Nee, hoekom? Ek werk dan heeldag tussen vrouens in nagklere." Daar is 'n flikkering in die oë. "Ek behoort eintlik 'n ekspert te wees op damesnagklere!"

Sy glimlag, skud haar kop. "Nou goed dan. Jy kan die nagrokke uitsoek. Maar onthou, oumatjie Lalie is vier-en-tagtig. Sy kan niks doen met die flentertjies goed wat jy hier om jou uitgestal sien nie."

Hy lag in sy keel. "Hoekom koop jy nie vir jóú een van hierdie flentertjies nie? Jy het mos nog al jou fooitjiegeld," want hy het natuurlik tot dusver aangedring om vir alles te betaal. Tot die lewer ook.

Sy kyk hom verontwaardig aan. "Moenie laf wees nie. Ek is nie van die kaalbasgarde nie."

"Nie? Ek dog dan julle tieners is almal . . ."

"Tieners is nié almal eners nie!" protesteer sy heftig.

"Ek begin so agterkom . . . dank die gode daarvoor." Sy stem klink amper teer.

En terwyl Horst Buchner later behaaglik wegval aan lewerkoekies, fynaartappels en gesmoorde uie, is die atmosfeer glad nie so rustig en ontspanne in die groot herehuis van Albert Meissner nie.

Hy het Julene se rusteloosheid opgemerk en die manier waarop sy sy oë ontwyk. Soos sy gewoonte is, vra hy op die man af: "Iets verkeerd?"

"Nee. Nee, niks nie."

Die ou man frons. Hy haat dit as mense probeer draaie loop. Reg of verkeerd in ander se oë, hy het nog altyd direk afgestuur op wat hy wou hê of sê. Daardie ding wat hulle takt noem, steur hy hom nie aan nie. Dit het sy nadele ook, maar die voordele is meer. Hoewel van sy pasiënte hom soms te blatant vind, weet hulle immers altyd waar hulle met hom staan, en dit versterk hul vertroue in hom. Dokter Albert draai nie doekies om nie. Hy sal nie vir jou probeer wysmaak jy kan dalk oormôre huis toe gaan as hy goed weet jy kan dalk oormôre in die lykshuis lê nie. Hy sal vir jou presies vertel wat die posisie is en onomwonde stel wat hy van jou eis. En as jy nie bereid is om sy bevele stiptelik te gehoorsaam nie, moet jy betyds padgee uit sy kliniek, want hy het nie tyd om te mors nie. Daar is ander mense wat net so siek of nog sieker is as jy. Mense wat, watter tyd van die dag of nag ook al, weet dokter Albert waak soos 'n beskermengel oor jou en niks, net niks, sal keer dat hy van sy kant af sy alles gee om die dood van jou te weer nie. Daarom het almal wat deur die jare met hom in aanraking was nie net 'n heilige vrees vir hom nie, maar die meeste van die tyd ook 'n slaafse aanbidding en geloof in hom as dokter. Dat daar skandes in sy private lewe was waarmee baie nie kon saamstem nie – soos dat hy sy enigste broer en ook sy enigste seun onteien het – was algemene kennis. Maar dit was as medikus wat die wêreld hom geken en nodig gehad het, en dit was genoeg.

Hy bestudeer nou die mooi jong meisie skuins oorkant hom in die diep leunstoel en frons liggies. Hy beroem hom daarop dat hy 'n mensekenner is, maar hierdie kleindogter van hom kon hy nog nooit heeltemal lees nie. Daar is iets in haar wat vir hom heeltemal ontwykend bly, asof daar 'n deel van haar is wat net sý ken. Dit irriteer hom, veral sedert sy hartaanval. Wanneer die dag aanbreek dat hy die pad van alle vlees bewandel, moet alles afgerond wees. Daar moet geen los drade rondlê nie. Hy moet weet die Meissner-kliniek is in veilige hande. Want die Meissner-kliniek is die monument wat hy vir homself tot stand gebring het.

"Ek kry die indruk dat dit nie so voorspoedig met jou en Horst se gesamentlike gesag in die kliniek gaan nie."

Sy is dadelik op die verdediging. "Hoekom? Het hy kom kla?"

Dokter Albert se frons verdiep. "Horst Buchner kla nie. Hy stel sy standpunt en klaar."

"Ek veronderstel Oupa verwys na die rookkamer?"

"Onder andere. Julle twee kon blykbaar nie eenstemmigheid daaroor bereik nie."

"En toe hardloop hy na Oupa toe."

Die oë kyk haar stip aan. "Jy klink vyandig. Waaroor het julle nog rusie gehad?"

Sy sug, vee oor haar oë. O, soms wens sy sy het nooit Albert Meissner se kleindogter geword nie! Die eise wat dikwels gestel word . . . "Ons het nie rusie gemaak nie en ek is nie vyandig nie. Ek is net moeg. Ek weet 'n Meissner is nie veronderstel om sulke menslike swakhede te openbaar nie, maar soms vind ek 'n Meissner is ten slotte ook van vlees en bloed gemaak. Dit was 'n harde dag."

"Dis juis waaroor ek begin wonder – die vlees-en-bloed-storie."

Haar kop ruk omhoog. "Wat bedoel Oupa?"

"Die feit dat 'n vrou eenvoudig net nie die stamina besit wat 'n man het nie."

"En wat presies beteken dit?"

"Dat 'n man aan die hoof van die kliniek moet staan. Ek weet waarvan ek praat. Ek was veertig jaar lank hoof van hierdie kliniek en ek weet watter eise dit soms stel en dat 'n vrou dit na liggaamskragte bloot nie in haar het om daaraan te beantwoord nie."

Haar gesig is gespanne in die lamplig. "Wat wil Oupa sê? Dat Oupa my gaan onterf?"

"Nee. Ek het gehoop die gedeelde hoofskap sal uitwerk, veral aangesien ek ook die hoop koester dat julle twee later meer as net kollegas sal wees. Maar dit lyk my jy en Horst kyk na niks deur dieselfde bril nie."

Sy pers haar lippe op mekaar. "Verwag Oupa dus dat 'n Meissner teen haar sin en beterwete moet kapituleer net om die vrede te bewaar? Dis logies dat ek en Horst nie altyd oor alles sal saamstem nie. Maar Oupa is mos daar om die finale beslissing te vel."

"Dis juis die punt, Julene. Ek gaan nie altyd daar wees nie. Op 'n dag sal ek nie daar wees om die finale beslissing te gee nie en dis die kliniek wat daaronder gaan ly." Hy hou haar oë gevange met syne. "Een ding moet jy duidelik verstaan: die kliniek kom eerste, altyd eerste."

"Ek begryp. Selfs bokant jou eie kleindogter. Oupa het my pa nog nooit vergewe nie, het Oupa?"

"Jou pa is nie nou ter sprake nie. Jy is. En jou toekoms. En die toekoms van die kliniek. Ek gaan nie sit en toekyk dat dit dalk tot niet gaan net omdat ek 'n kleindogter het nie. Ek het 'n groter verpligting teenoor die kliniek as teenoor jou, Julene. Ek het die Meissner-kliniek doelbewus en doelgerig tot stand gebring en opgebou, maar jy het uit eie keuse 'n dokter

91

geword. Ek het dit nie van jou geëis nie. Dis uit eie vrye wil dat jy vandag 'n medikus is, en jy sal moet bewys dat jy die Meissner-kliniek waardig is. Moet dit nie as vanselfsprekend aanvaar dat jy maar net eendag sal oorneem nie."

Sy vertoon nou baie bleek. "Horst Buchner is blykbaar reeds waardig genoeg gevind."

"Ja. Maar ek het nie geweet ek het 'n kleindogter nie en daarom hou ek jou voorlopig in die beplanning van die kliniek se toekoms. Maar dit gaan alles net van jou afhang. As jy en Horst nie oor die weg kan kom nie, nie kan saamwerk tot beswil van die kliniek nie, dan gaan my keuse op Horst val."

Duideliker kan dit nie gestel word nie. Haar stem is bitter. "Bloed is nie regtig dikker as water nie, nè, Oupa?"

"Die kliniek beteken vir my te veel om my deur sentiment te laat lei. Jy is óf die kliniek waardig óf nie. Dis baie eenvoudig."

"Baie eenvoudig." Sy lag kortaf. "Net soos wat u destyds u eie broer weggejaag het ná 'n menslike fout . . ."

Die feit dat die ou man aan die herstel is van 'n hartaanval, kom blykbaar nie by die dokter op nie en Albert Meissner self dink ook nie nou daaraan nie.

"Die menslike fout, soos jy dit noem, het 'n lewe gekos. En wat was die oorsaak van die menslike fout? Die narkotiseur het aan 'n wulpse verleidster staan en dink terwyl sy aandag by sy pasiënt en sy apparaat moes gewees het! Ek was nie bereid om hom oor die hoof te sien en te verskoon bloot oor die sentimentele feit dat hy my broer was nie! En so voel ek vandag nog! Maar dit bring my by die punt wat ek wil tuisbring. Spanning, onenigheid, struweling – noem dit wat jy wil – kan nie tussen twee dokters in verantwoordelike posisies in my kliniek geduld word nie. Jy en Horst vind mekaar op kollegiale vlak en ook in jul persoonlike lewens, of ek moet julle skei."

"Beteken dit dat Oupa my ook gaan wegjaag . . . net omdat

ek Horst Buchner nie sover kan kry om met my te trou nie?"

"Nee. Maar julle kan dan nie gesamentlik baas van die kliniek wees nie. Of julle vind mekaar en trou en is gesamentlik in beheer van die kliniek, óf die een moet eenvoudig ondergeskik wees aan die ander."

"En dis ek wat ondergeskik moet raak."

"Soos sake nou staan, ja. Jy het nog baie te leer, Julene. Jy sal dit sekerlik erken. Horst Buchner het al die ervaring wat jy nie het nie. Ek kan hom beslis nie jóú ondergeskikte maak nie. Verstaan jy?"

"Maar te duidelik."

"Daar is nog iets, Julene. Moenie Horst Buchner hiervandaan probeer verwilder nie. Dis glad nie vanselfsprekend dat jy outomaties hoof van die kliniek sal word as Horst dalk besluit hy gee liewer pad nie. Glad nie." Hy staan op. "Ek gaan slaap. Nag."

"Nag, Oupa."

Sy luister hoe sy voetstappe in die gang afgaan, afdraai en 'n deur toegaan. Dan is daar 'n stem agter haar.

"Jy moet doen wat hy sê, Julene."

"Al weer staan en afluister." Sy draai haar kop teësinnig in die rigting van die lang, maer vrou. "Ek weet nie of ek aan sy vereistes kán voldoen nie, Anna."

"Natuurlik kan jy! Wat bedoel jy?" kom dit skerp.

"Veral daardie een vereiste . . . Ek weet nie of ek dit sal regkry om met Horst Buchner te trou nie."

Die vrou is ontsteld. "Hoekom nie? Jy het dan self gesê hy is die enigste man wat jy tot dusver raakgeloop het met wie jy sal trou."

"Ja, maar ek twyfel sterk of ek die enigste vrou is wat hy tot dusver raakgeloop het met wie hý bereid is om te trou."

Dokter Albert se huishoudster neem eiegeregtig op haar werkgewer se stoel plaas, haar gesig strak. "Jy is jonk, mooi en intellektueel sy gelyke. As jy nie slaag nie, sal dit wees omdat jy nie hard genoeg probeer het nie."

93

Die jong vrou se lippe smaal. "Jy moet, behalwe mooi en jonk en slim wees, nóg 'n eienskap hê."

"Wat is dit?"

"Jy moet ook wulps wees, Anna. Jy weet wat ek bedoel? Of nee, jy sal nie weet nie. Ek is nie so seker of ék weet nie." Sy lag kortaf. "Ek was al die jare so hard besig om aan my en jou drome te werk, dat ek net die karaktertrekke wat vir 'n dokter nodig is, ontwikkel het en by ander in gebreke gebly het."

"Hou op onsin praat, Julene!" Die stem is streng. "Jy moet net nie die stoel so vol sit nie. Moenie Buchner teëgaan nie. Wat maak dit saak as daar 'n bietjie pyptabak op die kliniek se blink vloere val? Wat is dit in vergelyking met wat jy kan wen?"

"Ek het 'n dokter geword, Anna, nie net omdat die gedagte van kleins af saam met my babakos vir my gevoer is nie. Ek het ook een geword omdat ek een wóú word . . . en ek wil 'n goeie dokter wees. Dit druis teen al my oortuigings as dokter in dat daar pyp in die Meissner-kliniek gerook mag word!"

Anna snork onverfynd. "Goeie dokter! Jy sal geen dokter wees as jy hierdie kans van jou lewe gaan verbrou nie, Julene. En moenie dan op mý reken nie. Ek sal ook nie daar wees nie!"

Sy laat haar kop tussen haar hande sak toe Anna se ontstelde voetstappe wegsterf. Sy is so moeg, so ontsettend moeg om iets te probeer wees wat sy weet sy nooit werklik kan wees nie: Albert Meissner se kleindogter; Albert Meissner se opvolger. In hierdie oomblik wens sy amper dat die regte kleindogter nou by die voordeur wil instap . . .

6

Horst Buchner is eers ná die tweede koppie koffie ná ete weg. Elke het hom betigtigend aangekyk toe hy skimp vir 'n "loopkoffie". "Jy drink darem baie koffie vir 'n dokter. Is dit nie veronderstel om sleg te wees vir die gesondheid nie?" Hy het so ontspanne gevoel dat niks sy goeie bui kon bederf nie. Nie eens 'n wysneusige tiener nie!

"Dit dateer uit my studentedae. Die studeerdery snags. Dan drink jy letterlik liters koffie om wakker te bly."

"Ag twak. Ek is ook daar deur en ek het nie . . ." Sy klap haar mond toe. Gits! Sy is besig om haar vas te praat.

Hy knik. "Ja. Die eksamens wat ék geskryf het en dié wat jý geskryf het, is darem twee verskillende goed. Nou ja! Ek sal seker nou moet gaan. Kom, help dra. Ek kan sommer die partytjiegoed saamneem, dan is dit daar. Netnou eet jy al die lekkers op!"

By die motor buk hy skielik af en sy kry 'n soen op haar voorkop. "Nag, snip. Sien jou môre."

Toe sy terugkom in die sitkamer, frons sy vererg. Sy wens die man wil ophou om haar soos 'n laatlam-kleinsus te behandel!

"Wat lyk jy so kwaai?" wil haar ma verbaas weet. "Was die aand dan nie 'n sukses nie?"

"Ja, gans te suksesvol. Eers eet hy ses lewerkoeke op en toe gaan maak hy hom tuis in my stoel en sit daar asof hy hier gaan oornag."

"Genade, kind! Wat gaan met jou aan? Waar is jou maniere? 'n Mens tel nie hoeveel jou gaste eet nie!"

"Ek tel, want ek wou ook nog gehad het en toe bied Ma hom sommer die laaste twee gelyk aan!"

"Elke . . ."

Sy lag skrams. "Ek terg sommer, Ma! Maar nietemin. Ons moenie dat die man hier staan en hans word nie."

"Hoekom nie? Ek hou van hom. Hou jy dan nie . . .?"

"Dit het niks met hou of nie hou te doen nie, Mamma! Volgens die kliniektelegraaf is hy so te sê verloof aan 'n ander meisie. Verder is hy dalk nog kop in een mus met hierdie bedrogspul."

Marlene protesteer heftig: "Ek glo nie jy glo dit werklik in jou hart nie, Elke! Ek het dan vanaand sit en speel met die gedagte dat ons hom in ons vertroue moet neem . . ."

"O nee, Ma, nee! Dit doen Ma nie! Hoe kan Ma vir die man gaan vertel die meisie aan wie hy so te sê verloof is, is 'n bedriegster van die eerste water?"

"Maar wie sê hulle is so te sê verloof? Is daar werklik grond vir hierdie storie?"

"Wel, almal verwag 'n verlowing die een of ander tyd. Hulle gaan blykbaar met niemand anders as met mekaar uit nie."

"Dit sê nog niks . . ."

"Dit sê baie! Ag, Mamma, kom, gebruik jou verstand! Dis mos nou die ideaal dat die twee trou. Sy is die erfgenaam van die Meissner-kliniek – of so glo sy en die wêreld en Horst Buchner ook – en hy is die beste dokter in die kliniek en baie, baie toegewyd."

Marlene se gesig is strak. "Ja, as sy net die kleindogter van Albert Meissner wás."

Elke sug. Sy voel skielik soos 'n ballon wat geprik is. Die luimigheid van vroeër die aand het haar totaal verlaat. "Ja. Maar ek begin wonder of sy nie is nie. Ek het na 'n foto van Oupa in die wagkamer gaan kyk en hulle lyk baie na mekaar. Veral hier by die oë en die voorkop trek Julene sterk na hom. Ék, daarenteen, lyk gans en gaar nie na 'n Meissner nie."

"Jy trek na jou ouma Meissner. Ek het jou dit al gesê. Sy was ook so klein en fyn. Jy het net my kleur hare. Nou, wat dink jy . . .?"

"Asseblief, Mamma. Ek wil nie meer dink nie . . . altans nie vanaand nie. Lekker slaap."

Maar toe sy in die bed is, wil haar verstand nie tot rus

kom nie. Dis veral die onthou wat moeilik beheer word. Dit was 'n lekker namiddag saam in die winkels. Dit is seker 'n verspotte gedagte, maar sy is oortuig hy het die uitsoek van die blaaspypies en ander speelgoed en eetgoed geniet. En toe hy hom vanaand daar in haar stoel regskuif, het hy soveel anders gelyk as die Horst wat in die gange van die kliniek aan die sy van sy kollega rondloop. Soveel jonger. Niks ernstig en byna stroef soos sy hom al sien lyk het nie. En toe soen hy haar . . . op die voorkop . . .

Sy draai haar rusteloos om op die ander sy. Elke, jy moet nou nie emosioneel raak nie, gesels sy amper hardop met haarself. Die Meissners is beduiweld, maar nie mal nie. Goed. Die man is gaaf. Hy kan soms vrééslik gaaf wees, maar selfs blote vriendskap is sinloos. G'n koffiedrinkery en lewerkoeketery weer in die toekoms nie. Dis nie nodig dat jy moeilikheid moet gaan soek nie. Jy weet goed die duiwel sal los wees as Horst Buchner moet uitvind hoe jy hom bedrieg het met jou boksterte. Hy sal dit geensins lagwekkend vind nie. Inteendeel. Hy sal voel jy het hom vir die gek gehou . . . en geen mens, ook nie Horst Buchner nie, hou van sulke speletjies nie.

Aan die ander kant weet sy nie of dit ooit sal gebeur dat hy sal uitvind daar sit 'n spesialisbrein tussen daardie twee boksterte nie. Tot dusver het sy nog geen steek gevorder nie. Sy sal eenvoudig die partytjie moet hou wat sy so voorbarig voorgestel het, maar daarna sal sy moet sorg dat sy uit Horst Buchner se pad bly.

Die partytjie in die kinderafdeling is 'n reuse-sukses. As dit nie heeltemal so volmaak is as wat dit kon wees nie, weet die klein pasiëntjies en die personeel dit nie. Niemand het darem verwag dat dokter Horst 'n kinderpartytjie sal bywoon nie! Eindelik is alles weer opgeruim en lê die klomp blinkgeëte en blinkgedrinkte kinders – die trolliejoggie se beskrywing – elkeen in sy of haar bedjie, salig uitgeput ná die ongewone aktiwiteite en opwinding. Daar is geen rede vir die trolliejoggie om langer te draal nie en sy wuif maar later tot siens. Ongeërg dwaal haar blik rond op pad terug restaurant toe. Hy sou darem seker graag wou weet hoe alles toe afgeloop het ... Maar nêrens is die lang gestalte sigbaar nie en 'n eindelose Saterdagmiddag en -aand en 'n ewe eindelose Sondag strek voor haar uit. Sy is skielik spyt daar word nie op Sondae trolliediens gedoen nie.

Dis laat daardie aand dat dokter Horst sy verskyning in die kinderafdeling maak.

"Alles reg hier, suster?"

"Ja, dokter. Dankie. Alles rustig."

"Ek wou maar net seker maak of daar nie nagevolge van die partytjie is nie," glimlag hy.

Sy glimlag terug. "Niks, dokter. Hierdie klomp is so gedaan partytjie gehou, hulle slaap soos klippe. Kinderafdeling was nog nooit só rustig nie!"

"Dan was die partytjie 'n sukses? Dis gaaf. Ons moet meermale partytjie hou, suster!" knik hy goedkeurend en stap weg. Suster Meyer se gedagtegang is min of meer op dieselfde golflengte as iemand anders s'n: Hy is regtig gaaf! Wat sou hy tog in die suurknol van 'n dokter Julene sien?

Sondag breek troosteloos aan. Die Boland is skielik weer in sy reënjas gehul en die huis se mure begin vir Elke al nader aan mekaar skuif. "Mamma, sal Ma my vanoggend verskoon van kerk toe gaan? Ek voel lus en gaan ry sommer 'n ent."

"Goed, my kind. Ek dink ek sal vanoggend 'n paar briewe skryf." Sy kyk haar dogter ondersoekend aan. "Alles reg, Elke?" Haar kind lyk vir haar deesdae soms so somber, so asof hierdie ding haar begin onderkry. Sy word nie mislei deur die breë glimlag en vinnige antwoord nie.

"Natuurlik, Mamma! Wat kan dan nou verkeerd wees? Sien jou later. Moenie iets maak vir middagete nie. Ek kry sommer vir ons iets op pad terug."

Marlene begin nie dadelik met haar korrespondensie nie. Sy voel regtig bekommerd oor Elke. Haar kind is alleen. Kleintyd was sy 'n alleenkind, later as student so aangedryf deur haar ambisie en die Meissner-droom, dat sy toe ook maar grootliks 'n alleenloper was. Nou is sy afgestudeer en éérs alleen. Marlene sug diep. As haar kind maar nie so slim was nie . . . As sy maar net 'n doodgemiddelde kind was, sou sy seker teen hierdie tyd getroud gewees het met 'n doodgemiddelde man en sou sy dalk al een of twee doodgemiddelde kinders gehad het. Ai. Dis ook nie altyd 'n vreugde om 'n slim kind te hê nie. Want 'n slim mens mik hoog . . . en miskien is haar kind se visier te hoog gestel. Miskien is dit op 'n onbereikbare ster gestel . . .

Sy lyk aangenaam verras toe sy later die voordeur op 'n klop oopmaak. Horst Buchner staan voor haar, nat druppels in sy hare en geklee in 'n netjiese pak wat hom amper vreemd laat vertoon.

"Ek hoop nie ek steur nie? Ek is op pad terug van die kerk af en toe het ek gedink . . . e . . ."

Hy lyk meteens so verleë soos 'n seuntjie. Marlene nooi hom gul binne. "En toe dink jy op so 'n dag kort 'n man 'n egte koppie boerekoffie! Natuurlik! Ek sekondeer! Kom binne." Vergete is haar dogter se waarskuwing dat hy nie hier hans gemaak moet word nie. Watter kwaad kan nou uit 'n koppie koffie kom?

'n Rukkie later kom die vraag: "Slaap Elke nog?"

"O nee. Sy het gery. Ek verwag haar so teen middagete terug."

"O." Hy bestudeer haar. "U lyk bekommerd. Kan ek miskien help?"

Marlene sug, kyk op. Elke het net gesê daar mag niks van háár probleem vertel word nie. Daar is geen melding gemaak van haar, Marlene, se probleme nie.

"Ek is bekommerd oor Elke."

Hy frons vinnig. "Hoekom? Wat is verkeerd?"

99

"Sy is so alleen, Horst. Ek kan jou seker maar so noem?"

"Maar natuurlik! Hoe bedoel u alleen? Het sy dan nie stringe kêrels nie?"

"Nee, natuurlik nie!"

Sy frons verdiep. "Natuurlik nie? Op haar ouderdom het oulike meisies soos Elke gewoonlik 'n string kêrels op sleeptou."

"My kind was nog nooit manmal nie, Horst! Trouens, sy het nie eens een kêrel met wie sy gereeld uitgaan nie."

Hy frons nou skerp. "Dis nie natuurlik nie. Ek kan my goed voorstel dat daar oorgenoeg aspirante sal wees. Wat is die fout met haar? Is sy baie vol fiemies?" is die reguit vraag.

Marlene frons. Kritiek op 'n dierbare kind staan geen moeder aan nie. Maar dan . . . Toe sy in Horst se oë opkyk, moet sy eerlik wees. "Miskien. Ek is eintlik dankbaar daarvoor, Horst. Elke sal nie sommer kop verloor nie." Sy swyg. Die volle waarheid is dat Elke nog nooit tyd gevind het vir vaste vriendskappe nie omdat sy behep is met 'n ideaal. Dit kan sy hom tog nie vertel nie. Elke sal haar iets aandoen!

"Hmm." Dit klink maar skepties – asof dit hom regtig swaar geval om so 'n rabbedoe as verstandig te beskou. Alle tienermeisies is manmal; dis tog deel van die grootwordproses. As sy dan nog nie in daardie stadium is nie, sal sy binnekort daarin beland. "Wel, al wat u kan doen, is om haar aan te moedig om vriende huis toe te bring. Ek sou my egter nie baie daaroor bekommer nie. Die een of ander tyd gaan die hormone begin werk en die vrypuisies verskyn!" glimlag hy en staan op om te vertrek.

Toe Elke later terugkom, verraai die tweede koppie in die wasbak dat haar ma 'n gas gehad het.

"Wie was hier?" wil sy dadelik weet.

"O . . . e . . . jou dokter Horst."

Sy frons vies. Daardie man is deesdae ook oral. In die kliniek, al onder haar voete; in haar gedagtes, tydig en ontydig en nou ook nog daagliks in hul huis. "Hy is g'n my dokter Horst nie! Wat het hy hier kom soek?"

Haar ma kyk haar verbaas aan. Elke is regtig in 'n slegte bui vandag. "Hy was op pad terug van die kerk af en het toe lus gekry vir 'n koppie koffie ..."

"Mamma, ek het Ma al gesê. Hy moenie hier hans gemaak word nie. Hy moet sy luste by dokter Julene loop bevredig!"

"Elke! Jou taal! Wat gaan deesdae met jou aan? Al wat onbeskofte tiener is, sal by jou kan kom leer hoe om nog meer ongepoets te wees! A nee a!"

Maar die oë bly parmantig en ontevrede. "Waaroor het julle gesels?"

"O, oor dit en dat."

"Was ek ook een van die datte?"

Marlene moet op die een of ander manier haar skuldgevoel wegsteek, en die beste manier van verdediging was nog altyd aanval. "Jy weet, my kind, jy is ongetwyfeld 'n Meissner. Julle dink baie van julleself. Hoekom sou ons nou juis oor jóú gesels het?" Sy aarsel effens toe haar dogter se blik steeds skepties bly. Wel, sy is klaar aan't lieg. "Hy het nie eens na jou gevra nie, om die waarheid te sê."

"O."

Later in haar kamer staan en kyk sy na haar beeld in die spieël. Haar hare hang sag om die klein gesiggie – soos sy dit altyd gedra het voordat sy 'n trolliejoggie geword het. Maar as dié man skielik 'n onversadigbare lus vir haar ma se koffie ontwikkel het en tydig en ontydig hier gaan opdaag, moet sy nou maar pal boksterte dra en haar hoëhakskoene en mooi rokke wegbêre vir later. Wanneer later is, wonder sy self.

Maar toe sy Maandagoggend haar trollie se voorraad aanvul, het sy vaste, vasberade voornemens betreffende Horst Buchner. Dié man moet nou op die regte plek gesit word. Hy is in die eerste plek – en vergeet jy dit nie, Elke Meissner! – Julene Meissner se aanstaande. As 'n moedswillige stemmetjie êrens protesteer, maak sy dit summier stil: Byna verloof is so te sê verloof, ís verloof, en as jy verloof is, gaan jy trou. En basta! Van nou af gaan jy hom op elke hoek en draai van die kliniek se gange vermy, al . . . al stoot jy jou trollie die pankamer in as jy sien hy is in aantog. Jy gaan jou ook nie weer deur die man laat gebruik nie. Hy kan sy eie pasiënte kalmeer, sy eie partytjies hou . . . enne . . . hierdie koffiedrinkery by die huis moet end kry. Jy gaan by die naaste moetiewinkel paljas koop en dit in die volgende kan koffie gooi. Hy sal nie weer kom koffie drink nie.

Dis nie net die trolliejoggie wat Maandagoggend die Meissner-kliniek met besliste voornemens betree nie.

Ná haar gesprek met Albert Meissner en met Anna het Julene op 'n splinternuwe strategie besluit. Horst Buchner móét net nader getrek word. Haar hele toekoms hang daarvan af. Soos Anna dit so vriendelik onder haar aandag gebring het: Horst is nie egoïsties nie, maar hy bly 'n man, en geen man hou daarvan om deur 'n lid van die teenoorgestelde geslag geopponeer te word nie. Sy glo dit krap tog aan hom dat hy gesag met haar moet deel. Daar is maniere om te verskil sonder om die lug te vertroebel en jou toekoms in gevaar te stel. Vroulike lis en 'n daarmee gepaardgaande glimlag kan wondere verrig. En dis net wat hy in die toekoms gaan kry: inskiklikheid met 'n glimlag.

Ook Horst Buchner kom Maandagoggend met gewysigde toekomsplanne aan diens. Ná die sukses van die kinderpartytjie – en heimlik hoop hy sy medehoof sal nooit daarvan uitvind nie – het hy op 'n vindingryke plan gekom. Die personeel is te besig om tyd in te ruim vir iets meer as verpleging, en so word baie dinge, ewe belangrike dinge, nagelaat. Om 'n pasiënt tevrede en kalm te hou, en veral in die kinderafdeling die aandag so ver moontlik van die seer af te trek, is 'n belangrike faktor op die lang pad van genesing. Die nagsuster se rapport dat die pasiëntjies soos klippe geslaap en dat die afdeling nog nooit so 'n rustige nag gehad het nie, het hom diep laat dink en toe op 'n plan laat kom. Wat hierdie kliniek kortkom, is 'n persoon wat die tyd sal hê om te luister as iemand na ontboeseming voel. Veral in die kinderafdeling is dit noodsaaklik dat daar iemand sal wees, onafhanklik van die verpleegsters, wat die kleintjies se aandag sal aflei en hulle sal besig hou sodat hulle nie so baie op die seer en die verlange huis toe sal konsentreer nie. Hy verwonder hom daaroor dat hy hierdie tekortkoming nie al voorheen raakgesien het nie. Dit het 'n sproetneus-tiener gekos om hierdie belangrike punt vir hom uit te wys en hy is haar baie dankbaar. Wonder wat hy haar kan gee as 'n blykie van waardering? 'n Doos sjokolade? Nee. Op daardie ouderdom is hulle mos baie figuurbewus en dan is dit ook nie bevorderlik vir die vrypuisies nie! Nie dat hy al een op die oulike gesiggie gewaar het nie, maar dis beter om nie slapende honde wakker te maak nie.

Hy het toe gelukkig daarin geslaag om vir Julene twee kaartjies vir die vertoning te kry. Nou sit hy egter met haar twee vir eerskomende Saterdag en het gewonder wat hy daarmee sal maak. As hy nog een in die hande kan kry, kan hy Elke en haar ma vra om hom daarheen te vergesel . . .

Hoe hy ook al sy blik laat dwaal, hy kry die hele dag lank nie eens die punt van 'n bokstert te sien nie. Maar sy is iewers in die gange van die kliniek, weet hy toe hy langs ouma Lalie se bed gaan staan en onmiddellik een van die nagrokkies herken wat Vrydagmiddag gekoop is.

Wat hy (en die res van die verbysterde kliniekpersoneel) egter vandag baie te sien kry, is dokter Julene se glimlag. Dié was nog nooit oorvloedig in die verlede nie. Dit is vir haar 'n ernstige saak om 'n dokter te wees en buitendien is sy medehoof van die Meissner-kliniek. Maar vanoggend straal haar glimlag oor 'n ieder en elk en toe dit teen elfuur nog hou terwyl hulle 'n welverdiende koppie tee geniet, skep haar kollega moed dat sy voorstel nie summier van die hand gewys gaan word nie.

Hy verduidelik wat hy beoog, en vandag luister sy nie uit

103

die staanspoor met 'n frons nie. Sy laat hom toe om sy saak volledig te stel sonder om hom soos gewoonlik in die rede te val. Sy sit 'n rukkie peinsend en dink, sit haar leë koppie neer en glimlag weer tegemoedkomend. "Ek dink dis 'n puik idee, Horst! Hoekom het nie een van ons al lankal daaraan gedink nie? Wat het jou op dié gedagte laat kom?"

"O . . . e . . . nee, dit het net by my opgekom dat ons gerus so 'n betrekking kan skep." Haar vraag het hom onkant betrap.

Sy lag sowaar hardop en die trolliewiele kom buite in die gang tot stilstand. "Ja! Soos 'n troosmoedertjie vir veral die ouer pasiënte en die kinders. Dis 'n briljante idee, Horst!"

Haar hand gaan na hom uit en hy neem dit spontaan in syne, terwyl sy brein sukkel om die skielike sukses te verwerk. Maar hy is dankbaar, baie dankbaar en hy wys dit in sy glimlag. "Dankie, Julene. Ek is bly jy voel soos ek hieroor."

Haar oë lag in syne terug en haar vingers knel 'n bietjie stywer om sy hand toe sy antwoord – en nie een van hulle is bewus van die trollie wat by die oop deur verbygaan nie: "Ons sal net moet sorg dat ons die regte persoon aanstel, Horst. Dis eintlik 'n baie belangrike pos, weet jy? Dit moet iemand wees wat kan luister as ander mense wil praat en sy sal baie kennis en ervaring van kinders moet hê. Ek wil amper sê dit is 'n vereiste dat die persoon iets van kindersielkunde af weet."

Horst frons liggies en trek sy hand terug. "Nie noodwendig nie, Julene. Die persoon moet net 'n hart vir ander mense hê, en die vermoë om hul behoeftes raak te sien. En die kinders . . . Hoe meer kinderlik sy self is, hoe makliker gaan sy met ons klein pasiëntjies regkom, nie waar nie?"

"O, wel, ons kyk maar wat daag op. Jy kan maar 'n posbeskrywing opstel en die advertensie plaas. Ons kan besluit as die aansoeke inkom."

Elke vlieg met haar trollie by die naaste oop deur in en staan doodstil en wag dat hul voetstappe wegsterf in die

104

teenoorgestelde rigting. Dan haal sy eers weer asem, frons vererg. Hoe aandoenlik! Handjies vashou terwyl hulle aan diens is . . . en hulle is nogal die hoofde van die kliniek! Wat 'n voorbeeld om te stel! Elke junior verpleegster weet dat 'n openlike gevryery beslis teen alle hospitaalreëls is! Dan frons sy dieper en haar blik verskerp. Sy los die trollie en beweeg vinnig nader aan die bed. Haar kennersoog vertel haar iets is verkeerd. Dit lyk asof ouma Lalie rustig ingedommel het, maar die instink wat so 'n kardinale deel van 'n goeie dokter se samestelling is, vertel haar sy slaap nie. Sy lig die een ooglid versigtig op en trek haar asem diep in. Ouma Lalie is in 'n koma!

Haar hand gaan spontaan uit en sy druk die noodklokkie. Dan vlieg sy by die deur uit, die gang af. Horst! Waar is Horst! Ouma Lalie gaan sterf!

Sy gewaar hom toe sy om die hoek kom. "Horst!" Hy swaai om en kyk vas in die ontstelde oë. "Ouma Lalie! Kom! Sy is in 'n koma!"

Hy vra nie waar sy daaraan kom of hoekom hierdie ontstellende nuus hom via die trolliejoggie bereik nie. Saam beweeg hulle in een rigting. Hy buig oor die ou vroutjie en terselfdertyd kom die suster vinnig binne.

"Wat . . .?" Sy beweeg blitsig bed toe en beveel skerp: "Vat die trollie hier uit, kind! Ek was 'n halfuur gelede by haar, dokter. Toe was sy rustig . . ."

"Dis beroerte. Suster, kry vir my . . ."

Elke maak dat sy wegkom, maar soek 'n plekkie verder af in die gang waar sy in niemand se pad sal wees nie. Sy moet net weet hoe ernstig ouma Lalie se toestand is!

Haar hart brand om daar binne te wees en te help. Dierbare ou mensie! Altyd so sag en so vriendelik, altyd dankbaar vir die kleinste ou dingetjie wat vir haar gedoen word. En sy was so bewoë vanoggend toe Elke haar gehelp het om een van die nuwe nagrokkies aan te trek. So vreeslik dankbaar vir dié vreeslike groot geskenk! 'n Mens sou sweer ek het haar twee suiwer goudstawe gegee, het Elke met deernis gedink. En nou . . .

"Elke . . ."

Haar kop ruk omhoog. "Hoe . . . hoe gaan dit met haar?"

Hy skud sy kop negatief. "Sy . . . sy is weg." Hy sien die verstarring van die skraal gesiggie en lê 'n hand op haar arm. "Dit was 'n baie kwaai beroerte. Selfs al sou ons haar kon deurhaal, sou sy nooit weer ouma Lalie gewees het nie. Dis beter so, kindjie. Sy sou net verder gely het."

Sy laat haar kop vooroor sak. Natuurlik weet sy hy het reg, maar . . . sy sal die vriendelike ou rimpelgesiggie nog baie lank mis!

"Neem die res van die dag af. Sê vir Peet ek het so gesê."

Sy lig haar kop vinnig op. "Hoekom?"

"Jy is nou baie ontsteld. Gaan eers . . ."

"Natuurlik gaan ek aan met my werk! Die res van die kliniek lewe nog en hulle het my nodig."

Ligte verbasing speel oor sy gesig en dan verteder sy oë. "Pragtig, my meisie! Jy het een groot lewenswaarheid reeds ontdek: Ons plig hier by die Meissner-kliniek lê by die lewendes. Jy sal eendag 'n ideale vrou vir 'n dokter uitmaak."

"O? Dankie." Sy sluk. "Kan ek asseblief 'n guns vra?"

"Natuurlik."

"Sal jy . . . vir hulle sê . . . wanneer hulle haar uitlê . . . om die ander nagrokkie vir haar aan te trek, asseblief?"

Weer is sy oë so snaaks, amper-pers, dat sy haar ooglede vinnig neerslaan. "Ek sal hulle sê. Daar is iets wat ek jou wou vra . . ." Skielik kom sy naam oor die interkom en hy vervolg: "Sal jou later sê," en hy is die gang af.

Maar die skokke van hierdie dag is nog nie verby nie. Ouma Lalie se skielike heengaan was 'n hartseerskok. Die een wat haar daardie middag tref, is die onaangenaamste skok wat sy in hierdie stadium kan kry. Dokter Horst en nog 'n manlike dokter loop haar in een van die gange raak en sy kom botstil in haar spore tot stilstand. Dit kan nie wees nie! Wat sal Jan

Swanepoel hier in die Meissner-kliniek soek? Maar dis hy, vertel haar oë haar. Dis onteenseglik haar ou studentemaat wat in lewende lywe voor haar staan en Horst Buchner se woorde onderskryf dit ook.

"En hierdie, dokter Swanepoel, is een van die belangrikste dames in die kliniek. Sonder haar sal die kliniek nooit weer dieselfde wees nie. Sy doen die uiters belangrike trolliediens. Haar naam is Elke du Plessis."

Laasgenoemde sien hoe Jan Swanepoel se oë al groter en groter rek soos hy (teenstrydig met alles wat hy hoor) die vreemde affêretjie voor hom begin eien.

"Grote genugtig!"

Daar is nie tyd om te dink nie. Daar moet opgetree word . . . summier . . .

7

Die trollie skiet meteens met 'n spoed vorentoe, tref Jan Swanepoel vol op die maag sodat hy sy balans verloor en klouend bo-op die klomp lekkers en tandepasta beland en daar trek hy die gladde kliniekgang af teen 'n verbysterende spoed. Selfs op hierdie ontstellende oomblik flits dit deur Elke se brein: Hy lyk nou nes 'n brulpadda op 'n vuurpyl op pad maan toe . . .

Dokter Horst is te verstom om te roer, en dis Elke wat eerste tot verhaal kom en die trollie agternasit. Maar iemand anders is voor haar daar. Dokter Julene het pas om die hoek gekom en al wat sy sien, is 'n paar swaaiende, vlieënde bene en sy moet hulle instinktief vasgryp om nie ook meegesleur te word nie. Dit veroorsaak dat die trolliewiele omswaai en Jan Swanepoel 'n halfsirkel maak en eindelik tot stilstand kom. Die jong dokter bly doodstil lê op die sjokolade en tandepasta, nog nie seker wat hom getref het nie, toe 'n paar groot blou oë in sy gesigsveld verskyn en 'n stem sissend sê: "Hou jou mond! Hou jou mond toe, Jan Swanepoel! Jy ken my nie, van g'n kant af nie, hoor?" Dan hardop, gemaak bekommerd: "O, dokter, ek is so jammer! Het u seergekry? Kom ek help u af."

Dokter Julene stap ook vinnig nader, sit ook hand by om die nogal fris – die trolliejoggie sal dit sommer vet noem – jong dokter weer op sy bene te kry. 'n Oomblik lank ontmoet die twee vroue se oë en Elke se hart sak in haar skoene. Dis haar laaste dag in hierdie kliniek . . .

Dan word die spanning skielik verbreek toe 'n man se hartlike lag opklink en ná 'n kort oomblik val die ander toeskouers ook in. Elke staan versteen en dan kom nog 'n skok. Dokter Julene se lag meng met dié van die ander. Sy kan haar ore nie glo nie! Sy blik na die rooi-soos-beet Jan en sy hoor 'n sisgeluid by die hoek van sy mond: "Jou derduiwel! Ek sal jou terugkry!"

Sy kry darem 'n paar woorde in voordat dokter Horst hulle bereik en sê gedemp tussen skaars bewegende lippe deur: "Doen net wat jy wil, maar moet my nie verraai nie, asseblief! Ek sal later verduidelik."

"Ai, kollega, dit was nou 'n goeie vuurdoop! Jy behoort na dese sommer tuis te voel!"

Jan Swanepoel grinnik verleë. "Ja, ek is beïndruk met my ontvangs hier," laat hy droog hoor.

"Hoe het dit dan gebeur dat jy op die trollie beland het?" wil dokter Julene weet en staan sowaar nog altyd met 'n breë glimlag.

Jan kyk beskuldigend na Elke en so draai elke ander oog ook na haar. Sy sluk. "Ek . . . ek moes op 'n nat kol gegly het en . . . toe stamp ek die trollie en . . . enne . . ."

"En daar gaan ons nuwe narkotiseur!" lag dokter Julene en sê amper vriendelik: "Wys my jou skoensole."

Elke moet maar haar een voet oplig en sy kry die bevel: "Jy moet vir jou rubbersoolskoene kry. Daardie sole is gans te glad."

"Ja, dokter." Elke gryp die trollie en begin vinnig padgee. Die waarskuwing kom in 'n steeds vriendelike stem: "Stadiger nou, kind! Dit kon 'n pasiënt gewees het wat jy so getref het!"

"Ja, dokter." Toe sy om die hoek is, kom sy eers weer tot stilstand. Hierdie nuwe, vriendelike dokter Julene kan sy glad nie plaas nie. Wat sou oor haar lewer geloop het? 'n Toneeltjie van twee mense wat hande vashou en in mekaar se oë glimlag, skiet voor haar geestesoog verby. Natuurlik! Dis al wat hierdie metamorfose kon teweeggebring het. Die romanse het die een of ander tyd die afgelope naweek momentum gekry. Daarom is dit net ene glimlaggies vanoggend. Ook dokter Horst weet skielik hoe om hardop te lag! Hmf! Sy behoort egter dankbaar te wees vir dié twee se besonder goeie luim. Sy het eintlik baie lig daarvan afgekom. Net . . . sy voel nie dankbaar nie. Vir wat moes hulle vir Jan Swanepoel van alle dokters hier in die Meissner-kliniek aangestel het? Ja, sy weet hy was een van die puik studente in hul groep en sy weet hy het destyds as narkotiseur gaan spesialiseer, maar . . . Deksels! Sy is in die sop!

Die hele dag bly sy onrustig en vroeër as gewoonlik voltooi sy haar rondtes en keer terug restaurant toe, vra of sy nie maar 'n bietjie vroeër kan gaan nie, 'n versoek wat Peet geredelik toestaan.

"Jy kan mos ook maar gaan, Marlene," spreek hy die moeder aan. "Jy is mos nie onder verpligte ure hier nie en jy het my boeke al taamlik agtermekaar – waarvoor ek jou innig dankbaar is."

Marlene knik. Ja. Iets is met Elke gaande. Wat sou vandag gebeur het? Hulle is ook skaars in die motor of Elke laat mismoedig hoor: "Ek wens ons boeke was al so agtermekaar soos oom Peet s'n. Ons vorder geen tree nie, maar intussen beland ek net al dieper in die sop."

"Wat het gebeur?"

"Die ergste wat omtrent kon gebeur het. Iemand wat my

109

omtrent so goed soos Ma ken, het op die toneel verskyn. Jan Swanepoel is nou narkotiseur in die Meissner-kliniek." Sy sien haar ma se verskrikte oë en knik. "Ja. Dié Jan Swanepoel wat saam met my in die klas was."

Marlene frons bekommerd. "Ek het verwag so iets gaan die een of ander tyd gebeur. Het hy . . . jou toe verraai?"

"Hy het amper, maar voordat hy sy gapende lippe weer op mekaar kon kry om iets te sê, ry ek hom met die trollie om."

"Elke!"

"Ek kon niks anders doen nie, Ma! Ek moes tot elke prys verhoed dat hy 'n woord verder sê!" Sy giggel skielik soos 'n tiener. "Ek wens Ma kon dit sien! Selfs dokter Julene het gelag, en dit sê baie!" Sy vertel haar ma in detail en Marlene moet ook lag, maar sy bly bekommerd.

"Jy sal aan hom moet verduidelik wat aan die gang is, my kind. Miskien het dit nog ten goede gebeur, Elke. Hy is nader aan die binnekring as ons. Hy kan miskien iets van belang te wete kom."

Elke sug. "Ek sou nie by Jan onder 'n verpligting wou wees nie. En hy gaan die situasie uitbuit, dit moet Ma weet. Hy wou destyds al laf wees, maar ek het dit elke keer in die kiem gesmoor. Maar as hy my nou kan afpers, sal hy nie wag nie."

"Maar Jan is 'n gawe seun, Elke! Die kere wat hy by ons aan huis was, het ek hom 'n baie oulike mens gevind . . . én hy was smoorverlief op jou."

"Hy's vet."

"Ag, kom nou, Elke, wat . . .?"

"Ek hou nie van vet mans nie, Ma!"

Haar ma frons. "Van watter soort hou jy eintlik? Dokter Horst se . . .?"

"Vergeet van dokter Horst!" antwoord Elke kwaai. "Hy en dokter Julene sweef op die wolke. Dis handjies vashou en diep in mekaar se oë kyk . . ."

"Jy speel!"

"Ek speel nie! Met my eie twee oë vanoggend gesien. Heeltemal skaamteloos. Maar dan lees hulle elke dag vir my die leviete voor oor reëls en etiket." Sy sug, beduie met die hand. "Maar ons los nou maar vir Horst en sy Julenetjie uit. Ek is bekommerd oor Jan. Ek het hom gewaarsku om sy mond te hou, maar hy was almelee so nuuskierig soos 'n ouvrou. Teen hierdie tyd moet hy al uitgebrand wees daarvan. Hy het seker al begin vrae vra oor die kliniek se trolliejoggie. Horst Buchner is nou wel 'n sot, maar nie onnosel nie. Hy gaan iets agterkom."

Marlene knip haar oë. Sy kan nie altyd die strekking van haar slim dogter se redenasies volg nie. "Hoe bedoel jy nou? Hoe kan 'n mens 'n sot wees, maar darem terselfdertyd ook nie onnosel nie?"

"Ag, Ma! Hy is 'n sot om hom van Julene te laat vang, maar hy sal onmiddellik iets ongerymds agterkom as die nuwe narkotiseur skielik uitermate belangstel in die kliniek se trolliejoggie. Maar dis natuurlik presies wat onse Jan nou aan die doen is . . . besig om uit te vis."

Sy is ook nie verkeerd nie. Dis presies wat gebeur toe dokter Horst die nuwe kollega vir 'n koppie koffie in die restaurant nooi nadat hy hom deur die hele kliniek geneem en op die hoogte van alles gebring het.

Jan soek versigtig na woorde. Hy verstaan geen kop of stert van daardie sissende bevel wat hy gekry het nie.

"Dié Elke – die trolliejoggie – wat het u gesê is haar van?"

Terwyl hy aan die petalje dink, glimlag Horst skrams. "Elke du Plessis. Haar ma doen blykbaar Peet se boeke. Peet bestuur ons restaurant."

"O. Van wanneer af is dié . . . Elke hier werksaam? Ek bedoel, dit lyk of sy nog moet leer hoe om die trollie te hanteer sonder gevaarlike gevolge."

Dokter Horst glimlag nou openlik. Hy kan die man nie verkwalik dat die insident aan hom krap nie. Dit was allermins 'n waardige intrede. "Dis maar heel onlangs dat sy die trollie begin stoot het, ja. Maar ek verseker u, dokter, dit was regtig 'n blote ongeluk. Elke sal nie doelbewus so iets doen nie. Hoekom sal sy?" Jan swyg maar. Hy weet van beter, luister verder. "Sy is nog baie jonk. En u weet hoe is vandag se kinders. Alte voortvarend en altyd haastig."

"Wil u my sê sy het u vertel sy is nog op skool?" glip dit uit.

"Nee, sy is glo pas klaar met matriek. Moet nog besluit wat sy vorentoe wil doen. Vandaar die trolliepos. Sy oorweeg dit om verpleegster te word, maar sy wil eers die kat uit die boom kyk voordat sy finaal besluit."

Dis nie net 'n kat wat uit die boom gekyk moet word nie, ou maat, dink Jan woordeloos. Jy weet maar net nie daar is ook 'n slang, 'n groot slang iewers in die gras.

Jan kan egter niks anders doen as om maar te wag tot hy eerste gekontak word nie. Dit sal darem verregaande wees as die nuwe dokter sommer al die eerste dag die trolliejoggie se telefoonnommer in die hande probeer kry. Dit sal al wat 'n slapende hond is, wakker maak, en soos hy afgelei het, het Elke Meissner hierdie ou groot hond van die Meissner-kliniek steeds vas aan die slaap. Horst Buchner weet beslis nie wat regtig onder sy neus aangaan nie. Maar – en Jan glimlag met sadistiese genot – hy sal darem graag wil by wees die dag wanneer Horst Buchner wakker skrik en agterkom hoe hy vir die gek gehou is! Hy het hom reeds deurgekyk. 'n Vriendelike man, 'n gawe mens; maar 'n man met baie sterk oortuigings, beginsels en standaarde. 'n Man wat vanoggend lekker kon lag toe een van sy kollegas vir 'n gratis rit geneem is, maar beslis nie daarvan sal hou om dit self te ervaar nie. Wat ook al hieragter skuil, Horst Buchner sal dit nie amusant vind nie. Maar wát skuil agter hierdie belaglike maskerade? Elke was weer reg. Jan Swanepoel kan gerus sterf van nuuskierigheid.

By die toonbank, terwyl Horst vir die koffie betaal, verneem hy of Elke al teruggekeer het van haar rondtes en Peet vertel dat sy en haar ma reeds huis toe is. Elke het nie lekker gevoel nie.

Horst knik. "Ja. Sy is ontsteld oor 'n ou tannie wat skielik oorlede is. Dis altyd vir 'n kind swaar om die dood te aanvaar. Ek is bly jy het haar maar afgegee, Peet."

Jan volg steeds stilswyend. Daardie "kind" sal darem op 'n dag groot verantwoording moet doen, dis seker.

Hy is glad nie verbaas toe hy skaars in sy woonstel in die dokterskwartiere is of die telefoon lui nie.

"Waar loop jy so rond? Ek het al drie keer gebel," kom dit sommer kwaai van die ander kant af.

"Verskoon my. Wie praat nou?"

"Moenie vir jou stuitig hou nie. Jy weet goed wie praat. Dis Elke, natuurlik."

"Elke? Elke wie? O, wag, ek herken nou die stem. Dis die kliniek se trolliejoggie wat praat, nie waar nie?"

"Jan, ek voel nie lus vir grappe nie. Ons twee moet gesels. Wanneer kan ons ontmoet?"

"Juffroutjie, verskoon my, asseblief. Ek maak nie afsprake met kinders nie. En ek kan ook regtig nie dink wat ek, 'n gespesialiseerde narkotiseur, te sê kan hê vir 'n tiener wat lekkers en waslappe verkoop nie. Gaan soek jou geselskap by jou eie portuur."

"Gaan bars, Jan Swanepoel."

"Wag! Wag! Moenie die telefoon neergooi nie! Elke!" Hy sug behaaglik hard sodat sy dit aan die ander kant kan hoor. "So ja! Ek voel 'n bietjie beter! Van my 'n gek maak voor die hele kliniek en dit op my eerste dag!"

"Ek is jammer, Jan! Ek kon niks anders doen nie! Jy was op die punt om my te verklap!"

"Nee, ek was nie. Ek was besig om my tong in te sluk uit loutere verbasing. Ek kon nie 'n woord uitkry nie. Waarmee op aarde is jy besig, Elke?"

"Dis wat ek wil verduidelik, maar nie oor die telefoon nie. Skryf neer my adres en kom hierheen. Vanaand nog!" beveel die trolliejoggie streng en die nuwe dokter gehoorsaam sonder teëpraat.

'n Rukkie later sien Elke 'n motor voor die huis stilhou en haar hart gaan staan amper.

"Ma, hier is moeilikheid! Horst Buchner het nou net hier onder stilgehou. Dis een van twee dinge. Hy is toevallig vreeslik ontydig hier, want Jan kan ook elke oomblik hier opdaag, en ek kan my voorstel wat sal gebeur as dié twee trompop in mekaar moet vasloop. Of dokter Horst is op pad hierheen met 'n spesifieke doel voor oë. Jan het sy mond verbygepraat en Horst Buchner weet alles."

Marlene kyk haar dogter verbaas aan. "Wat gaan ons doen?"

Daar word vinnig gedink. "Ma glip by die agterdeur uit en staan Jan voor dat hy nie ook hier inkom solank Horst hier is nie. Ek sal so gou moontlik van hom ontslae probeer raak. Niks van koffiedrinkery vanaand hier nie."

Marlene voel bekommerd. "Jy gaan nie met die man ongeskik wees nie, Elke! Jy kan jou deesdae regtig soos 'n ongemanierde tiener gedra."

Elke frons kwaai, begin haar ma in die rigting van die agterdeur druk. "Dis hy wat hóm nie kan gedra nie! Wat kom soek hy hier? Hierdie tyd van die aand hoort 'n man by sy nooi. Ek begin wonder of hy ooit weet hoe om te vry, dié dat hy by ander vrouens gaan koffie soek. Toe nou, Ma! Loop nou! Netnou daag Jan ook hier op en dan is die duiwel regtig los!"

Toe die deur op sy klop oopgaan, kyk hy in 'n nie te vriendelike gesiggie vas. Hy gee voor hy merk niks nie, hou net 'n pakkie na haar uit.

"Ek het dit teruggebring."

"Wat is dit?"

"Die nagrokkie wat ouma Lalie reeds gebruik het. Hulle het nie geweet wat om daarmee te maak nie, toe sê ek ek sal dit maar vir jou terugbring. Miskien kry iemand dit later weer nodig."

Sy knik bot, hou haar blik op die pakkie. "Ja. Dankie." Sy bly vierspoor in die deur staan en sy sien hy loer oor haar kop na binne. "Ma is nie hier nie."

"O. E . . . kan ek 'n oomblik binnekom, asseblief. Daar is 'n ander sakie wat ek ook wil bespreek."

Haar hart ruk. Nes sy gedink het! Daardie Jan met sy groot mond! Sy kyk vlugtig na sy fronsende gesig. Na sy gesigsuitdrukking te oordeel, gaan dit nie 'n aangename sakie wees nie. Haar gesig word nog meer geslote en die man se frons verdiep.

"Wat makeer, Elke?"

"Nee, hoekom? Niks makeer nie."

"Is jy nog steeds ontsteld oor ouma Lalie?"

"Nee. Ek is nie 'n kind nie! Ek kan sulke dinge hanteer."

Sy stemtoon verloor in 'n groot mate sy vriendelikheid. "O, regtig? Wat is dit dan met jou? Jy sê jy is nie 'n kind nie, maar jy gedra jou soos 'n kind van ses. Vir wie is jy kwaad?"

"Ek is vir niemand kwaad nie," maar haar hele houding weerspreek dit. Kan die man dan nie sien hy is nie welkom nie?

"Dan is dit ék wat gesondig het," besluit hy. Hy druk haar aan die skouers agteruit by die deur in en trek die deur agter hom toe. Skielik lê daar 'n glimlag om sy mondhoeke en tot haar konsternasie verstewig die greep van sy hande op haar skouerknoppe. "Ek begryp nou. Ek is jammer, kleintjie. Dis ek wat my maniere vergeet het. Baie dankie. Jy weet nie hoe hoog ek dit waardeer nie."

Sy kyk hom onnosel aan. Dis sy wat nou niks begryp nie. "Waarvan praat jy nou?" Haar skouerknoppe brand onder sy aanraking.

"Van die sukses van die partytjie en die voortreflike manier waarop jy dit gereël het. Verskoon my dat ek jou nog nie bedank het nie, maar ek was baie besig." Hy glimlag goedig.

Ja, besig met handjies vashou . . . Sy sluk. Sy moet iets sê,

115

maar wat? "Ja, ek wens . . . ek wens jy kon hulle sien. Veral ou Frikman . . ."

"Ek wou met my hele hart kom, Elke, maar ek was besig met 'n noodoperasie. Teen die tyd dat ek kon wegkom, was die partytjie lankal verby." Hy glimlag in haar oë af. "Jy weet mos ek sou graag daar wou wees. Dit was mos óns partytjie."

"Dan het jy nie aspris weggebly nie?" Dis uit voordat sy dit kon keer.

Hy lag, skud sy kop en skielik is dit asof hy haar wil nader trek. "Natuurlik nie. Hoe kon jy so iets dink? En jy weet nie hoe dankbaar ek is nie." Skielik is sy vas teen sy bors, sy arms is om haar rug en sy stem klink vreemd. "Jy is 'n liewe kind. Ek wens . . ." Maar hy swyg skielik.

Sy lig haar gesig na hom op, haar wang teen sy skouer. "Wat wens jy?"

Hy kyk op die sproetneus af, gee 'n kortaf laggie en druk haar sagkens van hom af weg.

"Jy is gelukkig nog jonk genoeg om jou wense te laat waar word, meisietjie. Wanneer jy my ouderdom bereik, sal jy weet dat die meeste van jou wense net wense sal bly. Nag, Elke."

Hy draai om en teenstrydig met haar wens van vroeër wil sy nou nie hê hy moet gaan nie.

"Nee, wag eers! Jy het gesê daar is nog iets waaroor jy met my wou praat," probeer sy hom roekeloos keer. Enigiets, solank hy net nie onmiddellik loop nie!

"O ja. Ons praat maar later." Sy hand reik na die deurknop.

"Wil jy nie eers 'n bietjie koffie hê nie? Ek kan net sulke lekker koffie soos my ma maak!" probeer sy desperaat.

Hy glimlag, sy oë steeds gevul met daardie vreemde uitdrukking wat sy nie kan peil nie. "Ek glo jou, kindjie, maar nee dankie, nie nou nie. Tot siens."

Sy staar na die toe deur en luister hoe sy voetstappe wegsterf . . . en sy kan aan haarself geen aanneemlike, rasionele

116

rede verskaf hoekom sy wil huil en terselfdertyd lus voel om hom met 'n skoen agterna te gooi nie.

Horst Buchner kom by Marlene en Jan verbygestap en dis nie regtig nodig vir hulle om agter 'n struik in te koes nie. Hy kyk nie links of regs nie, stap net met lang hale na sy motor en klim in asof hy baie haastig is. Maar dan sien die twee loerders hoe hy doodstil bly sit, hoe sy vuis gebal op die stuurwiel neerkom. Hulle kan natuurlik nie hoor wat uit sy mond ontsnap nie.

"Is jy besig om heeltemal van jou verstand af te raak, Horst Buchner?"

En toe, sonder om 'n antwoord op daardie vraag te kry, trek hy met 'n onverskrokke vaart weg.

"Wat gaan aan?" wil Jan gesteurd weet.

Marlene sug, skud haar kop. "Daardie twee is gedurig in mekaar se hare. Elke was natuurlik ongeskik en hy het hom, tereg ook, vererg. Kom ons gaan hoor maar wat dit nou weer hierdie keer was."

Hulle tref 'n sedige meisie aan.

"Wat het gebeur, Elke?" wil haar ma weet. "Horst het hier weggetrek asof die duiwel op sy hakke is."

"Hier het niks gebeur nie. Hy is seker maar net haastig op pad na sy nooi toe, dis al."

"Het hy 'n nooi?" wil Jan geïnteresseerd weet.

"Ja, natuurlik. Het die hele kliniek jou nog nie vertel nie? Ons twee hoofde daar is ook twee verliefdes."

Marlene frons weer liggies. Sy kan haarself nie verstaan nie, maar sy kan net nie opgewonde raak oor hierdie idee nie. "Wat het hy hier kom maak?"

"O, ouma Lalie se een nagrokkie teruggebring."

"Het hy spesiaal stad toe gery dáárvoor?"

"Genugtig, Ma! Natuurlik nie! Hy het seker ander besigheid ook gehad," sê Elke geïrriteerd. "Kom ons los nou vir Horst Buchner en kom by die punt ter sake . . ."

Jan Swanepoel se mond hang letterlik oop soos die verhaal

ontvou en Elke dink in haar enigheid: Hy is 'n gawe maat, maar, regtig, ek wil nie snags wakker word en só 'n gesig langs my in die maanskyn in die bed sien nie. 'n Ander gesig skuif voor haar in en sy sluit haar gedagtes vinnig af met: "Dis soos sake staan, Jan. Ons probeer meer uitvind, maar ons vorder nie. 'n Mens weet nie waar en hoe jy moet begin soek nie. Ek wil met Mamma saamstem dat sy wel op die een of ander manier 'n Meissner is. Maar wie is sy werklik? Ook moet ons ter wille van my oupa se gesondheid versigtig te werk gaan. Jy kan vir ons probeer uitvind hoe ernstig hy nog is en of 'n groot skok hom miskien sy lewe kan kos. Dit is eintlik die hoofrede hoekom ons nog niks daadwerkliks probeer doen het om hierdie bedrog aan die kaak te stel nie."

Jan knik. "Ja, ek begryp. Daar sal omsigtig te werk gegaan moet word. Wel, al wat ek voorlopig kan doen, is om my oë en ore oop te hou. Ek kan dalk op iets afkom wat ons in die regte rigting stuur. Ek sal darem daagliks met haar in kontak wees, en op intiemer vlak as die trolliejoggie." Hy skud sy kop en glimlag. "Wat op aarde het jou op so 'n idee laat kom?"

"Ag, dit het net gebeur."

Die gesprek gaan later terug na hul studentedae en Elke is dankbaar dat Jan juis vanaand by hulle kuier. Sy kwinkslae dwing haar om te lag en sy gevatheid bring mee dat sy, om haar man teen hom te kan staan, nie aan ander dinge durf dink nie.

Teen die end van die aand kry hy dit selfs reg om haar te oorreed om eerskomende Saterdagaand saam met hom uit te gaan, hoewel hy darem 'n voorwaarde stel: "Asseblief net een ding, Elke. Ek neem jou nie uit met daardie twee boksterte nie!"

Die week gaan sonder enige komplikasies verby. Miskien omdat sekere mense moeite doen om uit sekere mense se pad te bly. Elke sou half verbaas gewees het om te weet 'n sekere dokter doen van sy kant af ook moeite om nie in haar vas te loop nie. Maar dis darem net onmoontlik om mekaar pal te vermy. Die Meissner-kliniek is wel redelik groot, maar die trolliejoggie lewer haar dienste dwarsdeur die gebou, en dokter Horst beweeg ook minstens een keer op 'n dag deur al die gange.

Toe hulle skielik van aangesig tot aangesig voor mekaar staan, is albei sonder woorde. Elke wil net die trollie vinnig verder stoot toe sy stem haar keer.

"Hoe gaan dit?"

"Dit gaan altyd goed met die trolliejoggie."

Sy stem is droërig. "Ja, met party mense gaan dit altyd goed. Terloops, het jy al ons nuwe rookkamer gesien?"

"Ja."

"En?"

"O, dit lyk . . . goed."

Hy lyk teleurgesteld. "Ek sou reken jy kan meer opgewonde daaroor klink. Eintlik was dit deur jou toedoen dat dit tot stand gekom het." Sy oë is speurend. Sy is beslis nie meer die mens wat sy was toe sy die trollie begin rondstoot het nie. Iets is gaande met haar. Sy oë soek maar hy sien darem nie vrypuisies nie. Wat is dit met die kind? Sy lyk behoorlik stuurs. "Is jy al weer kwaad of is jy maar sommer net in een van daardie onverstaanbare, onverklaarbare tienerbuie?"

Sy kyk hom vererg aan. Kyk, die man moenie aanhou sukkel nie. Die sproetneus wip. "Dokter, het u klagtes oor my werk?"

"Nee, natuurlik nie, maar . . ."

"Dankie. Maar met my buie het u niks uit te waai nie. Dis my persoonlike eiendom."

Hy het hom duidelik ook nou bloedig vererg. Hy is immers 'n baie senior dokter en een van die hoofde van hierdie kliniek. Niemand sal dit waag om hom op so 'n trant aan te spreek en af te jak nie, maar hierdie klein snip . . .

"Ek begin nou moeg raak vir hierdie beduiweldheid van jou," sê hy ook sommer pront. "Jy moet nou begin uitkom

119

uit hierdie onvolwasse tienerbuie van jou en begin groot-
word! En maniere begin leer! Jy verdien nie meer die naam
Sonstraaltjie nie. Jy lyk deesdae eerder na Donderbui!"

Sy weet dis belaglik dat hulle soos twee kinders staan en
stry. Sy weet sy moet haar mond hou en die trollie gryp en
so vinnig moontlik padgee. Maar daar is so baie dinge in die
lewe wat 'n mens weet jy liewer moet doen en dit dan nie
doen nie . . .

"Dokter, ek kan jou regtig nie ook toegooi met glimlaggies
nie. Ander mense s'n drup alreeds van jou af soos taai stroop.
Jy gaan nog verstik as jy nie oppas nie." En toe eers gryp sy
die trollie en laat spaander.

Horst Buchner lyk op sy strengste toe hy die gang afdraai
na die teater toe. Toe hy sy kollega in die oog kry, kan hy
nie die glimlag miskyk nie. En dis nie net hy wat die glim-
laggende Julene Meissner 'n bietjie dik vir 'n daalder begin
vind nie. Die hele kliniek is blykbaar aan die wonder wat aan
die gang is. Of dalk het almal al tot dieselfde gevolgtrekking
gekom as die snip van 'n trolliejoggie: Al hierdie tydige en
ontydige glimlaggies is spesifiek vir hóm bedoel. Vroumense!
Hulle raak heel beduiweld in hul tienerjare en so bly hulle tot
hul sterfdag!

"Gee jy om as ek hierdie operasie bywoon? Ek sou graag
wou sien hoe jy dit doen," laat sy vleiend hoor toe sy in pas
langs hom inval.

"Jy is welkom," is die kortaf antwoord, en hy voeg stil-
swyend by: Dan is jou mond darem vir 'n ruk lank toe agter
'n masker! Ek wens net daar was iets waarmee ek daardie
trolliejoggie se mond kon toestop!

Weer kan dit nie blote toeval wees nie dat dokter Horst
en die trolliejoggie mekaar nie weer in die kliniek se gange
raakloop nie. Dokter Horst swaai soms sommer onverwags
by 'n kamer in om te verneem hoe dit gaan, al is sy rondte al
afgehandel in daardie spesifieke afdeling. En die trollie word
sommer skielik weer by 'n kamer ingestoot en 'n sonstraal-

stemmetjie vra: "Het iemand dalk netnou iets vergeet? Wat van 'n koerant?"

Vrydagmiddag keer Jan haar doelbewus voor. "Jy onthou nog ons afspraak môreaand, nè?"

"Ja, natuurlik. Kom eet sommer by ons. Het jy al enige nuus?"

"Nee, nie juis nie. Net dat sy haar opleiding in Pretoria ontvang het. Dit sê nie veel nie."

"Nee, maar 'n mens kan probeer uitvind watter Meissners van daardie omgewing afkomstig is. Dit kan 'n mens op die spoor sit." Uit die hoek van haar oog sien sy 'n wit doktersjas wat net by 'n kamer in wil verdwyn en dan tot stilstand kom.

"Koop iets!" beveel sy vinnig.

"Hoekom?"

"Ons word dopgehou. Jy is veronderstel om te werk, nie om met die trolliejoggie te staan en ginnegaap nie, dokter Swanepoel." Effens harder: "Hierdie doos sjokolade? Sekerlik, dokter."

"Ek het nie geld by my nie," protesteer Jan, maar die doos word in sy hand geprop.

"Draai jou rug en maak asof jy geld uit jou sak haal en dit vir my gee, stommerik! Jy kan my later betaal," beveel Elke gedemp.

Jan is verplig om saam te speel en grinnik op die wipneus af: "Hou maar die kleingeld, juffroutjie!"

Die gesiggie straal. "O, dankie, dokter! Die dame gaan baie van die sjokolade hou. Ek is mal oor hierdie soort!"

Dan eers verdwyn die wit jas die kamer in en Elke sug verlig, maar keer vinnig toe Jan die sjokolade weer op die trollie wil terugsit. "Moenie laf wees nie. Jy kan dit nie nou weer terugsit nie. Hy sal mos sien jy het nie sjokolade by jou nie. Jy skuld my dit eenvoudig net."

"Maar ek wil nie sjokolade hê nie!"

Sy glimlag hom vriendelik toe. "Maar ék hou daarvan. Bring dit môreaand saam."

"Jy is 'n afperser en 'n *crook*."

"Hie-hie. Net slim!"

Maar die volgende aand in die teater wonder Elke of sy regtig so slim is. Een ding is seker, dit was beslis nie baie slim van haar om in te stem om Jan na die vertoning te vergesel nie. Sy moes vooraf daaraan gedink het daar is ander mense wat die vertoning ook wil sien. En toeval kan dit regtig nie wees dat dit juis Horst Buchner is wat in die oop sitplek neffens haar neersak. Sy het hom onmiddellik raakgesien toe hy op die punt van die ry verskyn het. Haar hart het amper gaan staan.

"Jan! Kyk, daar is dokter Horst! Genugtig, ek hoop nie dis sy sitplek hier langs my nie!"

Jan lyk ook effens verskrik maar moet dan bieg: "Dis moontlik, want ek het ons kaartjies by hom gekry."

"Wat?"

Jan is ongemaklik, maar laat verdedigend hoor: "Maar hy het nie gesê hy het drie kaartjies nie! Hy het gesê hy het kaartjies vir die vertoning wat ek by hom kan oorneem. Wel, toe neem ek dit by hom oor. Hoe moes ek weet hy het nog 'n kaartjie gehad?"

"Wanneer het jy die kaartjies by hom gekry?" vra Elke openlik ontevrede.

"Gister na jy my gemaak het die sjokolade koop. Ek sien toe hy kyk na die sjokolade wat by my sak uitsteek en ek sê toe maar ek het dit gekoop vir die dame met wie ek môreaand uitgaan. Toe vra hy of ek al kaartjies het en toe sê ek . . ."

"Ja, goed! Hier kom hy nou. Wel, gedane sake het geen keer nie, maar ek sê jou die duiwel gaan ons haal."

Jan frons vererg. "Hoekom? Ek het die reg om uit te neem wie ek wil."

"My liewe slim dokter, dis sekerlik nie etiket dat die narkotiseur van die Meissner-kliniek 'n trolliejoggie uitneem nie."

"Jy is nie . . ."

"Hou jou mond tog toe! Ons is diep genoeg in die sop. En

kyk reg voor jou. Genadiglik verdoof hulle die ligte ook nou. Maak asof jy hom nie raaksien nie."

Sonder enige respek vir die moeite wat sy met haar kapsel gedoen het, pluk sy 'n spul hare met kammende vingers na vore sodat dit haar gesig aan die linkerkant bedek. Dan hoor sy 'n besadigde stem teen die haarsluier vasslaan.

"Goeienaand, dokter Swanepoel."

Jan moet die groet erken. "O, goeienaand, dokter."

"Ek hoop jy en jou vriendin sal die vertoning geniet. Volgens die resensies is dit puik."

Elke sit met 'n skewe nek asof dit na geen kant kan draai nie.

"Ja, ek . . ." Natuurlik is hy veronderstel om sy vriendin aan sy senior voor te stel, maar 'n skerp elmboog in sy ribbes vertel hom hoe sy oor die saak voel. "Ja, ek het so verstaan." Hy hark sy brein aan rafels, maar kan aan niks meer dink om te sê nie, en dokter Horst, na 'n oomblik van merkbare verbasing, sit terug teen die stoel en bewaar ook maar die swye hoewel sy blik telkens na die versluierde gesig langs hom gaan. Hoe die vroumens deur so 'n harwar hare gesien gaan kry . . .

Natuurlik is dit net nie moontlik om haar identiteit tot aan die einde te bewaar nie. Die een of ander tyd moet die ligte weer in volle gloed aangaan. Dis toe dat dokter Horst weer op beleefde toon vra: "Het julle dit toe geniet?"

"Ja. Dit was goed." Jan klink maar kortaf. Die hele aand is bederf. Hy sweer Elke kon omtrent niks sien van wat op die verhoog aangaan nie. Hy self het nie veel ingeneem nie, te bewus daarvan dat hy dit nie eens kon waag om die dame aan sy sy se hand in syne te neem nie. En daardie doos sjokolade wat hy verplig was om te koop, en waarvoor hy lankal lus is, lê nog net so onoopgemaak op haar skoot. Natuurlik te bang om dit oop te maak, want sy sal daarvan aan die man langs haar ook moet aanbied en sal verplig wees om haar kop in sy rigting te draai.

Dokter Horst probeer steeds sy bes om beleef en vriendelik te wees. "En jy, juffrou? Wat dink jy daarvan?"

Die bos hare skud en swaai en die stemtoon is hees: "Goed. Goed."

Nou frons hy behoorlik. "Is jy verkoue?" Jan se senuwees knak. Hy kan die drama in 'n operasieteater goed hanteer. Hy is daarvoor opgelei. Maar hierdie soort drama kan hy nie hanteer nie. "Nee, dokter, sy makeer niks. Lig op jou kop, Elke, dat die man jou gesig kan sien." Hy kyk verskonend na sy senior. "Dit was nie my idee nie. Maar u het tog seker uit die staanspoor geweet wie langs u sit."

"Nee, ek het nie 'n idee gehad wie agter daardie bos hare skuil nie, maar . . ." Die sluier word met 'n besliste hand weggevat en die met grimering gekamoefleerde sproetgesiggie is weerloos voor sy priemende blik. Dan laat hy die hare terugval en die ysige vraag word aan sy kollega gestel: "Is sy darem nie 'n bietjie jonk vir jou nie, dokter Swanepoel?"

Jan sluk. Wat op aarde kan hy antwoord? "Hulle moet die een of ander tyd begin grootword, dokter."

'n Onheilige stilte daal neer. Nou is dit Elke wat skielik knak. Die sluier swaai soos sy haar gesig in sy rigting keer. "Presies! Dis presies wat jy gister vir my gesê het, onthou? Dis tyd dat ek grootword! Wel, dis wat ek besig is om te doen." Jan kry 'n stamp in sy sy. "Toe, Jan! Loop! Hulle gaan ons nog vannag hier toesluit."

Elke druk sommer ongeskik 'n pad vir haar tussen die mense oop na buite en die arme Jan moet maar net agternakom. Toe Horst buite kom, is daar geen teken van hulle nie. Fronsend stap hy met lang hale na sy motor.

"Nee, moenie nou dadelik terugry huis toe nie. Ou Bemoeisiek sal ons tien teen een daar inwag en die leviete voorlees. Jy ken hom nog nie. Hy kan knaend wees."

Jan sug. "Nou goed dan. Kom ons gaan drink maar êrens 'n koppie koffie. En maak oop daardie sjokolade. Ek moet darem verduiwels iets van hierdie aand geniet!"

8

Marlene is skoon verbaas om te sien wie haar laatnagbesoeker is. Sy is duidelik uit die bed gehaal, want sy is in kamerjas en pantoffels geklee, maar dit ontstel die man blykbaar nie. Hy vra nie eens verskoning dat hy haar op so 'n late uur van die nag gesteur het nie.

"Horst! Wat . . .?" Dan pak die onrus haar. "Wat is verkeerd? Elke . . .?"

"Mevrou, weet u waar u dogter is?"

"Wel, ja. Sy is na 'n vertoning . . ."

"En weet u saam met wie sy daarheen is?"

"Ja. Jan Swanepoel."

Daar is 'n ongelowige frons op sy gesig. "Sy is dus met u toestemming saam met dokter Swanepoel uit?"

"Ja. Hoe . . .?"

" 'n Man wat haar pa kon gewees het?"

"Moenie verspot . . ." Marlene se mond klap toe, maar die kwaad is reeds gedoen.

"Verspot? U dink ek is verspot om ontsteld te wees dat u u dogter laat uitgaan met 'n man wat al in die dertig is?"

"Nee, ek . . . e . . ." Terwyl sy na die regte woorde soek, besef sy hy staan nog in die oop deur, en hy praat so hard dat die hele wêreld kan hoor. Sy nooi hom vinnig binne: "Kom in, asseblief, Horst, en laat ons die saak kalm bespreek. Sit gerus. 'n Koppie koffie?"

"Nee . . . of ja, dankie mevrou. Ek stap sommer saam kombuis toe."

"Soos jy wil." Marlene se stem is droog, so ook haar keel. Elke beter vinnig huis toe kom sodat sy self hierdie kwaai man kan hanteer. Waaroor sou hy so kwaad wees? Is dit omdat hy dink dis benede een van sy dokters om hulle met 'n trolliejoggie op te hou? Marlene frons liggies. Maar sy het nog nooit die indruk gekry dat Horst Buchner snobisties of kleingeestig is nie.

"Mevrou, u moet my asseblief verskoon dat ek sommer hierdie tyd van die aand hier inbars en dan, soos dit seker vir u lyk, my neus in u persoonlike sake kom steek. Maar die bedoeling is goed. Ek voel 'n verantwoordelikheid teenoor Elke. Miskien omdat sy nie 'n pa het nie. Dis moeilik vir 'n vrou om 'n kind alleen groot te maak. Die tye is so boos vandag . . ." Marlene is met stomheid geslaan, maar hy verwag blykbaar nie 'n antwoord nie. "Ook is dit een van my dokters wat betrokke is. Ek sou nie graag wou sien dat Elke seerkry aan die hand van my personeel nie."

Marlene voel dit haar plig om te protesteer. "Maar Jan is 'n baie gawe seun, Horst! Regtig! Ek . . ."

Die glimlaggie om sy mond bring haar tot swye. "Mevrou Du Plessis! U is 'n goeie mens. U sal in niemand kwaad sien nie. Ek wil ook nie suggereer dat Jan Swanepoel 'n . . . swak tipe is nie. Die blote feit is net dat nie een van ons hom regtig ken nie. Elke het hom maar 'n week gelede vir die eerste keer gesien. U het hom seker vanaand toe hy haar kom haal het vir die eerste keer ontmoet. En ek self weet van hom net wat ek op papier het . . . en ons albei weet dit kan soms 'n groot klug wees. Net die feit dat hy kans sien om hom met 'n matriekmeisie op te hou, 'n man van sy jare, laat egter groot bedenkinge ontstaan van hoe eerbaar sy bedoelinge met u dogter is."

Marlene se kop draai, en sy probeer die stortvloed stuit: "Die koffie is klaar. Kom ons gaan drink dit in die sitkamer."

Maar vanaand kry haar lekker koffie min aftrek. Horst Buchner het 'n plig wat hy van plan is om na te kom teenoor 'n weduwee en haar weerlose, hoewel domastrante, dogter. As daar iets leliks met Elke moet gebeur, sal hy dit vir altyd op sy gewete hê.

"Regtig, mevrou, ek wil by u aandring dat u hierdie . . . onvanpaste vriendskap summier in die kiem smoor."

"Maar Elke weet hoe om haar te gedra!" Marlene wil-wil

haar darem ook 'n bietjie vererg. "Ek het haar 'n goeie opvoeding gegee! Sy weet wat reg en verkeerd is!"

Horst Buchner se killer stemtoon verraai dat hy moeite met sy humeur het. "Ja, mevrou, dis mooi en reg dat u u dogter vertrou, maar 'n ervare man van dertig kan haar alles laat vergeet wat u haar deur al die jare geleer het. Elke bly ten slotte net 'n mens, 'n baie beïnvloedbare meisie in 'n baie delikate stadium van haar lewe. U sal my nie verkwalik nie as ek ook noem dat sy ook maar taamlik weerbarstig is – soos alle tieners blykbaar maar is. En natuurlik slim. Waar kry jy 'n slimmer mens as een wat pas gematrikuleer het?"

Marlene kan maar net sit en luister, en in haar hart met alles saamstem. Haar ergernis groei egter ook aan, nie jeens die man wat so verstandig – hy sal eendag darem 'n wakende vader wees, dis gewis! – met haar redeneer nie, maar jeens haar dogter van nege-en-twintig wat hierdie aand oor haar gebring het! Laat sy darem net huis toe kom . . . nege-en-twintig ofte nie!

Hy volg haar blik na die staanhorlosie en sy mond word grimmiger. "Hulle moes al lankal tuis gewees het. Die vertoning is al 'n uur gelede verby."

"Hoe weet jy?"

"Ek was daar. Ek het langs hulle in die teater gesit."

"O." Marlene kan haar daardie konsternasie voorstel en voordat sy kan keer, glimlag sy. Dit lok natuurlik geen goedkeuring uit nie. Is die vrou dan nie bekommerd oor haar kind nie? Daar is niks amusants hieraan nie! Inteendeel!

Marlene lees die veroordeling in die skerp blik en laat vinnig hoor: "Wel, Horst, ek belowe jou ek sal Elke goed voor stok kry wanneer sy vanaand terugkom. Baie dankie vir jou . . . e . . . belangstelling. Ek waardeer dit. Regtig." Toe dit lyk asof hy nie die wenk gesnap het nie, stel sy dit meer pertinent: "Dis al baie laat. Jy sal seker ook nou wil gaan rus."

"U bedoel . . . u gaan sommer nou weer slaap terwyl u dogter . . .?"

127

Marlene kners sag op haar tande. Wat genoeg is, is genoeg. "Elke ken ons adres. Sy sal wel terugkom."

"Maar wanneer? Môreoggend?"

Sy kry nie meer haar ergernis weggesteek nie. Sy begin verstaan hoekom Elke soms selfs ongeskik teenoor die man is. Haar stemtoon is beslis ook koeler. "Wel, Horst, ek gaan nie die hele nag opsit en vir haar wag nie. Sy het 'n sleutel vir die voordeur."

Sy staan op en hoewel duidelik teen sy sin, is hy verplig om haar voorbeeld te volg.

"Goeienag, mevrou Du Plessis," sê hy amper formeel en sy sug. Genugtig tog! Nou is hy vir haar ook kwaad!

"Horst, ek waardeer . . ."

"Ek verstaan, mevrou. Tot siens."

Albei insittendes van die motor wat diep in die skaduwee van 'n boom getrek is, laat 'n sug van verligting hoor toe die bekende gestalte eindelik in die lig van die stoeplamp verskyn.

"Grote Griet, ek het begin dink hy gaan oornag!"

"Ek is net dankbaar dat hy eindelik besluit het om te loop. Ek kan my oë nie meer oophou nie."

Elke kyk Jan vererg aan. Die hele aand is 'n totale mislukking. Nadat hulle koffie gedrink het, is hulle terug huis toe net om te vind dat Ou Bemoeisiek se motor reg voor die deur in die straat geparkeer staan. Nie Elke of Jan was lus vir 'n verdere onderonsie met Horst Buchner nie, en hulle het besluit om maar liewer te wag. En gewag het hulle.

Eers was Jan heel geneë. Hy het nog nooit die kans gehad om so intiem alleen met hierdie meisie te wees nie. Op universiteit was sy altyd so glibberig soos 'n paling. Geen man kon haar in enige hoek vasgekeer kry nie. Maar vanaand is sy, danksy Horst Buchner, hier by hom in die motor vasgekeer – letterlik. Jan besluit dat hy hierdie kans terdeë gaan benut.

"Jan, hou jou hande tuis."

"Maar skuif so 'n bietjie nader, meisie."

"Om wat te maak?"

"Genade tog! Wat skort met jou, Elke? Hoekom is jy so vol draadwerk?"

"Ek is liewer vol draadwerk as wat ek met 'n spul oorwerkte kliere sit soos jy. As jy jou nie kan gedra nie, smyt ek jou hier uit."

Jan is vies. Vies en dik vir die hele spul. "Verskoon my. Dis mý motor hierdie."

"En dis mý lyf. Goed. Ons verstaan mekaar." Sy het die amper leë doos sjokolade in sy soekende hande geprop. "Daar. Eet nou maar die laaste twee ook op. En moenie dink ek het vergeet jy skuld my nog die geld nie, hoor? Jy het hulle opgeëet en jy betaal vir hulle. Grote Griet, wanneer loop daardie man dan?"

Dis egter heelwat later dat "daardie man" agter sy stuurwiel inskuif. Maar nog ry hy nie. Hy sit net daar en Elke se hart sak in haar skoene. Dit beteken tog seker nie dat hy van plan is om die res van die nag daar te sit nie? Maar dit wil so skyn en Jan kreun. Waarin het hy hom begewe?

"Luister, Jan, ek gaan nou hier uitglip en al langs die tuinmuur verbysluip en by die agterdeur klop."

"Wag 'n bietjie! En hoe kom ek hier weg?"

"Jy ry net weg."

"Hy gaan my mos sien as ek verbykom!"

"Wat daarvan? Hy gaan jou in elk geval in die hande kry die een of ander tyd. As dit nie vanaand is nie, is dit Maandagoggend. Jy kan dit ewe goed agter die rug kry."

"Dis nou 'n mooi grap! En wanneer kom jý voor stok?"

Sy lag hom uit. "Ek dink hy lê eintlik agter jou bloed, my maat. Ek is maar net 'n trolliejoggie. Maar jy, dokter Swanepoel, is een van sý dokters en dis jý wat hom in die skande gesteek het om jou met 'n minderjarige kind op te hou."

Sy ontsteltenis is eg. "So ek moet nou alleen die spit afbyt! Dis nou regtig billik."

Elke lag, maar haar hart klop tog benoud. Horst Buchner kan goed beduiweld raak. Hy praat verniet van háár beduiweldheid. "Ag, ou Jan, ek is jammer dat ek jou in die pekel laat beland het. Maar aan die ander kant moes jy verder gedink het voordat jy my uitgeneem het en toe gaan koop jy nog die kaartjies by hóm, van alle onnosel dinge. Ag toe maar, my vriend. Laat jou tuisadres by my. Ek belowe ek sal Maandagoggend 'n skoppie saambring en al jou stukkies mooi bymekaarvee en sorg dat alles by jou ma afgelewer word. Tata!"

Dis hy wat nou die stuurwiel 'n hou met die vuis gee. Vroumense! Van die paradys af het hulle 'n man se lewe beduiwel en steeds leer ons nie! Hy sug, skakel die motor aan. Hy kan tog nie die hele nag hier omsit nie. Dus . . . Hy trap die petrol weg, maar ná 'n paar minute sien hy die motorligte in die truspieëltjie. Horst Buchner het die spoor. Hy gaan nie wegkom nie! So 'n . . . e . . . dekselse Elke!

Hy maan homself tot kalmte toe hy sy motor by die dokterskwartiere op die aangewese plek intrek en uitklim. 'n Ander motor hou neffens hom stil en die twee mans se oë ontmoet. Jan trek sy rug instinktief styf. Verniet dat hy homself vertel dat hy 'n grootman is en dat sy persoonlike lewe sy eie is. Die stem wat hom konfronteer, knak sy uitdagende skouers dat hulle sommer vooroor sak.

"Ek wil jou Maandagoggend om nege-uur in my kantoor spreek, dokter Swanepoel."

Maar Elke kom darem ook nie heeltemal skotvry daarvan af nie. Haar ma hoor die gehamer aan die agterdeur en vermoed wat gebeur het. Elke se oë blits toe sy Marlene inlig: "Die man sit my sowaar by die voordeur en inwag, kan Ma dit glo!"

"En jy sal nie glo wat ek alles moes aanhoor vanaand nie. Elke, ek het nou genoeg van hierdie speletjie gehad. Jy vertel nou vir daardie man wat aan die gang is, of ék doen dit. Ek gaan nie weer na sy gepreek luister nie en ek gaan nie weer

130

een enkele leuen vertel nie. Ek vind dit nie meer snaaks nie. Hou op grinnik!"

"Het hy vir Ma gepreek?"

"Gepreek? Ek het 'n lesing oor kinderopvoeding gehad, 'n lesing oor die boosheid van die wêreld vandag, oor enkelouerskap . . . Griet weet wat alles."

"Sien Ma nou wat ek alles van hom in daardie kliniek moet verduur? Sien Ma nou hoekom 'n mens nie anders kan as om soms ongeskik te wees nie?"

Marlene sug. "Ja, ek weet. Ek was self half ongemanierd met hom vanaand en die man bedoel dit werklik so goed. Hy voel half verantwoordelik vir jou."

Elke vind die situasie skielik nie meer grappig nie. Sy frons kwaai. "Hoekom? Ek is niks van hom nie."

"Grootliks omdat jy nie 'n pa het nie. Hy sê hy weet dis moeilik vir 'n vrou om 'n kind alleen in hierdie bose wêreld groot te maak." Marlene se humorsin kom tot haar redding en sy lag skielik hartlik. "Ek wens jy kon hom hoor en sien! Ek moes van buite sedig wees maar binne wou ek oopbars!"

Elke se humorsin het haar verlaat. "Ek weet nie wat met die man aangaan nie. Vir wat bodder hy so met my? Ek dink hy is broeis. Hy moet nou trou en sy eie kinders hê oor wie hy kan kloek, en my uitlos. Dank die gode ek sal nooit 'n kind of 'n vrou van hom wees nie. Die arme goed sal soos museumstukke agter slot en grendel gehou word."

Marlene kyk haar dogter ernstig aan. "Ons kan nie so voortgaan nie, my kind. Die situasie word by die dag ingewikkelder. Dié . . . dubbele rol begin my al hoe meer hinder. Eintlik is jy nou besig om te doen wat Julene Meissner doen . . . jy gee voor jy is iemand wat jy nie is nie. Die pot kan die ketel eintlik nie meer verwyt nie, weet jy?" Hul oë ontmoet en dan laat Marlene beslis hoor. "Ek het bedoel wat ek netnou gesê het, Elke. Óf jy óf ek vertel Horst die waarheid. Hy moet dan maar besluit of dit veilig sal wees vir jou oupa om

131

die waarheid te verneem. Ons kan dan ten minste die saak met Julene uitmaak."

Elke sug en gaan op 'n kombuisstoel sit. "Ja, ek besef ons kan nie langer so voortgaan nie. Ons vorder in elk geval nie. Maar dit gaan moeilik wees om Horst te vertel sy aanstaande is 'n bedrieër. Afgesien van hierdie inmengery in my privaat lewe, was hy eintlik nog altyd baie gaaf. Ek . . . wil die man nie onnodig seermaak nie."

"Ek glo vir geen oomblik meer die storie dat hy en Julene op trou staan nie. Waar was sy vanaand? Hy was alleen by die vertoning. Al die kere wat hy hier gekuier het . . . Hoekom kuier hy nie by sy nooi nie? Ek sê vir jou dis 'n wolhaarstorie. Hulle was miskien 'n paar keer saam uit, maar wat daarvan? Jy en Jan was ook vanaand uit en dit beteken nie julle staan op trou nie."

"Dink Ma regtig dit kan net stories wees?"

"Dit sal ons uitvind wanneer ons hom die waarheid vertel. Gaan jy, of moet ek?"

Elke aarsel, sê dan ernstig: "Ek voel dis mý plig om hom te vertel. Ek sal Maandagoggend kyk of hy my te woord kan staan. En daarna moet maar gebeur wat wil."

Maar Maandagoggend lê nog ver. So baie dinge kan in die bestek van 'n enkele dag gebeur . . . ingrypende dinge . . . Daar lê nog 'n hele Sondag tussen nou en Maandagoggend.

'n Sondag is 'n rustiger dag as die ander dae van die week. 'n Dag waarin 'n mens veronderstel is om selfondersoek te doen – en nie net oor die stand van jou geestelike lewe nie. Daar is soms baie dinge wat jy moet uitsorteer in jou lewe. Horst Buchner gebruik hierdie Sondag presies daarvoor.

Soos hy doelgerig, skynbaar genadeloos, die operasiemes hanteer wanneer hy weet die liggaam moet oopgevlek word om by die kwaad te kom en te kyk wat daar aangaan, so vlek hy ook op hierdie Sondag sy eie lewe oop. Hy klief die spul oop, sien wat daar te sien is en besluit dis 'n kwade ding en dat daar net een manier is om te verhoed dat dit verder sprei.

Sondagaand gaan lê hy besoek af by die herehuis op die Meissner-landgoed. Toe dokter Albert later verskoning maak dat hy maar kamer toe gaan, vergesel dokter Horst hom en kyk hom ondersoekend aan toe hulle die slaapkamer binnegaan.

"Voel u goed?"

Die ou man kyk hom 'n rukkie stil aan. "Miskien nie soos wat ek behoort te voel nie. Maar dis die minste, Horst. Ek is 'n ou man. Dis tyd vir my om te gaan."

Dokter Horst frons skerp. "Dis nie vir u om te besluit wanneer om te gaan nie, dokter Albert! Kom lê dat ek 'n bietjie luister. Ek gaan kry net gou my stetoskoop . . ."

"Wag eers, Horst. Ons moet eers gesels. Goed. Ek sal gaan lê, maar moenie Julene inbring nie. Ons het sake wat eers in die reine gebring moet word."

Horst Buchner knik en albei weet dat die uur van beslissing vir hom vinniger gekom het as wat verwag is. Daar is nie meer tyd vir uitstel nie. Die dood wag immers vir niemand nie. Dokter Albert kan elke oomblik weer 'n hartaanval kry en dit kan fataal wees. En daar lê los drade rond wat eers opgetel en geknoop moet wees voordat hy sy laaste asem uitblaas.

Hy help dokter Albert uittrek en in die bed kom en toe die gryse man eindelik uitgeput teen die kussings lê, wys hy met 'n vinger na 'n stoel en Horst trek dit nader. Die verset in hom kan hy nie verstaan nie en hy laat dit ook nie deurskemer nie. Hy het immers uit die staanspoor geweet sy toekoms is vir hom in die Meissner-kliniek uitgespel. En Albert Meissner se kleindogter was sedert haar verskyning 'n onlosmaaklike deel daarvan. Dis albei of niks. Tog kry hy skielik 'n verrassing wat hom onkant vang.

Dokter Albert se oë is deurdringend. "Dis baie persoonlik, maar ek moet weet, Horst. Wat voel jy vir my kleindogter?"

Die antwoord is ewe reguit. "Ek het haar tot dusver net as 'n kollega beskou, maar . . ." Hy swyg, besef hoe belangrik

133

sy volgende woorde gaan wees. Dit gaan sy hele toekoms bepaal.

"Maar wat?"

"Maar ek het daaraan gedink om die verhouding meer persoonlik te maak." Dis tog wat hy vanoggend besluit het. Die pad lê tog reeds lankal voor hom uitgestippel. Die Meissner-kliniek en Julene is 'n eenheid.

"Ter wille van die kliniek, om my onthalwe, of omdat jy dit regtig so wil hê?"

Hy kyk die ou man verbaas aan, en dokter Albert sug. "Horst, ek gaan met jou reguit wees. Dis soos ek dit graag sal wil hê – jy en Julene saam in die kliniek. Maar . . . ek gaan dit nie as 'n vereiste stel nie."

"Ek begryp nie?"

"Ek het die afgelope tyd baie daaroor nagedink. Ek het voorheen ook vereistes aan . . . mense gestel. Ek het voorheen ook besluit wat die beste vir ander mense is . . . en dit het nie ten beste uitgewerk nie. Ek het voorheen ook ander mense se toekoms in my eie vorm en na my wil gegiet en dit het ook nie uitgewerk nie. Ek gaan dit nie weer doen nie. Ek gaan jou nie sê jy kan die Meissner-kliniek kry as jy met my kleindogter trou nie. Jy moet self besluit en dit moet jou eie vrye keuse wees. Jy kry die Meissner-kliniek. Punt." Hy kyk Horst vas aan. "Maar Julene is en bly my eie vlees. Al wat ek vra, is dat jy dit in gedagte sal hou wanneer daar miskien in die toekoms oor haar toekoms besluit moet word." Hy sluit sy oë moeg en sê: "Nou kan jy maar jou stetoskoop gaan haal."

Albert Meissner word nog daardie selfde aand as pasiënt opgeneem in sy eie kliniek. Toe alles vir hom gedoen is wat gedoen kan word, is sy kleindogter terug huis toe en sy opvolger terug na sy woonstel. Maar nie een het dadelik probeer om die noodsaaklike rus vir môre se dagtaak te kry nie. Daarvoor was die gedagtes te vol.

Julene het oor die nagtelike toneel uitgestaar vanaf 'n donker stoep. Sy het lank daar gehuiwer voordat sy na binne is

134

om 'n wagtende Anna in die oë te kyk en te erken dat sy nog steeds nie weet wat die toekoms presies vir haar inhou nie.

En Horst Buchner het vanaf sy woonstel se klein balkon na die toneel voor hom gekyk: die Meissner-kliniek indrukwekkend voor hom, selfs in hierdie late uur van die nag. Nou was dit nie meer 'n gestippelde pad wat voor hom gelê het nie, maar 'n reeds gebaande weg, die enigste weg waarop hy kan stap. Want 'n plek soos hierdie, iets so groots soos wat hy hier voor hom sien staan, ontvang jy nie maar net nie. Jy kry dit nie sommer net verniet nie. Alles in die lewe het 'n prys, selfs ook dié dinge wat jy waan jy verniet kry. Êrens word tog 'n prys betaal, al word dit nie van jou afgedwing nie. Morele verpligting en gewete sorg dat jy teen die end betaal . . . ook die Meissner-kliniek het sy prys. En hy sal die prys moet betaal.

Die eerste ding wat Elke en Marlene hoor toe hulle Maandagoggend die restaurant binnestap, is dat Albert Meissner die vorige nag in die kliniek opgeneem is.

"Is dit ernstig?" wil Elke weet, en Peet kan net oordra wat hy van die nagpersoneel verneem het. "Redelik. Hulle keer glo vir 'n volgende hartaanval."

Moeder en dogter se oë ontmoet.

"Gaan jy Horst nog vanoggend spreek?" vra Marlene toe hulle buite hoorafstand is.

Elke skud haar kop. "Ek weet nie. Ek sal maar besluit as ek die situasie opgesom het." Daar is diepe kommer in die blou oë. "Mamma, Oupa kan nie nou sterf nie! Dit gaan nie net om die kliniek nie! Dit gaan ook om myself, om ons. Ek ken hom nog nie eens nie! Ek het hom nog nie eens een maal gesien, in sy oë gekyk nie! Ek sou hom so graag wou leer ken. Ek sou so graag wou hê hy moet mý leer ken! Ek het my al die jare die oomblik voorgestel wanneer ek voor hom sal staan, hom in die oë sal kyk en sê: 'Oupa, ek is jou kleindogter!'"

Marlene sluk. "Ek weet, my kind. Ons kan maar net bid dat sy toestand sal verbeter."

Daar heers 'n ander atmosfeer vandag in die kliniek. Elke kom dit onmiddellik agter. Oral waar sy beweeg, hoor sy dit: Dokter Albert is opgeneem in die kliniek. Hy lê in die intensiewe eenheid. Meer as ooit kom Elke onder die indruk van watter geweldige invloed hierdie man op die kliniek uitoefen. Selfs sy teenwoordigheid hier as pasiënt oefen 'n invloed op almal uit. Almal is intens bewus daarvan dat Albert Meissner in die nabyheid is en al weet almal dat hy magteloos in 'n bed lê, is hulle vandag ekstra op die punte van hul tone asof die groot man elke oomblik sy verskyning kan maak.

Jan Swanepoel staan en trap ongemaklik rond voor die hoof se kantoor. Dit was al nege-uur, maar daar is geen teken van dokter Horst nie. Hy wil net loop toe sy senior sy verskyning maak. Jan sien dat hy moeg en streng lyk en sy moed vir hierdie onderhoud sak nog laer.

"Ja?" vra dokter Horst moeg.

"U het gesê u wil my vanoggend spreek, dokter."

Dis of dokter Horst sukkel om sy gedagtes te orden. "O ja. Kom binne." Toe die deur agter hulle toe is en Jan soos 'n stout seun hande agter die rug voor die lessenaar staan, is dit eers stil. Dokter Horst sit en kyk fronsend na sy hande en dit skyn asof hy na die regte woorde soek. Dan kyk hy op, sy gesig en oë uitdrukkingloos.

"Wat jy in jou privaat lewe doen, dokter Swanepoel, is jou saak. Tog het jy 'n morele verpligting teenoor die Meissnerkliniek . . ." Morele verpligting . . . Die hoeveelste keer is dit nou dat daardie twee woorde deur sy brein gaan. "Ek verwag van my dokters dat hulle hulle ook buite die kliniek waardig sal gedra en die naam van die kliniek hoog sal hou. Jy kan maar gaan."

"Ja, dokter. Dankie."

Toe 'n baie verligte Jan uit die hoof se kantoor kom, gewaar hy Elke wat ook in die rigting van die kantoor beweeg.

136

"Sjoe! Dis 'n verligting!"

"Wat is?"

Jan vertel wat gebeur het nadat sy uit die motor gesluip het. "Ek het gedink my kop gaan behoorlik gewas word vanoggend. Ek het half gewonder of ek nie in die pad gesteek gaan word nie. Maar die hoof was baie kort en kragtig. My privaat lewe is my eie, maar hy verwag dat ek die kliniek se naam hoog sal hou en my waardig sal gedra. Weet jy dat dokter Albert verlede nag weer hier opgeneem is?"

"So het ek verneem. Weet jy miskien presies hoe ernstig dit is?"

"Ek sal uitvind. Hy is in elk geval in die intensiewe eenheid. Wat maak jy in hierdie gang?"

"Ek was van plan om dokter Horst vanoggend alles te vertel, maar ek is nog nie seker of ek dit moet doen nie."

"As ek jy is, sal ek eers 'n bietjie wag. Hy is nie in 'n goeie bui vanoggend nie. Seker maar bekommerd oor dokter Albert se toestand."

"Ja, ek . . ."

Die kantoordeur gaan skielik oop en die man wat nie in 'n goeie bui is nie, staan en kyk die verskrikte twee net 'n oomblik aan en stap dan met lang treë sonder 'n enkele woord by hulle verby.

"En nou? Hy is veronderstel om my kop af te byt omdat ek hier met jou staan en ginnegaap." Jan is behoorlik uit die veld geslaan. Elke volg die lang gestalte tot dit om 'n hoek verdwyn. Sy oë was ysig. En hy het haar totaal geïgnoreer . . .

Sy draai om. "Soos jy sê, vandag is nie die dag vir ontboeseminge nie. Ons kyk maar later."

Miskien moes sy maar die bul by die horings gepak het, want sake ontwikkel vinnig. Nadat die twee dokters weer 'n besoek aan dokter Albert gebring het, stap hulle na sy kantoor om verdere strategie te bespreek. Hulle kom ooreen dat geen beter behandeling op die oomblik toegepas kan word nie.

"Ek kom agter Oupa is baie gespanne, Horst. Weet jy

miskien waarom? Dis die groot oorsaak van hierdie skielike insinking. Ek het hom direk gevra, maar hy ontken dit natuurlik. As ons net weet wat dit veroorsaak, kan 'n mens dit miskien uitgeskakel kry. Dan is sy kanse op herstel baie beter."

"Jy is baie erg oor hom, nè?"

Sy kyk hom effens verbaas aan. "Maar natuurlik. Eintlik ... eintlik is hy al wat ek het, weet jy?" Sy frons peinsend. Sy praat die waarheid, besef sy. Hierdie oupa wat sy vir haarself toegeëien het, is eintlik al wat sy in die wêreld het. Behalwe Anna. En sy het die afgelope twee jaar baie geheg aan hom geraak. Daar het tog 'n gevoel tussen hulle gegroei en sy weet meteens dat sy nie wil hê hy moet sterf nie. Sy sal hom mis.

Sy blik is ondersoekend. "Daar is iets wat ek vir jou moet sê, en ek weet nie of jy daarvan gaan hou nie, Julene. Sê my net eers eerlik ... hoe sterk voel jy oor die Meissner-kliniek? Om eendag die hoof daarvan te wees, bedoel ek."

Sy aarsel, glimlag dan effens. "Eers het ek baie sterk daaroor gevoel. Maar ek het die afgelope tyd begin besef dat ek nie die regte persoon daarvoor is nie." Sy kyk hom vas in die oë. "Ek dink my oupa sal 'n baie wyse besluit neem as hy jóú liewer daardie verantwoordelikheid gee. Jy is die regte man daarvoor."

"Is dit jou eerlike mening? Opreg?"

"Ja, Horst. Dit is. Natuurlik sal ek baie graag altyd deel van die kliniek wil wees, maar nie as die hoof daarvan nie." Sy glimlag weer effens. "Dit het darem eindelik tot my deurgedring dat dit meer as 'n blote bloedband kos om hierdie plek met sukses te bestuur."

"In daardie geval ... Ek waardeer jou houding, Julene. Jy is eintlik geregtig daarop. Jy is immers dokter Albert se enigste kleinkind. Nou het ek die moed om 'n ander sakie aan te voer ..." Weer swyg hy effens, vervolg dan vinnig asof hy haastig is: "Ek kan seker wag vir 'n meer gepaste geleentheid, maar ... dit maak seker nie werklik saak wanneer en waar ek die vraag stel nie. Die antwoord is veel belangriker. Sal jy asseblief met my trou?"

Sy sit en kyk hom aan asof sy nie seker is of sy reg gehoor het nie. Hy lyk effens ongemaklik; gee 'n skewe laggie. "Jy hoef darem nie só verbaas te lyk nie! Of het jy nog nooit daaraan gedink dat ons twee 'n ideale kombinasie sal uitmaak nie? Ek dink jy het geweet ek sal jou die een of ander tyd vra, nie waar nie?"

"Wel . . . ek . . . ek het aan die moontlikheid gedink, maar . . . maar dis darem skielik!"

"Miskien is dit. Ek is jammer. Dis net . . . die omstandighede is 'n bietjie anders as normaal. Met dokter Albert se terugslag . . . 'n Mens dink nie daaraan om te wag vir 'n romantiese geleentheid om jou saak te stel nie."

Skielik glimlag sy en haar oë vonkel. "Of miskien is dit juis die aangewese plek om die vraag te stel: in die Meissner-kliniek! Dit gaan tog eintlik ons hele toekoms saam wees."

Hy knik. Ja. Die Meissner-kliniek is die bepalende faktor van hul toekoms saam. "Dan is dit seker ook die aangewese plek waar jy my jou antwoord sal gee."

Sy staan op, lyk onseker, asof sy nie weet wat presies van haar verwag word nie. En skielik lê daar 'n deernis in sy oë. Daar is geen teken van die selfversekerde dokter wat die kliniek leer ken het nie. Sy is skielik net 'n vrou . . . 'n onseker, selfbewuste vrou voor die grootste keuse van haar lewe.

Hy kom om die lessenaar gestap, lê sy hande op haar skouers. "Jou antwoord, Julene."

"Ja, Horst, ek sal graag met jou trou."

Hy buig sy kop, soen haar sag, drifloos op die lippe. Maar die Meissner-kliniek is seker nie die aangewese plek vir vurige liefdesbetuigings nie.

Hy kyk in haar oë af. "Nou toe. Kom ons gaan vertel dokter Albert die nuus."

Toe hulle binnestap, maak die ou man sy oë oop, sien hoe hulle weerskante van sy bed stelling inneem. Hy kyk vraend na Horst en dié sê: "U kleindogter het iets om u te vertel."

Dis Julene wat hom die nuus bring, afbuk en hom spontaan en innig soen.

"Is jy gelukkig, my kind?"

"Ja, Oupa! O ja, ek is!"

Sy druk weer haar gesig in sy nek vas en dokter Albert kyk na die man; en sy oë sê woordeloos dankie. Hy het geweet hy kan op Horst Buchner staatmaak.

9

Dis met die vaste voorneme om nie later as vandag met Horst te praat nie, dat Elke die volgende oggend haar trollie die kliniek instoot. So kan dit nie aangaan nie. Maar haar moed lê laag. Nadat hy haar en Jan so geïgnoreer het, het sy hom gistermiddag net een keer weer onder oë gekry. Hy was alleen, sonder sy gebruiklike skaduwee, en sy het hom doelbewus staan en inwag. Hy sal beslis nie hierdie kans laat verbygaan om haar oor die kole te haal oor haar vermetelheid om met een van sy dokters uit te gaan nie. Maar sy is reg vir hom . . .

Tot haar verbystering stap hy egter by haar verby asof hy haar en die grote trollie nie eens raaksien nie. Sy kyk hom verstom agterna. Het die man dan oornag blind geword? Dan vererg sy haar bloedig. Wie dink hy is hy altemit om neus in die lug by haar verby te stap en dit nadat hy daardie selfde neus so ongevraag in haar private sake gesteek het?

"Horst . . ." Maar hy stap aan asof hy oornag ook horende doof geword het. "Dokter Horst!" Dis egter duidelik dat die man op pad uit is en sy spring weg. "Haai! Ek praat met jou!" sê sy boos en kry hom aan die arm beet. Hy is verplig om tot stilstand te kom.

"Ekskuus. Het jy met my gepraat?"

Sy pers haar lippe opmekaar. As sy haar sonde nie ontsien nie, skop sy hom nog op sy maermerrie. "Natuurlik het ek met jou gepraat! Wat is dit met jou? Is dit regtig nodig om só kwaad te wees omdat ek saam met een van jou geleerde dokters uit was?"

Die oë wat op haar afkyk, is heeltemal uitdrukkingloos. "Juffrou Du Plessis, as jy enige probleem het betreffende die kliniek, maak asseblief 'n afspraak en ek sal jou te woord staan in my kantoor. Wat die res betref . . . Ek stel nie in die minste belang met wie jy uitgaan en nie uitgaan nie. Jou persoonlike lewe is jou saak."

"Haai, regtig? Van wanneer af? Eergisteraand was dit jóú saak, as ek reg onthou!"

Sy sien sy adamsappel beweeg soos hy eers sluk. "Ja. Ek is bevrees jy het gelyk. Dit was onvergeeflike inmenging van my kant. Ek vra om verskoning."

Sy kyk hom fronsend aan. Iets is nie lekker met dié man vandag nie. "Ja, ek sou dink jy kan om verskoning vra. Dit was meer as belaglik verby . . ."

"Ek stem saam. Ek het reeds om verskoning gevra vir my belaglikheid. Verskoon my, asseblief."

Hy begin aanstap en sy trippel weer agterna. "Maar . . ."

Dis of iets skielik in die man meegee. Sy oë is soos twee sweisvlamme in hare. "Wat de duiwel verwag jy nog van my? Dat ek op my knieë voor jou moet kruip? Vat jou trollie en gaan verkoop jou waslappe! Ek het meer te doen as om met kleuters te staan en klets!"

Sy kan hom net agternakyk, hierdie keer heeltemal stom. Sy is nou nie eens meer 'n tiener nie. Sy is nou al 'n kleuter! As dit so aangaan, drink sy netnou bottel.

Sy het 'n rustelose nag agter die rug, en sy weet nie hoekom nie. Dis mos wat sy verkies, dat dié man sy neus uit haar sake hou. Maar hy hoef haar darem nie summier te ignoreer nie! Dis darem nie nodig om dwarsdeur haar en die staaltrollie te kyk nie! Dis darem nie nodig dat hulle vyande moet wees nie!

Vasberade stoot sy die trollie die gang af na waar sy kantoor geleë is. Goed dan. As dit dan al manier is om met die hoogedele heer te kan praat, sal sy 'n formele afspraak by die sekretaresse maak. Dan sal hy na haar moet luister, want dit is oor die Meissner-kliniek wat sy met hom wil praat. Sy is immers oupa Meissner se enigste kleinkind en sy het meer reg om hier te wees as hy! Laat ons kyk of hy haar dan nog sal ignoreer as sy al haar bewyse voor hom neersit. Vir haar kom vertel hy klets nie met kleuters nie . . .

Die trollie is reeds halfpad by die deur in toe sy die groep van drie by die sekretaresse se lessenaar gewaar. Een staan met sy rug na die deur gekeer, maar die ander twee gesigte is vol glimlaggies en die atmosfeer is baie hartlik.

"O, dokter, dit was so 'n verrassing toe ek dit vanoggend verneem! Baie, baie hartlik geluk, hoor?" en die kliniek se sekretaresse steek haar hand uit.

Ook die administratiewe hoof van die kliniek se gelukwensing is opreg: "Baie hartlik geluk met die verlowing, dokter Horst. Ek kan u en dokter Julene net die mooiste vir die toekoms toewens."

Die sekretaresse gewaar die trolliejoggie in die deur, loer om dokter Horst se arm. "Ja? Kan ek help?"

"Nee, ek . . ."

Hy swaai om, kyk 'n oomblik in die verslae oë vas en dan is die trollie weg.

Marlene kyk verbaas op toe die trollie skielik weer in die restaurantdeur verskyn. Dan staan sy vinnig van agter die boeke op. Iets groots is verkeerd, voel sy instinktief aan. Net een kyk in haar dogter se oë vertel haar Elke is hewig ontsteld.

"Wat het dan gebeur, my kind?" vra sy onrustig. "Jou oupa . . .?"

"Nee. Dit het niks met hom te doen nie. Kom ons gaan sit daar in die hoek, Mamma."

Haar ma kyk haar bekommerd aan toe hulle plaasgeneem het. "Wat is dan verkeerd, Elke?"

"Dis . . . Horst."

"Horst! Wat van hom? Het julle weer ba-"

"Nee! Nee! Hy . . . hy en Julene is verloof." Toe haar ma haar net sit en aankyk, vervolg sy: "Hulle is regtig verloof! Ek het gehoor hoe hy gelukgewens word daarmee."

Marlene laat haar ooglede vinnig sak en frons. Elke se hewige ontsteltenis oor hierdie nuus is onverstaanbaar. Dit staaf immers maar net wat hulle albei reeds weet: dat Horst en Julene gaan trou. Sy kyk vinnig op toe haar dogter praat.

"Mamma, ek wil nie meer voortgaan met hierdie ding nie."

"Watter ding?"

"Hierdie ding van Oupa en . . . om myself as sy kleindogter te bewys en . . . die Meissner-kliniek. Die hele ding! Ek gaan dit net so los."

"Elke!"

Die oë is nou ontwykend. "Ag, wat maak dit eintlik saak? Hierdie kliniek is nie die enigste kliniek in die wêreld nie."

"Maar dis die *Meissner-kliniek!* Jy het al die jare gedroom . . ."

Om die jong mond is daar skielik 'n hartseer glimlaggie wat aan die moederhart pluk. "Die drome van 'n kind. Ek is nou groot. Ek kan enige plek op aarde werk kry . . ."

"Maar, Elke, die Meissner-kliniek is jou wettige erfenis!"

"Ja, maar wat is 'n erfenis van aardse goed werd as jy nie geluk binne-in jouself ervaar nie? Oupa het die Meissner-kliniek tot stand gebring, dit opgebou tot waar dit vandag is. Maar het dit hom ooit werklik geluk gebring? Hy het sy broer verloor, toe sy seun . . . en vandag is hy net 'n eensame, siek ou man wat op die end van sy lewe gruwelik bedrieg word. Is dit geluk, Mamma?"

Haar ma kyk haar 'n lang oomblik stil aan. "Wat het jou werklik tot hierdie besluit laat kom, my kind? Horst se verlowing?"

Sy slaan haar oë neer. "Nee, natuurlik nie . . . wel, gedeeltelik het dit seker ook daartoe bygedra. Ek het net skielik tot die besef gekom dat ek ander mense se lewens gaan verwoes as ek vir myself gaan toe-eien wat ek as my reg beskou. Verstaan Mamma dan nie? Julene . . . wie en wat sy ook al is . . . as ek haar aan die kaak stel, is sy tot niet. En nou ook Horst saam met haar. Hulle staan immers op trou. Hulle het mekaar lief en wat Julene raak, gaan Horst ook raak. Wat haar verwoes, gaan hom verwoes. Sal dit regtig regverdig van my wees om twee bekwame mense met 'n belowende toekoms voor hulle se lewens te verwoes net om aan die wêreld te kan sê: ék is Albert Meissner se kleindogter. Gaan dít werklik die regte ding wees om te doen, Ma?"

"Elke, maar daar is geen rede om te aanvaar Horst sal ook hierdeur vernietig word nie! Dis immers Julene wat die bedrieër is!"

"Hoe weet Mamma? Hoe weet Ma dis net sy? Hy kan saam met haar hierin wees."

"Jy het al vantevore hierdie moontlikheid geopper, maar ek weier om dit van Horst te glo!" protesteer haar ma heftig.

"Dink 'n bietjie hieroor na, Mamma. Hy was reeds twee jaar hier toe Julene skielik op die toneel verskyn het. Hy was bekend met al die fynere detail van Oupa se lewe. Hy het sekerlik kennis gedra van 'n seun wat weggejaag is. Hy kon Julene laat haal het en . . ."

"Jy praat nou die grootste snert! Jy praat nou teen jou eie beterwete, Elke!"

"Goed. Dit klink vergesog, maar as hy dan nie 'n aandeel het aan die bedrogspul nie, is hy nie veel beter as sy nie."

"Wat bedoel jy?"

"Hy gebruik haar nou om te kom waar hy wil wees en om te kry wat hy wil hê. Hoekom so skielik verloof raak?"

"Elke, jy verloor nou perspektief. Jy het self gesê die storie lê al lankal rond dat hulle 'n verhouding het en eendag gaan trou. Dis nie so skielik nie."

144

"Tog. Dit is baie opvallend dat hulle so skielik verloof raak net toe Oupa se toestand versleg. Die knoop moet deurgehak word voordat dit dalk neusie verby is."

"Elke!" Haar ma lyk opreg geskok. "Jy doen Horst 'n groot onreg aan, en in jou hart glo jy nie wat jy nou daar sê nie."

Daar skuil meteens vae hartseer diep agter die blou oë. "Mamma, moenie mense op trone plaas nie. Hulle val gewoonlik daarvan af."

Marlene skud haar kop en reik haar hand uit na haar dogter, neem een fyn hand in hare, druk dit styf vas, sê dan baie sag en met al die deernis van haar moederhart: "Nee, my kind. Is dit nie eerder 'n geval dat dit vir jou makliker is om hierdie lelike dinge van Horst te glo as om die waarheid in die oë te kyk nie?"

"Wat . . . bedoel Ma?"

"Dis draagliker om hom skielik as 'n opperste skurk te sien as dat hy aan 'n ander meisie verloof is en met haar gaan trou. Dis eintlik die waarheid, is dit nie, my kind?"

Die blou oë staar verslae terug . . . begin dan met trane vul.

"Mamma . . . Mamma, ek . . . moet hier wegkom!"

"Ek verstaan, my kind. Ek sal met Peet praat. Maar . . . voel jy werklik om die ander saak net so te los?"

Die boksterte wip as sy haar kop knik, maar dis nie meer komies nie. "Ja. Ek bedoel dit. Ek het geen begeerte meer om my regte op te eis nie, nie as my oupa se kleindogter of in die kliniek nie. Ek . . . wil net padgee hier. Ek sou baie graag my oupa een keer wou sien, maar dit sal seker nie moontlik wees nie. Die intensiewe eenheid is verbode terrein vir die trolliejoggie. Sal Ma met Peet praat en hoor hoe gou ons hier kan wegkom?"

Hoe jy ook al in jou hart voel, die lewe gaan voort en al is jy maar net die een wat die trollie met waslappe en lekkers rondstoot, jy kan dit nie sommer net om 'n hoek parkeer en maak dat jy wegkom nie. Jy moet voortgaan om die trollie te stoot tot Peet iemand in jou plek gekry het.

Die enkele kere wat die trolliejoggie dokter Horst te siene gekry het, is hy altyd begelei deur sy skaduwee, nou sy verloofde, en is hy altyd so diep in gesprek met haar dat hy blykbaar nie eens daarvan bewus is dat hy by 'n trollie verbystap nie.

Twee aande later is daar 'n klop aan die deur. Marlene is dankbaar om Jan voor haar te sien staan. Horst, weet sy, sal nie weer hier kom koffie drink nie. Dus bestaan daar geen gevaar meer dat hy een van sy dokters hier sal betrap nie.

Jan lyk nie gelukkig toe Elke hom meedeel dat sy nog nie met Horst gepraat het nie en ook nie meer van plan is om dit te doen nie. "Wat is jou volgende stap dan? Gaan jy Julene direk konfronteer?"

"Ook nie. Ek gaan niks doen nie. Jy hoef ook nie meer jou oë en ore oop te hou nie. Ek stel nie meer belang nie."

"Is jy nou heeltemal besimpeld, Elke?" vra hy soos toe hulle nog studente was, maar niks wat hy sê, kan haar tot ander insigte bring nie. Die gesprek ontaard in 'n rusie en Elke storm kamer toe.

Marlene vergesel die jongman na die voordeur.

"Dit sal nie help om met haar te redeneer nie, Jan. Ek ken my dogter. Niks op hierdie aarde sal haar beweeg om die saak verder te voer nie. Sy kan so koppig soos 'n muil wees. Al die Meissners is so."

Jan is verward en kwaad. "Maar wat het haar so skielik van besluit laat verander?" wil hy weet.

"Miskien het sy gelyk. Die kool gaan die sous nie werd wees nie. Feit is, Jan, Elke sal haar toekoms bou op 'n ander se ondergang. Ek weet nie of dit haar geluk kan bring nie."

"Maar Julene verdien . . ."

"Jan, as ons almal moet kry wat ons verdien . . . Nie een van ons sal dan nog kan bestaan nie."

"Ja, maar tannie Marlene . . ."

"Ek gaan met jou eerlik wees, Jan. Eintlik voel ek baie

trots op my kind en op haar besluit. As ons iets beskou as ons reg, dat dit ons toekom, gee ons dikwels nie om hoeveel mense ons seermaak of selfs vernietig om dit te bekom nie. Ons het mos die reg aan ons kant. Maar ek is dankbaar om te weet my kind het hierdie groot waarheid in die lewe geleer – dat, al is die reg aan jou kant, dit nie betaal om jou toekoms op 'n ander se trane en vernedering te bou nie. Elke sal op haar eie vir haarself 'n plekkie in die son oopskop . . . sonder Albert Meissner en sonder die Meissner-kliniek. Hierdie fyn, klein dogter van my is elke dag net so groot van binne soos enige Meissner maar kan wens om te wees."

Jan kan net sy kop skud en tot siens sê.

Dis veral nadat sy finaal besluit het dat sy die handdoek gaan ingooi en padgee, dat Elke met die gedagte begin speel om op die een of ander manier by die intensiewe eenheid in te glip. Dis darem die minste wat haar gegun kan word, om haar oupa net een maal te sien. Sy weet presies wat sal gebeur as sy daar betrap word. Summiere ontslag. Maar aangesien sy tog op pad uit is, sal dit tog nie saak maak nie.

Sy waag dit dus.

Omdat dokter Albert skielik groot beterskap begin toon het – opmerklik dat dit net ná sy kleindogter se verlowing ingetree het – is 'n voltydse verpleegster nie meer by sy bed nie. Elke sug verlig toe sy die kamer inglip en sien daar is niemand by hom nie. Nog groter is haar verligting toe sy sien hy lê rustig en slaap. Geluidloos sluip sy nader, kyk op die gesig af. Selfs in sy slaap is die stroewe lyne duidelik op sy gesig afgeëts. Dis 'n man wat min in sy lewe gelag het, besef sy. 'n Man wat baie hartseer oor homself gebring het, wat duidelik die tekens dra van iemand wat sekerlik ook met eensaamheid en selfverwyt vir daardie foute betaal het. Arme Oupa . . . Sy sou hom so graag wou leer ken. Sy sou hom so graag wou sien wanneer hy tog 'n seldsame glimlag wys. En sy sou so graag net een maal in sy oë wou kyk . . .

147

Skielik hoor sy stemme reg voor die kamerdeur. "Suster, dis dokter Albert se huishoudster. Sy wil hom net graag vinnig besoek. Ek sal toesien dat sy nie lank bly nie."

"Goed, dokter."

"Kom binne, Anna."

Elke weet self nie hoe sy onder die bed gekom het nie. Toe sy haar kom kry, sit sy opgerol soos 'n krimpvarkie onder die bed se bopunt in die verste hoek van die deur af, vasgedruk teen die bedkassie, en voor haar verskrikte oë verskyn twee paar onderbene, die een in fyn sykouse, die ander in swartes.

"Ongelukkig slaap hy. Maar dis natuurlik vir hom die beste. Hoe meer rus hy kry, hoe beter."

"Ek sien. Hy is eintlik pateties nou, nè, Julene? Al die jare het hy koning oor ander se lewens gekraai. Hy was volmaak. Hy was altyd reg. Hy het nooit foute gemaak nie . . . En nou – nou is hy net 'n patetiese, siek ou man. Heeltemal weerloos. Hy het vergeet daar is 'n ou spreekwoord wat sê: Elke hond kry sy dag."

"Anna!" Julene klink opreg geskok. "Jy . . . Dit klink amper asof jy hom haat! Asof jy jou verlekker in sy toestand!"

"Hoekom sal ek nie?"

"Werklik, Anna, jy . . . skok my. Jy sorg al soveel jare lank vir hom, so getrou. Gee jy werklik niks vir hom om nie?"

"Nee. Ek gee niks vir hom om nie. Het hy omgegee toe hy sy broer destyds weggejaag het? Het hy omgegee wat van jou ma word nadat hy jou pa weggejaag het? Toe sy met hom wou kom praat, het hy haar weggejaag soos 'n hond. Hy wou haar nie eens sien nie! Hy het net laat weet hy praat nie met slette nie."

"O, Anna, ek is al so moeg om die storie te hoor! Dis ou dinge daardie! Kan ons dit nie maar asseblief nou vergeet nie? Alles gaan tog nou reg uitwerk, soos jy dit wou gehad het."

"Ja, dit gaan reg uitwerk, maar ek kan nie vergeet nie, Julene. Hoe kan ek? Jou ma was meer as 'n suster vir my. Sy was ook 'n dogter, 'n kind wat ek grootgemaak het toe ons ma dood is en sy nog 'n baba was. En toe op 'n dag kom sy huis toe – verwagtend van 'n getroude man – weggejaag soos 'n hond deur hierdie man. Jonk en pragtig. Twintig jaar oud. Ek moes haar in daardie toestand terugneem nadat ek my hele jong lewe opgeoffer het om haar groot te maak, om haar die kanse in die lewe te gee wat ek moes ontbeer. En toe sterf sy met jou geboorte en ek sit weer met 'n swak baba op my hande, een wat ek van voor af alleen en sonder hulp moes grootsukkel. Jy was 'n Meissner in bloed en vlees, maar in die oë van die wêreld was jy 'n optelkind. Volgens Albert Meissner 'n slet se kind. Jou ma was nie 'n slet nie, Julene! Sy was jonk en onervare en is deur Albert Meissner se broer verlei. Maar ek het gesweer jy sal eendag jou regmatige plek as 'n Meissner inneem en ek het dit reggekry!"

"Anna, ek verstaan jou bitterheid. Ek weet wat jy moes opoffer om my te kry waar ek vandag is. Ek is dankbaar, maar . . . ek kan nie jou bitterheid deel nie. Ek het vir hierdie man begin omgee. Ek wil nie hê hy moet sterf nie. O, hy is 'n moeilike mens om lief te kry, en tog het ek vir hom lief geword. Ek het al so baie gewens ek is regtig sy kleindogter."

"Jy ís sy kleindogter!"

"Nee, Anna. Jy bluf nie eens jouself nie. Ons weet albei ek is sy broer se kind. Ons weet albei Albert Meissner se wettige kleinkind stap êrens daar buite rond. Sy kan op 'n dag haar verskyning maak . . ."

"Sy sal nie. As sy nou nog nie te voorskyn gekom het nie, sal sy nie meer nie. Ons het 'n geweldige kans gewaag en ons het gewen."

"Miskien, Anna . . . en miskien nie. Dit staan tog so geskrywe: Wat help dit om die hele wêreld te wen en aan jou siel skade te ly? My siel ly daagliks skade, Anna. My gewete gee my geen rus nie, veral sedert Oupa siek geword het en veral ook noudat ek met Horst gaan trou. Ek lewe so lank al 'n vals lewe, speel 'n rol. Sal ek dit tot die end van my lewe kan doen, selfs teenoor die man met wie ek getroud is? Soms kan ek regtig amper bid dat die regte kleindogter sommer net op 'n dag hier sal instap en my aan die kaak stel."

"Julene, as jy nou gaan begin kleinkoppie trek – my nóú gaan verraai – ná alles wat ek vir jou gedoen het . . . Wat sou jy vandag gewees het as ek my nie oor jou ontferm het nie? Moenie vergeet van al die jare se swoeg en sweet om jou jou geleerdheid te gee en te bring waar jy vandag is nie. Dis hierdie hande wat vir jou gewerk het! Jy kan dit nie nou in my gesig teruggooi nie! Dis al wat my aan die gang gehou het, laat deurdruk het – die strewe om jou eendag in 'n wit doktersjas in die gange van die Meissner-kliniek te sien stap en te weet my suster se kind het haar regmatige plek gevind. Jy ís 'n Meissner en jy hoort hier!"

'n Diep sug. "Ek weet, Anna. En natuurlik sal ek nooit vergeet wat jy vir my beteken het nie. Hoe kan ek? En ek is dankbaar, maar . . . ek sou my regmatige plek, soos jy dit noem, steeds liewer op 'n eerbare manier wou bekom het, nie deur bedrog nie. Maar ons het al soveel keer hieroor gepraat. Ons kyk maar wat die dag van môre bring. Kom, ons moet nou gaan."

Elke bly versteen onder die bed sit. Toe, eindelik, kry sy haarself sover om te beweeg. Hande-viervoet kruip sy uit. Die geluk is haar weer goedgesind. Daar is niemand in die gang nie en so ongesiens as wat sy binnegekom het, ontsnap sy weer.

'n Hele ruk nadat sy die vertrek verlaat het, maak Albert Meissner sy oë oop en lê strak na die plafon en staar.

Elke weet nie hoe sy deur die res van die dag kom nie. Dit maal en kook in haar, en tog weet sy sy sal nie van hierdie kennis gebruik maak nie. Op pad terug huis toe vertel sy haar ma en dié sit verslae en luister. Haar vermoede was dus korrek. Julene is werklik 'n Meissner.

"En nou, my kind?"

"Wat bedoel Ma?"

"Wat gaan jy nou doen?"

"Niks. Die feit dat ons nou weet hoe sy inskakel, maak nog geen verskil aan die prentjie nie. Niks het verander nie. Oupa is steeds baie siek en sy en Horst gaan steeds trou. Verder . . . Noudat ek die feite ken, sal ek nog minder iets probeer doen. Ek het haar jammer gekry, Mamma. Sy was nog net altyd 'n pion wat deur ander gemanipuleer en gebruik is. Eers is sy verwek deur 'n vader wat nie die reg gehad het om haar te verwek nie. Toe is sy verwerp en sonder 'n moeder moes sy haar eerste skree in die wêreld gee. Daar was net Anna . . . 'n verbitterde vrou wat net vir weerwraak gelewe het. Hoe kan ek die bietjie geluk wat Julene uit die lewe gekry het, nou van haar wegneem?" Sy keer haar na haar ma toe die motor voor die motorhuis tot stilstand kom. "Ek het soveel meer as sy ontvang, Mamma. Ek het twee ouers gehad en ek het in 'n huis vol liefde grootgeword. En ná Pappa se dood was Mamma altyd daar. Maar bowenal het ek die kosbaarste ding op aarde . . . en dit het sy nie. Daarom kan sy maar kry wat ek so graag wil hê. Sy en Anna."

"Wat is die kosbaarste ding op aarde?"

" 'n Skoon gewete, Mamma. 'n Skoon gewete."

"My kind . . ."

Die moeder vou haar dogter in haar arms toe en trek haar teen haar vas toe Elke skielik in trane uitbars. Dis maklik om dinge te sê, maar dis glad nie maklik om van 'n jare lange droom afskeid te neem nie. En miskien is daar meer as 'n droom waarvan Elke afskeid moet neem. Sy is byna seker dat haar kind vir die eerste keer in haar lewe werklik 'n diep gevoel vir 'n man ontwikkel het. En dis miskien swaarder om die rug op hóm te keer as op die Meissner-kliniek.

Nadat Anna weg is, gaan Julene terug na dokter Albert se kamer. Toe sy binnestap, sien sy sy oë is oop. Sy stap glimlaggend nader en wil net verneem hoe hy voel, toe sy in sy oë kyk. Sy versteen langs die bed. Die uitdrukking in Albert Meissner se oë waarsku haar dat iets nie pluis is nie.

"Lekker geslaap?" vra sy onseker.

"Ek het nie geslaap nie."

Toe verstaan sy wat die uitdrukking in sy oë beteken.

Dis Jan wat ontdek dat daar groot fout is met die pasiënt in die intensiewe eenheid. Dis hy wat so alarm maak dat dokter Horst vir die eerste keer die ontoelaatbare doen en in die kliniek se gange hardloop.

"Roep dokter Julene," is die kortaf bevel toe hy die stetoskoop in sy ore druk.

Maar dokter Julene daag nie op nie. Sy is nêrens te vind nie. Alle breinkrag en vernuf word ingespan, maar dit word gou duidelik dat net 'n dringende noodoperasie Albert Meissner se lewe moontlik kan red.

"Wáár is dokter Julene? Bel huis toe! Bel enige plek, maar kry haar! Ek gaan opereer. Sy moet assisteer!"

Maar uiteindelik moet Jan rapporteer: Dokter Julene is eenvoudig nêrens te vind nie.

Vir die eerste keer hoor die teaterpersoneel dokter Horst 'n kragwoord uiter: "Verdomp, man, kry dan enigeen, solank hy net kan assisteer. Enigiemand! Ons kan nie langer wag nie!"

Op pad na die telefoon skiet 'n dokter se naam sy verstand te binne. Hoekom nie? Sy sal dit kan doen.

"Elke . . . dis Jan. Kom onmiddellik hospitaal toe. Onmiddellik!"

"Maar . . ."

"Daar is nie tyd vir maar nie! Kom net!" en die telefoon word in haar oor neergegooi.

Elke kyk haar ma met groot oë aan. "Dis Jan. Hy sê ek moet dadelik kliniek toe kom. Sal dit Oupa . . .?"

"Gaan dan, my kind. Ry!"

Elke storm die kliniek binne en die dame by ontvangs gee die onverstaanbare boodskap wat sy van dokter Jan gekry het. "Jy moet onmiddellik deurgaan teater toe." Elke staar haar aan. "Hoekom?" "Moenie vir my vra nie. Dié plek is 'n malhuis vanaand. Eers verdwyn dokter Julene in die blou lug en nou . . ." Maar Elke is reeds halfpad die gang af. Jan gee 'n sug van verligting toe hy die vervaarde patroontjie om die hoek van die gang sien kom.

"Kan jy 'n valvotomie assisteer?"

"Ja, maar . . ."

"Kom! Skrop op!"

"Maar, Jan . . ."

"Doen wat ek sê, magtig! Hier binne lê 'n man wat elke oomblik kan sterf! Jy is in die eerste plek 'n dokter, en daarna 'n Meissner! Kom!"

Hy draai sonder meer om en stap die operasiekamer binne en laat hard en duidelik hoor: "Die assistent het gearriveer. Sy skrop op."

Die chirurg knik, neem sy plek langs die operasietafel in en knik dat die narkotiseur maar kan begin om narkose toe te dien. Sekondes later skuif 'n gemaskerde figuur ook langs die operasietafel in.

"Almal gereed?" vra die chirurg.

Die getulbande kop knik net en dokter Horst hou sy hand uit vir die suster om die eerste instrument daarin te plaas.

Sekuur, deeglik en selfversekerd klief die vlymskerp lem die borskas oop. Elke beoordeel elke beweging, besef dat 'n meesterhand besig is met die delikate operasie.

Toe alles eindelik afgehandel is, sluit Elke haar oë 'n oomblik bokant die masker en dank God vir sy genade en vir 'n man soos Horst Buchner.

"Dankie, dokter."

Dis sý wat bedank word. Toe sy in sy oë opkyk, weet sy haar dubbele rol is verby. Sy het geen verweer voor die prie-

153

mende oë nie. Sy stroop haar masker af en met een beweging stoot sy ook die tulband van haar kop af sodat die twee boksterte weer in die lug opwip. Heeltemal weerloos kyk sy in sy verbysterde oë terug.

Sy stem klink hard en duidelik in die operasiesaal op: "Is ek besig om mal te word?"

Dis Jan Swanepoel wat reageer. "Dokter Horst, ontmoet dokter Elke Meissner, pediater. En Albert Meissner se kleindogter."

Die oë bly hare vaspen. "Nog 'n kleindogter . . . Hoeveel is daar dan?"

"Dis net sy. Dokter Julene is die dogter van dokter Albert se jonger broer."

Horst Buchner swaai om, stap aan na die oop skuifdeure waardeur sy pasiënt verdwyn het. Daar draai hy weer om, kyk in totale ongeloof terug, kondig dan verdwaas aan: "Ek ís besig om mal te word!"

10

So gou as wat dit moontlik is, soek Horst Buchner die privaatheid van sy woonstel op. Hy moet dink . . .

Maar hy het 'n besoeker. Julene . . .

"Waar was jy die hele tyd? Ek het jou dringend gesoek om te assisteer op jou . . . op dokter Albert! Ek moes 'n valvotomie doen."

"Ek was hier; die hele tyd hier in jou woonstel."

"Hoekom?"

"Omdat ek nie geweet het waarheen om te gaan nie." Dis die gedempte erkenning van 'n vrou wat weet die pad voor haar het skielik doodgeloop. Sy sluk. Hoe gaan sy dit regkry om hom te vertel? Sy probeer tyd wen: "Wie het toe geassisteer?"

Sy gesig is 'n uitdrukkinglose masker: "Dokter Elke Meissner." Hy aarsel, sê dan bondig: "'n Kinderarts en Albert Meissner se kleindogter – die enigste, so word my vertel."

Hy sien die verskrikte oë, die verbleking van die wange, maar sy oë pen haar genadeloos vas "Wat presies is hier aan die gang, Julene?"

Sy sug sidderend en haar knieë knak onder haar. Sy gaan weer sit, kop vooroor geboë, haar stem skor: "Dan het sy tog eindelik haar verskyning gemaak. Maar hoe . . . waar kom jy so skielik aan haar?"

Sy mondhoeke trek grimmig en humorlose spot blink in sy oë. "Dis glad nie skielik nie. Sy was maar al die tyd hier. Jy ken haar net beter as die kliniek se trolliejoggie."

"Die . . .?" Ongeloof lê in die blou oë wat na hom opkyk.

"Ja. Daardie kind met die twee boksterte wat waslappe en skeerroom en dies meer verkoop, onthou jy? Dis sy. Sy is dokter Elke Meissner . . ." Hy skud sy kop en vee oor sy oë. Dis belaglik! Dis net nie moontlik nie! Maar sy hét geassisteer . . . Dan keer sy aandag terug na sy verloofde. Sy verloofde . . . Morele verpligting het hom gedwing om hierdie vrou te vra om met hom te trou, maar hy het nou geen morele verpligting teenoor haar nie, tref dit hom soos 'n hou tussen die oë. Sy is nie dokter Albert se kleinkind nie! En meteens verlaat 'n groot mate van die kille woede en verontwaardiging hom. Hy gaan neem ook plaas, kyk met sagter oë na die vrou voor hom. Daar is geen teken van die Julene wat die Meissner-kliniek leer ken het nie. Sy is net 'n patetiese, skuldige vrou wat besef dat die leuen wat sy geleef het, ontbloot is. En sy is bang . . .

"Horst, ek is jammer . . . Ek weet nie wat my besiel het om my ooit hiervoor in te laat nie, maar . . . O, jy gaan baie kwaad wees, my verag as . . ."

"Ek wil net die feite hê, Julene, asseblief. Ek gaan nie kwaad word nie en ek gaan nie veroordeel nie. Ek wil net weet wat presies aan die gang is."

In die teater kyk Jan verskonend maar ook selfverdedigend

in Elke se oë af. "Jy wil my seker nou iets aandoen, maar
. . . ek kon nie langer stilbly nie, Elke. Dit moes lankal gesê
gewees het."

Elke skud haar kop en draai om sodat die suster die band-
jies van haar steriele jas kan losmaak. "Ek is nie kwaad nie,
Jan. Ek moet jou eintlik bedank. Ek sou nooit die moed ge-
had het om Horst te vertel nie. Maar hy . . ." Weer staan die
verbysterde oë helder voor haar. "Hy gaan my nooit vergewe
nie. Maar dis seker nie belangrik nie. Wat belangrik is, is
hoe dit sy verhouding met Julene gaan affekteer. Ek kry haar
jammer."

Jan skud sy kop en pluk sy baadjie aan. "Jy slaan my
dronk, Elke! Jammer kry! Sy is 'n bedrieër . . ."

"Sy is daartoe gedryf, Jan. Haar ma se suster het haar in
die rol in gedwing. Ek gaan nou maar terug huis toe. Ek wil
net hier wegkom. As iemand my soek, sê net jy weet nie waar
ek is nie."

Nie dat sy dink "iemand" sal hom verwerdig om die trol-
liejoggie, alias dokter Elke Meissner, na sy kantoor te ontbied
nie. "Iemand" is te woedend kwaad daarvoor . . . Maar wan-
neer hy van die ergste skok herstel het, moet sy weg wees.

Marlene wag haar dogter bekommerd in en Elke verduide-
lik bondig, sê dan stil: "Ek wens ek kon weet waar om Julene
op te spoor voordat Horst haar beetkry. Ek sal haar graag
wil waarsku."

"Maar waar sou sy heen verdwyn het en hoekom?"

"Ek weet nie. Niemand weet nie. Oupa se toestand het net
skielik kritiek geword en sy was skoonveld toe daar na haar
gesoek is." Elke se oë vernou. "Ek hoop net Horst is die man
vir wie ek hom aangesien het."

"Wat bedoel jy?"

"Hy weet nou dat Julene hom en Oupa bedrieg het. Hy be-
sef ook nou dat sy nie die wettige erfgenaam van die kliniek
is nie. Ek hoop net nie Horst Buchner besluit dat sy liefde in
die lig van hierdie nuwe feite só getaan het, dat hy nie meer

156

met haar wil trou nie. Want dan, Mamma, is hy net so 'n fortuinsoeker soos Julene. Hy sal dan die laaste een wees wat sy mond oor haar sal kan uitspoel."

"Elke, my kind, jy moet onthou hy is ook net 'n mens. Om darem só bedrieg te word deur die vrou met wie jy op trou staan!"

"As 'n mens iemand lief genoeg het, Mamma, kan 'n mens seker ook vergewe? Of is liefde dan soos 'n kraantjie wat na willekeur oop- en toegedraai kan word? Bewaar my dan daarvan. Dan word ek liewer 'n oujongnooi." Sy glimlag stram. "Eintlik is ek al een, nie waar nie? Nege-en-twintig is nou nie juis wat ek jonk sal noem nie."

Maar Marlene sien die seerkry in haar kind se oë en met 'n bekommerde moederhart vra sy: "En wat nou van jou oupa? Hy sal moet weet . . ."

"Nee, hy hoef nie. In sy toestand kan hy in elk geval nou geen skok verwerk nie. Alles moet net bly soos dit is. Ek hoop daardie ander twee besef dit ten minste ook. As Julene dit werklik bedoel het dat sy Oupa leer liefkry het – en sy het vir my opreg geklink – en as Horst eerbaar wil wees en stilbly, is daar geen rede hoekom Oupa met die skokkende feite gekonfronteer moet word nie. Eintlik hang alles nou van Horst af, of hy sy gekrenkte trots te bowe sal kan kom en besef dat Julene hom nou eers werklik nodig het."

Marlene swyg, laat na om haar dogter daarop te wys dat sy darem 'n baie streng toets vir Horst Buchner stel. Hy is 'n wonderlike mens, maar hy kan van die troon waarop Elke hom geplaas het, aftuimel. Sy gooi egter nie haar dogter se eie woorde van 'n paar dae gelede na haar terug nie, vra net: "En nou, Elke? Wat verder?"

"Ek gaan nie weer terug kliniek toe nie. Peet moet nou maar net sonder my klaarkom. Ek dink ook ons moet heeltemal padgee. Ek sal net graag wil naby wees tot ek seker is Oupa is buite gevaar. Maar dan gee ons pad, Mamma. Ons het niks meer hier te doen nie."

Maar soms word 'n mens se besluite deur ander mense omvergegooi.

Toe Julene eindelik opstaan, alles wat gesê moes word, gesê, vra sy: "Waar kan ek die . . . trolliejoggie se adres kry? By Peet?"

"Ek het haar adres." Hy skryf dit neer en oorhandig die stukkie papier aan haar. Dis 'n pynlike onderhoud wat vir haar voorlê, tog voel sy verplig om dit na te kom, en daar is goedkeuring in sy oë. "En wat is jou planne daarna?"

"Al wat ek kan doen, is om te gaan inpak."

Hy frons. "Dis nie nodig nie, Julene. Jy is steeds 'n bekwame dokter en die Meissner-kliniek kan jou gebruik. Trouens, jy is 'n Meissner. Jy het 'n plek hier."

Maar sy glimlag net effens. "Nee, Horst. Ek kan nie hier aanbly nie. Selfs al sou ek kon, wil ek nie meer nie. Ek wil êrens, op eie stoom, net op wat ek is en waartoe ek self in staat is, en nie omdat ek 'n Meissner is nie, vir myself 'n plek oopskop. As ek dit nie kan regkry nie, is daar vir my geen toekoms nie."

Sy oë is nou sag. "En jy gaan dit doen. Ek weet jy gaan slaag. Maar onthou, Julene . . . die Meissner-kliniek is hier as jy ooit wil terugkom."

Sy kyk hom dankbaar aan. Goeie ou Horst! Hy was haar steunpilaar die afgelope twee jaar. Toe haar verloofde, maar vandag, op hierdie oomblik, net haar vriend . . . 'n ware vriend.

"Jy vergeet dat daar nog iemand is wat sekerlik 'n sê daaroor sal hê. Die ware kleindogter."

Horst Buchner se oë versluier. "Ja. Moontlik sal sy die enigste sê hê in die toekoms. Hou maar kontak met my, Julene. Miskien soek ek op 'n dag ook êrens anders 'n plek in die son."

Sy kyk hom ontsteld aan. "Horst, jy dink tog nie daaraan om die kliniek in die steek te laat nie? Oupa het jou die beherende aandeel reeds belowe! Hy sal nie teruggaan op sy woord nie!"

"Miskien nie. Nee, hy sal seker nie. Maar dit hang net af hoe ek en die nuwe kleindogter oor die weg kom. Dit kan net wees dat ek besluit sy moet maar die kliniek neem en ek gee pad. Die toekoms sal ons maar moet leer."

Toe die klop aan die voordeur opklink, kyk ma en dogter mekaar met groot oë aan.

"Dit kan net Horst wees, Ma! Ek is nie hier nie. Ek is net glad nie hier nie," en sy verdwyn in haar kamer in.

Marlene hoor hoe die sleutel in die slot gedraai word. Ten spyte van die bedenkinge in haar hart, kan Marlene nie help om vlugtig te glimlag nie. Een ding is seker, Elke het beslis groot respek vir Horst Buchner se woede!

Maar dis nie Horst wat voor Marlene staan toe die deur oopgaan nie.

"Mevrou Meissner?"

"Du Plessis," korrigeer Marlene werktuiglik en die jong vrou frons.

"Maar u is tog Elke Meissner se moeder? Ek is by die regte adres?"

"Ja. Ek is haar ma. Ek was weer getroud ná Elke se pa se dood."

"O, ek verstaan. Mag ek binnekom asseblief, mevrou? Ek moet u en Elke asseblief spreek."

"Ja, seker. Sit gerus. Ek sal my dogter gaan roep."

Oomblikke later staan die twee jong vroue teenoor mekaar en Marlene weet nie vir wie van die twee sy die jammerste kry nie. Haar eie dogter wat so veronreg was en steeds is, en die vreemde vrou wat deur omstandighede so vasgespin is in 'n web van bedrog. Vandag moet sy alleen daaruit probeer loskom – en tog nog 'n bietjie selfrespek en trots probeer behou.

Elke het nog nie eens daaraan gedink om haar boksterte los te maak en ander klere aan te trek nadat hulle tuisgekom het nie. Sy sien nou hoe die spanning op die mooi gesig skielik verslap en Julene sê spontaan: "Verskoon my. Ek is jammer maar . . . ek kan regtig nog nie glo . . . Is jy werklik al 'n pediater?"

Die spanning verlaat Elke ook en sy lag opgewek. "Ek neem jou nie kwalik nie. As ek na my sproetgesig in die spieël kyk, moet ek altyd eers my sertifikate gaan opdiep om seker te maak ek is een! Maar ek is. Ek kan jou my . . ."

"Natuurlik glo ek jou. Ek bedoel maar net . . ." Dan word dit stil en die spanning bou weer op tot Marlene dit nie meer kan verduur nie.

Sag sê sy: "En sy is Albert Meissner se kleindogter. Ek is haar moeder. Ek kan jou al die bewyse . . ."

"Asseblief, mevrou, daaraan twyfel ek nie. Ek glo alles wat julle vir my sê. Julle moet egter vir my ook net hierdie een keer glo as ek sê . . . as ek sê . . ." Sy sluk, en dan lig sy haar kop moedig op, sê helder: "Ek is jammer, Elke."

Elke is skielik stom, sy kan haar stem nie vertrou nie. Sy voel hoe haar oë met trane begin vul. Sy kan net haar kop knik, haar hande spontaan na die ander vrou uitsteek.

Julene gryp Elke se hande vas en skielik lê die blink trane op haar wange. "Vergewe my die verskriklike onreg wat ek jou aangedoen het."

"Nee. Dit was nie jy nie. Anna het jou . . ."

"Ek kan nie agter Anna skuil nie. Ek moet self die verantwoordelikheid dra. Maar . . . wat weet jy dan alles? Wat weet jy van Anna?"

Elke moet maar bieg en Julene skud haar kop met 'n bedroë glimlaggie. "Dit wys jou net, niks sal vir altyd verborge bly nie. Twee jaar lank al weeg ek en Anna elke woord wat ons sê. Dan, op 'n dag, praat ons met mekaar terwyl ons dink niemand hoor nie, en elke woord word deur ander ore opgetel en al die pynlike oorversigtigheid van jare is meteens nutteloos."

Elke sê vinnig: "Maar ek is nie van plan om te praat oor wat ek gehoor het nie, Julene. As jy en Horst sal stilbly . . .

Dis net Jan Swanepoel en die teatersuster wat ook hiervan weet. 'n Mens kan met hulle gaan praat . . ."

"Wat? Bedoel jy jy is nie van plan om my aan die kaak te stel nie?"

"Nee. Oupa is te swak. Hy sal nooit die skok oorleef nie. As ons paar stilbly, hoef hy nooit te weet nie."

Julene is verstom. "Ek kan nou nog nie my oë heeltemal oor jou ouderdom glo nie, maar nou kan ek my eie ore ook nie glo nie. Jy bedoel . . . Hoekom wil jy stilbly?"

"Ter wille van Oupa, soos ek reeds gesê het. En dan, jy en . . . dokter Horst. Julle staan op trou. Dit gaan 'n invloed op jul toekoms hê."

Julene se kop sak. "Jy laat my baie skaam kry, Elke." Dan lig sy haar kop moedig op. "Jy kan nog aan my toekoms dink terwyl ek . . . ek nie geskroom het om jou toekoms van jou te steel nie. Want dis wat ek gedoen het. Ek het jou toekoms vir myself gesteel." Sy glimlag dapper deur haar trane. "Oupa Albert kan beslis trots wees op sy kleindogter. Jy is hom werd, nie ek nie."

"O, Julene, moenie! Moenie jouself so verkleineer nie!" roep Elke uit en sak langs haar op die bank neer, neem haar hand. Dit maak haar seer om haar so te sien. "Jy het gefouteer, maar wie van ons is volmaak? Jy het gesê jy is jammer. Ek aanvaar dit. Laat ons nou vergeet van alles. Alles bly net soos dit was."

"Nee, Elke. Dit kan nooit bly soos dit was nie, en laat ek erken, ek is dankbaar dat jy op die toneel verskyn het. Jy kan jou nie voorstel in watter ontsaglike spanning ek die afgelope twee jaar geleef het nie. Elke dag het ek verwag om ontmasker te word. Ek weet ek was nie 'n gewilde dokter nie. Ek weet die personeel het my beskou as 'n dokter sonder hart. O ja, ek weet. Horst het my dit self onlangs reguit voor die kop gegooi. Maar ek kon nie anders nie. Ek moes mense op 'n afstand hou, want ek was bang om te intiem met hulle te wees. Want dan kon hulle vrae begin stel. Ek het net daarna gestreef om so 'n bekwame dokter as moontlik te wees. Die mens was nie belangrik nie."

Elke knik begrypend. Die afgelope paar minute het sy hierdie vrou leer ken. Arme Julene! Sy moes pal 'n front voorhou terwyl sy in die vrees geleef het dat sy elke oomblik ontmasker sou word.

"Maar dit kan nou alles verander, Julene. Jy hoef nie meer bang te wees dat dinge aan die lig sal kom nie. Jy het my woord dit sal nie gebeur nie. En Horst . . . Horst het jou lief. Hy sal jou lief genoeg hê om hierdie ding oor die hoof te sien en julle twee kan 'n wonderlike toekoms saam in die Meissner-kliniek tegemoetgaan."

Maar Julene skud haar kop. "Nee. My en Horst se paaie draai vanaand uitmekaar. Daar is nie vir ons 'n toekoms saam nie."

"Wat bedoel jy?" vra Elke skerp en Marlene hou haar asem op.

"Ek en Horst het die saak klaar uitgepraat. Daar is . . . geen kwade gevoelens tussen ons nie, maar ons gaan nie die pad verder saam stap nie. Ek gaan weg. Ek gaan beslis weg."

Daar het 'n verstilling op Elke se gesig ingetree. "Is dit omdat jy nie Oupa se kleindogter is dat hy nie meer kans sien . . ."

"Ek het dit van die begin af geweet, Elke. Ek wou dit nie aan myself erken nie, maar ek het geweet hy het my gevra om met hom te trou ter wille van Oupa . . . ek bedoel dokter Albert en . . ."

"Die Meissner-kliniek."

"Ja. Daar was nooit sprake van liefde tussen ons nie. Wel respek. Ek het die wêreld se respek vir hom as medikus. Maar respek alleen kan nie 'n huwelik dra nie."

"En sonder respek sal geen huwelik slaag nie."

Marlene kyk haar dogter vinnig aan toe sy hierdie woorde byna uitdrukkingloos uiter en haar hart krimp saam. Wat sy gevrees het, het gebeur. Horst Buchner het van die troontjie

162

getuimel waarop haar dogter hom geplaas het. En dis so jammer, want dis die eerste keer dat Elke 'n man waardig genoeg geag het om hom op 'n troon te plaas.

Sy wend haar tot Julene, en meer om die gesprek in 'n ander rigting te dwing as wat sy werklik wil weet, vra sy: "Daar is iets wat ek u graag sal wil vra, dokter . . ."

"Noem my asseblief Julene, mevrou."

"Ek het destyds, toe Elke wou spesialiseer, aan haar oupa geskryf. Ek het ook twee keer in die verlede gebel, maar het elke keer 'n bloutjie geloop. Het Anna iets daarmee te doen gehad? Wanneer het sy Albert Meissner se huishoudster geword?"

"Ja, Anna het alles daarmee te doen gehad dat u nie kontak met hom kon maak nie, want sy is sedert sy vrou se dood sy huishoudster. Sy het sorg gedra dat sy deur al die jare op hoogte gebly het van sy lewe, en ná sy vrou se dood het sy besluit dis tyd dat sy op die toneel verskyn. Sy het hierheen gekom en hom gevra of hy nie 'n huishoudster soek nie. So is sy aangestel. Ek het in 'n koshuis ingewoon en vakansies na haar broer gegaan. Sy het natuurlik geweet dat hy sy seun onteien het en sy het jare lank beplan om my as sy verlore kleindogter te voorskyn te bring, sodra ek gekwalifiseer het. Die kere wat u gebel het, het Oupa nooit daarvan te hore gekom nie, mevrou. Die brief wat u geskryf het, het sy gekonfiskeer en tot niet gemaak. Sy het sy pos met 'n arendsoog dopgehou. Hy weet dus glad nie dat u hom wou kontak nie. Inteendeel. Hy dink u is ook dood. Ek is jammer, mevrou, maar ek moes hom vertel dat my ma ook kort ná my pa dood is." Skaamte en smeking om vergifnis lê oop op die mooi gesig. "Dit . . . klink nou so vreeslik . . . so wreed en gewetenloos . . . Vergewe my, mevrou. Ek was nog altyd so in die skuld by Anna vir alles wat sy vir my gedoen het en so deur haar geïndoktrineer. Tog wil ek haar nie die skuld gee nie. Ek was 'n groot meisie, reeds volwasse en ook intelligent. Ek moes vir myself gedink het. Hoe Anna ook al veroordeel moet word, ek kan haar nie nou verwerp nie. Ek is te diep in die skuld by haar. En hoe verkeerd ook al, haar beweegredes was gebore uit liefde vir my ma en vir my. Ek kan maar net namens ons albei om vergifnis vra."

'n Rukkie later stap Elke saam met Julene na haar motor. "Wat is jou toekomsplanne dan nou?"

"Ek weet nog self nie. Ek het nog altyd baie belanggestel in laboratoriumwerk. Miskien gaan ek verder daarmee. Op die oomblik is niks egter vir my duidelik nie. Ek weet net ek moet seker wees Oupa – dokter Albert – is buite gevaar voordat ek weggaan."

"Dis waarvoor ek ook wag. Dan gee ek ook pad."

Julene kyk haar ernstig aan. "Elke, jy is sy kleinkind. Jy is sy enigste erfgenaam. Jy is geregtig . . ."

"Ek beskou die saak nie so nie, Julene. Ek wil nie meer hier wees nie. Ek het al die jare daarvan gedroom, nes jy, maar nou besef ek ook dit was net 'n droom. Maar hoe gaan jy aan Oupa verduidelik hoekom jy wil weggaan en nie meer met Horst gaan trou nie?"

"Dit sal nie nodig wees om te verduidelik nie. Ek dink hy verwag dit."

"Hoe so?" vra Elke verward.

Julene glimlag 'n hartseerglimlaggie. "Omdat hy die hele verhaal ken, Elke. Hy was nooit aan die slaap toe ek en Anna daar by sy bed gestaan het nie."

Elke se oë rek groot. "Wat?"

"Ja. Hy het alles gehoor . . . nes jy alles onder die bed gehoor het. Daar is niks meer wat ek hom kan vertel nie. Ek kan my net op sy vergiffenis beroep, maar ek dink eerlik dis te veel gevra. Maar ek wil tog vir hom gaan sê ek is jammer, so bitter jammer. Die skok het hom byna sy lewe gekos, en ek is so dankbaar, so opreg dankbaar, hy lewe nog."

Horst vind weer eens 'n wagtende gas toe hy daardie aand sy woonstel binnestap. Hy het dit nog nooit nodig gevind om sy woonsteldeur agter hom toe te sluit nie, maar begin daaraan dink dat dit miskien beter is as hy dit liewer in die toekoms wel doen. Want ná 'n uitputtende dag, in meer as een opsig, wil hy nou niks anders hê as om alleen met sy gedagtes gelaat te word nie. Maar hierdie weelde is hom blykbaar nie beskore nie.

Die tweede keer daardie dag staan 'n vrou uit dieselfde stoel op, maar hierdie een se houding is heeltemal die teenoorgestelde as dié van sy vroeëre besoekster. Sy lyk soos hy haar nog altyd geken het. Twee boksterte en al. Sy sien die onmiddellike verkilling in sy oë.

"As u iets met my te bespreek het, dokter . . ." begin hy stug.

"Maak asseblief 'n afspraak met my sekretaresse. Ja, ek ken die storie. Maar wat ek te sê het, kan nie wag tot môre nie," val sy hom uitdagend in die rede.

Hy stap by haar verby, gaan sit moeg op 'n ander stoel en sy voel haar hart saamtrek. Hy lyk regtig gedaan. Dit moes vir hom ook 'n moeilike tyd gewees het . . .

"Praat dan en kry klaar."

"Goed." Sy kortaf houding verhard haar hart. "Ek wil met jou praat oor Julene." Hy kyk haar net aan en sy vervolg heftig: "Jy kan haar nie nou in die steek laat nie! Goed. Ek weet dit moes 'n skok gewees het, maar, kragtie, om met Albert Meissner se kleindogter getroud te wees, is tog nie alles in die wêreld nie! Trouens, die Meissner-kliniek is nie alles in die wêreld nie, beslis nie soveel werd dat jy jou siel daarvoor kan verkoop nie! Dis gemeen om haar nou in die steek te laat! Dis meer as gemeen. Dis laakbaar! Ek weet jy is op die oomblik boosaardig kwaad. Kwaad vir haar, vir my, vir die hele wêreld. Goed, hier staan ek voor jou. Wees so kwaad vir my soos jy wil. Skel as jy so voel, maar moet dit nie aan Julene doen nie! Daardie vrou het eenvoudig alles in die lewe verloor, en nou verwerp jy haar ook nog. Dis . . ."

"Ek kan dit nie glo nie," sê hy afgemete.

"Wat glo nie?"

"Jy is net te goed om waar te wees, Elke Meissner. Dink jy ek sien nie deur jou nie? Al hierdie danigheid oor Julene is net so vals soos wat die rol was wat jy as trolliejoggie gespeel het." Hy lag grimmig, spot met kil oë. "En ek het nogal gedink jy is iets besonders! Dat jy as trolliejoggie van jou klein salarissie vir oom Pieta tabak koop en insmokkel net om 'n ou man se hart bly te maak. Dat jy uit jou fooitjiegeld vir 'n arme ou tante twee nuwe nagrokkies koop. Ek het gedink dit was wonderlik, dat jy iets besonders is. En eintlik . . ." Hy staan vinnig op, troon bokant haar uit. "En eintlik is jy so vals soos kan kom! Gee pad voor my oë! Dink van my wat jy wil; dit kan my nie skeel nie. Maar van jou gaan ek my nie laat voorskryf nie, al is jy dokter Albert se enigste kleindogter. Om die waarheid te sê, ek is siek en sat vir al wat Meissner is. Julle dink julle kan maak en breek, lieg en bedrieg nes julle lus het, maar van mý lewe is ék baas, verstaan jy? Ek sal my nie van jou laat beveel nie, nie in my eie woonstel nie en ook nie in die kliniek nie en ook nie in my privaat lewe nie. Ek sal trou met wie ek wil wanneer ek wil en ek sal nie eers jou verlof vra nie. En as ek nie wil trou nie, sal ek nie trou nie, en ek gaan vir niemand, ook nie vir jou nie, om verskoning vra nie. Nou trap jy uit my woonstel! Ek is nog die hoof van hierdie kliniek tot tyd en wyl jy oorvat." Sy word sonder seremonie by die deur uitgedruk en kry die bevel: "Bly uit my woonstel en uit my lewe uit!"

Anna wag Julene by die voordeur in toe sy voor die trap stilhou. "Waar wás jy, Julene? Hulle het jou soos besetenes gesoek vir 'n dringende operasie."

"Ek weet. Dit was . . . Oupa. Daar moes 'n noodoperasie op hom uitgevoer word."

"En?"

"Dit gaan in die omstandighede goed met hom."

"En waar was jy dan die hele tyd?"

166

"Ek . . . het gedink. Anna . . . ek is bevrees daar wag 'n groot skok op jou."

Sy begin huiwerig vertel, maar geleidelik raak dit al makliker. Dis asof die woorde haar bevry.

Toe sy stilbly, staan die ouer vrou haar net soos 'n standbeeld en aankyk. Alle bloed het haar maer gesig verlaat; die oë is star. En nog nooit het Julene iemand so jammer gekry nie. Anna het baie meer verloor as sy, besef sy.

"Ek wil net 'n dag of twee wag om seker te maak Oupa is buite gevaar en dan vertrek ons. Ek weet nog self nie waarheen nie, maar dit sal seker maar terug Pretoria toe wees. Ek sal wel weer daar rigting kry. Ek is darem immers 'n dokter. Dokters is altyd in aanvraag." Toe Anna niks sê nie, staan Julene op, stap na haar en sit haar arm om haar skouers. Hulle was nog nooit demonstratief gewees nie. Maar vandag voel Julene om aan hierdie vrou te toon hoe sy oor haar voel. "Alles is nie verlore nie, Anna. Ons het nog mekaar. Ons het . . . altyd nog net mekaar gehad. En weet jy, Anna, ek verloor liewer die Meissner-kliniek as vir jou." Sy knik toe Anna haar oë stadig na haar keer. "Ek bedoel dit, Anna. Met my hele hart. Jy is al ma wat ek ooit geken het . . . geen ma kon vir haar eie kind meer opgeoffer het as wat jy vir my gedoen het nie. Ek is so dankbaar, Anna. Baie dankie vir wat jy al die jare vir my beteken het. Ek is lief vir jou."

Tot haar grootste verbystering sien sy hoe die strak gesig voor haar begin vertrek tot dié van 'n wenende vrou. Sy kan net 'n oomblik verdwaas staar en dan trek sy die rukkende gestalte teen haar vas. Sy het Anna nog nooit sien huil nie! Deur haar eie trane glimlag sy. Arme Anna! Liewe Anna! "Moenie so huil nie, Anna. Ons twee gaan ons eie plekkie in die son vind. Jy sal sien!"

Twee dae sloer verby waarin lang ure van die dag en die nog langer ure van die nag gevul word met emosiebelaaide gedagtes. In die kliniek gaan alles sy oënskynlik rustige, geroetineerde gang. Daar is 'n nuwe trolliejoggie, en almal wil weet wat dan so skielik van Sonstraaltjie geword het – 'n vraag wat niemand blykbaar kan beantwoord nie.

Die derde dag ná Albert Meissner se operasie kom 'n verwese vrou die kliniek se gang afgestap. Sy vorder net tot by die deur toe sy gewaar en voorgekeer word.

"Vir wie soek u, dame?"

"Dokter Albert."

"Jammer, geen besoekers word by hom toegelaat nie. Dis in elk geval ook nie nou besoektyd nie."

Maar 'n stem klink van agter die deur op: "Laat haar binnekom, suster. Ek wil haar graag sien."

"Maar, dokter . . ."

"As jy haar nie toelaat nie, staan ek op en kom na haar toe."

Die suster sug en sluit haar oë. Daar is geen erger pasiënt op aarde as 'n dokter self nie. "Stap dan maar in, dame, maar op eie risiko."

Anna kom langs die bed tot stilstand en lank kyk hulle net na mekaar.

"Hoe voel jy?"

'n Stram glimlaggie wil rakelings oor die man se lippe speel. "Lewend, dankie. Ek is bly jy het gekom, Anna."

"Ek moes kom. Dokter Albert . . . Ek gaan jou nie om verskoning vra nie. Wat ek gedoen het, het ek geglo is die regte ding. Ek dra volle verantwoordelikheid. Julene moes doen wat ek sê. Gee haar 'n kans. Sy is 'n Meissner en sy is 'n knap dokter. Dis al wat ek jou vandag kom vra het. Gee Julene nog 'n kans. Ek sal padgee. Jy het my woord daarvoor. Maar laat Julene bly en haarself bewys."

"En wat dink jy moet van my word as ek hier uitkom en my huishoudster het weggeloop?" Sy kan net op hom staan en afkyk en hy vervolg: "Dis Julene wat moet gaan, nie jy nie. Wag nou. Laat ek klaar praat. Julene moet eers hier wegkom. Die deure van die Meissner-kliniek is vir haar oop en sal oop bly, maar sy moet haarself eers gaan vind. Moet haar nie langer vasbind nie, Anna. Hoe vaster 'n mens hulle aan jou wil bind, hoe groter is die kans dat jy hulle vir altyd kan verloor. Ek weet waarvan ek praat. Ek het my seun so verloor."

"Bedoel jy regtig ek moet aanbly?"

"Natuurlik bedoel ek dit. Ek is te oud om nou weer aan 'n nuwe huishoudster gewoond te raak. Jy ken my grille en ek joune. Wat meer is, of jy my haat of nie, jy het al die jare baie goed vir my gesorg. As jy nou nog nie gif in my kos gegooi het nie, dink ek nie jy sal dit vorentoe doen nie. Ek is in elk geval nou bedag op so 'n moontlikheid en sal jou fyn dophou."

Vir die eerste keer hoor Albert Meissner 'n vreemde kraakgeluidjie wat soos 'n halfgebakte laggie klink.

"Wel?"

"Ek sal bly. Ek wil bly. Ek is . . . jammer, dokter Albert."

Hy weet wat dit die vrou gekos het om daardie paar woorde te sê en hy formuleer 'n antwoord met woorde wat hy ook maar kwalik ken: "Ek is ook jammer, Anna. Ek het self 'n groot aandeel in hierdie fiasko. Maar ons kan probeer vergoed, kan ons nie? Moenie bekommerd wees oor Julene nie. Soos jy gesê het, sy is 'n Meissner . . . en ons Meissners gaan nie lê nie."

"Wanneer kom jy huis toe?"

"So gou as moontlik. Hierdie kliniek se kos is aaklig."

Daar is 'n glimlag om die ou man se lippe toe hy weer die kraakgeluidjie in die gang hoor opklink.

Julene – wat 'n paar dae verlof toegestaan is – kyk Anna agterdogtig aan toe sy met haar klein motortjie voor die deur stilhou. "Waar was jy?" wil sy dadelik weet.

"By die kliniek."

"Anna! Jy was tog nie . . ."

"Ja, ek was. Hy sê hy kom so gou moontlik huis toe. Die kliniek se kos is aaklig."

Julene kyk haar skuins aan. "Ek dog dan jy haat hom en sal bly wees as hy dood is," sê sy reguit.

Anna kyk haar uit die hoogte aan. "Jy is seker verspot. Dan sit ek sonder werk." Dan ontvang Julene een van haar seldsame glimlaggies. "Jy kan hom gerus ook gaan besoek. Ek dink hy verlang na jou."

Dis suiwer vroulike nuuskierigheid wat Julene later die dag tog kliniek toe dwing. Sy weet sy sal al haar moed bymekaar moet skraap om weer vir Albert Meissner in die oë te kyk, en tog weet sy sy kan die oomblik nie veel langer uitstel nie. Die feit dat Anna nie summier in die pad gesteek is nie, maar vir haar kos geprys is, gee haar moed.

Haar oë ontmoet syne bang toe sy om die deur loer.

"Waar loop jy rond, Julene? Is jy nie veronderstel om te werk nie?"

"Ja, Ou- . . . e . . . dokter Albert. Maar Horst het my 'n paar dae verlof gegee."

"Dis gaaf van hom. Nou het jy genoeg tyd om rustig in te pak." Sy knip haar oë en haar hart slaan om. "Ou- . . . dokter?"

"Wat is dit met jou vandag, kind? Is Oupa nie meer goed genoeg nie? Hoekom so formeel? Hoe ver het jy al inge-pak?"

"Ek . . . het . . . nog skaars begin . . ."

"Dan moet jy nou opskud. Ek sal reël dat Horst vir jou plek bespreek op die vliegtuig. Sal 'n week genoeg wees?"

"Vliegtuig?" stamel Julene onbegrypend.

"Ja. Switserland toe. Het jy al die Alpe gesien?"

"Nee."

"Wel, jy gaan dit nou sien." Hy kyk haar stil aan terwyl sy steeds totaal verward op hom afkyk. "Gee my jou hand." Sy steek haar hand huiwerig na hom uit en hy neem dit, vou sy vingers om hare. "Ek is jammer."

"Oupa . . .?" Dan vertrek haar gesig. "Dis ék wat om ver-skoning moet vra! Dis ék wat gesondig het teen u!"

"Ja, jy het. Maar ek het eerste teen jou, 'n ongebore kind, gesondig." Hy sien die verbasing in haar oë en sug. "Daar was baie tyd die afgelope dae om te dink, om my lewe in oënskou te neem . . . en om te besef hoeveel foute ek gemaak het. Anna het gelyk gehad. Ek het gedink ek is volmaak, maar ek is nie. Ek is net so volmaak as wat enige mens maar kan wees. En dis net genade van Bo as jy die geleentheid kry om jou foute reg te maak, of om te probeer vergoed daarvoor. Ek is nog nie dood nie. Ek kan nog probeer om te vergoed. Daarom wil ek hê jy moet Switserland toe gaan. Na jou pa toe." Sy trek haar asem skerp in en hy kyk stip terug. "Jy het hom nooit geken nie. Hy het nooit eens geweet van jou bestaan nie. Hy is daar verbonde aan 'n wêreldberoemde kliniek. Julle twee moet mekaar nou leer ken. Dis jul reg. Besluit dan rustig wat jy wil doen. Die Meissner-kliniek se deure sal altyd vir jou oopstaan as jy wil terugkom. Maar as jy anders besluit, miskien wil spesialiseer, doen dit dan. Ek sal die koste dra." En skielik is daar 'n ongekende blinkerigheid in die gerimpelde ooghoeke. "Ek weet dis min vir al die verlore jare, my kind . . . maar dis al waartoe ek in staat is."

Julene kan net op hom afkyk, sy vingers nog stywer vasvat terwyl die trane van dankbaarheid en liefde oor haar ooglede begin biggel.

"En noem my maar altyd Oupa. In my hart sal jy maar altyd my kleindogter bly."

Horst Buchner word na dokter Albert se kamer ontbied. "Bring 'n stoel en sit. Ek wil met jou gesels."

Die jonger man frons ontevrede. "Ek dink u het genoeg besoekers en gesels vir vandag gehad."

"Bedoel jy ek mag nie met my dokter gesels nie?"

"Dan net oor hartsake, oor niks anders nie."

"Dis waaroor ek wil praat . . . hartsake. En moenie vir jou kom rammetjie-uitnek hou nie. Ek is nog die baas van hierdie plek."

Dokter Horst sug, moet dan glimlag. Hy skud sy kop. Die ooreenkoms tussen oupa en kleindogter is in hierdie oomblik

só opvallend dat hy nie kan glo dat hy dit nie vroeër raak-
gesien het nie! Sy mag nie soos 'n Meissner lyk nie, maar
aardjie na die vaartjie is dit beslis.

"Hoe voel die hart?" wil hy weet.

"Goed. Ek het 'n goeie dokter gehad wat my geopereer
het, maar is ek bly hy is nie die man wat my ander hartsake
moet reël nie."

Dokter Horst frons. "Wat bedoel u?"

"Wat was die werklike rede hoekom jy Julene gevra het
om met jou te trou?"

Stilte.

"Toe maar. Ek weet. Uit 'n morele verpligting wat ek op
jou afgedwing het." 'n Sug. "Dit het my die afgelope dae
getref hoeveel kere 'n mens dieselfde fout oor en oor in jou
lewe begaan. Ek is blykbaar versot daarop om ander mense
se lewens vir hulle te reël en te rig. Ek is al met my een voet
in die graf en steeds doen ek dit. Wanneer word 'n mens dan
wys?"

Dokter Horst gee 'n klein glimlaggie. "Morele verpligting
was nie die enigste dryfveer nie, dokter Albert. Ek was besig
om van iets af weg te hardloop en het toe in Julene 'n veilige
skuiling gesien."

"Waarvan praat jy nou?"

Maar dokter Horst is nie 'n man wat sommer sy hartsake
op sy mou kan speld nie. "Dis nie nou ter sake nie. Wat ek u
wel kan sê, is dat Julene my van die morele verpligting onthef
het. Sy wil nie meer met my trou nie."

Die ou man se oë knip goedkeurend. "Dis 'n verstandige
kind daardie. Sy gaan dit nog ver bring."

Dokter Horst staan op. "En nou is alles afgehandel en u
moet rus. Ek . . ."

"Ek is nog nie klaar nie."

"Dokter Albert, asseblief . . ."

"Moet tog nie soos 'n broeis hen wees nie, Horst!" klink
die ongeduldige stem van die ou dokter op.

Buite in die gang voor die deur wriemel die eertydse trolliejoggie van lekkerkry. Ditsem, Oupa! Sê hom!

"Daar is nog twee sake wat ek wil aanroer. Die eerste is dat ek bly by wat ek gesê het voor jy aan Julene gaan staan en verloof raak het. Jy is die alleenhoof van hierdie kliniek in die toekoms en jy erf ook die beherende aandeel van die Meissner-kliniek soos hy hier staan, op voorwaarde dat jy slegs dokters sal aanstel wat volgens jou waardig genoeg is om hier te werk. Maar ek het jou hulp nodig vir die laaste sakie wat ek wil ophaal."

"Praat maar."

"Ek het êrens werklik 'n kleinkind. Jy moet hom of haar vir my soek en kry."

Elke se hart gaan staan 'n oomblik. Die afgelope paar dae was louter lyding vir haar. Die enigste vreugde daarin was dat haar gereelde oproepe na die kliniek haar vertel het dat dokter Albert goed vorder en reeds van die gevaarlys af is. Maar die onheilspellende stilte uit 'n ander oord was later net te veel om verder te verduur. Sou hy regtig nou só kwaad vir haar wees dat hy nooit weer iets van hom gaan laat hoor nie? Gaan hy haar net eenvoudig vir die res van hul lewens ignoreer? Vanoggend het sy opgestaan en toe haar ma sien, kom die kliniek se trolliejoggie uit die kamer te voorskyn.

"Wat gaan nou aan?"

"Wel, ek het net eenvoudig besluit ek hou van my pos in die kliniek en ek gaan daarmee voort."

"Ag, Elke, moenie verspot . . ."

"Ek is nie verspot nie, Mamma. Met Julene uit die prentjie, is daardie dokter Horst nou die grootbaas van die kliniek, en hy sal eerder iets oorkom as om my 'n aanstelling te gee. Dus, die enigste manier om aan die kliniek verbonde te wees, is om trolliejoggie te bly."

Marlene sug. Regtig, soms is Elke werklik nog so kinderagtig soos 'n tiener! "Ek neem hom ook nie kwalik nie. Om die man darem so te gaan insê en slegsê en dit oor sy per-

173

soonlike sake wat jou hoegenaamd nie aangaan nie . . . En jy het hom ook nog totaal en al verkeerd beoordeel. As hy werklik net agter die kliniek aan was toe hy Julene gevra het om met hom te trou, behoort hy nou hierdie huis se drumpel deur te trap om jóú guns te wen noudat die regte kleindogter vorendag gekom het."

Elke het haar ma fronsend aangekyk en moes haar gelyk gee. As Horst Buchner dan werklik sy siel vir die Meissner-kliniek sal verkoop, moes hy nou al sy flikkers wild vir die nuwe erfgenaam begin gooi het. Maar hy is grafstil!

"Nou wel, wat ook al wat is, ek vat my trolliepos terug. Ek moet gaan kyk wat daar aangaan. Ek wil met my eie oë sien of Oupa werklik aan die herstel is."

En met jou eie oë sien of dokter Horst regtig nog só kwaad is vir jou, het Marlene stilswyend gedink.

Peet was natuurlik bly om haar terug te sien. Hy het haar verseker sy kan die trolliepos terugkry vir so lank sy dit wil hê. Dus is Sonstraaltjie skielik weer terug in die kliniek en sy word oral met gejuig verwelkom. Ongeërg werk sy met haar trollie in die rigting waar sy weet haar oupa se kamer is en toe hoor sy die stemme binnekant . . . en natuurlik staan sy stil en luister. Dis net menslik, sus sy haar gewete.

Soos die gesprek vorder, word die prentjie al duideliker en haar ongemak al groter. Sy het hom gruwelik beledig met haar aantygings! Geen wonder hy wil niks van haar weet nie! Eers het sy hom vir die gek gehou deur haar as 'n tiender-jarige rabbedoe voor te doen en toe beskuldig sy hom daar-van dat hy met Julene wou gaan trou net om die kliniek in die hande te kry! O, sy gaan nie maklik vergewe word nie, dit weet sy . . .

Sy spits haar ore vir sy antwoord. "As u belowe om nie te opgewonde te raak nie, het ek goeie nuus vir u in daardie verband. Sy is reeds opgespoor."

"Sy? Dan is dit 'n kleindogter."

"Ja. Dis 'n sy en . . . hoewel sy glad nie na die Meissners

174

trek nie, is daar geen twyfel dat sy een is nie. Net so beduiweld soos haar oupa."

'n Sagte laggie bereik Elke se ore, maar sy dink nie dis snaaks nie. Dink 'n bietjie! Om sulke dinge vir 'n man te sê wat pas 'n hartoperasie ondergaan het . . . en hy noem homself 'n dokter!

"Sy klink na 'n Meissner deur en deur! Wanneer bring jy haar?"

"U sal tog nie tot rus kom nie, dus hoe gouer hoe beter . . ." Skielik swaai die kamerdeur oop. "Kom binne, Elke. Het jou ma jou nie geleer dis onopgevoed om ander mense se gesprekke te staan en afluister nie?" Sy is so verskrik dat sy stokstyf bly staan en sy word sonder seremonie aan 'n bokstert die kamer ingetrek.

Albert Meissner se oë vernou. "Maar . . . hierdie kind . . . Ek het haar al gesien. Sy was in my kamer net voor Anna en Julene se besoek nou die dag. Ek het gedink ek ly aan hallusinasies maar . . ."

Dokter Horst se stem is baie droog: "Ek neem u nie kwalik nie. Sy géé 'n mens hallusinasies. En berei u asseblief voor vir nog 'n skok. Behalwe dat sy die kliniek se trolliejoggie is, is sy ook u verlore kleindogter. Dis Elke Meissner hierdie."

Dis stil. Elke se oë is groot en rond op die man in die bed gerig. Sy het haar hierdie oomblik so totaal anders voorgestel. Al die jare het sy die toneel voor haar sien afspeel, die oomblik as sy voor Albert Meissner staan en trots sal sê: "Ek is u kleindogter, Oupa. Ek is dokter Elke Meissner, pediater." En nou word sy as 'n hallusinasie aangesien en as 'n trolliejoggie voorgestel! As sy hom darem in die hande kry . . .

Dokter Albert is duidelik onkant betrap. Sy oë gaan ongelowig oor die patroontjie voor hom. "Dit kan tog nie wees nie . . . Hoe oud is jy dan, kind?"

"Ons sal maar eers haar geboortesertifikaat moet opspoor, dokter Albert. Want 'n mens kan niks glo wat sy sê nie. Dan is sy in matriek, dan is sy dertig . . ."

175

"Nege-en-twintig! Dink jy nou jy is snaaks?" sis sy, maar hy gaan ongesteurd voort om nadere besonderhede te verskaf.

"En dan is sy 'n trolliejoggie wat waslappe en seep verkoop en tabak in die kliniek insmokkel, en dan is sy skielik weer 'n volleerde medikus wat nogal gespesialiseer het in pediatrie. Ons sal maar daardie papiere ook eers onder oë moet kry voordat ek dit glo." Die oë kyk uitdagend in die woedende bloues terug. "Maar vir een ding is ek innig dankbaar, dokter Albert. Dat ek nie met haar hoef te trou om die Meissner-kliniek in die hande te kry nie. Want dan sou die kliniek maar net sonder my dienste moes klaarkom."

Hy draai op sy hak om en stap uit, trek die deur beslis agter hom toe en 'n verslae kleindogter bly agter, amper te bang om haar oupa in die oë te kyk. Wat moet hy van haar dink ná daardie tirade?

Maar die oë wat hare ontmoet, vonkel. "Dit was nogal altyd 'n kenmerkende eienskap van die Meissners: Waar hulle ook al gaan, veroorsaak hulle konsternasie!" Hy lig sy hand op. "Kom nader, my kind. Jy mag na my aard, soos Horst sê, maar jy lyk nes jou oorlede ouma. Sy was ook so fyn en klein. En sy het ook sproete op haar neus gehad."

Elke neem sy hand, kyk met oë wat stadig met trane vul, op hom af. "O, Oupa!" Dan druk sy haar gesig in sy nek vas en sy voel sy hand bewend oor haar agterkop streel.

Toe Elke die huis binnestap, borrel sy oor van vreugde en haar ma luister met 'n dankbare hart na wat haar kind te vertel het. "Het hy jou summier aanvaar?"

Elke lag hardop van suiwer vreugde. "Ja! Hy sê ek lyk nes Ouma. Tot die sproete op die neus is identies!"

Marlene knik glimlaggend. "Ek het jou dit mos ook al vertel."

"Ja. Hy wil Mamma ook so gou moontlik sien. Hy sê Mamma het so baie om hom voor te vergewe."

Marlene skud haar kop. "Ek sou hom ook graag wou sien, en nie omdat ek wil hê hy moet my om vergiffenis vra nie. Het jy Horst dalk te siene gekry?" vra sy ongeërg en merk hoe die gesiggie dadelik geslote word.

"Nie juis nie . . . Hoekom?"

"O nee, ek vra sommer." Haar stem is ongeërg toe daar daardie aand 'n klop aan die voordeur is. "Dis seker maar Jan. Gaan maak oop, Elke."

Maar dis nie Jan nie.

"Is jou ma tuis?"

"My ma? Hoekom?"

"Ek het 'n saak met haar te bespreek."

"Waaroor? As jy my sertifikate wil sien, kan ek jou dit self wys."

"Ek sou dit nogal graag wou sien, ja."

Haar gesig en stemmetjie is styf. "Goed. Ek sal dit gaan haal."

Dis Marlene wat nader stap en met 'n glimlag sê: "Kom sit gerus, Horst. Bietjie koffie?"

Vanuit die gang kom die tussenwerpsel: "Hierdie is nie 'n sosiale besoek nie, Ma. Dokter Horst wil homself net daarvan vergewis dat ek nie ook besig is om Oupa te bedrieg nie. Hier. Hier is hulle almal. My geboortesertifikaat . . . doopseel . . . my graad en sertifikate . . . die hele kaboedel. Kyk self."

'n Klomp papiere word in sy hand gedruk, maar hy blik nie eens daarna nie. "Koffie sal lekker smaak, mevrou, dankie, maar eers 'n bietjie later. Kan ons eers die sakie tussen ons afhandel?"

Elke kyk fronsend van die een na die ander. "Sakie? Watse sakie het Ma met die man?"

"O, Horst het my 'n betrekking by die kliniek aangebied."

Haar oë val byna uit hul kasse. "Watse soort betrekking?" wil sy agterdogtig weet.

" 'n Baie spesiale een. Dis eintlik veral vir die kinderafdeling bedoel. Hulle wil iemand daar hê wat na die kleintjies kan omsien. Iemand wat hulle kan besig hou, troos, stories vertel, vashou en troetel. Iemand wat 'n soort plaasvervanger-ma moet wees. Maar ook vir die res van die kliniek. As daar iemand is wat baie eensaam is, iemand wat miskien net 'n bietjie wil gesels, of 'n skouer soek om op te huil. Ek dink dis 'n wonderlike gedagte en ek voel heeltemal opgewonde daaroor, Horst. Ek sal graag wil probeer. As ek nie die regte persoon is nie, sal die tyd dit gou genoeg uitwys."

"Dankie, mevrou. Dis baie gaaf van u."

"Wie se idee is dit hierdie?" wil Elke weet.

"Eintlik joune. Soos die rookkamer ook by jou sy oorsprong gehad het. Die kinderpartytjie het weer geboorte gegee aan hierdie nuwe betrekking," antwoord Horst doodgewoon. "En van betrekking gepraat . . ." Hy lig die papiere op en kyk hulle tydsaam deur, natuurlik weer tot haar groot ergernis. "Hmm. Ja. Dit lyk in orde. Maar ek sal jou natuurlik net tydelik aanstel."

"Tydelik? Hoekom net tydelik?"

"Jong getroude vrouens wil altyd ná n paar maande kraamverlof hê."

Sy kyk hom aan asof sy dink hy is regtig van lotjie getik. "Maar ek is nie 'n jong getroude vrou nie!"

"Maar jy gaan tog trou, nie waar nie?"

"Nee, hoekom? Ek staan nie op trou nie!"

"Dan weet jy nog nie alles nie."

Stilte.

"Horst Buchner, is jy seker jy het al jou varkies op hok vanaand?"

"Ja, ek voel gerus oor vanaand. 'n Rukkie gelede was ek bekommerd oor myself toe ek begin besef dat ek meer vir die kliniek se trolliejoggie omgee as wat behoorlik is. Toe het ek gedink ek is besig om van my trollie af te raak. Vir 'n man van my jare om op 'n tienderjarige snip verlief te raak . . . Dis toe dat ek besluit het om, afgesien van die morele verpligting wat ek gevoel het, Julene te vra om met my te trou. Op die een of ander manier moes ek my teen die verderflike betowering wat die trolliejoggie om my gespin het, beskerm."

Elke sak op die naaste stoel neer. Sy voel skielik lam van kop tot tone. "En wat het jou dan nou skielik laat besluit die trolliejoggie kan miskien tog goed genoeg wees? Omdat sy intussen as Albert Meissner se kleindogter ontpop het?"

"Ag, Elke, regtig . . ." probeer Marlene keer.

"Alles reg, mevrou," sê Horst onversteurd. "Ek sal dit nog baie in die toekoms hoor. Dis water op 'n eend se rug. Ek gun haar dit om dokter Albert se kleindogter te wees. Maar ek is die hoof van die Meissner-kliniek en dit gaan sy goed besef wanneer sy daar begin werk. En ek is ook die hoof van ons huis. Dit sal sy ook gou genoeg agterkom. Nee, dokter Meissner. Jy was nog altyd goed genoeg vir my, ook toe jy net trolliejoggie was. Die probleem was net dat jy hopeloos te jonk vir my was. Ek kon regtig nie met 'n skooldogter trou nie, kon ek? Maar noudat ek dit swart op wit het," en hy waai met die papiere in sy hand, "dat jy eintlik 'n oujongnooi is . . ."

"Wie's jou oujongnooi? Kyk na jouself, Horst Buchner! Jy is al diep in die dertig! En ek weier om net 'n tydelike pos te neem. Ek wil op die permanente personeel van die kliniek wees . . ."

"Jou opleiding moes jou tog vertel het, dokter Meissner, dat 'n vrou se tyd om kinders in die wêreld te bring, verbygaan. En as ons twee moet sorg dat daar 'n nuwe geslag dokters is wat eendag die Meissner-kliniek kan oorneem, moet ons nou begin – sommer dadelik begin – en aanhou daarmee. Mevrou, ek dink koffie sal nou lekker smaak."

Marlene snap die wenk en retireer vinnig na die kombuis. Elke word aan haar skouers opgetrek sodat die twee boksterte amper penorent staan.

"Ek sal hulle mis."

"Wat?"

"Die boksterte. Maar toe maar. Daar sal dogtertjies ook wees en hulle sal almal boksterte dra."

"Genade, wanneer hou jy 'n slag op met snert praat?"

"Dadelik." Hy buig sy kop, soen haar op die neus. Sy oë blink in hare. "Ek wou dit amper van die eerste dag af doen. Hierdie besproete wipneus van jou is net onweerstaanbaar."

Sy lag in sy oë op. "Sak laer, skattebol, en jy sal vind dat daar nog baie ander plekke is wat ook onweerstaanbaar is!" Gelukkig gooi sy haar arms om sy nek en lig haar lippe na syne op.

In die kombuis skakel Marlene maar eers die ketel af. Sy sal maar nog 'n bietjie wag met die koffie en staan en droom van haar eie kleinkinders . . . Horst het mos belowe daar gaan 'n hele paar wees!

Dokter Julene

1

Dit was nie een van die Godfather se briljantste idees om my Switserland toe te laat kom nie, dink Julene half bitter toe sy in die ouer vrou se kil oë vaskyk. Sy draai haar blik vinnig weg. Maar, in alle redelikheid teenoor die ander vrou, moet Julene erken: dit moet 'n groot skok wees om skielik met 'n buite-egtelike kind uit jou man se verre verlede gekonfronteer te word.

"Wil jy nie saam kliniek toe gaan nie? Jy sal dit interessant vind."

"Dankie . . . e . . ." Sy swyg. Die woordjie "pa" val nie spontaan op die tong nie. Tot baie onlangs het sy nie 'n pa gehad nie. 'n Oupa wel. Weer keep die een mondhoek effens bitter in. Eintlik het sy nie regtig 'n oupa nie. "Ek sal graag saamgaan."

"Goed dan. Ons vertrek oor 'n halfuur."

Julene knik, maak verskoning en gaan na haar kamer. Nie dat sy enigiets te doen het nie. Sy wil net wegkom uit die versmorende atmosfeer. Sy sal die halfuur in haar kamer om wag.

Toe die lang, blonde meisie uit is, ontmoet man en vrou se oë. Die spanning in die atmosfeer raak byna ondraaglik. "Muriël, ek begryp Julene was 'n groter skok vir jou as vir my. Maar probeer asseblief verstaan! Wat kon ek anders doen as om haar te ontvang? Sy is nou eenmaal my kind. Hoe kon ek weier?"

Die vrou kyk weg. Natuurlik sien sy sy kant van die saak in en natuurlik besef sy hy kon niks anders doen as wat hy

183

gedoen het nie. Maar – en dis die bitter pil wat sy moet sluk – dat 'n ander vrou vir Fritz 'n kind in die wêreld gebring het . . . As sy haar eie kinders gehad het, sou dit makliker gewees het om die wilde saad wat haar man jare gelede gesaai het in die familiekring te verwelkom. Maar hul huwelik is kinderloos, en om skielik – ná byna veertig jaar van getroude lewe – te ontdek dat jou man jou dertig jaar gelede verkul het en dat daar boonop 'n kind uit dié verhouding gebore is . . .

"Ek verstaan dat jy kwalik kon weier om haar te ontvang. Soos jy sê – jy is haar pa. Dis net . . . Jy moet van jou kant ook probeer verstaan dat ek nie in jou vreugde kan deel nie."

Hy laat sak sy kop. "Ek besef dit, Muriël. Ek is jammer." Albei wonder op hierdie oomblik waaroor hy jammer is. Daar is so baie om oor jammer te wees. Toe hy opkyk, betrap hy haar oë vol vrae op hom. Hy stap nader, kyk haar innig aan. "Waaroor ek die jammerste van alles is, is dat ek jou, hier aan die einde van ons lewe saam, so diep skok en seermaak. Ek kan maar net hoop en bid dat jy dit in jou hart sal vind om my te vergewe. Ek kan jou die versekering gee dit was die enigste keer dat daar 'n ander vrou in my lewe was. En vandag kan ek nie begryp wat op aarde my destyds besiel het nie."

Haar stem is laag. "Jy moes baie vir haar omgegee het om . . . so ver te gaan om . . ." Haar stem vervaag.

"Ons het Switserland toe vertrek en sy het geheel en al uit my lewe verdwyn. Vir altyd, het ek geglo."

"Dis een van die dinge wat my baie hinder, Fritz. Ons halsoorkop verhuising na Switserland. Jy het gesê dat jy liewer hierheen wil kom as om langer onder jou broer se onredelike eise te werk. Ek het jou geglo. Ek het gehoor daar was die een of ander struweling tussen jou en Albert oor 'n operasiegeval, maar jy het dit afgemaak as maar net nog een van Albert se bomenslike eise. Julle twee broers is as vyande uitmekaar en dit het nog altyd gehinder, maar ek weet die Meissners is koppige mense en dat die een broer nie vir die

184

ander sal toegee nie. Maar dat jy sonder om 'n oog te knip van die Meissner-kliniek af weg is terwyl jy 'n meisie agter-laat met wie jy 'n intieme verhouding het . . ."

"Muriël, ek het vir geen enkele oomblik gedroom dat sy swanger kan wees nie!"

Haar oë spot kil met hom. "Werklik? Jy is 'n dokter en jy kan dit vir my sê?"

Hy draai van haar af weg en sê ná 'n pynlike stilte: "Ek was . . . versigtig." Hy sug, vee oor sy oë. "Versigtig genoeg, het ek gedink." Hy kyk vinnig na haar, sien haar neergeslane ooglede en 'n koudheid vat sy hart vas. Hy het skielik 'n dogter ryker geword, maar is hy besig om sy vrou te verloor? Hy spartel met woorde om iets te probeer red van 'n mooi huwelik wat oor byna veertig jaar strek: "Ek weet jy het 'n groot deel van jou respek vir my verloor, my vrou, maar jy behoort darem te weet as ek 'n vermoede gehad het sy was swanger, sou ek haar nie summier in die steek gelaat het nie. Dit móét jy glo!"

"Ek weet nie meer wat om te glo nie."

"Muriël, jy het die brief gelees wat Albert aan my geskryf het. Daarin erken hy dat Julene se ma hóm wou spreek nadat ek daar weg is, en dat hy geweier het om haar te woord te staan. Sy het nie met my probeer kontak maak toe sy uitge-vind het sy verwag nie. Almal het geweet ek is Switserland toe en by watter kliniek ek my bevind. Hoekom het sy dit nie gedoen nie?"

"Dis die probleem met julle Meissners, Fritz. Julle dink dis net die Meissners wat trots het, wat die reg op trots het. Maar ander mense het ook trots. Ek begin al meer simpatie met jou minnares kry. Ek kan verstaan hoekom sy, ten spyte van haar penarie, net maar van die toneel verdwyn het. Eer-stens was jy goed tien jaar haar senior. Sy was maar twintig en jy 'n man van twee-en-dertig. Boonop was jy 'n dokter en nogal 'n Meissner – 'n man wat sekerlik veronderstel was om te weet wat hy doen as hy by 'n vrou in die bed klim."

"Muriël . . ."

"Jammer, Fritz, maar ek praat nou reguit. Jy het gesê jy was versigtig, en met daardie selfde simpele woord het jy haar natuurlik ook oorreed om aan jou eise toe te gee. Jy is 'n dokter. Jy weet wat jy doen. Jy sal versigtig wees. En toe, op 'n dag, is jy net weg. Skoonveld. Toe sy tot die ontdekking kom sy is – ten spyte van al jou versigtigheid – tog swanger en sy by Albert Meissner aanklop, weier hy om haar te ontvang. 'n Jong kind van twintig, swanger . . . en daar is niemand wat haar wil help nie. Niemand tot wie sy haar kan wend nie. Selfs nadat Albert se skokbrief hier aangekom het, het jy steeds geweier om te erken dat jy 'n jong meisie swanger in Suid-Afrika agtergelaat het. Besef jy wat dit aan my gedoen het toe ek lees dat jy destyds 'n verhouding gehad het en dat Albert jou uit die Meissner-kliniek geskop het omdat 'n pasiënt onder jou hande gesterf het terwyl jy aan 'n ander vrou staan en dink het . . ."

"Muriël!" Fritz Meissner is bleek. "Ek glo vandag nog nie dat daardie man as gevolg van mý nalatigheid gesterf het nie," sê hy skor. "Ek erken my gedagtes het 'n oomblik gedwaal, maar daardie man was in 'n uiters kritieke toestand en ek en die ander dokters het reeds vóór daar met die operasie begin is, getwyfel of Albert hom sou kon deurhaal. Nie eens Albert Meissner kan vandag sê wie verantwoordelik was vir sy dood nie – ek of God. Jare lank het daardie saak baie swaar op my gewete gerus, maar dit is 'n episode wat van my die dokter gemaak het wat ek vandag is. En ook die getroue man wat ek die afgelope jare vir jou was. Jy het reg. Ek het aanvanklik ontken dat ek die vader van 'n kind is, omdat ek tot op daardie oomblik oortuig was dat ek by niemand 'n kind verwek het nie. Maar . . ." en nou is hy weer ten volle 'n Meissner, "die oomblik toe ek gister op die lughawe my oë op Julene lê, het ek geweet: sy is my kind. Sy is 'n Meissner . . . Ek aanvaar haar onvoorwaardelik as my dogter. Wat meer is, sy is 'n dogter om op trots te wees en ek is trots op haar. Ek het haar geweldig gefaal, maar ek sal na my beste vermoë daarvoor probeer vergoed. Ek kan net hoop dat jy my sal ondersteun. Want jy is my vrou en ek is lief vir jou. Ek wil jou nie verloor nie, Muriël. Maar ek kan my dogter ook nie die rug toekeer nie. Dit moet jy verstaan." Hy tel sy jas op, begin aanstap deur toe.

Muriël sluk swaar. "Gaan jy probeer om haar in die kliniek aangestel te kry?"

"Ek sal dit aan Julene oorlaat. Sy moet self besluit wat sy met haar toekoms wil doen. Maar as sy voel dat sy graag hier wil werk, sal ek my bes doen."

Die ultimatum is gestel, besef Muriël Meissner. Jy aanvaar my dogter. Of . . .

Sy staan by die venster toe hulle wegry kliniek toe, voel hoe die verdwasing in haar eerder toeneem as afneem. Sy was saam met Fritz by die kliniek toe afskeid geneem is van een van die senior dokters. Ná die geselligheid is sy na haar man se kantoor terwyl hy gou na 'n pasiënt gaan omsien het. Die pos het op sy lessenaar gelê en sy het dit opgetel. Tot haar verbasing was daar 'n koevert uit Suid-Afrika tussen die mediese korrespondensie.

'n Brief van Albert! Sy het nie daaraan gedink dat sy miskien oortree toe sy die besonder dik brief oopmaak nie. Tussen haar en haar man is geen geheime nie. Die feit dat Albert ná soveel jare van hom laat hoor het, het haar opgewonde gemaak. Sy het nog altyd gewens die verhouding tussen die twee broers moet regkom. Nie een van hulle is meer kuikens nie en die pad graf toe is miskien veel korter as wat hulle dink.

Sy het gaan sit, die brief oopgevou . . . en voor haar oë het 'n verhaal ontvou wat na 'n versinsel geklink het. Net . . . dit was geen storie nie. Albert Meissner is nie 'n man wat stories vertel nie. Sy ken hom. Toe Fritz hom weer by haar voeg, het hy 'n verslae, geskokte vrou aangetref wat net stom die brief na hom uitgehou het om te lees.

'n Meissner is ook maar net 'n mens, en dit is seker menslik om te probeer wal gooi wanneer jy met die skokkende feite uit jou verlede gekonfronteer word. Fritz Meissner het skielik baie menslik en baie magteloos gevoel toe hy eindelik van die geskrewe velle af opkyk in sy vrou se oë.

"Ek ontken ten sterkste dat daar 'n kind in die prentjie was," het hy beslis gesê.

Maar gister op die lughawe het daardie kind na hulle toe aangestap gekom – 'n pragtige, lenige blonde meisie van dertig . . . Net een kyk na die gelaatstrekke het die man gedwing om te erken: Hierdie meisie is wat Albert sê sy is: 'n Meissner. Toe pa en dogter teenoor mekaar staan, was die ooreenkoms só opvallend dat Muriël se hart pynlik saamgetrek het. Al die jare het sy só begeer om vir haar man 'n kind te gee. Vandag staan sy dogter voor hom, maar dis 'n ander vrou se kind.

Die bedenkinge wat Julene in haar omgedra het sedert dokter Albert na haar pa verwys en voorgestel het dat sy Switserland toe moet gaan om hom te ontmoet, het oombliklik verdwyn toe sy voor die vreemde man tot stilstand kom. Sy het ook oombliklik besef dit was 'n fout om te kom – Muriël Meissner se oë het haar dit vertel. Sy is vandag, 'n dag later, selfs oortuig dat dit 'n fout was om hierdie mense net van haar bestaan te vertel. Dit dien geen doel nie. Sy het geen behoefte daaraan om in hierdie stadium van haar lewe 'n pa te hê nie. Sy het al die jare sonder een klaargekom. Wat jy nie ken nie, mis jy nie. Ook Fritz Meissner het geen behoefte om in hierdie laat jare van sy lewe 'n dogter te hê nie. Hy het sy lewe lank nooit 'n kind gehad nie. Wat hy wel gehad het, was 'n gelukkige, rustige huwelik met 'n goeie vrou . . . en dit is nou skielik op die spel met die ontydige verskyning van 'n onbekende dogter. Nog iets waaroor sy skuldig moet voel . . . en daar is reeds so baie waaroor sy skuldig voel.

Dis stil in die motor op pad na die wêreldberoemde kliniek. Haar blik rus op die sneeubedekte Alpe, maar sy sien dit nie regtig raak nie. Is dit haar lewenslot om altyd skul-

188

dig te voel? 'n Soort ekskuus-dat-ek-lewe-houding? Want sy moes nie daar gewees het nie. Die blote feit dat sy bestaan, het al soveel mense se lewens ontwrig, al soveel hartseer gebring, soveel skokke vir so baie, het selfs al 'n lewe geëis – haar moeder s'n.

Vandat sy haar verstand gekry het, was dit net sy en Anna, haar ma se ouer suster na wie sy gevlug het toe sy ontdek sy is swanger en dat die pa net skielik van die aardbol af verdwyn het. Toe sy sterf met haar kind se geboorte het Anna eintlik geen ander keuse gehad as om die baba groot te maak nie. Maar Anna was bitter en sy het wraak gesweer en deur die jare het sy haar planne fyn uitgewerk. Die Meissners het Julene misken, maar sy sou sorg dat die kind haar regmatige plek as 'n Meissner tussen die Meissners inneem.

Anna het gewerk en geswoeg en opgeoffer en Julene het 'n mediese dokter geword. En tipies Meissner: 'n bekwame een. Intussen het die noodlot in Anna se hand gespeel: Albert Meissner word een van die bekendste medici in die land en sy kliniek beroemd ver buite die grense van Suid-Afrika. Hier bou die patriarg, wat baie eerder as 'n despoot bestempel kan word, 'n bekwame span op waarna afgunstige buitestanders verwys as die Meissner-mafia met Albert Meissner as die Godfather aan die hoof daarvan. Maar sy persoonlik lewe is nie so suksesvol nie. Hy het net een seun en dié besluit tot sy pa se grootste ontsteltenis en teleurstelling om 'n balletdanser te word. Albert belet hom die huis en skrap sy naam van die familieregister. In hierdie stadium verwag sy skoondogter reeds sy enigste kleinkind, maar Albert Meissner is te verbitterd om sy besluit te heroorweeg, en sy seun en dié se gesin verdwyn uit sy lewe.

Toe Julene haar doktersgraad verwerf, besluit Anna dis tyd om haar plan in werking te stel. Julene moet op die toneel verskyn as Albert Meissner se lank verlore kleindogter. Hy het geen rede om agterdogtig te wees nie, want Julene het die sterk Meissner-gelaatstrekke geërf. Albert besluit om die verlede te vergeet – sy seun sterf kort ná die begin van sy balletloopbaan in 'n ongeluk – en om sy kleindogter in sy lewe en in die Meissner-kliniek terug te ontvang. Van toe af lei Julene 'n dubbele lewe, gedurig bevrees dat die regte kleindogter sal opdaag en die bedrogspul aan die kaak stel. Sy dryf haarself om aan die hoë standaarde wat haar "oupa" stel, te voldoen.

'n Paar jaar lank gaan dit baie goed. Julene word oral aanvaar as Albert Meissner se enigste kleinkind en erfgenaam. Sy raak verloof aan Horst Buchner, die hoofarts, en die persoon wat daarmee kan spog dat hy die enigste mens op aarde is wat die Godfather se volle vertroue en respek geniet. Die swaarkryjare is verby vir Julene én vir Anna wat intussen Albert Meissner se huishoudster geword het sonder dat hy die vaagste vermoede het van die ware verbintenis tussen die twee vroue.

Maar toe daag die regte kleindogter op en die bedrogspul word oopgevlek. Julene verloor haar verloofde en bieg teenoor die Godfather – nou 'n ou man met ernstige hartprobleme. Hy besluit dis beter om te vergewe as om in verbittering te lewe. Hy het tog aan hierdie vals kleindogter geheg geraak. Anna bly aan as sy huishoudster, want, soos hy sê, as sy regtig gif in sy koffie wou gooi, sou sy dit jare gelede al gedoen het. En Julene, bepaal hy, moet Switserland toe gaan en haar pa leer ken.

Maar dit was 'n fout, besluit Julene opnuut toe hulle voor die indrukwekkende kliniek stilhou. Ek moes nooit gekom het nie.

Haar pa draai na haar voordat hulle uitklim. "Julene . . ." Hy ontmoet haar oë moedig. "Ek weet ek het geen reg om jou enige guns te vra nie. Daarvoor is ek te diep in die skuld by jou. Maar ter wille van Muriël . . . As haar houding aan die begin nie te vriendelik is nie, probeer verstaan, asseblief."

Julene knik. "Natuurlik verstaan ek. Ek verkwalik haar geensins nie. Ek voel net baie jammer dat ék die oorsaak is van die skok en hartseer. Ek besef nou, noudat ek reeds hier is en dit te laat is, dat dit baie selfsugtig van my was om te kom. Ek is jammer."

Haar woorde is gloeiende kole op sy hoof. Hy reik spontaan na haar uit, neem haar slanke vingers in syne. Sy stem is skor: "Moenie! Jy het niks om voor jammer te sê nie!"

Sy kyk na hom op en vir die eerste keer roer daar iets in haar hart. Sy knik net stom, weet nie wat om te sê nie.

"Het jy enige toekomsplanne? Hier is 'n pos oop as jy miskien belangstel. Albert het 'n onverbeterlike rapport oor jou as medikus gegee."

Sy glimlag effens, verlang skielik so na die beduiwelde ou man dat sy trane agter haar ooglede voel prik. "Liewe Oupa. Ek verdien dit nie."

"Oupa?"

"Ja." Soos net 'n Meissner reguit en vas kan terugkyk al weet sy sy het gefouteer, kyk sy hom vas in die oë. "Ek het oom Albert Oupa genoem toe ek my as sy kleindogter voorgedoen het. Dis moeilik om van die gewoonte ontslae te raak. Ek moet nog leer om nie aan hom as my oupa te dink nie."

Soos wat jy nog sal moet leer om vir my pa te sê, dink hy. "Hou my aanbod in gedagte, Julene. Hierdie kliniek is een van die bestes ter wêreld. Jy kan baie goeie ervaring hier opdoen."

"Die Meissner-kliniek tel ook onder die bestes," sê sy en hy kan die verlange en trots in haar stem hoor.

"Was jy gelukkig daar?"

"As medikus, ja. As mens bitter ongelukkig vanweë die vals rol wat ek moes speel."

"Dit was nie jou skuld nie. Anna . . ."

Maar weer toon sy dat sy nie verniet 'n Meissner is nie. 'n Meissner kan sy pak slae vat . . .

"Die feit dat Anna verkeerde drome gedroom het, verskoon my nie. Ek was 'n volwasse mens en 'n volwaardige afgestudeerde dokter toe ons met die bedrogspul begin het.

191

Vir Anna is daar dalk nog verskoning. Vir my nie." Sy skud haar kop, erken eerlik: "As ek nou so terugdink, kan ek nie dink waar my verstand was nie! Ek kan net nie glo dat ek so 'n dwaas kon gewees het nie!"

Die vingers wat hy steeds vashou, word stywer vasgevat. "Ek weet. Ek weet presies hoe jy voel, my kind. Ek het myself dieselfde vraag afgevra nadat ek Albert se brief gelees het. Wat het my destyds besiel om 'n verhouding met 'n bloedjong meisie aan te knoop? Waar was my verstand?"

Hul oë ontmoet en hulle kyk mekaar stil aan. Dan glimlag sy. " 'n Geval van aardjie na haar vaartjie dus?"

Hy glimlag skeef terug. "Ek hoop nie dis al wat jy van my geërf het nie, my kind – my dwaasheid."

"Nee. Daar is ander dinge waarvoor ek vandag baie dankbaar is . . . soos om 'n goeie dokter te wees. As ek dan hierdie aarde moet bewandel . . . as dit so beplan was, dan . . ." Sy kyk hom skielik gul aan en die woorde kom maklik oor haar lippe: "Dan is ek bly jý is die man wat my moes verwek, Pa. Want dit is en bly 'n voorreg om 'n Meissner te wees . . . al is ons, of party van ons, soms ook dwase."

"My kind . . ." Hy bring haar hand na sy mond en soen dit. Hy voel hoe sy borskas swel. "Dankie, Julene. Ek is trots op my dogter. Kom. Kom dat ek jou aan my kollegas gaan voorstel."

"As jou dogter? Maar sal dit nie 'n vreeslike geskinder afgee nie?"

Hy lag, lyk skielik jare jonger. "Wat daarvan? Miskien is dit weer een van my dwase oomblikke, maar ek is lus om dit van die dak van die kliniek te verkondig! Kyk! Kyk hierdie pragtige dogter van my!"

Julene voel effens geamuseerd toe haar bekendstelling nie juis reaksie by die res van die personeel uitlok nie. Dis anders hier as by die Meissner-kliniek. Dáár is almal deel van die familie. Almal weet alles van almal af. Sy is byna dadelik ná haar ontmaskering daar weg, maar sy kan haar goed voorstel hoe die hele kliniek gegons het van die skokkende gebeure: Julene Meissner is nié Albert Meissner se kleindogter nie, maar die buite-egtelike kind van sy jonger broer, Fritz! Die verspotte trolliejoggie met die boksterte is eintlik die ware kleindogter en daar skuil inderdaad 'n gekwalifiseerde dokter agter die vermomming. En dat Horst Buchner met láásgenoemde gaan trou . . . O, sy glo die Meissner-kliniek se personeel sal nog lank nie uitgepraat raak nie!

Hier is dit heeltemal anders. Die personeel bestaan uit 'n span baie bekwame, geniale medici wat uit alle uithoeke van die aarde hier saamgetrek is. Die persoonlike element ontbreek – daar is nie werklik belangstelling in jou as mens nie. Daar was wel hier en daar 'n verbaasde wenkbrou, want niemand was bewus daarvan dat Fritz Meissner, jare lank reeds 'n senior en die afgelope jaar net in konsulterende hoedanigheid hier werksaam, 'n kind het nie. Maar as hy dan op 'n dag skielik met 'n dogter te voorskyn kom . . . wat daarvan?

Julene geniet dit om saam met haar pa die pasiënte te besoek, hoewel dit die heimwee na die Meissner-kliniek in haar verskerp. Horst Buchner én die Godfather het haar verseker dat haar plek oop is in die Meissner-kliniek en dat sy enige dag kan terugkeer daarheen. Dit is ook wat sy met haar hele hart wens om te doen, maar goed weet sy nie kan doen nie. Almal weet van haar bedrog en sy het sekerlik hul respek verloor. Haar strengheid in die kliniek – wat hulle as hooghartigheid aangesien het – ontlok nou seker baie leedvermaak. Wie sal vermoed dat dit eintlik 'n skerm was om te keer dat mense té na aan haar kom en dalk haar ware identiteit ontdek? Nee, 'n dokter wat nie die personeel se respek afdwing nie, kan nie 'n goeie dokter wees nie. En dit is al wat daar in die lewe vir haar oorgebly het: om 'n goeie dokter te wees. Haar hele toekoms sal sy daaraan wy, maar wáár sy 'n goeie dokter gaan wees, weet sy nie. Hier beslis nie. Sy moet uit haar pa en Muriël se lewens padgee sodat hulle in vrede met hul huwelik kan voortgaan.

"En hier is Oda, ons Turkse pasiënt," hoor sy haar pa se stem tot haar deurdring en sy dwing haar gedagtes terug na die hede. "Dit is my dogter, Julene, ook 'n baie knap dokter."

Daar is lewendige belangstelling in die oë van die fyn, donker meisie in die bed. "*Merhaba!*" roep sy spontaan uit.

Fritz Meissner glimlag. "Dit beteken hallo!" verduidelik hy.

"Jy is pragtig! Ek wens Kadri kan jou sien! Werk jy ook hier?" vra sy op goeie Engels.

"Nee," glimlag Julene. "Ek kuier net. Hoe gaan dit?" vra sy beleef.

"Dit gaan goed, dankie. U *baba* sal kan sê wanneer ek weer honderd persent is."

"My . . . baba?" Julene en haar pa kyk mekaar vlugtig aan. Oda lag. "Ja. U pa. Dis wat 'n pa op Turks is . . . *baba*." Sy kyk vraend na haar dokter op. "U het gesê u sal vandag sê wanneer ek kan huis toe gaan."

"Ek sal dit nog met dokter Rudman bespreek, maar ek sien geen rede hoekom jy nie eersdaags kan gaan nie, op voorwaarde natuurlik dat jy voortgaan met die behandeling vir jou rug. Ons sal met 'n dokter in Istanboel moet reël." Verduidelikend vervolg hy teenoor Julene: "Hierdie dametjie het 'n baie onaangename ervaring gehad. Sy was hier vir 'n ski-vakansie en die ski-hyser het ontspoor. Gelukkig het hulle nie geval nie, maar haar rug het 'n paar goeie stampe weg. Dit kon dus baie erger gewees het. Sy vorder goed, maar sy sal nog 'n ruk lank terapeutiese behandeling moet kry en veral baie getrou moet wees met haar oefeninge," laat hy waarskuwend teenoor die pasiënt hoor.

Oda lyk 'n oomblik lank peinsend en dan helder haar gesig op. "Hoekom stuur u nie iemand saam met my wat sal toesien dat ek al die bevele stiptelik uitvoer nie?" Haar blik pen Julene skielik vas. "Ja. Ek dink dis 'n blink plan! Hoekom kom jý nie saam met my Turkye toe nie? Jy is 'n dokter, jy is

194

met vakansie . . . Dán kan jy sommer sien hoe my land lyk en jy sal boonop uitstekend vergoed word. Kadri kan betaal."

"Nee, ek . . ."

Maar daar is geen keer aan die Turkse dame nie. "Kadri besit groot teeplantasies aan die Swart See by Rize en dis pragtige wêreld! Bosryke klowe, digte plantasies, helder bergstrome . . . O, dis 'n aardse paradys! Of ons kan sy seiljag neem en teen die Mediterreense kuslyn af vaar – ons kan al die interessante baaitjies en hawetjies aandoen. Kadri het 'n privaat eiland in die Golf van Antalya waar ons 'n dag of wat kan oorbly as ons moeg word vir die bootlewe en . . ."

"Stadig, Oda!" probeer Julene die woordevloed keer. "Dit klink alles baie gaaf en wonderlik, maar dis nie moontlik nie."

"Hoekom nie?"

Julene aarsel, kyk na haar pa, en hoewel hy nie 'n woord sê nie, lees sy die vraag in sy oë ook: Hoekom nie?

"Dis net . . . Dankie vir die aanbod, maar ek kan dit nie aanvaar nie." Sy draai dadelik weg deur toe.

Haar pa snap die wenk en begin ook deur toe beweeg terwyl hy sê: "Ek sal met dokter Rudman praat en hy sal jou kom sê wanneer jy huis toe kan gaan."

Maar Oda se oë bly op Julene gerig: "Dink weer daaroor, asseblief! Jy gaan 'n wonderlike, kostelose vakansie kry en ek beloof jou, jy sal nie moeite met my hê nie! Asseblief, dink weer daaroor!"

Julene knik net en met 'n klein glimlaggie verdwyn sy vinnig die gang in. Dis stil tussen pa en dogter terwyl hulle langs mekaar die gang af stap.

"Ek het nie geweet jy is ook 'n ortopedis nie, Pa. Ek was net bewus van die narkotiseur," sê Julene later met 'n skuins blik na haar pa.

Hy skud sy kop glimlaggend. "Ek is nie 'n ortopedis nie. Maar ek het baie ervaring opgedoen hier in Switserland. Soos jy weet, is Switserland die ski-mekka van die wêreld. Deur die jare het ek daagliks met die gevolge van ski-ongelukke te doen gekry. Oda was baie gelukkig, hoor!" Hy bespreek haar geval met Julene en sluit af: "Ek sou werklik graag wou sien dat sy in bekwame hande oorgegee word, anders kan sy later in haar lewe probleme ondervind. Sy is nog baie jonk, moet nog kinders in die wêreld bring."

"Dan is dié Kadri haar man?"

"Nee. Sy is nie getroud nie. Ek weet eintlik nie presies wie Kadri is nie. Hy was glo pas ná die ongeluk hier, maar ek het hom nie te sien gekry nie. Rudman het hom ontmoet. Soos ek kan aflei, is hy die hoof van die huis of die familie, maar hoe dié twee skakel, weet ek nie. Sy is 'n baie gawe kind."

"Ja. En baie impulsief ook."

Hy glimlag net. Hy wil liewer geen opinie lug oor die aanbod nie, want hy wil nie hê Julene moet die idee kry hy wil haar nie hier hê nie, hoewel hy dink sy sal 'n dwaas wees om so 'n geleentheid deur haar vingers te laat glip. Min mense kry die kans om Turkye kosteloos te besoek, en sy behoort die kans aan te gryp om hierdie wêrelddeel 'n bietjie te verken.

Hoewel Julene nie daaroor praat nie, bly die impulsiewe aanbod van die Turkse meisie haar hardnekkig by. So ook haar vraag: Hoekom nie? Julene kan aan geen geldige rede dink hoekom nie. Oda is 'n beskaafde, opgevoede meisie. Haar grimering, haar nagklere, die feit dat sy op 'n ski-vakansie was en in so 'n duur kliniek opgeneem is, vertel (sonder dat Oda dit self so pertinent hoef te gestel het) dat geld geen probleem is nie. Sy hoef dus nie te vrees dat sy dalk in 'n krotbuurt sal beland nie. Afgesien van 'n baie romantiese vakansie tussen groen teeplantasies en digte woude en 'n pasella seiljagtog op die Middellandse See, sal sy boonop betaal word om dit te geniet. Werklik 'n unieke kans.

Dis maar net haar versigtigheid (wat al tweede natuur geword het) wat haar die aanbod summier van die hand laat wys het. Omdat sy self in die verlede ander mense 'n rat voor die oë gedraai het, was sy nog altyd waaksaam dat iemand dit nie met háár doen nie. Want dis die straf van die mens wat bedrog pleeg: jy kan ander ook nie vertrou nie, erken Julene selfkastydend aan haarself.

Uit Oda se oogpunt beskou, kan sy al meer verstaan hoekom sy die aanbod gedoen het. Wanneer sy teruggaan, sal sy gebonde wees aan die plek waar die dokter is wat haar behandel. Natuurlik sal dit veel aangenamer wees om die dokter oral met jou saam te neem. As geld nie 'n kwessie is nie – "Kadri sal betaal" – hoekom dan nie, veral as die dokter vry is om dit te kan doen?

Miskien is hierdie aanbod 'n bestiering, wil sy al meer begin dink. Dis net tydelik en sal vir Muriël tyd gee om aan die gedagte gewoond te raak dat sy skielik 'n stiefdogter ryker geword het. Dit sal haar self ook kans gee om perspektief te kry en te besluit oor haar toekoms. Terselfdertyd sal dit haar die kans gee om 'n land wat sy nooit gedroom het om te sien nie, te besoek – en dit op ene Kadri se koste. Hoekom nie?

Met die gevoel dat sy tog 'n bietjie impulsief optree – iets wat nie deel van haar samestelling is nie – lig sy haar pa die volgende oggend oor haar besluit in toe hulle op pad is kliniek toe. Vanoggend het sy self gevra of sy weer kan saamgaan.

"Ek hoop nie jy voel ek het skaars hier aangeland en wil nou weer weg nie. Dis nie dit nie, Pa."

"Ek verstaan, Julene. En ek is bly jy gaan. Dis 'n wonderlike geleentheid wat ek jou van harte gun. Daar is tyd genoeg om daarná besluite te neem. Ek glo ook jy verdien 'n vakansie. Albert het jou 'n hardwerkende, konsensieuse dokter genoem."

Sy knik, glimlag effens. "Ek moet sê, noudat ek besluit het, begin ek daarna uitsien. Ek het nooit werklik vakansie gehad terwyl ek aan die Meissner-kliniek verbonde was nie. Ek wou nêrens anders wees as net daar nie." In haar hart voeg sy by: En ek was ook te bang die regte kleindogter daag in my afwesigheid op. "Ek hoop net Oda se aanbod staan nog. Miskien sal dié Kadri nie daarvan hou nie. Hy is immers die een wat moet betaal."

By die kliniek aangekom, stap sy direk na Oda se kamer, stoot die deur oop en steek vas in haar spore. Omdat sy 'n dokter is, is sy nie daaraan gewoond om aan pasiënte se deure te klop nie. Daar is egter reeds iemand by Oda. 'n Dokter, na sy wit jas te oordeel. Sy wonder of Oda 'n terugslag ondervind het. Maar die volgende oomblik sien sy hoe hy die pasiënt optrek in sy arms, hoe Oda se arms om sy nek gaan en is daar ook 'n snik hoorbaar toe hy sy kop oor die rooi lippe buig. Baie versigtig trek Julene weer die deur aan en stap in die gang af.

Sy voel nie juis geskok of ontstig oor wat sy gesien het nie. Dis baie algemeen dat vroue soms verlief raak op hul dokters of hulle verbeel hulle is verlief. Miskien is dit waar dat die dokter hom skuldig maak aan onprofessionele gedrag. Maar . . . as albei vry mense is, en hulle niemand te na kom met die soenery nie, hoekom nie? Sy glimlag by haarself.

Sy gee die amoreuse paartjie genoeg tyd, en toe sy weer by die kamer kom, staan die deur oop en lê 'n baie sedige meisie met groot oë teen die kussings. Die onskuld self, dink Julene geamuseerd. Die somberheid op die gesiggie helder egter onmiddellik op toe sy gewaar wie haar volgende besoeker is.

"*Merhaba!*"

Ewe kontant groet Julene ook in Turks: "*Merhaba!* Hoe vra 'n mens in jou taal hoe dit gaan?"

"*Nasilsiniz?*"

"Wel dan . . . *nasilsiniz?*"

"*Iyi.*"

"En dit beteken?"

"Goed. En dit sal sommer nog beter gaan as jy my vertel jy aanvaar my aanbod van gister."

"Dan gaan dit baie *iyi* met jou, want ek het jou kom sê ek aanvaar jou aanbod." Sy hou haar hand omhoog toe dit lyk asof Oda uit die bed gaan spring van blydskap. "Maar wie sê Kadri – wie hy ook al mag wees – sal daarvoor te vinde wees? Ek verwag eerlik nie vergoeding nie, Oda, miskien net my reiskoste. Maar jy het gesê Kadri is die een wat sal moet betaal. Wie is hy?"

"Hy sal nie omgee om te betaal nie, Julene. Hy rol in die geld, regtig."

"Maar wie is hy?" hou Julene vol.

"Hy is my aanstaande," antwoord sy, sonder entoesiasme.

2

"O." Julene vra nie verder uit nie. Liewer nie. Oda se gesig vertel haar genoeg. Hierdie meisie staan op trou met 'n landgenoot, maar toe stuur die noodlot 'n jong doktertjie oor haar pad en nou is sy nie meer so seker of sy die aanstaande van 'n skatryk Turk wil wees nie.

Weer het sy bedenkinge oor die wysheid van haar besluit om Oda te vergesel, maar dan stoot sy dit van haar af weg. Watter liefdesprobleme Oda ook al mag hê, dit het en kan tog nooit iets met háár te doen hê nie. Sy glimlag en maak asof sy niks vreemds agtergekom het nie. "Ek gaan nou jou terapeut spreek om my te wys wat gedoen moet word. En natuurlik 'n verslag by dokter Rudman kry. Sien jou later."

Sy sien 'n flits oor die jong gesig gaan wat verklap dat die dokter se naam innige emosies by die pasiënt opwek. Meewarig wonder sy hoekom die pad van die liefde nooit reguit loop nie. Nie dat sy juis eerstehandse kennis van die liefde het nie, moet sy erken. Al was sy vir 'n kort tydjie aan Horst Buchner verloof, was dit eerder die Godfather se verlowing as haar en Horst s'n. Sy glimlag by haarself. Albert Meissner het begeer, en die begeerte ook onomwonde uitgespreek, dat sy kleindogter en sy hoofarts sou trou sodat hy die Meissner-kliniek met 'n geruste hart ná sy dood in die hande van die familie kon agterlaat. Wel, hulle het tot by die verlowing gevorder sonder dat hulle werklik verlief was op mekaar. Sy kon haar dalk verbeel het sy is verlief, maar sy weet nou dat sy bloot respek gehad het vir Horst Buchner as dokter en as mens . . . en respek is nie liefde nie.

Oda se gesiggie verskyn weer voor haar. Haar en Horst se liefde was nie van die soort wat 'n meisie sommer 'n skatryk aanstaande wil laat los vir 'n vaal kêreltjie soos dokter Rudman nie, al is hy ook hoe slim. Van Horst se kant het sy uit die staanspoor geweet daar is nie liefde nie. Eers het sy gedink die verhouding gaan suiwer om die Meissner-kliniek. Later sou sy vasstel hy het deur die verlowing eintlik by haar kom skuiling soek teen 'n ongeoorloofde gevoel vir die trolliejoggie van die kliniek . . . Die klein snip wat glo pas graad twaalf agter die rug gehad en nooit geweet het wanneer sy haar mond moet hou nie. Horst het gedink hy is besig om mal te word en die verlowing moes help om hom van dié malligheid te red. Sy grinnik toe sy die terapeutiese afdeling binnestap. Maar heeltyd was hy, of dan immers sy hart, op die regte spoor, ten spyte van wat nugter verstand te sê gehad het. Want die bedrieglike klein snip was toe altyd die regte kleindogter, diep in die twintigs en 'n gekwalifiseerde dokter. Teen hierdie tyd is hulle seker al getroud en sy kan hulle met 'n oop gemoed van harte geluk toewens. Bewaar my net van die liefde, sê sy in haar hart toe sy haar tot die terapeut wend.

Die paar dae wat volg, vlieg behoorlik verby en die grootste gedeelte daarvan bring Julene in die kliniek deur. Sy raak heeltemal gekonfyt in die terapie wat Oda nog sal nodig hê en in die oefeninge wat voorgeskryf is. En sy leer haar pasiënt beter ken. Soms moet sy lag, soms maar net haar kop skud, want Oda is so 'n mengsel van vrou en kind, veral kind, dat sy stilweg wonder wat dit is wat dokter Rudman aantrek. Met subtiele vrae aan haar pa het sy uitgevind dat hy nie getroud is nie, en dat hy, al lyk hy so vaal en oninteressant, as dokter hoog aangeslaan word en dat almal baie spyt is dat hy oor 'n paar maande wil terugkeer na Engeland. Daarenteen het die Turkse meisie wel 'n baie gawe geaardheid, is soms nogal gevat met die mond en het 'n pragtige gesiggie . . . maar nie veel meer nie. En dat sy baie aan haar Kadri verskuldig is, is seker.

Daar was 'n klompie jare tevore groot oorstromings in Turkye en die motor waarin Oda se ouers met haar as jong dogtertjie gery het, is deur 'n stroom meegesleur. Kadri het dit sien gebeur en doodsveragtend probeer om die mense te red. Toe hy die motor in die malende stroom bereik, het Oda se moeder haar spartelend na hom uitgehou met die woorde: "Neem my kind en kyk na haar." Hy het die kind uit die stroom gekry, maar toe hy hom omdraai om terug te gaan, was daar geen teken meer van die motor nie. Kadri het die dogtertjie huis toe geneem, diep onder die indruk van die tragiese insident, en met die vaste voorneme om aan die moeder se laaste wense te voldoen. Oda het deel van die gesin Murad geword, altyd bewus daarvan dat sy haar lewe aan Kadri Murad verskuldig is. Die feit dat sy as 'n soort grootmaak-bruid vir Kadri beskou is, het haar nie gehinder nie; sy het half vanselfsprekend aanvaar dat hulle eendag sal trou.

Daar het Oda se verhaal geëindig, maar Julene kon die res van die storie voltooi: Tot sy in 'n Switserse kliniek beland en ene Peter Rudman ontmoet het . . . en nou is sy nie meer so seker dat dit vanselfsprekend moet wees dat haar dankbaar-heid tot by 'n trouring moet strek nie. Julene kan egter die kommer in die donker oë begryp. Dis nie maklik om iemand aan wie jy baie verskuldig is, teleur te stel nie. Sy weet. 'n Oomblik is Anna se beeld voor haar – die vrou wat haar grootgemaak het en van wie se drome en ideale ook niks gekom het nie.

Dit is Oda se idee dat hulle van Switserland af moet vlieg tot in Athene en van daar 'n boot moet neem na Istanboel, wat vir Julene op die wêreldkaart net 'n onnodige ompad lyk. Sy aanvaar Oda se verduideliking dat dit is om vir haar, Julene, die geleentheid te gee om meer te siene te kry, maar voel aan dat hierdie dametjie eintlik nie oorhaastig is om tuis te kom nie. Nietemin kry sy so die beroemde Griekse eilande te sien en bevaar sy 'n paar dae later Turkse waters. In die See van Marmara, toe hulle om die Seragliopunt kom, lê Istanboel voor hulle.

Die stad is nog in 'n vroeë oggendmis gehul en dis of daar skielik en onverstaanbaar 'n benoudheid in Julene se bors vorm. Die vreemde silhoeëtte van torings en koepels wat in die mistigheid na bo troon, bevat al die Oosterse misterie wat sy al op foto's en in brosjures gesien het, maar dis of die atmosfeer haar bang maak.

Voor hulle lê die ou deel van die stad en Oda wys haar die belangrikste besienswaardighede uit: die ses minarette van die Blou Moskee; die Hagia Sophia, 1 400 jaar oud, eens die hoofkerk van die Christendom hier, toe 'n moskee en vandag 'n museum; die Topkapi-paleis waar die sultans vroeër op goue trone gesit en Turkye geregeer het. Gou beweeg hulle in die Goue Horing in en 'n rukkie later meer hul boot vas. Julene merk tòt haar grootste teleurstelling op dat hierdie beroemde tregtermond geweldig besoedel is, dat die waterweg selfs slymerig vertoon.

Weer is Oda nie baie haastig om voet aan wal te sit nie en verduidelik breedvoerig aan Julene: "Istanboel is die enigste groot stad wat op twee kontinente lê. Die Goue Horing sny deur die hart van die Europese deel van die stad. Oorkant die Bosporus, die seestraat wat die Swart See en die See van Marmara met mekaar verbind, lê die Asiatiese deel van Istanboel. Ek hoop jy sal jou besoek aan my land geniet, Julene. *Hos geldiniz!*"

"En dit beteken?"

"Welkom!"

Toe hulle hulle omdraai om aan wal te gaan, staan hy daar voor hulle. Iets vertel Julene dit kan net een persoon wees, en toe sy Oda se ligte snak na asem hoor, weet sy sy het reg. 'n Vlugtige kyk na die Turkse meisie laat Julene besef sy lyk skuldig – asof sy op iets ongeoorloofs betrap is. Sy lyk selfs 'n bietjie bang. Toe haar blik terugkeer na die man voor hulle, kan sy haar ook nie kwalik neem nie. Die Turk lyk allesbehalwe oorstelp van vreugde om sy aanstaande voor hom te sien staan.

'n Paar vinnige (en vir haar natuurlik onverstaanbare) Turkse woorde word gewissel. Sy stemtoon is ysig en hare verontskuldigend, verdedigend en toe parmantig. Dat sy deel van die gesprek vorm, word duidelik toe Oda met armswaaie na haar wys en sy net 'n vlugtige, ontevrede blik ontvang voordat daar verder gesels word. Dit begin tot Julene deurskemer dat die man geensins ingenome is met haar teenwoordigheid nie. Sou Oda hom ooit ingelig het dat sy iemand saambring? begin sy benoud wonder.

Die geredekawel kom skielik tot 'n einde en sy hoor hom op Engels sê: "Ons praat later weer hieroor. Stel my asseblief aan jou vriendin voor."

Sy het geen ander keuse as om maar haar hand gedwee uit te steek toe sy aan die kwaai man voorgestel word nie. Sy handdruk is amper te ferm, asof hy sy woede sommer op die onwelkome gas – wat sy nou oortuig is sy is – wil uithaal.

By die motor aangekom, glip Oda dadelik by die agterste deur in en die voordeur word vir Julene oopgehou. Sy aarsel, wonder of dit onbeskof sal lyk as sy ook liewer agter inskuif.

"Klim in, juffrou, of bly," kom dit ongasvry.

In die verlede, 'n ver verlede voel dit nou vir haar, sou niemand só met haar gepraat het nie. Dokter Julene, soos sy in die Meissner-kliniek bekend gestaan het, was altyd daaraan gewoond om met die grootste respek en ontsag behandel te word, en niémand het haar rondbeveel nie. Dit was sy wat die bevele uitgedeel het, én sy het daarin uitgeblink, sal die personeel jou ook kan vertel. Maar die Meissner-kliniek koester hom nou rustig in die Bolandse son in die verre Suid-Afrika en sy staan met haar voete op wildvreemde bodem . . . en as sy nou hier bly staan, weet sy nie herwaarts of derwaarts nie.

Sy doen nou iets wat vorige kollegas se oë uit hul koppe sou laat peul as hulle dit moes aanskou: sy klim vinnig en sonder 'n enkele woord van teëspraak by die deur in wat vir haar oopgehou word. Dit klap agter haar toe.

Sy waag dit nie om na Oda te kyk nie, maar dis seker dat sy en die dametjie agter haar 'n baie reguit gesprek gaan hê wanneer hulle arriveer by waar die onbeskofte man hulle ook al mag neem.

Te besig met haar eie stormagtige gedagtes, sien sy nie veel van wat by die venster by haar verbygaan nie en toe die motor tot stilstand kom, sien sy hy het hulle na 'n moderne hotel gebring. *Hilton Hotel* staan in groot letters voor haar. Sy slaak 'n suggie van verligting. Dit laat haar darem minder vreemd en onwelkom voel.

'n Droë stem vra: "Wat het jy verwag? Dat ek jou na 'n harem sal neem?"

Sy ontmoet sy blik en 'n bietjie van die ou vuur keer terug na haar. Sy kan nou bekostig om haar man teen hom te staan. Sy sal darem nou haar pa kan laat weet wáár in Turkye hy haar kan kom haal. Haar stem is koel: "Tot dusver weet ek nog nie wat om te dink nie, meneer Murad."

" 'n Baie verstandige besluit, juffrou. Ek vind dis beter as 'n vrou liewer nie te veel dink nie," en 'n vlugtige blik word na agter gewerp.

Sy vind uit dat Kadri Murad sy eie suite in die Hotel Hilton het. Hoekom sy so verbaas daaroor voel, weet sy nie. Oda het haar tog verseker Kadri kan betaal, Kadri rol in die geld. Maar omdat sy afgelei het dat hierdie Turkse dametjie die waarheid goed kan verdraai om háár saak te pas, het sy nie regtig geglo hy is só ryk soos wat vir haar voorgehou is nie. Maar hy is blykbaar stinkryk besef sy toe sy die luukse-sitkamer en die slaapkamer wat vir haar en Oda aangewys word, bekyk. En hy kan stinkonbeskof ook wees!

Toe die deur agter hulle toegaan, wend sy haar dadelik tot Oda. "Waaroor was die oorlog?" wil sy weet.

"Oorlog?"

Sy vererg haar. "Moenie jou oë so gemaak onskuldig vir my rek nie, Oda! Bêre dit maar vir Peter Rudman. Ek praat van die oorlog toe ons hier aangeland het." Sy sien Oda se oë verskrik wegskram en vervolg kwaai: "Ek kon nie verstaan wat julle praat nie, maar dit is vir my baie duidelik dat jou aanstaande," en sy lê klem op die woord, "nie juis van entoesiasme oorloop nie. Noudat ek daaraan dink . . . hy het jou nie eens gegroet nie – ek bedoel, gesoengroet. Én hy het niks van my geweet nie. Jy het hom nie laat weet jy bring iemand saam nie," beskuldig sy reguit.

Maar Oda het net vir een sinsnede ore. "Hoekom . . . hoekom sê jy ek moet my onskuldige oë vir dokter Rudman hou?"

Julene sug. Dit was nie haar bedoeling dat Oda moet uitvind sy is bewus van die affair nie, maar nou is die koeël seker deur die kerk. "Ek het gesien dat julle mekaar soen. Maar los dit nou. Ek wil weet . . ."

Oda gooi haarself skielik huilend teen die kussings en Julene kyk ongeduldig plafonwaarts. Genugtig! Sy is 'n mediese dokter, nie 'n chaperone nie!

"O, ek is so ongelukkig! So verskriklik . . . bitter ongelukkig! O, Julene, jy moet my help!" Oda klink skoon histeries.

Met die onrustige gevoel dat sy geensins om Oda se fisieke welstand saamgenooi is nie, antwoord sy klinies: "Dis hoekom ek hier is: om jou te help."

"Ek praat nie van my liggaamlike toestand nie! Ek praat van Peter . . ."

"Jammer, Oda. Ek is 'n mediese dokter. Met jou hartsake kan ek jou nie help nie."

Oda kyk haar verwytend aan. "Maar jy is 'n vrou . . . 'n

Westerse vrou. 'n Moderne, verligte vrou! Ek het gedink jý sal kan verstaan!"

Maar die woorde is soos water op 'n eend se rug. Julene sê in haar gedagtes: 'n Westerse vrou wat nie onder 'n kalkoen uitgekruip het nie. "Ek is bevrees jy klop by die verkeerde deur aan, Oda. Van verlief wees en van gebroke harte weet ek niks nie. Jy sal maar elders hulp moet kry wat jou liefdeslewe betref."

"Jy jok, Julene! Jy moes al verlief gewees het. 'n Pragtige meisie soos jy . . ."

Hemel, waarin het ek my begewe, wonder Julene ergerlik. Dit gaan allesbehalwe 'n heerlike vakansie wees om met 'n verliefde tiener opgeskeep te sit. "Behalwe pragtig – dankie vir die kompliment – is ek slim ook. Slim genoeg om nie verlief te raak nie. En as ek so na jou rooi oë en neus kyk, hoop ek van harte ek bly slim." Sy sug. "Oda," probeer sy rede in die verliefde swartkop kry, "al wat jy met jou trane gaan bereik, is dat jou aanstaande jou in 'n kliniek hier in die stad gaan laat opneem en ek sal my op 'n vliegtuig terug Switserland toe bevind."

Die trane droog sommer op. "Hoekom?" kom die verskrikte vraag.

"Hoe gaan jy jou rooi oë en toe neus verduidelik? Hy gaan sien jy het gehuil en sal wil weet hoekom. Hy is hoeka so vol vrae, klink dit my. Of gaan jy hom vertel dis nie omdat jou rug seer is nie, maar omdat jy jou oë uithuil oor die doktertjie wat jy in Switserland moes agterlaat?"

"Nee, natuurlik nie!"

Julene sug weer en dit tref haar dat dit vandag al baie gebeur het, ook iets wat vreemd is aan haar. Sy neem op die ander bed plaas en vra versigtig: "Hoekom nie? As jy werklik so verlief is, behoort jy hom te vertel. In alle regverdigheid teenoor hom . . ."

"Hy sal my vermoor, Julene!"

"Ag, moenie verspot wees nie, my liewe kind! Mense

vermoor mekaar nie meer oor sulke nonsens nie!" betig sy streng, wetende dat dit nou sy is wat twak praat. Mense vermoor mekaar elke dag dwarsoor die aardbol oor die liefde en so sal dit wees totdat die einde van die wêreld aanbreek. Dat Oda se Turk goed beduiweld kan raak, weet sy nou al. Die onderonsie op die kaai was maar net 'n sarsie waarskuwingskote. Die regte oorlog is nog in aantog. Hy het gesê hy en Oda praat later weer . . . Hoe beskaaf is dié Turk? wonder sy onseker. Hy lýk beskaaf . . . maar *lyk* en *is* is twee verskillende begrippe. En die oue en die nuwe gaan hier in Istanboel hand aan hand. Miskien is dit net sy moderne Westerse klere, sy blink motor en sy hotelsuite wat beskaaf is. Hy het gesê vrouens moet liewer nie dink nie, en as dít nou nie 'n volbloed primitiewe opvatting is nie!

Oda se smekende stem breek deur haar gedagtes. "Ek kan nie sommer met die deur in die huis val met my aankoms nie, Julene! Ek is verskriklik baie aan hierdie man verskuldig. Selfs my lewe! Ek kan hom nie sommer trompop sê ek wil nie meer met hom trou nie. Gee my asseblief 'n tydjie kans."

Weer betrap Julene haarself dat sy sug. Oda het gelyk. Dit sal ongenaakbaar wees om hom summier die trekpas te gee. Daar moet gewag word op die regte geleentheid. Sy het in elk geval die gevoel dat Kadri Murad so 'n aankondiging nie sommer sonder slag of stoot sal aanvaar nie. Dié man lyk asof hy 'n goeie bakleier kan wees. Hy sal nie die bruid wat hy na sy hand grootgemaak het goedsmoeds aan 'n vaal Engelsman oorhandig nie. Nee, dis vir seker.

"Nou goed dan, Oda. Dis in elk geval jou saak. Maar jy beter aan 'n aanvaarbare rede vir jou rooi oë dink."

"Asseblief, Julene. Sê vir hom ek is moeg ná die reis. Sê my rug is effens seer . . . sê hom enigiets, maar hy kan my nie nou te sien kry nie!"

Julene kyk haar openlik ontevrede aan. Sy wil nie betrek word by die driehoek nie en sy is glad nie lus om leuens te vertel nie. Maar sy is nog minder lus om by 'n rusie betrek te word – veral nie vandag nie. Uiteindelik maak sy alleen haar verskyning en bak die kluitjies sonder probleem. Sy is immers goed onderleg daarin.

"Ek het Oda in die bed gesit, meneer Murad. Sy is nog nie so sterk soos wat sy moet wees nie en die reis was uitputtend. Ek dink dis beter dat sy vandag eers uitrus. Sy moet in elk geval vanmiddag nog haar behandeling ontvang."

Hy lyk maar bra skepties, maar sy stem verraai nie of hy haar glo of nie. Sy vraag is op die man af. "Sal sy volkome herstel of gaan sy iets oorhou van hierdie ongeluk?"

"Sy behoort heeltemal te herstel as sy haar aanvanklik stil hou en haar oefeninge gereeld doen."

"En dit is waar jý in die prentjie kom?"

Sy kan dit nie verhelp nie. Sy vererg haar onmiddellik. Haar stem verkoel merkbaar. "Ja, maar ek wil u verseker ek het nie my dienste aangebied nie. Oda het my gevra."

"Hoe goed is u dienste, juffrou?"

Sy frons nou openlik. "Ek is 'n gekwalifiseerde dokter, meneer Murad."

"Wat bereid is om na 'n enkele pasiënt om te sien?"

Julene sluk. Kragtie, as hierdie gesprek in die Meissner-kliniek plaasgevind het, het sy hom nou by die voordeur uitgejaag! "Ek is toevallig op die oomblik met vakansie."

"Toevallig? Waar werk jy as jy nie met vakansie is nie?"

Sy voel hoe 'n warmte in haar nek opstoot. Sy probeer sy vraag omseil: "Ek het nie geweet u sou getuigskrifte wou hê nie. Anders kon ek dit saamgebring het."

Sy oë bly kil. "Ek kan dit later kry. Indien nodig. Maar jy het nog nie my vraag beantwoord nie."

Sy sluk. Hy gaan haar dwing om dit te sê! "Ek twyfel op die oomblik tussen twee poste," is die verste wat sy bereid is om gedwing te word.

"Met ander woorde, jy is werkloos," sê hy pront. 'n Kort gelaaide stilte volg. Sy stem klink byna verspot formeel toe hy vra: "Ek het natuurlik geen idee op watter vergoeding 'n gekwalifiseerde dokter geregtig is wat net na een pasiënt omsien nie. Kan jy my 'n aanduiding gee, asseblief?"

Terwyl sy wonder hoekom sy voortgaan met hierdie gesprek en die man nie in sy peetjie stuur en haar pa gaan bel om haar te laat haal nie, antwoord sy styf: "Ek wil geen vergoeding hê nie, dankie." Dan, ná 'n oomblik van nadenke en haar oë vererg op die wenkbroue wat vinnig omhoog skiet: "U kan net my reiskoste betaal."

Die agterdog is nou so duidelik in sy stem dat sy vir die eerste keer in haar lewe lus voel om iets na iemand te gooi: " 'n Werklose dokter wat geen vergoeding verwag nie?"

Sy probeer nie meer 'n front voorhou nie. Wat te erg is, is te erg. Sy is nog nooit so beledig en verneder nie. Na die maan met hierdie Turk! "Ek is nie 'n kerkmuis nie, meneer Murad. Ek het Oda se aanbod aanvaar omdat ek Turkye graag wou sien en toevallig vir haar tot hulp kon wees. Ek het nie gedink watter bybedoelings u daarin kan sien nie, maar ek verseker u daar bestaan geen gronde vir u agterdog nie. Maar aangesien u my so wantrou, kan u Oda na 'n kliniek neem en vir my plek op 'n vliegtuig bespreek. Ek sal môre gereed wees."

Siedend van verontwaardiging draai sy om en klap die kamerdeur redelik hard agter haar toe. Wie dink hierdie Turk is hy?

Oda kyk haar met groot oë aan. Haar gesig is een groot vraag. "Ek vind jou aanstaande onuitstaanbaar!" sê Julene sissend.

"Wat . . . wat het gebeur?" vra Oda verskrik.

"Ek is voor 'n regbank gedaag asof ek die grootste misdadiger is. Nou sê ek vir jou, Oda, as ek jý was, maak ek my dadelik los van hierdie man. Geen mens sal dit met hom kan uithou nie! As ek jy was, loop ek eerder weg as om met hom te trou!"

"Maar Kadri kan baie dierbaar ook wees, Ju-"

"Dierbaar se voet!" Julene se ego het 'n groot knou gekry

en sy haal dit nou op die arme Oda uit. "Hy is die mees op-geblase chauvinis wat op die aarde rondloop! Al behoort die helfte van Turkye aan hom, het hy geen reg . . ."

"Dis darem nie só erg nie, Julene. Hy het net 'n paar groot teeplantasies en is 'n direkteur van 'n groot firma wat hand-geknoopte Oosterse matte uitvoer en . . ."

"O, spaar my, asseblief! Dis gewoonlik mense wat so in die geld rol wat ook so vrek suinig is."

"Dis nie waar van Kadri nie," verdedig Oda lojaal. "Hy het my nog nooit iets geweier nie. Hy is baie vrygewig . . ."

"Ja. Veral met beledigings. Maar hy is geensins vrygewig teenoor 'n werklose dokter nie."

Oda se oë val byna uit haar kop. "Kadri wil jou nie betaal nie?"

"Nee. Hy is seker bereid om vir my dienste te betaal. Hy is net nie seker hoevéél my dienste werd is nie."

Oda sien sy sal nou moet wal gooi. Julene is hewig ontstig. "Jy moet dit nie so persoonlik opneem nie, asseblief, Julene. Kadri is 'n baie verstandige sakeman. As dit nie so was nie, sou hy nie op drie-en-dertig gestaan het waar hy vandag staan nie. Natuurlik sal hy jou na behore vergoed. Ek sal . . ."

"Jy sal niks nie. Ek het hom gesê hy kan net my reiskoste betaal. Vir die res kan hy sy stink geld en beledigings hou."

"Julene! Jy het dit nie gesê nie!" kom dit geskok.

"Dit was nie my presiese woorde nie, maar hy het die boodskap gekry. Ek gaan môre terug."

"Nee!" Oda spring op en dis sy wat nou hewig ontsteld is. "Nee, jy kan nie, asseblief! Jy kan my nie nou alleen laat nie! Ek het jou nodig!"

Maar Julene is vasberade. Nog een sessie met Kadri Murad en sy kan dalk vir moord in Turkye gehang word. "Oda, jy kan die behandeling hier in Istanboel ook kry. Jy het my nie werklik nodig nie. Ek sien nie kans . . ."

"Maar jy is vir my noodsaaklik!" roep die meisie dringend uit. "Ek het jou nodig! Ek is alleen! Ek het niemand om mee te praat nie; by wie ek raad kan kry nie. O, Julene, asseblief, moenie my alleen laat nie!" Die trane loop nou weer.

Teen wil en dank voel Julene hoe die meisie se woorde tref. Alleen. Sy weet wat dit is om alleen te wees. Tog probeer sy skerm: "Maar dis tog seker nie net jy en Kadri nie. Waar is die res van die familie dan?"

"Daar is nie juis veel van 'n familie nie. Sy twee broers is bestuurders op die teeplantasies en sy ouers is albei oorlede. Daar is eintlik net Ana."

"Wie is Ana?"

"Ana beteken Ma. Haar naam is eintlik Nermin, maar almal noem haar Ana. Sy is Kadri se tante en sy het my grootgemaak. Sy bestuur sy huishouding al jare lank."

"Dan is hierdie suite nie eintlik sy . . . julle woonplek nie?"

"Nee. Hy hou dit net aan vir wanneer hy Istanboel toe moet kom. Ons huis is by die Swart See aan die noordelike kus. Dis waar die teeplantasies is."

En dan is daar nog 'n privaat eiland aan die suidelike kus . . . Julene voel lus om deur haar neus te blaas. Die man het seker rede om veel van homself te dink. 'n Suite in die Hilton, teeplantasies aan die Swart See, 'n eiland van sy eie aan die Middellandse See . . . Dit klink indrukwekkend. Maar dit gee hom nog nie die reg . . .

"Maar kan jy nie met Ana oor jou gevoelens en probleme gesels nie?"

"Nooit! Sy sal die stuipe kry as sy moet hoor ek wil nie meer met Kadri trou nie! Sy het my dan vir hom grootgemaak. Ek sal met niemand in die familie hieroor kan praat nie. Almal aanvaar net dat ek en Kadri sal trou."

"Wat van jou vriendinne?"

"Hulle sal ook almal dink ek is mal."

Julene voel misnoeg. Sy weet presies hoe Oda voel . . . om te weet jy is vir 'n spesifieke doel grootgemaak en omdat jy soveel verskuldig is, is jy magteloos om te protesteer. Maar sy wil nie betrek word nie!

"Oda, ek kan nie werklik vir jou tot hulp wees nie. Jy moet dit tog besef. Ek is 'n volslae vreemdeling, van 'n ander kultuur én jou Kadri bejeën my met agterdog. Ek kan niks aan jou penarie doen nie. Jy moet jouself help."

Oda is 'n prentjie van wanhoop en mismoedigheid. "Ek weet, Julene. Maar met jou kan ek openlik praat . . . Jy sal verstaan en nie dink dat ek mal geword het ná die ongeluk nie . . . Asseblief, bly nog 'n rukkie!"

Nee, ek sal weer dink jy is stapelgek as jy met jou Kadri gaan trou, dink Julene en, vir die hoeveelste keer daardie dag, sug sy: "Goed, Oda. Ek sal nog 'n rukkie bly as dit moontlik is. Maar ek dink Kadri is op hierdie oomblik besig om my plek terug Switserland toe te bespreek."

"Ek sal met hom praat. Moenie bekommerd wees nie. Kadri het my nog nooit iets geweier nie," laat Oda selfversekerd hoor.

Daar is altyd 'n eerste keer, dink Julene by haarself. Ek dink nie Kadri Murad sal gou vergeet dat 'n deur – en nogal een waarvoor hy betaal – in sy gesig toegeslaan is nie.

Die twee meisies kry 'n briefie in die sitkamer toe hulle dit eindelik waag om uit die slaapkamer te voorskyn te kom. Dit verwittig hulle dat Kadri na 'n vergadering is en dat hulle hom eers laatnamiddag moet terugverwag. Oor hierdie nuus is veral Julene verheug. Dit gee haar 'n blaaskans voor die volgende ronde. Sy is nou nog nie heeltemal seker wie die eerste een gewen het nie.

Julene brand om die stad 'n bietjie te gaan verken, maar Oda lyk moeg. Sy ly duidelik aan geestelike uitputting. Die stryd tussen haar hart en haar gewete eis sy tol. Nadat Julene haar behandel het en sorg gedra het dat die noodsaaklike oefeninge gedoen is, beveel sy Oda om 'n rukkie te rus hoewel sy weet sy sal nie slaap nie. Uit verveling verken sy die res van die suite. Alles is luuks. Sy aanvaar die hotel is deel van die beroemde groep van Amerika. Sy onthou so vaagweg dat Elizabeth Taylor se eerste man een van dié Hiltons was. Sy glim-

212

lag skeef toe sy daaraan dink dat dié huwelik ook maar nie lank gehou het nie. Wys jou net. Geld beteken maar min as dit by geluk kom. Sy loer vinnig by die hoofslaapkamer in. 'n Kolossale dubbelbed trek onmiddellik haar oog en sy glimlag suur en spytig. Sy glo die meisies val oor hul voete om sy bed met hom te deel. Teësinnig, maar noodgedwonge eerlik, moet sy erken dat Kadri Murad glad nie onaardig is nie. Hy moet net nie sy mond oopmaak nie. Sy was eintlik verras toe sy die Turk die eerste keer sien, want sy het 'n baie donker man verwag. Kadri se hare is wel swart, maar die oë wat haar so opsommend en wantrouig aankyk, is blou. Teen sy ligte hemp vertoon sy vel wel donker, maar elke bruingebrande boerseun lyk ook maar donker in ligte klere. Hy is nie veel langer as sy nie; tog kry sy pal die gevoel dat sy na hom moet opkyk en dat die skeptiese blou oë uit die hoogte op haar neerbrand. Dis die man se arrogante houding wat haar so intimideer, besef sy. Vererg swaai sy haar weg van sy slaapkamer. Hy kan haar 'n hele teeplantasie én sy privaat eiland present gee, maar sy sal nooit verlei kan word om in dáárdie bed te klim nie.

Sy staan op die balkon toe hy later arriveer en sy maak spore kamer toe. "Opstaan! Opstaan!" kommandeer sy vir Oda. "Jou aanstaande is in aantog en hierdie keer is dit ék wat in die kamer bly en jý wat hom ontmoet. Ek het my beurt gehad."

Sy kan duidelik sien Oda is skrikkerig vir die tête-à-tête. "Kom ons gaan albei . . ."

"O nee, Oda. Ek het jou vanoggend beskerm, dis nou jou beurt om my te beskerm."

Oda kyk haar ongelukkig aan. "Jy praat asof Kadri die een of ander monster is! Ek kan nie gló dat hy onbeleef teenoor jou was nie. Hy is 'n welopgevoede, beskaafde . . ."

"O, ek weet, ek weet. Maar in elke mens sluimer daar 'n stukkie oerinstink wat geen beskawing of opvoeding uit jou kan kry nie . . . en jou aanstaande se oerinstinkte het in sy tong se punt gaan nesskop."

213

"Hy kan baie reguit wees as hy wil . . ."

"Toe, toe, Oda! Daar is hy nou by die voordeur. Kry nou klaar!"

"Maar hy sal vra waar jy . . ."

"Sê hom ek is in die bad, of enige plek waar hy my nie in die hande kan kry nie."

"Is jy bang vir hom?"

Dis nou 'n vraag om aan die formidabele dokter Julene Meissner te vra! "Nee, natuurlik nie! Ek is net nie lus vir sy geselskap nie. Dis al."

Julene sal wat wil gee om te weet waaroor daar so lank in die sitkamer gepraat word, maar natuurlik gesels die twee aanstaandes op Turks en vir haar is dit Grieks. Onvergenoeg draai sy haar weg van die deur. Sy voel geskok in haarself. Om ander mense se gesprekke af te luister . . . Wat is met haar aan die gang? Het sy háár opvoeding en beskaafde maniere hier in Turkye verloor? Maar dan verweer sy haarself heftig: Ek is net 'n mens, en ek wéét ek is onder bespreking. Ek het my naam 'n paar keer gehoor. Wat meer is, dis ongemanierd om van ander mense te praat as hulle nie kan verstaan wat jy sê nie! Die twee Turke kan maar gerus hul maniere opknap!

Dis seker maar goed dat Julene die gesprek nie kan volg nie. Sy sou sweerlik 'n hartaanval gekry het.

"Hierdie vriendin van jou . . . waar kom jy aan haar?"

"Ek het jou reeds gesê ek het haar in die kliniek ontmoet."

"Is sy werklik 'n mediese dokter?"

"Ja! Haar pa is ook 'n dokter."

"Maar sy is nie werksaam in die kliniek nie?"

"Nee. Sy was net op besoek."

"Sy is dus werkloos. Sy het dit ook aan my erken. Hoe is dit dat 'n mediese dokter werkloos is? Dit laat my baie sterk twyfel aan dié dokter-storie. Daar is 'n tekort aan dokters dwarsoor die wêreld."

Oda gryp wild in haar gedagtes rond. "Ek sal jou vertel wat die ware toedrag van sake is, maar jy moet belowe jy sal haar nie laat agterkom ek het jou vertel nie. Sy is natuurlik nog baie sensitief daaroor."

"Sy is meer as sensitief. 'n Mens kan nie na haar kyk nie dan is sy op haar perdjie."

"Ja, ek weet," sus Oda. "Sy is baie prikkelbaar, maar as jy ook die dag voor jou troue in die steek gelaat word, sal jy ook so wees. Of sal jy nie omgee as so iets gebeur nie?"

"As ek die dag besluit om te trou, sal daar getrou word. Niemand gaan my tevergeefs voor 'n kerkdeur laat wag nie." Oda voel 'n rilling langs haar ruggraat afgaan toe hy effens minagtend vervolg, asof sulke goed soos liefdesteleurstellings benede hom is. "Dan ly sy aan 'n liefdesteleurstelling . . . en dis blykbaar nie iets wat die slimste dokter op aarde kan regdokter nie."

"Nee." Oda voel haar hart krimp. "Tyd sal maar die wonde moet heel en ek het toe gedink ek sal haar saamvra hierheen. Ek moet nog behandeling kry en dit maak mos nie saak of jy haar of 'n dokter hier in Istanboel betaal nie?"

"Sy wil nie betaling hê nie."

Oda se oë rek. "Sy sê sommer net so. Jy sal haar móét vergoed vir haar dienste, Kadri! En baie goed ook. Sy is 'n spesialis in die een of ander rigting, het ek verstaan," las sy sommer 'n stukkie by om hom verder te beïndruk.

"Natuurlik sal sy vergoed word. Ek wou net eers seker maak sy is wel 'n dokter, maar nou verstaan ek wat sy bedoel het toe sy gesê het sy is tussen twee betrekkings. Was natuurlik te trots om te erken sy is op straat oor 'n man wat haar gelos het." Weer sê hy dit op 'n toon wat impliseer dat so iets nooit met Kadri Murad kan gebeur nie . . . en Oda se rug begin sommer pyn van spanning. "Kry julle reg. Ek neem julle oor 'n uur vir ete."

Sy maak dadelik verskoning. "Ek het taamlik beweeg vandag en my rug is effens seer. Julene kan saamgaan."

215

Hy kyk haar skerp aan. "Ons sal later oor die ongeluk gesels. Ek hoop net jy het jou les geleer. Jy kon dood gewees het, Oda!"

Sy laat haar ooglede skuldig sak. "Dit sou gebeur het al was jy ook by, Kadri. Dit was net 'n ongelukkige voorval."

" 'n Voorval wat my laat besef het dat jy agter my rug wegsluip. Jy het natuurlik beplan om betyds terug te wees sodat geen haan daarna sou kraai nie." Sy knik ongemaklik. "Hoekom, Oda? Het ek jou al ooit iets geweier?"

"Nee." Sy kyk met ongelukkige oë op. Hy het nie, maar as hy net minder beskermend wil wees! Hy behandel haar nog steeds soos 'n dogtertjie wat goed opgepas moet word; wat nêrens op haar eie mag gaan nie. Dis op die punt van haar tong om hom te sê dat sy lankal groot is – dat sy al twintig is. Maar dit kan dalk onwys wees om dié feit so pertinent onder sy aandag te bring. Want as sy dan so selfstandig is, hoekom sal sy nie by haar besluit kan bly en met hom trou nie . . .

"Jy is nog 'n impulsiewe kind, Oda. Jy kan sulke onverantwoordelike dinge doen. Dis tyd dat jy grootword, weet jy?" Hy gee haar 'n drukkie en sy vlug kamer toe. Julene voel egter nie na tere gebare toe sy hoor sy moet alleen saam met Kadri gaan eet nie. Sy draai net daar om en stap die sitkamer binne.

"Meneer Murad . . ."

Hy staan reeds met die telefoon in sy hand. "Ja, juffrou?" Dat hy haar knaend as juffrou aanspreek en nie, soos sy gewoond is as dokter nie, laat haar nog meer kriewel. Is dit omdat hy steeds twyfel of sy werklik 'n dokter is, of is dit sy manier om haar te laat verstaan hy is nie beïndruk met haar titel nie? Sy is 'n vrou – dokter ofte nie – en geen vrou kan volgens hom haar verstand gebruik en dink nie.

"Oda sê my u het my genooi vir ete. Ek is jammer, ek kan nie die uitnodiging aanvaar nie, dankie."

"Hoekom nie?"

Sy frons. 'n Beskaafde, verfynde man sou haar verskoning

216

summier aanvaar het, maar hierdie Turk móét delf. "Ek . . .
het 'n ligte hoofpyn en voel moeg."

Hy lyk weer soos hy vanoggend by die vasmeerplek gelyk
het – lus vir slange vang. "Ekskuus, juffrou?"

Sy kyk hom verward aan. Hy het haar tog duidelik gehoor.
Hy kom stadig nader, kom reg voor haar staan en spring haar
voor toe haar mond oopgaan: "Dis hoekom ek sê 'n vrou
moet liewer nie dink nie. Die ongeleerde vrou lieg omdat sy
onnosel is; die geleerde een omdat sy dink jý is onnosel."

"Ek het nie . . ." kom die protes halfpad uit en dan klap
haar mond toe toe sy in sy oë kyk. Nee. Dit sal moeilik gaan
om hierdie man om die bos te lei. Hoe geleerd hy is, weet sy
nie, maar hy is nie onnosel nie, dit weet sy nou.

"Dit was nie nodig om jou siel sonde aan te doen nie, juf-
frou. Jy kon my reguit gesê het jy wil nie saam met my gaan
eet nie. Ek sou dit onmiddellik aanvaar het – met verligting.
Goeienag."

Sy sien hoe hy doelgerig by die voordeur uitstap en sy hoor
die deur toeklik. Sy bly roerloos in die middel van die sitka-
mer staan . . . en sy weet nie of sy al ooit in haar lewe so klein
gevoel het nie.

Toe die kos wat Oda oor die telefoon bestel het, arriveer, is
sy niks honger nie. "Ek voel nie na eet nie, dankie, Oda. Ek
gaan maar bad en inkruip."

"Wat makeer, Julene?" wil haar kamermaat weet en val
met soveel gesonde eetlus weg dat Julene wonder of dit waar
is dat verliefdes net van liefde en koue water lewe.

"Ek het 'n hoofpyn," antwoord sy . . . en hierdie keer praat
sy die reine waarheid.

217

3

Die volgende oggend jaag Julene Oda vroeg-vroeg uit die bed, maar eers nadat sy gehoor het Kadri verlaat die suite. Sy is nie seker of sy vandag al terugkeer Switserland toe nie en voordat sy weggaan, wil sy darem iets van Istanboel te sien kry. Dis 'n belewenis om vroegoggend die eeue-oue stad in te vaar, hierdie stad wat reeds drie name gekry het in die meer as 2 500 jaar van sy bestaan. Aanvanklik was dit bekend as Bisantium, maar in 324 na Christus is dit deur Konstantyn die Grote verower en van toe af het dit bekend gestaan as Konstantinopel, die nuwe hoofstad van die Romeinse Ryk. Dit is beskou as die rykste, mees beskaafde en mooiste stad ter wêreld. Die stad het egter in 1204 in die hande van die Kruisvaarders geval en dit was eers twee-en-'n-halwe eeu later dat die Ottomane dit verower het en dit herdoop is tot Istanboel. Vanaf die minarette van die moskeë klink die stemme van die gebedsroepers op om die eerste gebed van die dag vir die belydende Islamiet aan te kondig. Vyf keer op 'n dag word hierdie verootmoediging voor Allah in die rigting van Mekka herhaal.

Toe die son opkom, sit hulle en tee drink en brood eet in 'n tuinrestaurant agter die Yeni Cami, ook bekend as die Nuwe Moskee by die suidelike punt van die Galatabrug wat oor die Goue Horing strek. Om Julene ontplof Istanboel in kleur en klank. Sy is rasend honger en vergryp haar omtrent aan die Turkse brood – altyd vars en heerlik, byna wêreldbekend.

Op die brug staan 'n man met dosyne veelkleurige ballonne in die lug bokant hom; digby is 'n handelaar besig om sy ware uit te stal – stapels geel rubberhandskoene! 'n Entjie verder vaar 'n volgelaaide roeibootjie onder die brug deur met sy ware – dosyne sokkerballe! Oral vleg honderde mans deur die geroesemoes met hul winkels op hulle rûe vasgemaak.

Oda lag toe sy Julene se gesig sien. "Daar is glo 50 000 van hierdie rugsmouse in Istanboel. Ons noem hulle *hamals*. Wat hy wil verkoop, pak hy op sy rug. Kyk net! Daardie een het 'n stapel matte op sy rug! En wat van daai een met die spul driewiele op die rug. Om nie te praat van die een met die rolle en rolle vars wors nie!"

"En kyk hoe gebukkend loop daardie een met sy stapels boeke! O, Oda, dis baie interessant!" Sy lek haar vingerpunte af. "Dit was nou heerlik! Ek het in my lewe nog nie sulke broodrolletjies geëet nie. En die *hamal* wat dit aan ons verkoop het, het nie gejok nie. Dit was sowaar warm uit die oond. Wat het jy gesê is hierdie soort sesambroodjie se naam?"

"Dis *simit*."

"Ek gaan daardie naam onthou. Ek gaan weer daarvan eet voordat ek vertrek. Genugtig! Kyk daar! Kan ek my oë glo?" Oda kyk vinnig in die rigting waarheen Julene wys. Dan moet sy weer lag. 'n Man met 'n beer aan 'n ketting het in hul gesigsveld verskyn. "O, daar is niks om te vrees nie. Dis 'n algemene gesig in Istanboel. Dis 'n dansende beer. As jy sy eienaar betaal, laat hy die beer vir jou dans."

Julene kyk haar ongelowig aan. "Is jy ernstig?"

"Ek is! Maar die polisie hou nie daarvan nie en die diere-tuin is vol bere wat so gekonfiskeer is. Maar as jy weer kyk, is daar maar weer 'n sigeuner met 'n dansende beer op straat."

"Maar waar kry hulle die bere in die hande?"

"Ons het nog bere en wolwe in ons beboste gebiede." Sy staan skielik op. "Sal jy my 'n rukkie verskoon, asseblief? Ek wil gou 'n vriendin gaan bel. Kyk maar so 'n bietjie rond."

Voordat Julene nog 'n woord kan inkry, het Oda tussen die mense verdwyn. 'n Kwartier gaan verby. Sy raak verveeld en staan op. Sy sal maar so 'n bietjie rondkyk, net sorg dat sy nie te ver wegdwaal nie. Sy het geen idee in watter rigting die telefoonhokkie is waarheen Oda so onverwags verdwyn het nie. Sy frons terwyl sy aanstap. Dit pla haar skielik dat Oda hier op straat onthou sy wil 'n vriendin bel. Dit sou tog veel geriefliker gewees het om dit vanuit die suite te doen. Maar dan skud sy die gedagte van haar af en kyk nuuskierig rond. Ontnugter besef sy dat sy deur 'n hele paar oë aangestaar word. Sy kyk van die een man na die ander en sy hou nie van wat sy sien nie. Die mans se uitdrukkings is wellustig en vry-postig. Benoud wil sy wegkom, maar hoe sy ook al probeer, hulle bly om haar en beweeg al nader – so naby dat hulle aan haar kan raak. Sy stap al vinniger, met geen idee van rigting nie. Sy wil net wegkom. Sy móét wegkom! Skielik voel sy 'n hand op haar kaal boarm en heeltemal paniekbevange begin sy hardloop. Dit kan nie wees nie! vertel haar beangste ver-stand haar. Dit kan tog nie wees dat sy te midde van duisende mense, nee, miljoene – sy onthou vaagweg Oda het gepraat van Istanboel se ses miljoen inwoners – helder oordag op straat gemolesteer word en niemand lig 'n vinger om haar te hulp te snel nie! Terwyl sy nie kan glo wat haar verstand haar vertel nie, snel haar voete voort. Skielik is daar die geskreeu van motorbande en klink 'n stem, 'n bekende stem, in hierdie nagmerrie op.

"Julene! Julene!"

Sy ruk tot stilstand, snikke ruk in haar keel. Dan sien sy hoe hy uit die motor klim en weer beweeg haar voete vanself. Sy storm op hom af en dis eers toe haar liggaam hard teen syne bots dat sy tot stilstand kom.

"O, Kadri! Kadri! Dit was verskriklik! Hulle wou . . ."

"Toe nou. Toe maar. Dis alles verby. Daar is geen gevaar meer nie." Haar liggaam bewe teen syne en sy arms hou haar stywer vas, maar sy stem klink streng – baie streng. Sy weet nie dat die man self in 'n effens geskokte toetand is nie. Hy was besig om die Galatabrug te nader toe hy 'n blonde vrou sien wat skielik vir hom baie bekend gelyk het. Sy was besig om te hardloop asof die duiwel self op haar spoor is. Hy het die paniek in haar oë gesien toe sy omkyk en sy voet het werk-tuiglik die rem getrap. "Hoe de duiwel het jy hier beland?"

Sy stemtoon laat die histerie in haar tot bedaring kom. Sy kyk op in sy streng gesig en verstyf. Sy trek haar terug en hy laat haar onmiddellik gaan.

"Ek . . ." Sy lek oor haar bewende lippe. So 'n . . . buffel! Kan hy nie sien hoe verskriklik ontsteld sy is nie! "Ek het 'n bietjie rondgeloop. Sommer net rondgekyk en . . ."

"Alléén?" Dis 'n beskuldiging en terselfdertyd 'n veroordeling. Hy laat haar voel sy het die grootste misdaad op aarde gepleeg. "En jy noem jouself 'n geleerde dokter? Waar is jou verstand?"

"Maar . . ."

"Om vrou-aleen in Istanboel se strate rond te drentel! Jy vrá mos vir moeilikheid!"

Haar skrik is weg. Sy sien haar ongewenste bewonderaars is ook weg. Sy kan dit bekostig om haar ken parmantig te lig. "Hoekom is dit so vreeslik? In die res van die wêreld kan 'n vrou in enige groot stad alleen rondstap terwyl die son helder op haar skyn – sonder vrees vir molestering. Watse soort mense is julle Turke dan?"

Toe sy dit klaar gesê het, besef sy sy het dalk te ver gegaan. Haar laaste woorde kan as 'n baie growwe belediging beskou word, en sy ysige Noordpooloë vertel haar dis ook presies hoe hy haar woorde vertolk.

"Dis in elke groot stad vandag gevaarlik om alleen rond te slenter. Moenie my van die res van die wêreld kom vertel nie. Ek was ook al daar. Óns Turke is nie anders as ander mans op die aardbol nie. En soos in elke ander land op hierdie aardbol sal jy ook hier jou gure karakters kry. In Istanboel sal 'n blonde vrou soos jy onmiddellik die aandag trek, en as dit dan duidelik blyk dat jy tyd het om te verwyl, sal daar baie vrywilligers wees om jou daarmee te help."

Julene voel haar nate kraak. Die insinuasie is onmiskenbaar. Hy is nou besig om haar baie grof te beledig. "Ek het nie geslenter nie en ek het niemand aanleiding gegee nie . . ."

"Komaan." Sy word aan die boarm vasgevat en in die rigting van die motor gestuur. "Maar nooit, net nooit loop jy weer alleen rond nie! Klim in."

Sy moet wag tot hy langs haar agter die stuurwiel inskuif voordat sy heftig kan protesteer: "Ek was nié alleen nie. Oda was by."

"Wat? Waar is sy nou?" Sy stem vertel haar sy is opnuut in die warm water.

Sy kyk om haar rond, besef dat sy geen benul het waar die plek is waar sy en Oda uitmekaar is nie. Sy kan hom net verwese aanstaar.

"Julene!" Hy klink nou éérs ontsteld. "Hoe het julle van mekaar af weggeraak? Waar is Oda?"

Sy skud haar kop magteloos, nou diep bekommerd. As Oda iets oorgekom het . . . sy sal lewend gebraai word deur hierdie Turk wat sal sê dis háár skuld.

"Ek . . . weet nie . . . Ons het tee gedrink . . ." Haar kop sing. "Dis by 'n moskee . . . 'n moskee . . ." sug sy verlig.

"Hier is honderde moskeë in hierdie stad!"

"Ek weet. Dit was nie ver van die punt van die brug af nie . . ." Sy knip haar oë vinnig. Genugtig, al wat nou nog moet gebeur, is dat sy aan die tjank moet gaan!

"Yeni Cami, die Nuwe Moskee?"

"Ja! Ja! Dis die naam!"

Hulle trek met 'n vaart weg en sy sluit haar oë. Istanboel se oorbevolkte strate is geen plek om rekordtye te behaal nie. As hulle die moskee ooit lewend bereik, sal dit net genade wees. Maar hulle kom lewend daar aan . . . en Oda is 'n toonbeeld van verligting toe sy die bekende motor gewaar. Haar verbaasde gesig verskyn by die ruit.

"Liewe land, waar kom jy aan haar? Waarheen het jy so verdwyn?" borrel die vrae uit.

"Klim in!" kom die bevel.

Kadri se gesig spel die situasie uit: hier is moeilikheid! Die vraag skiet soos 'n pyl uit 'n boog op haar af en sy sien sy oë in die truspieëltjie.

"Hoe het dit gebeur dat julle twee van mekaar geskei geraak het?"

Oda se brein werk in hoogste versnelling. Sy sien eerder vir Julene se gramskap kans as vir Kadri s'n. Hy kan regtig baie moeilik wees as hy wil.

"Ek wou iets gaan koop toe ons klaar tee gedrink het en Julene was nie lus om saam te stap nie, toe sê ek sy moet daar vir my wag en toe ek drie minute later terugkom, was sy weg!" kom dit alles in een asem uit.

Julene se rugstring ruk styf. "Jy . . ." Sy sluk die woord vinnig en vervolg flou: "Jy het gesê ek kan solank 'n bietjie rondkyk . . ."

"Ja, ek het. Maar ek het nie bedoel wegdwaal nie! Ek het bedoel sommer net daar waar jy vir my sit en wag."

"Ek het nie weggedwaal nie. Ek was maar net in die omtrek rond . . ."

"Ek het haar omtrent halfpad die Galatabrug op gekry."

Julene kyk hom styf aan. En jy en jou aanstaande lieg ewe veel, kook haar gedagtes. Hierdie klein Oda behoort haar te skaam! Vir háár het sy gesê sy gaan bel, en nou skielik wou sy net gou iets gaan koop én sy was al vyftien minute lank weg voordat sy opgestaan en begin ronddwaal het. En sy was nie naastenby halfpad met die brug op nie!

Dis 'n skoolmeesterstem wat die volgende bevele uitdeel: "Julle gaan nie weer op 'n besigtigingstoer van die stad sonder my medewete nie. Jy self ken die stad glad nie goed nie, Oda. Ek kan iemand van die kantoor af stuur om julle te vergesel as julle êrens wil gaan, of ek kan reël dat julle saam met 'n georganiseerde toergroep gaan. Is dit duidelik?"

"Ja, Kadri."

Sy voel sy blik op haar. "Julene?"

Sy sluk.

"Is dit duidelik, Julene?"

Tot haar verbystering hoor sy haar eie stem: "Ja, Kadri." En dit klink net so onderdanig soos Oda s'n!

Terug tussen die veilige mure van Kadri Murad se suite laat Julene egter nie op haar wag nie. "Ek wil jou 'n vriendelike waarskuwing gee, Oda. Jou aanstaande hou nie van leuens nie. Hy het dit gister baie pertinent onder my aandag gebring. Jy gaan jou lelik vasloop."

Oda probeer onskuldig lyk, maar slaag nie heeltemal daarin nie. Haar oë is waaksaam. "Ek het nie . . ."

"Waar is die ding wat jy kamma gaan koop het? Toe, wys dit vir my!" Stilte. "Juis. Jy het vir my gesê jy gaan 'n vriendin bel. Wat is dié vriendin se naam? Jy moes baie vir haar te vertel gehad het, want jy was minstens 'n kwartier weg voordat ek van die tafel af opgestaan het."

"Ek kon nie deurkom nie. Dis 'n nagmerrie om 'n oproep vanuit Istanboel te probeer maak. Dis regtig die waarheid, Julene! Jy kan dit vir enigiemand vra. Dis absoluut ongehoord om sommer met die eerste probeerslag deur te kom. Ons telefoondiens is iets ysliks."

"Goed. Ek aanvaar dit, maar dan kan ek nog minder verstaan hoekom jy uit die stad probeer bel het. Daar staan die telefoon. Gee die nommer vir die sentrale en laat hulle sukkel om die nommer te kry."

"Ek . . . ek wil nie van Kadri se telefoon misbruik maak nie."

"Hoekom nie? Jy vertel my dan heeldag daar is niks op aarde wat hy jou al geweier het nie. 'n Oproepie sal seker nie saak maak nie?" Sy kyk Oda skerp aan en haar oë vernou. "Of wil jy nie hê hy moet op sy hotelrekening sien dat daar uit sy suite na Switserland gebel is nie?"

Al reaksie wat sy kry, is dat die jonger meisie in trane uitbars en verwytend uitroep: "O, jy is hardvogtig!"

"Ek is nie hardvogtig nie, Oda, maar ek het vanoggend 'n baie onaangename ervaring gehad en ek voel nie daarna om jou leuens te ondersteun nie. Ek en jou Kadri . . ."

"Wat het gebeur?" wil Oda snuiwend weet en Julene vertel haar kortliks. Die verslag laat Oda ongeduldig reageer:

"Ag, Julene, jy en Kadri is ewe erg! Die mans het tog seker nie bedoel om jou leed aan te doen nie! Gaan vra die toeriste – hulle sal jou sê dis maar die Turke se manier om hul bewondering te toon. Hulle sal jou aanraak, 'n hand teen jou arm lê om te sê hulle dink jy is pragtig. Vir die Turke is veral die Westerse vrou, met haar pragtige klere, haar oop gesig en hare, so vroulik en tog so selfversekerd, onweerstaanbaar. Jy moet onthou dat die Turkse vrou minder as 'n eeu gelede nog van kop tot tone toe was, gesigsluier en al. En vandag nog sal jy opmerk dat die gewone Turkse vrou meesal donker, somber kleure dra en nie veel aandag aan haar voorkoms gee nie. Dit begin stadigaan verander, maar dis die rede hoekom daardie mans jou so bewonder het. Jy verál sou hul aandag getrek het, want jy is iets besonders met jou blonde hare en jou pragtige, lenige gestalte. Al wat hulle seker wou doen, is om jou net aan te raak en jou te laat verstaan hulle dink jy is pragtig. Al die bohaai oor niks!"

Julene lyk ietwat verslae, maar verdedig haar optrede: "Kadri het ook gedink . . ."

"Ag, Kadri!" Oda gee 'n ongeduldige armswaai. "Hy is oorbeskermend teenoor al sy vroumense . . ."

"Ék is nie een van sy vroumense nie! Hy hoef glad nie beskermend teenoor my te voel nie!" kom dit verontwaardig van Julene en sy vergeet gerieflikheidshalwe van haar reaksie toe sy hom vanoggend op die Galatabrug sien verskyn het.

"Jy is een van sy vroumense solank jy onder sy dak is. Jy sal maar, soos ek, moet aanvaar dat hy jou lewe reël terwyl jy in Turkye is."

"Ek laat my van geen man reël nie," verweer Julene driftig, en vergeet heeltemal hoe sy kort gelede nog ge-"ja, Kadri" het.

Maar Oda is met ander probleme besig. "Dink jy ek moet dit waag om van hierdie telefoon af te probeer bel? Wat sal ons sê as hy die rekening kry?"

225

Julene gooi dadelik wal. "Nie ons nie . . . jý. Ek het absoluut niks daarmee te doen nie."

"Maar, Julene, hoekom sal ek Switserland toe bel?" Skielik helder haar gesig op. "Maar dit sal nie snaaks wees as jý bel nie. Jy behoort eintlik jou pa te laat weet jy het veilig hier aangekom, weet jy?"

Julene kyk haar agterdogtig aan. "En wat nog? Moet ek vir hom sê hy moet groete vir dokter Rudman sê?"

Oda kyk haar vies aan. "Moenie probeer snaaks wees nie. Dis nie 'n grap nie."

"Nee, dit is ek besig om uit te vind – my besoek aan Turkye gaan geen grap wees nie, nie met twee maniakke soos jy en Kadri Murad in die omtrek nie." Sy sug, gee dan 'n bietjie skiet. "Nou goed. Jy het gelyk. Ek het al gedink ek sal my pa darem moet laat weet dat ek veilig is, sover altans. En ek kan dan vra om met dokter Rudman ook te praat sodat ek kan rapporteer oor sy gewese pasiënt se vordering."

Oda lyk openlik ontevrede. Vir 'n dokter is Julene nie juis slim nie. "Ék bel, Julene. Ek sal vir Peter sê hy moet vir jou pa sê jy is veilig. Maar as Kadri miskien wil weet wie't gebel, sê ons jý het. Ek sal hom sê ek het jou verlof gegee."

Met die gevoel dat sy weer op die een of ander manier by 'n duister saak betrek word, stem Julene tog in. Oda sal in elk geval nie rus voordat sy haar Peter se stem weer 'n slag gehoor het nie. Dis nou nie dat sy Oda uitdruklik help om haar aanstaande te verkul nie, maak sy haarself wys toe sy diskreet padgee toe die oproep uiteindelik deurkom. Die heer en meester het beveel sy mag nie alleen op straat verskyn nie. Hy het nie gesê sy mag nie alleen in die hotel rondloop nie.

Sy ontdek dat hierdie hotel die enigste casino in Turkye huisves en dat dit 'n gewilde oord by oorsese besoekers is. Sy eien die toeriste dadelik en moet die begeerte onderdruk om haar sommer by een van die vrolike groepe te voeg. Dalk is daar nog Suid-Afrikaners onder hulle . . . 'n Heimwee na haar land oorweldig haar skielik en sy besluit om by die toonbank

226

van 'n dameskroeg iets te drink. Voordat sy nog bedien word, word die stoel langs haar beset en sy verstyf waaksaam toe sy in die glimlaggende gesig opkyk. Sy het die instinktiewe gevoel om dadelik pad te gee, maar Oda se verduideliking van vanoggend laat haar huiwer. En die man lyk ook heel aanvaarbaar. Hy lyk soos 'n welvarende Turkse sakeman.

"Ek neem aan u is op besoek hier in my land?" sê hy op beskaafde Engels.

Sy knik en glimlag terug. Sy gaan hom die voordeel van die twyfel gee. Sy is darem omring deur 'n hele paar Europeërs. Sy is buitendien nie lus vir haar eie geselskap nie. Haar gedagtes kan haar so treiter . . . die Meissner-kliniek . . . oupa Albert . . . Anna . . . haar nuwe pa en die kil oë van haar stiefma . . . en 'n sekere Turk wat weer te veel te sê sal hê as hy moet weet sy sit alléén by 'n dameskroeg en is besig om 'n wildvreemde man toe te laat om vir haar 'n drankie te koop. Ag, na die maan met Kadri Murad!

Sy glimlag op in die aantreklike Turk se gesig en sê: "Ja. Ek is op 'n kort besoek en sal ongelukkig nie veel geleentheid hê om u stad te besigtig nie."

Sy blik dwaal vlugtig deur die lokaal. "Is u in 'n toergroep?"

"O nee. Ek is alleen."

Sy sien sy wenkbroue lig en sy wil haar sommer weer vererg. Wat is dit met die Turke dat hulle so 'n obsessie het dat 'n vrou nêrens alleen mag beweeg nie? In watter eeu leef hulle? Tot haar verbasing glimlag hy skielik breed en bewonderend.

"Dis 'n groot eer om so 'n onafhanklike en selfstandige dame te ontmoet. Mag ek my voorstel? Ek is Yasar Kamal, 'n handelaar in Oosterse matte."

Sy glimlag. Haar eerste indruk dat hy 'n welgestelde man moet wees, is bevestig. "Ek is Julene Meissner, mediese dokter."

Hy lyk opnuut beïndruk. Die kombinasie van intellek,

skoonheid, prefekte liggaamsbou en vriendelikheid is een waarvan hy baie hou. Sy oë is onbeskroomd bewonderend en ewe parmantig kyk sy terug. Haar selfbeeld (wat die afgelope twee dae soveel skokke moes verduur) is in ere herstel.

"Hoe lank is u al hier en hoe lank duur u kuiertjie?" wil hy belangstellend weet.

"O, ek het maar gister gearriveer en ek is nie seker hoe lank ek sal bly nie," antwoord sy eerlik.

Hy gryp die kans dadelik aan. "Dan moet u my die voorreg gun om u 'n bietjie van my stad te wys voordat u weer vertrek. Asseblief."

Vlugtig sien sy 'n kwaai frons voor haar gesigsveld verbyskuif. Ag, na die duiwel met Kadri Murad! Sy is nie bereid om soos 'n kind opgepas te word nie. "U is baie vriendelik, meneer Kamal. Baie dankie."

"Dis my plesier. Noem my gerus Yasar. Mag ek sê Julene?"

"Natuurlik! Dankie, Yasar," en sy neem die drankie wat hy haar aanbied. "Wat is dit?"

"Dis *raki*, 'n tipiese Turkse drankie. Proe daaraan."

Sy gehoorsaam, proe dis 'n brandewyn wat met anys gegeur is. Nie juis haar smaak nie, maar sy gaan dit nie vir haar galante gasheer sê nie. Met 'n knik klink sy haar glasie teen syne.

"*Serefinize!*"

"Wat beteken dit?"

"Gesondheid!"

"*Serefinize!*"

Sy sien Yasar se oë oor haar skouer gaan en sy is bewus daarvan dat iemand op die stoel aan haar linkerkant kom sit het.

"A, Kadri! *Tünaydin!*"

Haar styf geskrikte nek weier om te draai, en sy hoor die bekende stem hier digby haar antwoord.

"*Tünaydin.* Ek is jammer ek is 'n bietjie laat. Ek het vanoggend 'n oponthoud gehad en is agter met my skedule vir die dag."

Sy vóél sy oë op haar agterkop.

"Alles reg, my vriend. Ek het nie eens agtergekom jy is laat vir ons afspraak nie. Ek het sulke aanvallige geselskap raakgeloop! Laat ek julle voorstel . . ."

"Ons ken mekaar, Yasar," kom haar tong los. Sy gaan hom nie die kans gun om die een of ander sarkastiese aanmerking kwyt te raak nie. Dan ontspan haar nekwerwels weer en sy draai haar gesig vol na hom, laat koel hoor: "Goeiemiddag, meneer Murad. Ek vra om verskoning dat ek u skedule omvergegooi het."

Yasar lyk verbaas en ook half teleurgesteld. "Julle ken mekaar al?"

"O ja. 'n Hele twee dae lank al." Is dit net twee dae? Dit voel vir haar dié man versondig haar siel al 'n paar maande lank. Is dit regtig nodig dat hy haar al weer aankyk asof sy die grootste misdaad op aarde gepleeg het?

"Ja," beaam Kadri. "En ons leer mekaar ál beter ken," voeg hy veelbetekenend by.

Yasar lyk verward, maar vra nie uit nie, hoewel hy kan sterf van nuuskierigheid. Wat hy wel weet, is dat die atmosfeer skielik baie gespanne is. Hy probeer dit verlig. "Ek het Julene belowe ek sal haar ons stad gaan wys. Sy is nie seker hoe lank sy hier gaan kuier nie."

"Ja, dis baie onseker. Daar sal in elk geval nie tyd wees om haar die stad te wys nie."

"Hoekom nie?"

Die gesprek gaan oor haar kop voort en al wat sy kan doen, is om stomend op haar anysbrandewyn te sit en afkyk.

"Omdat ons môre na Rize vertrek."

"Ons? Wie is ons?" Yasar frons nou. Hy het regtig daarna uitgesien om die toevallige kennismaking met hierdie skone dame te verdiep. Dis 'n groot teleurstelling om te hoor dat Kadri van plan is om haar na sy teeplantasies te neem. Buite sy bereik.

"Ons," is die lakonieke antwoord.

229

Julene lig haar kop vinnig. "Die ons is ek en hy en Oda. Ek is Oda se dokter. Jy weet wie Oda is?"

"Natuurlik. Ons ken mekaar al jare lank. Ek en Kadri is saam in die matbesigheid. Dan het jy saam met Oda van Switserland af gekom?"

"Ja. Net vir 'n kort rukkie. Sy moet nog behandeling kry. Sodra sy heeltemal gesond is, gaan ek terug."

"Wanneer is dit?"

"Dit hang af van haar vordering. Ek skat binnekort."

Yasar maak vinnig planne. "In daardie geval . . . hoekom maak ons nie van vanaand 'n besondere geleentheid nie? Gaan eet uit en . . ."

"Baie dankie. Dit sal lekker wees," sê sy vinnig. Te vinnig, maar sy gee nie om wat die twee mans dink nie. Sy weet sommer Kadri gaan kapsie maak, maar sy sal nie toelaat dat hy haar meer domineer nie. Sy sal self besluit of sy saam met iemand wil gaan eet of nie.

Maar sy moes van beter geweet het.

"Gaaf. Ek het reeds 'n tafel bespreek, maar ek sal hulle sê om nog 'n stoel by te sit. Kry ons agtuur by my suite, Yasar." Kadri kyk Julene direk aan. "Ek dink Oda het 'n boodskap vir jou. Sy was besig om met hom te praat toe ek inkom."

Sy is onkant betrap. "Hom? Wie is hy?" vra sy half deurmekaar.

"Dokter Rudman van die kliniek in Switserland."

Hy het Oda betrap! Sy kyk hom verskrik aan en hy grynslag. "Dis nie nodig om jou so te ontstel nie. Die blote feit dat hy weer kontak probeer maak het, behoort vreugdevolle nuus vir jou te wees?"

Nou is sy heeltemal deurmekaar. "Wat . . . wat bedoel jy?"

"Ek is bevrees ek het nou my mond verbygepraat. Wel, dit is nou te laat. Oda het my vertel van jou . . . e . . . traumatiese ervaring. Maar die feit dat hy jou nou weer gebel het, lyk belowend, nie waar nie?"

Vir die eerste keer sien sy hom breed glimlag. Dis klaarblyklik 'n bemoedigende glimlag, maar Julene het die nare vermoede dat Kadri eintlik geamuseerd is. Hy sit vir haar en lag, nie met haar nie! En hy raak die grootste onsin kwyt . . .

"Van watse traumatiese ervaring praat jy?" wil sy weet.

"Wat het dan gebeur, Julene? Was dit 'n ongeluk of . . . wat?" vra Yasar begaan.

"O nee, dit was Oda wat in die ski-ongeluk was," antwoord Kadri namens haar. "Nee, juffrou Meissner het 'n veel erger ding oorgekom – sy is in haar trourok in die steek gelaat."

"In my . . . wát?"

"Of dan so te sê. Dit was glo 'n dag vóór die heuglike gebeurtenis sou plaasvind."

Julene kyk verslae op haar brandewyn af. As sy ooit in haar lewe 'n drankie nodig gehad het, is dit nou. Maar dit kan dalk haar saak versleg as die regter moet hoor sy was onder die invloed toe sy Kadri Murad se aanstaande koelbloedig verwurg het. Sy gly van die hoë kroegstoel af en gee pad.

Oda se oë is groot en rond toe Julene die suite binnestap. "O, Julene, jy sal nooit raai wat gebeur het nie! Kadri het my amper uitgevang toe . . ."

"So het ek verstaan. En toe, om jóú bas te red, vertel jy hom Peter Rudman is 'n ou vryer van my wat my die dag voor ons troue in die steek gelaat het." Oda se oë rek nog groter. "Ja. Jou Kadri het sy mond verbygepraat en toe moet jy die sarkastiese aanmerkings oor my 'traumatiese ervaring' hoor! Ek kan jou vermoor hiervoor, Oda! Dis verregaande!"

Natuurlik neem Oda weer haar toevlug tot trane. Dit het nog altyd met Kadri gewerk en was tot dusver redelik suksesvol met Julene. Hoewel dit hierdie keer lyk asof Julene die trane glad nie eens sien nie. "Maar wat kon ek anders sê?!" roep sy uit. "Toe ek sien, staan hy agter my. Ek moes gryp na die eerste verskoning wat ek kon kry!"

"En toe is dit natuurlik ék." Wat sal dit tog help om te raas en lawaai? Die kwaad is reeds gedoen. "En wat presies vertel jy hom toe?"

"Dat Peter na jóú soek. Wat anders?"

"En dat hy my die een of ander tyd in my trourok in die steek gelaat het . . ."

"Nee, dit het ek hom gister al vertel."

"Ekskuus?"

Oda snuif, snuit haar neus. "Hy het my gevra hoekom jy so befoeterd is. Hy kan nie na jou kyk nie, dan blaas jy op."

"Praat van befoeterd!"

"Toe sê ek maar jy is so krapperig omdat jy aan 'n lief-desteleurstelling ly."

Julene gaan sit. "Genugtig, Oda, skrywers gaan jou jou verbeelding beny! Jy kan aan die mees fantastiese dinge op die mees fantastiese tye dink!"

"Vergewe my, asseblief! Julene, wat kon ek anders dóén?"

"Besef jy daardie man dink armsalige ek is sommer voor die kansel gelos!"

"Ag, wat maak dit saak wat hy dink? Dis mos nie be-langrik nie!"

Julene se mond gaan oop en toe. Dis waar. Wat maak dit saak wat Kadri Murad dink . . . oor haar of van haar. Dit maak geensins saak nie. Sy pers haar lippe op mekaar. En laat hom maar lag en smaal oor haar "traumatiese ervaring"! Hy weet maar nie. Daar wag vir hom 'n ewe groot trauma in die nabye toekoms wanneer 'n vaal Engelse doktertjie hom by sy aanstaande gaan droogsit! Wag maar, meneer Befoeterd. Wie laaste lag, lag die lekkerste . . .

4

Natuurlik het sy nie regtig verwag dat hy die episode in die dameskroeg sommer net daar sal laat nie. Dis nie in Kadri se geaardheid nie. Hy laat niks met rus nie. Sy is glad nie verbaas toe hy 'n ruk later sy verskyning maak nie. "Oda, ek wil asseblief privaat met Julene praat." Dis ongetwyfeld 'n bevel.

Oda lyk skuldig, kyk verskonend na Julene en probeer keer: "Kadri, dink jy nie Julene se privaat sake is haar eie nie?" Dit lyk of hy gaan ontplof. "Ek stel nie in die minste in haar private sake belang nie. In haar gedrag wel. Laat ons asseblief alleen!" Toe die kamerdeur agter die verdwaasde Oda toegaan, val hy ook dadelik weg: "Juffrou Meissner, daar is 'n paar sake waaroor jy duidelikheid moet kry solank jy in my diens is. Geen dame wat onder my dak is, gaan sit alleen in 'n dameskroeg nie." Hy sien die blitse in haar oë en vervolg waarskuwend: "En moenie my weer vertel wat in die res van die wêreld aangaan nie. Ek weet presies wat in die res van die wêreld aangaan en ek weet presies watter soort dames alleen by 'n kroegtoonbank sit en hoekom. Ek . . ."

"Wil jy beweer . . .?"

"Ek beweer niks nie. Ek het 'n feit gekonstateer. En jy bluf my nie met daardie geskokte oë van jou nie, juffrou Meissner! Toe ek jou daar kry, was jy nie alleen nie!"

"Nee. 'n Vriend en sakevennoot van jou het langs my gesit."

"Maar jy het nie vooraf geweet hy is my vriend en vennoot nie. Hy was 'n vreemdeling vir jou en boonop besig om vir jou drank te koop."

"Meneer Murad, dis genoeg!" Sy strek haar tot haar volle lengte uit, maar hy doen dit blykbaar ook, want sy moet nog steeds na hom opkyk. "Ek staan nie onder jou jurisdiksie nie. Ek is hier om Oda te help en ek doen dit gratis. Jy het geen reg om my te beledig of rond te beveel nie!"

"Dis waar jy verkeerd is, juffrou Meissner. Jy is in my diens en dus ook onder my jurisdiksie. 'n Werkgewer het die volste reg om 'n sekere gedragskode van 'n werknemer te eis, veral as hy haar 'n baie goeie salaris betaal." 'n Koevert word op die tafeltjie neergelê, maar sy skenk geen aandag daaraan nie. Sy is net te briesend.

"Hoe durf jy my vergelyk met dié soort vroue wat jy blykbaar ken! Ek het bloot by die dameskroeg gaan sit omdat ek dors was en 'n koeldrank wou bestel, nié om 'n man op te tel nie. Die man wat langs my kom sit het, se gedrag was onberispelik en ek het geen rede gehad om hom af te jak nie. Ons het skaars vyf minute gesels toe jy daar aangekom het . . ."

"En was reeds op voornaamterme. Ek wonder tot waar julle al sou gevorder het as ek tien minute láter daar aangekom het."

"Ag, gaan vlieg . . ." Sy sluk. "Ek het nog nie een lira van jou ontvang nie en ek sál ook nie 'n enkele lira van jou aanvaar nie. Ek sal ook my eie reiskoste betaal. Ek wil nie 'n enkele lira van jou hê nie. Ek laat my nie koop nie!"

Maar sy kan nie kamer toe storm soos sy van plan was om te doen nie. Hy is skielik by haar en sy hande klem haar skouers stewig vas.

"Jy verkeer blykbaar onder 'n wanindruk, juffrou Meissner. Ek stel nie in die minste daarin belang om jou te koop nie. Ook nie by watter kroeg jy sit en met watter doel nie. My belangstelling is by Oda – en die verkeerde invloed wat jy op haar kan uitoefen. Sy het blykbaar 'n ongesonde bewondering vir jou ontwikkel." Hy neem sy hande van haar skouers weg. "As jy weer dors word, tel daardie telefoon op en bestel vir jou 'n koeldrank by kamerdiens. As dit teen jou beginsels is om dit op my rekening te plaas – daar lê 'n voorskot. Daar behoort genoeg in te wees vir 'n koeldrank." By die deur kyk hy terug. "Sorg dat julle vanaand om agtuur gereed is. Ek sal my bes doen om betyds te wees. Indien ek laat is, is ek seker jy en my vennoot sal wel die tyd verwyl kry."

234

Die deur is skaars toe toe Oda se stem agter Julene se gespanne rug opklink: "Sjoe! Maar Kadri oortref homself deesdae! Hy was darem nog nooit só erg nie. Moet jou tog nie steur aan wat hy kwytraak nie, Julene. Hy is maar net in 'n knorrige bui deesdae." Sy tel die koevert op. "Hier. Dis jou geld. Vat dit."

Dis duidelik dat sy die gesprek afgeluister het, maar Julene gee nie om nie. Sy voel soos 'n geprikte ballon, en die ergste is dat sy nie weet hoekom nie. En wat sy nog minder verstaan, is dat daar iewers diep in haar 'n seer plek is, net asof iets wat daardie man kwytgeraak het, haar werklik kon tref. Dis verspot!

"Vat dit vir jou. Ek sal nie met 'n tang daaraan raak nie."

"Maar jy is verspot, Julene! Dis vir jou professionele dienste! Jy is geregtig daarop."

"Ek wens ek was ook daarop geregtig om koelbloedig moord te pleeg! Ek wil nie daardie man se geld hê nie!"

Maar Oda se nuuskierigheid het die oorhand gekry. Haar oë peul behoorlik uit. "Dis . . . vreeslik baie geld!"

Julene is nie beïndruk nie. "Sit dit terug in die koevert, Oda! Dit kan daar lê en muf wat my betref."

Toe Julene die kamer in verdwyn, bly Oda onseker staan met die vet koevert in haar hande. Sy weet dit sal weer 'n hele debakel afgee as Julene die geld aan Kadri teruggee. En daar was alreeds soveel misverstande tussen dié twee. Hier kan dit nie bly lê nie. Dis om die personeel in die versoeking te stel. Julene se woorde skiet haar vir die hoeveelste keer te binne: dat sy liewer sal wegloop voordat sy met 'n man soos Kadri sal trou as sy Oda was . . . Sy weet dit was nie ernstig bedoel nie, maar die saadjie is geplant, 'n saadjie wat nou skielik begin ontkiem. 'n Mens moet geld hê om weg te loop, en dis die een ding wat sy nog nooit gehad het nie. Sy kry alles wat haar hart begeer, maar nie geld nie. 'n Bietjie sakgeld, ja, maar dis beslis nie genoeg om mee weg te loop nie. Waarvoor moet sy ook groot bedrae geld kry? Al haar rekenings, wat selde

235

bevraagteken word, word gewilliglik deur haar aanstaande betaal. Oda se oë trek peinsend saam. Miskien . . . miskien moet sy maar voorlopig Julene se voorskot in bewaring hou. Op 'n dag kan dit dalk handig te pas kom . . .

Dis met teësin dat Julene haar later begin regmaak vir die aand se afspraak. Sy het net nie die krag of die lus om nog 'n slag in 'n relletjie met Kadri betrokke te raak nie. As dit moet gebeur, weet sy hy sal tog wen, want afgesien van die feit dat die man blykbaar nie die woord nee ken nie, het sy nog steeds daardie vreemde gevoel in haar binneste, so asof haar fut skielik in die niet verdwyn het. Feit is, vandat sy haar voet op Turkse bodem gesit het, is sy en dié man in mekaar se hare. Dis uitputtend. Meer as dit. Dis ook frustrerend, want sy het die gevoel dat sy nog elke keer die slegste daarvan afgekom het, en dis nie 'n gevoel waarin dokter Julene Meissner juis gekonfyt is nie.

Toe Oda so tussen die regmaak deur noem dat hulle môre 'n plan moet maak om 'n toer van Istanboel te onderneem, demp Julene haar entoesiasme onmiddellik.

"Jy vergeet ons moet eers verlof van jou heer en meester kry en hy moet eers 'n bewaarder van die maagde aanstel." Dan onthou sy. "Dit sal in elk geval ook nie help nie, want ons vertrek môre teeplantasies toe."

Oda se kop ruk omhoog. "Waar kom jy daaraan?"

"Jou aanstaande het so gesê, daar in die dameskroeg waar ek besig was om, volgens hom, 'n ekstratjie te probeer verdien." Sy klik haar tong. "Dis jammer hy het so gou daar opgedaag. Ek was besig om goeie vordering te maak. Yasar is 'n ryk man . . ."

Oda se oë val byna uit. Dan frons sy. "Moenie verspot wees nie, Julene! Kadri dink nie regtig . . . wel . . . wat jy dink hy dink nie. Hy was maar net kwaad."

Julene pers haar lippe op mekaar. Ja. Oor die slegte voorbeeld wat sy vir die onskuldige Oda stel. Andersins kon dit hom nie 'n bloue duit skeel as sy regtig as prostituut daar gesit het nie. Sy kyk onderlangs na die jong Turkse meisie. Sy wonder hoe onskuldig Oda werklik is . . . Sy lyk die toonbeeld van maagdelike onskuld in haar wit rok en blink juwele, wat duidelik *geld* spel, maar kan 'n mens regtig so onskuldig wees as jy so glad kan lieg soos hierdie meisie? Nog iets tref haar op hierdie oomblik. Vir twee verliefdes is Kadri en Oda behoorlik dikdood. Nog nie een keer sedert hul aankoms was die twee alleen by mekaar nie of het hulle laat blyk dat hulle graag 'n slag alleen wil wees nie. Sou dit maar die Turke se manier wees om nie juis 'n skouspel van die liefde te maak nie? Weet hulle net van domineer en fout vind? Dan is dit geen wonder Oda dink daardie vaal Engelsman in Switserland is Cupido self nie. Dis Kadri se verdiende loon as hy verkul word. As hy liewer die energie wat hy op háár vermors met sy tirades gebruik om na sy aanstaande te vry, sal die toekoms vir hom meer rooskleurig lyk. Watter vrou wat haar sout werd is, sal nie liewer 'n vaal Engelsman met romanse in sy bloed verkies bo 'n aantreklike Turk wat rol in die geld, maar nie eens weet hoe om die woord soen te spel nie?

Dat alle Turke darem nie oor een kam geskeer kan word nie, word 'n rukkie later bewys toe die twee dames hul verskyning maak. Ondanks sy bedenkinge, is Kadri gereed toe Yasar opdaag. Die twee mans staan beleef op toe die dames verskyn. Miskien juis omdat Oda amper kinderlik in haar wit rok vertoon, beïndruk die ander dame des te meer. Die twee mans het net oë vir die blonde vrou in die rooi aandrok – die een se blik versluier, die ander s'n openlik bewonderend.

En Yasar sê dit ook. "Julene! Jy lyk soos 'n rooi vlam! *Güsel!* Pragtig!"

Julene sien dat Kadri haar krities van kop tot tone bekyk. Jammer, meneer Murad, sê sy vir haarself. Dis al aandrok wat ek saamgebring het . . . en as die kleur van my rok jou daaraan herinner dat dit die geliefkoosde kleur van prostitute is, wel, dan is dit jou saak. Haar glimlag is ekstra breed toe

237

sy in Yasar se oë glimlag en versigtig die Turkse dankie uit-
spreek: *"Lesekkür ederim."*

"Wonderlik! Wonderlik! Ons sal nog 'n Turk van jou
maak!" Sy voel haar hart jeens die joviale Turk oopmaak. Sy
gaan die aand geniet, besluit sy. As die gasheer soos 'n suur-
pruim wil lyk, is dit weer eens sy saak. Maar sy moet erken
dat Kadri Murad heeltemal tuis lyk in die Hotel Hilton. Dat
hy 'n vername gas is, kom sy agter aan die diens wat hulle
in die luukse-restaurant ontvang. Soos dit vir haar lyk, is dit
eerder 'n soort nagklub, en aan die bonte mengelmoes van
nasionaliteite om hulle, is 'n goeie deursnit van die wêreldbe-
volking vanaand hier verteenwoordig.

Julene spits haar aandag byna uitsluitlik op Yasar toe. Nie
Oda of die gasheer het veel te sê nie, en dis eintlik Yasar wat
die geselskap aan die gang hou. Sy vra hom subtiel uit en hy
antwoord maar te graag – duidelik tot die gasheer se erger-
nis.

"O, ek gaan baie oorsee in verband met die besigheid,"
spog hy terug. "Dis belangrik om kontakpersone en agente
gereeld te besoek, die vinger op die pols te hou. Ek doen
meesal Amerika, Australië en Suid-Afrika, en Kadri doen Eu-
ropa en die Ooste. Soms ruil ons ook om."

Julene kyk hom verras aan. Maar natuurlik, daar is ook
mense in Suid-Afrika wat dol is oor handgeknoopte Oosterse
matte!

"Wat dink jy van ons matte?"

Julene aarsel. Sy weet sy gaan nou nóg verder in meneer
Murad se estimasie daal, maar sy is nie so onnosel om twee
gesaghebbendes 'n rat voor die oë te probeer draai nie.

"Ek is bevrees ek weet 'n ronde nul daarvan af. Ek het nie
in daardie soort omgewing grootgeword nie." 'n Oomblik
verskyn 'n afgesloofde maar baie vasberade Anna se gesig
voor haar en daar is 'n teerheid in haar stem toe sy byvoeg:
"Ek het by my tante grootgeword en dit het maar altyd baie
meet en pas gegaan. Elke moontlike bedraggie wat gespaar

238

kon word, is eenkant gesit om te betaal vir my studie." Uit die hoek van haar oog gewaar sy die skerp blik op haar en sy bly vinnig stil. Wat besiel haar om hierdie dinge te sê? Hy sal net weer die negatiewe daaruit haal, dink natuurlik sy probeer Yasar se hart sag maak.

Dat sy Yasar wel getref het, blyk uit sy sagte stem: "Jy is 'n baie eerlike mens . . . 'n rare eienskap. Sal jy met my dans, asseblief?"

Sy is bewus van die oë wat elke beweging volg wat hulle op die klein dansbaan maak, en sy wonder vererg hoekom hy nie sy aanstaande vra om te dans nie. Dan moet sy haar aandag aan Yasar gee. 'n Yasar wat diep in haar oë kyk, haar 'n bietjie te styf vashou.

"Jy is 'n baie besonderse vrou, Julene. Dis so jammer julle vertrek môre. Ek sou jou graag beter wou leer ken."

Sy laat haar blik sak. "Ek sal in elk geval nog net 'n paar dae hier wees, Yasar. Oda se behandeling kan een van die dae gestaak word."

Die musiek hou op, maar hy hou haar terug, tot haar grootste ongemak. "Maar ek kan jou kom opsoek. Waar sal ek jou vind?"

Die paar oë trek haar soos twee magnete terug tafel toe en sy sê vinnig oor haar skouer: "Ek weet self nie. Ek moet nog besluit waarheen ek gaan."

Sy sit kwalik toe sy weer gevra word om te dans. Natuurlik is dit nie om dowe neute nie.

"Yasar is 'n volbloed Moslem," sê Kadri waarskuwend.

"En dit beteken?"

"Dat hy vier vroue mag hê en soveel byvroue as wat hy kan bekostig."

Haar rug is stokstyf teen die palm van sy hand. "En hoeveel vrouens en byvroue hét hy?"

"Hy het reeds een vrou en die aantal byvroue is sy geheim."

Sy weet sy behoort hom dankbaar te wees vir die inligting,

maar dis verduiwels of sy dankbaarheid in haar kan optower. Kon hy haar nie vanmiddag al, toe hy so vir haar gepreek het, gesê het Yasar is 'n getroude man nie?

"Terwyl ons nou hieroor praat . . . hoeveel vrouens het jý al? Ons los maar die byvroue."

Natuurlik het sy reaksie verwag, maar nie wat sy kry nie. Skielik blink sy tande wit en vir die eerste keer skitter sy oë vrolik in hare, sodat sy voel hoe haar hart in haar ruk. "Hoekom vra jy? Het jy aspirasies?"

Hy is die mees onuitstaanbare . . . verwaande . . . bees wat sy al ooit raakgeloop het! "Glad nie, meneer Murad. Ek is geholpe, dankie."

"O?" Daar flikker nou belangstelling in die oë wat hare gevange hou. "Dan is jy oortuig jou dokter Rudman stel weer belang?"

"Natuurlik!" glimlag sy styf terwyl sy in haar hart sê: Jammer, Oda, maar ek moet jou Peter nou eers leen.

Die skertsery is eensklaps oor. Sy stem klink nou amper betigtend: "As ek jy was, sou ek maar versigtig wees, juffrou Meissner. Ek sal nie iemand vertrou wat my eenmaal so teleurgestel het nie. Dit kan altyd 'n tweede keer weer gebeur."

"Dankie vir die goeie raad, meneer Murad."

"Maar jy is nie van plan om jou daaraan te steur nie." Sy oë is skerp. "Jy moet werklik baie vir die man omgee om hom summier te wil terugneem ná wat gebeur het. Kan 'n mens iemand so liefhê?"

Haar glimlag is soet. Sy voel sy is hierdie ronde aan die wen. "Dit hang af wie jy is."

Hy is 'n oomblik stil, kom tot stilstand toe die musiek ophou, en sê dan droog: "Ja. Jy het seker reg. Dit hang baie af van wie jy is . . . en hoe verleë jy is."

Die smaak van oorwinning word bitter in haar mond en sy stap vinnig terug tafel toe terwyl sy haarself gefrustreerd afvra hoekom sy toelaat dat die man haar so uitlok en hoekom sy toelaat dat alles wat hy kwytraak, haar so ontstig. 'n Turkse buikdanseres het op die dansvloer verskyn en alle oë is op die kronkelende liggaam gerig. Sy sien die danseres het ook Yasar se volle aandag. Een ding staan vas: Hierdie Turk het 'n oog vir 'n mooi vrou en hy maak geen geheim daarvan nie, getroud of nie getroud nie. Vlugtig gly haar blik sywaarts. Kadri se oë rus opsommend op haar. Sy kyk vinnig weg, maar bly oorbewus van die paar oë wat steeds op haar gerig bly.

Aan die einde van die aand word Yasar nie na die suite genooi vir 'n laaste drankie of koffie nie. Hy het geen keuse nie as om van hulle afskeid te neem toe hulle die hysbak bereik. Julene voel intens selfbewus toe hy soos 'n wafferse Fransman haar hand neem, die rugkant soen en sê: "Baie dankie vir 'n baie aangename aand, Julene." Hy kyk diep in haar oë en sê ernstig: "Ons sien mekaar weer. *Iyi geceler*. Goeienag."

Toe hulle in die suite aankom, is Kadri skielik glad nie meer so haastig om te gaan slaap nie. Hy vra Oda om vir hulle Turkse koffie te gaan maak en steek een van die Turkse sigare aan wat wêreldbekend en gewild is. Dan word Julene genooi, op bevelende toon, om saam met hom op die balkon te gaan sit en oor die Istanboelse nagtoneel uit te kyk. In die halfskemer klink sy stem digby haar op.

"Wat is jou aspirasies vir die toekoms, Julene? Wat wil jy van die lewe hê?"

Sy stem klink werklik belangstellend, maar sy is dadelik waaksaam. Sy vertrou hom nie. Hy wil haar net weer uitlok. Hoekom sal hy belangstel in wat sy van die lewe verlang? Sy laat haar blik oor die silhoeëtte van moskeë en torings dwaal. Maar dit is 'n goeie vraag. Wat verlang sy werklik van die lewe?

"Om 'n goeie dokter te wees."

"Is dit al?"

Sy is stil. Is dit werklik al wat sy van die lewe vra? Tot nou toe was dit al strewe wat sy gehad het, maar . . . is dit voldoende vir die res van haar lewe? Gaan dit haar enduit bevredig om net 'n goeie dokter te wees?

"Jy is 'n vrou ook." Daar is 'n vraag in die stelling.

Sy kriewel effens. Ja, sy is 'n vrou ook. Daar is seker nie 'n vrou op aarde wat nie daaraan dink dat sy eendag sal wil trou en kinders hê nie. Ook sy het dit agter in haar kop, maar dit was nog altyd net 'n vae gedagte. Selfs toe sy en Horst verloof was, was vrouwees en moederskap nooit 'n werklikheid in haar gedagtes nie. Dis iets wat eendag, in die verre toekoms, sal gebeur. Maar as dit moet gebeur, besef sy nou, kan dit nie so in die verre toekoms lê nie. Sy was al dertig . . .

Sy draai haar kop, probeer sy gesigsuitdrukking in die halwe skemer peil. Wat karring die man so?

"Ek weet ek is 'n vrou ook, meneer Murad."

"Dan sal jy wil trou en kinders hê?" kom die vraag vinnig.

"Natuurlik, maar alles op sy tyd, glo ek," antwoord sy vererg.

"Dan is jy nie oorhaastig om jou met jou dokter te versoen nie?"

"Nee, beslis nie. Hierdie keer kan hy wag."

Oda roep van binne af dat die koffie gereed is en Julene spring op. Sy hou niks van hierdie laatnaginkwisisie nie. Sy kan die man nie kleinkry nie. Die een oomblik klink hy gaaf en werklik belangstellend, net om die volgende oomblik iets kwyt te raak wat haar nekhare behoorlik laat regop staan. Jy weet nooit wat om van hom te verwag nie. En dit gebeur nou weer terwyl hulle aan die dik, soet Turkse koffie sit en proe.

"Sal môreoggend nege-uur julle pas?" vra hy uit die bloute.

"Om Rize toe te vertrek?" vra Oda.

"Nee, vir 'n toer van Istanboel."

"Maar jy het gesê . . ."

"Ek weet, maar ek het van plan verander. Ons kan een dag afstaan om Julene ons stad te wys. Sy het nog niks gesien nie."

Julene kyk hom agterdogtig aan. Sy vermoed skielik hy het die vertrek na die teeplantasies op die ingewing van die oomblik uitgedink toe Yasar aangebied het om haar Istanboel te gaan wys. "O, maar jy moenie ter wille van mý jou besige program omverwerp nie." Sy klink ongetwyfeld sarkasties.

Hy knik formeel. "Dis my voorreg om my program te verander soos ek wil. Geen moeite nie."

"Wie gaan jy as toergids stuur?" wil Oda weet terwyl sy vinnig planne maak.

"Niemand nie. Ek neem julle self."

Oda se oë rek. "Maar jy is altyd so besig . . ."

Hy glimlag skielik, staan op: "Dis hoog tyd dat ek 'n dag ontspan."

In die kamer kan Oda steeds nie oor haar verbasing kom nie. "Ek kan nie dink wanneer laas Kadri sommer net 'n dag lank niks gedoen het nie. Sy program is altyd tot oorlopens toe vol. Selfs wanneer hy soms op die eiland ontspan, is daar gedurig 'n kom en gaan van mense met wie hy afsprake het."

Julene frons diep. "Ja. Ek moet sê, vir 'n baie besige sakeman – soos jy sê hy is – is hy darem gedurig onder 'n mens se voete. Dalk gaan dit nie meer so voor die wind met sy besighede nie," laat sy spytig hoor. "Wat het jy met daardie koevert met die klomp geld gemaak?"

"Ek het dit gebêre. Jy kan dit nie sommer net hier laat rondlê nie."

"Nee. Maar ek kan dit teruggee. Onthou dat ek dit môre by jou kry."

Die volgende oggend wag daar 'n skok op Julene. Oda kondig aan dat die dansery van die vorige aand – sy het een maal met Kadri en twee keer met Yasar gedans – haar rug nie goed gedoen het nie, en dat sy liewer vandag in die bed wil bly. Julene is hewig ontsteld. "Maar wat van die toer vandag?"

"Julle sal maar sonder my moet gaan."

Julene kyk haar bitter ontevrede aan. 'n Hele dag alleen in die geselskap van daardie man! Sy kan egter aan geen enkele verskoning dink toe Kadri presies om nege-uur verskyn nie.

Sy het gehoop dat hy ontsteld sal voel oor Oda se terugslag – 'n terugslag wat Julene glad nie vertrou nie – en dat hy die toer sal afstel. Maar hy lyk glad nie bekommerd oor Oda se seer rug nie en kondig aan dat die toer beslis voortgaan.

Ten spyte van haar bedenkinge oor die sukses van hierdie dag, word dit tog 'n dag om te onthou. 'n Kadri Murad in slenterdrag is skielik baie meer toeganklik as die sakeman in sy pak klere. En hy hou hom streng by die feitelike, net soos 'n professionele toergids sou doen. Soos die dag vorder, begin sy al meer ontspanne raak.

Hy neem haar eers na een van die talle klein kafeetjies waar sy weer heerlike brood eet, hierdie keer *ekmek*. Sy geniet ook die soet Turkse tee. Daarna neem hy haar deur die twee be-roemde moskeë van Istanboel, die Blou Moskee en die Sancta Sophia. Hulle ry oor die Bosporusbrug wat Europa en Asië verbind, ry verby die *yalis*, eeue-oue houthuise wat tot soveel as veertig, vyftig vertrekke het waar die rykes van die stad die somer deurbring. Om hulle bloei judasbome en gooi 'n purper blos oor die deinende heuwels. Die mees opsigtelike struktuur aan die Asiatiese kant is die Selimiye, 'n massiewe vierkantige gebou met 'n binneplein – nou die hoofkwar-tier van die Turkse weermag. Wat die Westerling tref, is dat Florence Nightingale hier (tydens die Krimoorlog van 1853-'56), vanuit 'n klein kamertjie op die derde verdieping, van die heldhaftigste kampanjes gevoer het ter verligting van 'n lydende mensdom. Hier het sy die grondslag gelê van wat later die stigting van die Rooi Kruis tot gevolg sou hê.

"Ons kan hiervandaan met 'n veerboot oorgaan na die Europese kant, maar jy sal ure lank wag. Daar is net twee maniere om onmiddellik toegelaat te word om na die voor-punt van die tou te skuif – deur te trou of te sterf!" Hy lees die verwarring op haar gesig en glimlag. "Ons Turke is nie so sleg as wat jy dink nie. Ons het ons goeie eienskappe ook. Dit is tradisie in Istanboel dat mense wat wil gaan trou of pas getroud is, asook begrafnisstoete, voorkeur kry."

Sy glimlag ook. "Baie bedagsaam!"

Hulle sien verskeie Turkse baddens, maar, soos Kadri met spyt meedeel, is hierdie luukse net vir mans toeganklik. Die Europese Istanboel is nie vir Julene 'n aardigheid nie, hoewel dit tog indrukwekkend is. Hier kry 'n mens moderne winkels, teaters, bioskoopsale, luukse-hotelle. Tog het dit 'n atmosfeer wat dit onderskei van ander wêreldstede. In die Straat van die Blomme, içek Pasaji, is daar geen blomme te sien nie! Hier drom die stedelinge saans in hul duisende saam om bier te drink en van die oorvloed disse te geniet. Een ding wat Julene al opgeval het: aan kos – vars vrugte, seekosse en allerhande eksotiese disse – is daar geen tekort nie. Kadri wys ook trots daarop dat Turkye een van die sewe lande in die wêreld is wat absoluut selfvoorsienend is wat voedsel betref. Tussen die duisende drinkende en etende Turke is 'n dwerg besig om toertjies op 'n tafel uit te voer, staan 'n vrou liefdesliedjies met 'n skril stem en sing en is 'n digter besig om sy gedigte voor te dra terwyl niemand luister nie. Teen middernag, vertel Kadri, is die Straat van die Blomme weer doodstil en verlate, afgesien van 'n paar rondloperkatte wat van die oorskietkos aas.

Die honger begin weer knaag en hierdie keer bestel Kadri 'n sop, çorba, en daarna *kuru fasulye*, 'n dis van vleis en bone in 'n ryk tamatiesous.

Daarna besoek hulle die twee belangrikste winkelsentrums – die speserymark en die Kapali arsi, een van die grootste onderdakmarkte in die wêreld. Wonderlike geure begroet hulle toe hulle die speserymark binnestap, en sy kom agter dat van die speserye wat hier te koop is nie vir kos bedoel is nie. Toe 'n gretige verkoper nader staan, sê Kadri: "Daardie kruie help glo vir maagaandoenings, dokter Meissner. Jy wil nie miskien daarvan aanskaf vir jou pasiënte nie?"

Sy skud haar kop glimlaggend. "Nie op die oomblik nie, dankie. Ek sal dit egter in gedagte hou vir die toekoms!"

"En wat van bose geeste? Word jy nie deur hulle gepla nie?" Sy kyk vraend na hom, wonder terselfdertyd hoekom hy nie altyd só kan wees nie. "Hoekom?"

"Jy kan hier slangvel koop om te brand en só van hulle ontslae raak!"

Sy lag. "Ek sal self met die bose geeste se gal werk as hulle my begin pla."

Daarna besoek hulle die kolossale onderdakmark waar vierduisend winkels oor twintig hektaar versprei is. Minstens vyfhonderd daarvan spesialiseer in juwele, veral in goud.

Sy word direk na een van hulle gelei en kom agter dat Kadri en die juwelier ou bekendes is. Hulle groet mekaar gul en gesels 'n rukkie op Turks en Julene, oorweldig deur al die pragtige juwele wat voor haar uitgestal is, kom nie agter dat die winkelbaas telkens na haar kant kyk en dan begrypend knik nie. Hy verdwyn agter 'n skerm en Kadri kom na haar toe.

"Sien jy iets wat jou interesseer?"

"O, alles interesseer my," lag sy. "Dis werklik pragtig. Miskien moet ek hier iets koop om huis toe te neem." Dan verdwyn haar glimlag en sy lyk onseker.

"Wat is die probleem?" vra hy.

"O, ek onthou nou eers . . . Ek het nie geld saamgebring nie."

"Dis nie 'n probleem nie. Ek het genoeg by my. Soek uit wat jy wil hê en ek sal regmaak."

'n Assistent bring 'n skinkbord met Turkse tee en Kadri nooi haar om daarvan te drink. Dit is tradisie dat die klant met tee bedien word terwyl sake gedoen word.

"Seker net as jy iets koop. Ek dink ek moet maar eers los," sê sy vinnig terwyl sy sommetjies maak. Sy sou graag vir haar stiefma hier iets wou koop, maar 'n werklose dokter moet oordeelkundig met haar geld te werk gaan.

"Ék gaan iets koop, dus kan jy maar gerus die tee drink," word sy gerusgestel.

Die juwelier kom te voorskyn en maak 'n langwerpige dosie oop. Julene snak na haar asem. Dis die pragtigste goue halssnoer wat sy seker nog gesien het.

"Wat dink jy daarvan?"

"Dis . . . asemrowend," antwoord sy eerlik.

Kadri knik, onderhandel met die juwelier en 'n rukkie later steek hy die dosie in sy binnesak.

Seker vir Oda gekoop, dink sy toe hulle wegstap en 'n baie tevrede winkelbaas hulle agterna glimlag. Gelukkige Oda . . .

Dis al of daar 'n demper op die vreugde van die dag geplaas is. "Hier is so baie juwelierswinkels . . . Sal almal werklik 'n bestaan kan maak?"

"Ek glo so. Ons Turke kies tradisionele juweliersware as geskenke. Ek het al baie by Burhanettin gekoop. Sy gehalte is baie hoog."

Sy word stil. Is dit net vir Oda wat hy so baie geskenke gekoop het . . . of het hy ook vir ander vrouens juweliersware in hierdie spesifieke winkel gekoop? Sy voel sommer vies vir haarself. Wat daarvan as dit so is? vra sy haarself driftig af.

Op pad terug hotel toe sê sy in alle opregtheid: "Baie dankie, meneer Murad. Dit was 'n baie aangename dag en dit was gaaf van jou om jou tyd so vir my op te offer. Ek waardeer dit, aangesien ek Istanboel seker nooit weer sal sien nie."

"Hoekom nie?"

"Wel, Oda is so te sê gesond. Sy sal binnekort nie meer my dienste nodig hê nie. Ek kan binne 'n paar dae teruggaan."

"Laat ons nie die tyd vooruitloop nie, Julene. Ons gaan nog 'n hele ruk in mekaar se geselskap wees. Jy kan dus gerus begin om my minder formeel aan te spreek." Sy kyk hom vinnig aan. Ná vandag sal sy nie omgee om nog 'n tydjie in Turkye te vertoef nie. As Kadri hom in die toekoms altyd gaan gedra soos vandag, sal dit 'n groot plesier wees. Dan hoor sy hom byvoeg: "En jy sal Istanboel weer sien."

247

Sy skud haar kop. "Ek twyfel. Wanneer ek teruggaan, moet ek begin werk soek. Is daar 'n lughawe by Rize? Dan kan ek sommer direk daarvandaan terugvlieg Switserland toe."

"Ons sien maar wat die toekoms inhou," antwoord hy sonder om haar vraag te beantwoord. Dan beslis: "Maar Istanboel sal jou weer sien. Dit belowe ek jou."

5

Toe hulle die suite binnestap, wag daar egter 'n skok op hulle. Oda lê in die bed. Sy vertel sy het op die balkon gegly en geval en haar rug beseer. Natuurlik ondersoek Julene haar dadelik, maar hoe verder sy met die ondersoek vorder, hoe sekerder word sy dat, ás daar 'n rugbesering was, dit nie so erg is as wat voorgegee word nie. Maar Oda hou vol haar rug het seergekry. Toe Julene voorstel dat hulle 'n tweede opinie kry, gooi die Turkse meisie hewig wal.

"Hoekom? Wat kan 'n ander dokter meer sien as jy?" Julene lyk onseker. Sy wil amper sweer daardie rug makeer niks meer as toe sy en Kadri vanoggend hier uit is nie, maar sy wil ook nie kanse waag nie.

"Dis altyd beter om 'n tweede opinie te kry."

"Wat is jou eerlike bevinding?" wil Kadri weet.

"Ek vind niks groots verkeerd nie," antwoord sy eerlik.

"Ek sê mos daar is niks groots verkeerd nie," sê Oda vinnig. "Ek sal maar net versigtiger moet wees in die toekoms en 'n paar dae moet rus. Ek sal beslis nie môre die lang ent Rize toe kan aflê nie."

Julene se agterdog groei. Sy was vanoggend al oortuig dat Oda se klagtes oor 'n seer rug ná drie danse net 'n verskoning was om naby die telefoon te bly. 'n Lig gaan vir haar op. Natuurlik wil hierdie dametjie nie môre vertrek nie, want waar sal Peter Rudman met haar kontak maak? Sy vererg haar.

Dis darem 'n sonde soos wat die klein bedrieër Kadri 'n rat voor die oë draai! En die arme man sluk alles vir soetkoek. Hy staan daar met 'n bekommerde frons en Julene besluit terstond dis bog dat Oda elke keer net haar sin kry.

"Ek stel voor dat sy na 'n kliniek geneem word en daar deur iemand anders ondersoek word. En miskien sal dit goed wees as sy die paar dae wat sy wil rus liewer in 'n kliniek deurbring. Dit sal ooreising en ongelukke voorkom."

Oda kyk haar verwytend aan en laat parmantig hoor: "Ek gaan nié na 'n kliniek toe nie en . . ."

"Jy sal doen wat jou dokter sê," klink 'n streng stem op. "Kry haar gereed. Ons neem haar kliniek toe."

Toe die deur agter hom toegaan, oorstroom 'n stortvloed trane en verwyte Julene. "Jy is gemeen! Gemeen! Peter kom môre en nou wil jy my in 'n kliniek laat opsluit!"

Julene se gesig word streng. Soos sy vermoed het! "Jy het dus glad nie geval of jou rug beseer nie."

"Nee, maar dit was al manier om te keer dat ons môre vertrek. Peter het 'n paar dae af en hy kom Istanboel toe, maar as ons môre Rize toe gaan, sal ek hom nie te sien kry nie. En nou het jy alles bederf!" 'n Vingertjie wys dreigend na Julene. "Jy sorg dat ek nie in daardie kliniek opgeneem word nie, Julene! Ek sal wegloop en dit sal op jóú hoof wees, want jy is veronderstel om na my te kyk. Jy word betaal daarvoor!"

Julene pers haar lippe saam. 'n Dokter baklei nie met 'n pasiënt nie en beslis pas hy nie dié soort behandeling toe waaraan sy nou dink nie, maar in haar hart is sy daarvan oortuig dat 'n stewige loesing die beste behandeling is wat hierdie pasiënt kan kry – op 'n deel van haar anatomie net so 'n entjie onderkant die seer rug.

"Ek het hom só lief, Julene! Ek gaan sterf as ek hom nie weer sien nie!" kom dit gebroke.

Julene gee weer die suggie wat nou al tweede natuur geword het sedert haar paaie met hierdie dame s'n gekruis het. En dis al asof sy wil begin verstaan hoe Oda voel. Sy kan nie sê hoekom nie, maar sy voel skielik meer simpatiek en laat troostend hoor: "Die ander dokter sal net my bevinding staaf en jou terugstuur. Vee af jou trane. Ons sal nie môre Rize toe gaan nie. Ek dink daaroor is klaar besluit."

Alles verloop volgens plan. Die gawe Turkse dokter, met sy oë meer op sy blonde kollega as op die pasiënt, kondig aan dat sy diagnose met dié van dokter Meissner ooreenstem en hy stel ook maar net 'n paar dae rus voor.

Kadri dring egter daarop aan dat Oda vir die nag in die kliniek opgeneem word. Nie een van die twee dokters vind dit werklik nodig nie en Oda natuurlik glad nie, maar Kadri is beslis. Onder Oda se boosaardige blik verlaat hulle die vertrek.

"Is u werksaam hier in Istanboel?" vra Julene se kollega belangstellend terwyl hy hulle die kliniekgang af vergesel.

Dis egter Kadri wat antwoord, en baie kortaf ook: "Nee. Sy kuier hier – by my."

Hierna het die gawe Turkse dokter geen vrae meer nie. Dis eers toe hulle op pad is terug hotel toe dat Julene besef dat sy en Kadri vir die res van die aand op mekaar aangewese is, en sy weet nie of sy veel daarna uitsien nie. Die dag was wonderlik, maar sy dink nie sy moet haar geluk te ver beproef nie. Die een of ander tyd gaan die hare weer waai.

"Ek kan dit nie begryp nie."

Sy kyk na hom. Sy gesig lyk nog steeds kwaai. "Wat kan jy nie begryp nie?"

"Dat jy nog sonder 'n man rondloop."

Sy frons, word onmiddellik weer waaksaam. Hier kom dit. "Wat bedoel jy?" vra sy styf.

"Daar moes al talle mans gewees het wat bereid was om met jou te trou."

Sy kyk hom vererg aan. Van 'n ander man sou dit 'n kompliment wees: uit Kadri se mond klink dit soos 'n belediging. "Moenie verspot wees nie! Hoekom sê jy so?"

"Elke man wat sy oë op jou lê, kan dit nie weer van jou afkry nie."

Weer klink dit soos 'n beskuldiging, en 'n afjak bewe op haar lippe, maar dan besluit sy om van taktiek te verander. Hierdie man glo net wat hy wil. Verniet dat sy hom sal vertel dat sy 'n mansmens kwalik ken. Van sy anatomie weet sy alles af, in 'n lesingsaal geleer. Vir die res . . . Sy dink Oda weet meer as sy. Maar hy sal haar nie glo nie, dus . . .

"Ons leef in die twintigste eeu, meneer Murad, in 'n vry wêreld . . . en kyk is ook vry. Niks verkeerd met kyk nie, of is daar?"

"Daar is kyk én kyk! Daardie dokter van netnou . . . Hy het jou behoorlik met sy oë ontklee!"

Sy moet vinnig 'n glimlag keer. Genugtig, die man klink soos 'n monnik! 'n Mens sou nooit sê hy leef in 'n land waar bywywe 'n heeltemal aanvaarbare verskynsel is nie!

Haar stem klink ongeërg, asof sy daaraan gewoond is dat sy met die oë ontklee word: "Ag, meneer Murad, is dit nou regtig so vreeslik? Veral vir 'n dokter . . . Hy sien elke dag kaal vrouens. Nog een sal seker nie juis 'n verskil maak nie."

Sy moet alles inspan om haar lagspiere onder beheer te hou toe hy openlik geïrriteerd en verontwaardig 'n geluid uiter wat vir haar baie na 'n volbloed Turkse kragwoord klink.

"Hou op om vir my meneer Murad te sê! Dis ook nie net die dokter wat gewoond is aan kaal vrouens wat jou met sy oë wou stroop nie! Yasar kon jou ook met sy oë verslind gisteraand. Jy trek nie weer daardie rooi rok aan nie!"

Sy draai haar kop en kyk hom reguit aan. Die man lyk regtig ontstig. "Hoekom nie?" wil sy opreg verbaas weet.

"Dis te . . . ooglopend. Dit het elke man in daardie klub se oog getrek."

Haar geamuseerdheid begin taan en ergernis neem die plek daarvan in. 'n Mens sou sweer sy is sy aanstaande bruid soos hy te kere gaan. "En as dit so was, wat daarvan?"

Die vraag glip uit voordat sy dit kan keer. Natuurlik is dit die verkeerdste vraag om te vra. Nou skep dit die indruk sy het doelbewus aangetrek om aandag te trek, dat sy 'n regte koket is.

"Omdat ek jou reeds gesê het dit stel 'n swak . . ."

"Voorbeeld en het 'n slegte invloed op jou Odatjie. O ja. Jy het dit al gesê," vul sy aan en draai haar kop weg. Wat op aarde het haar vir een oomblik laat dink hy is jaloers?

"Presies. Sy is nie meer die meisie wat sy was sedert die Switserland-episode nie."

En nou word dit alles voor háár deur gelê! Sy sug, keer maar weer terug na die ou taktiek. "Ons word almal elke dag groter, ouer en wyser. Of verwag jy werklik sy moet die kind bly wat jy uit die stroom gered het?"

"Nee, natuurlik nie. Maar terwyl 'n mens ouer en wyser word, hoef jy nie ook sleg te raak nie."

"En dis wat ek haar leer – om sleg te raak?"

Hulle hou by die hotel stil en hy draai na haar, kyk haar 'n oomblik vas aan. Dan klim hy sonder 'n woord uit, hou die deur vir haar oop en hulle stap stilswyend na die hysbak. Steeds swygend bereik hulle die suite. Maar toe sy direk wil deurstap kamer toe, keer sy stem haar.

"Julene . . ."

"Ja?"

"Ek wens net ek kon weet . . ."

Hy swyg en sy ontmoet sy oë vierkant, lig haar ken. "Wat weet? As jy vra, sal ek jou antwoord."

"Was daar al baie mans?"

Haar gesig is heeltemal stil. "Vanselfsprekend, meneer Murad."

Hy stap nader, kom byna teen haar tot stilstand. "Jy sal dus nie omgee om nog 'n naam by die lys te voeg nie?"

"Hoekom nie?"

"In daardie geval . . . gaan trek jou rooi rok aan. Ons gaan eet." Hy sien die verwarring in haar oë en gee haar 'n stroewe glimlaggie. "En moenie die kamerdeur teen my probeer sluit nie. Ek het 'n loper. Waarvoor is jy bang, juffrou Meissner?

Jy is 'n slim en geleerde vrou, 'n vrou van die wêreld . . . Jy kan jouself seker handhaaf teen 'n Turk?"

Sy leun verdwaas teen haar toe kamerdeur. Wat het haar besiel om so kinderagtig te wees om kragte met hierdie man te wil meet? Om hom onder so 'n gruwelike wanindruk oor haarself te bring? Maar as hy regtig dink sy is 'n goedkoop tipe, hoekom los hy haar dan nie uit nie? Waar sou hy oorspronklik aan hierdie idee gekom het? Net omdat Oda nie meer dieselfde is sedert haar besoek aan Switserland nie? Of omdat sy alleen by 'n kroegtoonbank gaan sit het, met 'n vreemdeling begin gesels en 'n drankie van hom aanvaar het? Of omdat sy 'n rooi aandrok dra en sy landgenote nie hul oë van haar kan afhou nie? Spel dit alles vir Kadri Murad net een woord? Die bittere onregverdigheid daarvan! Sy voel skielik effens histeries, 'n vreemde gevoel vir Julene Meissner om te ervaar. As die klomp by die Meissner-kliniek moet weet sy word verdink van sulke onheilighede, sal hulle hulle seker doodlag.

Sy stap na die kas, haal die rooi rok uit. Sy is gewaarsku – dit sal niks help om haarself in die kamer te probeer toesluit nie. Hy het 'n loper.

Sy gaan hom beslis ook nie die genot verskaf om haar uit die kamer te kom sleep nie. Wat meer is – en sy gooi die rok oor haar kop – sy is amper seker dat hy kapabel is om self vir haar die rooi rok aan te trek as sy oor 'n halfuur nog nie daarin is nie. Sy voel haar hande bewe toe sy die rokvoue regtrek. Om hulp skree sal ook nie help nie. In hierdie land van vier wettige vrouens en hoeveel bywywe sal niemand dit waag om hom in 'n ander man se liefdesake in te meng nie.

Met groot bedenkinge oor hoe die res van hierdie aand gaan verloop, is sy gereed toe daar aan haar kamerdeur geklop word. Sy troos haar daaraan dat dit veiliger sal wees om saam met hom te gaan eet as om alleen saam met hom in die suite te bly.

Toe sy die deur oopmaak, kyk hy vlugtig na die rooi rok, vang dan haar blik vas. Daar vind 'n stille kragmeting plaas en hoewel sy voel hoe haar maag op 'n knop trek, kyk sy nie weg nie.

"Sal ons gaan?"

Hy neem haar nie weer na dieselfde nagklub as die vorige aand nie. Dis 'n kleiner, baie intiemer plekkie met dowwe beligting, sagte musiek en pragtige dekor. Die Turkse dame by die ontvangstoonbank verwelkom hulle gul. Ook hier is Kadri Murad blykbaar 'n gereelde en geëerde gas.

Toe hulle sit, kyk sy om haar rond, sien 'n paar mansoë op haar en kyk vinnig terug na die man oorkant haar. Sy siniese glimlaggie vertel haar dat hy ook die blikke onderskep het. Natuurlik is sy weer dadelik vererg, en soek doelbewus na iets om ook 'n hou in te kry.

"Na die ontvangsdame se gedrag te oordeel moet jy taamlik gereeld hier kom."

"Nie te dikwels nie."

"Maar jy bring tog soms van jou vrouens hierheen?"

"Nee. 'n Vrou se plek is by die huis."

Sy probeer haar afkeer verberg. "Volgens jou is 'n vrou haar man se voetvel en vadoek?"

"Nee. Veel meer as dit. Sy moet na my huishouding omsien, my kinders versorg en grootmaak en, wanneer dit my pas, 'n vrou vir my wees."

"Ek sien. Dan neem ek aan jy bring slegs . . . e . . . spesiale dames hierheen?"

"Moontlik. Sal jy 'n voorgereg neem?" Klaarblyklik ontstel haar woorde hom geensins nie.

Sy bepaal haar by die spyskaart, maar het geen eetlus hoegenaamd nie. Dan is hy getroud – met een of meer vrouens – en seker 'n spul bywywe op die koop toe! Sy voel half mislik van teleurstelling. Dan gaan Oda, die arme kind, sy tweede of derde – dalk vierde – vrou wees!

Toe hy haar 'n rukkie later vra om te dans, wil sy nie. Sy

wil nie hê hy moet aan haar raak nie! Hy hoort nie hier nie. Hy hoort by sy harem vol vrouens en hoeveel kinders! Maar die hand onder haar elmboog het haar reeds halfpad opgetrek en sy moet maar gaan. Daar is weer oë op hulle gerig en sy wil nie 'n gek van haarself maak nie.

Vanaand dans hy egter nie koud of afsydig met haar nie. Sy word stewig vasgevat, styf teen hom getrek en sy voel sy asem teen haar wang. Sy probeer haar stywe nek nog verder terugtrek, maar dit het reeds die punt bereik waar dit gaan afbreek as sy dit nog verder van hom wil terugdwing.

Sy voel sy vel teen hare en asof hy haar gedagtes kan lees, sê hy by haar oor: "Vergeet nou van al my vrouens en kinders. Jy hoef jou nie oor hulle te bekommer nie. Hulle is versorg en tevrede."

"Ek dink dis . . . afskuwelik!" bars sy fluisterend los, maar al reaksie wat sy kry, is dat sy nou sy mond vol teen haar wang voel.

"Wat vind jy so afskuwelik?"

Sy probeer hom vas in die oë kyk, hom met haar veragtende blik deurboor, maar vind uit dis 'n fout. Net betyds draai sy haar mond voor sy lippe weg.

"Dat jy . . . dat jy jou hier vermaak met 'n ander vrou terwyl jou familie op jou sit en wag om huis toe te kom! Jy behoort jou te skaam!"

Hy lig sy kop op en kyk haar vas in die oë. "Ontstel dit jou werklik?"

"Natuurlik! Jy was gou om my te vertel wat jou vereistes vir 'n vrou is. Wel, 'n vrou het ook die reg om vereistes te stel, meneer Murad! Sy is ook 'n mens met gevoelens, nes jy!"

Sy wenkbroue lig. "En wat sou jou vereistes aan jou man wees, juffrou Meissner?"

"Dat hy huis toe kom wanneer hy klaar gewerk het. Hy sal beslis nie toegelaat word om ander dames in sulke plekke," en sy kyk om haar, "sulke suggestiewe plekke te onthaal nie! Ek sal dit nie duld nie!"

"Jy klink baie selfsugtig en besitlik. Jy sal dus nooit bereid wees om jou man te deel nie?"

"Nee! Nie met 'n ander wettige vrou nie, nie met 'n byvrou nie, nie met enige ander vrou op die aarde nie." Die musiek het opgehou en sy kyk hom uit die hoogte aan, sê meerderwaardig: "Sal jy my asseblief nou terugneem? Gaan soek vir jou iemand anders om jou aand mee te verwyl. Ek is nie beskikbaar nie."

"Jy is ongelooflik!" Daar is 'n glimlag op sy lippe, maar sy oë kyk haar skerp aan. "Sê my, as ek nie getroud was nie, en ek het nie soveel byvroue gehad as wat jy glo ek het nie, sou dit 'n verskil gemaak het? Sou jy die aand saam met my geniet het?"

Sou sy? Haar ooglede fladder voor sy indringende blik. "Maar nou ís jy getroud en onderhou jy die helfte van Istanboel se meisies . . ."

"Kom hier!" 'n Arm omsirkel haar, sy word teen hom vasgetrek en haar voete volg hom noodgedwonge na die ontvangstoonbank.

Op die ontvangsdame se bekommerde vraag antwoord Kadri op Engels: "Nee, Halida, ek is nog lank nie klaar nie, ek wil jou net voorstel aan juffrou Meissner van Switserland. Dit is Halida. Sy werk bedags in ons matfabriek en saans is sy ontvangsdame. Haar man is een van die sjefs hier. Halida praat en verstaan Engels redelik goed." Die twee dames knik vir mekaar en Julene wens hy wil haar los, maar sy word nog stewig teen sy blad vasgehou. "Halida, dié dame is 'n bietjie bekommerd. Ons ken mekaar nog nie lank nie, en sy het êrens die idee gekry – soos net julle vrouens ongegronde idees kan optower – dat ek 'n getroude man met 'n klomp kinders is. Sal jy haar asseblief reghelp?"

Die Turkse vrou lag, skud haar kop. "U hoef nie bekommerd te wees nie, juffrou Meissner. Meneer Murad is nie getroud nie en sover ek weet," sê sy met 'n vonkel in die oog. "het hy ook nie kinders nie."

"Dankie, Halida. Sê vir jou man ons sal nou sy spesiale seekosdis neem. Baie oesters, asseblief!" Hy kyk af na Julene. "Terwyl dit voorberei word, kan ons gerus nog 'n bietjie dans . . . sonder dat jy skuldig hoef te voel."

Haar bene voel swak en sy is eintlik dankbaar vir die arms wat haar weer stewig ondersteun. En op hierdie oomblik pas dit haar om haar gesig onder sy ken weg te steek. Hoekom op aarde sy so 'n gloed van verligting deur haar voel spoel, weet sy nie. Toe sy gesig laer teen hare afskuif en sy mond net-net haar oorbel vang, voel sy verplig om protes aan te teken, maar dit klink selfs in haar eie ore flou.

"Dit verander nog niks aan die saak nie. Jy dink nog steeds ek is 'n . . ."

"Ek het opgehou dink, Julene. Hou jy ook op."

Dis skielik baie makliker om die fluiserende bevel te ge-hoorsaam as om kapsie daarteen te maak. Sy voel net nie verder lus vir baklei nie. Dis tog soveel makliker om te kapi-tuleer, al is dit dan net tydelik – 'n soort wapenstilstand. En haar verstand is op die oomblik in elk geval nie wat dit moet wees nie. Dit voel vir haar of haar brein in vloeistof dryf – en só 'n swemmende brein het sy nog nooit gehad nie. Dit moet die vonkelwyn wees wat sy gedrink het. Natuurlik, sy is nie juis 'n alkoholgebruiker nie. Sou Turke altyd vonkelwyn be-stel wanneer hulle 'n dame vir ete uitneem? Of is dit maar net dat Kadri Murad nie soos die gewone Turk is en optree nie? Om eerlik te wees, hy is 'n bietjie anders as enige ander man met wie haar pad al gekruis het.

Sy voel die drukking van die palm van sy hand teen haar kruis en gee mee, en dit dring vaagweg tot haar deur sy het nog nooit in haar lewe op so 'n manier met 'n man gedans nie. Maar hierdie man. . . hy kán dans en hy is geoefen in al die meegaande bewegings ook. Soos om sy kop teen hare te lê en net genoeg druk toe te pas om haar te dwing om terug te druk – anders sal haar kop heel dwars gaan lê. En sy mond bly by haar oor . . . sy warm asem teen haar vel . . . Sy soek na iets om te sê om hom te dwing om sy lippe vir praat te gebruik.

"Ek kry die gevoel jy het hierdie aand beplan. Dié dat jy aangedring het dat Oda vir die nag in die kliniek moet bly."

Hy lag inskiklik. "Die gedagte het my getref dat dit ons 'n goeie geleentheid sal bied om mekaar beter te leer ken. Ek het die gevoel gekry ons het 'n paar wanindrukke van mekaar wat opgeklaar moet word."

Die musiek hou op en hy lei haar terug na die tafeltjie waar 'n heerlike seekosgereg voor hulle neergesit word. Hy skink weer hul glasies vol vonkelwyn en hoewel sy sterk twyfel of sy hierdie een ook moet drink, klink sy tog met hom en beaam sy: "*Serefinize!*"

Sy kyk na hom oor die dowwe kerslig tussen hulle. "Voel jy al die wanindrukke is nou opgeklaar?"

"Ek weet nie, maar ons hét mekaar beter leer ken, nie waar nie? En voor hierdie aand om is, gaan ons mekaar nog baie beter ken. *Saatler olsun!*"

"Wat beteken dit?"

"Mag dit nog vir ure voortduur!"

Sy voel haar hart 'n ruk gee. Wat sou hy beplan vir die ure vorentoe, waaroor hy so seker klink? Sy probeer haar verdoofde verstand onder beheer kry. Sy moet onmiddellik van hierdie lamlendigheid ontslae raak. Iets vertel haar sy gaan 'n koel, nugter verstand nodig kry.

"Drink jou vonkelwyn," word sy aangesê.

"Dankie. Nie meer vir my nie." Sy skud haar kop beslis.

'n Ligte fronsie begin weer tussen sy oë inkeep. "Waarvoor is jy bang?"

"Ek is nie bang nie – of moet ek wees?"

Hulle oë vang mekaar vas. "Daar sal niks gebeur wat jy nie self graag wil laat gebeur nie. Stel dit jou gerus?"

Sy sluk. Dis juis die probleem, dink sy ontsteld. Daar het al klaar dinge gebeur wat sy nie wou laat gebeur nie. Sy kan haarself vanaand nie vertrou nie en dit is 'n ontstellende gedagte. Tog wil sy ook nie hê hierdie aand moet sommer ophou nie! Wat makeer haar?

Sy hou haar oë op die bord kos, weet dat hy na haar sit en kyk met 'n klein glimlaggie. Wat sy nie sien nie, is die tikkie verwarring wat in sy oë lê.

Hulle dans weer, en weer bied sy geen weerstand toe hy haar intiem vashou nie. En toe is dit tyd om te gaan.

Nie een praat 'n woord op pad na die suite toe nie. Toe hulle dit binnestap, sit Julene se hart in haar keel. Natuurlik moet sy hom nou bedank vir 'n aangename ete en nag sê en dadelik kamer toe gaan. Sy aarsel, lig haar oë na hom op, maar hy spring haar voor.

"Ek geniet gewoonlik 'n bietjie Turkse koffie ná ete. Sal ek vir ons gaan maak?"

Sy hou nie vreslik baie van die smaak van Turkse koffie nie, maar sy hoor haarself sê: "Dit sal lekker wees, dankie."

"Ek bring dit balkon toe."

Sy stap uit op die balkon, voel die soel aandlug van 'n Oosterse middernag teen haar gesig. Sy kyk op die mistieke nagtoneel voor haar en voel haar hart in haar fladder. Omring deur sowat ses miljoen mense . . . en tog voel dit vir haar skielik asof sy haar op 'n eiland bevind, met net sy en Kadri Murad daarop.

"Jy lyk pragtig so gesilhoeëtteer teen die naghemel."

Sy draai haar gesig na hom, sien hom die skinkbord neersit, sien hom aangestap kom. Toe sy arms om haar gaan en sy vas, vás teen hom aangetrek word, weet sy sy het daarvoor staan en wag, dat dit een van die dinge is wat sy wou laat gebeur. Hy soen haar nie dadelik nie. Hy draai haar eers só dat haar gesig in die dowwe maanlig sigbaar is, syne 'n swart vlek hier digby hare. Hy hou haar net vas, kyk speurend op haar gesig af en dan eers, toe hy haar smagtende lippe sien, buig hy sy kop laer.

Dis lank stil.

Later is daar net asemhaling hoorbaar, en sy weet nie of dit hare of syne is nie. Sy sluit haar oë weer, voel sy mond oop en klam teen die boog van haar nek, hoe sy wang teen die ronding van haar borste aandruk.

"Kadri . . ."

"Julene, jy . . ."

Sy mond sluit weer vas oor hare en sy voel haar vingers deur die hare op sy agterkop gaan, hoe sy vingers haar opgesteekte hare begin loswoel. Hoe sê mens op Turks? *Saatler olsun!*

Sy hande beweeg onder haar dye in en die volgende oomblik voel sy hoe sy letterlik deur die lug sweef toe hy haar optel en met haar begin aanstap kamer toe.

Sy voel die sagtheid van 'n bed teen haar rug en die hardheid van die man se liggaam teen hare, en vir die eerste keer in haar lewe voel Julene Meissner hoe dit voel om soos 'n vrou te voel. 'n Handpalm stroop teen haar been af, trek die rooi aandrok saam, en met die besef dat keerpunt reeds verbygesteek is en dat sy nie omgee nie, dat sy die onvermydelike nie wil vermy nie, voel sy die ongeduldige vingers verder gaan . . .

En toe lui die telefoon.

'n Oomblik gee hulle geen aandag daaraan nie, maar die skril geluid sny uiteindelik deur die waas wat hulle omring. 'n Verwensing ontval sy lippe en sy voel hom van haar af wegbeweeg. Sy hoor sy kortaf stem en sy hoor hom aan die persoon aan die ander kant vra of dié besef watter tyd van die nag dit is. Sy kom stadig orent, trek die afgeskuifde skouers van die rooi aandrok terug op hul plekke.

"Julene, dis vir jou. Wil jy met hom praat?"

Sy kom verward in die kamerdeur tot stilstand. "Wat? Wie is dit?"

"Wie dink jy?"

Hy stap uit op die balkon en sy neem die telefoon op. Wie sal haar hierdie tyd van die nag bel?

"Dokter Meissner? Dis dokter Rudman hier. Ek is jammer ek bel hierdie tyd van die nag, maar ek kon nie anders nie.

Ek kon nou eers bevestiging kry vir die vlug wat oor twee uur vertrek. Ek hoop nie julle het al geslaap nie?"

"Nee." Sy probeer haar gedagtes orden.

"Ek kon natuurlik nie vra om met Oda te praat nie. Maar sal u asseblief vir haar sê ek verwag om omstreeks elfuur môreoggend in Istanboel te arriveer? Ek sal julle by die hotel bel. Ek is jammer om te pla, maar u is my enigste kontak met haar."

"Nee." Sy sluk. "Nee, jy pla nie."

"U sal dus vir Oda die boodskap gee, asseblief? Hoe gaan dit met haar?"

"Goed. Baie goed."

Toe sy omdraai, is die vertrek leeg. Sy bly besluiteloos staan. Die betowering van die aand is verbreek. Moet sy balkon toe . . . of moet sy liewer kamer toe gaan? Maar om sommer nou net kamer toe te gaan . . . Sy moet darem seker nagsê.

Hy staan met 'n koppie koue Turkse koffie, sy oë op die stad gerig toe sy op die balkon uitkom . . . en sy kan aan niks dink om te sê nie. Wat kan sy sê? Tog nie dat die oproep eintlik vir Oda bedoel was nie.

Sy stem klink mat toe hy die stilte eerste verbreek: "Jou gewese bruidegom het blykbaar hierdie keer die skoot behoorlik hoog deur."

Sy maak 'n hulpelose gebaar met die hande. "Ek is jammer. Dit is al baie laat . . ." Wat anders kan sy sê?

"Vir 'n verliefde man maak tyd nie saak nie, maar ek sal verkies dat julle jul liefde op 'n meer geleë tyd aan mekaar betuig. En terloops, juffrou Meissner, ek verwag dat jy jou buitelandse oproepe self sal betaal. Ek het vanmiddag gesien daar is al 'n hele paar oproepe na Switserland op my rekening. Ek het jou 'n goeie voorskot gegee."

Iets ruk styf in haar, só styf dat sy 'n fisieke pyn ervaar. En die skok daarvan maak haar brein skielik helder, so helder dat sy weer kan begin dink, nugter dink. Haar oë en stem verkil ook, en sy kyk hom uitdagend aan.

"Natuurlik, meneer Murad. Jy sal jou geld kry."

Sy draai haar om, maar vorder nie ver nie. Sy hande is op haar skouers en sy kyk in sy vertrekte gesig vas.

"Watter soort vrou is jy wat 'n man sal terugneem wat jou so verneder het? Is jy werklik so beginselloos dat jy nie omgee hoe jy behandel word nie solank daar net 'n man is met wie jy bed toe kan gaan?"

Sy het nie hieroor gedink nie, dit nog minder beplan. Dit gebeur net . . . en vir 'n oomblik nadat haar handpalm sy wang getref het, weet sy nie wie die geskokste van hulle twee is nie. Dan hoor sy haarself in 'n bewende stem sê: "Ek het uitgevind daar is min te kies tussen die een man en die ander. Die een is net 'n groter skurk as die ander. Julle is almal eenders."

"Hoe durf jy my so minag!" Hy kry haar skouerknoppe beet en hierdie keer maak sy greep werklik seer. Sy stem is sissend: "As die een so goed is soos die ander, kan ons maar voortgaan met die speletjie?"

"Nee!"

Maar hy het haar reeds vas teen hom getrek en sy mond soek na hare terwyl sy tevergeefs haar gesig buite sy bereik probeer kry.

"Ons was laas op die bed . . ." Sy voel hoe sy 'n tweede keer na die bed gedra word. 'n Oomblik is sy bewingloos en stom van skok. 'n Wonderlike aand het in 'n nagmerrie ontaard!

Dan begin sy baklei. "Los my, jou skurk. Jou beginsellose skurk! Om 'n vrou teen haar sin bed toe te dwing . . ."

"Dit was nie netnou teen jou sin nie. Jy was meer as gewillig, juffrou Meissner! En hierdie skielike aanval van gewete nadat jy jou minnaar se stem gehoor het, beïndruk my nie. Ek weet nie wat jou prys is nie, maar ek het jou 'n goeie klompie liras betaal – en dis beslis nie omdat jy so 'n wonderlike dokter is nie."

Sy word op die bed neergegooi en dan val sy volle gewig bo-op haar. Instinktief verdedig sy haarself.

Kadri gee 'n gesmoorde uitroep en ruk weg. Sy gebruik die kans om onder hom uit te kom en strompel deur toe. "Jammer, meneer Murad," skree sy oor haar skouer. "Jy het my nie gekoop nie. Jy kan jou geld terugkry. En ek waarsku jou. Ek het 'n sakpistool by my. Waag dit om in my kamer in te kom en ek sal skiet!"

Sy klap die kamerdeur agter haar toe, hardloop na die bedkassie en haal met bewende vingers die wapen uit. Dan swaai sy haar om, gaan sit op die bed, pistool in die hand. Sy wag gespanne.

Hy volg haar nie soos sy verwag het nie. Haar arm begin lam word en sy laat die pistool op haar skoot sak. Sy bewe van kop tot tone! Sy weet nie of sy maar moet uittrek nie. Maar as sy verder gemolesteer word en sy moet hier uitvlug, moet sy geklee wees!

Haar liggaam ruk stokstyf toe daar 'n kloppie aan haar deur opklink. Sy lig die pistool.

"Ontspan, juffrou Meissner. Na dese sal ek nie eens met 'n tang aan jou wil raak nie." Die deur swaai oop en hy staan daar met 'n tas in sy hand. "Ek vertrek onmiddellik na Rize. Ek het gereël dat 'n motor Oda môreoggend by die kliniek kry en haar hierheen bring." Sy sien hoe hy 'n sakdoek teen sy lip druk waar daar weer 'n bloederigheid by die bytplek verskyn. "Ek wil net voor ek gaan nog 'n wanindruk regstel. Jy begaan 'n baie groot fout as jy dink ek wou jou koop met daardie geld. Ek koop nie tweedehandse goed nie, juffrou. *Allahaismarladik.* Tot siens."

6

Julene is vol vaste voornemens terwyl sy die volgende oggend op Oda se terugkeer wag. Sy gaan padgee . . . vandag nog. As sy nie dadelik 'n vlug kan terugkry nie, gaan staan sy op die kaai en wag tot sy plek op 'n boot kry, maar hier moet sy weg wees voordat daardie . . . daardie vent terugkom.

Die gedagte dat sy noodgedwonge van die gewraakte geld sal moet gebruik om in Switserland te kom, hinder haar, maar sy troos haar daaraan dat sy dadelik die hele bedrag sal terugstuur by haar aankoms. Daarna wil sy van Turkye en Turke vergeet.

Maar dit is nie die eerste keer dat haar vaste voornemens gefnuik word nie. Ontvangs stel haar in kennis dat die motor wat bestel is om Oda by die kliniek te gaan kry, sonder haar teruggekeer het. Sy het die kliniek blykbaar reeds verlaat. Die nare gevoel dat dinge al weer aan die skeefloop is, oorval Julene. Sy probeer haarself kalmeer. Moontlik het Oda sommer 'n huurmotor gekry om haar terug te bring. Maar dan moes sy al hier gewees het . . . Of miskien was sy en Peter Rudman tog in kontak en is sy lughawe toe om hom te gaan haal. Dis al verklaring wat sy kan kry om die onrus in haar te probeer smoor.

Later, heelwat later, laat 'n klop aan die deur haar vinnig opspring . . . en haar hart sak in haar skoene toe sy sien Peter Rudman staan alleen voor haar. Hy sien die skrik in haar oë en vertolk dit verkeerd, glimlag gerusstellend.

"Op my navraag by die ontvangstoonbank het hulle my vertel meneer Murad het vertrek, maar dat iemand wel hier is om my te ontvang. Dié dat ek so dapper kom aanklop het! Goeiedag, dokter Meissner."

"Dag, dokter Rudman. Kom binne." Dan hoopvol, maar teen haar beterwete: "Is Oda nie by jou nie?"

Hy lyk verbaas. "Nee. Hoekom vra jy?"

"Die motor wat haar vanoggend by die kliniek moes kry, het sonder haar teruggekom. Ek het geen benul waar sy is nie!"

Peter frons skerp. "Die klein klits! Ek het 'n vermoede wat gebeur het. Dis nou 'n deurmekaarspul!"

"Wat bedoel jy? Wat het gebeur?"

"Ek het haar gesê ek is nie honderd persent seker dat ek kan kom nie. Ek het omtrent gesukkel om 'n vlug te kry. Toe ons laas gepraat het, het sy gedreig om na my toe te kom, wat natuurlik buite die kwessie is. Watter rede kan sy aanvoer om skielik weer Switserland toe te moet gaan? Ek het haar toe gesê sy moenie oorhaastig wees nie, hulle sal my laat weet sodra daar 'n kansellasie kom. Dis dié dat ek verlede nag op so 'n onmoontlike tyd gebel het om te sê ek het nou plek gekry. Het jy haar toe nie kliniek toe gebel om haar te sê ek is op pad nie?"

"Nee, natuurlik nie. Dit was ná middernag en Kadri Murad was in die woonstel en nog wakker," sê sy ergerlik.

"Ek begryp. Dit sal nou 'n gemors afgee as sy op pad is Switserland toe en ek sit hier. Dit help nou veel."

Ja, wat 'n gemors, dink Julene. Sy weet sy hoef nie eens te gaan soek na die koevert met die geld nie. Oda sit daarmee, of wat daarvan oor is nadat sy haar vliegkaartjie gekoop het. En sy sit sonder 'n sent gestrand in Istanboel. Sy sal nog hier sit wanneer Kadri Murad van sy teeplantasies terugkom en dan . . .

Sy sê vinnig, probeer nie benoud klink nie: "Bel die kliniek en hoor of sy al daar aangekom het."

"Dis 'n bietjie gou as sy eers vanmiddag 'n vlug gekry het. Ek twyfel ook of sy na die kliniek sou gaan. Sy sou eerder na die ski-oord gegaan het."

"Bel dan die ski-oord."

"Nee. Ek dink ons moet maar wag tot ons van haar hoor. Sy sal wel bel as sy uitvind ek is nie by die kliniek nie."

"En dan? Wat dan?"

"Dan moet sy maar net terugkom," is die ongeërgde antwoord. "Ek kan nie terugvlieg Switserland toe nie. Ek het net 'n enkelkaartjie gekoop. Oda het gesê sy sal my koste dra. Ek moet net kom, sy sal vir alles sorg."

Julene se bene gee onder haar mee en sy sak op 'n stoel neer. Die vae hoop wat sy gekoester het om Peter Rudman

265

van haar penarie te vertel en hom te vra om haar geld voor te skiet sodat sy net eers in Switserland kan kom, sterf 'n vinnige dood. Hy sit self sonder geld, want Odatjie was al weer baie vrygewig met haar Kadri se geld. Laat sommer haar vryer op sy koste kom!

Sy kyk die Engelsman stip aan, en hy lees haar gedagtes. Hy glimlag heeltemal skaamteloos. "Jy is geskok, nie waar nie? Maar ek dink nie jy begryp die situasie heeltemal nie, Julene. Ek kan jou seker maar so noem, nè? Ek en Oda het 'n ligte flirtasie in die kliniek gehad . . ."

"Net 'n flirtasie?" vra sy koel, haar blik veroordelend.

"Wel, aan my kant was dit net 'n flirtasie. Aanvanklik het ek haar 'n bietjie gevlei, net om my pasiënt beter te laat voel. Sy was 'n vreemde meisietjie in 'n vreemde land. Maar sy het meer daarin gelees as wat bedoel was en . . . wel . . ."

"En toe buit jy dit uit!" Sy is so kwaad sy kan die vaal Engelsmannetjie gerus aan sy skouers gryp en skud. "Jy het oneties opgetree en jy bly oneties optree."

Maar hy bly koel. "Ek is 'n man. Dit vergeet jy blykbaar, dokter Meissner. En Oda was baie . . . e . . . gewillig. Ek weet jy veroordeel my nou, maar daar is maar min mans wat 'n gewillige vrou kan weerstaan, veral as sy mooi en jonk en ryk is."

"Oda is nie ryk nie. Sy besit nie 'n sent nie. Dis haar aanstaande wat ryk is en wie se geld sy so kwistig uitdeel."

Hy knik. "Ja. Ek weet. Glo my, toe sy weg is uit Switserland het ek werklik gedink dit was die einde van die storie. Maar Oda het knaend gebel . . . tot vier keer op 'n dag!"

Dis Julene wat knik. "Ek glo jou." Dit was seker terwyl Kadri haar Istanboel gewys het . . . En dit is die spul oproepe wat Kadri verwag sý moet betaal.

"Sy het gedreig dat as ek nie hierheen kom nie, sy sal wegloop na my toe. Ek kon niks anders doen as om 'n plan te beraam om hierheen te kom om te kyk of ek nie die ding 'n natuurlike dood kan laat sterf nie."

"Ja, natuurlik. Net solank jy jou hieruit kan loswriemel op 'n ander man se koste . . ."

"Julene, asseblief! Ek het nie geld om rond te gooi nie. Ek wil oor 'n paar maande teruggaan Engeland toe en ek sal elke pennie nodig hê om 'n praktyk te begin. Ek is nie bereid om een pennie te mors op 'n orige Turkse meisietjie nie," kom dit pront.

Mans! Hulle is almal eners! sê Julene vir haarself: "Ja. Maar as jy jou gedra het, sou sy nie nou orig en 'n onskuldige man nie in die rug gesteek gewees het nie!"

"Jy keer darem baie vir hierdie Kadri. Is daar iets tussen julle?" kom die vraag reguit.

"Nee. Hoe kan daar wees? Jou orige Odatjie het hom vertel daar is iets tussen my en jóú, vandaar al die oproepe Switserland toe. Dis ék wat so agter jou aanbel, en jy is nogal die man wat my 'n dag voor ons troue in die steek gelaat het." Sy sien sy lippe onwillekeurig trek en sy bars woedend los, nou paniekerig van kommer oor Oda én haarself. "Dis nie 'n grap nie, Peter Rudman! Daar gaan wel iets tussen my en Kadri Murad wees as hy nou hier moet instap en ek kan nie sê wat van Oda geword het nie . . . koelbloedige moord!"

"Maar hy sal nie nou hier instap nie. Hy is mos weg."

"Ja, na sy teeplantasies toe, maar ek weet nie wanneer hy terugkeer nie. Hy het nie gesê hoe lank hy wegbly nie. En wat moet ek sê . . .?"

Skielik lui die telefoon en sy voel hoe sy verbleek van skrik. "Praat van die duiwel . . . Daar bel hy en wat moet ek sê waar is Oda as hy met haar wil praat?"

Die telefoon skril weer, maar sy bly sit, te lam om op te staan. "Ek gaan dit nie antwoord nie. Dit kan afspring van daardie mik, ek sal dit nie antwoord nie!" Maar sy weet baie goed dit is kinderagtig. Antwoord sal sy moet, al is dit ook vannag om middernag.

"Sê hom jy het haar in die bed gesit, sy moet 'n paar dae rus."

"Hy weet sy is nie so siek dat sy nie telefoon toe sal kan kom nie."

"Maar jy is die dokter!"

Op pad na die skrillende telefoon kyk sy hom verwytend aan. "Ek moet sê, jy en Oda is twee goeie karperde as dit by lieg kom. En nou wil julle my ook inspan." Sy ruk die hoorbuis na haar oor. "Ja? Dokter Meissner wat praat." Haar stem klink glad nie vriendelik nie.

"O, Julene! *Merhaba!* Dan is julle nog nie weg nie?"

Sy sluit haar oë dankbaar. "Nee, Yasar. Oda het 'n ongelukkie gehad . . ."

"Ek het so verstaan. Ek was by die kliniek om 'n vriendin te gaan besoek en toe sê sy my Oda is ook daar. Hoe gaan dit nou?"

"O, goed. Goed." Te goed vir woorde, dink sy bitter. Sy sit in Switserland en los my hier tussen twee vure.

"Is Kadri daar?"

"Nee, hy is laas . . . vanoggend baie vroeg weg na die teeplantasies."

"Ag, dis alles reg. Ek sal dan maar met hom kontak maak. Ek sien jou die een of ander tyd weer."

Sy verduidelik toe sy die telefoon neersit: "Dit was Yasar, Kadri se vennoot. Peter, ons moet 'n plan maak om Oda so gou moontlik . . ." Die telefoon lui weer en sy tel op. "Ja?"

"Juffrou Meissner?"

Haar hart ruk. Die gesprek is weer formeel. Hoe dan ook anders? "Ja, meneer Murad?"

"Is Oda veilig terug?"

Sy sluk. Hoe het sy dit tevore reggekry om so gemaklik kluitjies te bak en nou word dit elke dag al swaarder? Maar die kalf is in die put. "Ja, meneer Murad."

"Kan ek met haar praat, asseblief?"

"Sy . . . e . . . sy is in die bed. Ek het haar in die bed gesit."

"Hoekom? Is haar rug . . .?"

Sy hou haar asem op. Noodleuen of nie, maar as hierdie man moet wéét . . . "Haar rug het rus nodig. Ek het haar verbied om 'n voet uit die bed te sit die volgende paar dae. Jammer. Is daar 'n boodskap?"

'n Kort stilte. Dan: "Nee. Sê net groete. En . . . e . . . juffrou, die telefoon was beset toe ek nou gebel het. Al weet met Switserland gepraat?" Sy swyg. Laat hom tog maar dink wat hy wil. "Onthou dat ons jou telefoonrekening in orde kry wanneer ek terugkom. Tot siens."

Haar oop mond klap toe. Sy wou vra wanneer hy terugkom. Dis van lewensbelang om dit te weet, maar die lyn is reeds dood. Peter het intussen die suite bekyk en bewonder. "Die man moet regtig ryk wees. Dit laat my minder skuldig voel om daarvan gebruik te maak. Watter kamer is joune?"

"Daardie een. Hoekom?"

"Dan sal ek my maar in die ander een tuismaak. Ek moet êrens tuisgaan, en terwyl Oda nie vir my vir verblyf gesorg het nie . . ." Hy frons toe hy haar geskokte oë sien. "Dit werk eintlik goedkoper vir jou Kadri uit. Hy is mos nie hier nie; dus is dit veilig om van sy kamer gebruik te maak."

"Maar as hy hier moet aankom . . ."

"Hy sal nie. Jy het nou net met hom gepraat. Hy sit kilometers hiervandaan teen die Swart See." Hy glimlag gerusstellend, baie seker dat die situasie onder beheer is. "Hou nou op om jou so te bekommer. Daar gaan niks vreesliks gebeur nie. Kom ons gaan eet liewer êrens. My maag het gister laas kos gesien."

"Maar jy sê dan jy het nie geld nie. En wat as Oda hierheen bel en ons is nie hier nie?"

"Dan moet ons maar kos hierheen laat bring. Terwyl Oda nou nie hier is nie, kan ek seker maar haar deel op Murad se koste eet. Sy sou tog moes geëet het as sy hier was," redeneer hy.

Julene kyk hom vies aan. Sy hou al minder van Oda se keuse van 'n geliefde. Peter Rudman is 'n opregte bloedsuier.

269

Maar sy kan nie met sy redenasie fout vind nie. Oda moet eet, al is sy nie hier nie. Sy eet egter nou op háár koste Switserse disse en Julene begin al meer twyfel of sy die geld gaan teruggee. Dit voel vir haar asof sy, voordat sy Turkye se stof van haar voete skud, dit dubbel en dwars gaan verdien. Aan die een kant gaan dit teen haar grein dat Peter so skaamteloos op die onwetende Kadri teer; aan die ander kant is dit dalk 'n bedekte seën. Sy sou in 'n slaggat getrap het, besef sy, indien sy net vir een persoon kos bestel het. Daar Kadri sy hotelrekening blykbaar met 'n arendsoog dophou, sou hy wel agtergekom het dat net een persoon in sy afwesigheid geëet het. Teësinnig bestel sy twee etes terwyl sy wens sy kan Odatjie net vir drie minute heeltemal alleen kry . . . Elke uur wat verbygaan, voel soos 'n martelende eeu. Afgesien van haar senuwees wat aan flarde is, vind sy Peter Rudman se geselskap vervelig en kan sy haar maar net verwonder aan Oda se smaak. Daar is geen vergelyking tussen hierdie man en Kadri Murad nie.

Toe die verwagte oproep uiteindelik kom, is Julene se stem baie streng. "Oda, is jy van jou sinne beroof? Waar is jy? Nee, Kadri is nie hier nie. Hy is vanoggend vroeg weg. Nee, hy weet nog van niks en jy moet sorg dat jy dadelik terugkom – voordat hy uitvind waarmee jy besig is. Ja, Peter is hier, maar ek sê nou vir jou . . . Ja, goed, ek gee vir hom."

Toe Peter eindelik van die telefoon omdraai, het hy darem die gerusstellende nuus dat Oda die eerste bekombare vlug sal terugneem. "Sy sal bel sodra sy weet wanneer."

"In daardie geval, hoekom gaan stap jy nie 'n bietjie rond nie?" stel Julene vinnig voor. Sy sien nie kans om die res van die lang middag ook met hom opgeskeep te sit nie. "Jy kry dalk nie weer die kans om Istanboel te besigtig nie. Ek sal die telefoon oppas."

Toe Oda 'n ruk later bel om te sê sy het die volgende oggend vroeg 'n vlug gekry, wil Julene onomwonde weet: "Oda, is dit met mý geld wat jy so lekker rondvlieg?"

Oda se kleindogtertjiestem klink skuldig en verskonend:

"Ek is jammer, Julene. Ek kon nie anders nie. Dis al geld wat tot my beskikking was!"

"Jammer, dit was nie tot jou beskikking nie, jy het dit sommer net gevat! Hoeveel is nog oor? Genoeg vir my om terug te kom in Switserland?"

"Nee, ek dink nie so nie. Ek moet die hotel hier ook nog betaal."

Julene se moed sak in haar skoene. Genugtig, hoe gaan sy ooit hier wegkom?

Vir die res van die dag bekommer sy haar oor hoe sy geld in die hande kan kry. Sy was in haar lewe nog nooit in so 'n verleentheid nie. Elke keer as die gedagte in haar opkom dat sy haar pa moet bel, skuif sy dit van haar af. Haar pa besef nog skaars hy het 'n dogter en dan bedel sy al geld! Sy sal ook moet verduidelik hoekom sy hier gestrand sit terwyl die ooreenkoms was dat die skatryk Turk al haar koste sou dra, en dit sal 'n bietjie moeilik gaan. Nee, sy sal 'n ander plan moet beraam.

Daardie nag slaap sy byna niks nie, te onrustig dat daar skielik 'n klop aan die deur gaan opklink en Kadri Murad sal binnestap . . . en 'n vreemde man in sy bed by haar in die suite aantref. Dis 'n uitgemaakte saak, daar sal moord wees!

Natuurlik was daar weer daardie aand 'n oproep van die Swart See af, en sy kry opnuut koue rillings toe sy die waarskuwende stem in herinnering roep: "Is jy seker alles is wel met Oda? Ek hou jou ten volle verantwoordelik vir haar welsyn, juffrou Meissner!"

Toe Peter die namiddag lughawe toe vertrek, natuurlik weer met 'n hotelmotor – "Kadri sal betaal" – is Julene se brein aan die sing. Sy móét hier wegkom. En toe lui die telefoon. Dis Yasar – en 'n desperate plan skiet haar te binne. Toe hy haar en Oda nooi vir aandete, gryp sy daarna soos 'n drenkeling in 'n stroom.

"Dit sal baie lekker wees, dankie, Yasar. Ek dink nie Oda sal kan kom nie . . ."

271

"Maar jy sal kom?" vra hy vinnig.

"Ja. Ja, ek sal graag." En sy sluit haar oë. As 'n sekere Turk hiervan te hore moet kom, kry hy sowaar 'n oorval. En as hy moet weet hoekom sy hierdie uitnodiging aanvaar en wat sy daarmee beoog, kry hy net daar beroerte.

Sy is gereed – natuurlik weer in die gewraakte rooi aandrok – toe Yasar daardie aand aanklop. Sy gee nie 'n duiwel om dat Yasar vir Peter in die woonstel aantref nie. Laat die twee in hul eie sop gaar kook, het sy hardvogtig besluit ná die onderonsie tussen haar en Oda met haar terugkeer. Sy het haar vierkant voor die blinkoog Oda geplant toe sy by die deur instap. Sy het nie eens gegroet nie, sommer net losgebars.

"Luister, Oda, die speletjie is verby. Ek speel nie meer saam nie. Jy en Peter moet maar op jul eie verder regkom. Jy gaan my en my geld en my tyd nie langer misbruik nie. Dit sal jou niks help om weer die traankrane op my oop te draai nie. Dit beïndruk my net nie meer nie. Ek vertrek so gou moontlik Switserland toe en jý kan aan Kadri Murad verduidelik."

Oda het hierdie kant toe en daardie kant toe probeer paai, maar Julene was beslis. Ook Peter se pleidooi dat sy nog net 'n paar dae moet bly, het op dowe ore geval. Toe daar skielik 'n klop aan die deur is, skrik die ander twee hulle boeglam, en haar mond trek suur.

"Kalmeer. Dis Yasar. Hy het my genooi vir ete vanaand. Eintlik het hy ons albei genooi, maar ek het dit namens jou van die hand gewys. Ek veronderstel jy het ander planne vir vanaand."

Nog voordat Peter skuiling kan probeer soek, het sy reeds die deur oop en nooi Yasar gul binne. Sy stel Peter voor, sê dan dat hy ook 'n mediese dokter is en dat sy Oda dus met 'n geruste hart in bekwame hande kan laat. Sy voel effens ongemaklik toe sy agterkom Yasar neem haar na dieselfde plek waar sy en Kadri so intiem gedans het. En sy voel verleë onder die ontvangsdame se belangstellende blik toe sy haar herken. Haar wenkbroue lig toe haar blik op Yasar val, maar Julene hou haar ongeërg. Laat die vroumens dink wat sy wil. Dis blykbaar 'n Turkse karaktertrek: maak die verkeerde afleidings en dink dan die ergste daarvan.

Sy voel nietemin ongemaklik, en toe hulle sit, vra sy Yasar reguit: "Die dame by die toonbank het baie verbaas gelyk. Hoekom dink jy?"

"Ek het geen idee nie. Ek het ook haar verbasing agtergekom, maar kan nie dink wat die rede kan wees nie."

"Sy werk bedags vir julle, nie waar nie?"

Yasar is skerpsinnig. Dis 'n karaktertrek van 'n knap sakeman en dit is hy wel. "Halida? Ja, maar hoe weet jy . . .?"

Sy val hom vinnig in die rede: "Miskien is dit omdat jy nie met jou vrou hier is nie. Of glo jy ook dat 'n vrou se plek by die huis is en dat jy eerder met vriendinne uiteet?"

Hy kyk haar verward aan. "Ek . . . Waarvan praat jy, Julene? Watse vrou . . .?"

"Jy het mos 'n vrou, dan nie? Ek bedoel 'n wettige vrou."

Nou frons hy skerp. "Ek het nie. Ek het geen wettige vrou nie. Waar kom jy daaraan . . .? Wag 'n bietjie. Wie het jou vertel ek het 'n vrou?"

"Jy is 'n Moslem, is jy nie?"

"Ja, ek is 'n Moslem, maar dit beteken nie noodwendig ek het al een, twee of vier vrouens nie." Skielik begin hy glimlag. "Wie het hierdie onsin vir jou vertel?" Dan lag hy saggies. "So 'n derduiwel! Dit was Kadri, was dit nie? Toe maar, ek weet dis hy. Wie anders? En ek weet ook presies hoekom!"

Hy vind dit blykbaar baie amusant, maar sy sien niks snaaks in die situasie nie. Inteendeel. "Yasar, ek is reeds diep genoeg in die moeilikheid sonder dat ek my nog meer probleme op die hals haal om vanaand hier saam met jou te wees."

Sy lag bedaar, maar sy oë bly vonkel. "Liewe land, Julene, hoekom sal ek vir jou jok? Kom ons gaan vra vir Halida . . ."

"Sodat sy my kan vertel dat jy 'n oujongkêrel is en sover sy

273

weet ook nie kinders het nie? Ek dink Halida lieg net so glad soos haar twee werkgewers."

Hy skud sy kop. "Julene, regtig, hoekom sal ek jou nie sê as ek 'n getroude man is nie? Ek staan op troue, dit erken ek, maar . . ."

"En waar is die gelukkige dame dan vanaand?"

"Sy lê in die kliniek met 'n gebreekte been. Toe ek gebel het, het ek jou gesê ek het 'n vriendin in die kliniek gaan besoek en toe sê sy vir my Oda is ook daar. Onthou jy? Wel, dit was sy."

Maar sy vertrou geen Turk meer nie. "En hoekom sou Kadri my dan so 'n spul leuens oor jou vertel het?"

"Weet jy nie?"

"Nee. Tensy dit maar net julle Turke se gewoonte is om van leuentaal 'n kuns te maak."

Hy grinnik weer. "Darem nie ons almal nie. Ek moet erken ek is 'n bietjie verbaas. Kadri was darem drasties. Maar nou ja . . . As dit dan al manier is om 'n ander man van sy meisie af weg te hou . . ."

"Sy meisie! Ek is nié sy meisie nie!" laat Julene ontstoke hoor.

"Goed dan, ek bedoel die meisie in wie hy belangstel . . ."

"Hou tog op met yl, Yasar!" laat sy vererg hoor, beduie vies met die hand. "Dit maak ook nie saak wie ongetroud is en wie al vier vrouens en 'n honderd kinders het nie. Ek is sat vir leuens. Ek gaan met jou baie reguit en eerlik wees. Ek het jou uitnodiging vanaand aangeneem om jou 'n guns te vra."

Hy knik. "Goed. Laat ek hoor. Wat kan ek vir jou doen?"

Sy aarsel. Liewe land, het sy nou al so ver gedaal dat sy by 'n wildvreemde man geld bedel . . . "Yasar, ek is in 'n groot verleentheid. Ek sit sonder geld." Haar oë val voor sy verbaasde blik. "Ek moet teruggaan Switserland toe, maar ek het nie geld vir 'n vliegtuigkaartjie nie. Sal jy . . . sal jy my soveel kan leen? Ek sal die volle bedrag met rente aan jou terugstuur sodra ek anderkant aankom, ek belowe!"

274

Daar is 'n ligte frons op sy voorkop en sy oë is skerp. "Dis nie 'n probleem nie, Julene. Ek verstaan net nie . . ."

Sy lek oor haar droë lippe. "Ek . . . het die geld wat ek gehad het . . . e . . . verloor . . ."

"In die hotel? Maar dan moet jy dit dadelik rapporteer! Kadri . . ."

"Los vir Kadri hier uit!" sê sy vinnig. "Ek wil juis nié hê hy . . . Hy hoef niks daarvan te weet nie. Hoekom moet hy? Sal jy my die geld leen?"

Sy oë rus peinsend op haar. "Wat is aan die gang, Julene? Ek kry die indruk jy is met iets anders agter Kadri se rug besig, daarom dat jy geld by my wil leen en hom nie wil vertel van die geld wat weg is nie." Sy kyk met ongelukkige oë voor haar op die tafel vas. Moet sy hom nie maar alles vertel nie? Sy kan hom sy agterdog nie kwalik neem nie. "Het jy en Kadri rusie gehad?"

Sy knik, erken eerlik: "Ja."

"En nou wil jy wegloop?"

Sy pers haar lippe op mekaar. "Ek wil nie wégloop nie! Ek wil net teruggaan Switserland toe. Ek hoef nie te wag totdat Kadri terug is nie. Hoekom moet ek? Ek het nie sy verlof nodig nie!" ryg sy die proteste in. "Oda se rug is reg en ek wil graag teruggaan. Dis al."

"Maar jy wil baie graag wegkom voordat Kadri terugkom . . . en jy wil ook nie hê hy moet weet jy gaan weg nie."

"Ja."

"Is jy nie 'n bietjie oorhaastig nie, Julene? Kadri . . ."

"Ag, Yasar, vergeet tog van Kadri! Hy het niks met my te doen nie! Goed, as jy my nie wil help nie, laat ons dit daar. Ek sal wel 'n plan maak."

"Nee, nee, nee, wag nou. Natuurlik sal ek jou help. Ek sal môre kyk hoe gou ek vir jou plek kan kry en sorg dat jy 'n kaartjie bekom. Laat dit maar aan my oor."

Sy slaak amper hoorbaar 'n sug van verligting. "Dankie, Yasar. Ek belowe jy sal jou geld terugkry."

Hy glimlag, hou sy glasie omhoog: "Natuurlik. As jy in gebreke bly, sal ek dit van Kadri verhaal – hom sommer dubbel aanslaan vir al die leuens wat hy oor my kwytgeraak het, die skobbejak! Komaan. Gesondheid!"

Die res van die aand verloop gemoedelik. Dis asof 'n rotsblok van haar hart afgerol het en sy geniet Yasar se aangename geselskap. Sy kan selfs lag en vrolik raak, en sy besef nie hoe pragtig sy in die dowwe lig lyk nie. Die man oorkant haar voel hoe sy hart telkens wild begin klop. Al staan hy op troue, blind is hy nie. Hy kan 'n mooi mat en 'n mooi vrou waardeer. Nie dat dit beteken hy wil al die mooi matte en al die mooi meisies in sy huis hê nie. Maar hy vind dit in sy hart om sy vriend te vergewe vir die blatante leuens wat hy oor hom vertel het. Hy sou seker ook na iets drasties gegryp het om 'n ander man van hierdie pragmens af weg te hou!

Met die herhaalde versekering dat sy op hom kan staat maak en dat hy môre so gou doenlik met haar sal kontak maak, neem hulle afskeid en sy stap die suite binne. Een blik op Oda se blosende, gelukkige gesig vertel haar dat Peter klaarblyklik nog nie daarin geslaag het om die "ding" tussen hulle 'n natuurlike dood te laat sterf nie. Inteendeel. Vir haar lyk dit eerder of die "ding" opnuut aan die bot is. O wel, dis hul saak. Môre is sy uit die prentjie.

"Kadri het gebel."

Haar ou selfvertroue is terug. "Wat daarvan?"

"Hy wou met jou praat."

"Regtig? Jy kon hom mos maar self gesê het hoe voel jou rug."

"Hy het my nie eens na my rug gevra nie! Hy wou net weet waar jý is."

Haar stem is ongeërg. "Nou toe nou. En waar sê jy toe is ek?"

"Wat kon ek anders sê? Ek moes hom vertel jy het saam met Yasar gaan eet."

"Natuurlik. Hoekom nie?"

"Hy was kwaad."

"Regtig? Omdat ek sy klein Odatjie vir 'n paar uur alleen gelaat het? Of het jy hom vertel jy is nie so alleen soos wat hy dink nie?"

"Moenie laf wees nie! Natuurlik het ek nie! Hy het gesê hy bel weer later."

Julene onderdruk 'n gaap. Sy het laas nag nie 'n oog toegemaak nie! Vannag slaap sy soos 'n klip. Sy kondig dit ook plegtig aan: "Ek gaan slaap en jy roep my verniet, ek antwoord geen telefoon nie. Ek veronderstel jy sal nie veel slaap vannag nie en ook dat jy nie saam met my in die kamer sal slaap nie?" sê-vra sy en toe Oda se verleentheid duidelik sigbaar is, vang haar blik Peter s'n net vlugtig vas voordat sy haar omdraai. Dis twee grootmense hierdie. Sy gaan nie oor hulle baasspeel nie. "Goeienag," en sy druk die kamerdeur beslis agter haar toe.

Terwyl Julene soos 'n klip slaap, is daar ander mense wat nie tot rus kan kom nie en ander ook uit die slaap hou. Toe Yasar sy huis binnestap, lui die telefoon asof dit van die mik wil afspring. Hy kyk vinnig na sy polshorlosie. Dis twee-uur in die oggend . . .

"Yasar!"

Natuurlik herken hy onmiddellik die stem. "Ek kom nou net in. Ek was op pad telefoon toe om jou te bel . . ."

"Weet jy watter tyd van die oggend is dit?"

"Ja. Dis twee-uur. Kadri, luister nou . . ."

"Jý luister na mý, Yasar. Dokter Meissner word betaal om na Oda om te sien en nie om saam met jou rond te flenter nie. Ek . . ."

"Kadri, bedaar!" Yasar moet sy lag inhou. Dit sal 'n fout wees om in die ontstoke man se oor te lag. "Julene is van plan om weg te loop. Ek het gedink jy moet daarvan weet."

"Wat! Waar kom jy daaraan?"

"Sy het my self gesê. Sy wou vanaand geld by my leen om môre vir haar 'n vliegtuigkaartjie te koop." Daar ontplof 'n geluid in sy oor wat hom na asem laat snak. "Ek het gedink jy sou so daaroor voel," sê hy droogweg. Daar volg nog 'n ontploffing en hy sê vinnig: "Natuurlik kon ek haar nie dadelik die geld leen nie, Kadri! Jy weet mos ek is 'n getroude man met 'n vrou en ek weet self nie hoeveel kinders nie. Ek kan nie sommer rond en bont geld aan vreemde vrouens uitdeel nie."

'n Kort stilte volg en Yasar glimlag breed. Dan kom dit kortaf. "Jy is so te sê getroud. Hou op onsin praat en . . ."

"Kadri, ek het Julene sonder enige bybedoelings hoegenaamd uitgevra vir ete. Ek het haar én Oda genooi, maar Oda wou nie saamgaan nie. Sy het blykbaar 'n gas onthaal. Daar was 'n dokter Rudman van Switserland by Oda toe ek Julene vir die ete gaan haal het."

"Rudman! En jy sê hy het by Oda agtergebly terwyl jy en Julene gaan eet het?"

"Ja. En terwyl ons eet, vra Julene my toe om haar geld te leen. Sy het glo haar geld verloor. Sy sit blykbaar sonder 'n enkele lira by haar."

"Sy het haar geld verlóór?"

"Wel, dis wat sy sê, maar ek het die gevoel gekry daar steek iets meer agter die storie."

"Beslis. Natuurlik alles vir die danige Rudman gestuur . . . Wat verder?"

"Sy het my in 'n hoek gehad, Kadri. Sy is vasbeslote om geld in die hande te kry."

"Jy gaan haar hélp . . .?"

"Genugtig, man, ek sê jou dan ek kon niks anders doen nie! Ek was van plan om jou dadelik te kom bel, maar jy het my voorgespring."

"Wat presies het jy haar belowe?"

"Dat ek môre sal probeer om vir haar plek op 'n vliegtuig te kry en 'n kaartjie te koop."

Daar is 'n kort stilte. "Yasar, luister nou goed."

Laasgenoemde se oë rek terwyl hy luister. "Dit klink na ontvoering, Kadri!" protesteer hy.

278

"Ek gee nie om waarna dit klink nie, jy doen soos ek sê! Ek aanvaar volle verantwoordelikheid."

Daar word nog enkele oomblikke lank geredekawel, maar teen die end is dit Yasar wat kapituleer. "Nou goed dan, ou vriend. Maar ek hoop jy weet wat jy doen. Om haar teen haar sin . . ."

"Sy is nie so teësinnig as wat sy wil voorgee nie. Maar sy hou van speletjies, kom ek agter. Wel, dit kos twee om 'n speletjie interessant te maak." Daar klink 'n sagte lag in Yasar se oor op. "En hoe sterker jou opponent weerstand bied, hoe soeter is die oorwinning, nie waar nie? Sy gaan hierdie keer uitvind sy moes nie met 'n Turk speletjies begin speel het nie. Want dis een ding van ons Turke, nie waar nie, my vriend? Ons raak nie maklik kwaad nie, maar as ons eers kwaad is, veg ons om te wen . . . tot elke prys. Ek bel jou môre. *Iyi geceler.*"

Julene voel 'n ander mens toe sy die volgende oggend wakker word. As daar net vandag al plek op die vliegtuig sal wees! Iets vertel haar sy moenie sloer om weg te kom nie. Sy weet glad nie wanneer Kadri terugkeer nie.

Toe Oda later leepoog op die balkon verskyn waar Julene sit en tee drink, vra laasgenoemde ongeërg: "En het Kadri toe weer gebel?"

"Nee. Dis eintlik vreemd. Ek gaan eers bad."

'n Paar oomblikke later maak Peter sy verskyning en ontmoet Julene se beskuldigende blik.

"Peter, jy het gesê jy gaan hierdie flirtasie stopsit."

Hy glimlag skrams. "Dit sál tot 'n einde kom. Hou op om jou so te bekommer."

"Dis jý wat bekommerd moet wees. Hoe moet 'n mens jou redenasie verstaan . . . jy wil die verhouding stopsit, maar gee haar intussen al die aanmoediging in die wêreld."

Hy kyk haar peinsend aan. "Ek verstaan jou ook nie, dokter Meissner. Het jy nog nooit iets gedoen wat verkeerd is

279

terwyl jy weet dat dit verkeerd is, maar jy kan jouself nie help nie? Dan moet jy 'n supermens wees."

Julene swaai haar blik vinnig weg, besef skuldig: Ja, destyds het sy geweet sy is met gruwelike bedrog besig om voor te gee sy is Albert Meissner se kleindogter, en tog het sy dit gedoen. En daar was 'n ander keer ook . . . sommer onlangs . . . Sy het geweet sy moet hom nie toelaat om haar kamer toe te dra nie, maar sy het . . . en as Peter nie toe so ontydig gebel het nie . . .

Sy sug half moedeloos en hoor Peter sê: "Ons is maar net mense, Julene. Baie dikwels sê ons ja waar ons baie goed weet dit moet nee wees. Wys my die mens wat áltyd nee kan sê wanneer dit nee moet wees en ek wys jou 'n volmaakte mens . . . en so iets loop daar nie op hierdie aarde rond nie."

"Maar 'n mens moet darem daarteen stry, of ten minste daarteen probeer stry . . ." Sy bly stil. Sy is nou skynheilig.

Hy glimlag breed. "Ek strý, maar dit help nie!"

Sy moet glimlag, maar laat waarskuwend hoor: "Peter, julle is besig om met vuur te speel. Maar dis jul saak. Ek gaan weg en julle moet maar self die kastaiings uit die vuur krap. Ek gaan nie naby wees om te help nie."

Oda verskyn in die deur. "Wat sê jy? Jy gaan weg? Wanneer?"

"Vandag, môre op die laatste. Ek gee pad hier voordat Kadri Murad terugkom. En niks, Oda, net mooi niks wat jy kan sê of doen, sal my langer hier hou nie!"

Die nuus wat Yasar later in die dag vir haar het, is egter ontstellend. Daar is net geen plek op enige vliegtuig beskikbaar nie.

"Maar hoe lank moet ek dan wag!" roep sy oor die foon uit. "Ek wil hier wegkom!" Dit klink asof sy gaan begin huil.

"In daardie geval . . . as dit regtig so dringend is . . ."

"Dit is! Is daar dan nie 'n boot . . .?"

"Nee, ek het 'n beter voorstel. Pak in jou goed en kry jou gereed. Ek sal 'n motor stuur om jou te kom haal."

"Waarnatoe?"

"Ek sal die firma se helikopter tot jou beskikking stel."

Julene se oë rek. "Die firma se helikopter? Maar sal Kadri nie baie ontevrede wees as jy dit doen nie?"

Aan die ander kant glimlag Yasar. "Hy gaan in elk geval ontevrede wees wanneer hy hoor jy is weg. Nee, kry jou maar gereed. Ek stuur jou sommer met die helikopter terug."

Ook Oda is oortuig daar gaan moord gepleeg word toe sy hoor Julene gaan met die firma se helikopter teruggeneem word. "Kadri gaan ontplof as hy hiervan uitvind, Julene! Ek kan nie glo dat Yasar bereid is om so iets te doen nie. Ek kan ook nie verstaan hoekom jy só dringend moet teruggaan nie. Jy is veronderstel om my rug . . ."

"Jou rug makeer beslis niks meer nie. As dit seer is, is dit van laas nag se kaperjolle en dan is dit goed so. 'n Mens kan darem nie jou brood alkant gebotter wil hê nie. Die bietjie behandeling wat jy nog mag nodig kry, kan jy in die plaaslike kliniek ontvang. Nee, ek weet hoekom jy nie wil hê ek moet weggaan nie. Dan het jy niemand om agter te skuil as Kadri skielik hier instap en 'n ander man by jou aantref nie. Nee, julle twee werk maar van nou af jul eie heil uit en red jul eie basse, dankie. Ek is vanmiddag weg en," en haar neus staan daar bo in die lug, "as jou Kadri lus voel vir moord pleeg, laat hom moor. Ek sal nie die slagoffer wees nie – ek sal ver weg wees."

Sy kyk die twee verliefdes ernstig aan. "Ek gaan nou in-pak, maar ek wil julle darem een ding sê. Julle moet goed dink oor dit waarmee julle twee besig is. Besluite wat julle vandag neem, gaan nog in die verre toekoms 'n invloed op jul lewens uitoefen." Haar oë kyk vas in Oda s'n, en sy kry haar skielik weer jammer. Hierdie kind het ook nie 'n ma gehad nie. Sy het darem vir Anna gehad, maar Oda het niemand om haar leiding te gee nie. "Jy is vandag baie verlief, Oda. Solank jy net by Peter kan wees, is die wêreld volmaak. Maar daar is baie faktore wat teen jul verhouding tel, faktore wat hulself deeglik gaan laat geld in die toekoms. Julle is van verskillende nasionaliteite, julle het in aparte wêrelde grootgeword. Elkeen het 'n eie kultuur, taal, gewoontes. Selfs in jul geloof verskil julle. Op hierdie tydstip tel dit nie, maar dit gaan 'n groot verskil maak en baie rusies meebring . . . veral wanneer daar kinders is. Maak oop jul oë en kyk nugter na hierdie liefde en vra julself af of dit werklik die moeite werd gaan wees; al die opofferings werd gaan wees wat van julle albei gevra gaan word." Sy glimlag effens, skielik selfbewus onder die twee paar oë wat haar so stil sit en aankyk. "Nou goed. Einde van die preek. Verskoon my. Ek moet gereed wees wanneer Yasar die motor stuur om my te kom haal."

Natuurlik is dit 'n tranedal toe Julene twee uur later afskeid neem. Ook Julene voel bewoë. Ten spyte van al die moeilikheid waarin Oda haar laat beland het, het sy tog geheg geraak aan haar.

"Ek bel jou in Switserland," roep Oda uit toe die motor vertrek en Julene waai maar net terug. Sy twyfel of daar in die toekoms enige kontak tussen haar en Turkye sal wees, want sy het klaar besluit dat selfs Switserland vir haar sielevrede te naby aan Turkye is. Soos sy Kadri Murad leer ken het, sal hy hierdie weglopery van haar, en dit nogal met sy firma se helikopter, nie sommer vir lief neem nie. Nee, sy het geen hoop dat geen haan daarna sal kraai nie. Hy sal haar in Switserland opspoor en behalwe om sorg te dra dat sy daardie klomp oproepe vereffen, sal hy haar bes moontlik ook nog 'n stywe rekening vir die gebruik van die helikopter stuur.

Maar afgesien daarvan, weet sy ook in haar hart dat sy nie in Switserland moet aanbly nie, ter wille van Muriël. Haar stiefma sal haar nooit regtig aanvaar nie en dit gaan net ontwrigting in haar pa se huwelik meebring. Nee, sodra sy in Switserland arriveer, gaan sy reëlings tref om terug te keer Suid-Afrika toe. Al gaan sy dan nie terug na die Meissner-kliniek nie, êrens onder die suiderson sal daar vir haar 'n plekkie wees.

Tog is daar 'n vreemde emosie in haar toe sy 'n uur later op Yasar se wuiwende hand afkyk toe die helikopter opstyg. 'n Gevoel van weemoed oorval haar en sy kan dit glad nie verstaan nie. In plaas van grenslose verligting, het sy 'n gevoel van onvervuldheid, van verlies . . . Sy sal die gawe Yasar nooit weer sien nie . . . ook nie vir Oda . . . of vir Kadri Murad nie . . . Sy glo sy ken die toekoms: Kadri en Oda sal trou . . . Peter sal in die vergetelheid verdwyn . . . soos sy. Tog, sy sal nooit haar kort besoek aan Turkye vergeet nie, of die mense wat sy hier leer ken het nie. 'n Streng gesig verskyn voor haar geestesoog. Sal hy tog soms daaraan dink dat iemand hom nog 'n hele paar oproepe na Switserland verskuldig is . . .?

Die vlieënier is nie spraaksaam nie, maar dis te verstane. Yasar het verduidelik dat hy nie Engels magtig is nie. Sy bly dus maar besig met haar eie gedagtes, onbewus van die koers wat hulle inslaan.

Sal hy regtig baie kwaad wees wanneer hy uitvind sy is weg? Sy glimlag wrang. Waarskynlik eerder verlig dat sy onskuldige Odatjie onder haar bederflike invloed uit is. Sy frons bekommerd. Sy hoop van harte Peter het verlede nag kopgehou. As Oda in die moeilikheid moet kom . . . Die blote gedagte laat 'n koue rilling by haar ruggraat afgaan. Natuurlik sal hy háár verantwoordelik hou. Nee, sy het reg besluit. Sy moet hier wegkom en sorg dat daar 'n hele kontinent tussen haar en hierdie man lê. Sy vind dit nie vreemd toe hulle teen skemeraand grond toe begin sak nie. Moet seker petrol inneem, dink sy. Maar toe die helikopter staan, kyk sy verbaas om haar. Hulle het beslis nie op 'n lughawe geland nie. Hulle staan op 'n groen grasperk wat tot teen water strek. Die deur word vir haar oopgehou en sy word beduie sy moet uitklim.

Sy skud haar kop ontkennend, beduie sy wil nie, en dit neem haar 'n rukkie om sy gebaretaal te verstaan. Eindelik dring dit tot haar deur hy beduie dis besig om donker te word, hulle moet oornag. Hy wys na die huis waar helder lig vriendelik wink. Dan knik sy begrypend en klim uit. Hulle gaan blykbaar oornag. Agter haar volg die vlieënier met haar bagasie en sy kyk belangstellend rond. Soos sy nader stap, besef sy dat dit 'n privaat huis moet wees. Sy is egter nie bekommerd nie. Yasar het haar verseker dat alle reëlings getref is. Moontlik is dit vriende van hom of selfs familie wat so gaaf is om haar vir die nag in te neem. Die voordeur staan oop en sy huiwer. Die vlieënier beduie sy moet maar instap en sy kom onseker in die ingangsportaal tot stilstand. Hy stap by haar verby en beduie weer sy moet hom volg. Sy doen dit huiwerig. Volgens haar is dit swak maniere om sommer by 'n huis in te stap, maar, nou ja, sy het ook al geleer die Turke doen omtrent alles anders as ander mense. Toe sy die eetkamer binnestap, sien sy die vlieënier met haar bagasie by 'n deur in verdwyn, en merk uit die hoek van haar oog 'n beweging.

"Verskoon my . . . ek het nie geklop nie . . ." Sy swyg, ruk haar asem in.

"*Bir sey degil.* Jy is welkom. Ek het jou verwag." Die man kom stadig uit die stoel orent, draai na haar. Sy glimlag is kil.

Sy is stom van skok en ontnugtering. Yasar het haar verraai! "Waar . . .? Hoe . . .?"

"Jy is my gas, juffrou Meissner. Kom maak jou gerus tuis."

7

'n Woede, uit paniek gebore, neem van haar besit. "Hoe durf jy, Kadri Murad! Dis ontvoering! Dis 'n kriminele daad!"

Maar hy lyk ongeërg. "Hoe durf jý, Julene Meissner! Dis 'n kriminele daad om te dros uit jou werk en te probeer wegkom van jou skuld af."

"Jy praat onsin! Ek dros nie. Ek het geen kontrak geteken nie en nog minder skuld ek jou iets."

"Jy ontken dus dat ek jou betaal het vir dienste wat jy nog moet lewer? En jy ontken dat jy 'n telefoonrekening so hoog soos die berg Ararat vir my wou nalaat?"

Sy staan bleek maar uitdagend voor hom. Vir 'n skatryk man kan hy darem kerm oor 'n telefoonrekeninkie!

"Ek erken ek het 'n koevert met geld van jou ontvang, maar ek weet nie eens hoeveel daarin was nie, want dit het weggeraak en . . ."

"Weggeraak!" Hy lag kortaf. "Ag, kom nou, Julene. Probeer weer."

Sy stamp haar voet uit skone frustrasie, maar dit maak nie juis indruk nie, want die mat is te dik. "Dit is nietemin die waarheid, of jy dit wil glo of nie. Dit het weggeraak. Ook was ek nie van plan om van my skuld af weg te vlug soos jy beweer nie. Die agterskot sou wel daarvoor vergoed, het ek gedink."

"Agterskot?"

"Ja. As ek reg onthou, het jy die dag toe jy my die koevert met geld gegee het, gesê dis 'n voorskot. Wel, waar 'n voorskot is, moet 'n agterskot wees."

Nou glimlag hy sarkasties. "Slim, maar nie slim genoeg nie. Jy het nog nie eens die voorskot verdien nie; hoe kan jy hoop op 'n agterskot? Terwyl jy na Oda se welsyn moet omsien, los jy haar alleen en flankeer met vreemde mans tot twee-uur in die oggend rond. Dit is baie onetiese gedrag vir 'n dokter, nie waar nie? As ek dit aan die kliniek in Switserland moet rapporteer, gaan hulle nie juis oor hul voete val om jou 'n pos te gee nie."

Haar lippe trek van haar tande af weg in 'n grynslag. "As ek jóú by die polisie aangee, gaan jý beslis 'n pos kry – in 'n tronksel!"

"Jy het nog baie om te leer, Julene. In Turkye steur die polisie hulle nie aan mense se liefdesake nie. Hulle weet hoeveel ontvoerings al in die verlede op gelukkige huwelike uitgeloop het."

Sy kan stik. "Dis nie 'n liefdesaak dié nie! Dis . . ."

"Dis soos hulle dit sal sien, veral as hulle eers al die bewyse het."

"Watse bewyse?"

"Dat jy op my koste Istanboel toe gekom het; dat jy in my suite gebly het, deur my onthaal is . . ."

"Dit sê absoluut niks. Oda was pal daar en . . ."

"Nie pál nie. Niemand gaan jou glo as jy hulle wil wysmaak ek het alleen op die dubbelbed geslaap en jy in die ander kamer nie. En 'n hele nagklub, ontvangsdame inkluis, sal kan getuig hoe ons gedans het, hoe ek jou openlik die hof gemaak het en hoe openlik jy dit geniet het . . ."

"Dis nou genoeg!" Die man maak haar gek. Sy draai haar van hom af weg. Sy kan nie 'n oomblik langer sy meerderwaardige selfversekerdheid aanskou nie. En sy is sat vir hierdie skermutseling van woorde tussen hulle. "Wat presies is jou plan?"

Sy gaan staan met haar rug na hom by die venster, sien dat die tuin nou verlig is. Dit is alles pragtig, maar dit wek geen waardering in haar nie. Hoekom het hy haar hierheen laat bring?

"Dis 'n vraag wat ék liewer moet stel. Antwoord dus eers myne, en dan sal ek jou 'n antwoord gee. Wat gaan aan, Julene? Hoekom wou jy uit Turkye wegsluip?" Sy swyg. Noudat die vraag so pertinent aan haar gestel is, ken sy self nie die antwoord nie. Sy voel hom hier naby haar, sien uit die hoek van haar oog dat hy op haar afkyk, maar sy het nie die moed om na hom op te kyk nie. "Vir wie of vir wat is jy bang?" Stilte. "Is dit vir my, en as dit is, hoekom?"

Sy kan sy deurdringende blik nie langer verduur nie, haar stem is gedemp: "Hoekom sal ek bang wees vir jou?"

"Dis presies wat ek myself afgevra het toe ek hoor dis so 'n dringende behoefte by jou om uit Turkye pad te gee voordat ek terug is."

"Ek . . ." Sy sluk. Sy weet nie wát sy moet antwoord nie!

Sy kan dit self nie verklaar nie! "Kadri, dis nie vir my nodig om langer in Turkye te vertoef nie. Ek het hierheen gekom ter wille van Oda. Sy het my nie meer nodig nie. Sy kan na die kliniek gaan as sy voel sy het behandeling nodig."

"Daardie prosedure kon van die begin af gevolg gewees het. Oda het jou van die begin af nie werklik nodig gehad nie," sê hy reguit. "Maar jy het saamgekom, blykbaar met die doel om Turkye te sien. Jy is nog maar 'n paar dae hier en al wat jy van Turkye gesien het, is Istanboel en die Hotel Hilton. Jy skuil agter woorde, Julene. Ek wil 'n antwoord hê. Hoekom wou jy wegloop, só dringend wegloop dat jy vir Yasar geld gaan vra het?"

Sy voel sy word rooi. Dit klink nie goed nie. Sy weet. Langs haar maak die man 'n gebaar asof hy die teuels daadwerklik moet inruk om nie sy humeur te verloor nie. Sy stemtoon vertel haar ook daar is dun ys onder hulle. "Die geld wat weggeraak het, het nie werklik weggeraak nie, nie waar nie? Dis vir 'n sekere dokter Rudman in Switserland gestuur." Haar kop ruk omhoog en sy ontmoet sy klipharde blik. "Gebruik om hom na Turkye te lok. En nou het julle skielik weer die groot liefde van voor af ontdek en is daar dié dringende behoefte om weg te kom. Seker om te gaan trou met 'n man wat jou so skandelik in die steek gelaat het."

Sy moet weer sluk, haar tong oor haar droë lippe vee. Yasar het hom van Peter ook vertel! As sy hom darem ooit in die hande kry . . . Maar sy is verplig om eers haar wraakgedagtes opsy te skuif, want langs haar staan 'n gedetermineerde man wat antwoorde soek.

Weer skuil sy agter woorde. "As jy dan die antwoorde ken, hoekom vra jy?"

"Omdat ek gehoop het my antwoorde is verkeerd. Maar ek dink nie jy het self al die antwoorde nie."

"Wat bedoel jy?"

"Ek dink nie jy weet self hoekom jy opgetree het soos jy het nie. Jy maak jouself wys dis oor Rudman dat jy so haastig is om hier weg te kom. Jy is bang – ek lees dit in jou oë – jy is bang dat daar weer 'n herhaling gaan wees, dat hy jou weer in die steek gaan laat. Nou móét jy saam met hom teruggaan, want jy moet hom oppas."

Dis eintlik lagwekkend, dink sy by haarself. Hy het die hele saak vir homself uitgepluis. Net, hy weet nie dat hy die bal potsierlik mis slaan nie. Maar laat hom maar dink soos hy dink. Dis veiliger . . .

Sy hoor hom voortgaan: "Ek wil jou vandag iets vertel, Julene, en ek hoop dit bly jou in die toekoms by. Die maklikste manier om 'n man te verloor is deur hom op te pas. Om hom nie ruimte te gee om asem te haal nie. 'n Mens wat voel hy word versmoor, breek weg. Miskien is dit hoekom jy hom die eerste keer verloor het."

Sy hoop maar haar stem verraai nie haar geamuseerdheid nie. "Ek sal jou goeie raad ter harte neem en dit in die toekoms probeer onthou . . . en toepas."

"Ek hoop so, want jy is besig om dieselfde fout te herhaal."

Sy kyk sedig na hom op. "Soos?"

"Soos die talle oproepe Switserland toe." Hy uiter 'n vreemde klank wat net 'n opregte Turkse kragwoord kan wees. "Jy het die man skaars tyd gegun om toilet toe te gaan! Tot vier keer op 'n dag!"

Sy wens sy kon uiting gee aan die vreugdevolle lag wat in haar opborrel. Hy is kostelik! Sy begin die onverwagse tussenspel geniet. Kadri Murad is blykbaar 'n kenner van meer as net tee en Oosterse matte. As albei sy sakeondernemings bankrot moet speel, sal hy darem nie heeltemal gestrand wees nie. Hy kan 'n huweliksvoorligter word. In hierdie land van vele vroue behoort hy redelik besig te bly.

"Dis darem nie só erg nie," mompel sy onderlangs.

Sy antwoord is driftig: "Dis nie erg nie. Dis skaamteloos! Laat ek jou nóg iets van 'n man vertel, slim dokter Meissner. Jy mag alles van 'n man se anatomie af weet, maar verder is jy baie onkundig. As 'n meisie 'n man wil vang, moet sy hom

288

toelaat om die vangwerk te doen. Sy het nie 'n kat se kans om hom te wen terwyl sy agter hom aanloop nie. 'n Man wat 'n man is, laat hom nie van agter af inloop nie."

Sy swaai vinnig van hom af weg sodat sy darem 'n slag breed kan glimlag. Hy is eintlik dierbaar. Hy is so ernstig en hy bedoel dit seker goed. Kadri Murad is eintlik 'n baie oulike man, en dis nie die eerste keer dat sy dit aan haarself erken nie. Hy is die soort man wat sy graag . . .

Sy ruk haar gedagtes onder beheer. "Het jy my hierheen ontvoer om my dié lesing te gee?"

"Nee. Ek was eintlik glad nie van plan om 'n lesing te gee nie." Sy stem is nou weer kwaai. "Ek wou eintlik uitvind of jy regtig presies weet wat jy wil hê. Ek twyfel sterk."

"En jy dink jý weet wat ek wil hê?"

"Nee, maar ek dink jy weet nog minder. Ek het gedink ek kan jou miskien help om sekerheid te kry."

"O ja?" Sy draai na hom terug en die gemoedelikheid in haar begin weer taan. Hy is darem verskriklik dominerend ook! Móét hy almal regeer met wie hy in aanraking kom?

Hy antwoord met 'n teenvraag. "Sê my net eers . . . Hierdie vent Rudman . . . Gee jy werklik vir hom om?"

"Wel . . ." Dis 'n moeilike vraag. Sy probeer 'n direkte antwoord omseil: "Ek was dan byna met hom getroud."

"Ek was ook al 'n paar keer amper getroud en vandag beteken daardie vrouens niks vir my nie. Jy het nie my vraag beantwoord nie."

Sy byt haar onderlip. Natuurlik moes daar al baie vroue in sy lewe gewees het. Hy is aantreklik, ryk, 'n man van die wêreld. Die feit dat Oda vir hom as vrou grootgemaak is, sê niks. Hy mag vier wettige vrouens hê . . . En dan is daar nog die onbeperkte aantal byvroue waarop hy ook geregtig is . . .

"Ek sien jy twyfel. Dit beteken jy begin darem 'n bietjie dink."

Sy kan dit nie weerstaan nie. "Ek het dan verstaan jy glo dis beter as vroumense nié dink nie."

289

Hy glimlag ongeërg. "Maar aangesien jy 'n geleerde dame is, dokter Meissner, kan ek gedurende die volgende paar dae jou denke dalk 'n bietjie skool."

"My . . . Wat bedoel jy?" vra sy, van stryk af, en hou niks van die selfversekerde glimlag om sy mond nie.

"Jy gaan hier bly tot ek oortuig is jy is honderd persent seker van wat jy wil hê."

Nou is sy ontsteld. "Ek sal nie hier bly nie."

"Ja, jy gaan, Julene. Ek dink jy het 'n paar dae nodig om perspektief te kry."

Nou is sy kwaad. "Ek dink jý kan gerus 'n slag ophou met dink, meneer Murad! Jy dink in elk geval verkeerd as jy dink ek gaan hier . . ."

"Jy gaan, Julene. Ek dink dit nie net nie, ek weet dit. Dis vir jou eie beswil."

"Jy het niks met mý beswil te doen nie! Bekommer jou oor Oda s'n. Besef jy dat – terwyl jy my hier gevange hou om watter belaglike rede ook al – dokter Rudman alleen by Oda in die suite is?"

Maar haar troefkaart is toe nie 'n troefkaart nie. "Rudman is vanmiddag by my suite uitgeskop. Jy is dus verniet bekommerd dat Oda in jou slaai sal krap."

Sy raak nou wild met haar verbeeldingsvlugte. "Dit sê nog niks. Peter is nog altyd in Istanboel en hulle kan mekaar nog altyd ontmoet. Jy weet jou Odatjie was 'n hele paar dae lank onder my slegte invloed. Sy kon dalk 'n paar dingetjies by my geleer het." Die man is mal. Hy kan haar nie teen haar sin hier hou nie!

"Jy slaan my dronk. Jy het so min vertroue in daardie aanstaande van jou dat jy hom nie eens by 'n ordentlike meisie soos Oda vertrou nie. Maar laat ek jou gerusstel. As hy jou gaan verkul, sal dit met iemand anders moet wees. Oda sal nie . . ."

"Vertrou jy haar werklik so volkome?"

Sy glimlag kan haar tot raserny dryf. "Laat ek dit so stel

. . . Ons is almal mense. En klaarblyklik het Rudman 'n baie spesiale gawe om vroue verstandeloos te laat optree. Kyk maar na jou. As jy ooit met daardie man trou, Julene, wag daar hel op jou. Ek hoop jy besef dit. Maar ek het die nodige voorsorg getref. Ana sal Oda nie vir 'n minuut onder haar oë laat uitgaan nie."

"Ana?"

"Ja. My tante wat my huishouding by Rize waarneem en wat vir Oda grootgemaak het. Toe ek van Rize af hierheen vertrek het, het sy Istanboel toe vertrek. Ek gee jou die versekering dat nóg jy, nóg Rudman, nóg die duiwel self by Ana sal verbykom."

Julene kyk om haar rond. Die man kan haar nie hier gevange hou nie! Hy onderskep haar soekende blik.

"Ek het ook hier die nodige voorsorg getref. Ons sit op 'n eiland en dit behoort aan my. Hier is nie ander mense nie, behalwe my personeel en op hul lojaliteit sal ek my lewe verwed. Die telefoon is gesluit en ek dra die sleutel."

Sy kyk na hom met 'n ongelowige laggie op haar lippe en verbystering in haar oë. "Kadri, dis belaglik! Hoekom moet ek vir 'n paar dae hier bly?"

"Ek het jou reeds gesê . . . om jou teen jouself te beskerm."

"Maar dis verregaande vermetelheid om jou so in my privaat lewe in te meng! Watter reg het jy?"

"My geloof gee my die reg. Dis my plig om iets te probeer doen wanneer ek sien 'n medemens is van plan om haarself oor 'n afgrond te werp. Ek kan nie net stilsit en toekyk nie. Wat sê jóú geloof in so 'n situasie?"

Sy kyk hom boos aan en sê stomp: "My geloof sê 'n mens moenie jou neus in ander se sake steek nie."

"Dan verskil ons gelowe." Hy klink heel tegemoetkomend. "Daar is 'n hele paar verskilletjies tussen my en jou. Maar dit maak die lewe interessant, nie waar nie? Ons kan hierdie paar dae gebruik om die verskille te identifiseer en te kyk of ons mekaar nie tegemoet kan kom nie."

291

Die uitdrukking op haar gesig vertel hom dat sy woorde vir haar Grieks is en hy glimlag. "Daar is niks om voor bang te wees nie, Julene. Ek verseker jou ek hou nie 'n harem hier aan waarin ek meisies gevange hou nie!"

"Dan is jou harem seker in Rize? Kadri . . ."

"Julene, ek gaan herhaal wat ek reeds tevore ook gesê het. Hier sal niks gebeur wat jy nie self wil laat gebeur nie. Dáár is jou kamer as jy jou wil gaan verfris."

En hy sê sy moenie bekommerd wees nie! Sy sluit haar gedagtes teen 'n herinnering wat baie helder voor haar kom staan. Sy onthou presies wanneer hy daardie woorde laas gebesig het. "Ek neem aan jy het ook 'n loper vir daardie kamer?" Haar sarkasme val plat.

"Nee. Hierdie huis se deure het nie slotte nie. Jy kan maar kyk. As jy gereed is, sal ons 'n drankie op die voorstoep geniet. Ek wag vir jou."

8

Wat presies sy verwag het, weet sy self nie, maar toe sy daardie aand kamer toe gaan en die deur agter haar toedruk – 'n deur wat sy sien regtig geen slot het nie – is daar groot verwarring in haar. Vanaand het sy 'n kant van Kadri Murad leer ken waarmee sy nog nie tevore kennis gemaak het nie en waarvan sy sommer baie hou . . .

Kadri was vanaand die perfekte heer. Toe sy vroeër die aand haarself uiteindelik so ver kon bring om uit die kamer te voorskyn te kom, was elke senuwee in haar liggaam gespanne en elke spier gereed vir verdediging. Daar mag nie 'n herhaling wees van die gebeure die aand toe Oda in die kliniek opgeneem is nie. Elke ongeoorloofde toenadering van sy kant moet sy onmiddellik en onomwonde in die kiem smoor.

As hy ná daardie aand onder die indruk verkeer dat sy 'n goedkoop prooi is, gaan hy hom vasloop. Dis haar verbete voorneme toe sy op die stoep uitstap. Haar hart klop in haar keel. Teen wil en dank moet sy erken dat hy kwalik 'n romantieser milieu kon kies om 'n vrou te probeer verlei. Op die agtergrond is die liggies van die vasteland soos winkende sterre. Die maan, byna vol, gooi 'n breë baan oor die see en daar is goud in die kabbelende golwe. Die tuinlampe gee net genoeg lig om 'n misterieuse atmosfeer tussen die bome en blomstruike te skep. En hier reg voor haar staan hy en wag by 'n tafeltjie waar die drankies die flou lig opvang en weerkaats. Sy kom stadig nader op sy uitnodiging, dwing haar oë om liewer na die tuin en die see te kyk, maar sy bly intens bewus van hom: 'n lang, donker gestalte in 'n geplooide langbroek en sagte wit hemp. Hulle klink glasies en toe sak hy ook in een van die diep tuinstoele weg. Hy gesels rustig oor sy land, oor sy mense, oor sy liefde vir die natuur en die see, vir 'n mooi huis met waardevolle matte. Sy ontspan geleidelik, maar verslap nie haar waaksaamheid nie. Dis sommer net 'n sagmaakproses hierdie, waarsku sy haarself. Hy wil jou net eers gerusstel en dan toeslaan. Maar sy geselskap is interessant.

"Ararat? Jy bedoel die berg Ararat waar Noag se Ark gestrand het, is hier in Turkye?" wil sy verbaas weet.

"Ja. Het jy nie geweet nie? Dit lê aan die oostekant by die grens van Iran."

Toe hulle aansit vir ete, is alles ook van die fynste. Alles getuig van smaak en flair. Ná ete raak sy weer gespanne. Alles is nie om dowe neute nie, bly sy haarself vertel. Koffie en likeur word op die stoep bedien en sy sit soos 'n laaistok in die diep stoel. Dis hy wat later rustig aankondig dat sy seker moeg is en wil gaan rus, en sy spring uit die stoel uit op asof sy met 'n naald gesteek word. Gelukkig kan hy in die dowwe lig nie die rooi gloed onder haar vel sien nie. Hy wens haar 'n rustige nag toe.

Dis 'n taamlik verwarde Julene wat 'n ruk later in haar bed

klim. En 'n bietjie vererg ook. Met watter speletjies is hierdie man besig? vra sy haar af. As hy nie amoreuse bedoelings het nie, wat wil hy dan doen? Sy het eerlik gedink hy het haar hierheen ontvoer vir sy eie vermaak, maar nou weet sy nie meer nie. Daar was nie die geringste woord of gebaar van sy kant af wat haar kon laat dink hy wil in daardie rigting beweeg nie. Haar oë rus op die toe kamerdeur voordat sy die lig afskakel, en sy weet instinktief sy is veilig, al is daar nie 'n slot nie.

Haar verwardheid oor die doel van hierdie gedwonge ge-vangenskap neem die volgende dag toe. Ontbyt word in die bed bedien, weer so keurig en smaaklik dat sy haarself met 'n meewarige glimlaggie moet waarsku om nie té gewoond te raak aan al hierdie luukses nie. Sy, Julene, is nie vir sulke dinge in die wieg gelê nie. Sy kyk na haar polshorlosie en dink daaraan dat sy gewoonlik teen hierdie tyd al goed twee ure se harde werk in die Meissner-kliniek agter die rug sou gehad het. Maar hier lê sy soos 'n wafferse welgestelde vrou nog in die bed en word van alle kante af bedien. Tot haar badwater word vir haar ingetap! Toe die vrou nog huiwer, besluit Julene selfs luukshede het perke. Sy gaan haar sowaar self bad! Toe sy uit die bad klim, is daar 'n boodskap van meneer Murad. Wanneer sy gereed is, moet sy na die seiljag kom. Hy wag vir haar daar.

Was dit nie vir die onrus wat haar opnuut beetpak nie, sou dit 'n volmaakte oggend gewees het. Sy het soos 'n klip ge-slaap en voel fris en lus vir die lewe toe sy later met die paad-jie afstap na waar die jag voor anker lê. Is sy plan nou om met haar die see in te vaar waar niemand haar te hulp kan snel nie, wonder sy onrustig. Maar sy gaan tog aan boord toe hy haar met 'n waai van die hand nooi om nader te kom. Sy laat haar blik oor die luukse-jag dwaal en voel haar hart opgewonde klop. Feit is, sy bly 'n mens, en 'n jag het sy nog altyd net op prentjies gesien. Spontaan sê sy: "Goeiemôre. Dis 'n pragtige boot en 'n pragtige môre!"

Hy glimlag, groet, verneem na haar nagrus en of sy geëet het en antwoord dan: "Ja. Die *gulet* is baie gerieflik."

"*Gulet?*"

"Dis die naam van hierdie tipe seiljag . . . 'n *gulet*. Dis 'n Turkse seilboot wat ook met 'n enjin aangedryf kan word. Dis baie algemeen hier teen die kus en veral gewild onder toeriste wat per boot die Mediterreense kus wil verken."

"Jy bedoel toeriste kan so 'n boot huur vir 'n vakansie?"

"Ja. Sekerlik. Toergroepe huur dit graag. Hulle word voorsien van opgeleide bemanning. Baiekeer word daarna verwys as drywende villas. Kom, dan wys ek jou die uitleg. Myne is 'n vierbedkajuit, maar jy kry tot 'n twaalfbedkajuit. Ek het myne natuurlik laat inrig volgens my behoeftes, maar dis min of meer die gewone uitleg."

Sy volg stilswyend van bewondering. Die salon en kroegarea slaan haar asem weg. Dit is so goed of jy is in die privaat kroeg van 'n luukse-hotel. Sy kan nie help om so 'n tikkie gebelg te voel nie. Sy weet geld verseker nie geluk nie, maar dit maak die lewe darem opwindend. Toe hulle weer op die dek uitkom, voel sy 'n beweging en toe sy verskrik om haar kyk, sê hy rustig: "Ek het gedink ons kan so 'n ent met die kus op vaar en vanmiddag êrens in 'n baai aandoen vir ete. Jy hoef nie bekommerd te wees nie. Ek gaan nie met jou diepsee toe nie."

Sy draai haar kop vinnig weg sodat hy nie haar verleentheid moet sien nie. Hierdie Turk het 'n ongemaklike manier om 'n mens se gedagtes te onderskep.

Die dag word 'n belewenis. Die middag doen hulle in 'n baaitjie aan en eet heerlik in 'n restaurantjie wat wemel van toeriste. Die winkeltjies word ook druk besoek en toe hy haar vra of sy nie iets wil koop nie, moet sy met spyt haar kop ontkennend skud. Sy sou graag wou, maar elke lira wat sy nou nog besit, moet bewaar word om haar terug in Switserland te kry.

"Het jy 'n baaikostuum saamgebring?" wil hy weet.

"Nee."

"Gaan koop vir jou een. Ek sal betaal." Sy verstyf onmiddellik en hy vervolg met sy oë op haar: "Dis deel van die agterskot. Jy kan tog nie by die Middellandse See wees en nie in sy waters swem nie."

Sy aarsel nog, maar dan skiet 'n gedagte haar te binne. 'n Baaikostuum kan dalk handig te pas kom . . .

Natuurlik kry sy nie wat sy soek nie. Die goed is vir haar darem te skraps, maar die mark hier is natuurlik toegespits op die toeris. Kadri hou haar heimlik geamuseerd dop tot sy moedeloos op 'n stukkie swart lap besluit. Sy wil liewer nie vra hoeveel Kadri vir die skamele kledingstuk betaal nie. Sy betwyfel dit ook sterk of sy ooit die ding sal aantrek. Sy glo nie sy sal so gestroop voor Kadri Murad wil verskyn nie. Laat hy maar 'n man van die wêreld wees, sy is nie 'n vrou van die wêreld nie. Al dink hy sy is.

Maar dis 'n wonderlike dag, 'n dag om vir die res van haar lewe te onthou. En Kadri Murad is 'n fantastiese man. As hulle altyd só kon klaarkom . . .

Maar hierdie ongewenste gedagte druk sy summier dood. Hoe gouer sy hier wegkom, hoe beter. Dis nie goed vir 'n gewone mens om te lank blootgestel te word aan hierdie soort rykmanslewe nie. Dit maak jou onvergenoeg met jou eie lewe, en haar soort lewe is pole hiervandaan verwyder. Sy is haar lewe lank daaraan gewoond om hard te werk, en sy sal in die toekoms nóg harder moet werk om vir haarself 'n plekkie in die son oop te skop.

Toe hulle in die laagmiddagson saam terugstap huis toe, vra hy: "Het jy die dag geniet?"

"Ja. Dankie. Dit was lekker, maar . . ."

"Maar wat?"

Amper meer tot haarself antwoord sy: "Maar dis nie mý soort lewe nie, dis nie waaraan ek gewoond is nie. Ek dink nie ek sal elke dag só wil lewe nie."

"Jy bedoel dit sal jou verveel om dit alles te geniet?" vra hy opreg verbaas.

"Nee, nie verveel nie, maar miskien frustreer. Ek wil nie hê dat my lewe een lang vakansie moet wees nie." Sy kyk hom vas aan. "Is joune?"

Hy glimlag. "Beslis nie! Ek kry maar min tyd om hierdie eiland of die jag werklik te geniet. Maar ek het gedink 'n vrou is anders. Gewoonlik wil 'n vrou net 'n huis en kinders hê. Wil jy nie?"

"Elke vrou wil 'n huis en kinders hê. Dis in haar ingebore. Maar dit beteken nie dat dit ál is wat ék in die lewe wil vermag nie," antwoord sy beslis.

Tot haar verbasing verander hy die onderwerp. "Ek wag weer vir jou op die stoep. Ons doen dit vanaand 'n bietjie meer formeel. Trek dus jou rooi rok aan."

"Hoekom? Verwag jy gaste?"

"Nee."

Weer eens is sy verward. Eers belet hy haar om die rok te dra, dan moet sy dit weer op spesiale versoek aantrek. Dit was so 'n wonderlike dag. Hy het geen moeite of koste ontsien om dit vir haar aangenaam te maak nie. As hy dan graag vanaand wil hê sy moet die rooi rok dra, kan sy kwalik kapsie maak. Dis tog nie 'n onredelike versoek nie?

Sy sien dit gaan 'n kersligete wees in 'n beskutte hoekie op die stoep. Die drankies staan reeds gereed toe sy nader stap. Sy merk hy is ook formeel geklee en weer flits die waarskuwingsligte in haar brein. Sy durf nie toelaat dat sy te lank op hierdie eiland gevange gehou word nie. Selfs nugter verstand het sy perke.

Sagte musiek speel in die agtergrond en Julene vertel haarself dat sy vanaand nie eens een drankie moet waag nie.

"A, Julene! Kom eers 'n oomblik na binne. Ek wil jou iets wys."

Sy is eintlik bly dat hulle padgee uit die eksotiese atmosfeer na die meer verligte sitkamer. Dit sou veel beter gewees het as hulle liewer soos die vorige aand in die eetkamer geëet het. Sy weet iets is hier aan die opbou en sy voel magteloos om dit te keer, want Kadri se gedrag bly steeds onberispelik. Dit sal belaglik klink as sy hom moet vertel sy wil liewer binne as buite eet.

Hy stap na 'n tafeltjie waar 'n pakkie lê en tel dit op, maak dit oop. "Kom hier."

Sy stap nader, herken dit onmiddellik. Dis die halssnoer wat hy in die Kapali arsi gekoop het.

"Sit dit aan, asseblief."

Sy frons. Hy het dit tog vir Oda gekoop . . . Of het hy nie?

"Kom. Ek het al baie gewonder hoe dit saam met hierdie rok van jou sal vertoon. Laat ons kyk."

"Nee. Ek . . . ek . . ."

"Hou jy nie daarvan nie?"

"Natuurlik, ja. Dis pragtig, maar . . . ek ontvang nie sulke duur geskenke van mans nie."

Toe sy dit klaar gesê het, besef sy hoe lagwekkend dit vir hom moet klink. Nog vandat sy in Turkye aangekom het, teer sy op hom. Kos, geld, die gebruik van sy helikopter, 'n bootvaart en meer as vyfsterbehandeling in luukse-hotelsuites en op 'n privaat eiland . . . En nou skielik is dit teen haar beginsels om juwele van hom te ontvang! As hy 'n bietjie verbaas is, kan sy hom nie verkwalik nie. Dat sake lankal handuit geruk het, kom sy nou eers agter en die besef skok haar.

Maar sy ligte frons verdwyn weer vinnig en hy glimlag terwyl hy die goue halssnoer uithaal en om haar loop. Sy voel hoe hy sy hande oor haar kop lig en dit agter haar nek vasmaak.

"Dis nie 'n geskenk nie. Dis deel van die agterskot."

Reg voor haar is 'n lang spieël en sy vang sy blik oor haar skouer. Sy is intens bewus van die prentjie wat hulle saam maak, van sy hande wat op haar skouers rus, en die goue halssnoer wat flitsend die lig na hulle terugkaats. En in sy oë dans daar ook liggies soos klein vuurtongetjies . . .

298

Sy hande val genadiglik van haar skouers af en hy nooi: "Kom ons gaan stoep toe. Ons drankies wag."

Sy weet sy moenie stoep toe gaan nie. Sy moet daar wegbly.

Sy moet heeltemal wegkom. Sy moet eintlik vlug, heeltemal wegvlug . . . en tog stap sy saam na buite, ontvang die glasie uit sy hand en klink stilswyend met hom.

Toe sy hand onder haar elmboog haar uit die stoel laat opstaan, is sy stom, hoewel dit in haar skree: Gee pad! Jy kan nie nou met hom dans nie!

Maar sy voel hoe hy haar teen hom vastrek, soos tevore sy kop teen hare laat sak en sy bid eerlik om krag om hom te weerstaan. "Kadri . . . Ek . . . ek het 'n hoofpyn. Die baie son vandag. Ek dink ek gaan maar kamer toe . . ."

Maar sy liggaam bly ritmies teen hare beweeg en sy moet meedoen. Sy mond beweeg teen haar slaap, sy asem is warm in haar oor.

"Hoekom baklei jy so daarteen?" Sy voel sy hand op haar kruis, hoe hy haar stywer teen hom aandruk. "Nie jy of ek het van die begin af 'n kans gehad om hiervan te ontvlug nie."

Hy moet haar laat gaan! Hy moet! "Ek . . . weet nie waarvan jy praat nie. Asseblief . . ."

"Jy weet." Sy mond beweeg koesterend oor haar neus, haar oë. "Jy wil my so graag in jou arms hê soos ek jou in my arms wil hê."

Sy moet hierdie betowerende sirkel om hulle verbreek! "Jy vergeet ek staan so te sê op trou met 'n ander man."

"Ja, ek het daarvan vergeet, want dis nie die moeite werd om dit te onthou nie. Jy het ook daarvan vergeet."

"Hoe kan jy sommer sulke dinge sê, aanneem . . .?"

"Omdat ek die verlange in jou kan aanvoel. Ek sien dit in jou oë wanneer jy na my kyk." Hy lig sy kop op en sy oë priem in die skemerlig in hare. "Jy wil myne wees, Julene. Wat laat jou daarteen stry?"

Sy kyk terug in sy oë, kry hare nie weggedraai nie. Ja, wat is dit? Daar is so baie redes . . . maar die belangrikste . . .

"Ek deel nie met 'n ander nie, Kadri."

Hy frons, hou haar steeds styf vas. "Jy deel my nie."

"Hoeveel vrouens het jy al só hier verower? Hoeveel vrouens was en is daar nie in jou lewe nie? Ek staan nie tou nie."

Sy hande los haar skielik en hy swaai weer met 'n vreemde klank op sy lippe van haar af weg. Die betowering van die oomblik is verbreek. "Jy praat asof ek die mees immorele lewe lei!" Hy draai kwaai om en sy kan woede in sy stem hoor. "Ek erken ek is nie 'n heilige nie. Ek is immers 'n man en ek was al drie-en-dertig! Daar was al ander vrouens, ja! Maar wat van jou? Jy het self erken daar was baie mans. Maar op hierdie oomblik is daar net een vrou vir my. Van die eerste dag dat ek jou gesien het, was jy nie 'n oomblik uit my gedagtes nie."

Haar verstand het weer begin werk en wil nie aanvaar wat sy hoor nie. "Dis nie waar nie! Jy was kwaad, ontevrede . . ."

"Ja, ek was! My lewe was georganiseerd, beplan. En skielik staan jý voor my, 'n goue godin teen die silhoeëtte van Istanboel! En van toe af het ek geen rus of duurte geken nie. Ek wou jou weghê . . . en dan weer vir ewig vashou, vasketting aan my! Toe Yasar my sê jy beplan om weg te loop, kon ek dit nie toelaat nie! Julene, jy is soos 'n vuur in my . . ." Sy word skielik weer vasgegryp; sy vel is warm teen hare, sy mond is soekend en eisend.

"Nee! Los my! Kadri, jy het belowe . . ." roep sy paniekerig uit.

"Ek sal jou alles op hierdie aarde belowe, moet net nie weer van my weggaan nie!"

"Nee! Jy het belowe jy sal jou nie aan my opdring as ek dit nie . . ."

Sy word so vinnig gelos dat sy na 'n stoelleuning moet gryp. "Is dit hoe jy daaroor voel . . . dat ek my aan jou opdring? Jy wil ook . . ."

"Nee! Jy het belowe niks sal gebeur wat ek nie wil laat gebeur nie! Jy het my jou woord . . ."

"Ek is 'n man van my woord. Ek vra om verskoning. *Iyi geceler!* Goeienag."

Hy gee so vinnig pad dat sy hom half verdwaas agternastaar. Hy het sommer net weggestap! Sy hoor haar eie rukkende asemhaling. Om haar flikker die kerse en die maan blink daar bo. Skielik is die sagte musiek op die agtergrond stil. Die aand is verby. Daar is klaar nag gesê . . .

Veilig in die privaatheid van die slaapkamer kyk sy verdwaas om haar rond. Wat nou? Wat moet sy nou doen? Wat word van haar verwag? Moet sy teruggaan, hom gaan soek en om verskoning vra? Maar sy kan nie! En die ergste van alles is dat sy hom amper teruggeroep het toe hy weggestap het . . .

Sy moet hier wegkom. Dadelik. Haar oog val op die pakkie waarin die baaikostuum nog toegedraai lê. Toe sy dit gekoop het, het sy half geamuseerd gedink dis goed om een te hê; dalk moet sy nog vir haar lewe swem! Maar dis nie meer snaaks nie. Dis al manier om hier weg te kom. Sy moet vasteland toe swem. Dit het vandag op die boot nie so ver gelyk nie. Sy is nie 'n vreeslike sterk swemmer nie, maar as sy kalm bly, behoort sy die oorkant te haal. Êrens in haar vertel 'n stemmetjie haar sy is besig om 'n dwase besluit te neem, maar sy luister nie daarna nie. Sy durf nie. Nog een so 'n konfrontasie tussen haar en Kadri Murad en sy sal klei in sy hande wees. Want hy is reg. Sy het die krag êrens vandaan ontvang om dit aan hom te ontken, maar sy kan dit nie langer aan haarself ontken nie. Sy wou! Sy pluk die rooi rok oor haar kop, tel die pakkie van die bed af op . . . en toe sy die baaikostuum aantrek, weet sy sy vlug eintlik meer van haarself af weg as van Kadri Murad.

Met die bietjie geld wat sy het, en haar persoonlike dokumente styf in 'n plastieksakkie om haar nek geknoop, skakel sy die kamerlig af en stap kaalvoet in die rigting van die glasdeure wat op die grasperk uitloop. Wanneer sy anderkant aanland, sal sy reguit polisiekantoor toe gaan en hulle vertel sy het al haar besittings verloor. Sy het genoeg geld om hulle te betaal om met haar pa kontak te maak. Haar oë bespied die grasperk tot teen die waterkant. Alles is rustig en stil. Sy sal maar in die skadu van die struike hou, hoewel sy nie dink daar bestaan gevaar dat sy sommer gewaar sal word nie. Kadri se aandag sal nie nou buite wees nie. Waar is hy? Wat doen hy nou? Wat dink hy? Wat beplan hy miskien?

Met haar hart en asem wat in haar keel sit, bereik sy die waterkant en sy sak in die water weg. Vir oulaas kyk sy terug. Iets van haar bly vanaand hier agter. Sy weet wat. Maar dan draai sy beslis haar gesig terug na die see hier voor haar en die land se liggies wat daar in die verte skitter. Sy móét gaan.

Rustig swem, maan sy haarself, want sy het eintlik geen idee wat die afstand is wat sy moet aflê nie. Haar nie ooreis nie. Rustig en diep asemhaal . . . egalige, ritmiese bewegings. As sy moeg raak, kan sy op haar rug draai en rus. Die water is half lou . . . heerlik . . . Asemhaal . . . nog 'n haal vorentoe . . . nog 'n haal verder weg van Kadri . . .

"Ek het nog altyd gedink dis net goeie maniere om eers te groet voordat 'n mens vertrek."

Sy hoor die stem agter haar, maar sy swem voort. Dis sinsbedrog, vertel sy haarself. Dis omdat sy wil hê hy moet haar keer dat sy nou skielik stemme hoor. Dis haar verbeelding. Dis net sy en die see en die winkende liggies wat lyk asof hulle nie nader wil kom nie . . .

"Julene, jy het dit nou ver genoeg oordryf!"

Daar is skielik hande wat haar skouers vashou en die liggies voor haar word verdoof toe sy gesig in haar gesigsveld verskyn.

Haar groot, verskrikte oë laat weer 'n Turkse kragwoord oor sy lippe spat. "In hemelsnaam, vroumens, as jy dan regtig só graag wil weg . . . Ek sal jou self môre op die eerste

vliegtuig terugsit Switserland toe! Staak net hierdie kinder-
agtigheid!"

Sy is lam. Sy begin water trap en was dit nie vir sy hande
wat haar steeds aan die skouers vashou nie, sou sy verdrink
het. Haar hande soek na hom, vat om sy middellyf.

"Is jy moeg? Kom, draai op jou rug, ek sal met jou terug-
swem."

Sy weet nie wat sy is nie. Moeg of mal. Sy weet nie. Maar
sy wéét dat sy verskriklik, buitensporig bly is om hom te sien,
om sy arms om haar te voel... en te voel hoe hy met haar
terugswem eiland toe.

Uiteindelik voel sy hoe hy haar in sy arms optel en met
haar op die gras uitstap. Hy lê haar neer, maar haar arms
klou hom steeds vas. Sy gesig is hier naby hare, sy oë skerp.

"Hoe voel jy? Is alles reg?"

As antwoord dring sy haar teen hom aan, intens bewus
van hul klam liggame teen mekaar.

"Julene . . ." Hy probeer van haar greep loskom, maar
sy wil hom nie laat gaan nie. "Asseblief, ek wil jou nie weer
afskrik nie. Maar jy moet my nou los of . . . Ek is van vlees
en bloed gemaak, magtig!"

"Hou my vas! Hou my vas, Kadri!" Heeltemal weerloos
kyk haar oë op in syne. "Ek wou nie weggaan nie. Ek wou nie
regtig nie . . . Ek wil hier by jou bly. Ek wil jou liefhê . . ."

Sy lippe is op hare en sy voel hoe die stukkie nat baaikos-
tuum van haar afgestroop word . . . en om hulle duisel die
sterbelaaide nag en sluit nugter denke af . . .

Later voel sy hom opstaan, 'n entjie wegbeweeg en toe hy
weer nader kom, het hy die broek aan waarvan hy so vinnig
ontslae geraak het toe hy die swemmende gestalte in die dei-
ning van die see gewaar het. Sy bolyf is kaal. Hy hou sy hemp
na haar uit. "Trek dit voorlopig aan."

Sy gehoorsaam, bewus van sy oë op haar liggaam terwyl
sy die hemp vasmaak.

Hy buk en tel haar baaikostuum op. "Kom."

303

Sy arm trek haar styf onder sy blad in en sy volg hom gewillig huis toe. Ook toe hy reguit met haar na sy slaapkamer stap, volg sy gedwee. Hy skakel die elektriese lig aan en draai na haar en hulle staan en kyk net lank na mekaar, bewus daarvan dat die keerpunt reeds verbygesteek is.

"Kadri . . ."

"Nee. Ons praat nie nou nie." Hy knoop die hemp los, skuif dit oor haar skouers terug sodat dit op die mat val. Dan sak hy met haar op die bed neer, sy oë stil op haar gesig.

"Jy was 'n maagd."

Sy kyk weerloos terug.

"Ek was die eerste man."

"Ja."

Die gloed in sy oë verdiep en sy hande teen haar rug dwing haar teen hom vas. "Jy is myne."

Sy ontvang sy honger lippe, sy honger hande, sy honger liggaam met oorgawe. Ja, sy is syne.

Die volgende oggend word sy wakker met Kadri se oë warm op haar. Sy glimlag na hom op en sy stem is laag toe hy sê: "Jy is so pragtig, my liefling."

Dis eers 'n ruk later dat sy hom effens wegdruk en ernstig sê: "Kadri, ons moet praat. Daar is baie probleme wat . . ."

"Natuurlik is daar probleme, my liefling. Dis vanselfsprekend. Dis twee wêrelde wat hier bymekaargegooi word. Ek is 'n Turk en jy is 'n Duitser. Daar sal groot aanpassings gemaak moet word. Jy is ook 'n dame wat nie nét vrou en moeder wil wees nie. Ek wil weer my vrou by die huis kry wanneer ek tuiskom. Natuurlik is daar baie dingetjies wat uitgepraat en uitgestryk sal moet word. Maar die belangrikste is dat ek jou liefhet. Het ek jou dit al gesê?"

Sy glimlag na hom op, haar hart in haar oë. "Nee. Jy het nie."

"Dan sê ek dit nou. Ek het jou baie lief, Julene."

"En ek het jou nog liewer, Kadri."

Hy buig weer oor haar, vroetel met die een hand se vingers

304

deur haar blonde hare wat in wanorde oor die kussing en haar skouers lê. "Ek wou dit al die eerste dag doen."

"Wat doen?"

"Jou formele kapsel losmaak en my vingers deur die goue drade trek." Sy oë terg. "Ek wou so baie dinge al die eerste dag doen, jy sal my nie glo nie!"

"Nee, ek glo jou nie!" terg sy terug. Dan word haar gesig ernstig. "Kadri, ons moet gesels . . ."

"Sjuut!" Hy druk 'n vinger op haar lippe. "Nie vandag nie. Nie nou al nie. Ek het nog net drie dae voordat ek weer sal moet aandag gee aan my sake. Ek wil in hierdie drie dae jou net liefhê, Julene. Ek wil niks van probleme weet nie. Ek wil jou ten volle bemin. Wanneer ek dan terugkom, kan ons gaan sit en elke moontlike punt bespreek en hopelik konsensus bereik. Maar hierdie drie dae . . . behoort aan my en jou en ons liefde."

So is dit ook. Toe sy die oggend van die vierde dag saamstap na waar die helikopter reeds op hom wag, weet sy dat hierdie afgelope dae en nagte haar ewig sal bybly.

Hy gee haar 'n lang en innige afskeidsoen, stel haar gerus: "Ek stuur Ana en Oda onmiddellik hierheen sodra ek in Istanboel aankom sodat jy nie alleen sal voel nie. Ek sal jou teenwoordigheid hier op die eiland verduidelik. Ek is oor 'n week terug, gouer as ek dit enigsins kan regkry."

Sy waai tot sy die helikopter nie meer kan sien nie, stap dan stadig terug huis toe, dink onwillekeurig terug aan haar wyse gepreek vir Oda en Pieter sommer net 'n paar dae gelede. Julle moet goed dink oor waarmee julle besig is, het sy gesê. Besluite wat julle vandag neem, gaan nog in die verre toekoms 'n invloed op jul lewens uitoefen. Daar is baie faktore wat teen so 'n verhouding tel. Te veel. Twee verskillende nasionaliteite, verskillende agtergronde – Kadri het dit twee wêrelde genoem. Elkeen het 'n ander kultuur, taal, gewoontes en geloof. Maak oop jul oë en kyk nugter na hierdie ding, het sy gesê, en vra jouself af of dit werklik die moeite werd gaan wees, of dit al die opofferings werd gaan wees wat van julle gevra gaan word.

Nou is sy in dieselfde bootjie . . . en nou weet sy hoe maklik dit is om van die wal af raad te gee. Maar as jy eers self in die stroom beland het . . . die stroom van liefde en emosie . . . Sy is ten volle bewus van al die gevaarlike stroomversnellings . . . En tog . . . sy kan nie meer van hom afskeid neem nie. Daar móét 'n weg wees! Hulle sál 'n weg vind!

Met groter begrip as ooit tevore dink sy ook nou aan Peter Rudman se vraag: Het jy nog nooit iets gedoen wat verkeerd is en jy weet dis verkeerd, maar jy kan jouself nie help nie? Sy slotsom was: dan moet jy 'n supermens wees.

En sy is dit nie. Sy moet saam met Peter vandag bely: sy is ten slotte net 'n mens. Sy het ja gesê waar sy goed geweet het dit moet nee wees. Sy het Kadri Murad lief . . . maar is liefde genoeg? Stadig, in die lang ure van hierdie dag, begin nugter rede weer terugkeer . . . begin vrae en vrese haar treiter. Is liefde genoeg?

Sy is verlig om teen laatmiddag die helikopter bo die boomtoppe te sien verskyn. Haar gedagtes het reeds martelende afmetings begin aanneem. Want in die ure wat verby is, het dit tot haar begin deurdring dis nie net haar en Kadri se lewens wat geraak word nie. Daar is Oda. En Ana wat Oda grootgemaak het as 'n bruid vir Kadri; daar is sy onbekende broers. Hoe gaan hulle reageer oor die feit dat hul broer 'n vreemde vrou van 'n ander nasie in die familiekring gaan inbring? En daar is haar eie mense. Oupa Albert, haar pasgevonde pa, Anna . . . veral Anna . . . Sy weet sy ken die antwoord, sy hoef nie te wonder nie.

Ana is 'n strak, streng Turkse dame, ewe strak geklee en Julene dink effens geamuseerd dat, hoewel die hedendaagse Turkse vrou nie meer gesluier gaan nie, Ana beslis voorkeur daaraan sou gee. As die oë wat haar goed bekyk baie krities is, hinder dit Julene nie te erg nie. Vanselfsprekend sal die vrou haar as 'n indringer beskou, dis logies. Sy sal maar later aandag aan hierdie probleem skenk. Sy konsentreer liewer op Oda, 'n Oda wat skielik baie meer bedees voorkom.

Toe Ana die huis in verdwyn, vra Julene belangstellend: "En hoe gaan dit met Peter? Dit het my geklink asof hy 'n bietjie teëspoed gehad het."

"Hoe weet jy?"

"Kadri het my gesê. Hy het gesê Peter is by die suite uitgegooi. Was dit regtig so erg?"

"Nee. Hy is nie uitgegooi nie. Hy het vanself geloop."

"Hoe bedoel jy nou?"

"Dokter Rudman het skielik sy smaak in Turkse dames verloor. Hy het my koel en kalm meegedeel dat hy nie van plan is om met my te trou nie en padgegee."

Julene frons, laat dan simpatiek hoor: "Ek is jammer om dit te hoor, Oda. Maar miskien is dit beter so."

"Natuurlik," antwoord die vreemde, koel stem. "Dit sou tog nooit gewerk het nie. Sulke huwelike slaag tog nooit nie. Soort moet maar by soort hou. Daar is te veel verskille wat onoorbrugbaar is. Ek is nie regtig gebroke nie," laat sy hoor en kyk Julene stip aan. "Ek sien nou uit na my en Kadri se huwelik. Hy sal 'n wonderlike man vir sy vrou wees."

Julene sluk. Dan het Kadri haar nie vertel nie . . . Die volgende oomblik kry sy egter die skok van haar lewe wanneer Oda kalm voortgaan: "Jy sal natuurlik met my saamstem, want ek verstaan hy gaan met jou ook trou."

Julene kom botstil in haar spore tot stilstand. Oda kyk haar verbaas aan. "Jy lyk geskok. Hoekom? Jy het mos van die begin af geweet ek en Kadri gaan die een of ander tyd trou."

"Ja, maar . . ."

Oda glimlag meerderwaardig. "Ek verstaan. Jy het gedink hy sal my nou los en net met jou trou. Maar hier werk dit nie so nie, nie onder ons Moslems nie. Kadri mag vier wettige vrouens hê . . ."

"Ja, ek weet daarvan, maar . . ." Dit kan nie waar wees

nie! "Oda, het Kadri jou uitdruklik gesê julle twee gaan steeds trou?"

"Natuurlik! Hy het nog gesê dis sy geluk dat ons twee reeds goeie vriendinne is."

Julene is lam. Dan vertel sy haarself: Dis onsin! "Oda, jy staan en maak nou stories op. Ek glo vir geen . . ."

"Vra vir Ana. Sy was by. Ana is natuurlik nie te ingenome met Kadri se tweede keuse nie. Sy sou natuurlik iemand van ons nasie verkies het. Maar Kadri was beslis. Óf Ana aanvaar jou, óf sy gaan. Ek sal jou aanraai om maar liewer vriende met haar te probeer maak, want sy sorg nou al jare lank vir sy huishouding. Tensy jy beoog om self die huishouding oor te neem. Ek stel nie belang nie. Ek weet van kosmaak en kinders grootmaak niks nie."

"Oda!" Dis 'n nagmerrie . . . "Oda, wil jy my regtig wysmaak dat Kadri beplan om met my én met jou te trou?"

"Ek wil jou niks wysmaak nie, Julene. Dit is so! Hy het geen keuse as om met my te trou nie. Hy is onder 'n morele verpligting om dit te doen. Die hele Turkye weet dit. Jy behoort gevlei te voel dat jy vrou nommer twee gaan wees."

Vrou nommer twee! Julene sluk. Oda is besig om 'n spul leuens te verkoop. Sy móét wees! Julene voel hoe 'n woede wat uit skok gebore is in haar opstu. Oda lyk verniet so selfversekerd . . . "Miskien is ek vrou nommer een as Kadri uitvind dat sy Odatjie nie so getrou was as wat hy dink nie."

Oda se selfversekerdheid is onverstoorbaar. "Tot dusver is hy onder die indruk dat dit jy is wat 'n verhouding gehad het. Jy sal bewyse moet uithaal om hom te laat glo wat jý wil hê hy moet glo. Aan die ander kant . . . Kadri kan kwalik vinger wys . . . of dink jy jy is die eerste meisie wat hy al op hierdie eiland onthaal het?" Sy sien die hernieude skok in Julene se oë en glimlag. "Jy sal gewoond moet word aan hierdie dinge, Julene. Jy sal die Islamitiese geloof en tradisies maar moet aanvaar. Jy het geen keuse nie."

Julene kyk weg, staar strak na waar die grasperk en water

ontmoet. Daar, op daardie plek, het hy haar uit die water ge-
dra . . . Oda sê sy is nie die eerste nie. Kadri het self erken daar
was meisies voor haar. Hoekom wil sy Oda dan nie glo nie?
Maar as sy haar glo . . . álles glo wat sy nou gepraat het . . .

Sy keer haar dringend tot die jong meisie, haar oë openlik
pleitend: "Oda, dit kan nie waar wees wat jy my vertel nie!
Asseblief, dis tog nie moontlik dat . . . dat dit kan waar wees
nie!"

Oda kyk vlugtig weg, haar stem is laag: "Ek is bevrees dit
is die waarheid, Julene. Jy moenie dink dis vir my maklik om
te aanvaar . . . Maar ek sal aan die gedagte gewoond raak.
Ek is 'n Moslem en ek weet wat op my wag . . . Miskien moet
ons dit liewer uit 'n meer positiewe hoek benader," vervolg
sy gemaak vrolik. "Ons ken mekaar ten minste. Ons is vrien-
dinne. Ons het nog altyd goed oor die weg gekom . . ."

"O, bly stil! Jy weet nie waarvan jy praat nie!"

Julene vlug weg, slaan sommer 'n koers in en agter haar
rug ontmoet twee paar vroue-oë goedkeurend.

9

Dis vir dokter Fritz Meissner duidelik dat iets traumaties met
sy dogter in Turkye gebeur het. Dis nie dieselfde meisie wat
na Switserland teruggekeer het nie. Sy is bleek en strak, kom
selfs senuweeagtig voor. Daar is byna geen teken van die ou,
selfversekerde Julene nie.

Eers wil hy dit sonder kommentaar laat verbygaan. Sy sal
self die saak aanroer as sy daaroor wil praat. Maar dan . . .
hy is haar pa, 'n pa wat vir meer jare as wat hy wil onthou,
sy plig teenoor sy dogter versuim het.

Op pad van die lughawe af vra hy dan reguit: "Wat het
gebeur, Julene?" Sy reageer nie en hy kyk haar sydelings aan.
"Daar hét iets gebeur. Ek kan dit sien."

Sy knik, laat haar kop sak. "Ja."

Sy kommer verdiep met elke verbygaande sekonde. Hy het Julene opgesom as 'n kalm, beheerste mens. Maar die vrou wat nou hier langs hom sit, is 'n verwonde mens.

"Wat het gebeur, Julene? Was dit 'n . . . man?"

Haar kop ruk op, dan val haar ooglede weer voor syne. "Ja. Dit was 'n man."

"Jy bedoel . . ." Ontsetting staan in sy oë. "Jy bedoel hy . . . jy is . . ."

"Nee. Nee, ek is nie verkrag nie." Nee, sy het haarself vrywillig oorgegee. "Dis nie so iets nie."

Verligting spoel deur hom. "Wat dan? Wat in verband met hierdie man?"

"Hou êrens stil voordat ons by die huis kom."

Hy soek 'n afdraaiplek, hou stil voor 'n magiese natuurtoneel van donkergroen plantasies, blou mere en sneeubedekte Alpe, maar weer is die skoonheid daarvan vir haar verlore.

"Daar is nie veel om te vertel nie. Ek het natuurlik toe vir Kadri Murad ontmoet . . . en op hom verlief geraak." Sy sien die instinktiewe frons tussen haar pa se oë en knik. "Ek weet. Hy is 'n Turk, van 'n ander nasie. Maar sulke dinge gebeur."

Fritz Meissner knik. Ja, sulke dinge gebeur. "En hy?"

"Hy . . . was ook baie aangetrokke tot my." Maar kan sy sê hy het haar werklik liefgehad – terwyl hy 'n huwelik met 'n ander vrou ook beplan het? "Maar hy is 'n Moslem, Pa . . . en Moslems mag vier wettige vrouens hê."

"Hy was dus reeds getroud?"

"Nee, maar het op troue gestaan met Oda. Hy het haar as klein kindjie uit 'n rivier gered en sy is grootgemaak om eendag Kadri se vrou te wees. Dis wat ook gaan gebeur. Hulle gaan trou."

"En wat van jou?"

"Hy . . . wou met my ook trou. Dis nie vreemd vir hom nie, Pa. Hy mag met my én Oda trou. Hy mag selfs nog twee vrouens neem. Vir my is dit natuurlik buite die kwessie."

"Ek sou so dink!" Fritz Meissner is sommer vies.

"Hy was nie tuis toe ek hiervan uitvind nie. Ek het pad-gegee. Ek wil nie die saak met hom bespreek nie. Daar is niks om te bespreek nie. Die . . . verhouding was tog uit die staanspoor gedoem. Daar is te veel faktore wat teen ons tel. Dit kan nie uitwerk nie – nooit nie."

"Nee, dit kan nie. Ek is bly jy is terug by ons, my kind."

"Daar's nog iets . . . Ek gaan onmiddellik terug Suid-Afri-ka toe, Pa. So gou as wat ek 'n vlug kan kry. Ek dink hy sal my hier kom soek en dan moet ek weg wees. Ek wil hom nie weer sien of met hom praat nie. Wat my betref, is die saak afgehandel. As daar enige navraag kom, moet julle hom as-seblief nie sê waar ek is nie. Hy is onder die indruk ek is 'n Duitser. Hy het dit sommer so aangeneem as gevolg van my van en dit het net gebeur dat ek hom nie reggehelp het nie. As hy my probeer opspoor, sal hy nooit droom om my in Suid-Afrika te gaan soek nie."

Fritz Meissner knik, sy oë teer op die mooi meisie. "Jy het my woord en ook Muriël s'n as jy dit so verlang. Maar, Julene, in alle regverdigheid teenoor die man . . . Dink jy nie julle moet darem eers die saak uitpraat nie? Jy sê jy het som-mer net padgegee terwyl hy weg was."

"Nee, Pa. Daar is geen sin in om die saak uit te praat nie. Ek kan nie teen tradisies en 'n geloof wat eeue oud is, baklei nie."

Fritz skud sy kop verdwaas. "Maar . . . is dit werklik so dat hulle vier wettige vrouens . . ."

"Ja, dit is so. En hy mag ook soveel byvroue aanhou as wat hy wil, op voorwaarde dat hy vir almal ewe goed kan sorg."

Fritz kyk haar verstom aan, skakel die motor aan en sê: "Jy het die regte ding gedoen, my kind. En ek stem saam met jou. Dis verstandiger om liewer heeltemal hier pad te gee. Voorlopig altans."

Daardie aand, in die verre Suid-Afrika, laat roep die God-father sy kleindogter en aanstaande skoonseun na sy pragtige huis wat op dieselfde landgoed as die Meissner-kliniek geleë is.

"Julle kan maar jul reëlings vir jul troue begin tref. Ons hoef nie meer te soek vir 'n tydelike hoof vir die kliniek nie. Julene kom terug," kondig die ou man aan en Elke se gesig klaar op.

"Regtig, Oupa? Maar sy is dan nog skaars weg. Of was sy nie gelukkig daar by haar pa-hulle nie?"

"Nee, sy het dit daar nie so gelukkig getref nie, maar dit het niks met haar pa te doen nie. Dis hoekom ek julle vanaand ontbied het. Ek het 'n oproep van Fritz gehad en ek gaan vir julle kortliks skets wat hy te vertel gehad het." Hulle luister in stomme stilte tot hy afsluit: "Ek het Anna geen detail gegee nie. Dit sal haar net ontstel. Ek het haar vertel Julene kom terug omdat sy hier by ons die gelukkigste is." Sy oë kyk stip. "Ek gaan my nie inmeng in die bestuur van die kliniek nie. Julle twee is mans genoeg daarvoor. Julle kan Julene tydelik aanstel tot julle van jul wittebrood terugkom. Ek gaan nie vir julle voorskryf of julle haar daarna vas moet aanstel of nie."

Maar hulle kan die verlange in sy stem hoor en glimlag. Dis Horst wat sê: "Ek het Julene verseker dat die Meissner-kliniek se deure altyd vir haar sal oopstaan. En ek het dit bedoel."

"Dankie, Horst. En jy, Elke?"

Sy glimlag, haar oë teer. "Sy is mos 'n Meissner, Oupa. En 'n Meissner hoort hiér, dan nie?"

"Dankie, kinders. Soos jy sê, Elke. Ons Meissners is min, ons moet bymekaarstaan. Sy kry oormôre 'n vlug terug huis toe."

Dis met die gevoel dat die afgelope drie weke van haar lewe deel van 'n onwerklike droom is dat Julene op die lug-hawe in Kaapstad afstap. Horst Buchner is daar om haar te verwelkom. Hy druk haar spontaan teen hom vas en sien tot sy verbasing dat die blonde meisie bewoë is. Trane in dokter Julene Meissner se oë, dis nou vir jou te sê . . .

"Dis goed om terug te wees, Horst."

"Dis goed om jou terug te sien, Julene. Ons het jou gemis."

Sy glimlag net, vra: "Hoe gaan dit met die ander?"

"Anna is natuurlik in die sewende hemel oor jou terugkeer; die Godfather lyk soos 'n kat wat room gekry het en Elke kan nie wag dat jy moet kom nie."

Sy kyk hom skepties aan. Sy kan glo Anna en oupa Albert, soos sy hom maar altyd sal noem, sal bly wees om haar te sien. Maar Elke . . .?

"Elke se vreugde is natuurlik nie heeltemal honderd persent onselfsugtig nie. Nou kan sy gouer trou as wat sy verwag het."

"Wat bedoel jy? Is julle dan nog nie getroud nie?"

Hy skud sy kop laggend. "Nee. Elke hou haar vreslik outyds. Sy wil 'n 'regte' troue hê met 'n 'regte' wittebrood. Dus moes sy wag. Ons moes eers iemand kry wat die leisels in die kliniek vir 'n week of vier kan oorneem, en so 'n persoon skop jy nie agter elke bos uit nie. Daarom wil ek jou sommer met die intrap vra of jy vir ons die kliniek sal behartig terwyl ons wittebrood hou."

Sy kyk na hom op, onsekerheid op haar gesig. Sy voel deesdae so onseker van haarself, oor haarself. Dis of sy haar selfvertroue (dalk was dit oormoed in die verlede) die afgelope weke verloor het. "Ek sal met graagte uithelp, Horst – as julle regtig dink ek is in staat daartoe."

Hy kyk skerp na haar. Dis nie die ou Julene wat hier praat nie. "Jy was nog altyd 'n baie bekwame dokter, Julene. Moet jouself nie onderskat nie. Jy is volkome in staat om die kliniek se leisels vas te vat en jy weet dit."

Sy sluk, klim stil in toe hy die motor se deur vir haar oophou, sê net in haar hart: Dankie, my vriend. Ek het daardie woorde nodig. Sal my lewe ooit weer dieselfde wees?

313

In die dae wat volg, is dit amper asof daar nooit 'n on-
derbreking was nie. Sy word dadelik in die kliniek ingespan,
want volgens Elke kan geen bedrywige dokter ná ure in 'n
hospitaal ook nog reëlings vir 'n troue tref nie. Elke word
dus summier van alle verdere diens vrygestel en dis Julene
Meissner wat weer die lang gange van die kliniek bewandel.
Maar dis 'n ander dokter Julene, besef die personeel sommer
dadelik. Iets drasties het met haar gebeur, daarvan is almal
oortuig. Of soos die een suster vir die ander sê: "Wat ook al
oor haar lewer geloop het, dit was 'n goeie ding. Sy is mos
skielik mens."

Vir Anna, wat haar met deernis dophou, is dit egter duide-
lik dat Julene diep seergekry het. Heilig soos 'n hen oor haar
enigste kuiken, wil sy op 'n dag trompop weet: "Julene, wat
hét daar anderkant gebeur? Was jou pa met jou lelik?"

"Nee, Anna. Ek het jou reeds gesê. Hy was eintlik baie
gaaf. Ek hou van hom."

"Dan was dit sy vrou. Wat het sy aan jou gedoen?"

"Asseblief, Anna! Sy het niks gedoen nie. Goed. Sy het nie
oorgeloop van vriendelikheid nie, maar sy was ook nie lelik
nie."

"Maar iets het gebeur, Julene! Moenie vir my dinge weg-
steek nie. Jy het verander. Enige mens kan dit sien."

Julene probeer die onvermydelike ontwyk. Dit gaan nie
maklik wees om vir Anna die waarheid te vertel nie. Sy sal
nie verstaan nie . . . so min as wat sy destyds kon verstaan
toe haar jong suster verwagtend van 'n getroude man by haar
aangekom het. Anna sal nie kan verstaan dat sy op 'n Turk
van alle mense verlief moes raak nie. Anna sal dit nooit kan
verstaan nie . . .

"Daar het niks gebeur nie . . . niks van belang nie."

Sy stap vinnig weg en Anna kyk haar bekommerd agterna,
meer bekommerd as ooit. In hierdie kind is al haar eie drome
en ideale saamgevat. Van een groot droom moes sy reeds af-
stand doen, maar tog besef sy vandag dat dit van die begin

314

af 'n vergeefse droom was om van Julene Albert Meissner se kleindogter te wou maak. Maar aan die ander droom klou sy verbete vas. Tog het sy die nare gevoel dat dit êrens groot skade gely het. Hoe kan sy Julene se geluk verseker?

Die enigste ander persoon by wie sy kan uitvind wat sy wil weet, is Albert Meissner. Sy weet dat hy die storie moet ken en sy konfronteer hom ook.

"Ek wil weet wat aan die gang is met Julene, Albert. Sy is my kind. Ek het haar grootgemaak. Ek het die reg om te weet wat met haar gebeur het, en moenie my probeer vertel daar het niks gebeur nie. Julene het byna onherkenbaar verander. Sy is stil, teruggetrokke en . . . sag. Verkeerd sag, volgens my. Ek het al daardie blou oë vol trane betrap. Wat is aan die gang, Albert?"

"Kom sit hier, Anna. Ja, jy is reg. Jy het die reg om te weet. Maar ek sal jou net vertel as jy my belowe jy sal nie met haar daaroor praat nie en haar veral nooit daaroor verwyt nie."

Dis 'n hele rukkie stil toe hy klaar vertel het. Anna vou haar hande in haar skoot saam en nou is dit die Godfather wat ongekende trane in sy huishoudster se oë sien blink.

"Die lewe is onverstaanbaar, Albert. Jy maak 'n kind groot, jy beskerm haar so ver jy kan teen seerkry. Jy probeer haar pantser teen hartseer. En dan gaan sy van jou af weg . . . en sy stap reguit in die hartseer in. En daar is niks wat jy daaraan kan doen nie. Jy kan haar maar net terugontvang en maar weer, soos toe sy klein was, die wonde dokter en hoop daar bly nie 'n letsel oor nie. 'n Mens is so magteloos."

"Ja, Anna. Dit is so. 'n Mens is magteloos. Elke geslag maak dieselfde foute. Dis die lewe."

Toe Kadri Murad skielik op 'n dag in lewende lywe voor hom staan, is dit 'n ewe gedetermineerde Fritz Meissner wat hom vas in die oë kyk. Hy het al 'n paar oproepe van hierdie man ontvang, maar niks sal hom beweeg om aan hom die inligting te verskaf wat hy so naarstiglik soek nie. Inteendeel.

315

Kadri Murad vind uit dat 'n Meissner nie praat as hy nie wil praat nie. Onverrigter sake is hy verplig om die aftog te blaas.

"As u my net wil sê hoekom u so daartéén is dat ek met Julene praat! Is dit omdat ek 'n Turk is?"

Fritz Meissner lig sy ken. "Onder meer. Jammer, meneer Murad. U moet u maar die moeite spaar in die toekoms. Ek sal u nie vertel waar my dogter is nie. Ek het ook niks verder met u te bespreek nie. Verskoon my nou."

Woedend bars Kadri los: "Ek sál haar kry, dokter Meissner. Al moet ek die hele Switserland, die hele Duitsland, die hele Europa met 'n fynkam deurgaan. Sê dit vir Julene!"

Maar dis 'n meer moedelose as vasberade man wat later Yasar se kantoor in Istanboel binnestap. Laasgenoemde hoef nie te vra nie. Kadri het 'n bloutjie geloop, dis duidelik. Hy kry sy vriend opreg jammer. Dié man wou werklik groot opofferings vir die blonde Julene maak. Toe hy van sy private eiland by hom in Istanboel aangekom het, was hy 'n man wat op die wolke gesweef het. En 'n man met planne. Baie planne, alles net om Julene en haar geluk gebou.

"Wil jy nie my aandeel uitkoop nie, Yasar? Of moet ek iemand anders probeer kry?"

Yasar was uiters verbaas. "Wil jy jou aan die firma onttrek? Hoekom, in hemelsnaam?"

"Ter wille van Julene. Dit neem my te veel van die huis af weg en ek kan nie verwag jy moet die hele wêreld se agentskappe op jou neem nie. Jy wil self ook binnekort trou."

"Dan gaan julle trou?"

"Ja." 'n Breë glimlag. "Ek moet nog baie dingetjies uitpluis, maar dis klein probleempies. Ek sal die teeplantasies hou. Ons kan met rukke daar bly, maar dan wil ek ook êrens in Europa – waar sy dit verkies – grond aanskaf. Ek verwag nie van haar om voltyds in Turkye te bly nie. Ek is ook bereid om in haar deel van die wêreld te gaan bly. Ek glo 'n huwelik is neem en gee."

En toe, die skok. Toe Kadri weer sy kantoor binnestap, som Yasar die situasie onmiddellik reg op: iets aakligs het gebeur; die groot toekomsdrome wat hierdie man net 'n dag of twee gelede opgewonde vir hom sit en skilder het, lê aan skerwe.

Hy kon net verslae luister. Julene is weg. Sommer net so. Weggeloop. Weggesluip. Weggedros van die eiland af die oomblik toe hy sy rug gedraai het.

"Maar hoekom? Ek het dan gedink julle het mekaar volkome gevind?"

"Ek ook, maar ek was blykbaar verkeerd."

"Wat sê Oda en Ana?"

"Hulle sê Julene het hulle gesmeek om haar te help om weg te kom. Sy het Ana eindelik oorreed om haar die nodige voor te skiet om 'n boot te haal."

"Maar hoekom, Kadri?"

"Hulle sê sy het gesê ons verhouding is gedoem, dit kan nooit 'n leeftyd lank hou nie. Die verskille is te groot." Die twee vriende se oë ontmoet. "Ek wéét daar is groot verskille. Ek is bewus daarvan dat daar groot aanpassings gemaak sal moet word – aan albei kante. Maar ek het geglo dat ek en Julene volwasse en intelligent genoeg is om dit te hanteer en dat ons liefde groot genoeg is om vir alles te kompenseer. Maar sy het ons nie eens kans gegee om enigiets te bespreek nie!"

Yasar wil dit nie sê nie, maar voel verplig om tog die moontlikheid te opper: "My vriend, is jy seker Julene voel oor jou soos jy oor haar? As sy regtig nie kans sien nie, nie wil . . ."

"Dan sê sy dit vir my in my gesig! Ek moet dit nie uit ander se monde hoor nie. Daar was nie eens 'n brief ter verduideliking nie! Ek gaan nie toelaat dat sy my so behandel nie! Al werk dinge dan nie tussen ons uit nie, goed, maar ons gaan mekaar eers nog 'n slag in die oë kyk, dit sweer ek!"

Maar dit blyk dat hierdie eed nie sommer uitgevoer sal kan word nie, want terwyl hy hom teen 'n muur van Meissnerstilswye vasloop, staan Julene in die Suidelike Halfrond saam met die res van die gaste op toe die bruid aan haar oupa se arm die kerk binnekom. Iets in Julene wil oopbreek en uitbars; sy klem haar hande tot vuiste saam. Maagdelike skoonheid . . . En sy hoor 'n stem: *Jy was 'n maagd. Ek was die eerste man. Jy is myne.* Sy sluit haar oë vlugtig. In die brief wat sy vir hom by Oda agtergelaat het, het sy na haar beste vermoë probeer verduidelik hoekom sy weggaan. Dat sy net nie teen alles waarin sy glo, kan optree nie – nie eens ter wille van hom en hul liefde vir mekaar nie. Sy glo vas dat hy háár liefhet en dat hy, soos Oda dit ook blatant gestel het, net uit morele verpligting met dié ook wil trou. Maar dit maak nog geen verskil daaraan dat dit vir haar as Christen totaal onaanneemlik is nie. Sy kan nie een van haar man se vrouens wees nie. Sy kan net haar man se vrou wees . . . die enigste.

Toe sy haar oë weer oopmaak, sien sy deur 'n waas van trane hoe Horst sy bruid in ontvangs neem. O, Kadri . . . Kadri! Dis soos dit moet wees! Dis soos God dit bedoel het toe hy vir Adam sy Eva – één Eva – gemaak het.

Sy weet natuurlik nie dat die brief waarin sy so pynlik verduidelik het net ná haar vertrek opgeskeur is nie. En sy weet ook nie dat Kadri Murad hemel en aarde beweeg om haar opgespoor te kry nie. Want haar pa, in oorleg met Anna en Albert, besluit dat dit haar net sal ontwrig as sy daarvan moet weet. Hoe gouer dié liefde 'n volkome dood sterf, hoe beter.

Oënskynlik gaan alles weer hul normale gang. Dokter Julene is weer deel van die Meissner-kliniek. Sy word vas aangestel toe Horst en Elke van hul wittebrood terugkeer. Hulle is 'n briljante span. Die personeel begin gewoond raak aan die nuwe dokter Julene. Hulle vind haar baie meer inskiklik, minder krities, baie geduldiger as voorheen en beslis deernisvoller.

"Ek is nie bly oor die seer wat Julene daar anderkant op die lyf geloop het nie, Horst, maar ek moet ook eerlik sê dat die verandering ten goede is. Ek is dankbaar dat Julene een van daardie mense is vir wie hartseer sag maak en nie hard nie. Noudat sy self weet wat seerkry is, verstaan sy ander se seerkry soveel beter. Sy gee nie meer soos in die verlede net haar mediese kennis en bekwaamheid aan haar pasiënte nie. Sy gee nou ook van haarself, en dit maak 'n hemelsbreë verskil. Weet jy hoe sien die kinders uit na haar besoeke in die kinderafdeling? Ek staan soms verstom oor die manier waarop sy hulle hanteer. Onthou jy hoe ongeduldig en oorhaastig sy in die verlede met hulle was? Nou . . ." Elke skud haar kop. "Ek bid opreg dat die Here die regte man oor haar pad sal stuur. Ek het nooit gedink sy sal 'n wonderlike vrou vir 'n man wees nie, maar nou sal sy."

"Ek was aan haar verloof . . . en jy vertel my hierdie dinge nou eers?" terg Horst.

Elke lag hom uit. "Jy, Horst Buchner, is totaal uit die prentjie. Jy is, vir jou inligting, getroud! En ek gaan jou in die toekoms al vaster aan my bind . . . met elke klein Buchnertjie wat kom!"

Sy oë liefkoos die klein gestaltetjie. "Jy is darem haastig, mevrou Buchner. Dis onbetaamlik om oor sulke dinge te praat. Ons is maar pas terug van ons wittebrood!"

Maar haar laggie koggel hom uit. "En waar wil jy 'n beter plek en tyd hê om jou nageslag te bou as juis op jou wittebrood?" Hy lag saam, maar kyk haar tog 'n bietjie ondersoekend aan. "Elke, ek neem aan jy het . . . e . . .voorsorg getref?"

Sy kyk hom onskuldig aan. "Voorsorg teen wat, my man?"

"Teen. . . Jy weet wat ek bedoel! Het jy?"

"Het ek wat, skat?"

Hy kry haar beet. "Kom hier, snip. Antwoord my! Het jy voorsorg getref teen swangerskap? Elke, jy is 'n dokter!"

"Natuurlik is ek 'n dokter. Jy is ook een. Ek het weer gedink jý het . . ."

"Ék . . .! Het jy regtig nie?"

"Is jy bekommerd of net nuuskierig?"

319

Hy kyk fronsend op die stuitige gesiggie af. "Maar . . . is dit nie 'n bietjie gou as dit nou al gebeur nie?"

"Ons is wettig getroud, is ons nie?"

"Ja, maar . . ."

"Ek word dertig. Reg?"

"Ja, maar . . ."

"Nou hoekom moet ek die Pil gebruik? Kan jy my een goeie rede gee?"

Hy vat haar vas. "Geen enkele rede nie, snip. Nie een nie."

Miskien is dit omdat sy self so fyn ingestel is op hierdie gebied dat dit Elke is wat 'n suspisie kry dat Julene aan meer as net 'n gebroke hart ly. Sy is darem nou al drie maande terug van oorsee en hoewel die hartseer seker maar altyd êrens in haar sal wees, behoort daardie oë van haar nie meer só te lyk nie. Aan die begin het die oë vertel dat daar êrens diep in haar 'n bloeiende wond lê en klop. Maar deesdae is dit eerder die oë van 'n vasgekeerde dier wat Elke baie bekommerd maak. Sy sien dit vandag weer in die operasiesaal toe sy ná die keisersnee die baba uit die baarmoeder verwyder en na Julene uithou. Vlugtig vang haar oë bokant die masker dié van Julene en sy vra gedemp: "Is alles reg, Julene?"

Julene knik, keer die baba om, klap hom liggies op die boudjies en 'n luide skree kondig aan dat nog 'n aardbewoner hierdie planeet betree het. Dis eers ná nog twee operasies dat die twee dokters 'n koppie tee saam kan geniet. Elke kan net nie langer stilbly nie.

"Julene, jy moet asseblief nie dink ek probeer in jou persoonlike lewe indring nie, maar . . . ek is bekommerd oor jou. Iets is verkeerd, nie waar nie? Daar is iets wat jou verskriklik hinder. Wil jy nie maar vir my vertel nie? Miskien kan ek help."

"Jy kan nie help nie, Elke. Niemand kan nie."

"Ag, dit kan nie só erg wees nie!"

"Dit is. Dis 'n voldonge feit en niks en niemand kan dit verklein of wegwens nie."

Elke kyk haar fronsend aan. Daar is geen skanse meer in die blou oë wat na haar kyk nie en sy trek haar asem in. "Wat is dit, Julene?"

"Ek verwag."

Elke se teekoppie land hard op die piering. "Jy . . . wát?"

"Ek verwag 'n baba."

"Hoe weet jy?" Elke moet vinnig gaan sit. "Hoe kan dit wees?" Sy weet dis simpel vrae, maar . . . "Julene! Is dit wáár?"

"Ja. Dis al dertien weke." Die mondhoeke is wrang. "Ek kan jou dag en datum gee. Ons was drie dae en vier nagte saam."

"Jy en . . . Kadri?"

"Ja."

Elke sluk, voel bewerig van skok. Dat dit Julene Meissner van alle vroue is wat dit oorgekom het. Haar verstand wil dit nie aanvaar nie. "Wat . . . gaan jy doen?"

"Dis nie my probleem nie. Ek weet wat ek gaan doen. Ek weet net nie hoe ek dit vir . . . Anna en oupa Albert moet vertel nie. Dit weet ek nie."

Elke is dadelik onrustig. "Wat bedoel jy . . . jy weet wat jy gaan doen? Julene, jy gaan nie iets onverantwoordeliks . . ."

"Nee, Elke." Daar speel vlugtig 'n klein glimlaggie om haar lippe. "Ek beoog niks dramaties nie. Ek het drie dinge in die lewe oor wat dit vir my die moeite werd maak om te lewe – my kind, my beroep en my geloof. Ek kan nie bekostig om een van daardie drie te verloor nie." Sy kyk moedig op. "Jy vind my woorde seker vreemd. Ek, wat 'n groot deel van my lewe bedrog gepleeg het en nou ook nog in 'n buite-egtelike swangerskap beland het . . . Maar ek is 'n Christen, Elke. Veral hierdie afgelope maande was my geloof my anker; dit was al waaraan ek kon vashou."

"Hoekom sal ek jou nie glo as jy vir my sê jy is 'n Christen nie, Julene? Kan jy vir my 'n sondelose Christen wys? Daar bestaan nie so iets nie, my liewe mens."

"Maar jy is diep geskok in my. Ek kan dit sien. Ek neem jou ook nie kwalik nie. Maar kan jy nou verstaan hoe 'n onmoontlike taak vir my voorlê om vir Anna en die Godfather hiervan te vertel?"

"Ja, ek kan dit begryp. En, ja, ek was geskok. Dit was . . . baie onverwags. Maar ek veroordeel jou nie, Julene. Noudat die ergste skok oor is, breek my hart vir jou, en ek wil hê jy moet weet ek sal by jou staan."

Vir die eerste keer lyk dit of die dapper vrou se gemoed wil volskiet. "Dankie, Elke. Jy is klein van gestalte, maar baie groot van gees. Jy is die Meissners waardig. Ek . . . dit lyk my dit is my lot in die lewe om die Meissners in die skande te steek. Eers was dit my eie geboorte en nou . . ."

"Hou op, Julene!" laat Elke streng hoor. "Ons Meissners het een minder goeie eienskap – om te dink ons is anders as ander mense. Beter. Maar ons is nie. Ons is net doodgewone mense soos alle ander mense. Ons doen ook verkeerde dinge. Maar ons het ook ons goeie punte. Een daarvan is om die moed van ons oortuigings te hê." Elke lê haar hand op dié van Julene. "Jy moet hulle sommer dadelik gaan vertel, Julene. Ek wil jou amper wed dit gaan nie so 'n vreeslike beproewing wees as wat jy jou dit voorstel nie."

"Ek is bang, Elke," erken Julene reguit. "Ek weet nie wat om te verwag nie. Oupa Albert het my ma destyds weggejaag . . ."

"Dis reg, Julene, maar intussen het hy oud geword en hy het ook 'n paar duur lewenslesse geleer. Hy is nie onnosel nie. Hy gaan hulle onthou wanneer jy voor hom staan."

"Ek bid jy het gelyk, maar ek bly bekommerd oor wat hierdie bekentenis aan hulle gaan doen. Hulle is albei oud, en oupa Albert se hartprobleem . . . As een van hulle as gevolg van my iets moet oorkom . . ."

Elke aarsel. Julene is nie besig om spoke op te jaag nie en sy gaan dit ook nie ligtelik afmaak nie. Dit is 'n wesenlike moontlikheid. "Julene, ek wil voorstel dat ek en Horst by is wanneer jy hulle vertel. Ek kan aanbied om hulle te vertel, maar . . ."

"Nee. Nee, dis my plig om hulle te vertel. Maar sal jy en Horst . . .?"

"Ek sal met hom praat, dan kan ons 'n tyd afspreek. Maar ons moet dit agter die rug kry, hoe gouer hoe beter." Sy aarsel, vra dan tog: "Het jy nooit weer iets van . . . van Kadri gehoor nie? Het hy jou nie weer in Switserland probeer opspoor nie?"

"Nee. Nadat hy my brief gelees het, het hy seker besef ek het gelyk, daar is te veel verskille tussen ons. Teen hierdie tyd is hy en Oda seker al getroud. En miskien . . . miskien is hy maar soos Oda gesê het. Miskien is dit sy gewoonte om meisies na sy eiland te lok en hulle dan te verower. Hy het eenkeer aan my erken daar was ander meisies voor my. En tog . . ." Sy skud haar kop, kyk gebroke op. "Sal ons vrouegeslag dan nooit leer nie, Elke? Hy sê uitdruklik vir my daar was al hoeveel meisies voor my . . . Hy sê vir my 'n Moslem mag vier wettige vrouens hê . . . Maar ek glo wat ék wil glo . . . tot ek gedwing word om die waarheid in die oë te kyk."

Elke se oë is teer. "Dis maar hoe ons ou geslag aanmekaargesit is, liewe Julene. Ons laat ons liewer deur ons hart en gevoel as deur ons verstand lei. En dra dan maar wat daarop volg."

Horst Buchner en Elke se ma, wat daardie aand by hulle kuier, is stomgeslaan toe Elke hulle die nuus vertel.

"Julene? *Julene Meissner* verwag?"

Elke vererg haar sommer. Dis nie nodig dat Horst só 'n drama daarvan maak nie! Haar sproetneus wip omhoog. "Ja, en wat daarvan? Hoekom kan sy nie verwag nie? Sy is 'n volwaardige vrou met al die vereiste binnegoed om 'n kind in die wêreld te kan bring, is sy nie? Wat is so snaaks daaraan?"

"Maar Juléne?" druk hy dit verdwaas uit. "Ek het haar altyd beskou as kil en koud. Daar was geen vuur in haar nie . . ."

323

Elke se ongepoetste snork bring hom tot swye. "En nou het jy die bewys daar was niks met haar verkeerd nie. Daar het iets met jóú geskort. Jý het geen benul gehad hoe om haar te hanteer nie."

"Elke, kind!" protesteer haar ma en kyk verskonend na haar skoonseun.

Maar hy lag breed. "Ek sou geweet het hoe as ek regtig wou, maar toe het ek tot my sonde reeds my hande vol gehad om 'n sekere trolliejoggie van my lyf af te hou."

"Wat sê jy?" Elke kom gemaak dreigend nader.

Maar hy wend hom tot sy skoonma. "Ma, ek weet Ma gaan nou geskok wees, maar hierdie dogter van jou het nie eens 'n behoorlike drukkie nodig gehad voordat sy gevat het nie. Ek hoop net van harte die meganisme het nie permanent vasgehaak nie!" laat hy bekommerd hoor.

"Jou verdiende loon! Verlei mos onskuldige trolliejoggies in die kliniek se gange. Jy behoort jou te skaam!"

"Kinders . . ." Die ouer dame is totaal verward. "Ek kan hiervan geen kop of stert uitmaak nie. Waarvan praat jy, Horst?"

"Ma, ek bedoel Elke het sommer tydens die wittebrood gevat en nou is twéé van my personeel in die ander tyd! Ek is teleurgesteld in hul gedrag!"

Daar heers groot vreugde en die belangrike gebeurtenis word paslik deur skoonma en skoonseun gevier. Elke moet tevrede wees om met 'n glasie druiwesap te klink.

"Ek is net so bang dat die geskiedenis hom gaan herhaal en dat dit hierdie keer Julene se kind sal wees wat die prys sal moet betaal," sê Elke later op 'n meer besadigde toon. "Ek voel hierdie Kadri moet weet dat Julene sy kind verwag. Hy het die reg om te weet. Dis sy kind ook – soos Julene ook oom Fritz se kind was. Dis nie reg dat hy destyds nie eens daarvan bewus was dat iemand sy kind verwag nie."

Horst frons. "Ja, maar daar eindig die ooreenkoms, my vrou. Daar is 'n honderd ander verskille en onoorkomelike probleme tussen Julene en die Turk. Ons durf ons nie inmeng nie, Elke. Maar morele ondersteuning moet ons gee."

Hulle is by toe Julene dapper bieg. Gespanne hou hulle die twee oumense dop wat in stomme verdwasing bly sit.

Dis Anna wat eerste iets uitkry. Bitter, harde woorde: "Jy kan dit vir my kom vertel? Jy wat 'n dokter is? Jy verwág?" Julene kyk net weerloos na haar tante.

Dis Elke wat sag uitwys: "Maar 'n dokter is ook 'n mens, tant Anna. Julene is ook 'n vrou. Die feit dat sy swanger geraak het, is vir my 'n bewys dat sy nie sleg is nie, anders sou sy deeglik voorsorg getref het. Ek en Horst het haar reeds ons volle ondersteuning en bystand beloof."

Anna kyk verwytend na Elke. "Jy kan maklik praat! Wat weet jý van alleen kind grootmaak? Die kommer, die swoeg en sweet, die seerkry . . . Om 'n dagoudbaba in jou arms te neem en te weet dis jóú verantwoordelikheid."

"Ek weet, tannie." Elke stap vinnig na Anna, kyk pleitend in die ontnugterde oë af. "Maar jy het daardie dagoudbabatjie geneem en haar grootgemaak soos 'n eie moeder. Al die kommer, swoeg en sweet en seerkry het later nie meer saak gemaak nie, want jy het lief geword vir haar. Só lief dat sy vandag jou hart kan breek. Só sal jy die enetjie wat nou op pad is, ook liefkry, tant Anna, sodat hy of sy eendag ook in staat sal wees om jou hart te breek. Wil jy hom nie maar 'n kans gee nie? Hierdie keer is tante nie alleen nie. Ek en Horst en oupa Albert . . ." en sy kyk vlugtig na die stilswyende ou man, "ons sal almal help. Ons gaan hom saam grootmaak, want hy is 'n Meissner. Nie waar nie, Oupa? Oupa . . .?"

Hy kyk in sy kleindogter se pleitende oë af waar sy gebukkend by Anna se knieë sit. Dan glimlag hy skielik. "Natuurlik, Elke. Hy is 'n Meissner."

Sy blik gaan na Julene se stil gestalte. "Ek het twee keer tevore 'n Meissner die deur gewys. Gelukkig het een haar pad teruggevind na my en daarvoor sal ek altyd dankbaar bly. Die ander een het . . . nie weer teruggekom nie . . . my seun."

325

Maar nooit gaan ek weer die fout begaan om 'n Meissner weg te jaag nie. Want ons hoort bymekaar. Ons is reeds so min. Julene, hierdie is jou huis . . . en in hierdie huis gaan jy jou kind grootmaak."

Sy gaan snikkend na hom en hy hou haar teen hom vas . . . en dank God dat hy vandag miskien 'n klein bietjie kan vergoed vir die groot onreg wat hy dié kind jare gelede aangedoen het.

Elke staan opsy en dis Julene wat nou voor Anna kniel, haar hande vasgryp. "Anna, asseblief, moenie my verstoot nie! Ek is lief vir jou. Ek sal so graag wil hê my kind moet jou leer ken . . . die wonderlikste vrou op aarde vir my. Moenie ons verstoot nie!"

Rou snikke skeur uit die ou dame se borskas en sy gryp Julene teen haar vas. "Jy verstaan nie, my kind! Jy verstáán nie! Jou ma is dóód met jou geboorte!"

Dis Horst wat opspring en vinnig na die ou dame gaan, voor haar buig en sê: "Maar Julene sal nie doodgaan nie, tant Anna. Jy sal haar nie verloor nie. Sy gaan die beste voorgeboortelike behandeling en sorg kry, die beste ginekoloog hê. Sy gaan in die Meissner-kliniek geboorte skenk en ek sal langs haar bed wees. Dis 'n belofte."

"Maar wat as . . .?"

"Elke verwag ook haar eersteling, tant Anna." Hy glimlag teenoor die Godfather. "Ons het julle nog nie eens vertel nie. Ek het geen twyfel dat dit goed sal gaan met die twee bevallings nie. Tant Anna ken vir Julene en ek ken vir Elke. Hulle gaan hul staal wys en ons lekker laat les opsê. Die res van ons sal mekaar se hande moet vat."

Selfs Anna moet glimlag, erken dan verleë deur haar trane: "Ek is net so bang . . ."

"Daar is niks om voor bang te wees nie, Anna," sê dokter Albert rustig. "Kyk hoe oorvol is die wêreld al. En dit lyk vir my hierdie geslag Meissners gaan hul deel tot die oorbevolking bydra. Maar, nou ja, 'n mens kan nooit te veel van 'n goeie ding hê nie, nè? Gaan haal vir ons glasies, Anna. Daar is vir die eerste keer in baie, baie jare rede om fees te vier in hierdie huis! Ek wil drink op my agterkleinkind."

"Op my kleinkind ook." Anna klink verdedigend.

"Natuurlik, Anna. Hulle is óns kinders."

In die maand wat volg, groei die hand vol Meissners nader aan mekaar as ooit tevore. Soos Horst teenoor sy skoonma opmerk: "Die hartseer wat Julene getref het, het tog goeie vrugte gedra. Die Meissners het 'n hegte familiekring gevorm en die wel en wee van almal word op die hart gedra."

Die twee verwagtende moeders floreer onder al die liefde en sorg wat mildelik uitgedeel word. Soms tot hul ergernis. Veral Anna is soos 'n broeis hen en sy steek haar neus selfs tot in die kliniek se administrasie in as sy dit nodig ag.

Een aand toe die groepie weer gesellig by die Godfather kuier, laat Anna bevelend hoor: "Horst, hierdie twee vrouens moet nou ophou werk. Dis nie goed vir hulle om heeldag so op hul bene te wees nie."

Natuurlik protesteer die twee vrouens heftig. "Ons is sterk en gesond, Anna! Liewe land, dis die natuurlikste ding op aarde vir 'n vrou om te verwag!"

"Dis al oefening wat ons nog kry, my tannie! Kyk hoe lyk ek al!" Jaloers kyk Elke na Julene wat nog kwalik toon dat sy swanger is. Selfs die hospitaalpersoneel het nog niks agtergekom nie. Haar wye doktersjas en die teaterklere was tot dusver voldoende bedekking. Maar die een of ander dag sal hulle wel die waarheid ontdek . . .

Julene lees Elke se gedagtes. Sy weet daar gaan woes geskinder word in die gange van die kliniek, maar sy het dit filosofies aanvaar. Solank sy hierdie paar mense agter haar het, sien sy vir alles kans. Hoe ekstra lief het sy nie vir hulle geword nie!

Elke kerm voort: "Ek dink nie dis regverdig nie. Julene is verder met haar swangerskap as ek en sy word by die dag net al pragtiger. En ek lyk elke dag meer na 'n oorvol sokkerbal!"

Die ander kyk geamuseerd na die ronde gestaltetjie. Langs mekaar maak die twee werklik 'n byna lagwekkende prentjie. Julene vertoon sowaar nog slank en statig, maar die ekstra fyn en kort Elke lyk elke dag meer na 'n balie.

"Dié dat ek sê . . . Horst moet jou huis toe stuur. Daardie enkeltjies van jou kan g'n langer so 'n gewig in die kliniek-gange rondkarwei nie."

"Ag, my tannie, dis ou enkels daardie. Doen al dertig jaar lank hul werk. Hulle sal hou," verweer Elke en kyk haar man skuins aan. "Waaroor sit en verkneukel jy jou só? Lag jy miskien vir my?"

Hy moet erken. "Ek dink maar net aan vanoggend. Ek hoor per ongeluk een van die susters sê: 'Is julle gereed? Hier kom *if* aan.' Ek vra haar toe wie is *if*. Toe kom Elke en Julene om die hoek!" Hy grinnik. "En ou suster Buys laat droog hoor: 'Dis g'n *if* nie. Dis *of*!'"

Elke moet ook maar glimlag, maar laat dreigend hoor: "Jy hoort jou te skaam, Horst Buchner, om vir my te sit en lag. Dis jóú werk hierdie!"

"O nee, Elke Buchner. Dis jóú nalatigheid! 'n Dokter wat die Pil by die huis vergeet . . . Ek vertrou vandag nog nie daardie doktersertifikaat van jou nie!"

Op pad terug huis toe laat Horst egter ernstig hoor: "Anna het gelyk, my skat. Volgende week kom die twee dokters wat jul poste gaan vul."

"Maar, Horst, daar is nog 'n hele vyf maande oor!"

"Ek weet, my skat, maar julle en jul vraggies is net te kos-baar om kanse mee te waag."

"Julene gaan nie hiervan hou nie. Sy kan nog maklik twee, drie maande aangaan . . ."

"Maar ek gaan dit nie toelaat nie, Elke. Die personeel kan nou elke dag agterkom dat Julene swanger is, en daar sal maar baie geskinder word. Ek wil haar dit spaar. Teen die tyd dat die baba gebore word, sal hulle al oor die ergste skok wees en sal dit ook al ou nuus wees. En jy, my vroutjie, sal

328

een van die dae die kliniekgange moet afrol – afstap sal buite die kwessie wees."

Elke kyk op haar magie af, dan op: "Lyk ek regtig so vreeslik soos wat ek dink ek lyk?"

Hy bring die motor tot stilstand, draai na haar en trek die ronde bondeltjie in sy arms in. "Vir my lyk jy altyd pragtig, soos nou. Jy is myne en die kleinding wat hier binne is, is ook myne, en ek is baie lief vir julle albei."

Elke druk haar man so styf vas as wat die ongemak dit toelaat en weer gaan haar hart vol deernis na Julene uit. Almal oorlaai haar met liefde en bystand, maar Elke weet 'n vrou wil in hierdie tyd die pa van die kind in haar liggaam by haar hê. Dis hóm wat sy die nodigste het. Arme Julene . . .

'n Week later kyk Elke vinnig op toe sy Julene na asem hoor snak. Hulle is besig om met pasiënte te werk wat pas ná 'n motorongeluk opgeneem is.

"Wat is dit? Het jy probleme?"

"Nee, ek . . ."

Elke kyk skerper. "Wat is dit? Voel jy sleg? Jy is bleek, Julene!"

"Elke, sal jy iemand roep om hier te kom oorneem, asseblief? Ek kan nie . . ."

Dis eers toe die pasiënte behoorlik versorg is dat Elke haar na Julene kan haas waar sy in die personeelkamer sit en tee drink. "Hoe voel jy? Is alles reg?" vra sy bekommerd.

"Ek makeer niks nie. Nie fisiek nie." Julene is nog baie bleek.

"Nou wat ís dit dan?"

"Daardie man . . . Die een wat ek moes help . . . Het jy sy kaart gesien?"

"Nee. Jan Swanepoel het daar oorgeneem. Hoekom? Hy het nie vir my te ernstig gelyk nie. Wat van hom?"

Julene staan swaar op en Elke merk dat die hand waarmee sy oor haar gesig vee, effens bewe. "Ek . . . dink ek gaan eers huis toe. Sal jy vir Horst sê?"

"Ja, maar . . . Julene . . ."

Maar sy is reeds by die deur uit en Elke frons verward. Wat op aarde . . . Sy loop Jan Swanepoel in die gang raak. "Jan, daardie pasiënt wat jy by Julene oorgeneem het . . . Wie is hy?"

"Ons het nog nie volle besonderhede nie. Die polisie . . ."

"Maar jy weet nie wat sy naam is nie? Of sy nasionaliteit nie?"

"Nee. Die polisie moet die besonderhede nog bring. Maar vir my lyk hy soos 'n uitlander. Hoekom?"

" 'n . . . Uitlander?"

"Ja, 'n Griek of so iets. Hoekom?"

Maar Elke wag nie langer nie. Sy storm op die ontvangstoonbank af. "Het julle al die besonderhede gekry van die twee mans wat netnou toegelaat is . . . die motorongeluk?"

"Ja. Dis pas voltooi. Hier is dit. Die een is 'n Turk en die ander . . ."

10

Elke storm die hoof van die kliniek se kantoor binne. Hy frons ontevrede. "Elke, stadig! As jy moet val . . ."

"Horst, hier is 'n Turk in die kliniek!"

"Wat daarvan? Ons het al Chinese en Pole . . ."

"Maar dis 'n spesiale Turk. Julene het hom herken."

Horst se gesig verstrak. "Kadri Murad? Hiér?"

"Nee. Gelukkig nie. Sy kaart sê hy is ene Yasar iets. Maar Julene was só ontsteld dat Jan by haar moes oorneem en sy is huis toe."

"Het hy háár herken?"

"Nee. Hy het harsingskudding en was taamlik deurmekaar. 'n Ander motor het van agter af teen hom vasgejaag. Maar hy is nie te ernstig nie. Net 'n dag of twee, dan kan ons hom ontslaan."

"Goed. Ek sal Julene onttrek aan gewone diens. Sy kan in die operasiesale help tot tyd en wyl die Turk ontslaan is."

Hulle ry reguit na Julene en tref 'n baie ontevrede Anna aan. Julene lyk verleë en verskonend toe hulle haar slaapkamer binnestap. "Daar is regtig niks met my verkeerd nie. Moet julle nie ontstel nie. Maar dit kon nie hoër of laer nie, ek moes in die bed kom klim en om die vrede te bewaar . . ."

"As ek my sin kan kry, bly jy vir die volgende paar dae in die bed. Horst, dié kind was bleek en bewerig toe sy hier aangekom het. Sy is totaal oorstuur. Ek eis nou . . ."

"Alles reg, tant Anna. Alles reg. Ek het Julene oorgeplaas na die operasiesale vir die volgende paar dae. Haar plaasvervanger sal oor minder as 'n week hier wees."

Dis eers toe Anna uit is dat Julene Horst dankbaar aankyk. "Dankie, Horst." Sy verduidelik dat Yasar, Kadri se groot vriend en vennoot, hom in die kliniek bevind en dat sy onder sy oë wil uitbly.

"Maar wat soek die man in Suid-Afrika?" wil Horst vies weet.

"Hulle is groot matuitvoerders en hy besoek gereeld die agentskappe hier. En toe beland hy van alle plekke binne-in die Meissner-kliniek. Die wêreld is klein, nè?"

"Hoekom wil jy nie hê hy moet jou hier sien nie?" Elke dink nog altyd Kadri Murad behoort te weet van Julene se toestand.

"Omdat nie hy of Kadri die vaagste benul het dat ek eintlik 'n Suid-Afrikaner is nie. As daar na my gesoek is, wat klaarblyklik nie gebeur het nie, sou ek in Europa gesoek gewees het, beslis nie hier aan die suidpunt van Afrika nie."

Horst frons. "Ek weet nie of jy dit van hom sal kan weghou nie, Julene. Feit is, die kliniek se naam sal hom navraag laat doen. Hy sal niks uit my en Elke kry nie, maar hy kan van die personeel vra en dié sal hom natuurlik vertel dat hier 'n dokter Julene Meissner is."

Dis ook wat gebeur. Die naam tref hom tussen die oë. En

natuurlik verneem hy of hier nie 'n dokter Julene Meissner is nie. En natuurlik word hy vertel dat sy een van dié Meissners van die kliniek is en 'n baie bekwame dokter daarby. Ja, sy is al 'n paar jaar hier, was onlangs vir 'n rukkie oorsee en almal het gedink sy gaan haar nou in Switserland vestig, maar sy is terug en weer volstoom aan die werk. Ja, sy is so 'n lang blonde vrou . . . baie mooi en baie slim.

Toe Julene sy kort nota ontvang, besef sy die onvermydelike het gebeur. Dis gevaarlik om hom te laat teruggaan met die kennis wat hy het. Sy dra sorg dat sy hom in haar loshangende teaterklere besoek.

Hy is duidelik baie bly om haar te sien. "Julene! Dis werklik jy! Ek kon my ore nie glo toe ek hoor jy is hier nie! Ek kon nie nalaat om jou te laat weet ek is hier opgeneem nie. Ek moes jou net weer sien!"

Sy glimlag en hoewel sy hom eintlik wegwens, is sy ook bly om hom te sien. Kadri . . . Die ou pyn lê skielik weer fel in haar. "Dis goed om jou weer te sien, Yasar. En ek is baie dankbaar dat jy nie ernstig beseer is nie."

"Ja, dit was nou 'n ongelukkige voorval, maar aan die ander kant . . . As dit nie gebeur het nie, het ek jou misgeloop!" Sy oë is openlik nuuskierig. "Wat het jou laat besluit om só ver pad te gee?"

"Ek het nie padgegee nie. Ek het net teruggekom. Suid-Afrika is my geboorteland."

"Genade! Geen wonder die arme man kon jou nêrens opspoor nie." Hy sien haar gesig strak word en kyk haar peinsend aan. Hy wil hom nie inmeng nie. Dis in elk geval nou te laat, maar hy voel darem nog steeds nie lekker dat Julene Kadri só behandel het nie. Hy dink nie sy vriend het dit verdien nie. "Kadri het hom mal gesoek na jou. Die hele Switserland, Duitsland, en later ook Europa het hy gefynkam. Ek glo hy het duisende telefoonoproepe gemaak. In elk geval, al wat 'n Meissner in die Europese telefoongidse is, is gebel." Hy sien haar skeptiese oë en vervolg fronsend: "Glo jy my nie?"

"Ek weet daar niks van af nie," sê sy kortaf.

"Dis nietemin wat gebeur het. Toe hy per telefoon geen inligting uit jou pa kon kry nie, is hy persoonlik Switserland toe, maar jou pa het steeds geweier om hom te vertel waar jy is. En toe het sy soektog begin, tevergeefs, natuurlik. Julene, jy moet my verskoon as ek dit sê, maar jy het hom nie goed behandel nie. Om sonder 'n woord van verduideliking net weg te gaan . . ."

"Maar ek het nie. Ek het 'n brief by Oda gelaat waarin ek verduidelik het hoekom ek gaan."

"Hy het dit nooit gekry nie! Sowaar, hy het nooit 'n brief gekry nie."

Julene kyk hom geskok aan, draai dan haar gesig vinnig weg. Natuurlik! Sy besef nou wat gebeur het. Toe Oda besef dat haar en Peter se verhouding van die baan is, het sy geweet sy moet Kadri tot elke prys behou. Dit moes vir haar 'n groot skok gewees het om uit te vind dat daar intussen 'n ander vrou in sy lewe en toekoms verskyn het, iemand met wie sy hom sal moet deel. Dis toe dat sy besluit het dis beter dat Kadri nie daardie brief kry nie . . . Maar hy het nogtans na haar gesoek . . . naarstiglik gesoek . . . Die gedagte laat haar hart wild aan die klop gaan.

Sy kyk terug na Yasar. "Ek het werklik 'n brief vir hom gelos, Yasar. Ek het breedvoerig daarin verduidelik hoekom ek nie kans sien om . . . om te bly nie, dat die verskille tussen ons onoorkomelik is. Dit sou nooit uitgewerk het nie."

"Ja, daar is verskille. Dit besef ek, en Kadri het dit ook besef. Maar hy het dit nie as onoorkomelik beskou nie. Weet jy wat daardie man ter wille van jou wou doen? Hy wou sy aandeel in die firma verkoop, want dit sou hom te veel van die huis af wegneem. Dan was hy bereid om 'n deel van die jaar in die land te gaan bly waar jy gelukkig sou wees."

Julene se ooglede sak. Hy wou dit alles vir haar doen . . .? Maar sy skud haar kop. "Dit was baie . . . bedagsaam van hom en ek waardeer dit . . . maar dit sou tog nie uitgewerk

het nie. Ek en Kadri kan nooit . . . die pad saamloop nie."
Diep ongelukkig kyk sy na hom op.

Yasar se frons is donker. "Julene, ek het jou nog altyd as
'n intelligente, moderne vrou beskou. Moenie my vertel dis
bloot jul verskillende nasionaliteite wat jou van Kadri laat
weggaan het nie?"

"Dit is juis die verskille tussen die twee nasionaliteite waar
die knoop lê. Die feit dat ek 'n Suid-Afrikaner is en Kadri 'n
Turk het niks daarmee te doen nie!"

"Wat hét dan?"

Sy aarsel. Sy voel nie daarna om nou in 'n lang diskussie
met hom gewikkel te raak nie. "Laat ek dit vir jou só ver-
duidelik. Jy is bewus van die komplekse samelewing in hier-
die land en die groot probleem waarmee ons gekonfronteer
word, nie waar nie?" Hy knik en sy vervolg:"My en Kadri se
probleme is van dieselfde aard. Daar is baie groot verskille
tussen die verskillende volkere wat hier bly – verskille wat
niemand sal kan uitwis nie. Swart is swart en wit is wit. Maar
almal van ons in hierdie land, álmal, moet leer om in liefde,
met verdraagsaamheid en respek, in vrede met mekaar saam
te lewe. Ons het nie 'n keuse nie, Yasar. Ons moet, as ons
almal wil oorleef."

"Dit besef die hele wêreld. Dis 'n grootse, uitdagende taak
wat vir elke mens hier voorlê. Maar wat my dronkslaan, is
dat jy dit vir jou land moontlik vind, maar dat jy en Kadri
dit glo nie tussen julle twee sal kan regkry nie. As twee mense
wat mekaar liefhet dit nie kan regkry nie, hoe de joos kan jy
verwag en glo die mense van hierdie land gaan dit regkry?"

Sy sug saggies. "Ek weet, Yasar. Waar liefde tussen man
en vrou sterk genoeg is, glo ek kan daar 'n weg gevind word,
maar die onoorkomelike probleem gaan kom wanneer daar
. . . kinders is. Na watter kant toe gaan daardie kind – of
word hy maar tussen sy ouers verskeur? Elkeen wil sy sin hê
. . . en dis die kind wat daaronder ly en tot niet gaan."

"Ek begryp nie, Julene. Hoekom as daar 'n kind is? Watter verskil kan daar tussen jou en Kadri wees wat jul kinders uitmekaar sal skeur?"

"Ek sou dink dis ooglopend. Jy is 'n Moslem, nie waar nie?"

"Ja."

"En jy ken die verskille tussen die geloof van 'n Moslem en 'n Christen. Vir julle is Mohammed die grootse profeet en vir ons is Jesus die kern van ons verlossing."

Hy lê terug teen die kussings en kyk na haar. "Ons glo wel dat Jesus ook 'n groot profeet was, maar . . . jy het gelyk. Geloof is 'n groot verskil."

"'n Onoorkomelike verskil, Yasar. Jy is 'n toegewyde Moslem, en ek is 'n toegewyde Christen. Jy wil hê jou kinders moet eendag in die Islamitiese geloof grootword en dis vir jou ondenkbaar dat dit anders sal wees. Dieselfde geld vir my wat 'n Christelike opvoeding voorstaan. Dis ook nie net die geloof nie, dis ook die dinge wat daaruit voortspruit . . ."

"Watter dinge?"

"Soos dat die Moslem vier wettige vrouens mag hê – afgesien van die byvroue wat hy glo net moet kan bekostig." Sy skud haar kop. "Dis dinge, verskille, waarmee ek nooit as 'n Christen sal kan saamlewe nie, Yasar, al het ek 'n man ook hóé lief. Ek kan my oortuigings en my geloof nooit afstaan nie. Dit beteken vir my te veel. Hierdie afgelope maande het ek eers werklik besef hoeveel my geloof eintlik vir my beteken." Sy kyk deur die venster na buite, kyk oor die pragtige grasperke van die Meissner-kliniek uit en sy voeg stil by: "En ek weet ek gaan ook in die toekoms baie swaar daarop leun." Dan keer haar blik terug na syne en sy glimlag effens skeef. "Maar daar is geen sin daarin dat ons vandag op hierdie dinge ingaan nie, nie waar nie? Kadri en Oda is seker al teen hierdie tyd getroud . . ."

"Nee, hulle is nie." Hy vang haar blik vas. "Maar Oda was besig om reëlings te tref toe ek 'n maand gelede uit Istanboel weg is."

335

Haar hartklop keer weer terug na normaal en sy knik, oënskynlik kalm. "Ek wens hulle al die geluk moontlik toe, Yasar, en ek bedoel dit. Jy sal my nou moet verskoon. Ek is veronderstel om in die operasiesaal te wees. Ek hoop jy is gou beter. Ek sal kom groet voordat jy ontslaan word."

"Net 'n oomblik, Julene." Hy aarsel, skud dan na 'n oomblik van stilte sy kop. "Ek wil net duidelikheid kry . . . en vir jou duidelikheid gee. Het ek jou reg verstaan – jou twee grootste besware teen 'n toekoms saam met Kadri is die feit dat 'n Moslem vier vrouens mag hê en die verskil in jul gelowe?"

"Ja."

"Goed. Eerste punt. Die vier vrouens." Hy frons, lyk verward en verbaas. "Sê my net . . . Het jy en Kadri dan niks bespreek nie? Ek kan nie glo . . . Wat het julle dan die hele tyd gedoen?"

Sy voel 'n blos oor haar gesig versprei en dit verdiep toe sy die vonkel in sy oë sien. Sy antwoord vinnig: "Ek wou dit met hom bespreek, maar hý wou nie. Hy het gesê ons kan alles uitpraat wanneer hy terugkeer van Istanboel."

"Maar toe loop jy weg voordat hy kon terugkeer. Ek verstaan, Julene, dis jammer jy het die man darem nie net 'n kans gegee om homself te verdedig nie, want jy verkeer onder 'n groot wanindruk. Dis reg. Die Islam laat toe dat 'n man meer as een vrou mag hê, maar dit gebeur bitter selde vandag. Die man sal alleenlik daaraan dink om 'n tweede vrou te neem as sy vrou hom nie 'n erfgenaam kan gee nie. En dan, my liewe Julene, kan hy dit slegs doen met die toestemming van sy vrou. As sy een vrou die ander een nie goedkeur nie, word dit nie toegelaat nie. 'n Derde vrou is so te sê heeltemal buite die kwessie."

Julene staar hom aan. "Jy bedoel . . . hy kan nie sommer met twee vrouens gelyk trou nie?"

"Nooit!" Yasar lag leedvermakerig. "So onnosel kan g'n man darem ook wees nie. Om vir homself twéé latte gelyk te sny, verbeel jou!"

Maar Julene lag nie. "Yasar, is dit die waarheid wat jy my nou vertel of is dit net stories?"

"Dis nie stories nie, Julene. Dis die waarheid. En wat die byvroue betref . . . Dwarsoor die wêreld – onder alle nasies, gelowe en kulture – sal jy seker altyd byvroue aantref. Ek is baie seker in hierdie mooi land van jou sit daar meisies in woonstelle wat daar deur mans aangehou word – en hulle is nie almal Moslems nie. Selfs sogenaamde Christenmans doen dit. Ook hier in jou stad."

Sy staar hom 'n oomblik lank stom aan. Dis die waarheid! Skokgolwe gaan deur haar. Sy voel skielik hoe haar ingewande aan die bewe gaan. Was sy die hele tyd onder 'n verskriklike wanindruk? Dit wil so voorkom. Wat Oda vertel het, was gruwelike verdraaiings en sy, sy het dit vir soetkoek opgeëet! Natuurlik wou sy weerstand bied toe sy besef sy gaan Kadri ook verloor of dat sy hom eintlik reeds verloor het. Dit was alles leuens! Sy vee oor haar gesig en voel 'n klam sweterigheid teen haar voorkop.

"Ek weet nie of ek jou verder moet vertel en of ek liewer moet swyg nie," sê Yasar vertwyfeld.

Haar stem is skaars hoorbaar. "Hoekom? Wat is daar nog?"

"Die belangrikste het ek jou nog nie vertel nie en wanneer jy dit hoor, gaan jy nie verder met jouself kan saamlewe nie, want ek kom agter jy weet van Kadri Murad net mooi niks nie."

Sy kyk hom bang aan. Sy wil baie graag hoor wat hy haar nog kan vertel, maar sy wil dit ook nie hoor nie. "Wat . . . wat nog?"

"Kadri Murad is nie 'n Moslem nie."

Haar mond gaan oop en ná 'n geskokte stilte kreun sy amper die naam uit: "Yasar!"

"Kadri is nie 'n Moslem nie, Julene. Hy is 'n Christen soos jy."

"Dit is . . . nie . . . dit kan nie waar wees nie! Alle Turke is . . ."

337

"Alle Turke is nié Moslems nie. Oorwegend, ja, maar eintlik word die meeste ander gelowe in Turkye verteenwoordig."

Sy kan dit nie gló nie! Sy dúrf nie! "Maar hoe . . .?"

"Kadri het eenkeer toe hy Engeland besoek het na 'n preek van Billy Graham gaan luister. Jy weet van wie ek praat? Die groot evangelis . . ."

"Ja. Ja."

"Hy het Graham daarna persoonlik gaan spreek en ná diepe selfondersoek besluit dat hy die Christelike geloof gaan aanvaar. Dis seker nou al tien jaar gelede. Daar was dus geen onoorkomelike verskille tussen jou en Kadri nie, Julene. Jy het verniet weggehardloop en julle het mekaar onnodig verloor."

Met hierdie woorde singend in haar kop storm sy die nag in en dis teen Horst wat sy haar vasloop. Hy sien dadelik dat daar iets groots verkeerd is en neem haar na sy kantoor. Hy kan nie kop of stert uitmaak van die deurmekaar gebabbel tussen die snikke deur nie en lyk openlik verlig toe Elke sy kantoor binnekom.

"Jy het my laat roep? Julene! Wat gaan met haar aan? Hoekom is sy in so 'n toestand? Julene! Kalmeer! Dis nie goed vir jou baba . . ."

"O, Elke! Elke! Ek het hom verloor! Deur my eie onnoselheid en onkunde en . . . liggelowigheid en . . . O, dis waar! Hy het reg! Hoe gaan ek hierna met myself kan saamlewe?"

"Neem haar huis toe . . ."

"Nee, Horst. Anna en Oupa sal iets oorkom as hulle haar in hierdie toestand moet sien. Ek neem haar na ons toe. Sal jy regkom?"

"Ja. As ek vasdraai, sal ek bel."

Dis eers ná 'n tweede koppie tee en nog baie trane dat die ontnugterende feite voor die nou ewe geskokte Elke lê.

"Ek het Kadri 'n onvergeeflike onreg aangedoen, Elke! En dis nou te laat!"

338

"Nee, dis nooit te laat nie. Bel hom . . ."

"Nee! Dis te laat! Sy en Oda se troureëlings is reeds getref en ek weet dit is 'n verskriklike affêre, 'n Moslemtroue."

"Maar jy sê dan Yasar sê hy is nie 'n Moslem nie!"

"Maar Oda is en sy hele familie is tog Moslems. In elk geval, as hulle nie teen hierdie tyd reeds getroud is nie, is hulle so te sê al getroud."

"Maar jy kan ten minste probeer . . ."

"Nee. Nee, wag, Elke. Ek moet eers dink. Ek het reeds so 'n dramatiese fout in die verlede gemaak. Ek sal eers baie goed hieroor moet dink."

Sielsongelukkig oor Julene se aarseling, bespreek Elke daardie aand die nuutste verwikkelinge met haar man.

"Ek stem saam met Julene. Sy moenie nou oorhaastig optree nie. Sy kan haarself dalk net nóg 'n groot boel hartseer op die hals haal."

Soos altyd is Elke in opstand teen gedweënheid. "Maar sy verwag sy kind, Horst! En daar is niks wat in hul pad staan . . ."

"Behalwe 'n bruid wie se sewe trourokke al klaar lê nie," wys hy uit.

"Ek sal my nie daaraan steur as ek Julene is nie. Daardie Oda is 'n klein liegbek wat Julene met suggestiewe leuens weggedryf het!"

"Stadig, my vrou. Feit is, sy en Kadri staan op troue. Kan jy jou die ontwrigting voorstel as . . ."

"Ontwrigting se voet, man! Julene se hele toekoms en haar kind se toekoms is op die spel!" roep Elke byna in trane uit.

Horst frons kwaai. Hierdie vroutjie van hom sal hy met 'n ferme hand moet stuur. "Elke, jy gaan jou nié inmeng nie! En jy gaan Julene na geen kant toe probeer beïnvloed nie! Nee, luister nou na my! Ek weet hoe jy voel. Ek weet dat jy net Julene en haar kind se beswil op die hart dra. Maar jy moet aan die arme man ook dink. Julene loop sommer net weg. Volgens hom sonder enige rede. Nou skielik, as hy op troue staan met 'n meisie wat hy van kindsbeen af ken, kom sy terug en sê: Hier is ek. Ek wil jou nou terughê. Dit ná sy uitmergelende soektog na haar dwarsoor Europa, haar pa se houding, alles . . . Ek sal haar in haar peetjie stuur!"

"T'aag, julle mans is ook almal kleinserig."

"En julle vrouens is weer almal onnosel. Vat vir Julene. My kragtie, sy is veronderstel om 'n intelligente vrou te wees en kyk wat doen sy? Sluk stories vir soetkoek en nou wil sy die stuipe daaroor kry! A nee a!"

Elke kyk hom met groot oë aan. "Skat, is ons besig met ons eerste rusie?"

Hy trek sy asem in, glimlag dan. "Eerste ná ons troue. Ons intree-rusie het ons al daardie eerste dag in die kliniek gehad toe jy nog 'n voorbarige trolliejoggie met bokstêre . . ."

"Boksterte!"

"Wat ook al. Kom hier." Hy trek haar teen hom vas. "Ons gaan nie baklei nie, maar asseblief, Elke, dis Julene se besluit dié."

Sy sug en lê haar kop teen sy bors. "Goed. Ek sal niks dóén nie, maar . . . ek sal met alle mag wens dat daar iets gebeur wat daardie troue sal uitstel, of liewer, afstel . . ."

"Ja, wel, dis nou ook nie mooi nie, maar jy kan maar wens." Hy druk die meer as mollige lyfie teen hom vas. Wêreld, hy sou darem ook die helfte van die aardbol fynkam as hierdie vroumens sommer net op 'n dag moet verdwyn! "Wat kan jy nou eintlik wens? Dat sy haar been breek? Maar 'n mens kan nog altyd trou, gipsbeen en al."

"O, daar is baie dinge wat kan gebeur. Daar kan motte in haar trourokke kom of . . . nee, ander rokke kan gemaak word . . . Hmm . . . Ek weet! Sy moet 'n aanval van chroniese migraine kry."

"Elke, dis wreed! Jy is 'n sadis!"

"Ek voel sadisties!" is die ongeërgde antwoord.

Ook Julene voel met tye sadisties, maar teenoor haarself. Sy staan verslae voor haar eie dwaasheid en liggelowigheid.

Sy het geweet Oda kan die waarheid draai soos dit haar pas en sy glo haar sowaar! En sy aanvaar sommer net dinge, dinge wat nie so is nie! Maar sy het eerlik gedink Kadri is 'n Moslem. Dan onthou sy dat hy gesê het dis gevaarlik as vroumense begin dink. Sy lag en huil deurmekaar. Hy was reg! O, Kadri . . .

Maar sy onthou ook ander dinge. Sy geskoktheid in haar toe hy gedink het sy is bereid om 'n man wat haar voor die preekstoel gelos het, terug te vat. Hy het onomwonde laat blyk dat hy só 'n mens nie sal terugneem nie, of selfs vergewe nie. En sy het dit aan hóm gedoen. Terwyl hy besig was om reëlings vir hul toekoms saam te tref, loop sy sommer net weg. Dit is onvergeeflik! Sy vee opnuut weer wanhopige trane van haar seer oë af. En hy is 'n man van sy woord. Dit weet sy. Hy het haar onmiddellik laat gaan toe sy hom daaraan herinner het dat hy belowe het niks sal gebeur wat sy nie self wil laat gebeur nie. Die skuldpyn in haar is ondraaglik. En hy het woord gehou. Alles wat op daardie eiland gebeur het, het gebeur omdat sy dit wou. Toe hy haar op die gras neergelê het, was dit sý wat hom vasgehou het . . . En nou het hy trou beloof aan Oda. Hy sal nie daarop teruggaan nie. Sy het daardie sekerheid in haar hart. Selfs al moet sy nou weer voor hom verskyn, sal hy sy woord aan 'n ander vrou gestand doen. Want dit is hoe Kadri Murad is. 'n Wonderlike, wonderlike mens wat sy nie goed genoeg leer ken het nie. Maar sekerlik 'n diep teleurgestelde en diep seergemaakte man, miskien ook permanent ontnugter.

Toe sy Yasar gaan groet voordat hy ontslaan word, is sy steeds verward.

"Yasar, sê my eerlik . . . dink jy dis te laat om sake te probeer regstel tussen my en Kadri?"

Hy dink 'n rukkie na, antwoord dan reguit: "Ja, Julene. Ek dink dis te laat."

"Omdat hy en Oda op troue staan?"

"Dit ook, ja. Kadri kan moeilik nou op sy woord teruggaan. Sy is 'n weeskind en hy het 'n geweldige pligsbesef teenoor haar."

"Ja, ek weet. Sy was nog altyd onder die indruk hulle twee sal eendag trou. Sy het my vertel."

"Ja, dis moontlik. Nie dat ek glo Kadri het dit so pertinent gestel nie, maar daar was min of meer so 'n verstandhouding. Maar Oda is nie al nie."

"Is hy baie . . . verbitterd teenoor my?"

"Ek sal nie sê verbitterd nie, maar ontsaglik teleurgesteld. Hy het dit bitter gehad nadat jy verdwyn het, Julene. Daar was rukke wat ek jou regtig iets sou kon aandoen as ek jou in die hande gekry het. Kadri Murad is 'n topman en 'n topmens, en swakker behandeling as wat jý hom gegee het, kan hy seker kwalik ooit weer van iemand ontvang. Ek weet nou daar was ook misverstande aan sy kant – soos dat jy sonder 'n woord van verduideliking weg is. Maar hy weet nie van die brief wat jy agtergelaat het nie. Ek gaan hom ook nie daarvan vertel wanneer ek hom weer sien nie." Hy kyk haar vas aan, praat reguit en eerlik: "Ek het vannag baie oor julle twee gedink, Julene. Ek het tot die slotsom gekom dat dit die beste is om hierdie saak met rus te laat."

Sy is bleek en onder die wye operasiejas voel sy haar kind beweeg. "Jy gaan hom dus nie vertel dat jy my raakgeloop het nie."

"Nee. Ek gaan nie. Ek dink nie dit kan enige goeie doel dien nie. Hy is nou oor die ergste en gereed om 'n nuwe toekoms saam met Oda in te stap. Om hom nou te gaan vertel ek het jou raakgeloop en dat jy onder wanindrukke was . . . Hy is moreel verplig om met Oda te trou. Dit gaan sake net vir hom kompliseer en hom weer opnuut laat seerkry. Dit kan eintlik aan die verloop van sake niks verander nie."

Toe sy hom groet, kom daar 'n stilte in haar. Die groot besluit is vir haar geneem. Yasar se verstandige woorde het haar duidelik laat besef dis beter om, soos hy dit gestel het, die saak met rus te laat. Yasar dink hy weet nou alles. Maar

342

hy weet nie. Met haar hande op haar buik gekruis, weet sy vorentoe het sy net haar kind, haar beroep en haar geloof. Daar is niks meer nie.

In die maande wat volg, kom daar berusting in Julene. Almal verwonder hulle aan haar moedigheid en die krag van haar geloof. Op 'n herfsoggend word haar baba gebore – 'n swartkopdogtertjie met die blouste blou oë. En sy steel almal se harte, van Anna tot by die trolliejoggie s'n. Natuurlik het dit gegons in die kliniek toe dit op 'n dag soos 'n veldbrand versprei dat dokter Julene eers moet ophou werk omdat sy – ja, sowaar – omdat sy verwag!

Maar dit het ook oorgewaai en dokter Julene word nou oorlaai met blomme en presentjies, selfs van diegene van wie sy dit nooit verwag het nie. Tot die trolliejoggie, 'n skooldogter wat 'n ekstratjie wil verdien, kom met 'n fraai borslappie daar aan en Julene is sommer in trane. Hoe dierbaar is almal teenoor haar! Hoe goed is God vir haar!

As haar hart soms krampagtig saamtrek wanneer sy op haar baba se klein gesiggie afkyk, weet net sy daarvan. Toe Anna en dokter Albert besoek aflê, is dit 'n pragmoeder wat met kalme vreugde in haar oë haar baba na Anna uithou. Net een kyk na die bondeltjie in haar arms, en Anna is vir die res van haar dae verlore. Hierdie klein mensie is die nuwe spil waarom haar laaste dae sal draai.

"Jy was net so klein en weerloos in my arms," sê sy met bewende lippe.

Met liefde en dankbaarheid kyk Julene na haar. "Dankie, Anna. Baie dankie vir daardie dag toe jy my só vasgehou het en my in jou arms en lewe ontvang het. Mag ek my baba asseblief na jou vernoem?"

Ses maande gaan verby waarin Annatjie, soos almal haar noem, en haar moeder die lewe aanpak. Anders as Elke wat ná haar seun se geboorte, natuurlik vernoem na oupagrootjie Albert, eers tuis net die rol van vrou en moeder vertolk, begin Julene kort ná die geboorte weer voltyds werk. Anna kyk na die baba en Julene weet sy kan haar kind nie in beter hande laat nie. Net soms kom daar nog spoke in haar op. Het sy reg gedoen? Moes sy nie maar probeer het om met Kadri kontak te maak ná Yasar hier was nie? Annatjie is omring deur liefde . . . maar sy het nie 'n pa nie. Nou maak dit nog nie saak nie, maar eendag sal sy wil weet hoekom. Oupa Fritz en ouma Muriël kom kuier ook 'n slag uit Switserland om die nuweling te sien. Drie wonderlike dinge gebeur in dié paar weke waaroor Julene innig dankbaar is. Eers vind die twee broers, Albert en Fritz, mekaar weer ná jare van verwydering en verbittering. Toe vind Anna dit in haar hart, sag gebrei deur 'n paar klein babahandjies, om Fritz Meissner te vergewe. En toe, om die kroon te span, gebeur die derde wonderlike ding: Klein Annatjie klim sonder die minste moeite, pens en pootjies ook in haar ouma Muriël se hart.

Nou is die Meissners werklik verenig, en as daar deur die jare drome verlore gegaan het, en as daar vandag nog wonde is wat nie heeltemal genees het nie, is daar meer as genoeg om oor dankbaar te wees.

Dis die vroegaandnuus wat skielik hierdie vrede en harmonie aan skerwe laat spat. Aardbewings, so sterk dat 'n telling van 7,9 op die Richterskaal gemeet is, het Iran en Turkye getref. In Iran is dit veral die westelike deel wat swaar getref is en in Turkye is verskeie stede baie swaar getref. In Istanboel het hoë geboue soos kaartehuise inmekaargetuimel. Honderde mense is in die twee lande lewend onder die puin begrawe. 'n Oproep om hulp gaan na die res van die wêreld uit.

Julene sit vasgeanker op haar stoel. Die telefoon lui, maar sy hoor dit nie. Kadri . . .

Dis Elke se ontstelde stem wat in Anna se oor opklink. "Tant Anna, het julle miskien die nuus aan? Het julle gehoor van die aardbewing?"

'n Ruk later stap sy en Horst die groot huis binne en sy kyk met innige meegevoel na die bleek gesig.

"Ek is so jammer, Julene. As 'n mens net iets kan doen!"

"Hulle vra hulp, veral mediese hulp." Julene se oë gaan na Horst. "Kan jy my spaar, Horst?"

Hy sluk eers, knik dan. "Ek sal 'n plan maak."

"Ek sal uithelp," bied Elke spontaan aan. "Ek kan klein Albert en sy oppasser soggens hier kom aflaai en namiddae weer hier kry. Ek kan mos, nè, Oupa, tant Anna?"

"Maar dis gevaarlik daar! Hulle sê daar is nog gedurig naskokke, geboue tuimel nog steeds in . . ."

"Ek weet, Anna." Julene gaan staan reg voor haar. "My kind is veilig hier by julle. Dit weet ek. Maar . . . jy moet verstaan, Anna, asseblief! Ek móét gaan!"

Anna skud haar kop, sluit haar oë en sê sag: "Jou oë lyk nou soos jou ma s'n gelyk het die dag toe sy by my aangekom en gesê het: 'Ek is terug, Anna. Ek moes terugkom. Ek is swanger.' My hart wou breek . . ." dan kyk sy in die pleitende oë op. "En nou sê jý vir my jy móét gaan."

"Ja, Anna. Ek moet."

"Gaan dan, my kind – en ek hoop jy vind hom lewend."

Twee dae later kry sy 'n vlug Switserland toe. Sy sluit haar by die internasionale spanne aan wat hulp in die geteisterde gebiede gaan verleen. Intussen is die nuus nie goed nie. Nóg 'n serk aardbewing het Iran getref. Naskokke, party byna so sterk soos die aardbewings self, volg mekaar nog op, ook in Turkye. Weer kom die hulpgeroep: noodspanne, mediese personeel, kos . . . Kom help ons!

Eindelik kom Julene in Istanboel aan . . . en haar hart ween vir die stad. Verwoesting en ellende is al wat haar oog ontmoet. Die Hilton is 'n puinhoop soos so baie ander geboue. Sy vra en verneem so tussen die noodhulpwerk deur, maar niemand kan haar iets vertel nie. Niemand weet waar enigiemand is nie. Lyke word met vragmotors weggery na massagrafte en diegene wat lewend onder die puin uitgegrawe word, vertel van onmenslike foltering en ontberinge. Baie sterf onder haar bekwame doktershande. Vir hulle is die hulp te laat.

Julene sluit haar oë van moegheid en strek haar seer rug terwyl die volgende pasiënt nader gebring word. As sy net kan weet hy lewe nog! Maar daar is geen manier om vas te stel nie. As sy net met Yasar kontak kan maak, maar daar is geen telefoonverbinding nie. Hier is net ellende en dood en die koue vrees dat jou geliefde onder tonne beton begrawe lê . . .

Dan moet sy haar aandag aan die pasiënt voor haar gee. Haar liggaam ruk. "Oda!"

"Julene! Julene! Is dit werklik jy? O, Julene!"

Die meisie se arms reik na haar en sy gryp die snikkende, besmeerde liggaam teen haar vas en besef nie dat sy ook haar eie snikke hoor nie.

"O, Julene, dis verskriklik! Die een oomblik het ek nog in die suite gestaan en die volgende oomblik het die wêreld om my ingetuimel en was dit donker. Hulle het my nou eers uitgegrawe."

"Kom. Kom drink eers 'n bietjie water. Waar het jy seer?"

"Hulle het my al water gegee. Dis net my been. Iemand het gesê my been is gebreek." Weer kyk Oda vol ongeloof na die bekende gesig wat oor haar buig. "Ek kan net nie glo dis werklik jy nie! Hoe het jy hier gekom?"

"Ek het saam met een van die hulpspanne uit Switserland gekom. Lê stil. Ek moet jou eers deeglik ondersoek. Ja, jou been is gebreek, maar dis nie 'n ernstige fraktuur nie. 'n Spalk en rus . . . Het jy baie pyn?"

"Nee. Nie te erg nie. Is dit nie verskriklik nie, Julene?"

"Ja. Ja, dis verskriklik." Sy kan die vraag nie langer terughou nie. "Was Kadri by jou in die suite toe . . . dit gebeur het?"

"Nee. Hy was op pad daarheen. Hy het van Yasar se kantoor af gebel, gesê hy is op pad. Het jy . . . het jy hom nie gewaar nie?"

"Nee. Ek het nog geen bekende gesig gesien nie. Jy is die eerste."

346

"Dan . . . dan is hy dalk . . . ook onder die puin begrawe."

"Nee! Moenie daaraan dink nie! Ons moet bly glo hy lewe nog. Miskien is hy by een van die ander hulpspanne afgelaai," probeer sy troos, maar haar hoop is flou.

"Geen wonder hy kon jou nie vergeet nie." Julene kyk onseker na Oda. "Wat sê jy?"

"Hy het jou nooit vergeet nie. Ek is jammer, Julene. Dit was alles leuens wat ek vertel het. Maar toe Peter my sommer net so weggooi . . . Ek het net vir Kadri gehad . . ."

"Ek weet. Dit lê in die verlede. Dis verby. Hou moed. Jy en jou man sal weer herenig word. Hulle sal hom kry."

Oda kyk haar stip aan. "Ons is nie getroud nie, Julene."

Julene ruk. "Nie . . . getroud nie? Maar julle sou . . ."

"Ja, maar ons het toe nie. Kadri was baie eerlik met my. Hy het gesê hy sal met my trou as ek daarop aandring, maar dat hy nog nie gereed is vir 'n huwelik nie. Ek moet hom 'n rukkie kans gee. Maar in dié tyd ontmoet ek toe iemand anders wat my geleer het wat die woord liefde regtig beteken. Ek is 'n week voor die aardbewing met hom getroud."

Dis net jare lange dissipline wat haar laat voortgaan met haar taak. Met bomenslike selfbeheersing sê sy later: "Hulle sal jou nou na 'n tydelike veldhospitaal neem. Ek sal jou weer daar besoek. Wat is jou man se naam? Ek sal probeer uitvind of iemand iets van hom af weet."

Later doen sy navraag by die mediese noodhulppunte en tot haar verbasing en vreugde kry sy hom waar hy besig is om beseerdes te vervoer – 'n jong Turk met 'n seunsgesig. Sy sien hoe die angs en kommer uit sy gesig verdwyn toe die nuus aan hom getolk word. Hy hardloop oorhaastig in die rigting van die veldhospitaal wat vir veiligheid 'n hele ent van die geruïneerde geboue ingerig is. Dan draai sy om, stap na die murasie wat eens die Hotel Hilton was. Sy sak op 'n hoop rommel neer, haar hande tastend na 'n stuk beton. Hy kan dalk hier reg onder haar lê . . . Ag, Here . . .

Om haar grawe mense met enigiets tot hul beskikking.

Baie grawe sommer met die kaal hande en daar is bloed aan die stene en beton wat weggewerp word soos die teer vel al deurgevreet is.

Sy begin ook grawe en sy huil openlik; bid hardop in haar eie taal: *Ag, Here, laat hom net lewe!*

Dan is daar hande op haar skouers, hande wat haar optel van die grond af. En daar is 'n gesig voor haar . . . bebaard, vuil . . . maar só bekend. Die blou oë kyk na haar . . . en kyk . . . en kyk . . .

Dan is sy lippe op hare . . . lippe waarvan sy die aanraking so goed ken . . . lippe wat haar soen en prewel: "My liefling . . . my liefling . . . my liefling!"

Later, toe hulle eindelik in 'n mate tot bedaring kom, kan hy verduidelik. Hy was op pad hotel toe toe die geboue om hom begin intuimel. Hy was vasgevang en is eers gister bevry. Toe het hy begin soek na Oda, hom by die spanne aangesluit wat aan die grawe was. Hy het Oda se man raakgeloop en gehoor dat Oda gevind en in die veldhospitaal opgeneem is. Hy het hom daarheen gehaas en daar het Oda hom vertel Julene is hier . . .

"Ek kon my ore nie glo nie! Ek het my na die noodhulppos gehaas en jy was nie daar nie! Ek kon mal word! Ek het soos 'n dol dier na jou begin soek en toe sien ek jou hier sit . . . sien ek hoe jy met jou hande grawe . . . en hoe jy huil . . . Ek het geweet dis na my wat jy soek. Julene, jy het teruggekom na my toe!"

"Ek moes kom. Toe ek die nuus hoor, móés ek kom. Ek kon nie wegbly nie. Kadri . . ."

"Ek het jou lief, Julene. Later kan ons dinge uitpluis en uitpraat. Sê net jy het my ook nog lief, asseblief."

"Ek het jou nog lief, Kadri. Nog baie meer as ooit tevore."

In die dae wat volg, werk hulle sy aan sy. En in die nagte gee hulle hulle oor aan hul liefde.

Hy is lank stil nadat sy hom vertel het van Annatjie, en vrees vang haar hart vas. Maar toe hy, steeds sonder 'n woord, sy hand onder haar ken sit, haar gesig na syne oplig en sy in sy oë kyk, weet sy daar sal nooit weer plek vir vrees of misverstand tussen hulle wees nie.

Toe die hulpspanne hulle begin onttrek, is hul toekomsplanne klaar uitgewerk.

"Ek gaan nie my vrou en kind blootstel aan iets soos wat hier gebeur het nie. Ons lê hier in die aardbewinggordel. Dit kan weer gebeur. Ek gaan my aandeel nou beslis aan Yasar verkoop. Dank die Vader hy het niks oorgekom nie. Ek sal die teeplantasies hou ter wille van my broers, maar ek en jy, my liefling, gaan verhuis na jou land toe. Daar is mos ook teeplantasies, nie waar nie?"

Sy glimlag na hom op. "Ja! In Tzaneen se wêreld is daar pragtige teeplantasies."

Hulle glimlag vir mekaar en weer trek sy arms haar vas teen hom asof hy dit nie kan verduur dat sy 'n oomblik van hom af moet weg wees nie.

"Môre vertrek ons Switserland toe en daarna na Suid-Afrika . . . en na ons kind. Jy sê sy is pragtig?"

"Pragtig! Jy gaan gek wees oor haar. Sy lyk nés haar pa!"

Hy glimlag tevrede. "Ek is klaar dol oor haar . . . en ek is nog doller oor haar ma! Ek sal jou altyd liefhê, Julene."

"En ek sal jou altyd liefhê, Kadri, tot aan die einde van my lewe."

Die ongebore uur

1

"Ek wil graag met Pa en Ma gesels as julle 'n paar minute vir my het."

Sy het onmiddellik haar ouers se volle aandag. "Natuurlik, Inge. Wat is dit?"

Maar sy kyk eers vraend na haar pa. "Dis tyd vir Pa se aandrondte. Dit kan wag tot ná aandete as Pa nie nou tyd het nie."

"Ek het nog 'n paar minute as dit nie 'n te lang gesprek gaan wees nie," antwoord haar pa. Hy frons liggies. Sy dogter lyk baie ernstig.

"Wel, ek noem dit net vinnig. Julle kan dan op julle tyd daaroor dink en ons kan dit later bespreek."

Elke kyk haar dogter nuuskierig aan. "Liewe land, Inge, dit klink baie geheimsinnig. Uit daarmee!"

Die jong meisie glimlag maar haar oë is effens ontwykend – asof sy nie seker is of dit wat sy gaan kwytraak, byval sal vind nie. "Dis niks dramaties nie, Ma. Ek is net lus om my studie oorsee voort te sit en . . . en ek het gewonder of julle daarmee sal saamstem."

Daar is 'n oomblik stilte terwyl haar ouers haar verbaas aankyk.

"Oorsee? Hoekom?" wil haar ma verward weet. Sover haar kennis strek, is haar dogter heel gelukkig by die Universiteit van Kaapstad.

"Sommer net. Ek . . . is sommer net lus om dit te doen."

Haar pa se oë is ondersoekend. Verbeel hy hom of hou Inge iets terug? "Dis nie eintlik 'n antwoord nie, Inge. Dis dus net

353

'n skielike gier wat binne 'n paar dae weer kan oorwaai."

"Nee, dit sal nie," sê sy vinnig, miskien 'n bietjie te vinnig. "Ek speel al lank met die gedagte. Ek het ook intussen navraag gedoen."

Haar pa se wenkbroue lig. "Dit kan dus gedoen word? Jy kan by 'n oorsese universiteit gaan klaarmaak?"

"Ja. Dis moontlik, hoewel hulle in Duitsland anders as hier by ons te werk gaan."

"Duitsland? Dan het jy reeds op die land besluit?" Horst Buchner se frons is nou pertinent. Die gier, soos hy dit sien, het reeds verder gevorder as wat hy vermoed het.

"Ja. Ek wil graag Hamburg toe gaan."

"Hoekom Hamburg? Hoekom nie München nie? München bied jou tog baie meer. Daar is 'n wonderlike kulturele lewe . . . teaters, operas . . ."

"Pa, ek gaan studeer, nie rinkink nie."

"Maar as jy sulke byvoordele kan kry terwyl jy studeer . . ."

"Pa, maak dit regtig vir Pa saak by watter universiteit ek in Duitsland kwalifiseer?"

Hy kyk sy dogter aan, kry weer die gevoel dat hier meer agter steek as wat op die oog af sigbaar is.

Elke spring vinnig tussenbeide. "Hoe sal dit jou studie affekteer? Dit gaan 'n groot aanpassing van jou verg, my kind. Jy sal baie hard moet werk."

"Ek gee nie om nie."

Hulle kyk na haar, wetende dat sy hard kán werk. Oor haar studie is daar geen onsekerheid in die ouerharte nie. Al sou sy ná 'n jaar besef sy het 'n te groot hap afgebyt en terugkeer, sal die ervaring wat sy daar opgedoen het, haar net goed doen. Oor die skielikheid van haar besluit voel hulle egter nie gerus nie.

Inge kyk haar ouers pleitend aan. Hulle mág nie weier, nie! Sy het haar hart daarop gesit om te gaan. Maar hulle wil 'n rede hê . . . Sy weet dat wat sy nou gaan sê nie die rede is hoekom sy skielik 'n dringende behoefte het om haar mediese

studie in Duitsland te voltooi nie. Maar dis die enigste aan-
neemlike rede wat sy nou kan aanvoer.

"Pa . . . Ma . . . asseblief, moenie seergemaak voel nie. Julle
was nog altyd dierbare ouers vir my. Dis heerlik om by julle
te wees en dis baie gerieflik vir my om uit my ouerhuis te stu-
deer. Maar ek voel net ek wil 'n slag wegkom, op my eie bene
staan . . . Ek is twee-en-twintig en ek was nog nooit weg uit
die huis nie. Dis nie dat ek van julle wil wegkom nie . . ."

Haar ma se oë verteder met begrip maar tog ook met 'n
tikkie weemoed daarin. Het sy en Horst werklik geglo dat
hierdie kind van hulle vir altyd en altyd onder hul vleuels sal
skuil terwyl sy self vlerke het wat sy wil span? "Ons verstaan,
Inge. En jy het ook die volste reg om dit te wil hê. Daar kom
'n tyd dat die klein voëltjie grootword en sy vlerke wil sprei
en die nes verlaat," sê sy met haar oë op haar man se fron-
sende gesig. "Ons mag haar nie terughou nie, Horst."

Hy reageer nie hierop nie, sit net 'n arm om sy vrou se
skouers, druk haar teen hom vas en soen haar voorkop vlug-
tig. "Ons praat later weer. Ek moet nou eers kliniek toe."

Toe hy uit is, ontmoet ma en dogter se oë en haar skuldge-
voel laat Inge die aanspreekvorm van haar kleindae gebruik:
"Mamma verstaan mos?"

Elke glimlag dapper, lê haar handpalm teen die jong wang.
"Mamma verstaan, skat. Moenie sleg voel nie. Eintlik moet
ek en jou pa baie dankbaar wees dat ons jou twee-en-twintig
jaar lank in die huis kon hê. Dis 'n voorreg wat min ouers
beskore is. En jy was so 'n wonderlike dogter vir ons . . . en
so 'n groot troos. Natuurlik gun ons jou 'n lewe van jou eie.
Dis een van die dinge wat 'n ouer in die lewe moet aanvaar
– dat jou kind grootword en sy eie pad gaan stap. En geen
ouer het die reg om 'n kind daarvan te weerhou nie."

"Ma!" Inge sluk. O, dié dierbare ma van haar! As sy net
weet . . . "Ma praat asof ek vir ewig weggaan en nooit weer
huis toe kom nie! Maar niks het eintlik verander nie. Die
twee of drie jaar wat ek weg sal wees van die huis is maar net

'n tussenspel. Ek kom terug sodra my studie voltooi is en ek kom in die Meissner-kliniek werk saam met Ma en Pa soos ek van kleins af gesê het ek gaan. Dááraan hoef Ma nooit te twyfel nie."

Maar terwyl Elke in die kombuis doenig raak met die aandete, is daar onrus in haar hart. Want sy dra eerstehandse kennis van die feit dat die mens sy planne maak en doodseker is dat dit sal uitwerk . . . totdat al daardie planne en sekerheid skielik op 'n dag aan skerwe lê.

Wat as haar enigste kind die man van haar hart daar oorkant ontmoet en nooit weer terugkom nie? Nie dat sy rede het om haar in daardie rigting te bekommer nie. Inge het reeds gewys dat sy 'n koelkop is wat haar aandag aan haar studie wy. Maar dit kan gebeur. Sy is 'n pragtige meisie. Met haar pa se lenige gestalte en haar ma se kopergeel hare en blou oë, is sy 'n imponerende vrou wat beslis 'n aanwins sal wees in die Meissner-kliniek se gange.

O, maar sy gaan haar mis! Sy voel die branding van trane agter haar ooglede en sluk hard. Maar sy durf nie selfsugtig wees nie.

Hulle het Inge lank genoeg in die huis gehad, miskien te styf vasgehou, dink sy skuldig. Veral ná klein Albert se dood was sy die spil waarom die hele huis gedraai het. Inge was die middelpunt van haar en Horst se bestaan, afgesien van hul toewyding aan oupa Albert se kliniek. Miskien is dit juis die rede hoekom Inge skielik hierdie gier ontwikkel het. Sy het gesê sy tob al lank daaroor. Miskien voel hul dogter lankal sy word doodgesmoor en doodgewurg deur haar ouers, veral ná haar boetie se dood. Miskien het dit werklik vir haar noodsaaklik geword om 'n bietjie weg te breek.

Ook haar man tob oor dieselfde kwessie op pad terug huis toe nadat hy sy kliniekrondtes afgehandel het. Hoewel hy en Elke probeer het om Inge nie totaal op te slurp nie, moet hy erken dat hulle drie 'n baie nou sirkel gevorm het ná klein Albert se dood. Toe die twaalfjarige Albert, sy oupagrootjie se oogappel en die vanselfsprekende erfgenaam van die Meiss-ner-kliniek, ná 'n stryd teen klierkanker sterf, het net die se-wejarige Inge oorgebly op wie hulle hul liefde en drome kon uitstort. Vir Elke en Horst Buchner sou daar nie weer 'n kind gebore word nie, want Elke is gesteriliseer ná komplikasies met Inge se geboorte. Al die drome en ideale en liefde wat vir klein Albert gekoester was, is na Inge oorgeplaas. Miskien het hulle haar onwetend daaronder versmoor.

Hy tref sy vrou in die kombuis aan en toe hy in haar oë kyk, weet hy presies hoe sy voel.

"Horst, ons mag haar nie terughou nie."

Hy knik. "Nee, ek besef dit. Ek het ook werklik niks daar-op teë nie. Dis net . . ."

Hy soek na die regte woorde en Elke glimlag, lê haar hand-palms teen sy bors en sê met begrip: "Ek weet. Jy is bang sy kom nie terug nie. Jy is bang die kliniek gaan haar verloor."

"Dit kan gebeur."

"Dit kan, ja, maar sy het my die versekering gegee dat sy terugkom, dat sy beslis terugkom na die Meissner-kliniek toe."

"Ek hoop sy onthou dit."

Meer om haar eie vrese te besweer, sê sy: "Ek dink werklik ons bekommer ons oor niks, my man. Van kleins af is sy en klein Albert deur oupa Albert gedril vir die toekoms wat op hulle wag. Onthou jy, hulle was nog nie eens in die skool nie, maar as iemand hulle gevra het wat hulle eendag gaan word, was die antwoord altyd summier: 'n Dokter, natuurlik! Hulle het in die gange van die kliniek grootgeword." Getemperde hartseer flits vlugtig in die mooi blou oë. "Vir klein Albert was dit nie beskore nie, maar Inge is op pad om haar kinder-drome te bewaarheid. Sy is in murg en been 'n dokter en sy is van plan om eendag aan die hoof van die Meissner-kliniek te staan, net soos haar oupagrootjie haar vertel het dit sal wees. Ek dink nie ons besef aldag watter geweldige houvas die kliniek op haar het nie."

"Ja. Alles wat sy doen en bereik, wentel om die kliniek en om eendag aan die hoof daarvan te staan. Daaraan twyfel ek nie. Laat ons hoop dat dit nie sy houvas op haar sal verloor wanneer sy haar in die vreemde bevind nie."

"Dit sal iets baie besonders moet wees wat haar van die Meissner-kliniek sal laat vergeet. Sy is eintlik 'n bietjie behep daarmee. Ons weet dit albei. Onthou jy, op 'n tyd het sy bly karring dat dit 'n sonde is dat die Meissner-naam by oupa Albert uitgesterf het en dat daar nooit weer 'n Meissner aan die hoof van die kliniek sal staan nie. Sy het my soms skuldig laat voel dat ek, toe ek gebore is, nie van die manlike geslag was nie!"

Haar man glimlag. "Ja, ek onthou. Ons moes haar herhaaldelik daarop wys dat as daar nie 'n manlike Meissner gebore is nie, hy nie gebore is nie. Maar sy het daarteen bly skop, bly sê dis nie reg nie, dis nie regverdig nie."

"Ja. Weet jy wat sy eenkeer vir my gesê het? Dat as klein Albert geleef het, hy sy van na Meissner behoort te verander het."

Horst frons. "Het sy werklik só sterk daaroor gevoel?"

"Ja. Sy was toe in matriek. Ek het haar daarop gewys dat dit nie sommer net vir naamsverandering is nie. Jy moet 'n goeie rede hê voordat dit toegelaat word, en een van die redes wat nie aanvaar sal word nie, is ydelheid. Sy het haar baie vererg vir my. Sy het my daarop gewys dis nie ydelheid nie, maar 'n tradisie wat behou word, ter wille van oupa Albert behou behoort te word." Sy hou 'n bak na haar man toe uit. "Sal jy dit vir my inneem tafel toe? Ag, my man, ons hoef nie te vrees dat Inge die Meissner-kliniek sal prysgee nie. Dit loop te dik in haar bloed."

Dit is ook die een ding waaroor Inge se ouers wel volslae sekerheid kan hê. Hulle sou egter geskok gewees het as hulle kon weet dat hierdie skielike gier van haar wel deeglik met die Meissner-kliniek en sy toekoms te doen het. Hulle sou haar beslis minder goedgelowig op die lughawe afgesien het as hulle kon raai dat hierdie geen gier is nie, maar dat hul dogter met 'n spesifieke doel voor oë na Duitsland vertrek, die voltooiing van haar studie eintlik bysaak.

Inge pas gou aan in die nuwe land. Sy werk van meet af aan baie hard en hou haar ore en oë oop. Haar blik dwaal altyd soekend tussen die duisende studente deur en sy spits haar ore vir 'n sekere van. Sy voel soms bekommerd dat sy die van nog nie op die kampus raakgeloop het nie. Feit is, haar navorsing het getoon dat die Meissners se bakermat Noord-Duitsland is . . .

So gaan agtien maande verby en hoewel sy 'n paar Meissners raakloop, toon verdere navrae dat nie een van hulle aan haar vereistes voldoen nie. Want dit moet 'n besondere Meissner met 'n spesifieke beroep wees . . .

Inge is nie onnosel nie. Sy besef dat sy die dag wanneer haar studie klaar is, dalk onverrigter sake na haar land sal moet terugkeer. Soms vertel haar gesonde verstand, waarvan sy beslis genoeg het, haar dat sy van hierdie obsessie – want dit is wat dit is, en sy het dit ook lankal ruiterlik aan haarself erken – moet afsien. Tog bly daar 'n koppigheid in haar vassteek en kan sy haarself nie verhelp as iets in haar steeds soekend bly nie. Dis daardie koppigheid wat haar dan laat redeneer: hoekom nie? As hy haar geval, én die ideale persoon blyk te wees vir haarself en die kliniek, hoekom nie?

Sy is reeds in haar laaste jaar, toe hy op 'n dag skielik voor haar in die lesingsaal staan. Sy sien die lang, blonde man na die podium stap en haar aandag is dadelik vasgevang.

Toe stel hy homself voor. "Goeiemôre, dames en here. Ek is dokter Meissner. Aangesien professor Müller ongesteld is, sal ek die volgende ses maande sy lesings behartig. Goed, ons val in op bladsy driehonderd-en-tien."

Haar boek bly ongeopen voor haar lê. Sy sit roerloos, kyk net, bestudeer net, luister net en . . . wonder . . . Toe begin haar hart in haar tamboer.

Meissner. Eindelik staan 'n dokter Meissner voor haar en instink vertel haar hy is die man na wie sy soek. Haar mond voel droog en haar verstand waarsku haar: Stadig, Inge. Hy kan getroud wees. Natuurlik is hy al getroud. Hy moet wees. Sy skat hom so drie-en-dertig. Maar die opgewondenheid in haar wil nie tot bedaring kom nie. Hy mág nie getroud wees nie!

Dis die een lesing waarvan Inge, die konsensieuse student, later sou getuig sy nie 'n woord gehoor of ingeneem het nie. Vir die res van die dag en so ook daardie aand, gebuk oor haar lesings, kos dit uiterste wilskrag om haar aandag by haar studie te bepaal. Hoe kan sy meer oor hom uitvind? Wat kan sy doen dat hulle persoonlik ontmoet? Hoe kan sy dit bewerk dat hy haar raaksien?

Meteens is die voor die hand liggende oplossing voor haar: Sy moet sorg dat sy uitblink in sy vak. As hy vrae te stel het, moet sy sorg dat sy die antwoorde ken en vinnig reageer. En op 'n dag kan sy agterbly ná 'n lesing om 'n vraag oor 'n sekere aspek te vra . . . en dan kan sy so terloops laat val dat hulle miskien uit die ver verlede familie is . . . Dit behoort sy belangstelling te prikkel. As sy hom net sover kan kry om haar raak te sien!

Met hernieude ywer begin sy weer studeer. Veral aan 'n sekere vak gee sy spesiale aandag en die blonde meisie met die blou oë is vinnig om antwoorde te verskaf in die lesingsaal. Die jong lektor kan nie anders as om op te merk met watter intense belangstelling sy elke woord van hom volg nie, en toe sy op 'n dag langs hom huiwer terwyl die lesingsaal leegloop, vind hy dit nie vreemd dat sy nog 'n vraag te stel het nie. Met 'n goedkeurende lig in sy oë gee hy die nodige verduideliking. As al die studente maar so toegewyd was soos hierdie jong dame!

"Verstaan u nou, juffrou . . . e . . ."

"Buchner. O, ja, dokter, baie dankie. Ek is jammer as ek van u tyd geneem het . . ."

"Geensins, juffrou Buchner. Ek is altyd bly om te sien dat my studente vir hulself kan dink en kan redeneer. U is welkom om my te enige tyd te nader as u so voel."

Hierdie gaping kan sy nie onbenut laat verbygaan nie. "Dankie, dokter. U is baie gaaf." Sy glimlag in die goedige blik op. "Ek het 'n vermoede dat ons verlangs familie kan wees, as u my sal verskoon dat ek dit ophaal." Die man kan dalk dink sy word nou voorbarig.

Maar hy dink nie so nie, vra belangstellend: "Werklik? Buchner . . .?"

"Nie van die Buchners se kant af nie. My oupagrootjie was 'n Meissner wat oorspronklik van hierdie gebied gekom het. Hy het as jong kind saam met sy ouers na Suid-Afrika geëmigreer en later die Meissner-kliniek gestig."

"Die Meissner-kliniek?" Hy klink verras en sy het nou sy volle aandag.

Daar is onverbloemde trots in haar stem. "Ja. Hy was Albert Meissner. Dan het u al van die Meissner-kliniek in Suid-Afrika gehoor?"

"Maar beslis. Dis baie interessant, juffrou Buchner. Ons Meissners is nie só volop nie, en ons sal seker verlangs familie wees." Hy glimlag op haar af en sy hoop maar net hy kan nie die wilde bonsing van haar hart hoor nie. Sake vorder . . . "Vandaar u belangstelling in die mediese wetenskap. Ek neem aan u beoog om ook eendag in die beroemde kliniek van u oupagrootjie te werk?"

Sy glimlag selfversekerd. "Sodra my studie hier voltooi is, stap ek by die voordeur in."

"Gelukkige meisie," knik hy. "Jy is bevoorreg."

"Ja. Ek besef dit. My ma is 'n kleindogter van Albert Meissner en sy en my pa is gesamentlik in beheer van die kliniek. Ek sal eendag by hulle oorneem."

Sy wenkbroue lig effens. "Het u nie broers of susters nie?"

"Nee. Ek is die enigste kind. O, genade, ek is laat vir my volgende lesing. U sal my moet verskoon, asseblief."

361

Hy kyk haar peinsend agterna, laat sy blik dan sak. Interessant . . .

Terwyl sy haar plek in die volgende lesingsaal inneem, voel Inge baie tevrede met haarself. Sy het hom genoeg gegee om oor na te dink. Sy is seker hy gaan haar die volgende keer eerste nader.

Sy is nie verkeerd nie. Ná sy volgende lesing keer hy haar voor toe sy uitstap.

"O, juffrou Buchner, as u 'n oomblik te spaar het . . ." Toe sy hom bereik, vra hy: "Het u nou dadelik 'n lesing?"

"Nee. Eers vanmiddag weer."

"In daardie geval . . . Ek het gewonder of u nie 'n koppie koffie saam met my wil gaan drink nie?"

"O, dit sal lekker wees, dankie."

Hy neem haar nie na die gewone saamdromplek van die studente nie, maar na 'n klein restaurantjie waar hy vir hulle albei koffie bestel en vir haar ook appeltert met room.

Hy glimlag goedig. "Natuurlik moet jy iets eet. 'n Student is altyd honger. Ek weet!"

"Maar wat van jou?" vra sy nou ook op informele toon.

Hy skud sy kop. "Nee, dankie. Daar wag vir my 'n groot middagmaal. Ek kan nie nou iets eet nie. Maar geniet jou appeltert gerus."

Sy voel haar hart in haar skoene sak. Dan is hy getroud.

Hy sien die verandering op haar gesig onmiddellik. "Wat is verkeerd?"

"O, niks. Niks nie. Dis net . . ." Sy tas wild in haar gedagtes rond. "Ek verlang huis toe vandag."

"Dan het ek reg bestel. Daar is niks so goed vir verlange as 'n groot stuk roombedekte appeltert nie!"

Sy lag. Hy is regtig gaaf. Jammer die man is getroud . . . Baie jammer . . . Haar gesig versober weer by hierdie gedagte en hy kyk haar begrypend aan. Sy is ver van die huis af, eintlik heeltemal alleen in 'n vreemde land. En sy is nog jonk . . .

"Hoe oud is jy, Inge, as ek mag vra en jou so mag noem?"

"Natuurlik. Ek is nie skaam – of moet ek sê: nóg nie skaam? – vir my ouderdom nie," terg sy en doen haar bes om oor haar teleurstelling te kom. "Ek is amper vyf-en-twintig." Sy is oorbewus van die feit dat hy weet wat haar naam is. Dan het hy tog belanggestel, genoeg belanggestel ... Sy vang haar onderlip vas. Dis jammer, want dis so vergeefs ...

"En ek mag jou maar Inge noem?"

"Natuurlik."

"My naam is Günther." Sy kyk na hom en hy vervolg toe sy nie dadelik reageer nie: "Ek is seker al oud in jou oë, maar jy mag my maar op my voornaam noem."

"Hoe oud is jy?" vra sy vrymoedig.

"Op pad vyf-en-dertig toe. Tien jaar ouer as jy."

"Dit maak nie saak nie." Sy swyg vinnig. Nee, dit sou nie saak gemaak het as ...

Hy sit haar stil en bestudeer, vra dan versigtig: "Is die groot verlange huis toe of na 'n spesifieke persoon?"

Sy skud haar kop. "Daar is geen spesifieke persoon nie. Ek is te besig met my studie. Die Meissner-kliniek stel baie hoë eise en die feit dat ek Albert Meissner se agterkleinkind is, verseker my nie vanselfsprekend 'n plek daar nie. Ek moet my as dokter bewys."

"Maar jy het my laat verstaan dat jy die erfgenaam is."

"Net as ek my plek vol kan staan. Jy ken nog nie my ouers nie. Ek het dit van kleins af gehoor. Ek moet die amp waardig wees of ... Daarom het ek tot dusver nie tyd gehad vir ander dinge nie. Ek moet my voorberei vir die toekoms."

Sy oë is stip. "Dis vir jou baie belangrik, is dit nie? Dat jy eendag aan die hoof van die Meissner-kliniek sal staan?"

"Dit was nog altyd die belangrikste ding in my lewe," antwoord sy onomwonde. "Jy sal verstaan as jy eers daar was, alles gesien het; die atmosfeer ervaar het, die ... Dis moeilik om te verduidelik. Jy moet dit self ondervind. In die gange stap. By Albert Meissner se borsbeeld in die ingangsportaal stilstaan ..."

"Ek gaan jou een aand huis toe nooi sodat ons verder kan gesels. Ek wil graag meer hoor van die Meissners in Suid-Afrika."

Sy aarsel. Sy voel nie daarna om hierdie man beter te leer ken as hy reeds 'n vrou het nie. Hy dien dan vir haar geen doel nie. Maar hoe kan sy summier weier? Sy het immers eerste die familieverband opgehaal.

Hy sien haar aarseling, vervolg: "Ek verseker jou daar is geen bymotiewe nie."

Sy voel verleë onder sy spottende blik. Hierdie man is soveel wyser as sy, het soveel meer mense- en lewenskennis as sy. Hy sal seker die stuipe kry as hy moet weet hoekom sy hom in die eerste plek genader het. Sy voel vererg toe sy voel hoe 'n warmte oor haar gesig stoot. Sy protesteer vinnig: "Ek het nie gedink . . . ek bedoel . . ."

Hy lag, lê sy hand oor hare op die tafel. "Toe maar. Ek weet. Ek terg jou maar net 'n bietjie. Ek begryp jou program is seker baie vol. Benewens jou studie, bedoel ek. 'n Meisie soos jy . . ." Sy blik gly oor haar gesig, oor die gedeelte van haar lyf wat sigbaar is. Sy is so mooi en so jonk . . . so ongeskonde! En so onervare! Hy ervaar skielik 'n drang om haar te vat en êrens te gaan wegsteek waar die lewe en sy ontnugtering en gebroke drome haar nie kan bykom nie.

"Natuurlik sou ek graag een aand wou oorkom as dit u pas, dokter."

Sy wenkbroue lig. "Hoekom skielik weer so formeel? Familie noem mekaar op die voornaam, dan nie?"

Weer voel sy verleë, wens sy uit haar hart hy was nog 'n vrygesel. Hy sou so ideaal by haar plan ingepas het.

Soos 'n soet kind gehoorsaam sy: "Dankie, Günther. Ek sal graag kom."

"Dis beter. Kom ons reël dit sommer nou. Watter aand pas jou? Vir my is enige aand reg. Kies jy."

"Vir my ook eintlik."

"Wel dan? Môreaand?"

364

"Maar moet jy nie eers by jou vrou uitvind of dit haar pas nie?"

Sy sien sy gesig verstil. Dan kom sy stem egalig: "Ek het nie 'n vrou nie."

"O." Sy bid net dat haar groot verligting by die aanhoor van hierdie woorde nie in haar impulsiewe uitroep weerklank vind nie. Dis te goed om waar te wees!

"Dan maak ons dit môreaand. Sal ek jou kom oplaai?"

"Dis nie nodig nie. Ek het 'n motor. Gee my net jou adres."

Ná hierdie gesprek sukkel Inge om haar volle aandag by haar lesings en studie te bepaal. Veral in die lesingsaal waar Günther Meissner die volgende dag op die podium is, vind sy dit amper onmoontlik om te konsentreer op wat daar gesê word. Want Günther Meissner word van hoek tot kant, van bo tot onder beskou, bestudeer, opgeweeg teen die standaarde wat deur die Meissners aan die suidpunt van Afrika gestel word . . . en elke keer kom hy met vlieënde vaandels daarvan af. Koelkop word elke aspek in oënskou geneem, van nader bekyk en getakseer, net soos 'n boer baie versigtig die stoetram op die veiling deurkyk om seker te maak dat hy waarde vir sy geld kry. Sy glimlag effens by haarself. Wat 'n vergelyking! Maar dis eintlik presies wat dit is. Sy is besig om 'n stoetram vir die Meissner-nageslagte uit te soek. Sy is bereid om haarself te gee vir haar ideaal, maar dit moet die moeite werd wees.

"Juffrou Buchner . . ."

Sy knip haar oë vinnig, dwing haar gedagtes terug na die werklikheid. "Ekskuus, dokter?"

Daar is 'n fyn glimlaggie in sy oë, maar sy stemtoon is formeel: "Ek het u gevra . . . Toe maar. Maar gee tog aandag, asseblief! Ek herhaal wat ek pas gesê het . . ."

Toe sy die lesingsaal verlaat, is hy kort agter haar en hoor sy sy gedempte vraag: "Alles nog reg vir vanaand?"

Sy knik, stap aan en wens die lang dag wil verbygaan.

Daardie middag bank sy 'n lesing en troos haarself daaraan dat dit die eerste keer in haar akademiese loopbaan is dat sy so iets doen. Sy sal die aantekeninge by een van die ander studente kry. Sy gaan winkels toe en dit kos soek om die regte rok te kry. Toe sy haarself daardie aand in die spieël betrag, voel sy steeds onseker. Is dit nou die regte rok vir die geleentheid? Hy het haar bloot genooi om hul familiegeskiedenis te bespreek. Tog het haar keuse op hierdie rok geval omdat sy wil hê dat hy haar moet raaksien as vrou, nie as die mediese student wat hy elke dag in die lesingsaal sien nie. Dis 'n pragtige rok, en eintlik gans te duur vir 'n student se sak. Dis die sagste blou met eenvoudige, klassieke lyne en 'n los bostuk wat oopskuif om die vroulike rondings subtiel ten toon te stel. Sy maak die bostuk los en laat dit oor haar skouers na agter gly. Dis nie die soort rok wat sy al ooit vir haar gekoop het nie, wat sy al ooit gedink het om aan te skaf nie. Dis te . . . e . . . onthullend. Selfs nou voel sy ongemaklik terwyl sy na haarself kyk. Sy kan haar voorstel wat haar má sou kwytraak as sy haar nou moes sien! Maar dan . . . dis 'n belangrike aand vanaand, van die uiterste belang. Vanaand sal háár toekoms en dié van vele ander bepaal. Sy erken aan haarself, hoewel met 'n tikkie vrees en skuldgevoel, dat sy vanaand daarop uit is om 'n man doelbewus te verlei. Die vrees in haar is dat sy dit nie sal regkry nie, want haar amoreuse ervaring is maar baie gering. Die skuldgevoel is omdat sy 'n goeie man, want dit glo sy ís Günther Meissner, doelbewus gaan gebruik om 'n spesifieke plan in aksie te stel, 'n lewensplan waarvan hy nie bewus is nie, maar waarin hy 'n onontbeerlike skakel is.

Sy kry sy huis maklik aan die buitewyke van Hamburg. Haar motor het net stilgehou toe hy by die voordeur uitstap. Soos sy verwag het, is hy niks anders geklee as in die lesingsaal nie. Hy het beslis net bedoel dat hulle 'n bietjie oor die familie sal gesels. Sy gee voor dat sy nie sy verbasing sien toe sy uitklim en sy blik op haar val nie.

"Ek het jou plek sommer maklik gekry. Goeienaand."

"Dis gaaf. Kom binne." Hy lei haar na die sitkamer en dis of hy dit teësinnig moet sê: "Jy lyk baie . . . pragtig."

Sy glimlag na hom op, voel meteens selfversekerd. Günther is 'n gawe man. Sy sien kans om die pad wat sy vir hulle uitgestippel het, saam met hom te stap. Die Meissner-kliniek en die nagedagtenis van Albert Meissner is dit oor en oor werd.

"Dankie. Ek het eintlik nie geweet wat vanaand se afspraak presies behels nie en het toe maar besluit om liewer veilig te speel. Veronderstel jy het nog ander deftige gaste genooi en ek kom hier aan met 'n langbroek en los bloese!"

"Ook daarin lyk jy pragtig," is sy galante antwoord. Hy laat na om haar daaraan te herinner dat hy uitdruklik gesê het hy wil maar net meer van die Meissners te wete kom.

"Kan ek jou iets te drinke aanbied? Iets lig? Ek het sterker ook."

"Dankie. As jy miskien 'n sjerrie het?"

Haar blik dwaal deur die vertrek terwyl hy besig is om die drankies te skink en sy vra reguit: "Bly jy alleen hier?"

"Ja."

"Maar iemand sorg darem seker vir jou. Jy het in die restaurant gepraat van 'n groot maaltyd wat op jou wag?"

"Ja. Ek het 'n middeljarige dame wat soggens inkom en die huis versorg en dan sommer vir my kook ook."

"O, dis gaaf. Hoe lank het jy al hierdie huis?" Sy is knaend, maar sy moet eenvoudig alles omtrent hierdie man uitvind. Haar pa sal alles wil weet wanneer hy van Günther vertel word . . .

"Gesundheit!" Hulle klink glasies en hy neem oorkant haar plaas, antwoord dan asof hy liewer oor iets anders sou wou gesels: "Al 'n hele tyd. Amper tien jaar."

"Dan het jy sommer dadelik huis opgesit toe jy klaar gestudeer het?" vra sy verbaas. Voeg laggend by: "Dis min mediese studente wat dit sommer kan bekostig. In elk geval nie op hierdie skaal nie." Haar blik dwaal weer deur die vertrek.

Dis smaakvol en duur gemeubileer. "Jy het goeie smaak," voeg sy by.

Sy oë is op die glasie in sy hand gerig. "Dit is my vrou se smaak . . . en ook haar meubels wat sy van haar ouers geërf het."

Die skok lê in haar oë. "Maar jy het dan gesê jy het nie 'n vrou nie!"

"Nie meer nie. Sy is twee jaar gelede dood."

Inge leun teen die kussing terug en sit haar glasie met lam vingers neer. Haar hart het byna gaan staan! Dan is hy 'n wewenaar. "Wat het dan gebeur?"

"Sy het siek geraak en teen die end was die diagnose leukemie."

"Was daar kinders?" vra sy gedemp, gespanne. Kinders sal haar planne kompliseer.

"Nee."

Sy laat sak haar ooglede vinnig om haar verligting weg te steek, soek na iets pasliks om te sê. "Ja, die lewe werk nie altyd uit soos jy dit beplan nie, nè?"

"Nee. Dit werk selde so uit." Hy staan vinnig op. "Inge, sal jy my 'n paar minute verskoon dat ek my net gaan verklee, asseblief?"

"Hoekom?" vra sy verbaas.

"Ek gaan vir ons plek bespreek en dan gaan eet ons uit."

Sy frons. Dis nie wat sy beplan het nie. Sy wil nie in 'n vol restaurant met hom sit nie. Sy wil alleen met hom wees . . . "Günther, jy moet asseblief nie verplig voel om my uit te neem . . ."

"Dis nie dit nie. Ek is net skielik nie meer lus vir die huis nie. Verskoon my net 'n oomblik. Ek is gou terug. Kan ek jou intussen nog 'n sjerrie aanbied?"

"Nee, dankie."

Sy hoor hom in die vertrek langsaan 'n tafel vir twee bespreek en dan is sy alleen. Sy frons. Daar het skielik 'n verandering by hom ingetree toe daar oor sy vrou gepraat is. Sou net die verwysing na haar hom ná twee jaar nog so ontstel? Of is daar 'n ander rede hoekom hy nou skielik amper uit sy huis wil vlug?

Sy kyk tevrede na hom toe hy weer verskyn. In meer formele drag doen hy die Meissners eer aan. Weer bekyk sy hom asof hy 'n artikel op 'n veiling is en besluit hy sal 'n goeie koop wees.

Ten spyte van die feit dat hulle hulle tussen 'n klomp mense bevind, geniet sy die ete saam met hom baie. En hoewel die gesprek grootliks oor familie gaan en dit nie juis die ideale bydrae lewer tot die doelwitte wat sy vir die aand gestel het nie, gee sy nie om nie. "Dus was daar twee broers. Günther Meissner het hier in Duitsland gebly en Albert Meissner het Suid-Afrika toe verhuis. En so het die familie in twee verskillende rigtings beweeg en van mekaar vervreemd geraak oor die jare."

Sy knik, haar oë peinsend op die glasie voor haar. "En Albert Meissner se kant van die familie het nou uitgesterf. Dis net Günther Meissner wie se naam sal voortbestaan. Jy sê daar is baie manlike Meissners aan jou kant van die familie wat die naam sal kan voortdra?"

"Ja." Sy blik rus op die gesiggie wat skielik so somber vertoon en meer om haar op te vrolik as wat hy dit regtig bedoel, sê hy: "Wil jy nie dans nie? Ek is nie 'n watwonderse danser nie, het dit jare laas gedoen, maar ons kan probeer as jy my sal verskoon as ek miskien op jou tone trap."

Sy kyk op, wend 'n daadwerklike poging aan om die swartgalligheid af te skud. "Hoekom nie? Ek is ook nie 'n danige danser nie. Dis nie eintlik een van my tydverdrywe nie. Maar ons kan probeer."

Sy is kwalik bewus van hom terwyl hulle dans, haar gedagtes met holruggeryde dinge besig. Dis 'n sonde dat Albert Meissner se naam moet uitsterf. Albert Meissner verdien 'n nageslag wat altyd met trots na hom sal kan verwys, wat die naam Albert Meissner vir geslagte wat kom, sal voortdra.

369

Dit durf nie gebeur nie! 'n Albert Meissner moet eenvoudig geskep word en sy is die enigste een wat dit moontlik kan maak.

Haar oë kyk strak teen sy baadjielapel vas en sy is nie bewus daarvan dat die gesig bokant haar kop 'n ewe strak uitdrukking dra nie. Maar sy gedagtes is nie so ver verwyder van die onmiddellike as hare nie. Inteendeel. Toe die dans tot 'n einde kom, lei hy haar terug na die tafel en kondig aan dat dit seker tyd is om te gaan aangesien môre nog 'n gewone werkdag vir hulle albei is.

Nie een van die twee vind dit blykbaar vreemd dat hulle op pad terug niks vir mekaar te sê het nie. Albei is te diep in eie gedagtes versonke, heimlik dankbaar dat die ander een nie probeer geselsies aanknoop nie.

Toe hulle voor die huis stilhou, vra sy: "Het jy nie familiefoto's nie? Ek sou graag die res van die familie wou sien."

Hy aarsel. Dit sal beter wees as sy liewer nou gaan, maar hy antwoord: "Ja. Ek het baie foto's. Ek sal jou op 'n ander keer wys. Dis nou al baie laat . . ."

Sy moet baie onnosel wees om nie die skimp te vang nie, maar sy hou haar skielik dikvellig. "Dis nog nie só laat nie. Ek sal dit graag vanaand nog wil sien."

Hy het geen keuse nie. Hy moet haar weer na binne lei, en toe sy met die twee albums op haar skoot sit, sê hy: "Die meeste is maar uit my jeugjare en studentedae en jy sal dit seker vervelig vind. Daar is hier en daar 'n familiefoto. Hier, byvoorbeeld. Dis my ma en pa."

"Is jy die enigste kind?"

"Ja, maar ek het 'n klomp neefs en niggies. Wag, hier is hulle."

"Kom sit hier langs my en vertel my wie is wie," nooi sy ongeërg. Sy luister met een oor terwyl sy die hand bestudeer wat voor haar op die album lê. Die fyn hande van 'n dokter . . . Hy is die regte man . . . Ongemerk gaan haar hand na haar midderif.

". . . en dis Hanz, Dieter se broer en . . ." Sy voel die bostuk van haar skouers afgly, sien sy hand op die blad ruk.
"En hierdie meisie is hul suster . . ."
"Sy is mooi. Wie is hierdie een?"
"Dis . . ." Sy kyk vraend op na hom, betrap sy blik glad nie naby die foto's voor hulle nie. Hy behoort 'n goeie uitsig te hê op wat sy bedoel hy moet sien.
"Ons kan op 'n ander dag die foto's verder bestudeer. Dis al laat. Ons moet gaan slaap." Sy stem klink kortaf, sy lippe is styf.
"Ek is nog glad nie vaak nie. Is jy?" vra Inge en hou die aartjie dop wat langs sy slaap klop.
"Ons moet gaan slááp, Inge." Dit klink soos 'n bevel, maar hy beweeg nie.
Sy kyk nou reguit na hom, leun nader. "Moet ons?" Sy blik breek weg van die vroulike rondings, sak in haar oë af. "Wil jy régtig nou gaan slaap?"
Sy hoor hom sy asem intrek. "Inge, jy . . . speel met vuur. Jy is nog te jonk . . ."
"Is ek?" Haar kop rus byna teen sy boarm.
Hy frons hewig. "Maar jy weet nog niks van . . . hierdie dinge af nie. Kom, ons moet gaan."
Skielik lê haar kop vas teen sy skouer, kyk die blou oë na hom op, voel hy hoe sy hand teen haar kaal vel gedruk word. "Dan is dit tyd dat ek begin leer, nie waar nie?" Die sagte mond hier teenaan sy ken glimlag verleë, soebat: "Ek wil graag leer, Günther."
Sy hoor hoe hy sluk. Sy lippe stry nog, maar sy hand bly waar sy dit gesit het. "Inge, ek het jare laas 'n vrou in my arms gehad. Ek wil nie van jou onskuld en onkunde misbruik maak nie, maar ek is net 'n mens. Laat ons nou loop."
Maar haar linkerhand beweeg reeds teen sy wang op, streel oor sy oor, gly stadig, sensueel agter om sy nek. "Maar dis ék wat vra. Hoe kan jy dan misbruik maak? Ek wil graag leer . . . maar van jóú leer."

371

Die drukking van haar hand teen sy agterkop laat hom meegee. Hulle oë is enkele sentimeter van mekaar. "Hoekom ek? Ek is jare ouer as jy?"

"Miskien is dit een van die redes. Ek vertrou jou." Sy lig haar lippe na syne op, vra op 'n fluistertoon: "Moet daar 'n rede wees? Kan ons dit nie net saam geniet nie?" Haar lippe streel syne rakelings. "Hoekom nie, Günther?"

"Inge, nee!" Dis 'n uitroep gevul met selfkastyding. "Ek wil jou nie skend nie!"

"My skend deur van my 'n vrou te maak?" Sy trek effens terug, maar hou haar hand teen sy agterkop. "Ek het al gewonder, as ek so om my kyk, of ek nie dalk die enigste maagd aan Hamburg se universiteit is nie."

Sy gesigspiere speel soos selfbeheersing en begeerte teen mekaar stry. "Is jy 'n maagd? Dan durf ek nog minder . . ."

Sy verslap plotseling haar greep, laat haar hand op haar skoot sak. "Ek sien. Jy stel nie belang in 'n onkundige maagd nie . . ."

"Dis nie waar nie!" Sy stem klink amper sissend. "Maar ek kan dit nie aan jou doen nie . . . jou ouers doen nie . . ."

Sy gee 'n sagte sug, laat haar ooglede sak. "Toe maar, Günther. Ek verstaan. Jy verkies jou vroue meer ervare en . . ."

Sy hande gryp haar skouers vas. "Dis nie waar nie! Daar was nog nooit 'n vrou ná my vrou se dood nie. Ook nie in die lang tyd wat sy siek was nie."

Sy knik. "Ek glo jou. Dan is dit maar net dat ek nie die soort vrou is wat jou kan . . . bekoor nie. Ek wens dit was anders. Ek sou liewer van jóú wou leer wat daar alles te leer is." Sy trek die skouerstuk terug oor haar skouers en haar bewende vingers soek na die hakie wat haar weer in 'n kuise, elegante dame moet verander. Maar voordat sy dit kan vashaak, is sy hand by, stoot hy die los stuk weg en die volgende oomblik lê sy lippe teen haar sagte vel. Bokant sy kop glimlag Inge oorwinnend, laat dan haar kop sak en druk haar lippe teen sy kop terwyl sy hom sonder protes toelaat om sy ontdekkingstog voort te sit. Toe sy lippe hare oopbreek, wonder sy of dit nou die passie is waarvan sy al so baie gehoor en gelees het en nog nooit self ondervind het nie . . . 'n mengsel van vrees en opwinding. Toe voel sy hoe sy een arm onder haar dye indruk en sy opgetel word. Hy dra haar dieper die huis in en sy is gereed om oor die drumpel van vrouwees te stap. Hierdie nag gaan ook vir haar 'n ontdekkingsreis wees . . . 'n ontdekkingsreis van Günther Meissner. En dit móét 'n sukses wees . . . want daar is veel meer op die spel as wat haar minnaar ooit van sou kon droom . . .

2

Toe Inge die volgende oggend wakker word, is daar geen teken van Günther nie. Nou eers sien sy hoe die slaapkamer lyk waarin sy haar maagdelikheid verloor het. Hierdie bed moet Günther eens met sy vrou gedeel het . . . Sy gooi die beddegoed van haar af asof sy op iets ongeoorloofs betrap is. Maar dis belaglik, vertel sy haarself. Die vrou is dood. Günther het die volste reg om 'n ander vrou in sy bed te hê. Hy het geen onreg of bedrog teenoor enigeen gepleeg nie. Net so min as wat sy dit gedoen het.

Sy spoel haar gesig in die badkamer af, kyk na haarself in die spieël. Sy ken haar naakte liggaam. Gister en eergister was dit presies dieselfde, vanoggend nie meer nie. Maar sy is nie jammer oor wat gebeur het nie.

Sy glimlag toe sy onder die stort instap. Arme Günther! Hy het van die begin af geen verweer gehad nie. So onervare as wat sy was, is daar in elke vrou die ingebore listigheid wat destyds aan Eva in die Paradys geskenk is en waarteen 'n man eintlik heeltemal weerloos is. 'n Beter tyd vir wat sy wou bereik, kon sy nie gekies het nie. Sy vrou was jare lank siek, nou reeds twee jaar lank dood, en hoewel 'n man van karakter, sterk beginsels en 'n gewete, kon hy die dringende roep van die natuur nie weerstaan toe bevrediging so openlik en vrygewig aan hom gebied is nie.

Terwyl die prikkels van die stortdruppels haar jong liggaam masseer, dink sy terug aan die nag wat verby is. Daar is 'n glimlag om haar mond. Hoewel sy geen vergelykings kan tref nie, voel sy op hierdie oomblik dit was 'n bevredigende nag vir albei. Sy is nie net in die lesingsaal 'n knap student nie. Sy glo hy voel vanoggend net so tevrede soos sy.

Sy stap onder die stort uit, druk eers die halfklam handdoek wat hy voor haar gebruik het teen haar wang voordat sy haar begin afdroog. Die laaste bietjie twyfel het uit haar verdwyn. Günther Meissner is die man wat sy gesoek het. Günther Meissner gaan die man wees.

Sy tref hom op die stoep aan en hul oë ontmoet. Hy kyk egter dadelik weg en sy voel die afsydigheid in hom aan.

"Môre, Günther." Sy kom teenaan hom staan, haar hand gaan op om sy wang te streel, maar hy gryp haar pols vas voordat sy hom kan aanraak. Sy kake is weer geklem soos die vorige aand toe hy nog met sy gewete in stryd was.

"Inge, jy moet nou gaan." Sy bly roerloos staan en hy moet weer na haar kyk. "Asseblief."

Sy kyk hom geskok aan. "Is dit ál wat jy vanoggend vir my kan sê?" Sy sien sy adamsappel beweeg soos hy sluk. "Ons kan later praat, nie nou nie. Kom."

Hy stap na haar motor, maak die deur oop en met 'n laaste blik op sy strak gesig en ontwykende oë klim sy in en trek weg.

Die dae wat volg, is vir Inge moeilik en onverstaanbaar. Sy weier om te glo dat Günther die soort man is wat 'n meisie se maagdelikheid sal neem en dan sy rug op haar sal keer. Dit pas net nie in die prentjie wat sy van hom gevorm het nie.

Sy sit in die lesingsaal, haar oë bly op hom, maar hy kyk oral behalwe in haar rigting. Die manier waarop hy sy lesings aanbied, is stug, nie soos gewoonlik nie. Die enkele kere dat sy oë hare vang, is daar 'n merkbare verstrakking in sy blik. 'n Week gaan verby waarin sy tob en wonder en dink. Dan besluit sy: só maklik gaan sy hierdie man nie laat loskom nie. Oor vier maande moet sy terug Suid-Afrika toe. Daar is nie tyd of geleentheid om na 'n plaasvervanger te soek nie. Wat meer is, sy wil nie. Günther pas honderd persent in die prentjie wat sy vir die toekoms geskilder het. Sy sal eenvoudig haar trots in haar sak moet steek en met hom moet praat.

Sy sorg dat sy die laaste student is wat die lesingsaal verlaat en sy huiwer 'n oomblik langs hom, bied hom geleentheid om haar aan te spreek. Maar hy is skielik baie besig, kyk nie eens op nie. Dan stap sy aan en Günther Meissner blaas sy ingehoue asem uit. 'n Duitse swets val gedemp van sy lippe.

Sy stap daardie aand sy huis ongenooid binne. Haar tred is selfversekerd en haar oë uitdagend. Sy stap soos 'n vrou wat weet dat sy goed bewapen is vir die stryd wat voorlê.

Günther draai van die boekrak af om toe sy in die deur verskyn, en sy sien hoe sy liggaam verstyf.

"Günther, ek het jou net een vraag kom vra." Hy antwoord nie en sy stel dit pront: "Walg ek jou nou?"

Hy lyk eerlik geskok. "Inge, asseblief!"

Sy stap nader, haar oë stip. "Ek weet jy kry die soort man wat, nadat hy 'n vrou geneem het, 'n afkeer van haar kry."

"Dis nie . . ." protesteer hy vinnig.

"Is dit nie, Günther? Watter ander afleiding kan ek maak?"

"Inge, dis nie . . ." Hy swyg vinnig, sê dan skor: "Inge, moenie!"

"Ek wil die waarheid in jou oë sien. Dis ál wat my sal oortuig. Stoot ek jou nou af, Günther?"

Sy staan reg voor hom, haar bloese oopgeknoop, haar ferm, jong borste braloos ontbloot voor hom.

"In hemelsnaam!" Hy stap vinnig by haar verby en sy stem is bruusk: "Dit het niks te doen met . . . jou of afkeer van jou nie!" Hy swaai terug na haar en kyk weer na haar borste. "Inteendeel! Maar ek het jou 'n groot onreg aangedoen. Ek is tien jaar ouer as jy. Ek moet beter geweet het. Veral omdat jy 'n maagd is . . . was . . . Dit was onvergeeflik van my. Ek het nie net teen jou gesondig nie, maar ook teen jou ouers. Ek het hul pragtige, jong dogter gevat en gebreek."

"Jy vergeet ék het jou gevra om dit te doen . . . so te sê gesoebat," sê sy met groot verligting. Dan is dít sy rede! Vir haar is dit geen rede nie. Al wat haar sou oortuig dat sy van hom sal moet afsien, is as hy eerlik erken het dat hy 'n afkeer van haar gekry het. Daar is geen sin in om met haar planne voort te gaan as hy haar fisiek nie meer kan verdra nie, want die fisieke gaan 'n groot en baie belangrike rol in hul toekoms saam speel. Maar nou . . .

Sy glimlag effens, knoop haar bloese weer toe. Günther is werklik in sekere opsigte baie outyds! Maar dis nóg 'n pluspunt vir hom. Hy is nie 'n man wat 'n vrou sommer in die steek sal laat as hy eers verantwoordelikheid aanvaar het nie.

"Günther, jy kyk met verkeerde oë na my. Jy sien my as 'n onskuldige, onkundige, onervare tiener. Ek is amper vyf-en-twintig!"

"Maar jy was presies dit wat jy nou opgenoem het tot . . ."

"Ek was nie! Liewe land, dink jy ek het in 'n glaskas grootgeword? Dink jy ek loop met toe oë en ore deur die lewe? Ek weet van alles. Ek het baie gesien, dalk meer as jy. Goed. Ek het dit nie self ervaar nie, maar dit beteken nie dat daar iets met my skort nie. Of dat ek van plan was om my lewe soos 'n maagdelike engel te slyt nie. Ek is van vlees en bloed; soos elke ander vrou het ek ook al gesmag na bevrediging. Dieselfde natuur wat die Skepper in ander vroue geplant het, het Hy ook in my geplant. As dit nie jý was wat my maagdelikheid geneem het nie, sou dit iemand anders gewees het. Die een of ander tyd sou dit met my gebeur het. En op vyf-en-twintig sou ek sê dis ook hoog tyd."

Hy skud sy kop, gaan sit op die bank, vee met sy hand oor sy kop. "Dit is alles waar wat jy sê, Inge. Maar dit moes nie ék gewees het nie."

"Hoekom nie? Of . . . of is daar iemand anders?" vra sy onrustig.

"Nee! Ek het jou gesê daar was nog nie weer 'n vrou ná my vrou nie."

"Of is dit 'n geval dat jy haar nie kan vergeet nie? Nie iemand anders in haar plek kan stel nie?"

"Nee! Allesbehalwe."

"Wat bedoel jy?"

Hy sug. "Ek en sy was so oud soos jy toe ons getroud is. Vyf-en-twintig. Nie lank daarna nie moes ons uitvind dit werk nie uit nie. Dit was . . . hartstog wat ons by mekaar gebring het, nie 'n diepgaande gevoel wat vir 'n leeftyd moes duur nie. Toe het sy siek geword." Hy kyk op. "Ek is so bang dis wat met jou gaan gebeur. Een nag van hartstog baar nie 'n leeftyd van huweliksgeluk nie, Inge." Voordat sy iets kan sê, vervolg hy: "Daar's veel meer. Ek het afgelei jou lewe wentel om die Meissner-kliniek. Sodra jy hier klaar is, gaan jy terug. Daar is nie plek vir my in jou toekoms nie. Waarom dan met 'n ding voortgaan wat geen toekoms het nie?"

"Daar is plek vir jou, Günther. Die Meissner-kliniek het altyd plek vir 'n goeie dokter."

"Wat laat jou dink ek is 'n goeie dokter?"

"Die manier waarop jy jou lesings gee. Jou kennis. Jou hele houding. Jy hoort eintlik in die praktyk, nie in 'n lesingsaal nie."

"Ek het deur omstandighede lektor geword. Weens my vrou se siekte. As praktisyn was ek te veel uithuisig en toe sy siek word . . . sy het tuis gelê, geweier om na 'n terminale inrigting te gaan . . . Ek het maar later die lektorskap aanvaar." Hy knik. "Ja, ek moet erken. Ek mis die pasiënte, die praktiese sy van die beroep."

"Nou ja? Dis wat jy kan kry as jy saam met my teruggaan Suid-Afrika toe," glimlag sy breed, hoewel sy besef sy oorskry die perke.

Hy frons, kyk haar skerp aan. "Is jy ernstig?"

"Natuurlik is ek. Wil jy nie graag in die Meissner-kliniek gaan werk nie?"

"Maar, Inge . . ." Hy gee 'n kortaf laggie, staan op. "Jy praat asof ek sommer net daar kan instap! Wie sê daar is 'n vakature, en meer nog, wie sê ék is die man wat hulle nodig het ás hulle wel iemand nodig het? Jou ouers . . ."

Sy is glad nie so selfversekerd as wat sy klink nie, maar dit weet hy gelukkig nie. "In die Meissner-kliniek sal 'n dokter met die van Meissner altyd nodig wees." Sy sien sy frons verdiep en sy vervolg vinnig: "Ek het my ouers reeds van jou vertel."

Sy oë word waaksaam. "Wát het jy hulle vertel?"

Sy lag skalks na hom op. "Maak dit saak? Feit bly, hulle weet van jou en jy is baie welkom daar, in sowel private as professionele hoedanigheid."

"Inge . . ." Hy swaai sy hand afwerend. "Jy gaan nou te vinnig. Dit klink asof jy alles al gereël het! Dis my lewe wat jy . . ."

"Ek is nie besig om jou lewe te reël nie, Günther. Ek het my ouers net van jou vertel, gesê dat jy 'n aanwins vir die kliniek sal wees, en dit is my eerlike opinie. Al wat ek besig is om te doen, is om jou 'n doodgewone aanbod te maak: kom saam met my Suid-Afrika toe en kom sluit aan by die span in ons kliniek." Soos sy dit stel, klink dit regtig onskuldig. Maar sy het hom voorheen ook 'n aanbod gemaak en sedertdien het hy groot gewetenswroeging omdat hy dit aanvaar het. Hy is openlik agterdogtig.

"Is dit ál? 'n Blote saketransaksie?"

Sy skud haar kop, kom stadig nader, knoop haar bloese weer verleidelik oop. Haar hande gly teen sy lapelle op. "Nee," erken sy eerlik, kyk hom vas in die oë. "Ek het nóg 'n aanbod om te maak. Van persoonlike aard."

Hy wil terugstaan, maar haar hande strengel agter sy nek ineen. "Inge . . . Maak toe jou bloese!"

"Doen jý dit as dit jou so hinder." 'n Klein glimlaggie skuil

378

in haar mondhoeke. "Maar dit hinder jou nie werklik nie, nè, Günther?"

'n Kragtige Duitse uitdrukking ontval sy lippe en haar oë rek effens. Dan kan hy tóg moeilik raak . . .

"Ek gaan my nie weer laat verlei nie," waarsku hy streng.

"Hoekom nie?" vra sy, haar oë op sy mond. "Jy is 'n vry mens. Ek is 'n vry mens. En moet asseblief nie weer ons ouderdomsverskil ophaal nie, want dis nie geldig nie, en jy weet dit. Jy begeer my, Günther. Op hierdie oomblik begeer jy my . . . en ek vir jou. Hoekom nie?"

"Omdat begeerte alleen nie genoeg is nie! Begeerte het my in 'n gemorshuwelik laat beland, soos ek jou vertel het."

"Daar lê veel meer as begeerte tussen ons twee. Ons is op dieselfde golflengte. Ons stel in dieselfde dinge belang. Ons wil ons lewens aan die mediese wetenskap wy." Sy kyk ernstig in sy oë. "En om alles te kroon, vloei dieselfde bloed deur ons are . . . gelukkig nie só dik dat dit probleme kan gee nie. Ons móés mekaar leer ken, Günther. Dit was beskik dat professor Müller moes siek word en jy sy plek moes inneem. En nou die aand . . . wat gebeur het, moes gebeur . . . sou gebeur het . . . soos dit weer gaan gebeur . . . al weier jy my nou . . ."

"Jy weet nie van ophou nie, nè, Inge?" vra hy op 'n lae stemtoon, pen haar met sy blik vas en stry teen die magnetisme van die kurwes hier teen sy bors.

"Nee, ek kan ophou as ek weet dis 'n verlore stryd of dis sinloos. Maar ek sal volhou as ek oortuig is dat daar 'n toekoms vir ons is."

"'n Toekoms vir óns?"

"Ja, Günther. Ons twee se paaie loop saam die toekoms in. Daar lê 'n nag tussen ons waarop ons nie ons rug kan keer en elkeen sy eie koers kan inslaan nie." Haar oë is uitdagend. "Eerlik nou. Jy sal my nooit vergeet nie, Günther . . . al stap ek vandag uit jou lewe uit en sien jy my nooit weer nie. Jy sal my nie vergeet nie . . en ook nie wat tussen ons gebeur het nie. Hoekom my dan uit blote koppigheid wegstoot?"

Sy kan in sy oë lees dat sy gelyk het. Hy sal haar nie vergeet nie en nog minder die nag waarin hy haar maagdelikheid geneem het. Sy vra sag: "Waarteen baklei jy, Günther?"

Sy stywe lippe kry skaars die woorde uit terwyl sy liggaam soos 'n laaistok in haar greep bly. "Ek . . . weet nie . . . Ek voel net ek maak misbruik van jou . . ."

"Ek verseker jou jy misbruik my nie. Trou met my, Günther . . . asseblief?"

"Trou?" Sy oë gaan vertwyfeld oor die smekende gesig, so jonk en tog skielik ook so volwasse vrou. "Weet jy wat jy vra? Jy praat van 'n leeftyd."

"Ek weet. Ek bedoel 'n leeftyd."

"Inge, jy kan nie so seker wees dis wat jy wil hê nie! Ek weet jy was 'n maagd en dat jy nog nooit 'n ernstige verhouding gehad het nie. Hoe kan jy so seker wees dat ék die man is met wie jy die res van jou lewe wil deel?"

"Ek weet dit net. Ek weet ek wil met jou trou . . . en die moeder van jou kinders wees." Hul oë haak weer in mekaar en sy prewel: "Asseblief, Günther!"

Bloed en vlees kan net tot 'n sekere punt uithou, selfs al voel dit vir jou jou kop bars oop van die waarskuwings wat jou nugter verstand op jou afskiet . . . soos missiele wat in jou ontplof. Hoekom nie? het sy gevra. Wel . . . hoekom nie? Dit sal 'n verligting wees om hier weg te kom, weg van hierdie huis en sy bitter herinneringe, weg van alles . . . Om 'n lewe saam met 'n meisie soos Inge te begin. Hoekom nie?

Hy gee 'n sug en met 'n kreun gly sy hand onder haar bloese in. Sy word teen hom vasgedruk. Sy mond vang haar wagtende lippe met geweld vas in 'n soen wat haar duidelik vertel dat die toekoms hare en syne is . . . nes sy dit beplan het.

In die maande wat volg voordat sy haar finale eksamen aflê en na Suid-Afrika moet terugkeer, laat Inge niks in haar pad staan om die droom wat haar sedert haar kinderdae aanvuur, tot verwesenliking te laat kom nie. In die proses word die waarheid dikwels erg verkrag. Sy voel skuldig daaroor, maar troos haar gewete met die gedagte dat die doel die middele heilig. Niks mag nou meer verkeerd loop nie!

Dat Günther self ook besig is om sy gewete op allerhande maniere te omseil, weet sy nie. Hy was nog altyd 'n beginselvaste mens en 'n saamblyery het nog nooit sy goedkeuring weggedra nie. Gelukkig sit Inge se ouers in verre Suid-Afrika, en as gevolg van sy oorlede vrou se optrede het sy familie hom afgesterf. Die feit dat 'n student, tien jaar jonger as hy, by hom ingetrek het, het dus nog nie hul ore bereik nie. Maar dit bly aan hom krap, want dié soort ding het 'n manier om op die lappe te kom.

Hy was geskok toe Inge eendag net sê: "Dit maak nie sin dat ek elke nag hier slaap en soggens vroeg terugjaag na my woonstel toe nie. Ek gaan by jou kom intrek, Günther." Maar hy moes maar nugter aan homself erken: Wat is die verskil as sy hier intrek of net hier slaap? Die een is so verkeerd soos die ander. En so het Inge haar intrek geneem.

Sy het haar ouers laat weet dat sy getrek het en hulle ook laat weet dat sy 'n besondere vriendskap met dié dokter Meissner van wie sy hulle al vertel het, aangeknoop het. Hulle moes dikwels lofsange oor hom oor die telefoon aanhoor en teen dié tyd was hulle reeds bekommerd. Wat haar ma gevrees het, het gebeur. Inge het 'n man in Duitsland raakgeloop wat haar moontlik daar sou hou. Hulle het hul dogter verloor . . . en die Meissner-kliniek sy erfgenaam.

Dis 'n diep bekommerde ma wat haar dogter trompop takel toe hulle weer oor die telefoon gesels.

"Inge, hoekom dié skielike trekkery so kort voordat jy klaarmaak?"

Haar dogter besef dat 'n mens net tot op 'n punt met leuens kan vorder en dan moet die waarheid maar uit. Miskien is dit ook beter so. Hoe gouer haar ma-hulle weet wat die situasie is en hulle daarop voorberei om 'n skoonseun saam met hul dogter van oorsee af terug te verwelkom, hoe beter.

"Dis Günther se adres, Ma. Ek bly hier by hom."

Die stilte wat volg, laat geen twyfel by Inge hoe geskok haar ma is nie. "Jy . . . bly saam met 'n man?"

"Ma, asseblief, dit is 'n alledaagse verskynsel. Dis nie meer snaaks nie. Baie meer mense bly deesdae saam as wat hulle trou. Dis beter so. Maar ek en Günther gaan trou. Ma hoef Ma dus nie te bekommer nie."

Die een skok volg die ander op. Elke is byna spraakloos aan die ander kant. "Julle gaan tróú? Het dit al só ver gevorder?"

"Ja, Ma. Ons gaan trou."

"Dan . . . gaan jy in Duitsland bly?" Elke sluit haar oë. Dan het dit gebeur!

"Nee, Ma. Ek bring hom saam Suid-Afrika toe. Sê vir Pa hy moet solank vir hom 'n pos skep in die kliniek. Hy hoef nie bang te wees nie. Ek waarborg dat hy 'n uitstekende aanwins vir ons sal wees."

"Maar, Inge . . ."

"Mamma, sê groete vir Pa. En hou vir my duim vas vir die eksamen, hoor? Ek is lief vir julle en ek verlang my dood na julle. Tatta."

Elke is nog in 'n dwaal toe Horst by die huis kom. Hy sien sommer dadelik daar is fout. "Wat is dit? Het jy toe met Inge gepraat?"

"Ja." Sy gaan sit. Horst gaan ontplof!

Horst Buchner frons en die skielike onrus in hom laat sy stem streng klink: "Wel? Wat is dit? Is sy siek? Of . . .?"

"Nee. Sy is verlief," sê sy dan, min wetend hoe ver van die waarheid af dié stelling is. Maar as 'n meisie by 'n man intrek, moet sy tog verlief wees, dan nie?

"So het ons reeds begin vermoed. Wat verder?" Toe sy vrou nog aarsel, vra hy met 'n skerp blik: "Het sy verduidelik hoekom sy so op die nippertjie moes gaan staan en trek?"

"Ja." Dit moet uit, wat ook al gaan volg. "Sy het by Günther Meissner ingetrek – in sy huis."

'n Kort stilte. "Sy het . . . wát?"

"Horst . . ." Die moeder se oë pleit. "Ek weet dit is net so 'n groot skok vir jou as wat dit vir my was. Maar . . . ons kind is nie anders of beter as ander mense se kinders nie. Ander mense se kinders doen dit; hoekom nie ons s'n nie? Soos sy gesê het – en ons weet dit – dit is iets alledaags. Dis nie meer snaaks nie. Dit word algemeen aanvaar. Niemand knip meer 'n oog daaroor nie."

"Jy praat dit goed?"

Sy kyk pleitend op in sy geskokte oë, want sy is 'n ma en 'n ma sal haar kind tot die uiterste toe beskerm, al is dit 'n stout kind.

"Natuurlik nie! Maar aangesien hulle gaan trou . . ."

"O, hulle gaan trou? Goed dat sy ons darem in kennis stel. Iets om voor dankbaar te wees. Darem beter as dat sy ons op 'n dag laat weet sy is getroud."

Sy sarkasme maak nie seer nie. Sy weet hoe haar man op hierdie oomblik in sy binneste voel. Sy voel dieselfde. Hy moet van sy woede en teleurstelling ontslae raak.

"Ja." Sy aarsel. Sy sal álles moet vertel. "Maar jy is verniet bang sy gaan nou in Duitsland bly. Sy sê sy kom terug en . . . sy bring hom saam."

"Om wat hier te kom maak?"

"Sy . . . sê . . . sy het gehoop . . ." stel sy dit meer taktvol, "dat jy hom in die kliniek sal inneem. Volgens haar sal hy 'n aanwins vir die kliniek wees."

Die vermetelheid van die jeug laat 'n ouer dikwels woorde kwytraak wat hy normaalweg nooit gebruik nie.

"Horst!" Sy vrou kyk hom geskok aan.

Hy skud sy kop. "Jammer, Elke, maar . . . wie de duiwel dink sy is sy? Klaar hoof van die kliniek? Sy stuur net bevele van oorsee . . sy bring 'n man saam en hy moet in die kliniek aangestel word!"

Elke se ooglede val. Ja, kinders se optrede is soms só voorbarig en domastrant dat 'n mens sou sweer dis hulle wat hul ouers gebring het tot waar hulle vandag is, en nie omgekeerd nie. Sy prewel amper die woorde: "Sy het gewonder of jy nie vir hom maar 'n pos kan skep nie."

Horst keer net betyds 'n tweede kragwoord. "Ons het geen vakature nie! Jy weet dit! En daar is geen behoefte aan 'n spesiale pos nie, in watter rigting ook al."

Weer pleit die oë. "Sy glo regtig hy is bekwaam."

"In daardie geval . . . die land is vol hospitale en klinieke en siek mense. Laat hy vir homself werk kry."

Vrees dat sy haar kind vir altyd gaan verloor, laat Elke uitroep: "Jy verstaan nie, Horst! In daardie geval kan hy besluit om in Duitsland te bly. Inge sal nie terugkom nie. Ons gaan ons enigste kind verloor! Sy gaan 'n vreemdeling vir ons word! En wat van die kliniek? Moet dit dan eendag in vreemde hande val?"

Hy besef die nugterheid van haar redenasie, maar hy gaan hom nie laat afdreig nie. "Met ander woorde, my vrou, hulle hou 'n pistool teen ons koppe: Doen wat ons vra of . . ." Hy kyk na sy vrou, weet hy kan haar dit nie aandoen nie, maar . . . "Elke, ek gaan my nie van 'n snuiter wat nog nie eens dokter voor haar naam kan skryf nie, en 'n wildvreemde man, laat intimideer en afpers nie!"

Maar sy veg terug. "Jy moet darem 'n bietjie krediet gee vir Inge se oordeel, Horst. Sy is nie onnosel nie. Sy sal goed weet met watter soort man sy by die huis aankom. En dan . . . Hy is 'n Meissner. Dit sê miskien ook iets."

Haar man snork. " 'n Van beteken niks nie, Elke. Dis die man wat tel. Daar loop nie net goeie en briljante Meissners op aarde rond nie. Daar sal die swartskape ook wees. En hierdie Meissner vertrou ek nie. 'n Man van vyf-en-dertig wat 'n student verlei om by hom in te trek terwyl sy reg grootgemaak is en wéét dit is nie goed te praat nie . . . 'n Man wat bereid is om agter 'n kind tien jaar jonger as hy aan te hardloop na 'n vreemde land en daar op haar en haar ouers se nekke te kom lê . . ."

"Jy oordryf, Horst! Hy wil hier kom werk . . ."

"Hoekom het hy nie 'n praktyk nie? As hy so briljant is as wat Inge wil voorgee, behoort hy al in 'n gevestigde praktyk te gestaan het en nie tyd te gehad het om ander mense se dogters te verlei nie!" Dit word stil nadat sy bulderende stem weggesterf het en dan skud hy sy kop. "Jammer, my vrou. Ek baklei nie met jou nie. Dis . . . ek kan net nie glo wat ek gehoor het nie! Inge . . . sy het so opgegaan in haar drome oor die kliniek, was so verslaaf aan haar studie dat sy nog nooit eens 'n vaste vriend gehad het nie. En nou . . . nou bly sy sommer saam met 'n man en . . . stel eise aan haar ouers wat ek byna nie kan glo kom van haar af nie."

"Sy het dit nie geëis nie, Horst. Sy het gevra."

"Gevra, ja. Maar met 'n swaard in die hand." Hy sug, vee oor sy oë. "Ons laat dit eers daar. Oor hierdie saak sal eers goed gedink moet word."

En gebid word, voeg sy stilswyend by toe haar blik hom die vertrek uit volg. Want Elke, soos so baie ouers, bevind haar skielik in die bekende magtelose situasie, dié oomblik dat jy as ouer kragteloos staan – en al wat dan oorbly, is om te bid.

Soos dit ook maar meesal gebeur wanneer daar wrywing in 'n gesin ontstaan, is dit die moeder wat as buffer tussen haar man en 'n dwars kind moet dien om te keer dat daar nie 'n hele breukspul ontstaan nie. Dis sy wat haar bes doen om haar man te kalmeer en van oorhaastige optrede te weerhou – en aan die ander kant moet sy met 'n koppige, klaarblyklik dolverliefde dogter probeer redeneer.

Sy draai ook nie doekies om toe sy Inge weer bel nie. "Jy moet begryp, Inge, dat ek en jou pa baie ontstel en ongelukkig voel. Dit is nie ons manier van lewe nie, my kind, en ons het jou dit ook so probeer leer, maak nie saak wat vir die wêreld aanvaarbaar is of nie."

'n Diepe skuldgevoel vat Inge 'n oomblik lank vas. Ja. Sy weet haar ouers moet diep geskok in haar wees, en sy kan haar voorstel wat veral haar pa kwytgeraak het. Maar wat hulle nie weet nie, is dat sy dit ook vir hulle doen. Dat hierdie geval nie 'n gewone saamblyery is nie. Dat sy, ten spyte van die hoë morele kode waarvolgens sy grootgeword het, hierdie ding móés doen. Al wat sy dus kan sê, is: "Ja, Ma, ek weet en ek is jammer. Maar dit is nou so."

Dit is nou so. Elke Buchner sluit haar oë. Sy en Horst sal dit so moet aanvaar. Maar Inge sal ook van haar kant moet aanvaar dat daar 'n toe deur van dit-is-nou-so voor háár staan. "Maar dit is nou ook so dat ons Günther nie in die kliniek kan neem nie, Inge. Daar is net nie nou 'n pos oop nie. Jy is binnekort terug en jy moet ook 'n pos kry. En al sou daar skielik 'n opening ontstaan, is die vraag of Günther dit sal kan vul. Jy weet ek en jou pa probeer om in elke rigting 'n gespesialiseerde man te hê. Jou Günther mag bekwaam wees, maar het hy gespesialiseer?"

"Nee, Ma. Hy was 'n algemene praktisyn voordat hy die lektorskap aanvaar het."

"In daardie geval, my kind, stel ek voor dat hy hom eers in 'n spesifieke rigting bekwaam en dan kan ons weer praat."

"Nee, Ma. Daar is nie tyd nie. Günther kan in Suid-Afrika kom spesialiseer as dit dan so 'n vereiste is, maar hy kom saam met my terug."

Elke voel haar hart ruk. "Wat . . . wat bedoel jy . . . daar is nie tyd nie? Inge . . .?"

"Ma, moet asseblief nie nou op hol gaan oor niks nie. Nee. Al wat ek daarmee bedoel, is dat ek oor twee maande huis toe kom en ek kom nie sonder Günther nie. As hy dan nie welkom is nie, bly ek hier by hom, maar dis een feit wat julle asseblief moet aanvaar: Günther is deel van my toekoms."

3

Die ultimatum is gestel, en hoewel haar pa se eerste reaksie is dat sy dan daar by haar Günther bly en haar eie potjie krap, weet hy baie goed dat hy ter wille van Elke maar sal moet swig. Hy kan dit nie aan haar doen om haar enigste kind van haar te laat vervreem nie. Die uiteinde is dat hy met die grootste teësinnigheid 'n pos vir die aanstaande skoonseun skep.

"Die man moet stokonnosel wees as hy nie agterkom dat hy eintlik totaal oorbodig is nie," laat hy pront teenoor sy vrou hoor.

Elke is bekommerd. As daar enigsins iets in hierdie Günther steek, sal hy nie tevrede wees om as 'n soort stuurjonge vir die kliniek se spesialiste te dien nie. Maar sy klou vas aan hoop: "As hy eers hier is, sal 'n mens beter kan oordeel. Miskien is daar 'n rigting waarin hy belangstel en dan kan 'n mens hom aanmoedig om eers te gaan spesialiseer."

In Duitsland is Inge besig om haar planne stap vir stap uit te voer. Toe sy haar ma se versekering het dat sy Günther maar kan saambring en dat daar vir hom 'n pos in die Meissner-kliniek geskep sal word, is haar volgende stap voor die hand liggend . . .

Twee dae voordat sy haar laaste vak afskryf, is dit haar verjaardag. Toe sy met die voorstel kom dat dit ewe goed haar troudag ook kan wees, is Günther beslis daarteen gekant.

"Jou ouers sal bitter ontevrede wees, Inge. Jy is hul enigste kind. Hulle sal wil hê dat jy by hulle uit die huis moet trou. Ek het hulle nog nie eens ontmoet nie."

"Günther, wanneer ons in Suid-Afrika aanland, begin ons albei onmiddellik in die kliniek werk. Daar is nie dan tyd vir trou en wittebrood hou nie. Ons het nóú die tyd daarvoor. Ek het gedink ons trou op my verjaardag en sodra die universiteit sluit en jy vry is, gaan ons vir 'n week Switserland toe en kom dan terug en pak. Ons moet in elk geval tot die vyftiende van volgende maand vir ons vlug wag."

Hy kyk haar ontevrede aan. "Jy het alles klaar uitgewerk?"

"Ja. Of wat het jy gedink doen ons met die tyd wat ons moet wag vir ons vlug?"

Günther frons. Hy het al agtergekom dat Inge Buchner 'n dametjie met baie planne is. En hy het al die gevoel gekry dat dinge glad te vinnig gebeur. Die een oomblik was sy net nog 'n student in die lesingsaal, die volgende nag slaap sy by hom, 'n paar dae later trek sy by hom in en toe hy hom weer kom kry, is hy besig om planne te maak om saam met haar Suid-Afrika toe te gaan – hy, wat nog nooit gedroom het om uit sy eie land pad te gee nie. En nou, skielik, gaan hulle trou . . . Inge het beslis 'n manier om dinge te laat gebeur.

Haar blik is skerp. "Of wil jy nie trou nie, Günther? Ek moet eerlik met jou wees. In Suid-Afrika sal my ouers nie daarvoor te vinde wees dat ons saambly sonder 'n trouring nie. Ek sal dit nou maar erken: hulle was geskok toe hulle hoor ons bly saam."

"Jy het my dit nie vertel nie."

"Nee. Wat help dit nou om 'n bohaai op te skop?"

"Jou ouers het dus nie 'n wonderlike opinie van my nie. Is jy seker ek is welkom daar anderkant?"

"Maar natuurlik!" lag sy. "Dink jy ek sal jou hierdie hele ent saam met my neem as die moontlikheid bestaan dat jy daar uitgeskop kan word?"

"Ek hoop nie so nie."

Sy sug vererg. "Günther, probeer jy nie nou maar net wegskram van 'n huwelik nie? Het dit nooit by jou opgekom dat die verhouding tussen ons tot 'n huwelik sou vorder nie?" vra sy op die man af.

Günther roer ongemaklik. Om die waarheid te sê, hy het nie so ver gedink nie. Hy verstaan homself die afgelope tyd nie meer nie. Dis of hy sedert Inge op die toneel verskyn het, half beheer oor homself en sy lewe verloor het. Hy het toegelaat dat dinge sommer net gebeur, asof 'n stroom hom meesleur en hy nie juis daarteen spartel nie. Dis of hierdie pragtige meisie uit Suid-Afrika 'n soort bedwelmende houvas op hom het. Die dinge wat tussen hulle gebeur het, sou hy nie normaalweg toegelaat het nie. Maar toe hy hom kom kry, het dit reeds gebeur. Ná sy ervaring met sy eerste huwelik was 'n tweede huwelik geensins in sy gedagtes nie. Maar nou . . . Natuurlik moet hy met Inge trou. Dit is die onvermydelike gevolg van die soort verhouding wat hulle die afgelope maande gehad het. Buitendien, hy gaan saam met haar terug na haar land. Natuurlik kan en sal hy nie daar met 'n losse verhouding voortgaan ten aanskoue van haar ouers nie. Natuurlik moet hy met haar trou . . . die een of ander tyd . . .

"Moenie twak praat nie, Inge. Ek dink maar net daaraan . . . Droom jy nie ook van 'n groot troue met 'n wit rok en baie blomme nie?"

Sy lag. "Moenie laf wees nie! Ek het 'n gly in vertoon. Dis net geldmors. Vir my is 'n huwelik 'n baie private aangeleentheid. Dit gaan eintlik niemand anders aan as die bruid en bruidegom self nie. Ek erken ek sou my ouers graag teenwoordig wou hê, maar die omstandighede laat dit nie toe nie. Ons kan, wanneer ons eers in Suid-Afrika is, een aand deftig gaan uiteet en dit vier. Nee, ek sal liewer die geld wat ek op 'n grootdoenerige troue sou vermors, vir 'n week in Switserland gebruik."

Hy kan nie anders nie, hy moet erken: Hy gaan 'n vrou kry wat baie nugter oor finansies kan dink. Hy behoort baie dankbaar te wees. Maar Inge is 'n nugter, beredeneerde mens. Dit weet hy reeds. Hoekom daar 'n vae onsekerheid in hom is oor 'n troue, weet hy nie. Hy het geen rede om aan te neem dat sy tweede huwelik in dieselfde chaos sal ontaard as sy eerste nie. Inge is 'n heel ander soort mens – koelkop waar sy koelkop moet wees, maar ook 'n warm, polsende vrou. Hy kan eerlik nie sien wat kan verkeerd loop met 'n huwelik nie.

"Goed, Inge," gee hy kop soos hy telkens die afgelope maande toegegee het. "Maar op een voorwaarde. Jy vertel jou ouers vooraf ons gaan trou, en as hulle enigsins kapsie maak, wag ons met die troue tot ons daar is."

Sy knik, glimlag. Natuurlik gaan daar kapsie gemaak word . . . maar hy hoef dit nie te weet nie.

Maar, my kind, hoekom so haastig? Hoekom nie ten minste wag tot julle hier is nie? Dan kan ons 'n ordentlike ding reël . . . Inge glimlag. Natuurlik wil elke ma graag vir haar dogter 'n "ordentlike" troue gee! Haar ma is nie anders as ander ma's nie.

Toe sy haar ma bel, begin sy subtiel met haar oorreding. "Mamma, ek en Günther wil albei onmiddellik begin werk sodra ons in Suid-Afrika aankom. Ek kan nie wag om by die Meissner-kliniek in te stap nie. Dis waarvoor ek al die jare hard gestudeer het. Ek wil graag sommer hier trou, op my verjaardag, en liewer die geld wat ons op 'n duur troue sou mors, gebruik vir 'n week se wittebrood in Switserland, want ons het nou die tyd daarvoor. En terwyl ek hier is, is dit 'n gulde geleentheid om in Switserland te kom. Ek was nog nie daar nie en wil die land bitter graag sien."

Die moeder moet maar weer aan die vader rapporteer en maar weer vir die dogter skerm toe die onweerswolke op sy gesig verskyn.

"Horst, ek was ook aanvanklik ontsteld, maar Inge se redenasie is baie nugter en aanvaarbaar."

Maar hy is nie getroos nie. "Jy gee dus nie om dat jou enigste kind in die vreemde sonder jou trou nie?" Hy sien sy vrou se ooglede fladder en hy weet nie of hy lus voel om te huil of om sy dogter aan die nek te gryp en haar 'n paar keer goed te wurg nie. Kinders dink nie altyd oor wat hulle aan hul ouers doen nie. "Jy kan oorvlieg vir die troue. Ek sal die fort hier hou."

Haar oë lig vinnig op na syne. "O nee! Nee, ek wil nie gaan nie, nie sonder jou nie."

"Ons kan nie albei op so 'n kort kennisgewing hier padgee nie, my vrou."

"Ek weet, maar dan bly ek ook. Ek sal eintlik oorbodig wees, Horst. Ek sal skaars betyds wees vir die seremonie en net daarna gaan hulle op hul wittebrood en ek sit stoksielalleen in 'n vreemde land. Nee, ek bly hier."

Hy aarsel: "Ek het weer gedink dit sal jou geleentheid gee om . . . om dinge bietjie deur te kyk." Die groot twyfel in sy hart lê in sy woorde.

Sy skud haar kop, dieselfde vretende twyfel in haar eie hart. "Nee, Horst. Wat sal dit help om dinge in hierdie laat stadium te gaan deurkyk? Die koeël is deur die kerk, en niks wat ek of jy nog kan doen, kan dit keer nie. Ons sal maar moet wag en sien . . . wat hier aankom." Sy dwing haarself om die vrese op die agtergrond te druk en vervolg: "En terwyl haar troue ons niks gaan kos nie, het ek gedink jy kan maar vir haar iets stuur vir die wittebrood in Switserland."

Hy kap ontevrede terug: "Die bruidegom is veronderstel om vir die wittebrood te betaal, nie die arme skoonpa nie."

Elke glimlag moedeloos, gee dan 'n dapper laggie. "Ja, my man, maar net so 'n donasietjie. Sy is ons enigste."

"Goed, goed, my vrou. Maar daardie Günther Meissner beter alles wees wat Inge ons wil wysmaak . . ."

"Ag, my man, ek is net dankbaar dat dit nou tot 'n troue kom."

Horst sug. "Ja, ons is seker veronderstel om dankbaar te wees dat hy bereid is om met haar te trou. Hy kon haar net sowel soos 'n warm patat gelos het. Dit gebeur maar selde dat 'n man met die vrou trou met wie hy saambly. Maar al trou saamblyers ook, die huwelik is maar ewe selde 'n sukses."

"Horst, asseblief, moenie so negatief wees nie!" Sy sluk swaar, die trane vlak in haar oë. "Inge was nog nooit 'n slegte meisie nie."

"Nee. Sy was nie. Maar kan dit vandag nog van haar gesê

word? Maar kom ons laat dit nou daar. Ander ouers moes al hierdie dinge leer aanvaar en verwerk. Ons sal ook maar moet. Ons het geen keuse nie."

Natuurlik oortuig Inge Günther dat haar ouers tevrede is met hul trouplanne en die wittebrood in Switserland. Haar sterkste bewys is die donasie, soos haar ma dit genoem het, tot die wittebrood . . . 'n aansienlike donasie. Dit het Günther se vrese besweer dat sy aanstaande skoonfamilie dalk nie gelukkig voel oor die stand van sake nie. 'n Mens stuur darem nie vir jou dogter en aanstaande skoonseun geld vir hul wittebrood as jy nie saamstem met wat hulle doen nie. Salig onbewus van die werklike stand van sake vertrek hy en Inge na Switserland ná 'n kort en baie onpersoonlike huwelikseremonie. Dit was bloot 'n kontrak tussen twee mense en van die tradisionele romanse en opwinding was daar geen teken nie. As dit aan Inge gekrap het en sy vlugtig 'n beeld van 'n bruid in wasige wit voor haar oë sien verbysweef het, het sy niks laat blyk nie. Die belangrikste was daar – Günther Meissner se trouring aan haar vinger.

Daardie aand sit hulle voor hul berghut by een van die bekende ski-oorde in die Alpe en kyk hoe die maanlig op die riviere en sneeubedekte berge blink. Van ekstatiese romanse is daar geen sprake nie. Hulle sit soos twee vriende rustig en gesels, elkeen op sy eie stoel. En hulle bespreek 'n baie ongewone onderwerp vir 'n wittebroodspaartjie: die bruidegom se eerste huwelik.

Nie een van die twee weet eintlik hoe hulle op hierdie onderwerp gekom het nie, maar skielik is hy besig om haar van sy eerste vrou te vertel.

"Ons was jong studente en ons het dolverlief geraak," erken hy eerlik en sy sit en kyk hom onbetrokke aan. Daar is geen sweem van jaloesie by haar nie.

"Wat het dan skeefgeloop?" vra sy simpatiek.

"Sy was ontsettend besitlik en jaloers. Sy het my gedurig verdink as ek laat by die huis kom of as ek saans uitgeroep word. En toe sy begin siek word het, het dit tien maal erger geword. Toe het sy my beskuldig dat ek my sterwende vrou verwaarloos. Om die vrede te bewaar – of so het ek gedink – het ek my praktyk verkoop en die lektorskap aanvaar. Maar dit het weinig beter gegaan. Sy het my dag en nag beskuldig dat ek flirtasies met my studente aanknoop. Sy wou my met niemand deel nie, en selfs my familie het van my weggedryf." Hy kyk oor die pragtige maanlignag en sê meer tot homself: "Ek kan nie glo ek is vanaand weer 'n getroude man nie. Ek het destyds gesweer nooit weer nie. Ek wil nooit weer in my lewe so iets belewe nie." Dan draai hy sy kop, kyk haar reguit aan. "Ek wonder soms hoekom het jy my uitgekies, Inge. Ek is soveel ouer as jy, 'n man met 'n mislukte huwelik agter die rug . . . jy het so 'n wye en beter keuse onder die studente van jou eie ouderdom gehad. Hoekom het jy my uitgekies?" Terwyl hy die vraag stel, besef hy dat dit 'n bietjie laat gevra word. Hulle is reeds getroud. Die hoekoms en waaroms moes hy eerder gevra het. Tog wil hy skielik baie graag weet, want ten spyte van hul intieme verhouding, kan hy nie die gevoel van hom afgeskud kry dat Inge nog nie regtig ontwaak het nie. Daar is nog altyd iets ontwykends in haar, so asof 'n deel van haar nog steeds slaap.

Sy laaste vraag is in die kol, want dit is wat gebeur het: sy het hom doelbewus uitgekies . . . Haar laggie klink effens senuweeagtig op. "Wat 'n vraag om vir jou bruid op jul eerste huweliksaand te vra! Ek kan dieselfde aan jou vra. Hoekom het jý met mý getrou?"

Hy dink 'n rukkie na, frons liggies. Omdat hy vir 'n tweede keer in sy lewe dolverlief geraak het? Nee, dit sal nie die waarheid wees nie. Hy is nie dolverlief op hierdie meisie wat hy vandag sy vrou gemaak het nie, nie soos destyds nie. Maar dan, hy sal nooit weer só verlief kan raak nie. Verstand het intussen bygekom, en die harde lesse wat ervaring hom geleer het. Sy bekoor hom, ja. Maar . . .

"Jy aarsel darem lank, Günther," spot sy liggies, maar

393

haar oë hou hom stip in die maanlig dop en vir die eerste keer begin sy wonder of sy alleen al die beplanning gedoen het. Miskien het Günther op sy beurt ook planne gemaak en tot uitvoer gebring. Sy het hom van die begin af breedvoerig ingelig oor haar verbintenis met Albert Meissner en dat sy die enigste erfgenaam van die Meissner-kliniek is. 'n Goeie vangs vir elke dokter wat verder dink as wat sy neus lank is. En aangesien hy reeds 'n huwelik agter die rug het wat hom geen illusies gelaat het oor dié verbintenis nie . . . Het Günther Meissner met haar getrou omdat hy dit so beplan het vir 'n veilige, seker toekoms saam met die erfgenaam van die Meissner-kliniek? Haar frons verdiep, en sy probeer regverdig wees. As dit so is, wat daarvan? Gesonde verstand waarsku haar. Jy het jóú redes gehad hoekom jy met hom getrou het; laat hom toe om syne te hê en moenie te diep probeer delf nie!

Hy sprei nou sy hande oop en gee 'n laggie wat veronderstel is om geamuseerd en tergend te klink, tog is daar 'n ondertoon van ongemak in. "Dit het net gebeur! Toe ek my kom kry, is ek met jou getroud!"

Sy lag ook, maar dit klink nie so spontaan as wat sy dit wou gehad het nie. "Presies, Günther. Dit het net gebeur . . . met ons albei gebeur." Sy sit terug in haar stoel. Hulle het hulle skielik op baie dun ys bevind; die dunste sedert hul verhouding begin het. Sy voeg vinnig by: "Jy hamer gedurig op ons ouderdomsverskil. Jy moet onthou ek is my ouers se enigste kind, oorlewende kind, altans. Ek het tussen grootmense grootgeword. Ek het eintlik in die kliniek se gange en sale grootgeword. Daarom dat ek nie veel smaak vir die studente se grappies en poetse kon ontwikkel nie. Ek het liewer my aandag en tyd aan my studie gewy. Dit is vir my glad nie vreemd dat ek 'n ouer man as lewensmaat sou kies nie." Sy lag gemakliker. "As 'n mens dan 'n man in die fleur van sy lewe op vyf-en-dertig 'n ouer man mag noem!"

Toe hy later uit die badkamer kom, stap hy weer stoep toe,

waar sy, reeds gereed vir haar eerste huweliksnag, hom staan en inwag. Sy is 'n idilliese prentjie van maagdelike skoonheid afgeëts teen die maanverligte gletser agter hulle. Maar sy is nie meer 'n maagdelike skoonheid nie. Sy is nou 'n vrou . . . sý vrou. Vir die eerste keer voel hy iets meer as hartstog in hom roer. Die hele tyd wat hulle saam was, het hy hom gedurig vermaan dat dit net tydelik is. Op 'n dag, wanneer haar studie klaar is, sal sy terugkeer na haar land en sal sy uit sy lewe verdwyn. Toe kom haar skielike voorstel dat hulle moet trou. Hy het nooit aan trou gedink nie. Nooit eens gedink sý dink daaraan nie. Alles het toe so vinnig gebeur dat hy reeds weer 'n getroude man was voordat hy dit heeltemal reg kon besef. Vroeër vanaand het hy eerlik aan homself erken dat hy nie alte verlief op Inge is nie, nie soos destyds nie. Maar meteens verstaan hy hoekom. Tien jaar ouer en met 'n onaangename huwelikservaring agter die rug, sal hy kwalik weer so ongebonde en byna verstandeloos verlief kan raak soos toe hy 'n sorgvrye mediese student was. Buitendien het hy homself doelbewus daarvan weerhou om te emosioneel by haar betrokke te raak, menende dat sy nie deel van sy toekoms is nie. Maar met sy oë nou op die lieflike vroulike kurwes, dring dit eers werklik tot hom deur dat hy nie meer nodig het om hom terug te hou van haar nie; dat hy alles in hom kan oopmaak om haar binne te laat, want sy is sy vrou; ís sy toekoms.

Hy stap vinnig nader, kom staan styf teen haar en sy draai om sodat hy die rondings teen sy kaal bors voel beweeg.

"Inge . . ."

Haar arms gly op, om sy nek en, soos daardie eerste keer, voel sy hoe hy haar optel en kamer toe dra. Hoewel hulle al baie nagte saam gedeel het, word hul eerste huweliksnag tog iets unieks, iets besonders, anders as al die ander nagte saam. Ook Inge voel dit aan. Daar is meer as net hartstog in sy aanraking. Hy is in hierdie nag veel meer eisend, maar hy gee van sy kant af ook veel meer as voorheen. Toe hy eindelik uitgeput langs haar aan die slaap raak, glimlag Inge tevrede. Niks kan nou meer skeefloop nie.

Dit word 'n wonderlike week saam, 'n week wat in 'n werklike wittebrood verander. Met Inge se eindeksamens op hande was daar nie tyd om dinge saam te doen en te geniet nie. Nou het hulle 'n hele week om elke minuut in mekaar se geselskap deur te bring en mekaar eers werklik te leer ken. Hulle word twee kinders wat allerhande nuwighede saam ontdek. Een daarvan is om te leer ski. Gewoonlik eindig dit waar hulle in 'n bondel in die sneeu beland en magteloos vir mekaar lê en lag. Daar het skielik 'n sprankel in hul verhouding gekom wat nie voorheen daar was nie en vir die res van die wêreld lyk hulle maar soos een van die talle wittebroodspaartjies wat hierdie ski-oord besoek.

Maar op 'n dag is die week verby, moet hulle terugkeer na Hamburg om te begin pak.

Die dag breek aan dat hulle die vliegtuig bestyg en die oomblik breek aan dat die vliegtuig se wiele Suid-Afrikaanse bodem raak. Ná twee lange jare het Inge weer tuisgekom.

Sy storm op haar ouers af nadat die formaliteite afgehandel is. "Mamma! Pa! Ek het nie geweet julle sou ons op die lughawe inwag nie!" roep sy verras uit.

"Jou pa moes na 'n mediese kongres kom en ek het net besluit hierdie keer kom ek saam. O, Inge, my kind, dis wonderlik om jou weer te sien!"

Moeder en dogter omhels mekaar innig en Elke sluit haar oë 'n oomblik in 'n dankgebed. Inge is terug. Dis die belangrikste. Die twee mans se oë ontmoet. Albei pare oë bestudeer, soek, som op.

Günther steek sy hand uit. "Dokter Buchner, aangename kennis."

"Günther. Welkom."

Dan is dit die moeder se beurt en hy lees die kommer in haar oë, verstaan dit. Hy glimlag gerusstellend vir die kort gestaltetjie en sy reik twee hande na hom uit, trek sy gesig af na hare en soen hom spontaan. "Welkom, my seun."

Hulle bly in Pretoria oor omdat Horst se kongres eers daardie aand afsluit. Elke bring Inge op die hoogte van gebeure in die kliniek.

"Tannie Julene se Annari is nou al anderhalfjaar by ons en ons is baie tevrede met haar. Sy het toe mos gaan spesialiseer in pediatrie, waaroor ek baie bly is. Nou is ek meer los."

"Ons het haar altyd Annatjie genoem, nie waar nie?"

"Ja, maar sy is nou dokter Annari. 'n Pragtige meisie met haar pa se donker Turkse skoonheid."

Inge verduidelik aan Günther: "Tannie Julene en my ma is niggies. Sy is ook 'n mediese dokter. Sy is met 'n Turk getroud en hulle bly in Tzaneen se wêreld waar hy 'n groot teeboer is. Annatjie, ofte wel Annari, is dus my kleinniggie. Sy en my broer wat oorlede is, was ewe oud. Sy moet dus nou . . . e . . . dertig, een-en-dertig wees, nè Ma?"

"Ja."

"En waar is Omar, haar broer, nou? Hy moet nou so agt-en-twintig wees."

"Ja. Hy is terug Turkye toe. Oom Kadri het mos daar ook groot teeplantasies en Omar behartig dit nou."

Daardie aand, in die privaatheid van hul slaapkamer, wil Horst weet: "Jy het nou meer tyd gehad om hom deur te kyk. Wat is jou slotsom?"

"Dat ons dogter baie swakker kon gevaar het. Hy het nie veel te sê gehad nie, want ek en Inge het die hele aand oor familie en die kliniek gebabbel. Maar hy maak 'n goeie indruk op my, Horst. Moenie dat ons bevooroordeeld wees nie. Laat ons hom 'n kans gee om homself te bewys."

Hy is duidelik skepties, maar sê gerusstellend: " 'n Kans sal hy kry. Alles hang van homself af. Ek is net dankbaar Inge is terug. Maar sy het verander."

"Dit moes ons te wagte gewees het, my man. Sy is as 'n student hier weg en het teruggekom as 'n gekwalifiseerde dokter en op die koop toe as 'n getroude vrou. Sy sou verander het."

In die dae en weke wat volg, word die verandering in hul dogter al meer vir die ouers merkbaar. Veral die moeder is effens verward. Dis vir haar asof daar 'n spanning in Inge aanwesig is. Dan is daar nog iets wat die moeder hinder, en hoe meer sy haar en Günther by mekaar sien, hoe meer word sy oortuig dat daar iets aan dié verhouding skort.

Sy waag dit om dit eendag teenoor haar man te noem. "Ek kan nie juis my vinger daarop lê nie, maar Inge tree nie soos 'n verliefde, pasgetroude vrou op nie."

"Inge is nie iemand wat haar gevoelens op haar mou dra nie," wys haar man uit.

"Nietemin. As 'n mens verlief is, is jy verlief en jy kan dit nie wegsteek nie. Maar dit lyk asof sy net die kliniek in haar kop het en Günther bysaak is."

"Kom nou, Elke!" Sy oë spot liggies. "Almal raak nie so dolverlief soos jy nie. Toe jy op my verlief geraak het, het die hele kliniek die eerste dag al geweet jy is daarop uit om Horst Buchner aan te keer."

Maar sy lag hom uit. "Hoekom kon die hele wêreld nie weet ek is verlief nie? Jy het buitendien geweet ek sal jou tog teen die end vastrek."

Hulle lag saam by die mooi herinnering. "Hoe kon 'n waardige, gerespekteerde dokter nou toelaat dat 'n kind met twee boksterte hom verlei? Dit was benede my!"

Haar gesig versober weer. "Hoe vind jy Günther? Hy is baie behulpsaam, vul in en help net waar hy kan, maar . . . hy is 'n los donkie en hy moes dit al agtergekom het."

"Ja, maar hy het nog niks laat val nie. Soos jy sê, hy doen sy bes. Die man moet gaan spesialiseer, maar ek wil dit nie vir hom noem nie. Dan lyk dit of ek hom hier wil uithê. Dis 'n moeilike situasie."

Dis nie net die twee hoofde van die kliniek wat dit 'n moeilike situasie vind nie. Günther self vind binne die eerste paar weke uit dat hy nie werklik in die kliniek nodig is nie. Dis 'n gespesialiseerde kliniek en elke afdeling het sy spesialis aan die hoof, party selfs meer as een, soos in die pediatrie-afdeling waar sy skoonma die senior spesialis is met Annari as junior onder haar. Die gedagte is dat sy eendag by Elke Buchner sal oorneem.

Maar waar hý hoort, het hy geen benul nie. Hy is hier, daar en oral, word na enige afdeling toe ontbied wanneer daar 'n ekstra hand nodig is. Hy is eintlik niks meer as 'n stuurjonge en handlanger vir die spesialiste nie. Selfs Inge, wat maar pas gekwalifiseer het, weet presies wat haar pligte is. Günther kan nie verkwalik word dat hy 'n baie gefrustreerde man word nie.

Want ook in die huwelik begin dinge krap. Die wonderlike week in Switserland, toe hy eers werklik op sy vrou verlief geraak het, is nou net 'n vae droom. Inge het haar van die heel eerste dag af hart en siel by die kliniek ingewerp. Dis of sy haar nie kan wegskeur daarvan nie. Sy werk baie langer ure as wat die rooster voorskryf. Eintlik is sy pal aan diens. Die paar uur wat sy saam met haar man in hul dokterswoonstel deurbring, word gewy aan gesprekke oor 'n pasiënt of 'n spesifieke behandeling of iets in die mediese rigting. Dis of sy nie genoeg kry van uitvind en leer oor haar beroep nie. Dis of daar vir niks anders as die kliniek tyd is in haar lewe nie. Tog, teenstrydig daarmee, is sy snags 'n wonderlike vrou vir hom.

Aan die begin dien dit as troos vir hom. Inge is nou wel 'n bietjie behep met die kliniek, maar dit sal mettertyd normaliseer. Feit is, sy het nog behoefte aan hom. Snags soek sy na hom, deel hulle wonderlike oomblikke saam. Maar toe hierdie patroon blyk 'n permanente een te word, begin hy hom vererg. Hy wil nie net snags 'n vrou hê nie. 'n Huwelik bestaan uit veel meer as net seks. Maar dis blykbaar soos wat Inge dit sien: bedags is sy 'n dokter en snags is sy 'n vrou. Sy leef in twee wêrelde, totaal verwyder van mekaar.

Hy lê doodstil en kyk hoe sy een oggend weer gereed maak

vir die skof van die dag, 'n hele uur vroeër as wat nodig is.

Sy gee 'n sydelingse blik na hom. "Wat kyk jy so na my? Is iets verkeerd?"

"Ek dink so, ja."

"Wat?" Sy het 'n vermoede waaroor dit gaan en wens dat sy liewer stilgebly het. Soos die res van die personeel, weet sy dat Günther net aangestel is omdat hy met haar getroud is. Maar hy raak hierdie delikate onderwerp nie aan nie. "Dink jy nie jy oordryf dit 'n bietjie nie?"

"Wat oordryf ek?"

"Hierdie kliniekkoors van jou. Jy slaap snags net 'n paar uur hier; die res van die tyd is jy in die kliniek. As hospitaal-dokter het jy tog vaste ure."

Sy is eers 'n rukkie stil. Hy is nie die enigste een wat dink sy oordryf dit nie. Haar ma het ook al taktvol met haar ge-praat. "Ek weet jy is baie ywerig en toegewy, Inge, maar jy moenie vergeet dat jy 'n man het wat ook aandag nodig het nie." En haar kleinniggie, die pediater, het ook al geïrriteerd laat blyk dat sy die oorgretige, oorywerige nuwe doktertjie lastig onder haar voete vind. En nou Günther . . .

Haar stem is styf. "Ek is jammer om te hoor jy voel so. Ek het weer gedink ek is hier om te werk en om soveel en so gou moontlik te leer wat daar te lere is."

Sy stem is toonloos. "Ja, natuurlik. Ek het vergeet: jy is die toekomstige hoof van die kliniek. Dan moet jy alles weet wat daar te wete is."

Sy besluit om liewer nie hierop te antwoord nie. Die ding kan maklik handuit ruk en in 'n rusie ontaard, en sy wil nie met Günther baklei nie. Sy vra liewer: "Wanneer gaan jy be-gin roer?"

"O, eers heelwat later. Ek is nie haastig nie. Niks belangriks wag op my nie."

Hier kom dit nou, dink sy. "Dink jy nie jy tree nou 'n bie-tjie kinderagtig op nie?"

"Geensins. Ek konstateer net 'n feit. Niemand sal my in

die kliniek mis as ek nie opdaag nie. Behalwe miskien die spesialiste wat sal agterkom hul stuurjonge is vandag afwesig."

"Günther, dis nie waar . . ."

"Dis waar en jy weet dit net soos die res van die kliniek dit weet. Ek is bloot aangestel omdat ek met jou getroud is en om geen enkele ander rede nie."

Sy sug. Sy kan dit nie weerspreek nie. "Dit sal verander. Gee kans."

"Nee, Inge. Dit sal nie. Ek gaan vir die res van my lewe 'n meulsteen om jou ouers se nekke wees en 'n hanslam vir jou en dis verdomp of ek bereid is om dit te wees!" Die Duitse bloed begin kook en hy spring op. "En terwyl ons nou op die onderwerp is . . . Ek is ook nie bereid om vir jou net 'n bedmaat te wees nie. Ons het geen huwelik nie. Ons slaap net saam en vir my is 'n huwelik veel meer as seks – of dit behoort te wees."

Sy laat haar oë skuldig sak, onthou haar ma se woorde, weet dat hy weer net 'n feit staaf. Hulle is net bedmaats, dis al. Maar hulle is nou al drie maande getroud en daar wil ook niks daaruit voortspruit nie. Elke maand gaan verby sonder enige teken dat 'n klein Meissner op pad is. Hoekom raak sy nie swanger nie? En nou lol Günther ook nog . . .

Sy kyk na sy ontsteke gesig en besef dat sy 'n bietjie sal moet toegee. "Ek het nie tyd om nou hieroor te gesels nie. Maar ek sal vanmiddag vyfuur tuis wees en dan . . ."

"Vyfuur al? Maar wat gaan van die kliniek word as jy vyfuur al uitval?"

Sy voel haar wange rooi word en háár Duitse bloed begin ook kook. Maar sy kry haarself onder beheer en vra: "Kom jy nie vandag werk nie?"

"Nee."

"Goed dan. Tot siens."

By die werk wil dinge ook nie vlot nie. Sy en haar kleinniggie Annari kry 'n openlike uitval. Van kleintyd af kon die twee mekaar nie lekker vind nie. Die feit dat Annari vyf jaar haar senior is, het Inge altyd laat voel sy kyk op haar neer; sien haar as te kinderagtig om haar mee moeg te maak. Inge en Omar, Annari se broer, was baie groter maats die kere dat die twee families bymekaargekom het. Daar was nie kontak tussen hulle in die tyd toe hulle albei studente was nie, want Annari het in Pretoria gestudeer terwyl Inge aan die universiteit van Kaapstad was. Toe het Annari in pediatrie gaan spesialiseer en Inge is Duitsland toe om daar te kwalifiseer.

Dis nou die eerste keer sedert hulle albei grootmense is dat hulle mekaar weer raakloop en daar is uit die staanspoor 'n gevoel van antipatie tussen hulle. Toe Elke een aand vir Annari oorgenooi het vir 'n ete, het Inge die aand glad nie geniet nie, maar Günther het haar geselskap blykbaar interessant gevind. Toe hulle die aand in die woonstel kom, was Günther se kommentaar: " 'n Oulike meisie, hierdie Annari. Maar hoe het dit dan gebeur dat haar ma 'n man in Turkye raakgeloop het?"

"Dis 'n lang storie. Ek sal anderdag vertel." Inge was glad nie lus om oor haar kleinniggie te gesels nie.

Toe Annari dus onmiddellik frons toe dit Inge is wat die kindersaal ingestap kom om te kom hand bysit, vererg Inge haar bloediglik. Dit is baie duidelik dat Annari verkies dat Günther haar liewer moet bystaan as sy.

"Waar is dokter Meissner?" Die vraag word koel en hooghartig gevra.

"Ek is dokter Meissner."

Die donker Turkse oë flits gevaarlik. "Jy weet wat ek bedoel. Waar is Günther?"

Haar familiêre toon laat Inge se bloed kook. Wanneer sy aan diens is, sal Inge haar ma en pa as dokter Elke en dokter Horst aanspreek. Maar vandag "Günther" Annari sommer.

"Dókter Günther is nie vandag aan diens nie."

"Die rooster sê . . ."

"Die rooster is intussen verander." Dat 'n dokter sommer

402

op 'n oggend kan besluit hy gaan nie aan diens nie en dit veroorsaak geen ontwrigting in die skedule van die hospitaal nie . . .

Inge is vroegoggend eers reguit na dokter Jan Swanepoel se kantoor. Hy is die superintendent van die kliniek, 'n man wat jare gelede saam met haar ma begin werk het en een wat geliefd is by almal.

Toe sy kantoordeur agter hulle toegaan, het hy die formele toon laat staan. "Wat kan ek vir jou doen, Inge?"

"Ek kom sê net dat Günther nie vandag kom werk nie, oom Jan."

"Is hy siek?"

"Nee. Hy is . . . voel nie baie gelukkig oor sy pos hier nie. Hy sê hy is nie nodig hier nie," het sy sommer pront erken.

Dokter Jan se vinnige wegswaai van die oë het haar nie ontgaan nie. "Daar is altyd werk vir 'n goeie dokter en 'n ekstra paar hande," het hy taktvol probeer skerm.

"Oom Jan, kan ek asseblief reguit met oom praat?"

"Natuurlik, Inge. Altyd." Maar hy was duidelik ongemaklik.

"Ek wil graag so gou moontlik met 'n gesin begin. Ek wil vra dat wanneer dit gebeur en ek vir 'n tydjie moet afgaan, julle nie iemand anders in my plek sal aanstel nie. Dit sal . . . Günther meer laat voel dat hy van nut is hier."

Dokter Jan het gefrons. "Maar dis 'n hospitaaldokterpos, Inge. Jou man val kwalik in daardie kategorie."

"Dis beter as niks, oom Jan. Asseblief! Ek weet my pa glo dat Günther in die een of ander rigting moet gaan spesialiseer. Maar vir hierdie jaar is dit te laat. Hy kan eers volgende jaar begin."

Jan Swanepoel het gerusstellend kop geknik en gesê: "Ons praat weer sodra jy my die groot nuus kom vertel. Dan is daar genoeg tyd om planne te maak. Maar ek moet erken ek is verbaas dat jy so gou met 'n gesin wil begin. Jy het maar pas gekwalifiseer. Ek sou dink dat jy eers sou gaan spesialiseer het voordat jy met 'n gesin begin. Of is dit Günther wat so haastig is? Dan kan ek verstaan. Hy is al in die dertig."

Sy het hom nie vertel dat Günther nog nooit 'n woord van 'n kind gerep het nie, en sonder blik of bloos geantwoord: "Ons albei."

Dokter Jan het geglimlag. "In daardie geval, alle sukses, Ingetjie. Die Meissner-kliniek het 'n nageslag nodig."

"Dokter Inge, gee aan daardie buis of gaan huis toe en gaan slaap klaar!"

Haar gedagtes word wreed na die werklikheid teruggeruk. Sy voel hoe haar haarwortels brand van woede en verleentheid. Die saalsuster se blik is op die pasiënt gerig, haar gesig uitdrukkingloos. Dis ongehoord dat een dokter 'n ander op so 'n trant aanspreek. Trouens, sy kan nie onthou dat sy dit al ooit tevore gehoor het nie, en sy werk darem al tien jaar hier.

Inge se blou oë flits. "Asseblief."

Dokter Annari trek haar rug reguit en hulle kyk mekaar vas aan. Haar stem is snydend formeel. "Dokter Inge, laat ons mekaar asseblief duidelik verstaan. Die feit dat jou pa en ma die hoofde van hierdie kliniek is en dat jy dit skynbaar ook eendag gaan wees, is nie vir my belangrik nie. Vir my is jy net een van die kliniek se dokters, en 'n beginner op die koop toe. Moet asseblief geen spesiale behandeling van my verwag nie."

Net vlugtig ontmoet Inge die geskokte blik van die saalsuster voordat sy weer haar ooglede vinnig neerslaan. Gelukkig is die pasiëntjie te klein om te weet dat hier nou iets ongehoords gebeur.

Inge staan haar man. "Nee, dokter, ek verwag geen spesiale behandeling nie. Maar wat ek verwag, is beleefdheid . . . 'n Kode wat oor baie jare in hierdie kliniek vasgelê is en wat jy blykbaar nie ken nie. Dit kom kortom daarop neer dat van die hele personeel, van die skoonmakers tot by my pa en ma, goeie maniere verwag word."

"Maar daar is nóg iets wat verwag word, die belangrikste: dat jou aandag by jou werk sal wees en dat jy altyd onder die besef sal wees dat jy met mense se lewens werk. 'n Gevoel van verantwoordelikheid dus." Sy keer na die suster. "Suster, gaan staan aan die ander kant van die bed en gee my asseblief die buis aan. Dokter Inge, kom staan hier langs my en hou asseblief die pasiënt vas. Dankie."

Inge pers haar lippe opmekaar en laat haar dit welgeval dat sy skielik die suster se werk moet doen. Maar die spanning om die bed kan met 'n mes gesny word en die suster slaak amper hardop 'n sug van verligting toe die twee dokters die saal uitstap en by die deur in verskillende gange afdraai. Sjoe! Die duiwel is los tussen dié twee.

"Wat sou aan die gang wees?" vra haar kollega toe sy haar van die petalje vertel.

Suster Maritz skud haar kop. "Nugter weet. Ek moet erken ek was verbaas oor dokter Annari se uitbarsting. Ek ken haar nie so nie. Sy is streng en sy het al van die personeel oor die vingers getik, maar nie op só 'n manier nie. Sy was behoorlik giftig. Goed. Dokter Inge was 'n bietjie afgetrokke. Dokter Annari het twee keer vir die buis gevra voordat sy uitgebars het. Maar ek sê jou, ek het ongemaklik gevoel toe ek dokter Inge se werk moet doen."

Vir die eerste keer sedert sy die kliniek as dokter binnegestap het, gaan Inge daardie middag op die tyd wat die rooster bepaal van diens af . . . en sy is dankbaar dat dit vyfuur is. Vandag het die kliniek skielik vir haar te veel geword. En die gange te nou. Sy het haarself telkens betrap dat sy haar bes doen om 'n sekere vrouegestalte in 'n doktersjas betyds raak te sien en in die teenoorgestelde rigting pad te gee. Dis 'n ongesonde toestand van sake en sy besef dit terdeë.

Goed. Sy het gefouteer. Haar gedagtes het gedwaal. Sy het aan Günther gedink. Dan word sy heeltemal eerlik met haarself. Nee, eintlik het sy geworstel met die vraag wat haar nou al maande lank treiter: Hoekom verwag ek nog nie? Dis tog die hoofrede hoekom sy met Günther getrou het, om 'n kind te hê – 'n seun.

Op pad terug woonstel toe besluit sy dat sy van nou af 'n koorskaart gaan hou om haar ovulasieperiodes vas te stel. As dit nie help nie, dan is dit die buise wat toe is . . .

Sy druk die woonsteldeur oop, maar op haar roep is daar stilte. Sy frons. Sy het hom tog uitdruklik gesê sy sal vyfuur vanmiddag tuis wees.

Toe hy 'n uur later in sy tennisklere opdaag, maak hy asof hy nie haar ontevrede frons sien nie. "Goeiemiddag. Jy is vroeg tuis."

"Ek het jou gesê ek sal vyfuur tuis wees."

"Ek het nie gedink jy sou dit regkry nie. Ek het buitendien 'n tennisafspraak gehad. Jy het my nie vanoggend kans gegee om jou daarvan te sê nie."

Sy besluit om dit liewer daar te laat. Sy begin leer dat as haar man in 'n moedswillige bui is, sy hom liewer nie moet uitlok nie. Sy sê gemaak opgewek: "Nou goed. Gaan stort solank, dan gooi ek vir jou 'n koue bier. Ek het self iets sterkers nodig vanaand."

"Hoekom? 'n Moeilike dag gehad?"

Sy aarsel. Nee, sy gaan hom nie van die onderonsie tussen haar en haar kleinniggie vertel nie. "Nie meer as die gewone nie. Die tennis toe geniet?"

"Ja, hoewel Annari nie eintlik kompetisie is nie."

Sy swaai terug in die kombuisdeur. "Annari?"

Hy kyk bedaard terug. "Ja. Ons het gaan tennis speel. Later het Botha en Roux ook daar aangekom. Wat is dit dié?" vra hy en tel die papiere voor hom van die koffietafel op.

"Koorskaarte. Soos jy kan sien."

"Ek sien. Waarvoor is dit?"

"Vir my." Sy oë lig en sy kyk uitdagend terug. "Ek wil graag 'n kind hê."

Sy sien die verstilling op sy gesig, die verstrakking van die

oë. "Jy het dus lankal besluit. Jy is al by die koorskaartsta-
dium."

"Günther . . ." Sy sluk. Hy is sommer net onnodig stroom-
op! "Wat is verkeerd daarmee? Ons is getroud en ek is 'n
vrou en wil 'n kind hê. Wat staan jy my en aankyk asof ek
iets ongeoorloofs wil hê?"

4

Hy staan haar net strak en aankyk. Dan lyk dit asof hy son-
der 'n verdere woord badkamer toe wil stap, maar sy keer
hom voor.

"Günther!" Daar is skielik 'n groot onrus in haar. "Jy wil
tog ook graag 'n kind hê, nie waar nie?"

Sy het nooit daaraan gedink nie maar . . . miskien wil hy
glad nie kinders hê nie of . . . of veel erger . . . miskien kán hy
nie kinders hê nie! Sy eerste huwelik was kinderloos.

Die uitdrukking in haar oë laat hom verbaas na haar kyk.
Dit begin tot hom deurskemer dat dit dalk 'n obsessie by
haar is om 'n kind te hê. Dis 'n natuurlike, ingebore drang by
elke vrou, maar Inge wil dit dringend nóú laat gebeur . . . Hy
het gedink sy sal eers 'n hele paar jaar lank wil werk, dat sy
meer erg aan die kliniek sal hê . . . Hy frons diep.

"Ja. Ek wil ook 'n kind hê . . . eendag."

Haar bors dein soos sy 'n sug van verligting onderdruk.
"Hoekom eendag? Hoekom nie nóú nie?"

"Ek verstaan nie jou vreeslike drif nie, Inge. Hoekom nóú
al? Jy het pas afgestudeer. Jy het nog nie behoorlik met jou
loopbaan begin nie. En so behep soos jy met die kliniek is,
sou ek dink dis die laaste ding wat jy nou wil hê, om swanger
te word."

"Maar jy is verkeerd! Daar is niks wat ek meer begeer as
om swanger te word nie!"

407

Sy oë is verward, ondersoekend. "Jy bedoel dit werklik?"

"Ja!" Sy kyk hom pleitend aan. "Ek sien geen rede om te wag nie. Jy moet onthou jy is al in die dertig. Dit is hoog tyd . . ."

Sy oë vernou. "Dan kom ons ouderdomsverskil tog ter sprake."

"Günther, dis nie soos ek dit bedoel het nie!" Sy kyk hom driftig aan. Hy is sommer net moeilik omdat hy gefrustreerd voel. Nou haal hy dit op haar uit. "Jou ouderdom is geen faktor vir mý nie, maar wat kinders betref, is dit."

"Jy moet dus nou dadelik 'n kind hê voordat ek te oud is."

"O, Günther, asseblief! Jy gedra jou nou kinderagtig!"

"En jy, my jonge vrou, gedra jou soos 'n opregte diktator. Tot dusver het jy nog al die besluite geneem. Van die oomblik dat ons ontmoet het tot nou toe. Jy het alleen besluit dis tyd dat daar 'n kind moet kom."

"Dis nie waar nie!" Hulle is in 'n volbloed rusie gewikkel, dink sy ongelukkig.

"Ja, dit is so. Dink 'n bietjie terug. Die eerste toenadering het van jou kant gekom. En wat daarna gebeur het . . ."

"Jý het my na jou huis toe genooi!"

"Om familie uit te lê, maar jy het ander planne gehad en gesorg dat dit stap vir stap uitgevoer word."

"Wil jy beweer . . .?"

"Ek beweer dit nie. Ek sê dit. Jy het my doelbewus verlei en toe besluit jy jy gaan by my intrek en jy doen dit toe ook. En toe ek my oë uitvee, toe trou ons. En vandag moet ek net hoor daar gaan 'n kind kom . . ."

"Daar is nog nie 'n kind op pad nie," sê sy, skielik moeg. Sy het 'n baie ontstellende en veeleisende dag agter die rug.

"Maar jý het besluit dit gaan gebeur en jý is doelbewus besig om dit te laat gebeur en hier is die bewys," en hy hou die koorskaarte op. "Van wanneer af probeer jy swanger raak sonder my medewete?"

Sy erken maar: "Van die begin af. Ek het die pil gelos die dag toe ons getroud is."

"Ek sien. Vandaar die koorskaarte. Jy probeer al drie maande lank en niks wil gebeur nie. Is dit hoekom jy snags so 'n vurige vrou vir my is terwyl jy in die dag totaal vergeet dat jy 'n man het?"

Sy verbleek, protesteer: "Ek is jou vrou, Günther. Of verkies jy dat die inisiatief net van jóú kant af moet kom? Wil jy my eintlik vertel dat ek my opdring aan jou?"

'n Duitse kragwoord ontsnap hom en hy gaan staan voor die venster. Natuurlik is dit nie wat hy bedoel nie! Inge is 'n volmaakte minnares en hy wil haar nie anders hê nie, maar . . . Hy probeer die woede in hom beheer, draai terug. "Inge, ek verwag net, en ek dink ook dis my goeie reg, dat ek geraadpleeg sal word as daar oor 'n kind besluit word, want ek sal immers die pa van die kind wees. Hoekom het jy my nie gesê jy wil so bitter graag 'n kind hê nie? Jy het nooit laat blyk . . . Asseblief, dis nie nodig om te huil nie!"

Hy sien vir die eerste keer trane in sy vrou se oë en verbaas hom daaroor. Sy is altyd so selfversekerd, so doelgerig. Dan versag sy blik. Maar eintlik is Inge nie regtig so in beheer van sake soos wat sy, én hy, dink nie. Sy moet werklik baie graag 'n kind wil hê. En swangerskap sal haar weghou van haar geliefde kliniek. Dit moes 'n groot besluit vir haar gewees het en dit behoort aan hom te bewys dat sy nie werklik so behep is met die kliniek as wat hy tot dusver gedink het nie. Hy het regtig al begin wonder hoekom sy met hom getrou het. Hy is net in haar pad. Maar nou . . . Hy hou sy arms oop. "Kom hier."

Sy hardloop snikkend in sy omhelsing in en nog nooit het hy so teer en na aan haar gevoel soos op hierdie oomblik nie. "Ek is jammer. Ek was kwaad. Ek het nie regtig bedoel wat ek gesê het nie. Jy het my net totaal onkant gevang. Toe nou, Inge. Asseblief, moenie huil nie. Natuurlik kan ons 'n kind hê as jy so graag een wil hê."

409

"Dan . . . wil jy ook?"

Hy glimlag op haar nat gesig af, soen die trane weg. "Natuurlik, my vrou. En jy het heeltemal reg. Hoekom langer wag? Ek wil nie eendag as ek sestig is probeer om met my rumatiekbene saam met my seuns tennis te speel nie."

Sy giggel. Sy is so verlig dat sy amper weer in trane kan uitbars. "Ag, Günther, jy is laf!"

Hy trek haar stywer vas. "Ek voel . . . laf. Jy het nou met al hierdie praatjies slapende honde wakker gemaak."

Sy kyk hom vraend aan, glimlag dan skielik. "Het ek?"

"Ja. En as 'n mens slapende honde wakker maak, moet jy maar die gevolge dra."

Sy kyk hom uitdagend aan terwyl haar arms om sy nek sirkel. "Ek bang geen hond nie!"

"So? Ek wil dit eers sien voor ek dit glo."

"Toets my dan."

"Dis die plan, mevrou Meissner. En sommer nou!"

Terwyl haar man haar kamer toe dra, het sy totaal vergeet dat sy hom nog wou vra of hy en Annari al dikwels saam tennis gespeel het. Maar in die maande wat volg, wil dit voorkom of kinders kry nie so maklik is as wat die meeste mense dink nie. Die koorskaarte is al vol, maar nog bly die goeie nuus uit. Die buise word getoets, kom met vlieënde vaandels daarvan af. Die fout lê nie by hom nie. Inge gaan vir 'n skraping, maar nog geen reaksie nie. Bedags wy sy haar hele wese aan die kliniek, en snags gee sy haarself soms met 'n desperaatheid aan haar man asof sy dit wil dwing om te gebeur.

Intussen begin Günther tog 'n vasskopplek in die kliniek kry. Dis dokter Annari wat ontdek dat hy 'n besondere gawe vir diagnose besit, want baie selde blyk hy verkeerd te wees. "Kry dokter Günther se opinie ook," is haar raad aan kollegas wanneer daar verwarring of onsekerheid oor simptome opduik. 'n Tweede ontdekking aangaande sy verborge talente word toevallig gedoen.

Soos so dikwels gebeur, is die personeel daardie spesifieke

dag in verskeie krisisse vasgevang en elke hand moet net raak-
vat waar hy of sy kan. Die losdonkie van die kliniek, soos hy
homself beskryf, beland by 'n vrou wat ná 'n motorongeluk
te vroeg begin kraam het. Op die oog af lyk dit na 'n gewone
vroeë geboorte en dokter Günther word aangesê om dit te
behartig, hoewel die kliniek geen kraamafdeling het nie. Dit
word 'n veel meer gekompliseerde geval as wat aanvanklik
vermoed is, en op die ou end word hy deur sy kollegas gekom-
plimenteer vir 'n puik stukkie werk wat met groot bekwaam-
heid uitgevoer is.

Toe hy daardie aand moeg langs sy pasiënt se bed staan en
in haar blink oë afkyk, voel hy vir die eerste keer in maande
weer soos 'n volwaardige dokter. Hy voel tevrede dat hy van-
dag weer iets beteken het vir sy medemens.

"Jou baba is ondersoek en daar is niks verkeerd met haar
nie. Sy sal 'n ruk lank in die broeikas gehou moet word, maar
ek sien geen rede hoekom sy nie eendag net so 'n pragtige
vrou soos haar ma sal wees nie."

"Hoe kan ek jou ooit bedank, dokter?"

Hy druk die hand wat na hom uitgehou word, en glimlag.
Dis in sulke oomblikke dat 'n dokter weet hoekom hy hierdie
beroep bo alle ander gekies het.

Oorkant die bed glimlag Annari ook. "Jy was gelukkig om
dokter Günther by jou te hê, mevrou. Geen ginekoloog sou
daarop kon verbeter nie."

Toe hulle saam uitstap, druk sy sy boarm. "Baie geluk,
Günther. Welgedaan!"

Hy glimlag op haar af. "Dankie, Annari. Ek moet erken,
dit laat my goed voel."

Sy knik begrypend. Elke dokter ken daardie gevoel van
triomf. Dit vergoed vir die oomblikke wanneer jy te staan
kom voor jou menslike beperkinge. "Ons kan dit gerus gaan
vier. 'n Drankie in my woonstel?"

"Hoekom nie?"

Inge sien hulle saam wegstap en sy volg hulle na die hoofingang. Sy voel gedaan. Dit was 'n veeleisende, deurmekaar dag. Dis al amper agtuur in die aand en sy is al van vanoggend sesuur af op haar voete. Die moontlikheid dat sy gedurende die nag weer ontbied kan word, is ook nie uitgesluit nie. Al wat sy nou begeer, is om in 'n warm bad te gaan lê, iets ligs vir haar en Günther voor te berei en te gaan slaap. Hy behoort ook baie moeg te wees. Vandag het hulle sy ekstra hande nodig gehad.

Toe sy die dokterskwartiere bereik, sien sy hoe Günther saam met haar kleinniggie afdraai na haar woonstel toe. Sy gaan staan, wag dat die woonsteldeur agter hulle toegaan voordat sy haar voete voortsleep na hul woonstel toe. Sy voel skielik nog moeër as 'n paar oomblikke gelede. En moedeloos. 'n Swartgalligheid sak soos 'n donker wolk oor haar neer. Iets vertel haar dat sy êrens beheer verloor het . . . oor haar planne wat aanvanklik so seepglad uitgewerk het en nou net nie meer wil nie, oor haar lewe en haar emosies, en oor haar huwelik. Êrens het dinge begin skeefloop, wil haar beplanning nie meer uitwerk nie.

Sy lê in die warm bad, probeer ontspan, probeer nugter na alles kyk, probeer haarself vertel dat sy haar verniet ontstel. Natuurlik verloop alles nog soos sy dit beplan het. Sy het vir Günther, hulle is getroud, hy is 'n Meissner, fisiek is hy honderd persent gesond. Sy self is honderd persent gesond. Dit was die ginekoloog se bevinding ná hoevele toetse. Daar is geen mediese rede hoekom sy nie swanger kan raak nie. Maar tog wil dit nie gebeur nie . . . Die ginekoloog het met haar laaste besoek gesê: "Ek dink jy moet eers heeltemal probeer vergeet van swanger raak. Jou probleem kan wees dat jy té gretig is. Terwyl jy so gespanne is en elke maand die tekens soos 'n arend dophou, sal dit nie gebeur nie. Daar is tog oorgenoeg bewyse dat sodra 'n vrou ontspan, sy haar vatbaarheid verhoog. Hoeveel vroue wat nie kan swanger raak nie, het skielik gevind hulle is swanger nadat hulle 'n baba aangeneem het? Jy weet dit tog. Ek het nie nodig om jou hierdie dinge te vertel nie, Inge. Jy is self 'n dokter." Sy ervare oë het die gespanne gesig voor hom bestudeer. Hy weet hy preek verniet. As 'n vrou 'n obsessie oor 'n kind ontwikkel, het sy 'n obsessie ontwikkel. "Gaan huis toe en kalmeer. Jy is nog jonk. Daar is nog baie tyd. As daar oor ses maande nog niks gebeur het nie, kan ons na die alternatiewe kyk. Soos jy self weet, het die mediese wetenskap ver gevorder om kinderloosheid op te los."

Sy het net geknik, die spreekkamer uitgestap. 'n Dokter moet tred hou met die moderne wetenskap, maar sy deins instinktief terug by die gedagte aan die alternatiewe waarna verwys is. Sy weet net dat Günther ook nie sommer daarvoor te vinde sal wees nie. Hulle albei sou verkies dat dit moet geskied op die manier wat die Skepper dit oorspronklik vasgelê het. Sy wil natuurlik swanger raak, soos wat miljoene ander vroue swanger raak, nie in 'n dokter se spreekkamer of in 'n laboratorium se proefbuis nie. As sy net hierdie spanning in haar kan breek . . . Wat die ginekoloog nie weet nie, is dat sy dalk nie soveel tyd aan haar kant het as wat hy dink nie. Die feit dat sy nie swanger raak nie, is maar een faktor wat spanning in haar laat oplaai. Wat eintlik die spanning soos 'n staaldraad in haar opwen, is die groeiende vriendskap tussen haar man en haar kleinniggie.

Aan die begin het dit haar nie gehinder dat Annari duidelik verkies dat Günther haar bystaan nie. Eintlik het dit haar heimlik gepas en ook dankbaar gemaak. Dit het Günther 'n gevoel van eiewaarde gegee. Dis eers toe sy ontdek het dat hulle gereeld saam tennis speel dat sy onwillekeurig dingetjies begin raaksien het. Klein dingetjies wat lankal reg voor haar oë was maar wat sy nie opgemerk het nie. Dat haar man en haar kleinniggie dikwels saam gesien word in die gange en sale van die kliniek. En dat hulle nie altyd professioneel en ernstig nie, maar meesal glimlaggend en gesellig praat . . . En elke keer dat sy tennisklere in die was is, wonder sy of hy wéér met die Turkse skoonheid op die baan was. Uit die aard

413

van die saak gebeur dit baie selde dat hulle gelyktydig 'n paar uur vry het en Inge wonder al meer hoe – en saam met wie – Günther sy vrye tyd deurbring.

Maar daar is ook 'n verandering in hul intieme lewe en sy weet sy is self daarvoor verantwoordelik. Haar agterdog oor die vriendskap wat tussen haar man en 'n ander vrou blom, veroorsaak dat sy haar nie meer so spontaan tot hom kan wend nie. Ook sy uitbarsting toe hy haar 'n diktator genoem en indirek beskuldig het dat sy die broek in die huis dra, het haar geknou. So bitter graag as wat sy verwagtend wil word, vind sy dit skielik moeilik om met haar man te koketteer. Die inisiatief moet nou meer dikwels van sy kant kom, en op 'n dag besef sy skielik dat dit saamloop met haar koorskaarte en ovulasieperiodes. Günther is besig om sy pligte na te kom, maar net wanneer dit nodig is. Die een ding wat hulle werklik saam geniet het, het meteens afgewater tot 'n verpligting wat op 'n almanak afgemerk word. Iets is besig om verskriklik skeef te loop.

'n Mens dink maar dat jou privaat lewe en die krisisse wat jy beleef, onopgemerk by ander verbygaan. Maar veral die oë wat jou met liefde dophou, sien dikwels meer raak as wat jy sou vermoed.

Op 'n dag kan Elke net nie langer stilbly nie. Daarvoor is sy te bekommerd oor haar enigste dogter. "Horst, daar is fout met Inge."

Hy frons. Hy het ook al daardie gevoel gekry, maar vra versigtig: "Hoekom sê jy so?"

"Ek sal nie sê fisiek nie, hoewel sy gewig verloor het. Het jy dit al opgemerk?"

Sy frons verdiep. Noudat sy vrou dit noem, besef hy dat die blou oë vir hom die afgelope tyd groter vertoon, so asof die gesig skraler geword het.

"Wat wil jy vir my sê, Elke?"

"Dat daar fout is tussen haar en Günther. Eintlik was daar

van die begin af iets nie reg nie. Ek het toe al vir jou gesê dat Inge nie lyk soos 'n verliefde bruid nie. En sy begin vir my al minder na 'n gelukkig getroude vrou lyk. Daar is soms iets in haar oë . . . en 'n spanning in haar wat my baie onrustig maak."

Hy besef hy kan nie langer wegkruipertjie met sy vrou speel nie. 'n Ma het 'n sesde sintuig wat haar dinge vertel aangaande haar kinders. Elke ken haar kind. Tog probeer hy nog skerm. "Jy weet sy probeer baie hard om swanger te raak. Ek het self met haar ginekoloog gepraat. Hy het my verseker daar is niks verkeerd nie, sy is net te gretig."

"En dit verstaan ek ook nie. Hierdie vreeslike begeerte om binne haar eerste huweliksjaar swanger te word. Verbaas dit jou nie?"

Hy knik. "Ja, dit het my verbaas toe ek hoor sy wil dadelik met 'n gesin begin. Ek het eintlik die teenoorgestelde verwag – dat Günther later sal wil kinders hê en dat sy nie bereid sal wees om haar professie vir moederskap op te offer nie. Ons weet albei hoe behep sy al die jare was met die ideaal om eendag in die kliniek te werk."

"Presies. En sy is nog steeds behep. Só behep dat Jan Swanepoel verniet 'n werkrooster vir haar opstel. Sy werk eenvoudig soos 'n besetene. Dis min dat sy haar vry ure neem, en wanneer dit gebeur, glo ek dat sy dit eenvoudig neem omdat sy gedwing word om aandag aan iets anders te gee, soos byvoorbeeld om tandarts toe te gaan of inkopies te doen. Ek het al maande gelede met haar daaroor gepraat, haar daarop gewys dat sy ook 'n plig teenoor haar man het. Ek wonder hoeveel ure hulle werklik saam deurbring . . . en dis verkeerd!"

"Tog wil sy 'n baba hê."

"Ja. En sy wil nóú 'n baba hê. Hier is iets ongebalanseerds in. Dit rym nie."

Hy sug saggies. Elke het reg. Iets rym nie. "Hoekom praat jy nie reguit met haar nie?"

"Ek kry die gevoel sy wil dit juis nie hê nie. Miskien is ek

415

oorgevoelig of dalk verbeel ek my dit, maar ek kry die gevoel Inge probeer 'n intieme gesprek met my vermy. Die enkele kere dat sy hier kom, is sy altyd haastig. Ek bevind my skielik in 'n moeilike situasie. Inge het grootgeword. Sy is nie meer my jong dogter by wie ek in die kamer kan gaan sit en lang gesprekke oor alles en nog wat voer nie. Daardie dae is verby. Sy is nou 'n grootmens . . . en ek mag nie sommer net indring nie. Dis die beloop van die lewe. Daar kom 'n dag dat jy nie meer vrymoedig die deur kan oopstoot en instap nie. As die deur voor jou toegemaak word, moet jy omdraai."

Hy kan die seerkry in haar stem hoor en weet presies wat sy bedoel. Op 'n dag het jou kind haar eie lewe . . . en eie geheime. As sy dit nie met jou wil deel nie, moet jy haar reg op privaatheid eerbiedig en by die toe deur omdraai, soos Elke dit beskryf. Sy gesig trek in strak voeë saam. Maar jy het ook 'n ouerlike plig en dit is 'n plig wat op jou rus tot jy die dag jou kop neerlê. Jy mag nie net stilswyend toekyk hoe jou dogter die pad byster raak en niks daaraan doen nie. Êrens het hierdie dogter van hulle – wat nog altyd so selfversekerd en doelgerig was – die spoor byster geraak.

"Ek sal met haar praat," sê hy nou.

Sy kyk hom dankbaar aan. "Dankie, my man. Ek voel net ons moet iets probeer doen, ons kan nie net stilsit nie. Sal ek hulle môreaand vir ete oornooi?"

"Nee. Dan is Günther by. Ek gaan haar in die kliniek takel."

"Horst, asseblief, jy moet taktvol wees. Ons wil haar nie die skrik op die lyf jaag nie."

"Ek sal doen wat ek voel ek moet doen, my vrou. Dis al wat ek jou kan belowe. Maar ek dink in hierdie geval moet die bul maar by die horings gepak word. Ek wil 'n verduideliking hê van wat aan die gang is . . . en dat daar iets aan die gang is, is seker."

Toe Inge na haar pa se kantoor in die kliniek ontbied word, het sy nie die vaagste benul waaroor dit gaan nie. Sy glo nie

416

sy het êrens in haar werk gefouteer nie, tensy 'n sekere dokter haar gaan rapporteer het.

"Kom binne, Inge, en maak die deur agter jou toe."

Sy gehoorsaam, stap verbaas nader. Haar pa lyk werklik ernstig. Dan hét Annari klagtes oor haar ingedien!

"Sit."

Weer gehoorsaam sy, trek haar skouers effens agtertoe. Sy gaan darem háár kant van die storie ook vertel.

Maar die wind word totaal uit haar seile gehaal toe hy simpatiek vra: "Wat is met jou gaande, Inge?"

"Pa?"

Hy is skielik ontsteld. Hy het die afgelope tyd vaagweg besef sy dogter werk te hard, dat sy effens gespanne voorkom . . . Maar noudat hy haar met aandag bestudeer, tref dit hom soos 'n hou tussen die oë dat daar groter fout is as wat hy en selfs sy vrou vermoed. Eintlik lyk Inge ellendig as hy die prentjie van die jong student van 'n jaar of drie gelede in herinnering roep. Inge het haar jeug verloor. Hy sien 'n maer, gespanne, volwasse vrou voor hom sit – een wat amper 'n vreemdeling geword het.

Sy vrou het hom gewaarsku om taktvol te wees, maar sy ontsteltenis kry die oorhand en sy stem klink kortaf: "Moenie draaie met my probeer loop nie. Daar is fout met jou. Wat is aan die gang?"

"Ek makeer niks nie, Pa. Ek weet nie . . ."

Horst Buchner het ook sy tekortkominge. Een daarvan is dat hy nie die toonbeeld van geduld is nie. Elke het gepraat van 'n deur wat in jou gesig toeklap, maar hy is nie bereid om om te draai nie. Dan breek hy daardie deur oop en stap ongenooid binne.

"Staak dit, Inge! Ek gaan nie stilsit en toekyk hoe jy jouself vernietig as gevolg van ongesonde begeertes nie!"

"Ongesonde begeertes . . . om 'n kind te wil hê?" Sy kyk hom verbysterd aan.

Sy oë wyk nie. "In hierdie stadium is dit 'n ongesonde begeerte. Jy het pas gekwalifiseer. Jy is maar net 'n paar maande getroud en nou mergel jy jou uit om onmiddellik swanger te raak. Wat sit agter dit alles?"

Sy kan hom net verskrik aanstaar. Haar pa is warm op die spoor! Wat kan sy sê?

Sy oë vernou, kyk stip. Skielik tref 'n gedagte hom, só vergesog en skokkend dat hy dit summier van hom wil wegwerp. Maar iets in haar oë vertel hom dat hy dieper hierop moet ingaan. Sy volgende vraag skiet soos weerlig op haar af: "Hoekom het jy met Günther getrou, Inge?"

Hierdie keer skrik sy merkbaar, kan sy die senuweeagtige ruk van haar hande in haar skoot nie wegsteek nie.

Afgemete kom sy volgende vraag: "Was dit omdat sy van Meissner is?"

5

Die vergesogte suspisie het hom te binne geskiet en hy het die vraag gestel sonder om dit regtig ernstig te bedoel. Die reaksie wat dit veroorsaak, laat hom sy dogter sprakeloos aankyk. Verbysterde ongeloof oorval hom toe die besef tot hom deurdring dat hy die spyker op die kop geslaan het.

"Inge!" Haar naam is skaars hoorbaar op sy lippe, maar sy het dit gehoor en haar kop sak nog laer vooroor. Dan is sy stem skielik hard, woedend, radeloos. "En jy het dit alles vooraf beplan? Dis hoekom jy skielik 'n gier ontwikkel het om in Duitsland te gaan afstudeer!"

"Pa . . ."

"Moenie vir my probeer lieg nie, Inge! Jy het nog nooit daardie absurde obsessie van jou kinderjare ontgroei nie! Jy het dit nog al die jare getroetel en planne beraam om dit te bewerkstellig dat daar weer eendag 'n Meissner, 'n afstammeling van Albert Meissner, aan die hoof van die Meissner-kliniek sal staan. Moenie dit ontken nie!" en sy vuis kom met geweld op die papiere voor hom op die lessenaar neer.

"Ek was nie van plan om dit te ontken of daaroor te lieg nie, Pa." Sy lig haar kop stadig op, ontmoet sy woedende, veroordelende blik. "Dit is soos Pa sê. Dit was die motivering agter my begeerte om in Duitsland te gaan klaarmaak. Ek het ook doelbewus na 'n spesifieke man gesoek . . . iemand met die regte beroep en die regte van. Iemand wat sou inpas in die prentjie. Ek het hom gekry."

"Jóú prentjie. Die prentjie waaraan jy sedert jou kinderdae skilder, en nou lyk dit my het jou verf opgeraak . . . en die prentjie is nog nie klaar nie."

Reeds vroeër in die gesprek het die bloed van haar wange weggevloei. Nou lyk haar gesig grys van bleekheid. "Wat . . . wat bedoel Pa?"

"Jy weet goed. Die sentrale punt van daardie prentjie is 'n kind. Dis tog hoekom jy tot sulke uiterstes gegaan het. Om oorsee te gaan om na 'n spesifieke man te gaan soek wat 'n pa vir jou kind moet wees. Om met 'n man te gaan trou vir wie jy nie lief is nie net omdat hy die regte van het. En alles het mooi uitgewerk – die agtergrond is klaar en reg. Dis nog net die kind wat kort . . . dan is die prentjie volmaak. En nou blyk dit dat Iemand Anders die kwas uit jou hand geneem het . . ."

"Asseblief, Pa!" Sy draai haar kop sywaarts en 'n sug-snik skeur deur haar. Horst Buchner se vaderhart bloei vir haar. "Dis nie alles verlore nie," baklei sy terug. Haar stem klink gejaag, gespanne. "My ginekoloog sê ek is net te oorhaastig." Net baie vlugtig ontmoet hul oë, dan kyk sy verwese weg: "En dan is daar alternatiewe as daar dan niks wil gebeur nie. Die mediese wetenskap het 'n ver pad geloop om kinderlose . . ."

"Stop!" Hy wag tot sy hom in die oë kyk. Sy stemtoon is skielik só streng dat dit 'n rilling deur haar stuur. "Jy het nou lank genoeg God probeer speel."

419

"Pa! Pa, dis net in die uiterste geval . . . as niks anders . . ."

"Dis nee, Inge! Dis nee vir alle alternatiewe. As jy dit waag doen, sal ek en jou ma ons totaal daarvan distansieer. Ons sal daardie kind nie erken nie en die Meissner-kliniek se deure sal vir jou toeklap en jou ouerhuis s'n ook."

Dis nou háár beurt om hom in ongelowige verbystering aan te staar. "Pa kan nie bedoel wat Pa sê nie!" fluister sy hees. "Pa is tog 'n moderne dokter wat tred hou met nuwe ontwikkelings in die mediese wêreld. Vroue word daagliks kunsmatig bevrug. Daar loop al duisende proefbuisbabas op die aardbol rond!"

"Ja, Inge. Dit is alledaagse praktyk. Soos dit algemeen aanvaarbaar is dat mense saamwoon sonder om te trou. Maar jy ken my en jou ma se standpunt, en dit geld vir albei gevalle – kunsmatige bevrugting én saamwoon."

"Pa bedoel Pa keur dit nie goed dat kinderlose vroue gehelp moet word om ook moederskap te smaak nie?"

"Jy soek nie moederskap nie, Inge. Jy soek die verwesenliking van 'n godslasterlike droom."

"Dis nie . . ."

"Dit is! As hierdie huwelik van jou 'n normale uitvloeisel was van die liefde wat tussen 'n man en vrou ontstaan en dit het geblyk dat julle nie op die natuurlike manier die vreugde van ouerskap sal kan smaak nie, sou ek en jou ma jou tot die uiterste toe bygestaan en ondersteun het. Dit weet jy. Maar nie in hierdie geval nie. Ek en jou ma is nie deel van hierdie droom van jou nie en ons gaan beslis nie saam met jou God probeer speel nie. Want op 'n dag gaan hierdie droom van jou in 'n nagmerrie verander, en ek wil nie 'n aandeel daarin hê nie. Ek weier om deur toestemming en bystand deel te word van die skepping van 'n mens waarby geen Godsbeskikking toegelaat is nie. Ek wil ook nie so 'n kleinkind hê nie. Dan liewer niks nie."

Hy staan op as teken dat hy niks verder meer te sê het nie en sy is verplig om ook op te staan. "Pa . . . Gaan Pa Günther nou vertel . . .?" Sy kyk hom pleitend aan. "Hy weet niks hiervan nie, Pa. Asseblief!"

"Nee. Ek sal hom nie vertel nie, Inge. Ek behoort, maar ek sal nie, want ek dink dis nog 'n prentjie wat jy nie so goed geskilder het as wat jy dink nie. Op 'n dag gaan jy jou vasloop met hom ook. Hy is vir jou net 'n middel tot 'n doel, maar ek dink jy ken Günther Meissner nog glad nie."

Toe sy hom net verslae staan en aankyk, stap hy self eerste sy kantoor uit en verdwyn in die superintendent s'n . . .

Jan Swanepoel kyk op toe Horst voor hom verskyn. Hy en die Buchners kom 'n lang pad saam en toe hy die strak gesig sien, vra hy onmiddellik: "Wat is verkeerd?"

Horst skud sy kop. "Jy weet, Jan, as die mense wat so van alle metodes denkbaar en ondenkbaar gebruik maak om kinders die wêreld in te help, weet wat ouerskap werklik behels, wonder ek of hulle daarmee sal voortgaan. Ek persoonlik dink hulle moet liewer hul koppe laat lees." Sy kollega en huisvriend sit hom net en aankyk en hy vervolg: "Jy sukkel jou dood om hulle groot te kry, deur al wat 'n kindersiekte is, blindederms wat wil bars, mangels wat ontsteek, skoolwerk wat gedoen moet word, kos en klere, sportdae, vakansies. Jy doen jou bes. Jy probeer die regte leiding gee; jy raas, jy bemoedig, jy tug en soms soebat jy; jy preek en waarsku jou tong lam. En dan is hulle groot . . . en jy dink jy kan nou agteroorsit en vir die eerste keer ná vyf-, ses-en-twintig jaar ontspan. Dan trou hulle en jy het die illusie dat jy nou heeltemal kan afskakel van alle bekommernisse." Hy lag kortaf. "Ou vriend, dán begin jou bekommernisse éérs. Dán eers vind jy uit daardie slapelose nagte wat jy moes deurmaak toe sy kinkhoes en pampoentjies en 'n seer keel gehad het, is niks in vergelyking met die slapelose nagte wat nóú op jou wag nie. Want daardie tyd kon ek darem iets dóén. Ek kon haar mangels uithaal. Ek kon haar medisyne gee vir die hoes. Maar nou . . . kan ek niks doen nie."

Jan se goedige, ronde gesig lyk ook bekommerd. Dan het

die stories Horst se ore bereik . . . "Ja, Horst, ek begryp hoe jy voel. Ek het ook die stories gehoor. Jy weet hoe dit gaan. Dit loop maar vinnig. Maar soos jy weet, word daar ook baie aangedik. Tot dusver kon ek regtig niks vind waarop ek my vinger kan lê nie. Om die waarheid te sê, daardie skoonseun van jou begin nou regtig sy voete vind. Hy is besig om vir hom 'n stewige vasskopplek in die kliniek én onder sy kollegas te kry. Hy is 'n uitstekende diagnostikus en hy is bemind onder sowel pasiënte as personeel. Moenie dat ons nou oorhaastig wees nie. Soos ek sê . . ." Hy frons. "Hoekom kyk jy my so aan?"

"Jy sê goed wat ek nie verstaan nie, Jan. Waarvan praat jy?" Jan Swanepoel sit terug in sy stoel en dit tref hom soos 'n bliksemstraal dat hy uit sy beurt gepraat het. Horst se ernstige woorde van so-ewe hou geen verband met die stories dat Günther en Annari darem net te veel in mekaar se geselskap gesien word nie. Dis in elk geval geen geheim meer dat Annari Günther bo elke ander dokter in die kliniek verkies om haar by te staan nie . . .

"Jy moet liewer verduidelik, Jan. Wat is hier aan die gang?" Jan lyk ongemaklik, wys dan na 'n stoel. Die koeël is deur die kerk. Hy sal moet verduidelik. "Sit, my vriend." Toe die storie uit is, kyk hy na die bleek man oorkant hom wat hom nie een keer in die rede geval het nie en voeg by: "Soos ek gesê het, is daar geen bewyse dat iets aan die gang is nie. Tot dusver is dit skinderstories. Asseblief, Horst, laat hierdie saak in my hande. Ek belowe jou ek sal dit fyn dophou en ek sal ook vir jou sê as ek op iets afkom wat . . . wel, nie gesond lyk nie."

Horst vee met sy hand oor sy gesig, praat tot homself: " 'n Dag van openbaringe!"

"Ekskuus?"

Hy staan op. "Ek laat dit voorlopig in jou hande. Om heeltemal eerlik te wees, my verstand het gaan stilstaan. Ek weet eerlik nie hoe ek alles moet hanteer nie. Ek gaan vir 'n uur huis toe. Jy kan my daar bel as jy my nodig kry."

Jan Swanepoel sit nog 'n hele rukkie en dink nadat Horst by die deur uit is. Iets ánders het dus aanleiding gegee tot Horst se vreemde woorde. Dit gaan oor Inge. En nou het hy hom nog meer rede tot kommer gegee. Inge is ook vir hóm deesdae 'n bron tot kommer. Daar is geen teken meer van die sprankelende student wat hom een oggend kom vertel het dat sy Duitsland toe gaan nie. Geen spoor van die vrolike kind wat voor sy oë grootgeword het nie. Sy het in 'n stil, ernstige vrou verander, met oë waarin soms 'n vae hartseer skuil. Kan dit wees dat die stories oor haar man en haar kleinniggie haar ore reeds bereik het? En het sy reeds ontdek dat dit nie net stories is nie?

Toe Horst sy huis binnestap, weet Elke onmiddellik dat die praatjie met sy dogter agter die rug is en hoewel sy gesig op hierdie oomblik uitdrukkingloos is, ken sy haar man goed genoeg om te voel hoe haar hart 'n slag in haar omkeer. Wanneer Horst se gesig uitdrukkingloos word, is dit die teken dat hy diep, baie diep ontsteld is.

"Jy gaan nie glo wat ek jou gaan vertel nie."

Sy wys met haar hand na die oop plek langs haar op die bank. "Kom sit hier by my." Toe hy plaasneem, vind hul hande mekaar, strengel ineen. "Vertel my."

Toe hy ná 'n paar kort sinne, sinne wat hy afgebyt het asof dit gif is wat hy moes uitspoeg, stilbly, is sy ook eers stil. En haar man besluit hy gaan haar nie van die laaste onthullende gesprek met Jan Swanepoel vertel nie. Nie nou al nie. Sy het meer as genoeg vir die huidige om te absorbeer en te verwerk.

Eindelik verbreek sy die stilte. "Dan het sy dit nooit ontgroei nie . . . daardie fanatieke droom van haar kinderdae nie. My arme kind." Traangevulde oë lig na hom op en 'n wrede woede maak hom van hom meester. "En nou is alles verniet. Sy kan blykbaar nie swanger raak nie . . ." 'n Gedagte tref haar en sy vra: "En Günther? Wat is sy aandeel in hierdie . . . klugspel? Het hy willens en wetens daartoe ingestem . . .?"

"Nee. Hy is totaal onbewus daarvan. Sy het hom bedrieg soos sy ons bedrieg het . . . en soos sy haarself bedrieg het."

Dis 'n halm waarna die moeder gryp. "Maar dan het hy ten minste uit liefde met haar getrou. Sy kant is reg en gesond. Dan is daar hoop . . ."

"Waarop jy nie jou hart moet sit nie, my vrou." Hy sug. Hy wou haar dit voorlopig spaar, maar hy sal haar moet vertel. Dit sal nog wreder wees om haar toe te laat om te hoop dat Inge se huwelik tog op 'n sukses kan uitloop. "Daar doen reeds praatjies die rondte dat daar iets tussen Günther en Annari ontwikkel het . . . iets meer as professionele belangstelling of bloot vriendskap."

Weer is die oë wat na hom staar stil van skok. "Ek glo dit nie! Dis net kwaadpratery! Hulle werk heeldag saam, ja, maar . . ."

"Maar hulle is ook saam op die tennisbaan, in die restaurant, in die stad, in haar woonstel. Moenie jouself probeer bluf nie, my skat. Daar is 'n baie groot moontlikheid dat hierdie gerug die waarheid is . . . en ek erken reguit ek sal Günther nie kan verkwalik nie."

"Horst! Hoe kan jy so iets sê? Ontrou in die huwelik is lelik en gemeen."

"En bedrog? Om 'n man doelbewus te bedrieg en te verlei en te gebruik? Is dit minder lelik en minder gemeen? Nee, Elke. Jy ken my goed genoeg om te weet wat ek sou gedoen het as ek Günther was en ek moes so iets uitvind. As ek moes uitvind jy het my om sulke redes getrou . . ." Haar kop sak. Ja, sy weet. "Ek was aanvanklik baie skepties oor hom, maar ek begin respek kry vir hom. As dokter het hy groot potensiaal. Ek sou nie graag wou sien dat die kliniek hom verloor nie. Hy het bewys hy is nie 'n marionet nie. Hy is 'n mán . . ."

Haar oë blits. "'n Man wat sy vrou met 'n ander vrou verkul." Albei besef hulle is op die punt om rusie te maak, 'n baie seldsame gebeurtenis in hierdie huishouding. Maar hierdie saak moet opgeklaar word.

"Jy het eerste opgemerk dat Inge nie lyk en optree soos 'n pasgetroude, verliefde bruid nie. As jý dit opgemerk het, wat van die man met wie sy getroud is? Günther is geen gek nie. Van die oomblik dat hulle hier aangeland het, het hy tweede viool gespeel. Inge bestee al haar energie en tyd aan die kliniek en haar intense begeerte om swanger te word. As dit vir my en jou en die res van die Meissner-kliniek verwar en onverstaanbaar is, hoeveel te meer nie vir hóm nie? Dink jy hy het nog nie uitgevind dat hy net 'n biologiese noodsaaklikheid vir sy vrou is nie? Hy moes al twee en twee bymekaar begin tel het, en al het hy seker nie maklik by vier uitgekom nie, is hy sekerlik man genoeg om te weet dat daar 'n verskil is tussen liefde en seks, veral as ons aanvaar hy het 'n gevoel vir haar gehad toe hy met haar getrou het. Dan, my vrou, is dit so baie maklik vir 'n ander vrou om in daardie leemte in te stap. Want 'n man soek veel meer as net seks in sy huweliksmaat, al besef baie min vroue dit. Günther is nie die soort man wat sommer net 'n los verhouding sal aanknoop nie, maar ek bly by my standpunt waarmee jy blykbaar nie wil saamstem nie – 'n gelukkige man loop nie rond nie."

"Jy sê dit omdat jy self 'n man is," verweer sy.

"Nee. Ek sê dit omdat ek weet. Hoekom loop ek nie rond nie?"

"Jy staan dus aan Günther se kant as dit blyk dat hierdie stories waar is?" beskuldig sy ontsteld.

Hy skud sy kop. "Nee. Ek staan aan niemand se kant nie. Maar ek gaan hom nie verwyt nie. Maar kom ons laat hierdie ding nou eers daar. Ons weet nog nie of dit sommer skinderstories is nie. Op die oomblik is dit nie die belangrikste nie."

"Nie die belangrikste nie! Jou dogter se huwelik is aan die verkrummel en jy sê dis nie belangrik nie!"

"Ja! Ek sê dit. Want jou dogter wil voortgaan om God te speel in die hemeltergende klugspel wat sy vir haarself as realiteit geskep het. As sy nie op die natuurlike manier swanger

425

kan raak nie, is sy van plan om van die mediese wetenskap se briljante nuwe metodes gebruik te maak."

"Wat? Jy bedoel . . ."

"Ek bedoel net dit. Ek het haar toe gewaarsku dat as sy só ver gaan, ons ons van haar sal distansieer en dat ek vir seker nie daardie kind as my kleinkind sal erken nie. En dat die Meissner-kliniek se deure vir haar sal toegaan." Hy kyk haar dringend aan. "Ek hoop jy is saam met my in hierdie saak, Elke. Want ek bedoel wat ek sê. Inge is besig om God se wil aan hare ondergeskik te maak en ek kan nie daarmee saamgaan nie. Al hoop wat ek nog het, is dat Günther sterk standpunt sal inneem as sy met so 'n voorstel na hom gaan. Op die oomblik is dit net hy wat haar van hierdie afgrond kan red, al weet hy dit nie. Wat haar huwelik betref – en Annari – ek is nie van plan om in te meng nie. Ek gaan Annari nie afdank as jy dalk dink dis al manier om Inge se huwelik te red nie, want dit sal nie help nie. Niemand kan haar huwelik red behalwe sy self nie."

"Maar as Annari nie meer heeldag met hom in kontak is nie . . ."

"Dan sal 'n ander Annari se plek inneem. Dis al."

Die pasiënt kyk nuuskierig na die dokter langs sy bed. "As ek mag vra, dokter, is u nou dié Meissner?"

Annari se oë flits na Günther se gesig en sy sien die ongemaklike frons wat dadelik tussen sy wenkbroue vorm.

"Ek bedoel, is u die baas van dié kliniek?"

Günther kyk meewarig na Annari, dan antwoord hy egalig: "Nee, meneer Greyling. Ek is beslis nie die baas nie. Dis maar toevallig dat my van ooreenstem. Ek hoop u het 'n geruste nag, sien u môreoggend weer."

Toe hulle in die gang kom, vra Annari: "Ek is klaar hier. Het jy nog iets te doen?"

Die frons is nog steeds op sy gesig. "Nee, ek gaan ook nou af." Soos dit nou al byna gewoonte geword het, stap die twee dokters saam die kliniek uit. Günther is salig onbewus daarvan dat vele oë hulle veelbetekenend agternakyk. As Annari vermoed dat daar praatjies die rondte doen, hinder dit haar glad nie. Inteendeel. Toe hulle by die kruising kom, is dit hy wat sê: "Kom drink 'n slag 'n drankie by my. Ek het nou een nodig."

Sy aarsel net 'n sekonde lank, knik dan. "Goed." Inge kom nooit so vroeg van diens af nie. En wat daarvan as sy hulle saam in die woonstel aantref? Sy sit en kyk hoe hy steeds fronsend hul drankies skink en toe sy hare by hom neem, besluit sy om die yster te smee terwyl dit warm is. "Dankie." Sy glimlag na hom op. "Ek verstaan hoe jy voel, Günther. Ek het ook al soms totaal oordonder gevoel."

"Waarvan praat jy?"

Annari laat egter nie toe dat hy wegskram nie, sê reguit: " 'n Mens kry die gevoel dat jy hier nooit tot jou volle reg sal kom nie. Dis of jy pal in die skadu van Albert Meissner en sy dogter en skoonseun lewe. En nou het jy nog die verkeerdste van denkbaar. Al die pasiënte dink aanvanklik jy is dié Meissner en . . ."

"En eintlik hoort ek glad nie hier nie. Dis nie die eerste keer dat ek mense moet reghelp nie." Sy stem is kortaf en hy neem 'n sluk whisky, 'n toonbeeld van frustrasie. Annari het reg. Hy het die verkeerdste van denkbaar vir hierdie kliniek.

"Hoekom gaan spesialiseer jy nie, Günther? Ek is vas oortuig ginckologie is jou rigting." Sy hou sy oë gevange. "Hierdie kliniek het nie 'n kraamafdeling nie, maar miskien is dit goed so. Dan sal jy nie verplig wees om terug te kom hierheen as jy klaar gespesialiseer het nie. Jy sal nie nodig hê om vir die res van jou lewe in jou vrou en haar mense se skaduwee te lewe nie. Jy kan jou eie privaat praktyk in die stad oopmaak. Ek sou as ek jy was." Sy het sy volle aandag en vervolg: "Ek self begin daaraan dink om weg te breek. Op 'n dag gaan die Buchners die tuig neerlê en Inge sal by hulle oorneem. Dis geen geheim dat ek en Inge nie oor die weg kom nie. Ek is nie

427

van plan om eendag onder haar te werk nie. Ek dink daaraan om die een of ander tyd my eie praktyk te begin." In haar gedagtes voeg sy by: En dit sal wonderlik wees as ons saam kan wegbreek.

Ná die tweede drankie staan sy op en hy vergesel haar na die deur. Sy glimlag na hom op toe sy sien dat sy gesig nou ontspanne lyk, dat hy ook nou glimlag. "Ek is bly ek kon jou oortuig, Günther."

"Dankie, Annari. Ek is baie aan jou verskuldig."

"Nooit! Hoekom sê jy so?"

"Dit is so. Jy is die enigste een wat my nie soos 'n wurm laat voel het toe ek hier begin het nie. Nie dat ek bedoel die ander het my swak behandel nie, maar jy was die een wat my tuis laat voel het, vir my 'n plek in die kliniek gegee het. Ek het dit baie waardeer, Annari. Baie dankie."

Wie vir wie soen, kan Inge nie sê nie waar sy 'n tree of wat van hulle af tot stilstand kom. Dit wat sy so lank al vermoed, sien sy nou met haar eie oë. Dis nie 'n amoreuse soen nie, maar dit is genoeg bewys van wat sy begin vrees het.

"O, Inge." Annari se donkerblou oë lag spottend in hare. "Jy is vroeg tuis vandag." Te vroeg, vertel die oë haar. Of dalk net betyds. "Dankie vir die drankies, Günther. Sien julle later."

Sonder 'n woord stap Inge binne, hoor hoe Günther die deur agter hom toemaak. Sy is vroeër as gewoonlik by die huis. Sy moes net met Günther kom praat. Die gesprek tussen haar en haar pa ontstel haar diep. Die beslistheid waarmee hy sy kant van die saak gestel het, het 'n gevoel van paniek en wanhoop in haar laat posvat. Want haar pa verstaan nie. Wat hy nie weet nie, is dat die fokus van 'n kind na haar man verskuif het. Wat haar pa nie verstaan nie, is dat haar dringende begeerte om 'n kind te hê nie meer sodanig om die kind gaan nie, en ook nie om die Meissner-naam wat moet voortleef nie, maar om haar man – om hóm te behou, om haar huwelik te red.

Sy is besig om haar man te verloor. Annari is daarop uit om haar man van haar te steel. Soos die verhouding deesdae tussen hulle is, gaan sy dit ook maklik regkry. Maar as daar 'n kind op pad is . . . Günther sal nooit sy rug op sy kind keer nie. Dis 'n instinktiewe sekerheid wat sy in haar het. As sy kan swanger raak, is haar huwelik gered.

Wanneer haar huwelik werklik vir haar belangrik geword het, weet sy self nie. Eintlik was dit nooit belangrik nie, net 'n noodsaaklikheid tot die volvoering van haar droom. Wanneer Günther self, uit eie reg, vir haar belangrik begin word het, kan sy ook nie sê nie. Was dit toe sy vir die eerste keer agtergekom het dat daar 'n bloeiende vriendskap tussen hom en 'n ander vrou ontstaan het? Al wat sy op hierdie oomblik weet, is dat sy netnou skielik 'n emosie ervaar het toe sy hulle so intiem saam gesien het wat sy nog nooit tevore ervaar het nie. 'n Blinde vlaag van jaloesie het haar beetgepak en sy kon gerus die indringer in haar huwelik te lyf gaan, haar met fisieke geweld van haar man losskeur. Günther Meissner is háár man. Watter reg het Annari om . . .

Toe kyk sy in haar man se oë en sy koel, onpersoonlike blik is soos 'n yskoue emmer water oor die vurige woede in haar.

Het sy hom klaar verloor? wonder sy nou terwyl sy deurstap kombuis toe om vir haar 'n koppie sterk koffie te maak. In die verbygaan het sy die twee leë glasies gesien, geen kommentaar gelewer nie. Sonder om hom werklik te hoor, voel sy instinktief aan hy het haar kombuis toe gevolg. Sy hou haar baie doenig met water in die ketel tap, gee voor sy is nie bewus daarvan dat hy in die kombuisdeur staan en na haar kyk nie. Sy weet hoekom hy daar staan. Hy wag dat sy iets moet sê. Maar die stilte word te lank, te gespanne vir haar reeds uitgerafelde senuwees. Eindelik vra sy: "Wil jy ook koffie hê?"

"Nee, dankie. Ek en Annari het 'n drankie gedrink. Twee, eintlik," voeg hy by, sy oë steeds op haar.

"So het ek gesien." Sy byt haar onderlip vas. Sy wou nie praat nie! Wanneer kook die water dan? Hoekom vat dit vandag so lank? Hoekom loop hy nie? Hoekom . . .?

Sy stem klink kort agter haar op. "Kry dit agter die rug, Inge." Sy hou haar oë stip op die ketel.

"Waarvan praat jy?"

Sy kort laggie klink op. "Jy is ongelooflik!"

Die ketel fluit en sy skakel dit af, draai na hom, haar gesig strak. "Wat is so ongelooflik aan my?"

"Alles. Dié hele jy. Ons is nou al byna 'n jaar lank getroud en ek kan jou nog nie plaas nie. Kan jy werklik so anders as ander vroue wees?"

Iets ruk styf in haar. Hy het reeds vergelykings begin tref! En sy skiet natuurlik ver te kort! Sy wil nie met die gesprek voortgaan nie. Sy wil nie hoor wat sy weet sy gaan hoor nie. Tog kan sy dit ook nie keer nie. "Hoe is ek anders as ander vroue?"

"Elke ander vrou sou netnou woedend kwaad geword het. Geen normale vrou hou daarvan om af te kom op só 'n toneel nie. My eerste vrou sou my sommer daar en dan getakel het, en vir Annari ook. Die meeste sou miskien gewag het tot die voordeur agter ons toegaan en dan sou die duiwel los gewees het. Maar jy . . . jy stap deur kombuis toe en maak koffie . . . en nooi my om saam te drink sonder om boe of ba te sê."

As jy maar net weet, Günther. Maar sy kyk hom koel aan, wys niks van die hewige stryd in haar nie. Dis een ding wat sy moet onthou. Sy eerste vrou het hom tot raserny gedryf met haar jaloesie. Sy durf hom nie wys dat sy kan sterf van jaloesie nie!

"Moet ek my dan bekommer oor wat ek gesien het?"

Hy kyk haar aan, skud sy kop ongelowig. "Jy is enig in jou soort, dit sal ek toegee. Nee. Jy het geen rede tot kommer nie. Dit was 'n doodonskuldige soen met geen bybedoelings nie. Dankie. Ek dink tog ek gaan saam koffie drink."

Sy sien hom terugstap, die koerant optel en gaan sit. As sy terugdraai na die ketel, stoom sy behoorlik. Se voet! Watter soen tussen 'n getroude man en 'n ander vrou is ooit doodonskuldig? Dink hy sy is onnosel? Dink hy sy is 'n gek? Dink hy sy het oë in haar kop maar nie verstand tussen haar ore nie? Dan tref 'n gedagte haar wat die warm woede in haar 'n skielike dood laat sterf en 'n koue gevoel deur haar stuur. Is hy dalk doelbewus besig om 'n rusie te soek? Hoekom het hy agterna gestap? Van normale mense gepraat . . . 'n Normale man sal maar net te dankbaar wees as hy in so 'n situasie betrap word en sy vrou ignoreer dit. Die meeste mans sal net nie kan glo dat hulle so gelukkig kan wees nie! Maar Günther is ook nie 'n deursneeman nie. Nee. Toe die duiwel nie oor sy kop losbars nie, gaan soek hy die duiwel en gee toe voor hy is verdwaas deur die duiwel se gedrag! Slim, Günther Meissner. Baie slim. Jy soek na redes om van my ontslae te raak. Jy soek doelbewus na rusies. Jy gaan dit nie kry nie. Aan die ander kant, my man . . . Jy sal jou verbaas hoe doodnormaal ek is, hoe identies ek aan die doodgewone vrou is. Moet my nie te ver tart nie . . .

Dis eers toe hy sy koerant neersit, dat sy besluit dis tyd om die saak aan te roer. Sy kan nie langer wag nie. Sy moet nou red wat daar nog te redde is.

"Günther, ek het gedink . . . Dis duidelik dat ek nie op die normale manier swanger gaan raak nie. Dis tyd dat ons na die alternatiewe begin kyk." Sy sien sy instinktiewe frons en staal haar vir wat voorlê. Soos sy vermoed het, gaan sy hier ook teenkanting kry. "Natuurlik is daar nie sprake van iets onaanvaarbaars nie. Jy is tog getoets en daar is niks verkeerd nie. Kan ons nie kunsmatige inseminasie probeer nie? As dit dan ook nie wil werk nie, kan 'n mens weer na die probleem kyk en . . ."

Hy is op sy voete. "Vergeet daarvan."

"Maar . . ."

"Ek sê, vergeet daarvan, Inge!" Sy het hom nog nooit op

daardie toon hoor praat nie. Hy is skielik 'n totale vreemde-ling. "Geen eerbare dokter sal kunsmatige bevrugting van watter aard ook al toepas terwyl alle toetse bewys daar is niks met jou óf met my verkeerd nie. Beslis nie binne die eerste paar jaar van die huwelik nie. En al sou jy ook een kry wat aan hierdie onsinnige obsessie van jou gehoor gee, is my antwoord nee. Dis nee, Inge . . . en nee sal dit bly!"

Sy is ook nou op haar voete en haar selfbeheersing is daar-mee heen. Hy mag nie weier nie! "Jy is 'n selfsugtige bees!" bars sy radeloos los, en sy sien nie eens die flits van verbasing in sy oë nie.

Hy het haar ook nog nooit só sien lyk of reageer nie. Ook sy lyk vir hom skielik na 'n totale vreemdeling. "Ek vra net . . ."

"Jy vra hierdie keer te veel. Ek weier en dis my finale woord."

"Hoekom nie?" Haar hart sit in haar keel van angs. "Gee my 'n rede!" Wat makeer my? vra sy haar terselfdertyd af. Ek dwing hom so te sê om my te vertel hy wil nie meer 'n kind by my hê nie want hy wil my nie meer hê nie!

"Daar is baie redes, Inge . . . wat vir jou ook duidelik be-hoort te wees as jy rasioneel en nugter daaroor wil dink."

Natuurlik! 'n Man wil hom nie nog vaster aan 'n vrou bind met 'n kind as hy ander planne het nie! En skielik kan sy dit nie meer verduur nie. Laat hom dit dan hardop sê! Laat sy dit dan uit sy eie mond hoor en weet waar sy staan! "Jy omseil my vraag, Günther! Antwoord my!"

"Goed. Gee my jou rede hoekom dit so 'n obsessie by jou is om swanger te raak, en ek gee jou my redes hoekom ek weier om verder as die normale prosedures te gaan."

Hulle staan teenoor mekaar, staar mekaar aan. Dan sak haar ooglede. "Jy sal nie verstaan nie . . . Ons los dit maar daar."

"Dis miskien die beste. Verskoon my." Hy stap slaapkamer toe en sy staan nog steeds op dieselfde plek toe hy weer verskyn, geklee in 'n sweetpak. "Ek gaan 'n ent draf. Moenie vir my wag vir aandete nie. Ek is nie honger nie."

Die volgende oggend beskou Horst Buchner sy skoonseun ongemerk en later in die dag besluit hy om die swye te verbreek. "Jy lyk bekommerd oor iets. Kan ek dalk help?"

Günther kyk op waar hy stip voor hom staan en uitstaar het, wil eers 'n ontwykende antwoord gee, maar sê dan reguit: "Ja. Ek bekommer my 'n bietjie oor Inge."

"Ek ook. Sy werk te hard."

"Dit ook, maar dit kan ek nog verstaan. Nee, ek praat van haar obsessie om swanger te raak. Is julle bewus daarvan?"

"Ja."

"Kan julle dit verstaan?"

Horst se oë vernou. Dis gevaarlike terrein hierdie. Weet Günther iets, of vermoed hy iets, of is hy werklik in die duister?

"Dat sy 'n kind wil hê, is te begrype. Maar haar haas . . ."

"Juis. Ek kan nie verstaan hoekom sy so haastig is nie. Ons kan dit nog 'n paar jaar tyd gee, hoewel ek erken my ouderdom begin 'n faktor word."

"Vyf-en-dertig is geen faktor om so 'n irrasionele oorhaastigheid te regverdig nie."

"Maar sy wil nou verdere hulp soek. Sy wil nou kunsmatige bevrugting probeer. Sy het dit gisteraand opgehaal."

Dis nie so 'n skok vir sy skoonpa as wat hy dink nie, en dié vra net fronsend: "Ek wat het jy gesê?"

"Nee. Ek weier. Ek is bevrees sy was baie ontsteld. Ek kan net nie toestem nie. Ek hoop u verstaan, dokter Horst," spreek hy sy skoonpa formeel aan.

Die ouer man druk sy arm bemoedigend. "Ek stem met jou saam, Günther. Ek is dankbaar jy het nee gesê. Inge . . . Inge het sterk leiding nodig, veral in hierdie saak. Ek is dankbaar jy kan dit vir haar gee."

Günther lyk openlik verlig. "Ek is bly u stem met my saam."

"Honderd persent. Ek en Elke staan agter jou hierin."

Hy kyk sy skoonseun stip aan. "Inge het tyd nodig om . . . haarself uit te sorteer. Ek hoop jy sal geduldig wees."

Günther kyk ewe stip terug, frons. "Sy is 'n komplekse wese. Sy tree soms heeltemal anders op as wat 'n mens sou verwag." Hy bly stil, maar toe sy skoonpa niks hierop sê nie, vervolg hy: "Ons sien maar wat die toekoms inhou."

6

In die dae wat volg, word man en vrou twee beleefde vreemdelinge vir mekaar. Vir Inge word dit 'n marteling om alleen saam met haar man in die woonstel te wees. Dit word iets om te vrees. So ook die nagte wat hulle nog deel, elkeen op sy kant van die bed, rûe na mekaar. Daar is die enkele kere dat hy hom tog tot haar wend, sy regte opeis, of, soos sy dit sien, sy eggenootlike pligte nakom. Dit word vir haar 'n nagmerrie. Van haar huwelik het net onherkenbare flardes oorgebly. Veel eerder was sy en Günther 'n getroude paar vóór hul huwelik destyds in Duitsland as wat hulle dit nou is. Sy voel nou eerder skuldig om 'n bed met hom te deel as toe sy nie 'n trouring aan haar vinger gehad het nie. Veel eerder voel dit vir haar dat hulle nóú in sonde saamleef.

Hoekom praat hy nie? wonder sy dikwels. Hoekom sê hy nie reguit dat hy nie meer kans sien om so voort te gaan nie? Want dat hulle nie vir altyd so kan voortgaan nie, is 'n feit. Hoekom vat hy nie sy goed en loop nie? Of wag hy dat sy eerste moet praat, eerste moet erken dat die situasie onuithoudbaar geword het? Dan kan hy sê dis sy wat haar vryheid gevra het, kan hy met 'n skoon gewete na Annari toe gaan. Hoe ver daardie vriendskap nou al gevorder het, weet sy nie. Sy wil ook nie weet nie. Hoeveel kere hulle saam tennis speel en saans ná werk saam kuier, wil sy nie weet nie. Sy probeer ook nie uitvind nie. Dat dit steeds goed gaan tussen hulle kan sy in haar kleinniggie se selfversekerde houding lees, in die klein glimlaggie om haar lippe en die ligte spot in haar oë wanneer hul blikke toevallig ontmoet. Al wat vir Inge oorbly, is haar werk . . . om te werk en te werk; só die paniek, die hartseer en selfverwyt in haar te probeer doodsmoor. Solank sy aan diens is, word sy gedwing om haar gedagtes by die onmiddellike te bepaal. En saans is sy so uitgemergel na liggaam en gees dat haar kop skaars kussing raak voordat sy in 'n dooie slaap wegsink. Sy besef dat hierdie dooie slaap onnatuurlik is want sy slaap soos iemand wat 'n sterk verdowingsmiddel geneem het, soos 'n dwelmverslaafde. So ontvlug haar gemartelde gees die werklikheid, trek sy terug in 'n kerker van niks. Maar 'n paar nagte word sy wakker en kan daarna nie weer slaap nie. Dan lê sy wakker en staar die nag in, luister na haar man se egalige asemhaling langs haar . . . en wonder hoe 'n mens so dwaas soos sy kan wees. Dan kyk sy terug op al die planne wat sy gemaak het, word die selfversekerdheid waarmee sy dit uitgevoer het nou vir haar verregaande domastrantheid. Dis in hierdie lang, donker ure terwyl sy bid dat dit moet dag word, dat sy ten volle besef: die mens maak sy planne . . . maar dis Iemand Anders wat besluit of dit tot uitvoer gebring sal word. As die mens God probeer speel, kan daar net hartseer en ellende wag.

Inge voel 'n staalveer in haar styfspan toe haar kleinniggie haar op 'n dag direk aanspreek. Dit gebeur nooit, behalwe in 'n professionele hoedanigheid. Inge het pas 'n welverdiende koppie tee in die teekamer geniet toe Annari binnestap. Sy wil uitstap, maar Annari kyk haar direk aan.

"En wat dink jy van Günther se planne?"

Dis nie vir Inge nodig om te antwoord nie. Die leegheid in haar oë sê alles. Die ander meisie se oë rek gemaak verbaas.

"Wil jy my sê hy het jou nog niks daarvan vertel nie?"

Dis 'n patetiese poging aan haar kant om iets te probeer

bedek wat nie bedek kan word nie. "Dit hang af waarna jy verwys."

"Na sy plan om te gaan spesialiseer, natuurlik. Ons het dit weke gelede al bespreek. Om die waarheid te sê, dit was die dag toe . . . jy ons by jul voordeur betrap het. Ek het hom aangemoedig om in ginekologie te gaan spesialiseer."

"Werklik?" Wat kan sy sê?

"Dis vreemd dat hy dit nog nie genoem het nie. Jou pa-hulle behoort al daarvan te weet. Hy moes hulle nou al in kennis gestel het."

Inge se ooglede sak. Ja. Haar ouers sal seker weet. Maar sy vermy haar ouers sover moontlik want sy is bang hulle sal vrae vra. Ook die ou openhartigheid en vertroue tussen haar en haar ouers het verdwyn. Daar is so baie mooi goed wat skielik uit haar lewe verdwyn het. Om die waarheid te sê, daar het eintlik niks meer oorgebly nie. Haar werk, ja . . . maar daaruit put sy nie soveel vreugde as wat sy verwag het nie. Dis of dit nou net 'n skans geword het waaragter sy met al haar seerkry kan skuil.

Annari trek haar skouers op, stap na die teepot. "O wel, ek is bly hy het na my raad geluister. Günther sal 'n puik verloskundige word. Hy sal vir homself naam maak, luister maar wat ek vandag sê . . . en op sy eie bene kan staan."

Sonder 'n verdere woord stap Inge by die deur uit. Die doodsheid waarin sy die afgelope weke vasgevang was, is versteur. 'n Woede begin in haar opbou en toe sy van diens gaan, kan sy haarself kwalik nog beheer. Sy voel so verneder soos nog nooit in haar lewe nie. Hy bespreek sy toekomsplanne met 'n ander vrou. Aanvaar háár raad oor sy toekoms. Maar hy ag sy vrou so min dat hy dit nie eens teenoor haar noem nie. Die hele wêreld weet reeds dat hy in verloskunde gaan spesialiseer – net sy eie vrou nie!

Sy is bewus daarvan dat sy haar selfbeheersing gaan verloor toe sy die namiddag hul woonstel binnestap, maar 'n soort roekeloosheid het van haar besit geneem. Laat kom wat wil, só kan dit nie voortgaan nie. En sy sal nie toelaat dat sy so behandel word nie. En nog minder gaan sy toelaat dat sy weer so verneder word. Hy kom net uit die slaapkamer toe sy binnestap en sy wit tennisklere is soos 'n rooi doek voor 'n bul. Sy bly vierkant in die deur staan.

"Sit maar eers jou raket neer. Jou tennismaat kan wag. Ek wil met jou praat." Hy frons, gehoorsaam en kyk haar stip aan. Die kil swye van die afgelope weke gaan verbreek word en hy kan amper hardop sug van verligting. "Wel? Ek luister."

Sy kners op haar tande. "Ek hoor jy gaan spesialiseer in verloskunde."

Sy wenkbroue lig. "Wel?"

Sy kan hom vermorsel. Liefhê ofte nie, só na aan moord pleeg was sy nog nooit. "Ek sou dink dis iets wat 'n man eers met sy vrou bespreek voordat hy die geheim met sy spesiale vriendin deel en die res van die wêreld daaromtrent inlig."

"Daar is twee redes." Sy stem is kalm. "Eerstens wou jy die afgelope weke nie juis met my praat nie. En tweedens het ek nie gedink jy sou énigsins belangstel nie."

Sy weet sy klink half histeries toe sy uitroep: "Moenie stories aan my verkoop nie, Günther! Hoe sal ek nie belangstel in wat jy besluit om met jou toekoms te doen nie? Ek is jou vrou!"

"Goed. Daar was ook 'n derde rede. Ek het dit doelbewus nie vir jou genoem nie, want dan sou jy, soos altyd, namens my wou besluit en hierdie keer kon ek dit nie toelaat nie. Ek het geweet ek sou teenkanting van jou kry, en ek het net gevoel dis ek en ek alleen wat oor my loopbaan kan besluit."

Sy snork hardop, vra ontstoke: "En hoekom dink jy sou ek daarteen gekant wees?"

"Enigiets wat nie in die raamwerk van die Meissner-kliniek pas nie, pas jou ook nie. Hier is nie 'n ginekologiese afdeling nie. Jy sou my voorstel summier verwerp het. En moet dit nie ontken nie, Inge. Ons weet albei dit is so."

Sy word tot stomende swye gedwing. Hy het gelyk. 'n Paar maande gelede sou sy hierdie idee as belaglik afgemaak het. Waarvoor in 'n rigting studeer wat die kliniek nie sal baat nie? Maar die afgelope paar weke het alles so onherkenbaar in haar verander. Die afgelope tyd het sy begin droom dat die kliniek die saambindende faktor tussen haar en haar man gaan word. Sy het gedroom dat hulle twee soos haar ma en pa vir jare en jare saam, sy aan sy, in die Meissner-kliniek sal werk. Maar dis duidelik net nog een van haar futiele drome ... Sy moet liewer heeltemal ophou met droom. Daar is blykbaar geen drome meer vir haar oor nie.

"Wat beoog jy ná jy gespesialiseer het?" vra sy bot.

" 'n Privaat praktyk."

Dis dan die einde van alles. Heeltemal weg uit die kliniek sal hulle so te sê geen lewe meer saam hê nie. Nou sien sy hom darem nog soms in die gange, al is die ander dame meesal aan sy sy; werk hulle tog soms saam. Maar dan sal hulle net 'n rukkie van die nag bymekaar wees ... en teen hierdie tyd weet sy dat 'n stukkie nag saam nie genoeg is om 'n huwelik te red nie. Sy kan net sowel nou al die handdoek ingooi. Weer praat sy sommer net roekeloos en onnadenkend: "Is dit omdat jy nie gelukkig in die kliniek is nie? Of is dit omdat Annari vir jou voorskryf wat om te doen? Of om watter rede doen jy dit werklik?"

Sy wou eintlik vra of dit is om van haar af weg te kom, maar sy verander die laaste deel van haar sin toe sy sy gesig sien. Hy is ook nou kwaad.

"Ek was van die begin af oorbodig hier en jy weet dit. Ek het 'n plek in die kliniek gekry net omdat ek jou man is ..."

"Maar jy het intussen vir jouself 'n plek verwerf, Günther," pleit sy nou. "Jy word as 'n uitstekende diagnostikus beskou en ..."

"En ek laat my van niemand meer voorskryf nie. Nie van Annari, soos jy beweer nie, en ook nie van jou nie, my vrou," val hy haar in die rede.

438

Haar mond trek smalend. "Dis nie wat sy my laat verstaan het nie."

"Ons het die saak bespreek, maar toe het ek klaar besluit dat ek 'n verandering moet maak."

"En toe stel sy verloskunde voor en jy val dadelik daarby in."

Sy oë vernou en hy staan roerloos soos 'n standbeeld. "Toevallig het haar voorstel ooreengestem met dit waarop ek reeds besluit het."

Sy weet sy ploeg al dieper die modder in en dat sy besig is om alle hekke agter haar toe te sluit, maar dis of haar tong onkeerbaar op sy eie voortstorm. "Terwyl jy nou so besig is om veranderings in jou lewe te oorweeg, is daar ook ander waarvan ek nog nie kennis dra nie?"

"Soos byvoorbeeld?" Sy stem daag haar uit.

Sy antwoord ewe uitdagend: "Soos byvoorbeeld veranderings in jou private lewe?"

"Bedoelende?"

Elke senupunt in haar liggaam prik van radelose woede en frustrasie en hartseer terwyl haar nugter verstand haar vertel sy is self besig om hul huwelik oor die laaste randjie van die afgrond te stoot. "Soos dat jy nie net van die kliniek wil wegkom, maar ook van my."

'n Kort stilte. "Wat presies wil jy vir my sê, Inge?"

"Ek het niks te sê nie. Ek vra maar net. Jy wil nie miskien dalk ook 'n verandering van vrou maak nie?"

Weer 'n kort stilte en dan sien sy met ongeloof hoe sy lippe trek en hy begin glimlag. Hy staan en lag op so 'n oomblik!

"Ek sal jou laat weet as ek 'n egskeiding wil hê. Nou moet jy my verskoon, asseblief. My tennismaat wag . . . Sien jou later." Hy stap by haar verby en sy hoor die deur toeklap.

Toe sy 'n rukkie later haar ouerhuis binnestap, kyk haar ma en pa mekaar vlugtig aan en Horst kry die boodskap. Hy staan op en stap sonder 'n woord uit. As 'n kind seergekry het, veral 'n dogter, hardloop sy altyd eerste na haar ma toe.

439

Die deur wat so lank toe was, is weer oopgemaak en Elke ontvang haar snikkende dogter teen haar hart.

"O, Mamma!"

Sy laat haar huil, hou haar net vas, wens sy was nog so klein dat sy haar soos van ouds op haar skoot kon tel en saggies wieg. Maar hierdie seer gaan dieper as die seer van 'n skaafplek en die brand is soveel intenser . . . en al wat die ma dan kan doen, is om haar dogter na die bank te lei, haar hande vas te vat en met liefde en begrip te sê: "Vertel Mamma wat is verkeerd, skat."

Weer storm die woorde onkeerbaar oor haar lippe, maar hierdie keer is dit soos 'n reinigingsreën in haar. Elke laat haar praat, hoor dinge wat sy reeds weet, maar hoor ook dinge wat sy nie geweet het nie.

"Wat moet ek doen, Ma? Ek wil hom nie verloor nie!"

"Omdat hy vir jou 'n seun moet gee aan wie hy die van Meissner moet gee?"

Inge skud haar kop, bieg eerlik: "Nee, ma. Net omdat ek hom liefhet, om geen ander rede nie."

"Maar jy het nie van liefde gepraat toe jou pa jou gekonfronteer het nie, Inge."

"Ek het dit toe nog self skaars besef. Hy sou my ook nie geglo het as ek hom toe vertel het dat ek intussen my man werklik liefgekry het nie."

"Wanneer het jy dit besef?"

"Ek kan nie die dag en datum sê nie. Die vriendskap tussen Günther en Annari het aan my begin krap. Dit was 'n skok toe ek besef dat ek jaloers is. Ek het myself wysgemaak dis omdat daar nog nie 'n kind is nie dat ek ontsteld is dat Annari my planne in die wiele kan ry. Maar toe besef ek skielik dat al sou daar al 'n paar klein Meissnertjies wees, ek nog nie van die idee hou dat Annari my man vat nie." Tussen die trane deur moet sy ook verleë lag toe sy haar ma sien glimlag. "Ag, Ma, ek was so 'n gek! Ek weet nie waar my verstand was toe ek op hierdie plan gekom het nie. Aan die ander kant weer . . . dan sou ek Günther nooit ontmoet het nie. En vanmiddag het ek hom so te sê 'n egskeiding gegee. As ek liewer my tong afgebyt het! Wat gaan ek doen as hy my om 'n egskeiding vra?" Dan kom die ou koppigheid weer na vore en die nat oë lyk kwaai. "Ek gaan hom nie sommer net so op 'n skinkbord vir Annari gee nie! As ek net kan verwag!"

Maar Elke skud haar kop. Haar kind het nog baie te leer. "Nee, Inge. 'n Kind kan nie 'n huwelik red nie. Daarvan is die talle egskeidings waarby kinders betrokke is, voorbeeld genoeg. As die verhouding tussen man en vrou nie reg is nie, kan 'n kind dit nie regmaak nie. Miskien het jy gelyk. Miskien sal Günther, as daar 'n kind is, nie sommer skei nie. Maar wil jy regtig jou man deur afpersing behou? Gaan dit jou ooit geluk bring?"

"Afpersing!"

"Ja, Inge. Wat jy wil doen, is afpersing. Jy wil nou tot elke prys 'n kind hê om jou man te dwing om by jou te bly. Maar jy gaan nooit huweliksgeluk ken soos dit behoort te wees nie. Jy sal jouself altyd treiter dat jou man gedwonge voel om by jou te bly terwyl sy hart na 'n ander vrou hunker."

"Ma . . ." Haar bleek gesig met die groot blou oë tref die moeder soos 'n vuishou in die hart. "Ma dink dus hy . . . dis reeds te laat . . . hy is reeds lief vir haar?"

"Nee. Ek weet nie." Haar hart krimp vir die vrees in haar kind se oë, maar nou is dit tyd vir absolute eerlikheid. Valse hoop kan ewe wreed wees. "Ons weet nie hoe ver hierdie vriendskap al gevorder het nie. Miskien is dit nog net vriendskap van Günther se kant af. Ek moet erken, dit is vir my moeilik om te glo dat hy 'n liefdesverhouding met 'n ander vrou sal aanknoop terwyl hy 'n getroude man is. Hy lyk my nie daardie soort nie. Maar hy bly op stuk van sake 'n mens en 'n man en jy het dit nie vir hom maklik gemaak nie. Onthou jy dat ek jou gewaarsku het dat jy jou man verwaarloos en te veel tyd in die kliniek deurbring?"

"Ja, ek onthou. Maar die kliniek was 'n nuutjie en ek het

441

toe nooit daaraan gedink dat ek hom kan verloor nie. Ons is dan getroud!" Inge sluit haar oë 'n oomblik. Hoe kinderagtig en onvolwasse was sy! Nou weet sy dat as jy vandag getroud is, dit nie vanselfsprekend beteken jy is môre nog getroud nie.

"Jou pa sê my dat jy nou selfs so ver wil gaan om van alternatiewe metodes gebruik te maak om swanger te word, maar dat Günther hierdie keer sy voet neergesit het."

Sy kyk haar ma fronsend aan. Haar ma en pa weet meer as wat sy ooit gedroom het. "Dis reg, ja, maar hoe weet Pa Günther het geweier?"

"Omdat Günther hom dit gesê het."

"En Pa stem natuurlik volkome saam," sê sy ietwat bitter.

"Ek stem ook saam, Inge . . . nou meer as ooit. Die laaste ding wat jy nou moet kry, is 'n kind. Kry eers die verhouding tussen jou en jou man reg en dink dan weer aan 'n kind."

Die oë pleit en sy lyk meteens weer so jonk en weerloos soos toe sy nog 'n jong dogter was. "Hoe kry ek dit reg, Ma? Wat moet ek doen dat my man vir my kan lief word?"

Elke laat haar ooglede vinnig val om die trane wat daarin skiet, te verberg. Want die vraag wat haar dogter stel, is so pateties . . . en so onbeantwoordbaar. Miskien is daar nog 'n antwoord as 'n vrou deur eie toedoen haar man se liefde verloor. Miskien kan sy dan nog iets daaraan doen, hard werk en vergoed waar sy verbrou het, want die liefde sterf nie so maklik nie. Maar die groot vraag hier is of Inge ooit haar man se liefde besit het. Sy vra versigtig: "Toe julle getroud is, Inge . . . Daar in Duitsland . . . was Günther baie verlief op jou? Het hy dit vir jou gesê en gewys?"

Inge staar haar 'n rukkie aan, skud dan haar kop en dis háár beurt om haar ooglede te laat val. "Nee, Ma. Ek moet erken. Ons het 'n . . . laat ek dit nou maar pront stel . . . sterk seksuele aantrekkingskrag vir mekaar gehad. Ons het verder goed klaargekom. Maar ek glo nie, veral noudat ek terugkyk, dat daar van sy kant af juis liefde ter sprake was nie." Sy voel self geskok toe sy eerlik erken: "Om die waarheid te sê, Ma, ons het nog nooit vir mekaar gesê ons is lief vir mekaar nie."

"Inge! Maar . . . hoe . . . hoe het julle getroud gekom?" Elke probeer nie eens haar skok verberg nie.

"Ons het 'n intieme verhouding gehad en om te trou het net vanselfsprekend gekom."

Elke is eers stomgeslaan, sê dan kopskuddend: "Inge, ek . . . kan nie glo wat ek hoor nie! Ek kan nie glo dis my kind wat vir my hierdie dinge vertel nie! Dit ná al die jare wat jy in hierdie huis die voorbeeld elke dag onder jou oë gehad het van wat 'n huwelik is en moet wees."

"Ek weet, Ma. Ek . . . kan myself nou skaars glo. Ek moet van my sinne beroof gewees het. Maar om nou te verwyt, help niks . . . Dink Ma Günther het ook sy spesiale redes gehad hoekom hy met my getrou het? Dat dit nie net ék was wat alles beplan het nie? Dat hy nooit regtig omgegee het nie en daarom nou so maklik belangstelling in 'n ander vrou kan ontwikkel?"

Elke se hart bloei vir haar kind, maar sy moet eerlik wees. "Wat dink jý, Inge? Hoekom dink jy het Günther met jou getrou? Jy sê hy het nog nooit gesê hy is lief vir jou nie. Om 'n vurige minnaar te wees, beteken nie noodwendig dat liefde daarmee gepaard gaan nie. Om watter ander rede sou hy met jou trou?"

Sy kyk haar ma ontsteld aan. "Dink Ma dis oor die kliniek? Omdat ek hom vertel het dat ek die enigste erfgenaam van die Meissner-kliniek is? Maar hy wil nie hier wees nie, Ma! Hy was van die begin af ongelukkig hier. Hy wil nou gaan spesialiseer en 'n privaat praktyk begin. Nee, dis nie om daardie rede nie. Ek weet net dit is nie!" verweer sy heftig.

"Om watter rede dan?"

Sy kyk haar ma verslae aan, erken verslae: "Ek weet nie." Sy gee 'n kortaf, geskokte laggie. "Dis vreeslik vir 'n vrou om dit te moet erken, maar ek weet nie hoekom my man met

443

my getrou het nie!" En weer pleit die stem: "Miskien het hy tog 'n bietjie omgegee in die begin, maar ek het dit nie kans gegee om tot iets sterks en standhoudends te ontwikkel nie. Ek was behep met my nuwe wit doktersjas en die kliniek . . . en 'n droom wat nooit moes gedroom gewees het nie. Pa het my gewaarsku. Hy het my gesê ek gaan my nog met Günther misgis. Ek ken hom nie. Ek gaan my vasloop. Hy was reg. Ek ken nie my man nie. Ek ken hom glad nie. Nou nog minder as aan die begin. Hy is 'n totale vreemdeling vir my. Ek weet nie wat hy dink nie, ek weet nie wat hy regtig voel nie, veral nie wat hy vir mý voel nie. Ma . . . Ma, wat moet ek doen?"

Wat is daar om te doen? wonder Elke self ook desperaat. Wat antwoord jy as jou kind so 'n vraag vir jou vra en jy self sien geen lig vorentoe nie? Maar jy durf ook nie die hoop in haar demp nie. Daar is darem een flou skynsel van hoop in hierdie hele situasie: Günther het nog nie om 'n egskeiding gevra nie. Hy kon dit lankal gedoen het. Met die oog op sy toekomsplanne behoort hy dit nou te doen as hy nie die ontwrigting van 'n egskeiding in die middel van sy kursus wil hê nie. As hy as ginekoloog wil gaan spesialiseer, sal dit hom drie jaar kos. As Inge nie deel van sy toekoms gaan uitmaak nie, behoort hy nou van haar ontslae te raak. Die akademiese jaar neem binnekort 'n aanvang. Hy het gesê hy sal Inge sê as hy 'n egskeiding wil hê . . . die vraag is net wanneer gaan hy dit vra? Intussen . . . Sy druk Inge teen haar vas. Intussen is hierdie dogter van haar besig om hard te betaal vir foute wat sy gemaak het, is sy op die punt van 'n ineenstorting . . .

Maar soos elke ma probeer sy raad gee, self twyfelend of dit in hierdie laat stadium nog gaan help. "Jy gaan van nou af net jou ure werk wat op die rooster staan. Jy gaan sorg dat jy tuis is wanneer jou man tuis is. Vra hom uit oor die dag se gebeure. Vertel hom van joune. Maak die kos wat jy weet hy van hou. Nooi hom saam as jy gaan inkopies doen. Stel voor dat julle 'n slag gaan fliek, of uiteet. Gaan kyk stoei saam met hom as hy van stoei hou."

"Stoei?"

"Ja. Rofstoei. Hou hy daarvan of nie?"

"Ek . . . weet nie . . ."

"Vind uit, Inge, en as hy daarvan hou, verras hom met twee kaartjies na 'n vertoning."

"Is Ma ernstig?"

"Ek is."

"Ag, Ma!" Inge gee 'n hulpelose laggie.

"Ek weet, my kind. Dit klink belaglik, maar belaglik of nie, dis belangrik. In 'n huwelik is dit van die allergrootste belang dat jy weet of jou man van stoei hou of nie. Jy moet sy voor- en afkeure ken en jy weet niks van jou man af nie. Jy weet nie eens of hy van stoei hou nie. Of van boks. Of van . . ."

"Hy hou van tennis. Dit weet ek," sê sy effens bitter, maar haar ma het nie veel simpatie nie. Sy voel sy kan Inge vat en 'n paar keer goed skud. Sy was 'n klein dwaas en dis tyd dat sy dit besef.

"Presies. En jy het nie 'n paar lam bene nie. Hoekom gaan speel jy nie saam met hom tennis nie?"

"Maar, Ma, die bietjie tennis wat ék speel, is nie naastenby op sy en Annari se peil nie."

"O? En wat is hulle peil?" Sy sit en kyk haar ma net aan. "Het jy hulle al sien speel?" Sy moet haar kop ontkennend skud en haar ma kyk haar nou openlik vies aan. "Daar! Sien jy? Jy weet niks nie! Jy neem sommer net aan. Jy het netnou gesê jy gaan jou man nie op 'n skinkbord aan Annari oorhandig nie, maar dis presies wat jy besig is om te doen! Jy gee hulle al die tyd wat hulle nodig het saam. Jy gee hulle al die plesier saam. En dan sit en huil jy alleen in die woonstel. Regtig, Inge, jy maak dit vir Annari so maklik as wat kan kom. Dis so goed jy het Günther op 'n hospitaaltrollie en stoot hom op wiele na haar toe aan!"

Inge kyk haar ma ongelukkig aan. Dis waar. Sy het nie 'n vinger verroer om haar man te wen nie. Haar houding en optrede het hom eerder al verder van haar af weggestoot . . . reguit in haar kleinniggie se oop arms in. O, maar sy is 'n dwaas! Sy verdien om haar man te verloor. Nugter weet hoekom Günther nie al lankal spore gemaak het nie.

"Inge, jy het een groot voorsprong bo Annari. Nee, twee," hoor sy haar ma sê, en kyk haar vraend aan. Sy dog alles is net teen haar. Haar ma neem haar linkerhand en draai die goue troupand in die rondte. "Eerstens hierdie ring. Jy dra sy trouring. Jy is wettig sy vrou. Maak gebruik daarvan, my kind."

"Hoe bedoel Ma?"

"Die tweede groot voordeel is dat jy, omdat jy hierdie ring dra, by hom slaap." Inge se oë rek groot, effens geskok, en haar ma vervolg vererg: "Toe nou! Moenie so geskok lyk nie! Jy is 'n volwasse, getroude vrou en weet waarvan ek praat. Sorg dat julle nie in die bed ook verwyder raak nie, my kind. Dis wonderlik wat 'n man in die dag sal verduur as sy bedsake die vorige nag in orde was."

"Ma!"

Elke lag vir die geskokte oë voor haar. " 'n Man is 'n man, Inge. Hy sal nie die volgende oggend 'n egskeiding vra as hy 'n baie bevredigende nag agter die rug het nie. Hy gaan twee keer dink. Feit is, hy weet dan wat hy het, maar nie wat hy gaan kry nie. Hy kan glad nie seker wees of hy 'n goeie ruil gaan maak nie."

"Ek wil nie my man met seks behou nie, Ma. Ek wil sy liefde hê."

"Inge, sal jy asseblief ophou met droom? Seks en liefde is twee kante van dieselfde muntstuk, my kind. In die verhouding tussen 'n man en 'n vrou kan die een so min bestaan sonder die ander as omgekeerd. Hoeveel mense het mekaar vreeslik liefgehad toe hulle gaan trou het, en selfs ná die egskeiding nog vertel hulle gee baie vir mekaar om, maar . . . met hul sekslewe het daar iets skeefgeloop? Die huwelik kon nie hou nie. En dan het dit al baie gebeur dat mense om ander redes as liefde gaan trou het, hul huwelik gegrond op wedersydse respek en opregte vriendskap . . . en ná 'n ruk vind hulle dit het gegroei tot 'n sterk liefde vir mekaar. Neem jouself as voorbeeld, my kind. Jy het self gesê jy het Günther nie liefgehad toe julle gaan trou het nie, en hoe lyk dit nou?"

"Maar dis nie omdat . . . omdat . . ."

"Nee. Dis omdat iemand anders in jou slaai begin krap het. Maar seks het nog steeds 'n baie belangrike rol gespeel. Hy is nie net 'n man nie. Hy is jóú man, en net die gedagte dat hy 'n intieme verhouding met 'n ander vrou kan hê, wil jou tot raserny dryf, nie waar nie?"

Inge se ooglede sak. Dis alles waar wat haar ma sê. Net die gedagte dat Günther met 'n ander vrou die intieme oomblikke sal deel wat hulle saam gesmaak het, wil haar tot raserny dryf. En Annari is baie mooi. En baie verleidelik. Hulle maak so 'n mooi prentjie saam uit. Jy kan dit nie miskyk as hulle so langs mekaar in die kliniekgang afstap nie. Die lang, blonde man en die donker Turkse skoonheid langs hom . . .

Elke kyk haar dogter teer aan. "Gebruik die wapens en die geleentheid wat tot jou beskikking is. Moenie skaam wees om dit te gebruik nie, Inge. Hy is jóú man. Jy het die reg om te baklei om hom te behou."

Op pad terug woonsel toe is Inge diep ingedagte. Haar ma se raad klink baie nugter en verstandig . . . en is blykbaar haar enigste uitweg om te red wat daar nog te redde is. Aan die ander kant weer . . . Is sy nie dan besig om dieselfde fout te begaan wat sy ietsie meer as 'n jaar gelede begaan het en waarvoor sy nou met trane en vernedering moet boet nie? Toe wou sy ook iets hê wat nie bedoel was nie, maar sy het voortgegaan om planne te smee en tot uitvoering te bring . . . en vandag sit sy net met 'n bondel hartseer. Nou wil sy vir Günther hê en sy en haar ma is weer besig om allerhande planne te beraam hoe om hom te behou, maar soos in die eerste geval, lê die finale besluit by Iemand Anders. In die eerste geval wou sy God speel, en sy is op haar knieë gedwing om te

447

erken dat daar 'n Hoër Wil is waaraan sy haar moet onderwerp. In die tweede geval lê die finale beslissing by Günther. Sy kan hom nie dwing om haar lief te kry nie. Sy kan ook nie keer as hy 'n ander vrou liefkry nie. As hy vandag na haar toe moet kom en sê dat hy Annari liefgekry het, durf sy hom nie eens verwyt nie.

Toe sy die woonstel binnestap, is dit reeds donker. Soos 'n hond wat maar te dankbaar is vir elke krummel wat na sy kant toe val, is sy dankbaar om te sien hy is tuis, reeds gebad ná sy tennis van die middag. Hy het vanaand darem nie ander geselskap gaan soek nie.

Sy sien dat hy haar ondersoekend aankyk – asof hy verwag dat die onaangename gesprek van die middag voortgesit gaan word. Sy sê egter opgewek; "Ek is jammer ek is so laat. Ek het 'n bietjie vir my ma gaan kuier en my tyd daar verspeel. Laat ek sien . . . Vir wat is jy vanaand lus? Ek het beeshaas en . . . ja, daar is tongvis en . . . o ja, daar is nog twee krewe in die vrieskas. U keuse, dokter."

Dat hy eers openlik verbaas en dan agterdogtig lyk, kan sy hom nie verkwalik nie.

"Wat vier ons? Ons egskeiding?"

Dis soos 'n beker koue water oor haar. Haar moed sak in haar skoene. "Günther, is dit nodig om onaangenaam te wees?"

"Jammer, maar jy het my 'n bietjie onkant gevang. Ek is nie gewoond daaraan om in die middel van die week kreef op so 'n vrolike toon aangebied te word nie. Toe dink ek maar ons vier iets."

Sy vang haar onderlip vas. Dit gaan nie maklik wees nie. Haar ooglede lig en sy sê stilswyend: Ek gaan vasbyt, Günther, want ek is só lief vir jou! "Wel, ons kan aan iets dink om te vier, iets meer aangenaam as 'n egskeiding. Kom ons vier jou groot besluit om 'n ginekoloog te word."

"Gaan jy nou weer van voor af begin?"

Hy vertrou my glad nie! skok die besef deur haar. Hy

verwag 'n bybedoeling by elke ding wat ek sê. Wanneer, o wanneer, het hierdie groot verwydering tussen hulle gekom? wonder sy verslae. Dis of hy selfs vyandig is! Günther, is jy werklik al só verlore vir my? As haar ma nou net hier kon wees, haar kon sê hoe sy dit moet hanteer. Sy is glad nie opgewasse teen hierdie vreemdeling nie! "Ek was nie sarkasties nie, Günther."

Sy oë is stip. "Dan het jy niks daarop teë dat ek in verloskunde gaan spesialiseer nie?"

"Nee. Jy het die volste reg om die rigting te kies waarin jy wil gaan. Ek wens jou van harte alle sukses toe."

Dit lyk asof sy met haar antwoord die wind uit sy seile geneem het. Dan knik hy net, gee 'n skalkse glimlaggie en dit tref haar hoe lanklaas sy hom teenoor haar sien glimlag het. Was daar dan al die tyd skille voor haar oë?

"In daardie geval . . . gaan maak vir ons daardie kreef gaar. Ek gaan soek vir ons die regte bottel wyn daarby."

Kan 'n mens so verspot gelukkig voel omdat jou man teenoor jou geglimlag het en omdat hy 'n spesiale bottel wyn vir julle gaan oopmaak? wonder sy verstom toe sy begin doenig raak in die kombuis. Haar ma vertel haar sy weet niks van haar man af nie. Maar sy begin uitvind sy het haarself ook nie geken nie.

Dit word 'n aangename aandjie saam. Elke onderwerp wat enigsins die atmosfeer mag bederf, word naarstiglik vermy. Woorde word versigtig gekies om die gesprek lig en aangenaam te hou. Versigtigheidshalwe bly hulle by veilige onderwerpe, soos Günther se voorgenome studie.

"Dis 'n volle drie jaar. Miskien is ek verspot om op hierdie ouderdom verder te wil leer. My jare tel teen my."

"Moenie laf wees nie, Günther. Jy sal dan maar agt-en-dertig wees – in die fleur van jou lewe."

"Nader aan nege-en-dertig. Alles in my lewe het te laat vir my gebeur."

Sy frons, dwing dan weer 'n glimlag na haar lippe. Sy gaan

nie toelaat dat hulle vanaand morbied word nie. "Dis nooit te laat nie."

Hy kyk haar ernstig aan. "Vir sekere dinge word dit te laat."

Sy voel haar hart krimp. Is daar nou 'n bybedoeling in sy woorde? Bedoel hy dat dit te laat geword het om hul huwelik te red? Haar stem is toonloos toe sy vra: "Watter dinge?"

Hy aarsel voordat hy antwoord, sy oë vas in hare: "Soos om kinders te hê." Hy sien haar haar asem inruk en vervolg: "Ek het weer oor die saak nagedink."

Sy val hom vinnig in die rede, te bang om te hoor wat hy gaan sê: "Ek ook en ek stem nou met jou saam. Ek is te oorhaastig. Ek is jammer. Ek het nie genoeg nagedink nie." Sy kry dit reg om gerusstellend in sy verbaasde oë te glimlag. "Ek gaan my ginekoloog se raad volg en vir eers totaal van 'n baba vergeet."

"Bedoel jy dit, Inge?"

"Ja. Ons gaan in elk geval so besig wees dat ons kwalik tyd vir 'n baba ook sal hê, nie waar nie? Jy met jou studie en ek . . . Wat is verkeerd?" vra sy verbaas toe sy sy diep frons sien.

Hy sit sy mes en vurk neer. "Nee. Niks. Ek is maar net . . . verbaas dat jy so maklik hiervan afgesien het. Jy was . . . baie ernstig daaromtrent."

Dit was nie maklik nie, Günther, vertel sy hom stilswyend. Maar ek het eindelik nugter begin dink. Ek wil jou nie dwing om aan my gebonde te bly nie. Jy moet uit liefde vir my by my bly, en om geen ander rede nie. Sy sê egter hardop: "Ja, ek was 'n bietjie . . . verspot, nie waar nie? Ek was in baie ander opsigte ook verspot. Jy moes my soms baie kinderagtig gevind het."

Sy verbasing is nou eg. "Hoekom sê jy so?"

"My beheptheid met die kliniek. Ek het opgetree asof die plek sal verkrummel as ek by die voordeur uitstap. Maar wanneer ek die volgende oggend daar kom, staan dit nog!" Sy lag alleen vir haar eie grappie, begin vinnig die borde bymekaarsit om sy ondersoekende blik te ontwyk. "Nou kan jy rustig agteroor gaan sit. Sal ek vir ons koffie maak?" Op daardie oomblik lui die telefoon en hulle kyk veelbetekenend na mekaar. Inge is vir die nag op roep. As die telefoon lui, kan dit net een ding beteken. "Ag nee!"

Sy blik volg haar verward na die kamer. Toe sy terugkom, is sy reeds besig om haar doktersjas aan te trek. "Ek moet gaan." Sy aarsel, waag dit dan: "Ek dink nie ek sal lank weg wees nie. Wil jy nie saamstap nie?"

Maar hy skud sy kop. "Nee. Ek sal solank hier opruim."

"Dit kan wag tot ek . . ."

"Nee, gaan maar. Ek het ook dinge . . . om oor na te dink."

Op pad na die kliniek is sy 'n diep bekommerde vrou. Waaroor wil hy nadink? Hoekom het hy vanaand die kind opgehaal? Wat wou hy vir haar sê? Dat 'n mens nie 'n kind probeer kry as jou huwelik reeds op die rotse is nie? Dat hy nie deur al die tierlantyntjies wil gaan om 'n kind buite die normale manier te verwek terwyl daar 'n ander vrou in sy lewe is wat hom sekerlik maklik 'n kind op die normale manier kan gee nie? Was hy op die punt om haar om 'n egskeiding te vra?

In die woonstel staan Günther Meissner nog lank stil voor hom en uitstaar, skud dan sy kop en sê hardop aan homself: "Moet liewer nie eens probeer verstaan nie."

7

In die weke wat volg, moet Günther Meissner hierdie woorde 'n paar keer aan homself herhaal, terwyl hy sy verwarring en verbasing só goed wegsteek dat Inge glad nie kan agterkom wat hy van die skielike metamorfose dink nie.

Want Inge wend werklik 'n ernstige poging aan om reg

te stel waar sy in die verlede te kort geskiet het. Tog weet sy dat hy hierdie skielike ommeswaai met agterdog bejeën. Sy kan dit in sy oë lees, kan die versigtigheid in sy houding sien. Daar is geen spontane tegemoetkoming van sy kant nie. Sy moet hard werk en alleen werk om hul huwelik in stand te hou. Tog is daar weer 'n sprankie hoop op die horison. Terwyl dinge bedags maar sukkel-sukkel gaan, is daar 'n verbetering in hul intieme lewe. Waar dit op 'n tyd so te sê tot stilstand gekom het, het daar nou 'n oplewing gekom hoewel sy steeds voel dat daar iets kortkom. Sy kry dit nie reg om haar met die spontaneïteit waarmee sy graag wil, aan hom te gee nie. Want nou is dit soveel meer as seks wanneer hulle intieme oomblikke deel. Nou is dit die behoefte om aan die man wat sy liefhet, te behoort. Nou is dit by haar nie meer 'n doelbewuste daad om 'n kind te verwek nie, maar die hunkering van 'n vrou na die man wat sy bemin soos dit reeds in Genesis vasgelê is.

Maar is dit uit liefde dat hý toenadering soek? is die vraag wat haar gedurende hierdie oomblikke bly treiter. Of is dit 'n beloninkie wat na haar kant toe kom omdat hy sien dat sy deesdae werklik probeer om meer van 'n vrou vir hom te wees as voorheen? Voel hy verplig om dit te doen? Voel hy dat hy hom in 'n situasie bevind waarin hy nie juis anders kan nie? Hulle is getroud. Hulle deel 'n bed. Of is dit bloot harstog, die roep van die natuur, wat hom nou meer dikwels na haar toe laat draai? En is sy gedagtes nie miskien in hierdie intieme oomblikke besig met 'n ander vrou nie?

Horst kyk op van die papiere voor hom waar hy besig is om die volgende dag se operasierooster op te stel toe hy sy skoonseun in die deur gewaar. "Kom binne, Günther."

"Dankie."

Die twee mans kyk mekaar vas aan en Horst besef dat hy trots voel op hierdie skoonseun van hom. Dit sal wonderlik wees as hy en Inge hul probleme uitgestryk kry en hy eendag

452

saam met haar aan die hoof van die Meissner-kliniek kan staan.

"Kan ek help?"

"As u 'n oomblik tyd het vir 'n persoonlike saak . . ."

"Natuurlik. Sit."

"Dankie, maar dit sal nie lank neem nie. Ek het nou finaal besluit dat ek in verloskunde gaan spesialiseer."

Sy skoonpa frons en Günther is nie verbaas nie. Dan knik die ouer man en glimlag: "As dit is wat jy wil doen, alle sukses van my kant."

Günther het dit nie verwag nie. Eerder teenkanting. "U besef natuurlik dat ek nie meer vir die Meissner-kliniek beskikbaar sal wees nie . . . Ek beoog 'n privaat praktyk."

Dis jammer. Baie jammer, dink Horst. Ook hy en Elke het hul drome gehad. Daar is seker nie 'n mens wat nie van 'n droom moet afskeid neem nie. Hy steek sy hand uit. "Dis jou lewe, Günther . . . en jou toekoms?"

Günther glimlag verlig. Dit was nie maklik om hierdie man te vertel dat hy sy bande met die Meissner-kliniek gaan breek nie. Hy weet baie goed dat sy skoonpa op hierdie oomblik diep teleurgesteld is. Hy is immers die enigste erfgenaam se man. Daar is een ding waarvoor hy baie dankbaar kan wees – hy het wonderlike skoonouers. 'n Begrypende skoonpa veral, en hy druk die hand wat syne omklem. "Dankie . . . Pa."

Dis die eerste keer dat hy sy skoonpa so noem en albei mans weet dat hulle op hierdie oomblik 'n band smee wat nie sommer verbreek sal word nie, wat die toekoms ook al inhou.

"Mag ek iets voorstel, Günther?" Toe die ander knik, vra hy op die man af: "Dis 'n voltydse driejaarkursus. Ek wil graag 'n finansiële bydrae maak."

Daar is opregte waardering in die jonger man se stem. "Baie dankie, maar dit sal nie nodig wees nie. My huis in Duitsland is onlangs verkoop. Geld is geen probleem nie."

Só rapporteer Horst dit ook aan Elke toe hy daardie middag tuiskom.

Sy vrou is duidelik ontsteld. "Inge het my vertel dat hy so iets beoog, maar toe daar nie weer daaroor gepraat is nie, het ek gehoop hy het daarvan afgesien. Hoekom nou juis ginekologie?"

"Elke, ons het geen reg om die man in 'n raam in te dwing waarin hy nie wil wees nie. Hy wil onafhanklik van sy vrou en die kliniek wees. Hy wil op eie bene staan. Ek moet sê, ek begin al groter respek vir ons skoonseun kry. 'n Ander man sou maar te bly gewees het om net te ontvang wat op 'n skinkbord aan hom aangebied word . . . die medehoofskap van die Meissner-kliniek. Min mense sal nee sê daarvoor, maar Günther het."

Elke kyk hom fronsend aan. Sy wil nie heeltemal met haar man saamstem nie. Feit is, Günther is 'n Meissner en sy ken die Meissners. Hulle is koppige mense. "Dink jy nie dis eerder trots wat hom so laat besluit het nie? Valse trots?"

Maar haar man glimlag. "Nee. Ek glo nie dis trots nie. Ek glo Günther wil werklik graag 'n verloskundige word en hy gaan 'n goeie een wees. Ek het baie simpatie met hom, my vrou. Besef jy dat hy hom in dieselfde situasie bevind as ek destyds? Ek was verlief op die enigste erfgenaam van die beroemde Meissner-kliniek. Ek het 'n lang stryd met my trots gehad voordat ek moes swig voor die liefde."

Hulle glimlag teenoor mekaar en dan sug Elke. "Maar Günther se trots het gewen omdat daar nie liefde is waarvoor hy kan swig nie."

"Moenie sommer tot gevolgtrekkings kom nie. Een ding is nou vir my baie duidelik. Hy het nie met Inge getrou om 'n vastrapplek in die Meissner-kliniek te kry nie. Hy het my baie duidelik laat verstaan dat hy 'n privaat praktyk beoog sodra hy klaar gespesialiseer het. Met ander woorde, hy gaan in die toekoms niks met die kliniek te doen hê nie."

Maar Elke het ook 'n goeie hap van die Meissner-koppigheid weg. "Dit pla my ook. Soos jy gesê het, min mense sal so 'n kans onbenut by hulle laat verbygaan. My maggies, dis nie 'n kleinigheid om eendag aan die hoof van die Meissnerkliniek te staan nie! Dis vir my amper onnatuurlik dat hy nou sy neus daarvoor wil optrek!"

Maar haar man is geensins ontsteld nie. "Inteendeel, Elke. Dit bewys weer aan my dat ons skoonseun geen gewone man is nie. Dis jammer dat Inge alles tussen hulle verongeluk het. Sy gaan 'n besondere man verloor . . ."

"Moenie dit sê nie, Horst!" roep Elke ontsteld uit. "Jy praat asof dit klaar gebeur het! Hulle is nog getroud."

"My vrou, moenie dat ons onsself mislei nie. Hierdie nuwe toekomsplanne van Günther gaan hulle nog verder van mekaar verwyder. 'n Man en vrou kan nie in twee aparte rigtings loop en verwag dit moet goed gaan met hul huwelik nie. Inge het 'n voltydse werk in die kliniek; hy gaan die meeste van sy dae en nagte óf in Tygerberg, óf in Groote Schuur deurbring. Daardie twee mense sal selde indien ooit tyd vir mekaar en hul huwelik hê."

Sy baklei terug. "Daar is baie ander paartjies waar die een werk en die ander studeer, en hulle skei nie."

"Maar daar is een groot verskil, my vrou. Die band van liefde help hulle deur. Wat gaan vir Inge en Günther help?"

"Inge het Günther opreg lief, Horst. Ek twyfel nie daaraan nie. Ons kind se hart is uitgeëet in haar binneste oor hom."

"Ek aanvaar jou woord daarvoor, maar . . . wat van Günther?" Dis 'n rukkie stil terwyl die ouers in hul gedagtes magteloos toekyk hoe die afgrond waaroor hul dogter se huwelik gaan stort, onrusbarend nader skuif.

Dan kyk Elke haar man vinnig aan. "Ek het die oplossing. Dit sal werk. Dit móét werk." Sy is nou heeltemal opgewonde. "Óns moet hulle die band verskaf wat hulle sal bind. Liefde is nie die enigste band wat man en vrou op aarde bind nie."

Hy is verstom nadat sy haar voorstel voorgelê het en natuurlik maak hy onmiddellik kapsie daarteen. "Vergeet daarvan, Elke. Günther sal nie instem nie."

"Hoe weet jy? Ons kan probeer."

"Dit lyk na omkopery, afpersing!"

"Hy word nie omgekoop nie en nog minder afgepers. Hy word 'n voorstel gedoen. Hy kan net ja of nee daarop antwoord. Ons gaan nie met 'n pistool voor sy kop staan en sê hy moet dit aanvaar nie. Die keuse is syne."

"Elke, dit gaan nie werk nie . . ."

"As hy ja sê, beteken dit twee dinge, besef jy dit nie? In die eerste plek beteken dit dan dat hy nie in Annari belangstel nie. Ek bedoel, dit sou darem verregaande wees as hy instem terwyl hy van plan is om ons dogter weg te gooi vir 'n ander vrou! En tweedens beteken dit dat hy en Inge steeds saam in die Meissner-kliniek sal wees; dat hulle nog steeds saam hier sal werk en eendag, mag die Vader dit gee, saam die kliniek sal bestuur."

Hy kan nie teen vroulike logika baklei nie. Maar dit bly steeds vir hom 'n verregaande plan. Hy hoor sy vrou pleit: "Dink aan jou dogter, Horst! Jy is dit aan haar verskuldig om alles in jou vermoë te doen om haar huwelik te help red!"

"Ek is aan Inge niks verskuldig nie!" antwoord hy kwaai. "Het ék gesê sy moet Duitsland toe foeter en 'n man gaan soek met die van Meissner? Is dit ék wat daarop aangedring het dat daar weer 'n Meissner vir die kliniek gebore moet word? Dis maklik om te sê dis nou my plig om haar te help. Waar eindig 'n ouer se plig dan? Jou kind maak die grootste gemors van haar lewe, doen dinge en besluit dinge sonder jou toedoen of goedkeuring, en dan, wanneer sy in die gemors sit, is dit jou plig as ouer om haar daaruit te trek. Is dit wat jy vir my wil sê?"

Elke probeer vinnig olie op die troebel waters gooi. Sy móét eenvoudig vir Horst oorhaal om te doen wat sy vra. "Dis reg, my man. Dis nie jou skuld dat Inge nou in hierdie situasie sit nie. Aan die ander kant weer, my man, glo ek nie dinge gebeur sommer vanself nie. Inge het verkeerd gedoen, maar God het tog toegelaat dat sy met Günther Meissner trou."

"Elke, stadig nou. God laat wel dinge toe, maar dit beteken nie dat dit sy goedkeuring of seën wegdra nie. Hy is nie 'n tiran nie. Jy kan nie so redeneer nie."

"Tog, Horst, bly ek vas glo dat daar 'n doel is agter alles wat gebeur. Noudat ek so dink . . . wil ek tog 'n Hoërhand agter alles begin sien. Kom ons los nou eers die verkeerd of reg van Inge se optrede uit. Sy is Duitsland toe; daar was 'n man met die van Meissner; hy was beskikbaar, 'n wewenaar; hy het met haar getrou. Aan die ander kant kon sy Duitsland toe gegaan en vergeefs na die regte man gesoek het. Günther kon 'n gelukkig getroude man met vrou en kinders gewees het. Sy kon onverrigter sake teruggekeer het. Inge het haar planne gemaak, maar jy moet erken omstandighede was baie gunstig. 'n Bietjie té gunstig om dit sommer net af te maak as blote toeval."

"Maar teken nou die prentjie verder. Toe kom sy terug met presies die regte man wat sy beoog het vir haar doel . . . en nou kan sy nie swanger raak nie. Nou is omstandighede nie meer in haar guns nie. Om alles te kroon, raak sy skielik verlief op die man omdat die huwelik bedreig word deur 'n ander vrou. Nog steeds 'n Hoërhand wat hier 'n rol speel?"

"Hoe sal ons weet, my man? Die feit dat Inge nie swanger kan word nie . . . Miskien is dit die dure les wat die Goeie Vader haar eers wil leer. Jy kan jou plannetjies maak, maar Hy is baas van môre. Hy beheer en beskik die ongebore uur. En Annari . . . Miskien is Annari 'n noodsaaklike faktor, want sy het Inge wakker geskud. Deur háár toedoen het my kind begin leer dat 'n mens moet waardeer wat jy het, dat jy jou man moet oppas en troetel anders kan hy van jou weggeneem word. Annari het gesorg dat ons dogter 'n volwasse vrou word en nie 'n droomverlore kind gebly het wat in 'n fantasiewêreld leef waar onmoontlike drome waar word nie.

Hierdie gebeure het Inge perspektief gegee, haar gehelp om haar prioriteite reg te kry. Dit gaan nie meer vir haar om 'n kind en die Meissner-naam wat moet voortleef nie. Dit gaan vir haar om die liefde van haar man. Dis al wat sy nou begeer, niks meer nie. En as ons 'n deeltjie kan bydra om dit vir haar moontlik te maak . . . Asseblief, my man, laat ons dit dan doen. Jy kan nou vir my vertel Inge verdien hom nie, sy verdien nie huweliksgeluk nie. Miskien nie. Sy het baie verkeerd gedoen. Maar dan weer, Horst, wie van ons verdien werklik wat ons ontvang het? Dis mos maar alles genade, my man. Ons is mos maar almal afhanklik van die Hand wat uitdeel soos Hy goeddink. Wie is ek en jy om te sê hierdie of daardie persoon verdien nie geluk nie en daarom sal ons nie 'n vinger verroer om te help nie. Asseblief, Horst!"

Inge en Günther word daardie Sondag genooi om by haar ouers te kom eet en hulle het kwalik 'n verskoning om nie te gaan nie. Dokter Jan is vooraf gewaarsku dat hy die werkrooster só moet opstel dat Inge en Günther saam die hele dag vry het – 'n seldsame verskynsel.

Dis aan die end van 'n genoeglike ete toe hulle reeds met koffie en likeur in die sitkamer sit, dat Horst sy glasie omhoog hou. "Op jou toekomsplanne, Günther. Alle sukses!" Dan, ná 'n oomblik van aarseling en 'n vlugtige blik in sy vrou se rigting, vervolg hy: "Ek en Elke het 'n aanbod om jou te maak. Maar, Günther, jy moet duidelik verstaan dis eintlik net 'n voorstel en die keuse is joune. Jy het die volste reg om nee te sê. Daar sal geen kwade gevoelens wees nie. Is dit duidelik?"

Günther kyk met 'n ernstige gesig na sy skoonpa. Sy hand kom omhoog asof hy 'n afwerende gebaar wil maak, maar dan sê hy net gelykmatig: "Ek verstaan."

Horst begin baie diplomaties. "Soos ons almal weet, kry die kliniek nogal dikwels noodgevalle in, veral motorongelukgevalle, waarby pasiënte wat swanger is, betrokke is. Ons het in die verlede nog so reggekom, maar ons besef dis nie wenslik om sulke gevalle in ons algemene kamers en sale te huisves nie. Dit sou veel beter en meer prakties wees as ons 'n aparte vleuel daarvoor het. En terwyl ons dit beoog, kan ons dit net sowel goed doen en 'n nuwe verloskundige afdeling by die kliniek voeg. Daarom is ek baie bly dat jy juis hierdie rigting gekies het. Ek wil jou vra of jy dit vir ons sal beman wanneer jy die dag klaar gespesialiseer het. Sien jy kans?"

Toe dit tot Inge begin deurdring wat haar pa beoog, pak 'n groot opgewondenheid haar beet. 'n Kraamafdeling vir die kliniek! Die perfekte oplossing!

Günther antwoord nie dadelik nie. Hy kyk na sy vrou se opgewonde gesig, staar haar 'n hele rukkie in doodse stilte aan. Toe keer sy blik terug na sy skoonpa, sy stem só beleef dat dit 'n koue rilling deur Inge stuur. "Baie dankie vir die aanbod, maar ek is bevrees ek kan dit nie aanvaar nie. Ek vra verskoning dat ek nou sal moet gaan. Professor Lubbe, wat my professor gaan wees, het my genooi om vanmiddag 'n draai by hom te kom maak. Dis eintlik die enigste tyd wat ons albei pas om 'n geselsie in te kry voordat die akademiese jaar begin. Kuier jy nog, Inge, of kom jy saam?" vra hy sonder om na sy vrou te kyk.

"Ek . . . ek kom saam."

Toe die twee jongmense uit is, kyk man en vrou mekaar aan en Elke bars in trane uit. Haar man staar stip voor hom op die mat. Dit was 'n fout – 'n groot fout – en soos baie ander foute, maak 'n mens dit nie so maklik ongedaan nie. Günther Meissner is nie om te koop of af te pers nie. Hy weet wat hy wil.

Dis doodstil in die motor op pad terug woonstel toe. Hy sit soos 'n standbeeld langs haar, sy gesig strak en uitdrukkingloos. Maar sy weet die oë wat die pad dophou, is kliphard.

Inge se vingers strengel inmekaar. Dis tog nie so 'n slegte voorstel nie! sit en redeneer sy met haarself met 'n swaar gemoed. Hy behoort eintlik uit sy vel te spring van blydskap en dankbaarheid. Watter ander ginekoloog wat pas afgestudeer het, kan sommer instap in 'n afdeling wat spesiaal vir hom gebou is? Die statuur van die kliniek sal die verwagtende moedertjies laat instroom na sy spreekkamer. Maar hy is ondankbaar! Hy stel nie belang nie! Trouens, hy is woedend kwaad daaroor, besef sy toe hulle na mekaar draai toe hulle die privaatheid van hul sitkamer bereik.

"Moet dit nooit weer doen nie."

"Ek het niks daarmee te doen nie, Günther!"

"Ek mag nie so briljant wees soos my voorgangers nie, maar só onnosel is ek ook nie, Inge!"

"Dis die waarheid! Ek was net so verbaas soos jy toe . . ."

"Staak dit, Inge! Die hele ding kom van jou af. Jy het by jou ouers gaan huil toe jy hoor ek gaan wegbreek. En omdat jy hul enigste ou ooilammetjie is en daar geen perke is aan wat hulle vir jou sal doen nie, stem hulle in tot hierdie vergesogte, vernederende voorstel om my met 'n verloskundige afdeling van my eie te koop."

"Vernederend?" Sy is baie bleek nou, en die blou oë staan groot uit in haar wit gesig. "Jy beskou dit as 'n vernedering om . . . om in die Meissner-kliniek te werk?"

"Nee, nie dit nie, maar dat my vrou tot enige uiterste sal gaan om haar sin te kry, al moet sy ook van omkopery en afpersing gebruik maak. Hierdie kliniekobsessie van jou maak my siek!" Sy is stomgeslaan. "Jy is nie bereid om nee vir 'n antwoord te neem nie. Soos jý die plan geteken het, so moet dit uitwerk. Neem byvoorbeeld hierdie kindobsessie, toe ek nee sê, toe onttrek jy jou. Toe straf jy my."

"Dis nie waar . . ." stotter sy.

"Dis waar en jy weet dit! Jy sou nooit huis toe gekom het as jy enigsins vier-en-twintig uur per dag in die kliniek kon bly nie. Jy het jou so van my onttrek dat ek vir 'n lang tyd nie die moed gehad het om jou te nader nie. En nou wil jy my omkoop met 'n hele kraamafdeling van my eie. Inge, sê my, hoekom het jy met my getrou?" Sy is 'n roerlose standbeeld onder sy priemende blik. "Jy was nie verlief op my nie. Hoekom het jy met my getrou? Sodat jy 'n handperd kan hê wat jy kan rondlei waar jy hom wil hê?"

"Dis nie waar nie, Günther," fluister sy.

"Wat is dan die waarheid? Hoekom het jy met my getrou en hoekom gaan jy tot sulke uiterstes om my so te sê vasgeketting te hou?"

Haar ooglede sak eindelik voor syne en 'n onbeskryflike moegheid neem van haar besit. Sy weet sy het verloor. "Ek is jammer jy voel só oor die saak. Jy sal my nie glo nie, maar dis nie die bedoeling agter . . . agter alles wat tot dusver gebeur het nie." Moedig lig sy haar oë weer na syne op. "Ek wil jou nie aan my vasketting, soos jy dit stel nie. As jy liewer wil gaan, kan jy gaan . . . móét jy liewer gaan."

"En daar begin jy weer met praatjies van 'n egskeiding. Dit klink amper asof jy my soebat. Is dit wat jy wil hê, Inge? 'n Egskeiding? Jy wil dit hê en daarom bied jy my dit gedurig op 'n skinkbord aan."

"Dis nie wáár nie!"

Die woedende oë bestudeer haar gesig. "Ek weet nie meer wat waar is nie. Jy ook nie. Ek dink nie jy weet meer self wat jy wil hê nie. Dit het tyd geword dat ons baie nugter oor ons huwelik besin, Inge. Dis net nie moontlik dat ons só kan voortgaan nie." Daar is 'n klop aan die voordeur en hy stap daarheen, maak dit oop en 'n verslane Inge hoor hom sê: "Ek was nou net op pad na jou toe. Ons kan maar ry." Hy kyk na die roerlose gestalte. "Annari ken die Lubbes baie goed. Hulle het gesê ek moet haar saambring. Tot siens."

Horst kyk sy dogter met fronsende kommer aan toe sy die volgende dag in sy kantoor verskyn. Sy druk die deur agter haar toe en kom soos 'n bang kind voor 'n skoolhoof by sy lessenaar tot stilstand. Hy sien dat dit moed verg om haar ooglede op te lig en hom in die oë te kyk. Wat op aarde is presies hier aan die gang? vra hy hom af met sy blik op die verwese gesig. Waar is sy sprankelkind wat hy eens geken het?

"Pa, ek . . . waardeer wat Pa wou doen . . . die nuwe afdeling en so aan . . . Maar los dit asseblief, Pa. Vergeet asseblief van sulke planne. Günther stel glad nie belang nie."

Hy is nie verbaas nie. Dan het hulle woorde gehad daaroor. "Maar weet Günther dat jy niks hiermee te doen gehad het nie, dat dit uitsluitlik my en jou ma se idee was?"

"Hy glo dit nie. Hy glo ek is die een wat agter alles sit."

"Ek sal hom . . ."

"Nee, Pa, asseblief. Los dit. Al wat hy sal dink, is dat ek maar weer by my ouers gaan huil het omdat ek nie my sin kon kry nie."

Hy staan op, stap om die lessenaar. "Inge, wat is aan die gang?"

Sy skud haar kop, haar stem is gedemp: "Pa was reg. As 'n mens God probeer speel, loop jy jou vas. Pa het my gewaarsku ek gaan my ook teen Günther vasloop. Ek het. Dis maar al." Daar is skielik vaderarms om haar, 'n breë bors waarteen sy haar gesig kan vasdruk, die strelende liefdeshand teen haar agterkop. "Ek het gesondig, Pa, en ek pluk nou die vrugte daarvan. Ons huwelik het so totaal verkeerd begin. Niks van die noodsaaklike dinge wat daar moes wees, was teenwoordig nie. Daar was nie liefde nie, en ook nie respek nie."

"Ook nie eens respek nie, Inge? Ek glo nie jy sou met 'n man gaan trou het vir wie jy nie respekteer nie, jou beweegredes ten spyt."

"Ek verwys eintlik nou na sy kant van die saak. Hy was so min op my verlief toe ons gaan trou het, as ek op hom. En die manier waarop ek hom in 'n huwelik betrek het . . . Hy kan nie veel respek vir my hê nie, kan hy, Pa?"

"Wat het jy dan gedoen, my kind?" Het hy dan nog nie die einde van dié storie gehoor nie? wonder hy verslae.

"Ek het hom doelbewus verlei, Pa . . . met my liggaam. Sy vrou was al twee jaar oorlede en ek het doelbewus misbruik gemaak van hierdie feit. Ek het 'n spesiale soort rok gaan koop en my liggaam as lokaas gebruik soos wat 'n mens 'n wortel voor 'n honger donkie se neus hou."

"Inge, asseblief . . ."

"Dit is die waarheid. Ek is jammer . . . maar dit is die waarheid. Ek het by hom ingetrek in die huis . . . ook my voorstel . . ."

"My kind . . ."

"Ja. Hy sou nooit droom om so iets te doen nie. Hy het my dit in soveel woorde gesê. Maar ek het by hom gaan intrek sonder 'n trouring. Dit was verkeerd. Hoe 'n mens 'n saamblyery ook al probeer goedpraat, soos ek gedoen het, weet jy diep in jou hart dis verkeerd. Dis nie soos God dit bedoel het nie. Jy kan nooit wen in so 'n situasie nie, want jy boet respek in. Noem dit maar 'n outydse siening, maar ek weet waarvan ek praat. Ek pluk vandag die vrugte daarvan. Daar is niks wat ek vandag meer begeer as om 'n ware huwelik met my man te hê nie, maar die twee kardinale fondamentstene ontbreek . . . liefde en respek vir mekaar."

Horst vee 'n slag oor sy oë. "Jy is baie streng met jouself, my kind. Wat maak jou so oortuig dat Günther nie respek vir jou het nie? Het hy . . .?"

"Nee. Nee. Hy het nog altyd soos 'n heer teenoor my opgetree, selfs wanneer hy kwaad is. Tog, Pa, hoeveel respek is 'n houvrou werd?"

Dis of haar pa terugdeins voor hierdie brutale stelling. "Inge, asseblief . . ."

Sy gee 'n hartseerglimlaggie. "Pa, die tyd om doekies om te draai en my blind te hou vir die feite en realiteit is verby. Ek het die afgelope tyd baie gesoek na 'n oplossing, na 'n manier waarop ek my huwelik kan red. Ek kan nie. Ek het die antwoord gisteraand gekry."

"Wat bedoel jy?"

"Toe Günther en Annari weg is na professor Lubbe . . ."

"Annari is saam?" vra haar pa ongelowig.

463

"Ja. Sy ken die Lubbes blykbaar baie goed en hulle het gevra hy moet haar saambring. In elk geval, nadat hulle daar weg is, het ek, totaal raadop, my Bybel geneem en daarin geblaai. Ek het toe op die gedeelte afgekom waar vertel word van die twee huise, die een wat op sand gebou is, en die ander op 'n rots. En toe het ek besef dat, hoe goed ek ook al probeer bou, hoe groot en opreg my liefde nou ook al vir my man is, ons huis nie kan standhou nie. Sonder liefde en respek kan 'n huwelik nie bestaan nie. Die fondamente van 'n huis moet reg wees, anders kan dit nie bly staan nie al gebruik jy ook die beste gehalte boumateriaal vir die huis self. Daar was geen liefde aan die begin nie, en die respek wat daar nog kon gewees het, het ek vernietig deur die manier waarop ek hom in 'n huwelik ingekonkel het. Hy het my gisteraand vir die eerste keer reguit gevra hoekom ek met hom getrou het. Ek kon hom nie antwoord nie. Sien Pa nou dat dit 'n hopelose saak is?"

Soos elke pa probeer Horst Buchner nog keer. "Maar as Günther werklik voel soos jy glo hy voel, hoekom het hy jou nog nie om 'n egskeiding gevra nie? Daar moet tog 'n rede voor wees?"

"Hy sal nog. Hy het reeds die eerste stap in daardie rigting gegee deur hom totaal los te maak van die kliniek. Miskien voel hy dis my plig om die volgende stap te doen. Dis immers ek wat hierdie gemors begin het." Sy glimlag haar treurige glimlaggie in haar pa se ernstige gesig op. "Ek was in die verlede so verskriklik selfsugtig. Ek het net gedink aan wat ék wou hê. Noudat ek liefgekry het . . . Die liefde leer 'n mens baie lesse, nie waar nie, Pa? Een daarvan is dat die ander een se geluk nou eerste by jou kom. Dit maak my so seer om te sien hoe ongelukkig my man is. As sy geluk dan by Annari lê, mag ek en wil ek ook nie meer in sy pad staan nie. Eintlik pas hulle baie beter by mekaar. Hulle is albei volwasse mense; daar is nie so 'n groot ouderdomsverskil tussen hulle nie; en . . . Annari sal hom moontlik die kind kan gee wat ek nie kan nie. Ek mag nie in sy pad staan nie."

Weer lê die skok en ongeloof kaal in haar pa se oë. "Dan gaan jy glad nie meer verder probeer . . .?"

"Nee. Ek gaan nie my man verder probeer behou nie, want wat ons nou het, is 'n klug, nie 'n huwelik nie. Daarom het ek vanoggend met Pa kom gesels, sodat Pa en Ma vooraf weet wat gaan gebeur."

Horst Buchner laat sy kop sak. In so 'n situasie kan 'n ouer net probeer raad gee . . . en niks meer nie.

"Wanneer wou jy . . . die saak finaliseer?"

"So gou as wat die geleentheid hom voordoen."

"Inge . . . Daar is net een ding wat ek jou wil vra, asseblief."

"Wat is dit?"

"Moenie oorhaastig wees nie. Jy het nou hierdie saak baie goed vir jouself uitgewerk en is oortuig dit is soos sake staan en dat daar net een ding oor is om te doen. Maar jy kan nie honderd persent seker wees van hoe Günther voel nie, wat werklik in sy hart omgaan nie. Ek is só bang jy ontdek eendag te laat dat jy die voordeel van die twyfel aan Günther moes gegee het."

Haar ooglede val. "Pa, ek is so moeg om aan fraksies en flenters vas te klou."

"Maar dikwels het dit al gebeur, my kind, dat dit 'n dun takkie was wat 'n drenkeling uit stormwaters gered het. Asseblief, Inge!" Inge staan 'n rukkie doodstil. Haar arme ouers. Hulle kry saam met haar swaar. Dis ook iets wat sy nou eers ten volle besef. Kinders doen so maklik dinge sonder om ooit daaraan te dink dat die vrugte wat dit baar, miskien net so bitter vir hul ouers as vir hulself gaan wees. Sy is iets aan haar ouers verskuldig.

"Goed, Pa. Ek sal nie van my kant af die saak onmiddellik finaliseer nie. Maar ek doen dit net ter wille van julle twee. Ek self sien geen lig vorentoe nie en sou verkies om die saak afgehandel te kry. Daar is vir my geen sin in om dit langer uit te rek nie. Günther het gisteraand genoem dit het tyd geword dat ons ernstig oor ons huwelik besin, want ons kan nie só voortgaan nie."

"Gee hom dan tyd om te besin, Inge. Gee hom genoeg tyd. Jy kan nie seker wees dat as jy nóú daarop aandring om te skei, jy hom nie miskien weer blindelings in 'n rigting indwing waarin hy nie wil gaan nie."

"Pa . . ."

"Ja. Goed. Hier gaan stories rond oor hom en Annari, maar niemand kan nog met sekerheid sê dat daar 'n vaste, intieme verhouding tussen hulle is nie. Ook nie jy nie. Kom ons wees heeltemal openlik. Mag ek jou 'n vraag vra?"

"Ja."

"Is hy nog jou man?"

Sy trek haar asem skerp in, kyk vinnig af grond toe en knik dan. "Ja. Soms."

"Op die oomblik is soms goed genoeg vir my," gryp hy na die strooihalm. "Glo jy werklik hy sal, as hy 'n vurige lief-desverhouding met Annari het, by jou ook nog bevrediging soek?"

"Hy doen seker maar net sy plig?"

"Dan moet jou Günther baie na aan volmaak wees, my kind. Ek verseker jou daar loop nie so 'n man op die aarde rond nie, nie volmaak nie en ook nie na aan volmaak nie. Ek weet. Ek is self 'n man."

Haar oë verteder met ongestorte trane. Haar dierbare pappa. "Pa, moenie hoop probeer aanblaas waar geen hoop bestaan nie, asseblief!"

Hy lê sy hande op haar skouers, kyk met al die liefde van 'n vader op haar neer. "Wat sou die lewe sonder hoop gewees het, Ingetjie? Dis hoe ons deur ons probleme en terugslae kom . . . net met die hoop dat dit môre beter sal gaan. Dis hoekom ek vandag 'n opehartoperasie op 'n man gaan uitvoer . . . in die hoop dat ek hom kan help, dat dit môre beter met hom sal gaan, dat hy gesond sal word. Jou ma gaan vandag op 'n babatjie van 'n paar weke oud opereer met niks anders om op te steun as die hoop dat dit 'n sukses sal wees en dat sy daardie lewetjie sal kan red nie. En jy . . . Daagliks werk jy met menselewens in hierdie kliniek, dokter jy, baklei jy om 'n lewe te behou, nie omdat jy die sekerheid het jy sal suksesvol wees nie, want watter dokter kan ooit sweer dat dit wat hy probeer vermag, 'n lewe gaan red? Dit lê by 'n Hoërhand. Maar dis die hoop in jou wat jou laat doen wat jy doen."

Sy moet haar onderlip hard vasvang, dan haar kop knik. "Dis waar, Pa. Ek het dit vir 'n oomblik vergeet."

Hy knik, druk haar teen hom vas en sê gedemp: "Hou daaraan vas, my dogtertjie. Soms, wanneer jy dit die minste verwag, word die ou gesegde waar: die hoop beskaam nie. Hou net daaraan vas vir nog 'n rukkie, asseblief."

Maar Horst Buchner is ook nie die soort mens wat alles net aan hoop oorlaat nie. Wanneer hy oor 'n oop borskas buig, is hy 'n dokter wat sorg dat hy al die moontlike kennis tot sy beskikking het, dat sy doktershande vaardig is, dat sy konsentrasie honderd persent is, dat sy waaksaamheid nie vir 'n sekonde verslap nie. Dan eers, nadat hy alles gegee het waartoe hy menslik in staat was, sal hy terugstaan en begin hoop. Ook nou, nadat Inge sy kantoor verlaat het, stap hy direk na die kantoor langsaan.

"Jan," spreek hy sy kollega en vriend aan, "soos jy weet, verlaat dokter Günther ons aan die einde van die maand. Ons gaan dus 'n paar hande kort wees in die volgende maand. Dan kan ons niemand spaar vir vakansie en dies meer nie. Dis haas tyd dat dokter Annari haar jaarlikse verlof moet neem, nie waar nie?"

"Ja. Oor sowat twee maande."

"Vervroeg dit. Laat sy dit onmiddellik neem. Sodat sy kan terug wees wanneer dokter Günther met sy studie begin."

Jan Swanepoel frons eers liggies. Wat Günther se weggaan met die junior pediater se verlof te doen het, kan hy nie dadelik uitmaak nie. Maar 'n goeie begrip het nog nooit lang verduidelikings nodig gehad nie, en hy knik geredelik. "Dis 'n goeie plan, Horst. Ek sal haar dadelik in kennis stel."

Ook dokter Annari kan nie die verband tussen die twee sien nie, en huiwer ook nie om dit te sê nie. "Maar ek kan nie sien hoe dokter Günther se weggaan my afdeling kan raak nie. Dokter Elke is mos daar," wys sy uit en nie vir die eerste keer nie wonder dokter Jan hoekom mooi vroumense nie net mooi kan wees nie.

"Van die ander dokters is ook binnekort geregtig op verlof en jy sal outomaties dan vir ander afdelings ook beskikbaar moet wees."

"Dit maak nog nie sin nie. Ons het verlede jaar reggekom en toe was dokter Günther nog glad nie in die prentjie nie."

Dokter Jan besluit dat dit tyd is dat hierdie parmantige dokter besef dat sy met die superintendent praat. Hy voel juis effens krapperig teenoor haar. Ingetjie lê hom baie na aan die hart.

"Dokter, as u voel dat ek nie die roosters na u bevrediging opstel nie, moet u 'n klag by die Buchners indien. Miskien voel hulle, soos u, dat u 'n beter superintendent vir die kliniek sal uitmaak as ek."

Siedend vaar Annari die kliniek se gange in, doelbewus op soek na iemand, wat sy dan ook raakloop.

"Dokter Inge, net 'n oomblik asseblief." Inge het geen keuse as om te gaan staan en die ander in te wag nie. Sy is immers die junior. Maar toe sy die blitsende oë sien, weet sy dit gaan nie om 'n pasiënt nie. "Waartoe jy darem nie alles in staat is nie! As jy jou man nie kan vasbind met 'n kind nie, wil jy sommer 'n hele kraamafdeling vir hom bou. Maar toe val hy nie vir die grap nie. En nou is jy só desperaat dat jy toutjies trek om my uit die pad te kry. Ek moet sê, ek is verbaas dat ek net vervroegde verlof kry. Ek het eintlik verwag om summier afgedank te word . . . of is jy van plan om my afdankingsbrief te laat aanstuur terwyl ek met vakansie is? Dan wil ek jou net dit sê: Dit sal jou niks help nie. Ek kom terug. Só maklik gaan jy nie van my ontslae raak nie. Wees gewaarsku."

8

Die Murad-egpaar kom byna dadelik ná hul dogter se aankoms agter dat sy verander het. Eers vind hulle haar net stil en ingetoë, heeltemal anders as wat hulle hul dogter ken. Waar sy altyd baie nuus oor die Meissner-kliniek en sy mense te vertel gehad het, het sy nou weinig te sê. As haar ma iets wil weet, moet sy dit behoorlik uit haar uit trek. Iets het gebeur, maar hulle kan nie vasstel wat nie. Tog begin Julene Murad ná 'n paar dae die spoor kry.

"Jy het my nog nie veel vertel van die nuwe toevoeging tot die familie nie. Net dat hy 'n gawe man is. Maar watter soort mens is Günther Meissner werklik?"

Sy antwoord teësinnig, hoewel sy net lofliedere oor hom het. "Hy is 'n besondere persoon, Ma. 'n Wonderlike man as dokter én as mens. Hy het 'n besondere gawe vir diagnose en selfs die spesialiste nader hom dikwels vir sy opinie."

"Dit is 'n groot aanwins vir enige kliniek. Diagnose bly steeds vir my die belangrikste van alles. As jy nie kan uitvind wat 'n pasiënt makeer nie, kan jy hom nie dokter nie. Ek is bly om Elke en Horst se onthalwe dat hulle dit so gelukkig getref het met die nuwe skoonseun."

"Maar ek twyfel of hy dit so gelukkig getref het."

Julene kyk haar dogter vinnig aan. Al het sy jare gelede haar bande met die kliniek verbreek, stel sy nog altyd belang. Op 'n tyd was die Meissner-kliniek nommer een in haar lewe en het sy niks anders begeer as om daar te werk nie. Daar was selfs 'n tyd dat sy die onmoontlike droom gedroom het om eendag aan die hoof daarvan te staan. Maar dit was nie vir haar bedoel nie, en vandag sal sy die lewe wat sy nou het,

469

nie vir tien Meissner-klinieke verruil nie. Haar lewe saam met Kadri Murad op hul lieflike teeplaas en die twee kinders wat uit hul gelukkige huwelik gebore is, het vir haar meer geluk en vrede besorg en is kosbaarder as die professionele hoogtes wat sy miskien sou kon bereik het. Eers toe die kinders van hul hand af was, het sy weer 'n praktyk begin, maar sy sorg steeds dat sy genoeg tyd het vir haar man en huwelik. Sy het deur bittere trane en swaarkry geleer wat die geluk en vrede in jou hart en die liefde van 'n man werd is en vir niks op aarde sal sy dit in gevaar stel nie.

Sy kyk nou met meer aandag na haar dogter. Tot dusver het dit haar nie gepla dat Annari nog geen teken getoon het dat sy belangstel in 'n ernstige verhouding met 'n man nie. Sy self was al ouer as dertig toe sy die liefde gevind het. Tog het dit seker tyd geword dat haar dogter belangstelling in daardie rigting begin toon, want soos elke ander vrou, haar professionele hoedanighede ten spyt, sal die ingebore begeerte na volkome vrouwees en moederskap ook in haar dogter ingeplant wees. Tog het die moeder die afgelope dae die gevoel gekry dat haar dogter nie meer so onaangeraak is as voorheen nie. En sy soek nou na die oorsaak.

"Hoekom sê jy so? Ek dink hy kon kwalik gelukkiger gewees het as om met 'n mooi mens soos Inge te trou en op die koop toe die Meissner-kliniek by te kry. En dan is sy van ook nog reg. Selfs dit pas honderd persent in die prentjie."

"Ja, op die oog af lyk alles volmaak en wonderlik, maar dis ver daarvandaan."

Julene frons. Het sy 'n ondertoon van bitterheid in haar kind se stem gehoor? "Wat is dan die fout?"

"Nie wat nie . . . wie. Dis Inge. Sy is 'n regte klein misbaksel . . ."

"Annari!"

"Jammer, maar ek kan haar niks anders noem nie." Die stemtoon verbloem niks meer nie. "Sy is so vol van haarself en só bewus van die feit dat sy eendag die Meissner-kliniek gaan erf dat sy 'n mens behoorlik siek maak. En haar arme man word dit gedurig onder sy neus gevryf."

Julene is verslae. Nie oor wat sy van Inge hoor nie, maar oor die heftige reaksie wat dit by haar dogter ontlok. Hier is die probleem, besef sy onmiddellik. "Ek kan dit skaars glo, my kind. Ek het Inge nog altyd 'n aangename mens gevind. Met tant Anna se siekte en afsterwe het ek lank by hulle gebly en Inge was 'n ware steunpilaar. Sy was in haar tweede jaar medies en sy was baie behulpsaam met Anna se versorging."

"Dan het sy intussen 'n radikale metamorfose ondergaan."

"Hoe is sy dan nou?" wil die ma weet en hou haar dogter fyn dop. Daar is 'n giftigheid in Annari se woorde en houding wat haar diep ontstel.

"Sy is dag en nag in daardie kliniek. 'n Mens sou sweer die plek kan nie 'n minuut sonder haar klaarkom nie. Sy is so irriterend dat ek uit my pad gaan om haar te vermy. As ek 'n assistent nodig het, sorg ek dat ek Günther in die hande kry. Die arme man . . . Almal in die kliniek, ook hy self, weet dat hy daar ingedruk is net omdat hy met Inge getroud is. Ek het hom so jammer gekry, Ma. Hy is 'n dokter met groot potensiaal en om in so 'n minderwaardige posisie misbruik te word . . ."

Julene is stil, luister net. Sy word al onrustiger. Sy het tot die kern van haar dogter se probleem deurgedring . . . en sy wens sy kan dit ignoreer, maar sy weet sy kan nie.

"Middae kom hy van die werk af by 'n leë woonstel aan. Sy het nooit tyd vir hom nie. Dikwels nooi ek hom maar oor na my woonstel toe om 'n bietjie te gesels, 'n drankie te drink." Julene voel haar hart in haar ruk, maar sy bewaar die swye. "Ons speel soms saam tennis. Inge het nooit tyd vir hom nie. Sy is skoon behep met háár kliniek. En as 'n mens in gedagte hou dat hulle skaars getroud is, wonder ek hoekom sy met hom getrou het."

Julene se bekommerde frons verdiep. Die probleem is gro-

471

ter as wat sy aanvanklik gedink het. Sou Elke en Horst bewus wees hiervan?

"En toe ontwikkel sy skielik 'n koors om 'n baba te hê."

"Al in haar eerste jaar?"

"Ja. Glo my, dis waar. Toe vind sy uit sy kan nie."

"Waar lê die probleem?"

"Nugter weet. Ek weet daar is toetse geneem, buise is oopgemaak, 'n skraping is al gedoen. Maar ek glo vir geen oomblik dit gaan om die kind nie, Ma. Dis net 'n manier om Günther aan haar te bind, want sy besef natuurlik hy gaan nie vir altyd met dié toedrag van sake tevrede wees nie."

Julene vra versigtig: "Dan is daar reeds 'n verwydering tussen hulle?"

"O ja, daarvan is ek seker. Günther lyk beslis nie soos 'n gelukkige man nie. Daar is duidelike tekens dat hy begin rem aan die rieme waarmee sy hom vasgebind het. Hy laat soms iets teenoor my val . . . Hy het eintlik niemand anders teenoor wie hy kan uitpak nie."

En jy het die ander vrou geword wat alles verstaan, pyn die besef in die ma se hart.

"Elke en Horst is twee verstandige, gebalanseerde mense, Annari. Hoekom gaan bespreek hy nie die saak openlik met sy skoonouers nie, dis nou as hy dit ernstig met sy huwelik bedoel?"

Annari gee 'n snork-lag. "Hulle? Hulle sterk haar net in haar kwaad. Ma sal nie glo wat hulle bereid is om te doen nie. Günther gaan nou spesialiseer in verloskunde en weet Ma waarmee kom hulle vorendag? Hulle wil nou 'n volledige verloskundige afdeling bou vir die Meissner-kliniek. En dit net om Günther in hul mag te hou, of dan in Inge s'n."

"Annari, asseblief!" Julene moet nou protesteer. "Jy praat asof die Buchners 'n Mafia-bende is wat Günther terroriseer!"

Haar dogter kyk uitdagend terug. "Noudat Ma dit so noem . . . eintlik is dit presies wat dit is. Nie dat dit snaaks is

nie. Albert Meissner is nie verniet 'Godfather' genoem nie . . .
en dit vind nou maar net weer neerslag in sy nageslag."

"Ek dink jy ruk hierdie ding heel uit verband."

"Dis 'n sieklike lot daardie en ek is dankbaar dat Günther
sy man teen hulle gestaan het en hulle na hul peetjie gestuur
het."

"Hoe so?"

"Hy het gesê dat hy hulle natuurlik nie kan keer as hulle 'n
nuwe afdeling wil aanbou nie, maar hy is nie beskikbaar nie.
Wanneer hy klaar gespesialiseer het, gaan hy 'n privaat prak-
tyk begin. Ek begin dit self ook sterk oorweeg. Ek is moeg vir
die Meissner-kliniek en sy mense. Ek voel nie meer gelukkig
en tuis daar nie."

Haar ma kyk haar verbysterd aan. "Weggaan van die Meiss-
ner-kliniek af? Maar jy is tannie Elke se opvolger! Sy het my
onlangs oor die foon gesê sy gaan binnekort aftree."

"Ek dink nie ek stel meer belang nie, Ma. Om aan die hoof
van 'n afdeling van die Meissner-kliniek te staan, is nie meer
vir my so 'n wonderlike prestasie nie. Ek dink nie ek gaan
veel langer daar aanbly nie."

"Waarheen wil jy dan gaan? Beplan jy om nader te kom
huis toe? Johannesburg of Pretoria miskien?" Miskien sal dit
beter wees as haar kind maar liewer daar padgee. Dit sal die
verstandigste ding wees om te doen. Maar 'n skok wag op
haar.

"Nee, glad nie. Ek droom nie daarvan om uit Kaapstad
pad te gee nie. Nee, as ek 'n verandering maak, sal dit iets
soos 'n privaat praktyk in Kaapstad wees."

Soos Günther beplan . . . Hierdie ding het reeds te ver ge-
vorder, is die verslae slotsom waartoe die moeder kom.

Met weemoed en hartseer dink sy later daaraan hoe iro-
nies dit is dat die geskiedenis homself so oor en oor, geslag ná
geslag, herhaal. Jare gelede het sy 'n groot onreg teenoor Elke
gepleeg. Selfs Horst Buchner byna voor haar weggeraap. Sy
het ook haar planne gemaak – soos haar dogter skynbaar

nou ook besig is om planne te maak – en vandag kan sy die Vader net dankbaar wees dat nie een van haar planne destyds uitgewerk het nie. Maar in 'n sekere stadium, die stadium waarin sy vermoed haar dogter nou is, sou niemand haar kon oortuig dat sy met die grootste dwaasheid besig was nie. So dikwels in die gelukkige jare wat verby is, het sy op haar knieë gesak en God gedank vir sy tydige ingryping in haar lewe; het sy Hom geprys vir die feit dat Hy, ten slotte, die beheer het oor die ongebore ure. Want as die mens daarvan baas moes wees, sou daar net hartseer en tragiek in hierdie lewe gewees het.

Haar hart pyn vir haar kind wanneer die telefoon lui en sy elke keer die afwagting in haar oë sien. Of Günther so iets sal waag, en of die verhouding tussen hulle al so ver gevorder het, weet Julene nie. Maar dat haar dogter haar doodverlang na haar kleinniggie se man, is teen die middel van die vakansie 'n uitgemaakte saak vir haar ma. Dat haar kind ook nie summier gaan aanvaar dat hy vir haar verbode is nie, is duidelik aan die toekomsplanne wat sy begin maak het. Annari loop ook met verbode drome in die hart rond, nes haar ma destyds. En sy glo, soos haar ma toe, dat sy geregtig is daarop. Elke mens het tog die reg om vir sy of haar geluk te veg. En die mense op wie jy trap en vir wie se trane jy blind is, is nie van belang nie.

Baie versigtig probeer die moeder egter om 'n saadjie te saai wat sy hoop êrens vorentoe 'n vrug van nugter denke sal baar. Sy konfronteer haar dogter nie direk met die kennis wat sy het nie, want hoe geleerd en hoe intelligent die mens ook al is, hy bly mens. So dikwels word die verbode vrug net aanlokliker as jy daarop attent gemaak word dat dit verbode is. Daardie menslike swakheid is reeds in die tuin van Eden in die mens vasgelê. Haar dogter is ook maar net van Eva se geslag.

Sy roer die saak baie subtiel aan. "Wat jy my van Inge en haar huwelik vertel het, hinder my geweldig, Annari. Sou Elke en Horst hiervan weet?"

"Ek neem so aan. Dis algemene kennis in die kliniek dat dinge nie so voorspoedig met daardie huwelik gaan nie."

"Dit moet dan vir hulle baie swaar wees. Ek kan my voorstel hoe ek en jou pa sal voel as so iets jou moet oorkom. Jy is ook ons enigste dogter en na aan ons harte." Maar die gesig is afgewend en Julene kan nie agterkom of hierdie woorde enige indruk maak nie. "Miskien is dinge glad nie so sleg soos wat dit vir buitestanders lyk nie. Dikwels dink ander 'n huwelik sal nooit deur die stormwaters kom nie, en dan word hulle verkeerd bewys. Dis wonderlik watter groot probleme oorkom kan word as die liefde net sterk genoeg is."

"Maar daar is nie liefde nie, Ma."

"Hoe weet jy dit?" reageer haar ma vinnig. "Hoe sal jy weet wat daardie twee werklik vir mekaar voel? Eintlik behoort hulle nog dolverlief te wees. Hulle het nog skaars 'n jaar se getroude lewe agter die rug."

"Daardie twee mense was nog nooit verlief nie en sal dit ook nooit wees nie. Hulle was eintlik nog op wittebrood toe hulle hier aangekom het, en glo my, soos hulle vandag is, was hulle van die eerste dag af . . . Inge net oë vir háár kliniek en sien skaars haar man raak. Ek weet waarvan ek praat, Ma. Ek sien hulle elke dag."

"Annari, jy moet net versigtig wees dat jy jou nie verbeel nie. Feit is, hulle het met mekaar getrou. Hulle is wettig man en vrou, en dit mag maar vir jou lyk asof dit so maklik is om 'n huwelik wat nie wil uitwerk nie, sommer net tot niet te maak, maar jy misgis jou. Of jy en jou man regkom of nie, daar word bande tussen julle gesmee wat nie sommer net met die knip van 'n skêr afgesny kan word nie. Net die feit dat hulle nog nie tot 'n egskeiding oorgegaan het nie, moet jou iets vertel."

Maar Annari bly koppig. "Ek dink nie die egskeiding is meer baie ver nie. Ek dink hierdie begeerte van hom om te gaan spesialiseer, is die eerste stap in daardie rigting."

"Meer dikwels is wat 'n mens dink en wat werklik waar

is, twee verskillende goed, my kind. Ons dink maar ons weet alles van die ander af. Ons dink maar ons weet wat dink die ander een. Maar jy weet nie regtig nie. Jy dink maar daar is geen liefde tussen daardie twee mense nie, maar kan jy honderd persent seker wees? Of het Günther jou gesê hy is nie meer lief vir sy vrou nie?"

"Nee, natuurlik nie, maar . . ."

"Daar is geen maar nie, Annari. En dit sal net verstandig wees as jy nie sommer dinge aanneem nie. En ek sou beslis nie die situasie, wat dit ook al is, verder kompliseer nie." Ma en dogter se oë ontmoet en laasgenoemde lees die kennis in haar ma se oë. Haar ma weet. Ma's is maar so. Hulle weet sommer net sonder dat jy hulle hoef te vertel. Haar oë swaai weg en Julene staan op. "Ek gaan vir ons tee maak."

Baie kilometers van Tzaneen af is daar nog 'n ma wat haar dogter met diepe kommer dophou. As sy en Horst gehoop het dat daar 'n verbetering in Inge se huwelik sou plaasvind in die afwesigheid van haar kleinniggie, lyk dit nie asof dit gaan gebeur nie.

Ook Inge beweeg op die grens van wanhoop. Miskien sou dinge tog verbeter het as Günther nie al met sy studie begin het nie. Maar nou het hulle nog minder tyd saam. Al werk sy klokslag volgens die rooster, kom sy elke middag by 'n leë woonstel aan en ure lank wonder sy wanneer haar man sal huis toe kom. Sy peusel alleen aan die disse wat sy weet hy van hou en sy porsie word maar in die drommetjie uitgekrap wanneer hy laataand tuiskom en sê dat hy sommer iets by die hospitaal se restaurant geëet het. Dis nou sy wat wonder of haar man haar ooit nog raaksien, want selfs gedurende die kosbare ure wat hulle saam is, het hy nie tyd vir haar nie. Hy sit agter sy lessenaar in die tweede slaapkamer asof hy op sy stoel vasgemessel is en wanneer sy uitgemergel na gees en liggaam maar kamer toe gaan, sit hy sonder om op te kyk oor sy boeke gebuig. Gewoonlik val hy sommer later op die bed in die tweede slaapkamer neer.

Net een keer waag sy dit om hierdie saak aan te roer. "Günther, jy hoef nie bang te wees jy sal my hinder as jy saans laat kamer toe kom nie."

"Ek wil jou natuurlik nie graag hinder nie want ek weet hoe hard jy werk, maar eintlik is dit meer 'n geval dat ek nie die krag het om my twee-uur in die oggend nog kamer toe te sleep nie."

Die boodskap het duidelik genoeg deurgekom en sy het nie weer daarna verwys nie. Haar man het geen behoefte meer aan haar nie. Sy verskonings is belaglik. Hy is doelbewus besig om fisieke kontak met haar te vermy. Dis die end van die storie. Hoekom hou sy nog aan? 'n Wrangheid stoot in haar op. Hy dink hy weet so baie van haar, maar hy weet niks nie. Hy dink sy werk nog steeds soos 'n besetene. Hy weet nie dat sy deesdae die horlosie dophou en skaars kan wag om tuis te wees vir ingeval hy miskien vroeg huis toe kom nie. Hy weet nie hoe bitter eensaam dit snags vir haar in die groot bed is nie; hoe sy smag om hom net naby haar te voel nie. As hy dan geen intieme toenadering meer verlang nie, sal sy hom nie hinder nie. Maar hy sal tog naby haar wees; sy sal sy asemhaling hoor. Dis darem beter as niks nie. Dis darem 'n herinnering wat sy sal hê as hul paaie finaal skei.

Sy dink daaraan dat hul verjaardae gekom en gegaan het sonder dat hulle eintlik tyd gehad het om mekaar geluk te wens, albei so besig om hul lewens apart van mekaar te lei. So het die eerste herdenking van hul troudag verbygegaan en hy was nie eens tuis nie. Hy is daardie oggend weg soos altyd en het sommer die nag in die dokterskwartiere gerus terwyl hy met 'n interessante kraamgeval besig was. Toe hulle mekaar weer sien, was dit nie meer die moeite werd om hom daarop attent te maak nie en hy, blykbaar so behep met sy studie, het nie eens agtergekom dat 'n belangrike datum gekom en gegaan het nie.

Haar pa het gesê al is die takkie hoe dun, moet sy daaraan vasklou. Wat haar pa nie weet nie, is dat die takkie 'n strooi-

477

halm geword het . . . en geen strooihalm kan 'n mens uit die vloedwaters red nie.

Dis met bedenkinge in die hart dat Julene ná Annari se vakansie die telefoon optel en vir Elke skakel. Hoewel hulle mekaar nie dikwels sien nie, het hulle deur die jare kontak behou en 'n mooi vriendskap opgebou. Julene is huiwerig om in te meng, maar aangesien sy die gevoel het dat haar dogter betrokke is, kan sy dit ook nie ignoreer nie. Sy hoop maar Elke sal haar 'n opening gee sodat sy die saak kan aanroer.

Soos altyd is Elke bly om van haar te hoor, maar Julene kom dadelik agter dat daar iets skort toe sy vra hoe dit gaan. Toe sy direk navraag doen na Inge, is die antwoord maar niksseggend. Sy voel skuldig om verder te delf, maar sy doen dit tog. "Is daar nog nie 'n klein Meissner op pad nie?" vra sy sommer op die man af.

Daar is 'n kort aarseling: "Nee. En ek twyfel of dit ooit sal gebeur."

"Ag nee! Hoekom sê jy so, Elke? Die mediese wetenskap . . ."

"Dit gaan nie om die mediese wetenskap nie." 'n Kort stilte. "Ek persoonlik dink hulle moet maar heeltemal van 'n kind vergeet."

"Dis darem baie drasties."

"Ja." Weer 'n kort stilte en dan kan die moederhart die kommer nie langer alleen dra nie. "Dit gaan nie goed met die kind se huwelik nie, Julene. Ek is bevrees dit gaan nie hou nie. Ek is so bekommerd."

Julene hoor die trane in Elke se stem. Dan is dit regtig so erg as wat Annari dit gemaak het! "Ek is jammer om dit te hoor, Elke. Ek wens ek kon by jou wees dat ons kan gesels."

"Julene, my arme kind . . . Jy sal haar nie ken nie. Die vrolike meisie wat jy geken het, het totaal verdwyn. Sy is 'n vrou wat baie swaar kry en ek kan niks doen nie. Dis die aakligste van alles. Ek en Horst kan niks doen nie!"

"Ja. Dit moet vreeslik wees om so magteloos te voel," antwoord Julene ernstig. "Sal dit nie help as hulle 'n rukkie weg is van mekaar nie? 'n Mens verloor dikwels perspektief as jy te naby en te betrokke is. Maar as jy afstand kan kry, kry jy weer perspektief en sien 'n mens dinge soms duideliker."

"Blykbaar kan hulle nie meer verwyder wees as wat hulle nou is nie. Elkeen leef 'n aparte lewe. Soos dit vir my lyk, is daar absoluut geen band wat hulle meer bind nie. Günther het in elk geval weer begin studeer en kan nie nou weggaan nie. En Inge . . ."

"Kan Inge nie vir 'n rukkie gespaar word in die kliniek nie? Laat sy 'n slag wegbreek. Laat sy na ons toe kom."

"Na julle toe?"

"Ja." Julene klink opgewonde. "Ja, na my toe. Laat sy heeltemal wegkom daar. Sy het tyd nodig om kalm oor alles te besin. Dis gevaarlik om groot besluite te neem terwyl jy vasgekeer voel. Miskien vind sy kalmte en rustigheid hier. Diepe nadenke en selfondersoek kan haar dalk laat besef 'n egskeiding is glad nie wat sy wil hê nie."

"Sy wil dit juis nie hê nie, Julene. My kind is lief vir haar man."

'n Koudheid slaan om Julene se hart toe. "Dan is dit Günther wat wil wegbreek?" O, Annari, my kind, wat het jy aangevang?

"Hy het dit nog nie in soveel woorde gesê nie, maar alles dui daarop. Hy het hom reeds van die kliniek losgemaak en beoog 'n privaat praktyk later. Hy stel glad nie daarin belang om weer aan die kliniek verbonde te wees nie."

"Maar hy het nog nie gesê hy wil 'n egskeiding hê nie?"

"Nee, nog nie."

Julene dink 'n oomblik na. Dis 'n waagstuk, maar iets moet gedoen word. Dis miskien dwaas om Inge nou daar weg te neem terwyl Annari weer op die toneel is. Aan die ander kant is dit ook waar dat die aardigheid net hou solank dit skelm gedoen moet word. Die oomblik as die deure oopgegooi word, is die bekoring daarmee heen. Blykbaar kan Günther Meissner nie tot 'n finale besluit kom nie, anders sou hy al om 'n egskeiding gevra het. Miskien sal sy vrou se afwesigheid help om die prentjie vir hom in perspektief te plaas. Feit is, jy mis nie iemand wat by jou is nie . . . Dit kan in hierdie geval ook waar word. "Elke, stuur Inge vir 'n tydjie na ons toe. Ek bedoel dit ernstig. Asseblief!"

"Maar ek weet nie of sy nou hier sal padgee nie. Haar lewe is te deurmekaar . . ."

"Juis daarom moet sy wegkom daar. Stuur haar na my toe, asseblief. Ek nooi haar met my hele hart."

Elke is steeds onseker toe haar man later die middag die huis binnestap. Sy is ook maar bly dat Annari al terug is. Sy voel moeg en hierdie bekommernis oor Inge put haar nog verder uit.

"Julene het my vanoggend gebel." Toe sy hom alles vertel het, kyk sy hom vraend aan: "Wat dink jy van haar voorstel?"

Haar man frons diep. "Het jy nie laat val dat Annari deel van Inge se probleme is nie?"

"Natuurlik nie. Hoe kan ek dit sê? Ons weet nie of daar werklik 'n verhouding tussen hulle is nie. Dis dalk net skinderstories." Horst dink nog 'n rukkie na en knik dan sy kop. "Ek dink Julene het nie 'n slegte idee hier beet nie. Inge kort rus. Dit lyk deesdae asof sy kan omslaan."

"Ja. Sy vergaan voor 'n mens se oë. Ek wonder soms of Günther blind is," laat sy bitter hoor.

"Dis miskien juis die ding. As iemand heeldag onder jou oë is, kom jy niks agter nie. Jy raak gewoond aan wat jy sien. Daarom begin ek al meer van Julene se voorstel hou. Miskien moet Inge 'n slag uit sy gesigsveld verdwyn."

"En die pad wawyd oop los vir die ander dame?"

"My vrou, dit sal goed wees as Inge vir 'n rukkie padgee. Gee Günther die geleentheid om te doen wat hy wil doen. Dan sal daar 'n einde kom aan hierdie marteling. Dis hopeloos soos dit nou aangaan. Ek kan dit deesdae kwalik regkry om my mond te hou. Ek hou van Günther. Ek sal jammer wees om hom as skoonseun te verloor, maar ek sien ook nie kans dat my dogter veel langer aan hierdie uitmergeling blootgestel word nie. Dit moet nou na 'n punt toe kom."

Elke sug en vee oor haar nat wimpers. "Ja. Miskien het jy reg. As dit dan nie wil regkom nie, soos dit skynbaar nie wil nie, laat ons hulle dan maar help om dit gefinaliseer te kry. Inge is op die punt van 'n ineenstorting. Ek is soms lus om na Günther te stap en hom aan die skouers te gryp en te skree: Vra 'n egskeiding en kry klaar daarmee!"

Horst kyk sy vrou bekommerd aan. Sy ly ook. Sal kinders ooit weet wat ouers deurmaak? "Ek sal met Inge praat. Maar sy gaan na Julene toe, nêrens anders nie. By Julene en Kadri sal sy nie eensaam wees nie."

Elke knik. "Ja, ek stem saam – hoe ironies dit ook al is."

Tot hul verbasing kap Inge nie teë nie. Dis eintlik vir haar ouers hartroerend om te sien hoe sy probeer om hulle nie te laat agterkom hoe bly sy is om vir 'n rukkie te kan wegkom nie. Verdwaas besef hulle dat hul kind nader aan breekpunt is as wat selfs hulle vermoed het.

Nie een van die drie vind dit vreemd dat Günther nie ook geraadpleeg word nie. Dis ook nie nodig nie, besef Inge toe sy hom daardie aand inlig.

"My pa-hulle dink ek moet 'n kort vakansie neem en 'n bietjie wegkom."

Hy kyk vinnig van sy boeke af op en sy blik dwaal oor haar bedremmelde gesig. Sy het gewig verloor, besef hy skielik. Inge lyk moeg en maer. Vir die eerste keer in weke het sy sy volle aandag. "Is jy siek?"

"Nee. Ek is net 'n bietjie. . . oorwerk. My pa se diagnose. Ek moet erken ek voel 'n bietjie moeg." Sy glimlag skeef. "Soos jy my gewaarsku het, het ek dit seker maar oordryf."

Hy kyk haar stil aan, sê dan geredelik: "Natuurlik moet jy gaan. Gaan rus 'n slag goed uit. Die tyd gaan so vinnig verby.

481

Ek besef nou eers jy werk al 'n jaar lank volstoom. Het jy 'n spesiale plek in gedagte?"

"Tannie Julene het my genooi om na hulle toe te kom."

"Annari se ma?"

Sy hou haar ongeërg. "Ja. Annari se ma."

"Wil jy daarheen gaan?"

"Ja. Graag. Hulle is twee baie gawe mense."

"Ek sien. In daardie geval . . . Wanneer wou jy gaan?"

"Môre."

"Môre al?"

"Ja." Sy draai om. "Ek gaan solank begin inpak." Annari se ma . . . sy wil amper lag. Sy vlug na Annari se ma toe. Dis regtig komies.

'n Rukkie later verskyn sy weer in die deur. "Kan ek vir jou iets te drinke bring voordat ek gaan lê?"

"Nee dankie. Ek sal sommer self later vir myself 'n glas melk kry." Stil draai sy om en gaan terug kamer toe. Sy pak in soos 'n outomaat, bly om te kan wegkom, kilometers weg van hierdie plek wat vir haar die afgelope jaar net hartseer en ontnugtering ingehou het. Anders as ander aande, lê sy nie wakker en wag om te sien of haar man bed toe sal kom nie, maar val sommer dadelik aan die slaap. Sy weet nie dat Günther 'n kort rukkie daarna kamer toe kom, lank op haar slapende gestalte staan en afkyk en dan met 'n sug omdraai en terugkeer na die tweede slaapkamer nie. Sy weet nie dat haar man daardie nag nie verder studeer nie, maar ten volle geklee ure lank by die oop venster sit en uitstaar na die ligte van die kliniek. Uiteindelik gaan hy sommer met klere en al op die bed lê en sluimer eers teen die oggendure in.

Die volgende oggend baie vroeg staan man en vrou voor mekaar om te groet en in haar pleit dit dat hy net iets moet sê, hoe gering ook al, wat haar sal vertel dat hy nie wil hê sy moet gaan nie, dat hy haar sal mis.

Maar hy glimlag op haar af en sê gelykmatig: "Geniet jou vakansie en kyk mooi na jouself. Ry versigtig."

"Ek sal. En moenie te hard studeer nie." Sy wil haar arms om sy nek gooi, haar teen hom aanwerp, hom vashou.

Sy hande lê vlugtig op haar skouers en sy soen is rustig soos 'n broer s'n. Dan buk hy, tel sy aktetas op en stap sonder 'n terugblik uit.

Julene Murad kan kwalik haar skok verberg toe sy haar gas tegemoetloop. Elke-hulle het voorwaar rede tot groot kommer. Dis 'n verwese vrou wat sy 'n oomblik later teen haar vasdruk en sy kan die geweldige spanning in die skraal gestalte aanvoel.

"Inge . . . Liewe kind . . ."

Dis of haar deernisvolle woorde 'n lading dinamiet is wat die emosies in die jonger vrou oopruk. Verslae luister sy na die rou snikke en al wat sy kan doen, is om haar net stywer vas te hou. Dan dwing sy haar in die rigting van die voordeur.

"Kom. Kom jy gaan nou eers rus. Jy is doodmoeg."

In die kamer wend Inge 'n poging aan om haarself onder beheer te kry, maar die trane bly loop. "Ek is jammer. Ek . . . is regtig só moeg," stamel sy 'n verskoning.

"Natuurlik moet jy wees. Jy het hierdie lange afstand alleen afgelê. Kom, trek uit en klim in die bed. Ek sal vir jou iets bring om te drink en te eet en dan maak jy jou oë toe en slaap. Rus is wat jy nou die nodigste het."

Inge gehoorsaam en toe sy in die bed is, kom Julene met 'n koppie tee en roosterbrood binne. Inge skud haar kop. "Dankie, tannie Julene, maar ek . . . kan regtig nie nou iets eet nie."

"Goed. Drink dan net jou tee."

Sy sluk selfs swaar aan die tee, sê: "Ek is jammer oor die uitbarsting."

Julene glimlag gerusstellend. "Ek is nie. Dis goed dat dit gebeur het. Dit het die ergste spanning gebreek. Nou kan jy slaap solank jy wil. Sal jy slaap?"

"Ek weet nie." Sy het nie verlede nag geslaap nie. Sy het

die hele nag wakker gelê in haar hotelkamer. Nog nooit in haar lewe het sy so eensaam en verstote gevoel nie.

"Ek gaan vir jou 'n slaappil haal."

Inge protesteer nie, drink die pil gehoorsaam en weer begin die trane geluidloos loop. Julene maak haar teer toe en streel oor haar hare. Met innige begrip bly sy langs Inge sit terwyl sy voortgaan om haar hare te streel. Huil maar, Inge. Huil jou hart uit. Dis eers toe sy sien dat die slaapmiddel die oorhand gekry het dat sy die kamer saggies verlaat en die deur agter haar toetrek. Dan stap sy na die telefoon om Inge se ouers te verwittig dat hul kind veilig aangekom het.

Annari stap die Meissners se woonstel vrymoedig binne. "Dagsê! Ek is terug. Ek wou jou gisteraand al kom groet het, maar hier was nie lig nie."

Hy staan passief toe sy hom soengroet. "Ek was die hele nag in Tygerberg. Welkom terug. Jou vakansie geniet?"

"So-so. Dit was lekker om weer by my ouerhuis te wees, maar ek het baie terugverlang." Hy knik net en sy vervolg: "Ek verstaan Inge is nou met vakansie."

"Ja."

Sy kyk hom skerp aan. "Jy studeer te hard, Günther. Daar is kringe onder jou oë." Hy lewer geen kommentaar nie. "Kom drink 'n drankie by my."

"Ek het nog werk om af te handel."

"Goed. Doen dit dan terwyl ek vir ons iets maak om te eet en dan kom jy oor. Jy moet tog eet, Günther!"

Hy aarsel, knik dan. "Maar ek sal nie lank kan bly nie."

"Dis ook goed. Kom ontspan net 'n rukkie. Jy kan nie so aangaan nie."

"Goed dan. Ek is oor 'n rukkie daar. Dankie."

'n Rukkie later kyk Elke haar man vertwyfeld aan. "Daar is nie antwoord in sy woonstel nie. Hy is ook nie by Tygerberg nie."

"Jy kan hom môre sê dat Inge veilig gearriveer het."

Elke staan besluiteloos. Dan skakel sy 'n nommer met 'n vasberade trek op haar gesig.

"Laat dit liewer daar, my vrou," probeer Horst keer.

Maar die telefoon word reeds aan die ander kant opgetel.

"Annari? Is Günther daar?"

'n Kort aarseling. "Ja."

"Kan ek met hom praat, asseblief?"

"Seker."

"Günther? Ek wil net sê Inge het veilig aangekom."

"Dankie."

Elke voel dit kook in haar. Inge is nog nie behoorlik weg nie en hy . . . "Ek het maar net gedink jy sou bekommerd wees oor jou vrou. Goeienag."

9

Inge kon van haar eie ouers nie beter behandeling verwag het as wat sy van die Murads ontvang nie. Julene bederf haar soos 'n eie dogter.

Inge probeer protesteer. "Tannie Julene, regtig, tannie piep my nou behoorlik op. Hoe gaan ek ooit weer by die harde doktersure aanpas ná al hierdie bederf?"

Maar Julene laat haar nie deur die kammakastige vrolikheid mislei nie en sê reguit: "Dit lyk nie of al die piep en bederf enige positiewe resultate oplewer nie. Jy eet steeds byna niks en ek weet jy slaap baie swak. Jy lyk niks beter as toe jy die dag hier aangekom het nie."

Inge se ooglede val. "Lyk ek regtig so vreeslik?" vra sy. Maar sy ken die antwoord – haar spieël vertel haar dit elke oggend.

"Jy lyk soos 'n vrou wat rou. Waaroor rou jy, Ingetjie? Wil jy my nie maar vertel nie?"

485

Sy staar die ouer vrou met ongelukkige oë aan en dan sak haar kop vooroor. "Ja. Ek rou seker. Rou oor al my dwaasheid. Maar om te rou, is so futiel, so nutteloos. Dit bring jou nêrens nie."

"Ek is dankbaar om te hoor jy besef dit. Daarom moet jy daarmee ophou. Vertel my asseblief wat dit is wat veroorsaak dat jy só lyk. Jy hoef nie bang te wees nie. Ek sal beter begryp as wat jy dink. Jy sien, my meisie, jy kan kwalik 'n groter dwaas wees as wat ek eens was."

Inge kyk haar ongelowig aan. "Ek kan dit nie glo nie."

"Jy kan maar, want dis waar. Ek het byna baie mense se lewens verongeluk. Maar my storie sal ek jou later vertel. Joune is nou belangriker."

Inge is lank stil. "Ek verdien net wat ek nou kry, tannie Julene. Ek het alles oor myself gebring. Ek kan net myself verwyt. Ek sal my bloed tap om alles te herroep as ek kon. Maar daar is dinge wat nooit herroep kan word nie, nie waar nie?"

"Inge, ek sluk swaar aan wat jy my nou wil wysmaak. Daar is geen sonde waarvoor daar nie vergifnis is nie. Jy ruk hierdie ding totaal uit verband, kindjie."

"Nee, ek het nie, tannie." Toe begin sy vertel, van die begin af. Van haar obsessie oor die kliniek . . . en van die verspotte drome wat sy as kind al daaroor gedroom het. En Julene sien haar verlede so duidelik in wat Inge vertel, dat sy soms voel of 'n hand haar keel vasvat en wurg. Die geskiedenis is maar net besig om homself te herhaal, besef sy. Dieselfde foute word oor en oor begaan. Dieselfde onmoontlike drome word oor en oor gedroom. En die gevolge is elke keer dieselfde – die vernietigende selfverwyt, die bittere trane, die sielsuitmergelende hartseer. So stap elke geslag dieselfde uitgetrapte paadjie.

Inge eindig: "My pa het my daarvan beskuldig dat ek wil God speel. Hy het gelyk. Ek hét God probeer speel. Maar die kind waarom alles oorspronklik gedraai het, is nie nou meer van belang nie. Ek het my man werklik liefgekry en om sy liefde te besit, is nou vir my nommer een. Alle ander dinge is bysaak. Dis die straf wat ek nou ontvang, tannie. Ek gaan hom verloor."

"Hoe kan jy so seker wees, Inge? Hy moet jou tog liefgehad het toe julle getrou het. Die feit dat hy niks met die kliniek te doen wil hê nie, selfs jou ouers se fantastiese aanbod van die hand gewys het en 'n privaat praktyk beoog, is genoeg bewys dat dit nie gegaan het om die kliniek en die feit dat jy die enigste erfgenaam is nie. Om watter ander rede as liefde dus kon hy met jou getrou het?"

"Ek weet nie. Maar al het hy destyds 'n gevoel vir my gehad, het dit intussen gesterf en is ek self die grootste oorsaak daarvan. Nee, sy liefde behoort beslis nie aan my nie."

Julene aarsel, vra dan die gevreesde vraag reguit: "Is daar iemand anders in sy lewe?"

Inge aarsel ook, antwoord dan versigtig: "Daar is . . . iemand. Hulle is baie groot vriende."

"Vriende?"

"Ek dink nie dit is net vriendskap nie." Sy sug, kyk moedig op. "Ek het sedert my aankoms hier baie tyd gehad om hieroor te dink, of soos Günther dit gestel het, om oor ons huwelik te besin. Ek erken dit teësinnig, maar dit is waar: die ander vrou verdien sy liefde veel meer as ek. Sy het my man gegee wat ek hom nie gegee het nie. Toe ons van Duitsland af gekom het, het almal geweet, Günther inkluis, dat hy 'n pos in die kliniek het net omdat hy my man is. Hy moet elke dag soos 'n vyfde wiel aan die wa gevoel het – 'n gevoel wat 'n man soos Günther baie swaar sal verwerk. Die ander vrou het uit haar pad gegaan om hom belangrik te laat voel. Sy het hom onderskraag en aangemoedig. Sy het gebou aan sy selfbeeld en gevoel van eiewaarde. Sy het ontdek dat hy 'n wonderlike diagnostikus is en ons spesialiste aangemoedig om sy opinie te vra. Dit is sý wat Günther oortuig het dat hy 'n besondere aanleg in verloskunde het. Tannie Julene, my pa is nie 'n gek nie. So graag as wat hy wil help om my huwelik te red, sal hy nie bereid wees om 'n spesiale afdeling te laat bou as hy nie oortuig is Günther sal die pos kan vol staan nie. Ek weet hy is diep teleurgesteld dat Günther sy aanbod van die hand gewys het. Maar al hierdie dinge het die ander vrou vir my man moontlik laat word. Sy verdien hom. Ek nie." Inge kyk weg. "Daar is nog iets . . . Sy sal hom seker die kind kan gee wat ek nie kan nie."

Julene is eers stil en sê dan op haar kenmerkende reguit manier: "Jy is besig om dieselfde fout oor en oor te begaan. Gaan jy nooit leer nie?"

Inge kyk vraend op. "Wat bedoel tannie?"

"Jy is weer besig om jou te verbeel jy kan die toekoms bepaal. Jy het besluit dat Günther jou nie kan liefhê nie. Jy het, hoewel teësinnig, besluit watter vrou jy dink by hom pas en wat jy dink hom werd is. En weer laat jy Godsbeskikking heeltemal buite rekening. Weer werk jy sake uit asof daar nie 'n God bestaan nie."

Dat haar woorde Inge diep skok, is duidelik. Dan begin haar lippe bewe en sy fluister in trane: "Wat moet ek dan dóén, tannie Julene?"

"Gaan terug na jou man toe en gaan wys hom 'n vrou so goed as waartoe jou liefde vir hom jou in staat stel. Moet hom nie dwing in die rigting wat jý dink hy behoort te gaan nie. Laat hy vir homself besluit. Jy sê mos hy het gesê hy sal jou sê as hy 'n egskeiding wil hê. Laat dit daar. Moet hom nie dwing om jou om een te vra net omdat jy dink dis wat hy wil hê nie. As hy die ander vrou liefhet, sal hy 'n egskeiding vra. Maar hy het nog nie op 'n egskeiding besluit nie. En probeer om nie so hard op die ander vrou te konsentreer nie. Inge, al gaan dit nie so goed met jou huwelik nie, jy het 'n groot voorsprong bo haar. Sy moet nog hard werk om te kom waar jy reeds is. Moet nooit vergeet nie. Jý is Günther se vrou."

Julene se reguit woorde bly Inge by in die week wat volg.

Hoe meer sy daaroor dink, hoe meer word dit vir haar duidelik tannie Julene het reg. Sy moet God toelaat om oor te neem. Want van die planne wat sy tot dusver gemaak het, het nog net hartseer en trane gekom.

Aan die einde van daardie week besef Inge dis presies wat gebeur het. God het oorgeneem.

Sy wil dit eers nie glo nie. Sy kan dit nie glo nie. Sy durf dit nie glo nie! Hoe is dit moontlik dat sy nou, juis nóú, verwagtend kan wees?

Dit is nie so nie, besluit sy. Dis maar die spanning en ontsteltenis wat maak dat sy weer oorgeslaan het. Sy het verlede maand ook oorgeslaan . . . Maar dit het al tevore met haar gebeur wanneer sy gespanne is, soos tydens eksamens. Die vroulike samestelling is 'n baie fyn netwerk waar emosionele en fisieke faktore ten nouste saamwerk. Sy het verlede maand net so terloops besef dat sy nie haar maandstonde gekry het nie – en toe weer daarvan vergeet, haar gedagtes besig met Günther en haar mislukte huwelik.

Maar dis nou die tweede maand dat dit wegbly . . . Kan dit wees . . .?

'n Nuwe martelgedagte tref haar. Sy glo vas dat dit haar verdiende loon is dat sy die man wat sy leer liefkry het, gaan verloor. Gaan sy nou die kind hê waarvoor sy haar siel so versondig het, maar hom sonder 'n pa moet grootmaak? Toe dit eindelik tot haar deurdring dat dit nie sal help om langer van die waarheid weg te skram nie, weet sy sy sal moet besluit. Óf sy vertel Günther sy verwag en behou haar man miskien. Óf sy vertel hom niks en gee hom die kans om sy eie, vrye keuse te maak.

Dis nagte vol worsteling wat volg, lang dae van treitering. Sy weet net dat Günther nie sal weggaan as hy moet weet sy verwag sy kind nie. Maar sy wil nie haar man dwing om by haar te bly nie. Hy moet uit liefde by haar bly. Wie het eenmaal vir haar gesê 'n kind kan nie 'n huwelik red nie? Was dit haar ma? 'n Kind kan 'n huwelik laat voortbestaan, maar hy

489

kan dit nie gelukkig maak nie. En wat is die sin daarin om 'n man te dwing om by jou te bly en julle ken nie huweliksgeluk nie? Maar wat van die kind? Is hy nie geregtig om 'n pa te hê nie?

Sy swyg soos die graf oor die ontdekking wat sy gemaak het. Niemand mag daarvan weet voordat sy besluit het wat om te doen nie. En omdat sy nog nie weet na watter kant toe nie, besluit sy om haar vakansie by die Murads te verleng.

"Gee tannie-hulle om as ek nog 'n bietjie langer kuier?"

Julene steek haar verbasing weg. Sy het eerlik gedink dat Inge ná hul praatjie gretig sal wees om terug te gaan en weer 'n poging sal aanwend om haar huwelik te red. Maar daar is geen verbetering by Inge te bespeur nie. Sy bly gespanne en sy eet steeds baie effens. Kan sy dan nie besef dat sy haar eie toekoms ondergrawe nie? Maar sy is verplig om te sê: "Jy kan kuier so lank jy wil. Jy weet dit. As jy voel jy is nog nie gereed om terug te gaan nie . . . Maar jy moet jou ouers en Günther laat weet."

Natuurlik gee haar ouers nie om dat sy langer bly nie, hoewel dit hulle verontrus. Sy vra haar pa om Günther ook te sê en voer as verskoning aan dat sy nie weet wanneer sy moet bel om hom tuis te kry nie. In die vier weke wat sy weg is, het hy net een keer gebel en die gesprek was bra niksseggend. Hy het darem gesê hy verneem gereeld via haar ouers hoe dit met haar gaan. Sy het gehoop hy sal bel as hy hoor sy bly langer, maar daar kom geen oproep nie. Miskien voel hy verlig. Miskien vrees hy (nes sy) die oomblik van finaliteit wat voorlê. Want van een ding is sy baie seker: só kan hulle nie veel langer voortgaan nie.

Sy is byna ses weke by die Murads toe Julene een middag haar koppie tee neersit en beslis sê: "Inge, jy moet my nie verkeerd verstaan nie. Jy weet jy kan 'n hele jaar ook hier kuier. Maar dink jy nie dis tyd om terug te gaan nie? Jy kan nie vir altyd wegkruip nie."

Inge knik, 'n vreemde gelatenheid in haar. Natuurlik kan

sy nie. "Ek weet, tannie. Ek is baie dankbaar vir die tyd wat ek hier kon wees. Miskien moet ek maar môre pak, dan kan ek oormôre vroeg ry."

Die ouer vrou kyk haar met deernis aan. "Is jy bang om terug te gaan?"

Sy knik, erken: "Ja. Maar ek het ook die punt bereik dat ek, wat ook al in die toekoms op my wag, dit nie langer wil ontwyk nie. Wat moet gebeur, sal gebeur. En hoe gouer, hoe beter. Ek kan nie langer so voortgaan nie."

"Dan ry ons oormôre." Inge kyk haar tante vinnig aan en dié knik. "Ek gaan saam."

"Tannie, dis dierbaar, maar dis nie nodig . . ."

"Ek wil graag Vrydag daar wees. Annari verjaar dan. En ek verlang ook na die kliniek en jou ouers. Ek was lanklaas daar. Kadri vlieg Saterdag Turkye toe om 'n slag by Omar en die plantasies te kom."

"Maar wou tannie nie liewer saam met hom . . .?"

"Nee. Ons het dit reeds bespreek. Ek wil by Annari wees met haar verjaardag. Ons kan maklik in 'n dag en 'n half ry, want ons is nou twee bestuurders."

Toe hulle Vrydagmiddag die terrein van die Meissner-kliniek binnery, ervaar albei vroue 'n gevoel van tuiskoms.

Die Meissner-kliniek sal altyd besondere herinneringe by Julene Murad wakker maak. Sy is jare gelede hier weg, maar die bande wat sy met hierdie kliniek gesmee het, kan nie weer verbreek word nie.

Ook Inge se blik dwaal oor die imposante hoofgebou. Die Meissner-kliniek is nie meer alles vir haar nie, maar dis waarskynlik al wat vir haar in die toekoms oorgebly het. Dit en haar kind. Daar sal eendag 'n waardige erfgenaam vir Albert Meissner se kliniek wees . . . Maar teen watter prys?

Toe Inge haar motor voor die dokterswoonstelle tot stilstand bring, is daar geen hoop in haar dat sy die situasie anders sal vind as toe sy hier weg is nie. Die een oomblik kan sy nie wag om hom weer te sien nie. Die volgende oomblik voel dit vir haar sy kan die motor net daar omdraai en wegry, sommer net blindelings 'n koers in, solank sy net wegkom.

Hulle gaan eers na Annari se woonstel, maar dis gesluit. "Miskien is sy 'n bietjie laat. Kom ons gaan maar eers na my woonstel toe."

Daar is dit ook gesluit en sy moet haar sleutel gebruik. Toe dit reeds begin donker word en daar is nog steeds geen teken van Annari nie, bel Julene die kliniek. Sy word in kennis gestel dat dokter Annari die dag vry het en eers môreoggend weer aan diens sal wees.

Julene kan haarself skop. Sy moes Annari laat weet het sy sal die middag met haar verjaardag arriveer. Sy het dit bedoel as 'n verrassing, maar nou werk dit nie so uit nie. Annari het blykbaar ander reëlings vir die aand getref.

Daar is ook geen teken van Günther nie, en albei vroue doen hul bes om hul vermoedens te ignoreer.

"Sal ek tannie maar deurneem na my ma-hulle? Dan kan ek hulle ook sommer groet."

Die vae hoop dat Annari haar verjaardag by die Buchners sou vier, word met hul aankoms die nek ingeslaan.

"Julle moes ons laat weet het om julle te verwag," betig Elke, haar oë bekommerd op haar kind. Inge lyk kwalik na iemand wat ses weke se vakansie agter die rug het.

"Dan het Ma Ma net weer onnodig bekommerd. En tannie Julene wou Annari verras, maar nou is sy nie tuis nie."

Inge word gedwing om eers iets saam te eet, en dis 'n bekommerde pa wat sien hoe die kos deurmekaar gekrap word.

"Hoekom slaap jy nie ook maar eers vanaand hier nie?" vra Elke.

Maar Inge skud haar kop. "Dankie, Ma, maar . . . ek wil liewer teruggaan."

Sy moet weer haar sleutel gebruik. Günther is nog nie terug nie.

Dis 'n hele paar uur later dat daar lig in Annari se woonstel aangaan. "Nou vir koffie en likeur."

"Dis al baie laat. Ek moet nou gaan."

"Ag nee, Günther! Ons moet die aand darem ordentlik afsluit. Kom binne. Skink solank die likeur. Ek gaan sit gou die ketel aan." Sy verdwyn dadelik kombuis toe en hy het eintlik geen keuse as om maar te gehoorsaam nie. Maar daar is 'n frons tussen sy oë toe hy die likeurglasies uithaal.

Sy kom 'n rukkie later binne met die koffie, sit dit neer en neem die twee likeurglasies uit sy hande en sit dit langs die koffie neer. Toe draai sy reguit na hom.

"Günther . . . baie dankie dat jy vanaand saam met my deurgebring het."

"Dit was 'n plesier, Annari." Sy blik gly vlugtig oor haar. "Ek is net verbaas dat daar nie stringe mans is wat jou maar te graag op so 'n spesiale aand sou wou uitneem nie."

"Ek stel nie in stringe mans belang nie. Ek wou vanaand saam met niemand anders as jy gewees het nie."

Sy stemtoon is baie bedaard. "Ek waardeer ons vriendskap baie, Annari. Jy weet dit."

Sy frons vlugtig, glimlag dan, gee 'n tree nader. "En jy het my nog nie eens ordentlik gelukgewens met my verjaardag nie!"

Sy weet sy is besig om haar kaarte oop te gooi, maar sy gee nie om nie. Sy het die aand doelbewus beplan. Sy het 'n tafel by 'n restaurant bespreek en hom ingewag toe hy by Tygerberg uitkom. Hy was verbaas om haar daar te sien.

"Wat maak jy hier?" wou hy weet.

"Ek het jou kom haal. Ons twee gaan vanaand uit," het sy beslis geantwoord.

"O?"

"Ja. En jy mag nie nee sê nie, want dis my verjaardag."

Hy kon kwalik weier. Hy kon ook geen grondige rede aanvoer hoekom hy nie kan saamgaan nie. Daar was nie 'n vrou by die woonstel wat op hom gewag het nie . . .

493

"Maar ek is nie aangetrek vir so 'n spesiale okkasie nie. Ek ruik nog die ene hospitaal," het hy probeer maar sy het dit weggelag.

"Jy lyk altyd honderd persent en ek ken 'n hospitaalreuk. So, hou op protesteer en kom. Ek het klaar 'n tafel bespreek en 'n bottel wyn op ys laat sit."

Sy was vol selfvertroue. Sy het geweet sy lyk baie mooi. En Günther is 'n man en hy is nie blind nie. Daardie onnosel klein Inge verdien hom nie. Sy het die geselskap lig en vrolik gehou, maar Günther het tog oor een van haar pasiënte begin praat.

"Kon jy toe al 'n diagnose op klein Pieter maak?"

"Nee. Die kind verwar my. Ek bly in die duister."

"Wat is die simptome?"

Hulle het die geval bespreek en toe het sy geprotesteer: "Geen shop talk verder nie. Ek wil vanaand die Meissner-kliniek en alles wat daarmee saamgaan, vergeet."

Sy weet die inisiatief sal van haar kant af moet kom en sy kom nog nader, sit haar hande om sy nek en trek sy kop af na hare. "Ek verdien darem op my verjaardag 'n soen?"

Sy lippe is passief op hare, maar dan knel haar hande stywer en sy druk haar lyf teen syne aan.

Die volgende oomblik het hy haar knellende vingers om sy nek losgemaak en word haar polse vashou. Hy kyk in haar ongelowige oë af en sê ernstig: "Liewer nie, Annari."

"Wat bedoel jy?"

Hy los haar polse, draai weg. "Moenie dat ons iets begin wat kan handuit ruk nie. Daar is genoeg probleme."

Haar stem is bitter, uitdagend. "Dit weet ek goed. En ek kan nie verstaan hoekom jy so daaraan vasklou nie. Jy mors net tyd, kosbare tyd." Hul oë ontmoet. "My tyd ook."

"Ek is jammer as jy so voel. Ek wil nie hê dat jy ook by ons sake betrokke raak nie."

"Maar ek is reeds betrokke en jy weet dit! Günther, hoekom erken jy nie dat jou huwelik 'n mislukking is en dat ons twee mekaar baie beter verstaan as jy en Inge nie?"

"Dat my huwelik met Inge blykbaar gedoem is tot mislukking, sal ek nie ontken nie. Maar daar is geen derde vrou in my toekoms nie. Ek het twee gehad en met nie een wou dit uitwerk nie. Twee mislukkings is genoeg vir my."

"Jy voel miskien nou so, Günther, maar later . . ."

"Laat ons later maar vir later los, asseblief. Verskoon my. Ek . . ."

"Nee. Kom drink eers jou koffie en likeur. Dis ingeskink. Asseblief. Ek beloof ek sal nie weer die onderwerp ophaal nie. Ek hoop ons is nog altyd vriende."

"Natuurlik." Hy neem teësinnig plaas en sy lei die gesprek dadelik in 'n veiliger rigting.

"Daar is iets in verband met klein Pieter wat aan my bly krap, maar ek kan nie my vinger daarop plaas nie. Ek sal bly wees as jy hom kan ondersoek. Hy is vir dokter Elke ook 'n probleem."

"Ek kan 'n plan maak. Maar dan sal dit môreoggend vroeg moet wees voordat ek Tygerberg toe gaan."

"Ook goed. Ek sal sorg dat ek sewe-uur daar is as dit jou sal pas."

"Honderd persent." Hy staan op. "Nag, Annari, en nogmaals dankie vir 'n aangename aand." Daar is skielik deernis in sy oë en hy lê 'n handpalm teen haar wang. "Vergewe my, asseblief. Ek wil jou nie seermaak nie. Dis net dat ek op die oomblik meer as genoeg het om te hanteer."

Sy knik, glimlag dapper. "Natuurlik. Ek verstaan. En onthou, ek is altyd daar as jy my nodig het."

"Dankie. Goeienag."

Hy is reeds in die woonstel toe hy agterkom dat die bedlamp in die kamer brand. Fronsend wonder hy of hy dit dan nie vanoggend afgeskakel het voordat hy uit is nie. Dan kom hy in die slaapkamerdeur tot stilstand.

Inge voel sy het breekpunt bereik. Die lang ure waarin sy gewag het dat hy moet huis toe kom, was 'n nagmerrie. Later het sy die twee motors agter mekaar sien stilhou en haar vermoedens is bevestig. Toe het sy weer gewag, later begin wonder of hy ooit gaan terugkom. Dalk gaan hy die nag sommer daar deurbring. Nou staan hy voor haar en sy is blind van pyn en woede en vernedering. Die emosies in haar is so geweldig dat haar lippe net bewe sonder dat daar 'n klank uitkom. Dan bars dit koud uit haar los: "Ek het blykbaar te gou teruggekom." Sy sien hom verstyf, maar sy gee nie om nie. "Eintlik moes ek nooit teruggekom het nie."

"Naand, Inge."

Sy toonlose stemtoon en uitdrukkinglose gesig vererger net haar toestand.

"Dis ná middernag. Wat kom soek jy nóú hier? Jou pajamas?"

Hy draai in sy spore om maar sy is uit die bed, volg hom. "Günther, ek praat met jou! Antwoord my!"

Hy draai terug. "Wat wil jy hê moet ek antwoord? Ja, ek het net my pajamas kom haal?"

Sy voel hoe haar ingewande bewe en sy vou haar arms oor haar buik asof sy haar ongebore kind wil beskerm. "Hoe ver het hierdie verhouding nou al gevorder? Günther . . . hoe ver is dinge presies tussen jou en Annari?" Hy staan haar net en aankyk en die bitterheid kook oor in haar. "Hoekom vra ek nog? Ek kan mos sien wat aangaan. Maande lank al."

"Ek dink jy moet liewer stilbly en teruggaan bed toe. Laat ons liewer môre . . ."

"Ek wil nie môre weet nie, ek wil nóú weet!"

"Waar ek vanaand was? Ek kan dit maklik verduidelik. Ek het by Tygerberg uitgekom en Annari het daar gestaan, gesê sy verjaar vandag en sy wil graag hê ons moet saam iets gaan eet. Ons het toe gaan uiteet en . . . teruggekom. Ek is jammer ek was nie tuis toe jy hier kom nie. Maar jy het nie laat weet nie en . . ."

"Ek moet dus 'n formele afspraak met my man maak om hom tuis te kry." Sy voel mislik. "Los maar jou flou verskonings en verduidelikings. Ek wil niks meer hoor nie."

Daar is nou 'n kil woede in sy stem. "Ek maak nie verskonings nie. Ek het jou net vertel presies wat gebeur het."

Haar mond trek smalend. "Ja, en wat van al die ander aande? Ek neem aan sy het vir jou kos gekook terwyl ek weg was en . . ."

"Ja. Sy het my 'n paar keer vir ete genooi. Ek het dit waardeer." Sy oë pen hare vas "Is daar nog iets wat jy wil weet?"

Sy maak 'n wanhopige gebaar, maar hy vertolk dit verkeerd. "Kom. Ek kan sien jy het nog baie vrae. Vra hulle!" Sy het nog vrae, maar sy wil nie antwoorde hoor nie. Maar dan stel hy self die vrae: "Wil jy weet of ek 'n verhouding met 'n ander vrou aan die gang het? Wil jy weet of ek al by haar geslaap het? Wil jy weet wanneer ek 'n egskeiding wil hê? Want dis mos van jou geliefkoosde vrae. Wil jy antwoorde op daardie vrae hê, Inge?"

"Nee! Nee! Ek gee nie om nie! Doen en gaan en kom soos jy wil. Ek gee nie om nie!"

Sy hardloop die slaapkamer binne en klap die deur agter haar toe. Dis verby. Dis hierdie keer regtig verby . . . As daar ooit die vaagste moontlikheid bestaan het dat dinge tussen hulle kan regkom, het sy dit vanaand self die finale nekslag toegedien. 'n Huwelik kan deur baie diep waters gaan, maar op 'n dag word die keerpunt bereik. Op 'n dag is daar net te veel bitter woorde en bitter gevoelens en die huwelik is verby die punt van herstel.

Sy hoor die voordeur toegaan en sy vertel haarself sy gee nie meer om nie. Laat hom na Annari toe gaan. Laat hom vir goed loop. Dis beter so. Tog . . . Dit was juis die intense verlange na hom, die begeerte om hom weer te sien, wat haar heeltemal rasend gemaak het toe hy nie tuis was nie en boonop die aand in die ander vrou se geselskap verwyl het. Hul huwelik het net hierdie laaste stampie nodig gehad om dit oor die afgrond te stoot.

Die groot beslissing word in hierdie nagtelike uur uit haar hande geneem. Daar is nie meer vir haar 'n keuse nie. Sy twy-

497

fel of die wete dat sy sy kind dra, hom nou na haar sal terug-
bring. Sy kon dit in sy oë lees toe hy die vrae wat hy gedink
het sy wou vra, op haar afgeskiet het. Sy kon in sy star blik
lees dat ook hy nou keerpunt bereik het. Die toeklap van die
voordeur hierdie tyd van die nag het duidelik die boodskap
oorgesein: Wat genoeg is, is genoeg.

Inge martel haarself met die gedagtes wat onwillekeurig
in haar opkom. Sy folter haarself met die prentjie wat sy vir
haarself optower. In haar verbeelding sien sy hom die afstand
tussen die twee woonstelle aflê. Sy sien hoe die voordeur op
sy klop oopgaan, hoe Annari se gesig ophelder, hoe haar arms
hom na binne trek, hoe die deur toegaan.

Maar dis nie wat gebeur nie. Günther stap uit na buite,
adem die naglug diep in, sluit 'n oomblik sy oë. Dan begin hy
stap, sommer net stap. Hy kies geen spesifieke koers nie. Hy
stap net en hy weet nie hoekom nie.

Hy bevind hom meteens voor die hoofingang van die kli-
niek. Hy staan en kyk daarna. Ook in die nag is dit 'n im-
ponerende prentjie. Hy kan verstaan dat 'n mens heeltemal
behep kan raak met die plek. Dis elke dokter se droom. En as
dit nog deur jou voorgeslagte tot stand gebring is . . . Hy kan
verstaan dat die Meissner-kliniek in Inge se bloedstroom is.
Selfs hy het al drome oor hierdie plek begin droom. Hy weet
dat hy baie maklik net so gebonde aan die kliniek kan raak as
wat Inge is. Die Meissner-kliniek kan baie, baie maklik ook
deel van sy bloedstroom word. Maar die prys is te hoog. Hy
wil omdraai, maar bly dan weer besluiteloos staan. Hy wil
nie teruggaan woonstel toe nie. As hy dit kan vermy, sou hy
verkies om vannag glad nie weer terug te gaan nie. Dan maar
in sy motor gaan klim en Tygerberg toe ry . . .?

Net vlugtig verskyn 'n vrouegesig voor hom, maar hy skuif
dit onmiddellik van hom weg. Hy is klaar met vroumense.
Twee mislukte huwelike is meer as genoeg vir een man. As
Annari wil bly hoop . . .

Hy stap die ingangsportaal binne, kry koers na die kinderafdeling. Hy weet dis nie etiket nie. Hy is nie meer deel van die kliniek se span nie. Natuurlik mag hy om 'n opinie genader word, soos wat Annari ook gedoen het, maar dan moet sy by wees. Dit is die etiket en tereg ook.

Maar vannag is nie 'n gewone nag nie. En vannag dink Günther Meissner ook nie nugter en kalm soos altyd nie. Hy wil nie teruggaan woonstel toe nie en hy soek 'n rede om weg te bly.

Die nagsuster kyk verbaas op toe hy skielik in die kantoordeur verskyn. Natuurlik herken sy hom dadelik. Wat sou hy hierdie tyd van die nag hier soek? Vir dokter Annari miskien?

Günther gee voor dat hy haar verbasing nie opmerk nie, sê baie formeel: "Ek vra om verskoning dat ek op hierdie onmoontlike tyd hier opdaag, suster."

"Dis alles reg, dokter. Kan ek help?"

"Dokter Annari het 'n klein Pieter Saayman hier. Sy het gevra om hier in te loer as ek 'n kans het. Mag ek. Asseblief?"

"Natuurlik, dokter Günther." Sy staan op, blik vlugtig na die groot muurhorlosie. Maar om byna eenuur in die nag? In die privaat kamer aangekom, skuif die spesiale verpleegster weg van die bed om vir die dokter plek te maak, haar oë verbaas en vraend op die suster. Agter die dokter se rug trek die suster haar skouers op. Sy oorhandig die kaarte aan hom. "Ons kry net nie die koors gebreek nie, soos u kan sien."

Hy bestudeer die feite voor hom, gee dan die kaart terug, kyk peinsend op die seun af. Hy dwing sy brein om van alles te vergeet behalwe die spartelende lewe voor hom. 'n Waarskuwingslig gaan in hom aan, die blote instinktiewe aanvoeling dat hier iets groots verkeerd is . . .

Toe Annari se telefoon 'n ruk later lui, is sy ook nog wakker. Sy het diep lê en dink. Sy sal geduldig moet wees. Sy moet Günther nie nou probeer dryf nie. Sy moet net sorg dat sy altyd daar is vir hom. Sy moet die simpatieke oor en die begrypende hart hê. Op die oomblik verlang hy niks meer nie. Maar dis genoeg om 'n verhouding te begin bou. Dis 'n uitgemaakte saak dat sy huwelik nie gaan hou nie. Hy het dit self erken.

Sy beantwoord die telefoon dadelik en herken die kinder-afdeling se nagsuster se stem. "Jammer om hierdie tyd te pla, dokter . . ."

"Wat is dit, suster Naudé?"

"Dis dokter Günther . . ."

"Dokter Günther?" Sy sit vinnig regop.

"Hy is hier by Pieter Saayman. Hy het gesê ek moet u asseblief dadelik ontbied."

"Dokter Günther is dáár?"

"Ja, hy . . ."

"Ek kom dadelik, suster. Dankie."

Halftwee die oggend stap dokter Annari effe vervaard die kinderafdeling binne. Toe sy in die privaat kamer se deur verskyn, sien sy hy is nog net so geklee soos toe sy hom laas gesien het. Net terloops merk sy op dat hy nie sy doktersjas aanhet nie.

"Günther, wat . . .?"

Hy kyk op, kom haar tegemoet. "Ek vra om verskoning, Annari. My optrede is eties nie korrek . . ."

"Vergeet daarvan. Wat is dit?"

"Ons gesprek oor klein Pieter het my op 'n spoor geplaas, maar of ek reg is, sal die toetse ons moet wys."

"Dan kon jy 'n diagnose maak? O, ek is so bly, Gün-"

"Jy gaan nie bly wees nie. Ek hoop ek is hierdie keer verkeerd."

Sy staar hom aan. "Hoekom sê jy so? Wat dink jy dan makeer klein Pieter?"

"Ek dink hy het Kongokoors."

"Günther! Nee!"

"Ek kan nie sweer nie, maar dis 'n groot moontlikheid. Ek sal jou aanraai om dadelik die nodige toetse te laat doen en

500

intussen moet alle voorsorgmaatreëls getref word. Almal wat met Pieter in aanraking was, moet voorlopig onder kwarantyn geplaas word."

Hul oë ontmoet. "Maar dit beteken . . ."

"Presies. Dit sluit my en jou ook in. Ons moet onmiddellik in afsondering gaan."

10

Die noodratte van die kliniek kom in werking. So stil en slapend as wat dit 'n uur gelede gelyk het toe Günther Meissner daarna staan en staar het, net so skielik is die plek verlig en vol lewe. Die twee hoofde en die superintendent word onmiddellik in kennis gestel. Günther neem dié taak op homself nadat hy aan dokter Annari bevele uitgedeel het asof sy sy ondergeskikte is.

"Kry die manne wat die toetse moet doen dadelik hier. Ek wil hulle binne 'n halfuur hier hê. As dit oor 'n kwartier gedoen kan word, nog beter."

Annari probeer verduidelik asof Günther dit self nie weet nie: "Party moet uit die stad kom . . ."

"Dan kom hulle. Daar word vannag nog met die toetse begin. Ons sal eers oor drie dae die resultate hê. Daar moet nie 'n onnodige minuut gemors word nie."

Nie een van die twee dokters dink op hierdie oomblik daaraan dat dit eintlik dokter Annari se pasiënt is en dat dokter Günther net om sy opinie gevra is nie. Hy is net vanselfsprekend in beheer.

Selfs toe hy in hierdie namiddernagtelike uur met sy skoonpa oor die telefoon praat, is sy stem bevelend: "Dis Günther wat praat. Julle moet dadelik kliniek toe kom. Ek het 'n moontlike geval van Kongokoors gediagnoseer."

"Wat?" Horst is deur die slaap en sukkel om te fokus. 'n

501

Oomblik kan hy nie kop of stert uitmaak van wat aangaan nie. Dis twee-uur in die oggend en sy skoonseun (wat as ginekoloog spesialiseer) het Kongokoors in die Meissner-kliniek gediagnoseer (terwyl hy veronderstel is om by sy vrou, wat ses weke lank weg was, in die bed te wees . . .)

"Ja. Dokter Annari het my gevra om na die Saayman-seun te kyk en my opinie te gee . . ."

"Elke het hom teenoor my genoem. Sy kon tot dusver nie 'n duidelike diagnose maak nie. Maar jý het . . . Günther, is jy seker? Besef jy . . .?"

"Ek besef alles, dokter Horst. My diagnose kan verkeerd wees, maar dis beter om geen risiko te loop nie. Almal wat met hom in kontak was, moet in afsondering kom en gemonitor word."

"Natuurlik, ja. As dit Kongokoors is . . ."

"Ons is reeds besig om die westelike deel van die kinderafdeling in 'n kwarantynstreek te omskep. Al die ander pasiënte word na die ander vleuel verskuif. Dokter Annari is besig om die laboratorium-manne te bel om dadelik hierheen te kom. Daar word vannag nog met die toetse begin. Ek wag vir julle."

"Wat op aarde gaan aan?" wil Elke agter hom weet. Julene verskyn ook deur die slaap in die deur. "Het ek die woord Kongokoors gehoor?" vra sy ongelowig.

"Ek is bevrees, ja. Dit was Günther. Hy vermoed ons het 'n geval van Kongokoors in die kliniek. Jou klein Pieter Saayman, Elke."

"Maar hoe weet hy . . .?"

"Annari het sy opinie gevra, want soos ons almal weet, is Günther 'n baie goeie diagnostikus."

"Maar . . . Kongokoors!"

Julene is nou wawyd wakker. "Dis 'n lelike ding. Wie was almal in direkte kontak?"

"'n Hele klomp." Hy kyk in sy vrou se verskrikte oë. "Elke en Annari, en nou ook Günther, en natuurlik van die

502

verpleegpersoneel. Kom, Elke. Kry jou gereed. Daar is nou baie om te doen."

Natuurlik gaan Julene saam, maar toe hulle die kliniek bereik, is al die nodige óf reeds gedoen óf in die proses van voltooiing. Elke en Horst kan mekaar net stom aankyk. Günther Meissner is 'n man wat beslis kan leiding gee in krisistye. En weer val dit niemand op dat hy nie daar hoort nie; dat hy inderdaad geen seggenskap het nie. Hy gaan soos 'n stoomroller voort, deel bevele uit, help beddens rondskuif, en selfs Julene word nie gespaar nie. Hy het geen idee wie die vreemde vrou is wat saam met sy skoonouers daar aangekom het nie, maar sy het 'n paar hande wat baie bruikbaar gemaak kan word. "Toe, moenie net daar staan nie. Kry hierdie kinders hier uit na die ander vleuel," kry sy haar bevel en Julene spring aan die werk. Toe die oggendlumier die oosterkim begin kleur, is alles menslik moontlik gedoen om te verhoed dat dié hoogs aansteeklike siekte soos 'n veldbrand deur die kliniek versprei.

'n Glasskuifdeur word toegetrek tussen die pasiënt en dié wat met hom in aanraking was en die res van die kliniek. Deur die glas ontmoet die twee mans se blikke. Hulle kommunikeer met geselsradio's.

"Sal . . . Pa vir Inge laat weet? Sy weet nog niks nie."

"Natuurlik. Ek sal nou na haar toe gaan."

"Dankie. Bring dan asseblief vir my 'n paar stukkies klere ook saam."

"Goed. Ek moet vir Elke ook nog klere bring. Günther . . . dankie. Vir die eerste keer in my lewe gaan ek opreg bid dat 'n diagnose verkeerd moet wees, maar as dit nie is nie . . . dan het jou vinnige optrede 'n groot tragedie verhoed."

"Ek bid saam dat ek hierdie keer verkeerd is. Maar ons moet liewer aan die veilige kant bly."

In die superintendent se kantoor is dinge nie so agtermekaar soos in die afsonderingskwartier wat oornag ingerig is nie. "Het jy genoeg personeel of sal ons moet probeer bykry?"

503

Jan Swanepoel skud sy kop. "Ons behoort reg te kom as ek en jy ook inspring. Dokter Ludwig sou môre met verlof gaan, maar is heeltemal bereid om aan te bly tot die krisis verby is. Dit sal help. En . . ."

"En ek is mos ook hier," sê 'n vrouestem by die deur en Julene kom ingestap. "Ek kan 'n locum vir my praktyk kry. Ek help natuurlik ook."

Die twee mans kyk haar dankbaar aan. "Dankie, Julene. Dit gaan oneindig baie help. En natuurlik sal Inge ook onmiddellik moet inval."

Julene is skepties. "Ek weet nie van haar nie, Horst. Sy is nog glad nie gereed vir harde werk nie. Jy het self gesien hoe sy lyk. Sy het nog nie haar probleme verwerk nie; ek dink nie sy is fisiek sterk genoeg om in te val nie."

Maar Horst Buchner sit sy voet neer: "Inge het lank genoeg tyd gehad om vrede te maak met haar probleme. Dit is 'n noodtoestand hierdie en dis nou die tyd om bo persoonlike probleme uit te styg. Vandag gaan dit nie om persoonlike geluk nie, maar om mense se lewens, onder meer haar eie man s'n ook. As Inge hierdie uitdaging nie kan hanteer nie, weet ek dat ek nie die Meissner-kliniek eendag in haar hande kan laat nie."

Hy stap by die kantoor uit en Julene en Jan Swanepoel kyk mekaar net betekenisvol aan. Op pad na sy dogter se woonstel wens Horst vir die eerste keer werklik opreg dat haar huwelik gered kan word. Hierdie keer gaan dit nie sodanig om sy dogter se persoonlike geluk nie, maar om die Meissner-kliniek. Hy was baie skepties teenoor sy skoonseun toe dié hier aangekom het. Tyd het egter bewys dat Günther Meissner net respek afdwing – as mens en as dokter. En ná verlede nag weet hy dat hy hierdie wêreldberoemde kliniek eendag met 'n geruste hart in sy skoonseun se hande kan laat. Maar miskien is dit te laat . . . Julene sê hul probleme is nog nie opgelos nie . . .

Julene het gelyk, besef hy toe hy voor sy dogter staan. Wat

gisteraand tussen haar en Günther gebeur het, weet hy nie en hy wil nie vra nie. Maar dat Inge geen blye tuiskoms ervaar het nie, is baie duidelik. Hoe het dit gekom dat Günther op so 'n onmoontlike uur van die nag 'n diagnose gedoen het in die kliniek waar hy niks verloor het nie? Maar daar is veel meer op die spel as 'n gebroke hart.

Sy stem is saaklik, byna kortaf toe hy haar vertel wat gebeur het en wat hy van haar verlang. Sy oë mis niks nie. Hy sien hoe sy verbleek toe Günther se naam genoem word. Maar hy verhard sy hart. Dis nie nou die tyd om sag te wees nie.

"Kan jy onmiddellik kom inval of moet ek ander reëlings probeer tref?"

Haar antwoord is spontaan, onmiddellik: "Natuurlik kom ek dadelik."

'n Gewig rol van sy hart af. "Dankie, Inge. Julene het ook haar dienste aangebied. Ons sal die mas kan opkom tot tyd en wyl . . ."

"Dit sal drie dae wees voor ons sal weet . . ."

"Ja. Intussen moet hulle afgesonder bly en gemonitor word. Dis al wat ons op die oomblik kan doen. Bring asseblief vir Günther die nodige klere en bybehore saam. Ek gaan nou vir jou ma ook klere kry."

Vir Inge voel dit sy het klaar die doodstyding gekry. Haar man gaan sterf! Skielik tref dit haar: haar ma kan ook sterf! Sy kyk op in haar pa se oë en weet hy gaan deur dieselfde vuurproef as sy. Sy trek haar skouers agteroor, lig haar ken op. "Ek is nou daar, Pa."

Terwyl sy Günther se klere inpak, is haar sielewroeging allesverterend. Günther was besig om die kliniek van 'n tragedie te red terwyl sy hom selfbejammerend van ontrou lê en verdink! Elke pasiënt en personeellid, in besonder sy en haar ouers, is hom oneindige dank verskuldig vir sy vinnige optrede. Maar is 'n tragedie werklik afgewend? Sy probeer die gedagte onderdruk, maar die geval van 'n jong dokter in sy dertigerjare wat binne drie dae dood is nadat hy met 'n Kongokoors-pasiënt in aanraking was, bly haar by.

Doelgerig tel sy die tas op en stap voordeur toe. Dis nie nou die tyd vir dink nie, maar vir doen.

Vir die eerste keer ná meer as dertig jaar stap dokter Julene weer in die gange van die Meissner-kliniek af. Ou herinneringe spoel oor haar en sy besef opnuut hoe spesiaal dit is om deel van hierdie span uit te maak. As dit net in ander omstandighede was . . .

Sy kom by die glasdeur tot stilstand en trek 'n jong verpleegster se aandag. 'n Rukkie later verskyn haar dogter voor haar. Verlede nag was daar kwalik tyd om te groet.

"Het jy dan nie 'n bietjie gaan rus nie?"

Annari skud haar kop. "Wie kan slaap?"

"Ek wou net sê . . . geluk met jou verjaardag gister."

"Dankie, Ma."

"Jou pa . . . Hy vlieg vanoggend Turkye toe. Moet ek hom keer?"

Annari skud weer haar kop, vind dit moeilik om haar ma in die oë te kyk. "Hy kan tog niks hier doen nie."

Julene kyk haar dogter stip aan. "Wat is dit, Annari?" Sy kry nie antwoord nie. "Jy is tog 'n dokter. Jy weet solank daar lewe is, is daar hoop. Hoekom is jy so negatief?"

"Dit gaan nie daarom nie."

"Waarom gaan dit dan?"

"Dis net . . . Ons ander – ek, tannie Elke en die personeel – het in hierdie situasie beland in die loop van ons werk. Maar Günther . . . As ek hom nie gevra het om na klein Pieter te kom kyk nie . . ."

"En nou vertel jy jouself dat as hy iets moet oorkom jy verantwoordelik sal wees?"

"Is dit nie so nie?"

"Nee. Dis Godsbeskikking, my kind. Jy, en elkeen van ons, is maar net die instrumente wat gebruik word om 'n groter

506

plan tot uitvoering te bring. Ons mensies dink maar dis ons wat beplan en uitvoer, maar eintlik het ons so min sê, Annari. Eintlik is ons regtig maar nietig."

Vir baie mense word Julene se woorde in hierdie nag waar. Nie dat dit 'n nuwe begrip vir die mense van die Meissner-kliniek is nie. Dis tog 'n feit waarmee hulle daagliks saamlewe. Die dood is immers so deel van hul lewens soos die wit klere wat hulle dra. Maar vandag bly die dood op die voorgrond, word dit deel van hul asemhaling. Vir almal, aan watter kant van die glas hulle hulle ook al bevind, word dit 'n intense ervaring. En vele kyk met nuwe oë na gister en gister se foute en probleme omdat daar miskien nie 'n môre gaan wees nie. Meer as een kom tot die skokkende besef: dit was alles so onnodig! Met ontnugtering besef hulle daar kan net een slotsom wees: ek was 'n dwaas.

Teen die end van 'n lang dag dra Inge se vermoeide voete haar ook na die glasafskorting, maar toe sy gevra word wie sy wil sien, vra sy vir haar ma. Sy weet haar moed gaan haar begewe om hom in die oë te kyk.

"Ma . . . hoe gaan dit hier?"

"Alles is onder beheer. Hoe gaan dit met jou, my kind?"

"Goed." Die oë pleit. "Klein Pieter . . ."

"Nog geen verandering nie." Stilte. "Moet ek vir Günther roep?" Sy kyk na die neergeslane ooglede. "Inge, wat het gisteraand gebeur?"

Die lippe bewe. "Ek was maar net soos altyd weer 'n dwaas, Ma. Nag, Ma."

Elke staan en kyk hoe haar dogter wegstap en eers toe sy uit sig verdwyn, draai sy haar om.

Sy kry Günther in die kamer wat vir hom reggemaak is om in te slaap. Hy sit op 'n stoel, staar ernstig voor hom uit. Hy gewaar sy skoonma in die deur en kom dadelik op sy voete.

Elke maak 'n gerusstellende gebaar. "Alles in orde. Steur ek?"

"Natuurlik nie."

507

"Mag ek 'n oomblik sit?"

"Natuurlik." Hy bied haar die stoel aan en neem self op die bed plaas.

Hul oë ontmoet en dan gee Elke 'n klein glimlaggie. Sy sug saggies. "Hoekom vind die mens dit so moeilik om te sê wat in sy hart is? Dis 'n kuns wat min mense nog werklik bemeester het."

Hy knik, begrip in sy oë. "Dit is so." Hy glimlag nou ook. "Miskien soek ons te hard na die regte woorde. Ons is altyd bang, bang ons sal iets sê wat liewer moes gebly het, bang ons sal iemand seermaak, bang . . . om te wys hoe ons werklik binnekant voel. Praat maar, Ma . . . en moenie bang wees nie."

Hy spreek haar vir die eerste keer só aan en sy kyk hom dankbaar aan. Hy het uiteindelik die deure oopgegooi.

"Dit gaan om Inge . . . en jul huwelik . . . Günther, ek sou nooit ingemeng het nie, maar . . . omstandighede is nou half abnormaal . . . Moet my asseblief nie verkeerd verstaan nie. Dis nie net my dogter se welstand en geluk wat ek op die hart dra nie. Jou gevoelens is ook belangrik vir my . . . vir ons." Haar oë vra verskoning. "Ek en Horst het op ons manier probeer help in die verlede en dit was 'n fout. Die bedoeling was werklik nie om jou met 'n kraamafdeling te probeer koop nie. Dit was maar net 'n onbeholpe manier van twee bekommerde ouers om 'n huwelik te probeer red wat ons duidelik gesien het besig is om rotse toe te stuur. Ek is jammer, Günther."

"Dan was dit nie Inge se idee nie?"

"O nee. Nie hare of Horst s'n nie. Dit was myne, en ek het gesukkel om Horst oor te haal. Inge het eers daarvan gehoor toe ons jou die aand die aanbod gedoen het. Sy het niks daarvan geweet nie. Sal jy asseblief my verskoning aanvaar? Nie dat ek nie steeds dink dat 'n verloskundige afdeling 'n groot pluspunt vir die kliniek sal wees nie, maar . . ."

Hy glimlag gerusstellend. "Mag ek Ma 'n geheim vertel?

Ek dink self dit sal 'n groot bate vir die kliniek wees. Maar dit moet nie om my ontwil ingestel word nie. Begryp Ma dit?"

"Ja. Ek begryp nou."

Hulle glimlag teenoor mekaar en hy vervolg: "Dis nie nodig dat Ma om verskoning moet vra nie. Ek begin agterkom hoeveel foute ék begaan het en waarvoor ék om verskoning behoort te vra. Soos dat ek Inge beskuldig het dat sy agter die hele ding sit. Ek wou haar nie glo toe sy my verseker dat sy niks daarvan weet nie."

"So het ons verstaan, ja."

"Hoekom het julle my nie reggehelp nie?"

"Inge het gesê jy sal maar net weer dink sy het na haar ouers toe gehardloop om daar te kla." Elke besluit skielik dat sy nie meer na die regte woorde gaan soek nie. Sy gaan in eenvoudige taal sê wat in haar bekommerde hart lê. "Dis nog 'n ding, Günther . . . Inge het nooit na ons toe gekom met haar probleme nie. Wat ons weet, moes ons behoorlik uit haar trek, haar so te sê dwing om ons te vertel wat aangaan. Ons kon nie anders nie! Sy is ons kind, die enigste wat ons het. Ons het gesien hoe sy agteruitgaan, hoe maer sy word, hoe sy afstuur op 'n ineenstorting. Geen ouer kan dan net stilsit en toekyk nie, Günther!"

"Natuurlik nie. Ek begryp." Hy is 'n oomblik stil. "As Ma my wil vertel . . . wát het sy vir julle gesê is die probleem in haar huwelik?"

Elke aarsel nie. Wat gesê moet word, moet vandag gesê word. Môre kan dit dalk te laat wees. "Dat haar man haar nie liefhet nie . . . en dat daar 'n derde persoon in haar huwelik ingekom het." Hulle kyk mekaar vas aan. "Is dit so, Günther?"

"Nee. Dit is nie waar nie."

Elke voel hoe sy duiselig raak van verligting en vreugde. Vir geen oomblik bevraagteken sy sy antwoord nie. Günther besef sekerlik ook dat die tyd dalk baie min is en dat daar nie langer agter woorde en leuens geskuil kan word nie. Sy steek haar hand na hom uit en hy neem dit onmiddellik tussen syne. "Wat is dit dan? Jy sê dis nie waar dat jy haar nie liefhet nie, en ek weet hoe lief sy jou het. Hoe is dit dan moontlik dat twee mense wat mekaar liefhet, só ver van mekaar kan wegdryf? Wat is dan die probleem, Günther?"

"Het sy so gesê, dat sy my liefhet?"

" 'n Duisend keer al het sy dit teenoor my en haar pa bely, en op 'n duisend verskillende maniere vir ons gewys hoe lief sy jou het. Jy is mos nie blind nie, Günther! Jy kan net na haar kyk om te sien hoe swaar sy kry. Natuurlik het sy ook foute gemaak. As twee ervare mense soos ek en Horst dan nog foute begaan, hoeveel te meer sal sy wat nog so jonk en onervare is, nie foute maak nie? Natuurlik was dit 'n fout om so behep te wees met die kliniek. Natuurlik was dit 'n fout om so desperaat 'n kind te wil verwag. Maar sy het gedink dat sy met 'n kind haar man se liefde kon wek en haar huwelik kon behou. Natuurlik het sy paniekerig geraak en verkeerde dinge gesê toe sy ontdek haar huwelik word deur 'n derde persoon bedreig. Sy is ook net 'n mens. Natuurlik was sy jaloers; het sy jou beskuldig. Sy het al die foute begaan wat duisende vroue in dieselfde situasie al begaan het. Natuurlik sou sy haar van jou begin onttrek, want dis nie maklik om te weet jy deel jou maat met iemand anders nie."

"Daar was nooit so iets nie! Ek verseker Ma . . ."

"Ek weet dit nou, Günther, maar Inge weet dit nie. Sy weet nie eens hoekom jy met haar getrou het nie."

Sy oë vernou. "Het sy gedink dis om die Meissner-kliniek?"

"Nee. Maar ek en my man het," erken sy eerlik.

Hy glimlag skielik. "Vandag nog?"

"Nee. Beslis nie!" glimlag sy terug en dan word haar gesig weer ernstig. "Jy het my nog nie gesê wat die probleem is nie, of weet jy self nie wat dit is nie?"

Hy frons. "Ek het nie geweet nie, tot 'n paar oomblikke

gelede. Toe het dit my soos 'n weerligstraal uit 'n blou hemel getref. Die enigste probleem in my en Inge se huwelik is dat ons nie gedoen het wat ek en Ma nou doen nie – ons het nooit gaan sit en reguit oor ons gevoelens en probleme gesels nie. Daar was tot op hede geen kommunikasie tussen ons nie. Elkeen het met sy eie gedagtes gesit en gedink hy weet hoe die ander een voel. En ons het nooit geweet nie. Ons het werklik niks van mekaar geweet nie." Hy kyk haar reguit aan en ook hy soek nie nou na woorde nie. "Dis verbasend hoe verstaanbaar alles skielik word. Toe Inge so herhaaldelik skimp dat ek 'n egskeiding wil hê, het ek gedink dis omdat sý een wil hê. Intussen was sy oortuig dat dit is wat ék wil hê. Sy het met vakansie gegaan en ek het haar doelbewus net een keer gebel, want ek het gedink sy wil die tyd gebruik om werklik oor ons huwelik te besin, soos ek haar ook gevra het. Intussen het sy gedink ek bel nie omdat ek haar nie mis nie, nie na haar verlang nie. En dis juis in die ses weke wat sy weg was, dat ek werklik besef het hoe diep my vrou in my hart gekruip het. Maar toe sy langer wegbly, het ek besluit dis omdat sy nie meer wil terugkom na my toe nie. Dit was haar antwoord aan my."

"En intussen was sy te bang om terug te kom omdat sy bang was jy sou haar dan om 'n egskeiding vra, die laaste ding wat sy begeer het. Julene het my vertel Inge was daarvan oortuig dat as sy hier aanland, jy haar sou sê dis alles verby tussen julle."

"En toe sy hier aankom, was ek saam met Annari uit en kom ek eers laat by die huis om te ontdek my vrou het intussen gearriveer. Natuurlik kon sy niks anders dink as dit waarvan sy my beskuldig het nie."

"En in plaas daarvan dat jy haar in jou arms neem en haar vertel hoe lief jy haar het en hoe jy verlang het, word jy kwaad, want wie is sy om beskuldigings te kom maak terwyl sy ses weke weg was en niks van haar laat hoor het nie, en dit terwyl jy van verlange vergaan en jou bekommer oor jul

511

huwelik wat jy dink sy gaan beëindig die oomblik dat sy hier aankom," vul Elke aan.

"Presies! 'n Mens kan dit nie glo nie . . . Dis so kinderagtig, byna belaglik . . . en alles so onnodig. Kan twee intelligente grootmense werklik so dwaas optree?"

"Hulle kan as hulle mekaar baie liefhet en dit nie vir mekaar sê nie!"

Hy skud sy kop. "Wel, dit sal reggestel word die oomblik dat ek hier uitkom."

"Hoekom dán eers? Hoekom wag? Dink jy nie julle het reeds te lank gewag nie? Môre kan miskien te laat wees."

"Moet dit nie sê nie!" protesteer hy heftig.

"Ek is net nugter. Ons is dokters en ons weet waaraan ons blootgestel is. Moenie wag nie, Günther. Jy kan dit môre en die dag daarna weer vir haar sê. En onthou om dit vir die res van jou lewe vir haar te sê. Dis iets wat getroude mense later vergeet om vir mekaar te sê en dis so verkeerd. Julle moet mekaar gereeld vertel dat julle mekaar liefhet. Maar vertel dit ook nóú vir haar. Die uur waarin jy nóú staan, was nog altyd die beste tyd om te doen wat moet gedoen word, nie waar nie?"

Hy staan op en sy saam met hom. Hy sit sy arms om haar en gee haar 'n drukkie. Hy lyk vir Elke skielik jare jonger.

"Ek kan die Vader nie genoeg dank dat ek so 'n skoonma gekry het nie. Dankie, Ma. Dankie dat jy die moed gehad het om reguit met my te praat en dankie vir die goeie raad. Moet jou nie verder bekommer nie. Alles gaan regkom."

Maar sy optimisme is van korte duur. Op daardie oomblik word hy dringend na klein Pieter se kamer ontbied. Annari kyk verlig op toe hy langs haar by die bed verskyn. "Hier is fout. Hy gaan sterf."

'n Paar oomblikke later voeg Elke haar ook by hulle. Dis 'n verbete, maar hopelose stryd. Vir die eerste keer sien Annari hoe haar hand bewe toe sy die laken oor die seunsgesiggie trek. Die drie dokters kan mekaar net stom bokant die steriele maskers aankyk.

Inge kom net by Jan Swanepoel se kantoor ingestap toe hy aan Julene sê: "Klein Pieter is pas oorlede." Oor haar skouer sien hy hoe Inge in die deur inmekaarsak.

Toe laasgenoemde bykom, is sy histeries. 'Hy gaan sterf, tannie Julene! My man gaan sterf! En my ma ook . . ."

En my dogter miskien ook, dink die ouer vrou stilswyend, maar sê streng: "Ruk jou reg, Inge! Daar is nog geen bewys dat dit Kongokoors was nie."

"Maar klein Pieter is dood! Hulle kon hom nie deurhaal nie!"

"Maar daar is nog geen sekerheid dat hy aan Kongokoors dood is nie. Daar gaan 'n lykskouing gedoen word. En ons wag nog op die finale uitslag van die toetse. Inge, asseblief, jy moet positief wees. Konsentreer op die feit dat nie een van die mense in afsondering tot dusver enige simptome getoon het dat hulle miskien ook Kongokoors onder lede het nie. Nie een van hulle het 'n enkele griepsimptoom nie. Dit gee my hoop dat Günther se diagnose moontlik verkeerd kan wees."

"Hy is 'n baie goeie diagnostikus, tannie. Hy sal nie maklik so 'n bohaai opskop en almal so op loop jaag as hy nie seker is dat . . ."

"Hy kán nie seker wees nie, Inge. Net die uitslag van die toetse kan sekerheid gee. Ek kritiseer nie sy optrede nie. Hy het heeltemal korrek gehandel, maar ek en jy weet albei daar bestaan nie 'n dokter, uitstekende diagnostikus of nie, wat nie die een of ander dag 'n foutiewe diagnose maak nie. Dokter Jan het gesê jy neem die res van die dag af en gaan huis toe. En hy wil geen teëpratery hê nie. Ek stem met hom saam. Jy gaan woonstel toe en jy gaan klim in die bed. Ons wil jou nie weer voor môreoggend hier sien nie."

"Maar ek . . ."

"Inge! Dis 'n bevel!"

Sy besef skielik dat sy totaal gaan ingee as sy nie gehoor gee nie en protesteer ook nie toe Julene haar vergesel en sorg dat sy 'n slaappil drink nie. Inge is reeds in 'n uitgeputte slaap toe Julene die woonstel se deur agter haar toetrek.

Dis hoekom Günther nie sy skoonma se goeie raad dadelik kan volg nie. Op sy versoek dat dokter Inge na die glasafskorting ontbied moet word, kry hy 'n boodskap dat sy huis toe is en eers môreoggend weer aan diens sal wees.

Dis Julene wat later op sy bekommerde vraag antwoord: "Sy is nie siek nie, Günther. Ek verseker jou. Sy is net totaal uitgeput en die skok van Pieter se dood was net te veel. Sy was histeries van kommer oor jou. Ek het haar probeer kalmeer, maar ek weet ek kon nie al haar vrese besweer nie. Ek het haar in die bed gesit. Moet jou nie bekommer nie. Wanneer ek van diens gaan, gaan ek by haar in die woonstel slaap."

Julene bly doelbewus positief toe die uitslag van die lykskouing die volgende dag kom. "Ek wil 'n ander diagnose hier maak. Die lykskouing het getoon dat Pieter 'n defekte hart gehad het. Die ander simptoom was die geweldige hoë koors wat ons nie gebreek kon kry nie. Ek is geneig om te sê dat Pieter net griep in 'n baie erge graad gehad het, dat die defekte hart daardeur aangetas is en dat dit sy dood veroorsaak het."

"Jy kan reg wees," erken dokter Jan. "Mag jy reg wees. Wanneer sal die uitslag van die toetse beskikbaar wees?"

"Teen môremiddag." Horst kyk na sy dogter. "Günther het al 'n paar keer na jou gevra. Jy moet hom liewer nou maar eers gaan môre sê voordat jy begin werk."

Julene glimlag gerusstellend. "Ja. Hy het gistermiddag al na jou gevra, maar toe het ek jou al in die bed gehad. Gaan sê eers môre vir jou man." Sy klop haar bemoedigend op die skouer. "En moenie haastig wees nie. Gebruik jou tyd."

Inge weet glad nie wat om te verwag toe sy die glasafskorting nader nie. Hoekom sou Günther so dringend met haar wil praat? Sy kan die vrees en onsekerheid in haar nie wegsteek toe sy gesig voor haar verskyn nie. Sy is intens bewus van sy blik wat ondersoekend oor haar gly.

"Hoe voel jy vanoggend? Ek hoor jy het gister flou geword."

"Dit was net 'n duiseling. Ek is heeltemal reg vanoggend."

Ook sý kyk speurend na hom. "Hoe voel jý?"

"Honderd persent. En jou ma en die ander ook. Daar is nog geen onrusbarende tekens nie. Hou dus op om te lyk asof jy verwag dat ek elke oomblik gaan dood neerslaan."

Sy trek haar asem skerp in en dis of sy oë haar wil deurboor.

"My lewe is nie in my hand nie, maar ek verseker jou dat as dit nodig is, ek sal terugbaklei met alles wat ek in my het, want ek het baie ongedane sake wat ek moet klaarmaak." Sy staan hom net en aankyk en hy bring sy gesig nader na die glas. "Ek het 'n hele jaar gehad waarin ek jou in my arms kon neem en jou vertel hoe lief ek jou het, en ek het dit nie gedoen nie. Ek noudat ek jou nie kan vashou nie, wil ek dit doen en jou die gerusstelling gee dat niemand jou plek in my hart kan inneem nie." Sy bly stom. "Ek het jou lief, my vrou, en dis die weke wat jy weg was, dat ek dit eers werklik ten volle besef het. In die verlede het ek myself dikwels afgevra hoekom ons getrou het; ek met jou en jy met my. Dit was eers toe jy weg is, en toe nog langer wegbly, dat ek besef het ek kan nie sonder jou lewe nie. Hoor jy wat ek sê, Inge? Sonder jou kan en wil ek nie lewe nie. Asseblief, Inge, glo my, daar was, van my kant af altans, nooit iets meer as vriendskap en waardering vir Annari nie. Ek hoor maar nou eers hoe die hele kliniek geskinder het. Ek was nie bewus daarvan nie. Ek het geweet jý dink daar is iets aan die gang, maar dit het my nie juis gepla nie." Hy glimlag effens. "Weet jy hoekom? Dit het my laat lekker voel toe jy tekens van jaloesie begin toon het. Dit het my hoop gegee dat jy tog 'n bietjie vir my omgee."

Sy praat vir die eerste keer. "Ek was mal van jaloesie."

Hy glimlag nou breed. "Dis die mooiste ding wat jy nog vir my gesê het!"

"Günther, moenie grappies maak nie. Ek is deur hel. Ek was so 'n klein dwaas. Maar toe ek besef dat ek jou miskien gaan verloor . . . Sy is so mooi en . . . sy het seker probeer, het sy nie?" kom die uitdagende vraag.

Hy knik, 'n tergende vonkel in die oog. "Sy het. Ek sal dit nie ontken nie. Maar dit was so maklik om die versoeking te weerstaan. Jy kon my destyds so maklik verlei, my liefling, en ek kon dit self nie verstaan nie. Maar Annari se pogings het my koud gelaat, want ek was nog steeds, is nog steeds volkome onder my vrou se bekoring."

"Günther . . ." Sy druk haar handpalms teen die ruit en hy druk syne aan die ander kant vas, die naaste wat hulle aan mekaar durf kom. "Is dit werklik waar wat ek hoor? Is jy regtig lief vir my? Wou jy nooit van my skei nie?"

"Nooit nie, al het ek in 'n stadium gedink dis die enigste oplossing. Maar elke keer dat ek gedink het dis nou finaal, ons kan nie verder so voortgaan nie, kon ek dit net nie regkry om daardie woorde oor my lippe te bring nie."

"Dankie dat jy nie het nie, my man, want dit sou my hart gebreek het. Ek is só lief vir jou."

Sy lê haar voorkop teen die ruit en van die binnekant af druk hy sy lippe daarteen vas.

"Alles sal regkom, Inge. Ek glo dit nou. Ek is oormôre terug by jou."

Sy knik, sluk haar trane dapper weg. "Ek sal nou moet gaan werk."

"Ja." Sy oë bemin haar. "Ek is lief vir jou."

"Ek is ook lief vir jou, my man."

Die middag van die derde dag breek eindelik aan, en die uitslag van die toetse bewys dat Günther se diagnose verkeerd was en dat Julene se diagnose die enigste aanvaarbare verklaring vir Pieter se skielike dood is. Toe die glasdeure eindelik oopgeskuif word, is niemand skaam om onverbloemde trane van dankbaarheid en vreugde te wys nie.

Dis met 'n breë glimlag van genoegdoening dat Jan Swanepoel die toneeltjie skaamteloos staan ek beskou. Sonder om links of regs te kyk, stap Günther met lang, haastige treë op Inge af. Hy raap sy vrou in sy arms op en soen haar met die drif en drang en hartstog van 'n man wat uit die dood teruggekeer het. Jan sien hoe krampagtig Inge se arms haar man vasklou en hy dink by homself: Vir hierdie huwelik was dit die regte diagnose, dokter Günther. Jy sal dit maar eers later besef. Hy begin agter die Buchners aanstap wat (teen alle kliniekreëls in) hand om die lyf voor hom uitstap. En agter sy rug stap Julene na haar dogter wat nog steeds roerloos in die deur staan. Dan, sonder 'n woord, druk sy haar kind teen haar vas, luister sy met deernis na die hartseer snikke. Ná 'n rukkie druk sy haar saggies weg.

"Kom nader huis toe, Annari. Kom maak 'n privaat praktyk in Pretoria of aan die Rand oop."

Die mooi dokter knik, vee soos 'n kind die trane van haar wange weg. "Ek het gister al so besluit, Ma. Ek wil liewer nader aan julle kom werk."

Jan Swanepoel keer die twee pare op die end van die gang voor. "Julle vier is af vir die res van die dag." Hy hou sy hand omhoog toe dit lyk asof Horst wil protesteer. "Ek is die superintendent van hierdie kliniek, dokter, nie jý nie. Ek wil nie een van julle vir die res van die dag weer hier sien nie. Verliefde mense is net onder 'n mens se voete en kry tog niks uitgevoer nie."

Horst kyk af op sy vrou. "Is jy verlief?"

Sy lag op na hom. "My hele lewe lank al! En nou meer as ooit."

"In daardie geval, mevrou Buchner . . . laat ons by die huis kom, voor jy my hier in die verleentheid bring. Ons sien julle later."

Hulle stap verby en dan sê Günther vinnig: "Net 'n oomblik, Inge. Ek wil net gou vir Pa iets sê."

"Ek wag vir jou."

Hy hardloop sy skoonouers by die motor in. "Ek wil net sê . . . as die aanbod van die kraamafdeling nog staan, aanvaar ek met dank."

Die Buchners staar hom aan, kyk na mekaar en dan glimlag hulle hul skoonseun breed toe. Dis Horst wat sê: "Natuurlik staan dit nog. Ons praat môre weer. Tot siens, ou seun."

In die voorportaal huiwer Inge 'n oomblik voor Albert Meissner se borsbeeld. Sy voer 'n woordelose gesprek met hom en kyk glimlaggend na haar man toe hy hom weer by haar voeg. Sy oog val op die borsbeeld en hy vra: "Dink jy hy sou tevrede gewees het met my?"

"Ek dink nie net so nie. Ek weet dit. Hy het so pas vir my oog geknip."

"En waaroor het julle twee gesels?"

Sy kruip styf onder sy blad in. "Oor jou geskinder, natuurlik. Jy weet nog nie eens alles nie."

"So? En wat weet ek nie?"

"Die beste moet nog vir jou vertel word. Kom, my man, kom ons gaan huis toe dat ek jou op die hoogte van sake kan bring. Jy sal nooit kan raai hoekom Albert Meissner se mondhoeke vandag so 'n tevrede glimlaggie dra nie."

Ena vertel waar alles begin het ...

Ek weet baie van my lesers hou van verhale wat teen 'n hospitaal-agtergrond afspeel. Omdat ek persoonlike ervaring daarvan het, het ek dit altyd geniet om sulke verhale te skryf. *Die Meissner-kliniek* is een van my geliefkoosdes. Al die verhale in hierdie omnibus is suiwer uit my verbeelding gehaal. Maar vir my, of 'n verhaal net verbeelding is en of dit op werklike gebeure gegrond is, het elke karakter nog altyd 'n lewende mens geword asof ek hom of haar persoonlik ken. Terwyl ek aan 'n verhaal skryf, lewe hulle vir my werklik. Nou met die herlees, is dit vir my asof ek ou bekendes weer raakloop!

Met *Dokter Julene* moes ek baie navorsing oor die agtergrond doen. Toevallig was daar terselfdertyd weer 'n sterk aardbewing in Turkye. Daardie deel van die aardbol is bekend daarvoor. Ná *Die Meissner-kliniek* moes ek plan maak met dokter Julene. Ek kon haar nie sommer net in die niet laat verdwyn nie. Sy was mos maar net die produk van omstandighede buite haar beheer. Ek stuur haar toe ver-ver weg na Switserland en Turkye – en natuurlik 'n gedetermineerde en beduiwelde Turk!

In *Die ongebore uur* bring ek egter die verhaal terug na Suid-Afrika en die Meissner-kliniek toe, ná 'n vlugtige draai in Duitsland.

In hierdie verhaal is dit die ou patriarg, Albert Meissner, se agterkleinkind, wat juis omdat sy so 'n obsessionele bewondering, byna verering, vir hom het, haar in situasies begeef wat later ontnugtering en verydeling meebring.

519

Of tog nie? Ek, en seker julle ook, het die een of ander tyd drome gehad wat ons later besef het onmoontlik, selfs dwaas was. Maar soms . . . net soms word die dwaasheid van gister tog die moontlikheid van vandag. Maar dan moet 'n lang en pynlike pad eers gestap word . . .

ENA MURRAY